209

EL PERFUME
DE ADÁN

EL PERFUME DE ADÁN

Jean-Christophe Rufin

Traducción de Francisco Rodríguez de Lecea

EDICIONES **B**
GRUPO ZETA

Barcelona • Bogotá • Buenos Aires • Caracas • Madrid • México D.F. • Montevideo • Quito • Santiago de Chile

Título original: *Le Parfum d'Adam*

Traducción: Francisco Rodríguez de Lecea

1.ª edición: febrero 2008

© Flammarion, 2007
© Ediciones B, S. A., 2008
   Bailén, 84 - 08009 Barcelona (España)
   www.edicionesb.com

Printed in Spain
ISBN: 978-84-666-3649-0
Depósito legal: B. 1.024-2008

Impreso por LITOGRAFÍA S.I.A.G.S.A.

El hombre humilde va hacia las fieras salvajes. Cuando ellas lo ven, su fiereza desaparece.
Porque sienten que de él emana el perfume
que exhalaba Adán antes de la caída, cuando se le
acercaron y él les dio nombre, en el Paraíso.

ISAAC EL SIRIO
Tratados ascéticos

PRIMERA PARTE

1

Wroclaw, Polonia

Hasta los monos, Juliette no había sentido nada. O casi nada.

Hay que decir que todo empezó bastante bien. El laboratorio estaba situado en la dirección exacta que le había indicado Jonathan. Y al rodear el edificio por la izquierda, Juliette había localizado de inmediato la puerta de la salida de emergencia, a pesar de la falta de luz. La cerradura no opuso la menor resistencia a la acción de la palanqueta. En la oscuridad, Juliette extendió el brazo hasta la caja de los fusibles y accionó el interruptor. Cruelmente, la luz blanca inundó a los animales.

La única sorpresa era el olor. Juliette estaba preparada para todo salvo para aquella repugnante mezcla de pieles sucias, excrementos y frutos podridos. Felizmente, tan pronto como se encendió la luz, la fetidez disminuyó, como si se hubiera refugiado debajo de las jaulas, a ras de suelo, entre las sombras. Juliette se encogió de hombros. Aun así, necesitó algunos instantes para que su respiración se calmara y para comprobar que no se le hubieran agujereado los guantes.

Después, avanzó hacia las jaulas.

Jonathan no había podido decirle nada acerca de su emplazamiento. En función de las necesidades de la experimentación, los animales cambiaban con frecuencia de lugar. Su número había variado. Algunos eran sacrificados; otros llegaban para reemplazarlos. Eran repartidos en grupos, en función del tratamiento al que eran sometidos. Cerca de la salida de emergencia, que había quedado abierta de par en par a la noche, dos jaulas superpuestas contenían gatos. Parecían aún en buen estado. En cuanto Juliette entreabrió la puerta de la jaula, saltaron fuera y se marcharon de la habitación a la carrera.

No le dio tiempo de alegrarse por ellos. Un golpe sordo resonó en las tuberías enfundadas en yeso que recorrían el techo. Inmóvil, Juliette escuchó largo rato. Todo quedó en silencio de nuevo. «Nunca hay nadie en el laboratorio durante la noche.» Tenía muy presentes las palabras de Jonathan, pero, para tranquilizarse del todo, hubo de hacer un esfuerzo hasta recordar el tono y la sensación de su aliento en la oreja. Poco a poco la confianza regresó, más fuerte que los ruidos.

Entonces se dedicó a los roedores. Había pensado que se trataría de ratones blancos, que la repugnaban menos que los grises. Pero los animales que pululaban por las largas jaulas planas no eran ni blancos ni grises. Eran monstruos, sencillamente. Algunos no tenían pelo y eran de un color rosado nauseabundo, y otros estaban pintados de verde, de naranja, de violeta. Varias ratas tenían una mirada vidriosa, como si sus ojos enormes hubieran sido desteñidos y barnizados. Juliette se preguntó por un instante si aquellas criaturas tenían algún lugar en la naturaleza. Imaginaba a unas niñas abriendo el armario y encontrándose delante de aquellos horrores. A decir verdad, ese tipo de escrúpulos no era enteramente nuevo en ella. Durante los preparativos de la acción, muchas veces había tenido ocasión de abordar el problema con Jonathan. Había entendido muy bien que la causa animal no tiene nada que ver con la utilidad de los animales para los humanos. «Todos los seres vivos tienen derechos, sean hermosos o repelentes, domésticos o salvajes, comestibles o no.» La lección había sido asimilada. Reprimió el asco y dejó que las ratas ciegas desaparecieran hacia el exterior, como antes los gatos. Incluso se esforzó en sentir la misma satisfacción.

Pero entonces llegó el turno de los monos. Iban a someter los sentimientos de Juliette a una prueba mucho más dura. Había cinco, muy pequeños, asombrosamente humanos en su mímica y su mirada. Los que estaban encerrados por parejas se habían abrazado como matrimonios ancianos. Cuando Juliette los liberó, se negaron a salir. Se le ocurrió ir a buscarlos al fondo de la jaula, pero se contuvo. Si la arañaban o la mordían, habrían podido desgarrar su guante y hacerla derramar un poco de sangre. No había que dejar ninguna huella genética. Les dio tiempo para que se decidieran y fue a ocuparse del último animal. Era un pequeño tití muy flaco, con los largos brazos cruzados sobre el vientre. Su cuerpo estaba intacto, pero tenía una decena de electrodos plantados en el cráneo. Formaban algo parecido a la corona de plumas de un jefe indio. Tan pronto como se abrió la jaula, saltó al exterior y aterrizó en el suelo de baldosas blancas. Permaneció un rato sin moverse, mirando la puerta exterior abierta. Se había levantado algo de viento, que corría a ras de suelo. La corona de electrodos ondulaba agitada por aquella corriente de aire. Juliette, que había resistido sin problemas el horror de los animales repelentes, se sintió menos segura de sí misma frente a la angustia de aquel ser tan familiar. El temblor agitaba sus pequeños miembros. Un lento parpadeo ocultaba de forma intermitente su mirada habitada por el espanto y el dolor. Juliette, a la que no habían detenido los peligros ni los obstáculos, se quedó inmóvil. Contemplaba la etapa final de aquel cautivo imposible de liberar porque llevaba clavados los instrumentos de su tortura. Su piedad era ridícula, lo sabía, piedad de sí misma más que otra cosa. Pero no había nada que hacer: aquel monito expresaba toda la soledad y el sufrimiento que ella reconocía como propios desde hacía años. Era el mismo sufrimiento que la había llevado hasta allí, con aquel traje de camuflaje ceñido en los tobillos, la capucha negra que la asfixiaba, las zapatillas de deporte demasiado grandes para ella. Juliette perdió la noción del tiempo que transcurría. Pero el tiempo era un factor esencial para el éxito de la operación.

De pronto, el monito reunió sus fuerzas y se alzó sobre sus patas traseras. Dio dos pasos hacia la salida, y de pronto cayó de lado como un juguete roto. Las convulsiones agitaron su cuerpo. Sus ojos se cerraron, felizmente. Juliette se sintió liberada del reproche mudo contenido en su mirada. Se estremeció, y recuperó de pronto la conciencia del tiempo y de la urgencia. ¿Cuántos minutos había estado inmóvil? Eran las tres y diez. Tuvo miedo. Había acabado con los animales, pero todavía le quedaban muchas cosas por hacer. «La segunda parte de tu misión tiene tanta importancia como la primera. Recuérdalo.» Y todo tenía que estar acabado, sin falta, a las cuatro en punto.

Dejó en el suelo la mochila que llevaba a la espalda y sacó de ella dos *sprays* de pintura. En la pared, entre los dos principales grupos de jaulas, empezó a trazar, a metro y medio aproximadamente del suelo, la primera inscripción en letras mayúsculas y en negro: «Respetad los derechos de los animales.»

Volvió a hurgar en la mochila, y cambió de *spray*. En cursivas de color rojo esta vez, escribió con el brazo extendido para que la frase quedara más alta que la anterior: «Frente de liberación animal.» Repitió la operación en todas las paredes con frases distintas, y procuró hacer faltas de ortografía en las inscripciones más altas, para despistar a los investigadores. «Si hay que hacerles creer que somos dos, ¿por qué no vienes conmigo?» Cuando le hizo esa pregunta a Jonathan, se arrepintió de inmediato. Fue el único momento en el que discutió las instrucciones. Él respondió en tono seco que las órdenes eran exponer el mínimo posible de militantes. ¡Tanto mejor! Ahora la habría molestado que él estuviese allí. Era su misión, y quería llevarla a cabo sola.

Colocó de nuevo en la mochila los *sprays* de pintura. Todo había sido asombrosamente rápido. Apenas habían pasado trece minutos desde el momento en el que entró en el laboratorio. Pero, bajo los efectos de la alerta y el peligro, la agudeza de su percepción había alargado aquel tiempo y lo había hecho más denso. Desde la infancia, Juliette se había acostumbrado a ver pasar años de tedio como si se tratara de segundos. Sabía también que, en determinados momentos de la vida, ocurría lo contrario: los segundos podían dilatarse como si fueran años. Le gustaba la impresión de plenitud de aquellos momentos de celeridad, aunque también había aprendido a temerlos. Y sentía que aquel fenómeno estaba empezando a invadirla.

Había llegado la última fase. Se puso unas gruesas gafas de plástico, del mismo modelo que utilizan los leñadores para evitar las astillas de la madera. En su mano derecha apretó el mango de la maza cuadrada que había sacado de la mochila. Aquella herramienta de acero le pareció deliciosamente pesada. A partir de ahí, todo había de desarrollarse en menos de tres minutos.

Al fondo de la sala de los animales, una puerta de vidrio daba a una habitación a oscuras. Era el acceso al laboratorio de investigación propiamente dicho. Las órdenes de Jonathan eran precisas. «No habrá tiempo para remilgos. Golpea y escapa a la carrera.» Primero la puerta. Juliette descargó la maza sobre el cristal sin pulir, que se desintegró de golpe y cayó al suelo como una capa de granizo. Comprobó que sus guantes no presentaban ningún desgarro. Evitó con precaución pisar el montón de fragmentos de cristal translúcido y accionó el interruptor de la luz. Los largos tubos de neón se encendieron unos tras otros, con el ruido de la cuerda de un arco al soltarse. Como en todos los laboratorios del mundo, el decorado era una mezcla de instrumentos complicados e intimidades humanas: fotos de niños pegadas a la pared, pilas de *dossiers*, dibujos humorísticos fijados con chinchetas a los tableros... Una batería de columnas cromatográficas alineaba sus tubos de órgano junto a la puerta. «Empieza por la derecha, y vas dando la vuelta.» Juliette levantó la maza y golpeó el aparato. Pequeñas esquirlas de cristal y gotas de preparación gelatinosa blancuzca le salpicaron las gafas y la capucha. A sus guantes se adhirieron líquidos pegajosos. Estaba aislada de cualquier mancha por el equipo que la protegía. Pero sobre todo, el peligro le había aportado una exaltación voluptuosa.

Todas sus percepciones habían disminuido, excepto los ruidos: el estallido del vidrio, el estruendo de los soportes metálicos que caían al suelo. La cubeta de goteo laminar explotó sobre el escurridero de porcelana. Juliette avanzaba metódicamente, lo rompía todo con rigor y competencia. «No te olvides del analizador de genes: no llama la atención, se diría que es una vulgar balanza, pero es el aparato más caro.» La maza se abatió sobre el platillo brillante de la máquina. En los gestos de Juliette no había rabia ni agresividad. Era casi una rutina de destrucción. Lo más asombroso era la percepción de hasta qué punto aquella violencia fría liberaba el espíritu. Juliette se sentía a la vez serena y excitada. Las ideas, los recuerdos, se amontonaban en su cabeza. Se mantenía en el borde peligroso entre dos precipicios. La risa, el llanto, no sabía hacia cuál de los dos lados iba a caer. La última vez que experimentó una impresión parecida, había sido cinco años antes, durante una manifestación que acabó mal. Cayó al suelo, la pisotearon. Oía gritos, sentía los golpes. Sin embargo, reía a carcajadas y tenía los ojos arrasados en lágrimas.

Alrededor de ella, la gran sala se cubría de ruinas. El suelo estaba repleto de fragmentos de vidrio y de metal, inundado de líquidos de colores. La amenaza del silencio había desaparecido, reemplazada por una alegre cacofonía de estallidos y explosiones. Juliette sintió un placer profundo al imprimir de ese modo su marca en el mundo. Ella, a la que por lo común describían insistiendo en su dulzura, su modestia, su timidez, veía de pronto revelarse a su ser profundo en la gloria efímera de una metamorfosis, como una larva a la que hubieran crecido repentinamente unas alas inmensas.

Había empezado una implacable cuenta atrás. A pesar del aislamiento del edificio, el estruendo no tardaría en alarmar a algún vecino. Juliette se obligó a sí misma a no apresurarse. Siguió actuando con método. Jonathan se lo había recomendado, pero, sobre todo, no quería acortar su placer.

Por fin, llegó a la puerta por la que había entrado; había dado la vuelta completa a la sala, rompiendo todo a su paso. Sólo permanecía intacto un gran mueble refrigerador. Dos pequeños diodos hacían guiños, en la parte superior derecha de la puerta esmaltada. En el interior del gran refrigerador, había frasquitos rigurosamente alineados, con etiquetas azules o amarillas. Un solo frasco estaba etiquetado en rojo. Juliette lo cogió y lo colocó dentro de una funda de teléfono móvil, bien remetido. «Rompe lo demás.» Dio un último golpe, violento y preciso, sobre las bandejas de vidrio del armario refrigerador. Los frascos estallaron y su contenido se derramó por el suelo.

Entonces, tomó conciencia de que la operación había terminado. Contempló a su alrededor la sala destrozada. Se sintió invadida por una sensación de frío interior, y se estremeció. Se subió el cuello con un gesto maquinal. El deseo irreprimible de huir de aquel lugar se apoderó de ella. Pero quedaba aún una cosa por hacer. Pensó en el zapato y lo sacó de su mochila. Era un zapato de hombre, muy grande, con un dibujo en zigzag en la suela. Eligió una mancha rosada en el suelo y dejó la huella del zapato sobre su superficie pegajosa, casi seca. Luego volvió a colocarlo en la mochila y se pasó los tirantes de ésta por los hombros. Un silencio aterrador reinaba ahora sobre los destrozos. Salió del laboratorio, y al cruzar de nuevo la sala de los animales, tuvo un sobresalto. El monito, que seguía acostado de lado, tenía ahora los ojos abiertos de par en par. Juliette dio una zancada más larga para evitar pisarlo, y procuró no mirarlo. Después de los ratones, los gatos y los hámsteres, ahora llegaba su turno de salir a la noche fresca, feliz como no lo había sido desde hacía mucho tiempo. Y soltó una carcajada.

2

Atlanta, Georgia

El individuo estaba sentado, inclinado hacia delante. Las dos manos enguantadas palpaban con suavidad la parte inferior de su espalda. Encontraron un hueco entre dos salientes de las vértebras. La fina aguja, de una longitud de doce centímetros, penetró despacio por él. No hubo ningún grito, ningún estremecimiento. El líquido cefalorraquídeo, claro como el agua de una fuente, fluyó gota a gota en los tubos de ensayo que tendía la enfermera. Una vez concluida la toma de la muestra, el doctor Paul Matisse retiró despacio la aguja, la tiró a un contenedor de cartón y se puso en pie.

Se quitó los guantes haciendo crujir el látex, y los tiró a su vez al contenedor. Colocó una mano sobre el hombro del enfermo, y apretó los músculos con un gesto amistoso. Del mismo modo que se había mostrado cuidadoso durante el examen, ahora que todo había acabado aparecía alegre y despreocupado.

—Vamos, Nat, todo irá bien. Quédate tumbado todo el día, y mucho reposo. Sobre todo, tienes que beber mucho.

El paciente era un puertorriqueño de una veintena de años, de tez mate y cabellos negros revueltos. Sonrió, pero, al pensar de nuevo en sus piernas inertes, su mirada se ensombreció. La idea de que sin duda iba a quedarse parapléjico de por vida lo asaltó de nuevo. Dentro de muy poco lo llevarían de nuevo a su habitación, y allí cada vez le quedarían menos excusas para escapar a la evidencia. Sus tres compañeros de cuarto eran, como él mismo, víctimas de accidentes de coche o de moto, de caídas haciendo deporte, de traumatismos de todo tipo.

Paul Matisse miró su reloj: las once y cuarto. El tiempo urgía. Hojeó la agenda de las visitas: todavía tenía que ver a dos enfermos.

—Pide a alguien que suba —dijo a la enfermera—. Tengo que marcharme ahora mismo. Llama a Milton o a Elmer, creo que han venido hoy.

En la clínica había cinco médicos, cinco socios que al terminar sus estudios se habían lanzado a aquella loca aventura: crear un centro ultramoderno para las patologías neurológicas, donde atender gratuitamente a jóvenes «rotos» sin cobertura social y sin dinero. En menos de tres años, el éxito había sido fulgurante. Llegaban pacientes de todos los puntos de Estados Unidos. Por la misma razón, se hacía necesario encontrar cada vez más dinero para mantener la casa en funcionamiento. El negocio prosperaba desde el punto de vista médico, pero se hacía más y más resbaladizo desde el financiero. Cada mes, se encontraban al borde de la quiebra. Debido a su anterior formación, Paul se encargaba de hecho de las funciones de director. Tenía que ir detrás de las administraciones, los acreedores y los mecenas, cosa que no le gustaba lo más mínimo. Cada vez le costaba más reservar algún tiempo para la práctica de la medicina.

Abrió la puerta de la secretaría con aire enfurruñado.

—¿Dónde es esa cita? —preguntó a Laura, su secretaria, mientras se quitaba la bata.

—En el bar del hotel Madison.

Paul se encogió de hombros. Abrochó dos botones de su chubasquero.

—¿No podía venir aquí ese tipo? —gruñó, al tiempo que se anudaba sus zapatos de ciclista con sujetapiés automático.

—Procura tratarlo con amabilidad. Al parecer, es un mecenas muy importante.

—Eso es lo que dice él. Pero ni siquiera ha querido dar su nombre...

Paul se incorporó y su mirada se detuvo durante un instante en el ángulo del escritorio. Conocía muy bien aquella bandeja de plástico rojo: Laura colocaba en ella las facturas urgentes. Estaba llena a rebosar. Desde luego, no había que descuidar la menor posibilidad.

—Volveré hacia las dos, si todo va bien —dijo, y salió del pequeño despacho.

La clínica ocupaba la cuarta planta de un viejo edificio de ladrillo. Debajo se encontraba la redacción de un periódico de anuncios gratuitos más o menos en quiebra. Era probable que dentro de pocas semanas el local quedara disponible. Una ocasión única para ampliar la clínica. Por desgracia, la situación financiera dejaba muy pocas esperanzas de concretar el proyecto. Cada vez que pensaba en ello, Paul se ponía de mal humor. En el garaje, montó con rabia en su bicicleta todo terreno.

Estaba bien situado para conocer los riesgos de la bicicleta en una ciudad como Atlanta. Sin embargo, no podía resistirse a esa tentación en concreto. Su energía física tenía una necesidad absoluta de un desahogo. En la consulta, su calma tranquilizaba a sus pacientes. Se habrían asombrado al verlo pedalear como un loco, inclinado sobre el manillar, con la espalda empapada de sudor. Fuera cual fuese la situación, Paul la afrontaba con una actitud tranquila. Pero sólo lo conseguía mediante una furiosa actividad física durante dos horas diarias.

Su físico no tenía nada de excepcional. Su aspecto no era especialmente impresionante, su estatura no superaba la media. Si no se cuidara, tendería a ganar algo de peso. Cuando se lo observaba con detenimiento, su rostro llamaba la atención debido a un contraste extraño entre unos rasgos europeos y una discreta influencia africana. Tenía la piel morena; los cabellos negros, casi rizados y cortados muy cortos, dibujaban dos grandes entradas a ambos lados de la frente. A pesar de sus esfuerzos por ir bien afeitado, una barba vigorosa le crecía casi a simple vista. Él le había hecho la concesión de unas patillas que llegaban casi hasta media mejilla, cosa que le daba un aire al Belmondo de *La sirena del Mississippi*. Como el actor, se había roto la nariz muy joven, y no había abandonado aún un cierto aire de adolescente. También como el actor, su rostro carecía de una auténtica belleza, pero podía irradiar una fuerza y un encanto notables. Sabía ser discreto, incluso invisible. Cuando llamaba la atención en público, era sin la menor duda porque había decidido utilizar sus armas.

Inclinado en la bicicleta todoterreno con el casco colocado, Paul serpenteaba por entre la corriente del tráfico, subía a las aceras, tomaba la dirección contraria. Le gustaban las ciudades, todas las ciudades de Estados Unidos en las que había vivido. Siempre se había sentido en ellas como en una auténtica jungla, pero humana. Amaba su geografía complicada, sus bosques de edificios, las grandes llanuras de sus plazas, los valles excavados por la corriente de vehículos entre las riberas de casas. Con su bicicleta, trazaba en aquellas sabanas senderos secretos que sólo él conocía.

El Madison era un antiguo establecimiento que había sido sucesivamente un palacio, un casino y un refugio de okupas. Estaba transformándose de nuevo en un hotel, al precio de una rehabilitación interminable. Paul raras veces se trasladaba a este sector del centro de la ciudad. Era un lugar improbable para la cita de un mecenas adinerado.

El verdadero lujo se encontraba más bien en los barrios modérnos de la periferia. Cuando llegó delante del hotel, Paul comprobó que, evidentemente, no había en las cercanías ningún lugar donde estacionar bicicletas. Se apeó y tendió su bicicleta todoterreno a un guardacoches que paseaba por la acera.

—¿Se hará cargo también de esto? —preguntó.

El hombre parecía ya furioso por el hecho de tener que llevar una librea gris y una ridícula gorra redonda en la que estaba escrito «Madison». Miró de arriba abajo con desprecio a Paul, fijándose en el chubasquero verde manzana y beige considerablemente embarrado y en el calzado deportivo comprado en las rebajas de invierno tres años antes. Paul le dio a entender, con una sonrisa, que no era un mensajero, sino que tenía una cita en el hotel. El guardacoches se resignó a hacerse cargo de la bicicleta con aire de disgusto y fue a colocarla en un lugar seguro.

Los pasillos estaban tapizados con una moqueta gruesa, nueva pero adornada con motivos pasados de moda. Paul se preguntó cómo reconocería a su interlocutor. Por fortuna, a aquellas horas el bar estaba vacío. Había un único cliente, sentado al fondo, de espaldas. Sólo se percibía su cráneo calvo.

Paul se acercó y dio un rodeo para presentarse de frente. Cuando reconoció a la persona que lo esperaba, era demasiado tarde. Hizo el gesto de retroceder y miró hacia la salida. Pero el hombre ya se había puesto en pie y le tendía las manos.

—Mi querido Paul... Perdón, debería decir más bien: mi querido doctor, puesto que ahora...

Con la hostilidad pintada en el rostro, Matisse no tomó las manos que le tendía el anciano. Sin quitarle los ojos de encima, siguió en pie delante de él.

—Tú —murmuró Paul.

—¡Pues sí, yo mismo! —El personaje inclinó la cabeza y esbozó una reverencia de otra época—. Archibald —siguió diciendo, con una sonrisa—. El viejo Archie, él mismo en persona. Sólo que con diez años más. Hace ya diez años, ¿no es así?

—¿Qué quieres de mí? —dijo Paul.

En su voz, el asombro se mezclaba con la cólera.

—Verte, sencillamente, mi querido amigo.

Hasta ese momento, Paul todavía habría podido escapar. Pero ahora el camarero se había acercado sin hacer ruido y le cortaba la retirada. La sorpresa le hizo tomar asiento, a pesar suyo.

—¿Qué tomará?

—Una Coca *light*.

—¡Una Cooca laaight! —repitió el hombre alargando cómicamente las vocales—. ¡Todavía haces régimen, por lo que veo! Sigues delgado y musculoso, es admirable... Desde luego, no eres de los que engordan quince kilos cuando se acercan a la cuarentena. La cuarentena te llega a ti el año que viene, por cierto, ¿o me equivoco?

—¿Qué quieres? —repitió Paul.

El furor seguía ahí, pero poco a poco dejaba paso a la impaciencia por terminar de una vez. El anciano se alisó los cabellos. En su mano huesuda brillaba un anillo en el que se distinguía vagamente un blasón. Vestía un traje negro de raya fina de un paño ligero e impecable corte británico. Su corbata, de nudo muy prieto, exhibía unos colores que podía creerse elegidos al azar; pero Paul sabía que para los *happy few* designaban, con la precisión de un alfabeto, determinado *college* que Archie pretendía haber frecuentado.

—En primer lugar, tener el placer de verte, mi querido Paul. Después, porque comprendo muy bien que no te sobra mucho tiempo para dedicarme...

—En efecto.

—Pues bien: quería encontrarme contigo para proponerte un negocio.

—Una donación para nuestra clínica —le cortó Paul de forma brutal—. Te prevengo: no tengo intención de hablar de otra cosa.

—Una donación, en efecto —aprobó Archie mientras el camarero dejaba sobre la mesa la bebida de Paul.

—Adelante. Te escucho.

—Déjame decirte primero cuánto admiro lo que estás haciendo. Francamente, cuando nos dejaste, no esperaba que consiguieras acabar tus condenados estudios. Empezar la carrera de medicina con casi treinta años...

Paul esperaba la continuación, desconfiado. Con dos dedos, atrapó la rodaja de limón que flotaba en el vaso de Coca y se la comió antes de beber.

—Aún conservas esa costumbre —dijo Archie, burlón. Al ver que Paul alzaba las cejas, añadió—: Con el limón.

Paul no pudo reprimir una sonrisa. Como había temido, se estaba dejando enredar en el juego del viejo. Unos minutos antes tenía la intención de largarse, y ahora, a pesar de todo, estaba metido en una conversación.

—Sí.

—Por lo demás, ocuparse de casos desesperados también es algo muy propio de ti. Todos esos jóvenes que se estrellan con sus motos. ¡Pobres! ¡Es atroz!

—Escucha, Archie. Con respecto a tus sentimientos humanitarios, me parece que ya sé lo suficiente. Suéltalo de una vez, es todo lo que te pido, ¿qué es lo que esperas de mí?

—Tienes razón, vayamos al grano. Como te decía, me emocioné al saber lo que estás haciendo. Y de inmediato me pregunté cómo podría ayudarte, claro está.

—Claro.

—Seguramente sabes que formo parte, digamos, de media docena de grandes consejos de administración. De modo que me sería posible, tal vez, guiar en tu dirección unos fondos que en la actualidad se invierten en otras causas. Seguro que tú no les darías un mal uso, ¿no te parece?

—¿Por ejemplo?

—Ah, bueno, yo diría, pongamos, Hobson and Ridge.

—¿Los fabricantes de carpintería metálica?

—Exacto. Tienen un fondo especial para los accidentes de trabajo. Muchos obreros sufren caídas graves en su empresa, ¿comprendes?

Archie adoptaba una actitud de desconsuelo cuando hablaba de las desgracias de los demás. Pero, como todos los grandes depredadores dispuestos a absorber cada gota de vida hasta la última, sólo sentía desprecio por los vencidos, y Paul lo sabía.

—Sigue.

—El fondo va viento en popa. Con la demanda china de acero, este año los beneficios han sido excelentes. En el último trimestre, tienen intención de donar un millón de dólares a alguna obra social. Pagadero a fin de mes, en cuanto hayan cuadrado el balance. Hasta ahora han financiado a un departamento de investigación sobre los nervios, en New Hampshire. Algo me dice que contigo el dinero estaría mejor aprovechado. ¿Me equivoco?

Paul tuvo una breve visión de la planta que deseaban para ampliar la clínica. Durante un instante, imaginó las posibilidades que ofrecía aquella adquisición, el aumento en el número de camas, las salas de fisioterapia, una habitación para las familias de visita. Luego volvió en sí y miró a Archie encolerizado. Lo odiaba por haberle hecho morder el cebo con tanta facilidad.

Archie prosiguió:

—Desde luego, eso no sería más que el principio. Te estoy hablando de unos recursos que podríamos obtener de inmediato. Para más adelante, tengo otras ideas.

—¿A cambio de qué, Archie? Será mejor que me lo digas ya.

A pesar de las cuatro estrellas del hotel, la climatización del bar no era perfecta. Archibald extrajo un pañuelo blanco con sus iniciales bordadas, y se secó la frente. En verdad, aquella entrevista tenía que tener para él un interés enorme, para haberle hecho aventurarse hasta Georgia. Solía decir que consideraba el Sur como un territorio absolutamente bárbaro.

—No habrás olvidado tu oficio —tanteó—. Me refiero al primero.

Paul se puso rígido.

—Hace diez años que lo dejé, Archie.

—¿Quién puede asegurar que lo ha dejado del todo? Lo que uno hace a los veinte años no se olvida nunca, ¿verdad? Por lo demás, parece que en la clínica te dan el apodo de Doctor Spy... —Alzó una mano, sin dar a Paul tiempo para protestar—. Lo sé, lo sé, eres médico y no quieres oír hablar de ninguna otra cosa. La política internacional te repugna. No abres nunca un periódico. Tus antiguos amigos se han olvidado de ti. No todos, sin embargo, yo soy la prueba... Respeto tu decisión. Sin embargo, nadie me quitará de la cabeza la idea de que el espionaje ha sido una etapa importante en tu vida. Es más, me parece que fue una excelente preparación para lo que estás haciendo ahora. Escuchar, reconstruir un enigma a partir de indicios, y después actuar... ¿No es exactamente eso lo que se espera de los médicos?

Paul habría tenido que levantarse e irse. Todavía estaba a tiempo. Sin embargo, se sentía incapaz. Archie había recuperado aquel extraño ascendiente sobre él, hecho de simpatía, irritación, humor compartido, gusto común por la acción, que durante tantos años había podido más que todas las demás cosas que los separaban profundamente.

—Sabes que no tengo la menor intención de volver a la compañía.

—Tranquilízate, Paul, yo tampoco estoy ya ahí. El servicio público, aunque sea el servicio secreto, ya no me seduce. Ahora no son más que burócratas, y cuando me acuerdo de la CIA de la gran época, la que nosotros conocimos... No, ya ves, ahora me he establecido por mi cuenta. Igual que tú, en cierto modo. —Paul no puso objeciones a la comparación—. Puedes estar tranquilo. No es una misión lo que he venido a proponerte. Es sólo que eches una mano.

—¿Que eche una mano a quién?

—A mí.

Archie siempre había sabido suplicar. Con la edad, su mímica modesta y desarmada se había hecho casi creíble.

—Yo te echo una mano a ti, y tú me pagas con una donación millonaria de Hobson and Ridge —se burló Paul—. Siempre serás el rey del tráfico de influencias.

El anciano arrugó la nariz y se ajustó la corbata.

—No me digas esas cosas, Paul, me horrorizan esas palabrotas. Todo el mundo saldrá ganando, en el negocio que te propongo.

—¿De qué se trata?

Archie se echó atrás en su asiento y miró alrededor. Seguía sin haber nadie en el bar, a excepción del camarero, que secaba unos vasos detrás del mostrador. A pesar de sus esfuerzos por disimular, era evidente que escuchaba la conversación. Archie le dirigió una mirada asesina.

—En un sitio como éste, prefiero no hablar de más. Necesito a una persona como tú, Paul, eso es todo. Ahora bien, personas como tú no existen. Estás tú, y nadie más. No conozco a nadie que haya llegado tan lejos en tu primer oficio, es decir en el nuestro, y después se haya hecho médico. En este momento necesito las dos cosas, ¿me entiendes? Tengo en mi agencia todos los perfiles, pero el tuyo no, y es el tuyo el que necesito.

Paul cerró los ojos. En teoría, aquella proposición era lo que había estado tratando de evitar. Desde hacía diez años, temía volver a ser atrapado por su pasado. Ahora, su temor se había materializado. Y sin embargo, no sentía nada. Aquel suceso parecía estar dentro del orden natural de las cosas. En el fondo, lo esperaba. En ese instante, le vino a la memoria la imagen de Kerry. Estaba de pie frente a un blanco de entrenamiento y le sonreía mientras cargaba de nuevo su Glock.

—¿Me escuchas? —repitió Archie, inclinándose sobre la mesa.

—Por supuesto —balbució Paul.

—Te lo repito, sería cosa de un mes como máximo. Sé que tienes cuatro socios. Puedes conseguir sin problemas que te sustituyan durante un mes, ¿no es así?

Detrás de sus modales refinados y del tono de broma, asomaba la nariz el verdadero Archie. Probablemente lo había estudiado y previsto todo, conocía con exactitud la situación de la clínica y las posibilidades de Paul. Y sus deseos profundos.

—Lo sabes todo, ¿no es así, Archie? Supongo que conoces de memoria la cuenta de explotación de mi clínica e incluso el color de mis calzoncillos.

—Sé lo que me es útil. Por otra parte, en lo que se refiere a ti, para ser enteramente franco lo sé desde hace diez años. Nunca te he perdido de vista, mi pequeño Paul. Pero tienes que reconocer que tampoco te he molestado nunca. —Era bastante cierto. Paul, a pesar de todo, le agradecía aquella larga discreción—. Cuento contigo —dijo Archie con animación, y colocó su mano sobre el brazo de Paul, como para capturar simbólicamente su voluntad—. Te lo contaré todo cuando volvamos a vernos en la agencia.

Archie deslizó una tarjeta de visita sobre la mesa de falsa raíz de brezo, y lo hizo con la habilidad de un jugador de bacará. Paul examinó durante un largo momento la tarjeta, sin tocarla. Finalmente se la metió en el bolsillo. Murmuró unas palabras de despedida para Archie, se levantó y cruzó el bar a grandes zancadas.

—Adiós...

—Hasta pronto —dijo Archie con una voz demasiado baja para esperar ser oído. Luego abrió el *Times* de Londres, que había dejado sobre el asiento situado al lado del suyo, y se sumergió en su lectura con una sonrisa.

3

Providence, Rhode Island

El avión efectuó un amplio viraje a baja altura por encima de los acantilados costeros, y Paul se preguntó si no estaba siendo víctima de una broma pesada. Al sol de la mañana, todas las villas presentaban una blancura resplandeciente, volcadas como dados de marfil sobre el tapete verde de los céspedes y los campos de golf. Era un lugar de vacaciones o, forzando las cosas, un retiro para jubilados ricos. En todo caso, no era la clase de sitio en el que se espera encontrar una agencia de información.

A partir de Westerly Airport, Paul se sintió un poco más tranquilo: el taxi lo condujo a una zona cubierta de bosques sombríos, más conformes con la idea que uno se hace de ese tipo de trabajo. Tras un recodo de una carretera rural, vieron una alambrada de seguridad ultramoderna. La siguieron a lo largo de cerca de un kilómetro antes de descubrir una verja corredera vigilada por dos guardianes provistos de *walkie-talkies*. El taxi no fue autorizado a entrar. Paul hubo de recorrer a pie los cien metros de la avenida que conducía al edificio principal. La fachada, de cuatro plantas de altura, era enteramente de cristal y reflejaba los abedules y los robles del parque. El porche estaba protegido por una pared de cemento armado.

Archie lo esperaba en el vestíbulo. Se precipitó a su encuentro.

—¡Me hace feliz que hayas venido! —exclamó, y con esa única frase dio por finiquitados los cumplidos—. Llegas en un buen momento. He reunido a algunos de mis colaboradores. Voy a presentártelos.

Condujo a Paul hacia los ascensores. En el último piso, siguieron un pasillo interior y entraron en una amplia sala de reuniones. Formaba como un pabellón de cristal rodeado de terrazas. El ruido de las conversaciones se apagó a su llegada. Archie ocupó su asiento e instaló al visitante a su derecha.

—Queridos amigos, éste es Paul Matisse. El auténtico, el único, el famoso, del que tantas veces os he hablado. Voy a tener que acortar la reunión para trabajar con él. Antes de llevármelo, me gustaría que os presentarais rápidamente. Es posible que muy pronto él os necesite. Será mejor que pueda relacionar los verdaderos rostros con vuestros nombres falsos.

Alrededor de la larga mesa oval, cada cual fue anunciando su identidad de trabajo, su función, y un pequeño currículum donde constaban sus orígenes profesionales. Los varones eran un poco más numerosos que las mujeres. Casi todos eran bastante jóvenes. Prácticamente todos habían hecho su aprendizaje en las grandes agencias federales de información, de investigación policíaca o de aduanas. Sus competencias cubrían el conjunto de funciones propio de un servicio secreto operacional.

Todos se expresaron de una manera sencilla y directa, muy profesional, lo que contrastaba con los modales mundanos y falsamente modestos de Archie. Paul quedó impresionado favorablemente.

—Me parece que la presentación ha sido bastante completa —concluyó Archie, al tiempo que colocaba las palmas de ambas manos sobre el cristal que cubría la mesa—. Si nuestro amigo Matisse necesita más información, irá a veros directamente.

—De acuerdo —dijo alguien.

Con una algarabía de sillas arrastradas, los participantes se levantaron y se despidieron.

—¿Has visto? —dijo Archie, mientras se estiraba el chaleco y se ajustaba la corbata—. Es la Compañía, en miniatura pero mucho mejor. Sin grasas sobrantes, sin secretos ocultos en los armarios, sin ramas podridas. —Recogió un bastón que había dejado en el suelo junto a su butaca, y se puso en pie—. Lo descubrirás cuando los utilices: todos son competentes y apasionados. Martha, por ejemplo, la muchacha que estaba ahí, junto a la ventana, se ocupa de los seguimientos. Nada que ver con la CIA de papá, todos esos tipos de los que nadie podía desengancharse, que arrastraban sus polainas por las calles y se hacían localizar al cabo de un cuarto de hora. Se acabaron las pantomimas de antes, los trucos de aficionado. Martha es la nueva generación. Te organizará en el lugar que quieras la localización de un objetivo y su seguimiento metro a metro con GPS, espías vía satélite y otros *gadgets*. Y Kevin, el pequeño que se sentaba al fondo: un genio de la informática.

Sin duda también te has fijado en Clint, el de la camisa de *cowboy* y las botas. Se diría que sale del reparto de *Los siete magníficos*. Para las interceptaciones y las escuchas, es absolutamente fantástico.

—Ya veo...

La sala estaba vacía, y Archie señalaba las sillas desordenadas, mirándolas con ternura.

—Vamos a almorzar. Es bastante lejos, tendremos tiempo de hablar por el camino.

Un largo Jaguar Wagon verde los esperaba bajo el porche. Se instalaron detrás, en asientos de cuero color crema. El chófer cerró la portezuela de Archie. Cuando Paul tiró de la suya, reconoció la pesada resistencia propia de las carrocerías blindadas. Sin ruido, el automóvil bajó por la avenida hasta la verja. Después siguieron una serie de carreteras estrechas a través de campos y bosques.

—¿Por qué elegiste instalarte en Rhode Island?

—Sí, lo sé, lo sé —dijo Archie con coquetería—. Todo el mundo piensa que es un lugar para las vacaciones de los ricos. Rhode Island es uno de los estados más caros de Norteamérica. En un agujero perdido como Arizona habríamos encontrado cuatro veces más espacio por el mismo precio. Pero aquí, ya ves, estamos a un tiro de piedra de Nueva York y de Boston. Para mis citas en Washington o en Langley utilizo el helicóptero, y apenas tardo una hora. —Archie dirigió una mirada de reojo a Paul, y al ver que sonreía, sacudió la cabeza—. En el fondo, ¿por qué no hablar con franqueza?; sabes la verdad: no puedo sobrevivir lejos de Nueva Inglaterra. Eso es todo.

Los que llevan mucho tiempo sumergidos en los ambientes de las agencias de información acaban siempre, pronto o tarde, por encontrar su verdad, es decir, por elegirla.

La verdad de Archie era Inglaterra. Una Inglaterra mítica, a la que había soñado largo tiempo con pertenecer y de la que había acabado, con total sinceridad, por creerse originario. Sin embargo, a pesar de todo, era estadounidense y no conseguía olvidarlo. Se consolaba manteniéndose lo más cerca posible de su patria de elección, es decir residiendo en esos parajes de la Costa Este en los que las maneras británicas resultan casi naturales.

—Y además —añadió con voz suave—, los terrenos sobre los que se levanta nuestra agencia están situados en el condado de Providence. Me resulta bastante agradable pensar que esta ciudad fue creada antaño por un hombre libre. Predicaba la tolerancia religiosa en una época en la que el país era víctima de una serie de fanáticos irascibles.

Henry Williams, el fundador de Providence, fue sobre todo un fugitivo. Sin reconocerlo, era sin duda ésa la circunstancia por la que Archie lo estimaba. Porque antes de descubrirse inglés, el joven Archie había debutado en la vida como un italiano nacido en Argentina en una familia de origen judío. Había emigrado a Estados Unidos con sus padres cuando tenía cinco años.

—Providence...

—Entonces —dijo Archie, arrellanándose en el fondo de su asiento—, ¿qué me dices de Providence, quiero decir de nuestra nueva agencia? ¿Te gusta?

Paul sabía que con Archie era preferible no caer en la trampa de los cumplidos. En ese juego, ganaba a todo el mundo.

—Ante todo, me gustaría entender cómo consigues hacer funcionar vuestra organización. ¿Sois una filial privada de la CIA, es eso?

—¡De ninguna manera! —exclamó Archie—. Es nuestro principal cliente, de acuerdo, pero diría que casi por casualidad. Al principio, cuando creé la agencia de Providence, fue precisamente para no tener nada que ver con la Compañía.

En la época en que Paul dejó la CIA, Archie era el número tres de la institución. Había ingresado en ella en el momento de su fundación, y parecía formar parte del mobiliario.

—¿Te peleaste con alguien?

—¡Es verdad, lo había olvidado! Tú no sabes lo que ocurrió. Te aislaste del mundo, como un náufrago voluntario. —Paul se encogió de hombros. Archie continuó—: Te resumo lo ocurrido en dos palabras. Dejé la CIA dos años después que tú. Hace ocho años, ahora. No me peleé con nadie. Hubiera podido acabar tranquilamente en el puesto en el que estaba, e incluso quedarme después como consejero especial del nuevo director. Pero no quise. En esa época, vivíamos en un infierno. Nadie podía predecir lo que iba a ser de la información después de la desaparición del comunismo, y no teníamos razones para sentirnos muy optimistas... Se produjo la primera guerra del Golfo, y Bosnia, Somalia, todas esas chapuzas. Jugábamos a darnos miedo para creernos todavía indispensables. Pero ninguna de esas crisis constituía una auténtica amenaza para Estados Unidos. Buscábamos desesperadamente un enemigo.

Paul asintió con un gesto. Recordaba bien la música de fondo de aquellos años. Él salía de su etapa de formación sobresaturado de ideología. Esperaba entablar un combate claro y legítimo, como en la época de la guerra fría. Y en lugar de eso, sólo encontró la humillación, el fracaso y el sentimiento de haberse comprometido en una actividad deleznable y sucia. Archie prosiguió:

—Tú te fuiste a tiempo. Escapaste a los ajustes de cuentas. Las personas que no nos querían, y eran muchas, aprovecharon para recortarnos las alas: reducciones presupuestarias, comisiones de investigación, escándalos públicos. En el interior de la Compañía, todos empezaron a abrir los paraguas: nada de información humana, para no mezclarse con ambientes peligrosos. Más acción, acción física, quiero decir. ¡Prioridad a la tecnología! Quienes tenían un poco de conciencia profesional se dijeron que era hora de marcharse. Para salvar lo que aún podía ser salvado, era necesario exportarlo al sector privado.

—Y como tú eras el más antiguo en el rango más elevado, fuiste el encargado de las mudanzas de muebles, ¿verdad?

—Nadie fue encargado de nada. Nos fuimos todos sin hacer ruido, cada cual cuidó de sí mismo. Y buscamos salidas en nuestra propia especialidad. ¿Te acuerdas, por ejemplo, de Ronald Lee?

—¿El jefe de los comandos?

—Sí. Con gente de su departamento y algunos más, sobre todo sudafricanos, Lee montó una gran agencia de seguridad privada. Protección, control de riesgos, intervenciones en la toma de rehenes, eliminación de amenazas a las industrias estadounidenses en el extranjero, esa clase de cosas. Te cuento su caso, porque su empresa ha dado que hablar. Fueron lo bastante estúpidos para intentar organizar un golpe de Estado en São Tomé. Tienes que haber oído hablar del asunto. Están todos presos, allá abajo. Pero hay muchos más casos.

El coche se deslizaba entre colinas cada vez más urbanizadas. Muy pronto llegó a una parte escarpada de costa desde la que se dominaba el mar. Abajo, se divisaban amontonamientos de rocas negras orladas por un encaje blanco de espuma. Bajaron hasta la orilla y se detuvieron junto a un faro de granito, pintado a cuadros rojos y blancos.

Paul no había salido de Atlanta y de sus humos desde hacía mucho tiempo. Respiró a pleno pulmón el aire vivo cargado de olores de sal y de algas. Las gaviotas chillaban alrededor del faro. Archie lo condujo a una construcción alargada de ladrillo, con ventanas blancas de guillotina. En la muestra estaban pintadas una cabeza de marino y la chalupa de un ballenero. A juzgar por la fecha inscrita debajo, la casa servía de albergue desde hacía cerca de tres siglos.

El interior se componía de varias habitaciones de techo bajo con vigas ennegrecidas por el humo. Sin esperar la intervención del *maître d'hôtel*, Archie cruzó toda la planta baja con autoridad, y entró en un saloncito en el que estaba dispuesta una mesa para dos. Por los cristales del ventanal no se veía otra cosa que el cielo y el agua. De vez en cuando, un chorro de espuma saltaba hasta el nivel de las ventanas.

—¿Podemos hablar aquí? —aventuró Paul, tras una mirada circular a las paredes decoradas con platos de porcelana azul.

—Sin problema. Conocemos bien el establecimiento —dijo Archie, al tiempo que desplegaba su servilleta almidonada—. A decir verdad, es nuestro.

Compuso un menú, de acuerdo con Paul y siguiendo las sugerencias del *maître*.

—¡Y tráenos un burdeos! Algo que esté bien..., Château Beychevelle, por ejemplo. Del noventa y cinco, sobre todo. —Cuando hubo salido el *maître*, añadió con una sonrisa—: El año en que nos abandonaste...

Almorzaron tranquilamente. Archie tuvo la delicadeza de no abordar de inmediato los temas profesionales. Se interesó por la vida cotidiana de Paul, por sus proyectos. Se interrumpió para probar el vino. No lo hizo a la francesa, con una sonrisa y una expresión satisfecha. Tomó el aire grave y ofendido de los ingleses que hacen comparecer el brebaje ante un verdadero tribunal. Se lo veía dispuesto a pronunciar una sentencia de absolución o de muerte.

Finalmente, Archie se decidió por un «no ha lugar».

—Pasable —dijo.

Después, recordó con tristeza a su mujer. Paul no llegó a conocerla. Había muerto dos años antes. Su desaparición parecía haberla adornado a título póstumo con todas las virtudes. Sin embargo, en vida Archie nunca encontraba palabras lo bastante duras para criticarla. Sus cuatro hijas habían tomado el relevo de la madre. Archie declaró entre suspiros que lo arruinaban. Parecían haberse casado con la única intención de conseguirlo antes. Todos sus yernos estaban en el paro y, lo que es peor, ninguno era inglés. A Archie no le faltaba sentido del humor respecto de sí mismo, pero en esos temas no toleraba la más mínima broma.

El *maître* propuso los postres, que ellos declinaron. Con los cafés, Archie pidió bebidas fuertes y eligió ceremoniosamente un armagnac. Hizo toda una serie de melindres con la copa esférica, la calentó en la mano, la hizo girar, aspiró el aroma y finalmente bebió de golpe un gran trago, con un gruñido.

—¿Qué decíamos, al llegar aquí? Ah, sí, te hablaba de las nuevas agencias privadas.

—Nuevas es mucho decir. Siempre han existido, me parece.

—Sí y no. Por supuesto algunas firmas subsistían, desde hacía tiempo. Por lo general habían sido creadas por personas de la Compañía, que fueron despedidas y no servían para gran cosa. Arrancaban dos o tres pequeños contratos con empresas privadas a las que impresionaba su leyenda de antiguos agentes secretos. Después, en el mejor de los casos vegetaban, y en el peor escribían sus memorias. —A Paul, después de su marcha, le habían ofrecido algunas colaboraciones de ese tipo, y las había rechazado con palabras corteses—. Te confieso que cuando me lancé —continuó Archie—, pensaba que correría la misma suerte. Y en vez de eso, ¡milagro!, estamos asistiendo a una completa renovación de la inteligencia privada, una oportunidad histórica, una verdadera edad de oro. La debilidad de la CIA nos ha abierto las puertas de par en par.

—¿La Compañía sigue funcionando tan mal como antes? Tenía la impresión de que, después del Once de Septiembre, se había vuelto a recuperar el control.

Paul no se atrevió a confesar que, el día siguiente de los atentados de Nueva York, había estado a punto de echarlo todo a rodar para volver a los servicios secretos. Incluso llegó a telefonear a dos de sus antiguos colegas para sondearles sobre esa posibilidad. Pero en ambas ocasiones la conversación se había desviado hacia problemas de antigüedad y de salarios. No insistió.

—Creía que nunca leías los periódicos —ironizó Archie—. ¿De modo que has oído hablar del Once de Septiembre?

—Dos de los chicos que tengo en la clínica quedaron tetrapléjicos en las torres.

—Perdóname, a veces mis bromas no son de buen gusto. En todo caso, tienes razón. Después de la tragedia del World Trade Center, el gobierno se ha rehecho y la CIA anda mejor. Todo lo bien, por lo menos, que puede ir con sus estructuras burocráticas y sus malos hábitos. Pero esa mejoría nos ha hecho más indispensables que nunca.

—¿Indispensables?

A Archie no había nada que le gustara saborear tanto como la mezcla en la boca de una frase aguda y una bebida fina.

Con los ojos semicerrados, fundió su última frase con un sorbo de armagnac. Dijo:

—Somos indispensables porque hoy la agencia necesita resultados. —Hizo una pausa, y añadió—: ¿Cómo obtener resultados, cuando no han desaparecido las trabas que se impusieron durante los años negros? Muy sencillo. La Compañía se ve obligada a subcontratar en todos los terrenos. La detención de sospechosos, por ejemplo. Con los controles parlamentarios, las garantías jurídicas, los defensores de las libertades, etcétera. ¿cómo encerrar a alguien el tiempo suficiente para neutralizarlo y sonsacarle alguna cosa? Hay que subcontratar a gobiernos menos escrupulosos. Ahora todo el mundo sabe que la Compañía dispone de un amplio elenco de prisiones secretas, públicas o privadas, repartidas por todo el mundo. Y, claro está, necesita agencias privadas para gestionar los *transferts*, los contratos, las relaciones con los países huéspedes. Lo mismo ocurre con los interrogatorios. En nuestros días, no es posible interrogar a un sospechoso en Estados Unidos. Interrogarlo de verdad, ¿entiendes lo que quiero decir? También en ese tema es preciso subcontratar.

Paul empezaba a sentirse encerrado, y le habría gustado estirar las piernas. Miró con envidia los veleros que participaban en una regata en la bahía, con las velas henchidas de aire puro.

—¿Te molesta que abra un poco la ventana?

—En absoluto. En cuanto nos sirvan los cafés, podremos salir a dar una vuelta.

Paul alzó el panel de la ventana, se sentó en el alféizar y reanudó la conversación.

—Me estabas hablando de vuestras nuevas actividades: detención arbitraria, tortura. ¿Golpes de Estado también, supongo?

—Eres irresistible —dijo Archie, alzando su labio superior. Miró con tristeza las lágrimas de armagnac que aún quedaban pegadas al cristal de su copa.

—No, mira, nuestro *business* sigue siendo el clásico. La agencia de Providence es una de esas buenas viejas estructuras polivalentes. Información de calidad, un poco de acción si es necesario, pero con métodos modernos y personal de elite. En el fondo, he seguido haciendo fuera lo mismo que había hecho dentro toda mi vida. Y la historia ha acabado por darme alcance. Lo que tienes que comprender —susurró Archie, al tiempo que se inclinaba y bajaba el tono de voz como para revelar un secreto— es que la CIA sólo ha podido recuperarse por el procedimiento de volcarse en un único tema: el del islamismo. Para movilizar un mastodonte burocrático como ése, se necesita una consigna sencilla. Antes fue la lucha contra los rojos; hoy, la guerra contra los barbudos. La gente de la Compañía ha tenido que hacer un inmenso esfuerzo para ponerse a la altura en esos temas. Eso suponía aprender nuevas lenguas, renovar los ficheros y los perfiles, asimilar una historia diferente. Lo están consiguiendo. Y como su nuevo enemigo posee ramificaciones por todas partes, da la impresión de que vigilan el mundo entero. En realidad, es falso.

—Dices que es falso...

A Archie el alcohol le había anestesiado un poco la boca. Bebió de un trago el café hirviente que el camarero acababa de servirle.

—En el mundo de hoy —prosiguió, con una mueca de amargura—, hay muchas más amenazas que los barbudos. La CIA no puede vigilarlas a todas. Tampoco puede desinteresarse de ellas. Nunca se sabe lo que tendrá importancia mañana. Después de todo, Bin Laden fue considerado un payaso ridículo, al principio. No se puede descuidar nada que parezca extravagante, un poco marginal, vagamente peligroso pero no prioritario. En casos así, antes que archivar un caso poco claro o inmovilizar medios públicos por algo que no es gran cosa, recurren a nosotros.

—¿Cómo funciona eso en la práctica? ¿Sois vosotros los que elegís los casos, o echáis a correr detrás de la liebre cuando os señalan la pista?

—Contamos con un departamento de geopolítica con analistas. Pero en ese terreno no podemos rivalizar con la Compañía. La mayor parte de las veces las cosas son como acabas de decir: corremos detrás de las liebres. Nos colocan delante un indicio, un detalle extraño, un cabo que no parece muy serio, pero que no quieren dejar suelto. Entonces, nosotros tiramos del hilo. A veces nos lleva bastante lejos, y a veces se rompe enseguida.

—¿Y eso basta para que el negocio prospere? —preguntó Paul

—Los contratos son bastante generosos, ¿sabes? Y tenemos muchos.

Paul sonrió. En la confesión de Archie, reconocía esa forma particular de puerilidad que siempre le había llamado la atención, más allá de las palabras graves y de los actos violentos. En el universo de la información, todo el mundo se esfuerza por tener un aspecto amenazador o preocupado. Pero, en realidad, lo que predomina es el placer bastante infantil del juego.

Archie ya no pertenecía a un servicio del Estado. Eso le dispensaba de buscar justificaciones morales a sus actos. Ya no necesitaba simular ser un heroico defensor del mundo libre. Su motivación era claramente el dinero. Esa simplicidad despojaba a sus palabras del barniz hipócrita que suele alterar los colores crudos, pero bastante alegres, del espionaje.

En cuanto Paul apuró su café, Archie se puso en pie y lo llevó afuera. Salieron por una puerta pequeña que daba del lado del mar. El agua no llegaba ni mucho menos hasta la casa. Se acercaron al faro, del que partía una larga escollera.

—En el extremo, allá abajo, hay un pequeño mirador —dijo Archie señalando la escollera—. Vamos hasta allí, a desentumecernos las piernas un poco. Además, tengo algo confidencial que decirte.

—Tienes una liebre para mí.

—¡Dios! —gritó Archie, y golpeó el suelo con la punta metálica de su bastón—. ¡Qué inteligente eres!

4

Providence, Rhode Island

—El año pasado, abrimos una pequeña oficina en Londres —dijo Archie—. No para operar en Inglaterra, evidentemente. Los *brits* son muy buenos en materia de inteligencia. No nos necesitan. Y además, son bastante hostiles a la subcontratación en sus propios asuntos. Nuestro despacho de Londres es sólo una cabeza de puente para explorar nuevos mercados en el continente.

La escollera se estrechaba a medida que avanzaban. Ya no era más que una estrecha cinta de cemento desplegada sobre las rocas. El tiempo se aclaraba, y el mar, hacia el oeste, había adquirido matices de estaño viejo. Archie reflexionó:

—Hoy es demasiado peligroso depender de un solo cliente. La agencia de Providence tiene que diversificar sin cesar sus fuentes de financiación. Un poco como tu clínica... —Paul volvió la cabeza para ver si Archie estaba bromeando, pero su actitud era seria, y siguió desarrollando su idea—. A largo plazo, evidentemente apunto hacia Extremo Oriente. Dicho sea de paso, muy pronto me dispongo a hacer una larga gira por ahí abajo. Pero mientras tanto, hemos empezado por lo más fácil, es decir por Europa. Pero no Europa occidental. Los holandeses y los belgas son un coto cerrado de la CIA, e Italia también. Los franceses podrían aprovechar nuestros servicios si tuviesen algo de lucidez acerca de sí mismos. Pero es un pueblo extraño, no piensa como el resto de la humanidad. Espero no herir tu sensibilidad al decirlo. —Paul no se dio por aludido. Era una vieja broma entre ellos. Archie no perdía ninguna ocasión de llamarle francés, por el hecho de haber nacido en Nueva Orleans—. No, el verdadero mercado emergente es la antigua Europa del Este. Hay ahí una veintena de países que salen de medio siglo de dictadura. Sus servicios secretos no son incompetentes, los disidentes lo comprobaron en carne propia. Pero siguen funcionando según una tradición de brutalidad un tanto pasada de moda. No se han adaptado bien al mundo actual. Cuando las cosas empiezan a complicarse un poco, se sienten desamparados.

Habían llegado al extremo del último pontón, sobre un pequeño promontorio de planchas metálicas. Se acodaron en la balaustrada. Allí, tenían la impresión de encontrarse en medio del mar. Los grandes veleros daban bordadas para girar delante de ellos. Pasaban tan cerca que podía oírse el chasquido de las velas y los cordajes al viento. Archie se subió el cuello de la americana y adoptó de pronto una expresión que Paul habría calificado «de guerra fría». Podía burlarse de los polacos y de su herencia de la era comunista, pero también él había sido formado en las escuelas clásicas. Un pontón desierto, dos paseantes improbables acodados uno al lado del otro con los ojos fijos en el horizonte, toda su escenografía era un homenaje vivo a John Le Carré, el vestigio bastante ridículo de un mundo desaparecido. Moviendo imperceptiblemente los labios, comenzó el relato que había motivado toda su gestión.

—Las autoridades polacas han entrado recientemente en contacto con los servicios ingleses para pedirles consejo —dijo Archie—. Mi viejo amigo lord Brentham sigue siendo el hombre clave en cuestiones de seguridad, en Whitehall. Me había prometido que, ya que no podía darnos trabajo directamente, desviaría hacia nosotros determinadas peticiones de ayuda que le llegan de vez en cuando del extranjero. Me ha llamado para traspasarme el *dossier* polaco. —La brisa cálida procedente de tierra se avivó de pronto. Las olas se rizaron de espuma. Los veleros que navegaban contra el viento tomaron una pronunciada escora—. Te resumo el asunto. La semana pasada, en la ciudad de Wroclaw, al oeste de Polonia, fue asaltado un laboratorio de investigación biológica. El grupo que realizó la acción pertenece al parecer a un movimiento ecologista radical. Más precisamente, parece tratarse de defensores de los animales. Los asaltantes abrieron las jaulas del laboratorio y liberaron a los animales utilizados para los experimentos. Entre nosotros, no puede reprochárseles del todo. Cuando sabes las cosas que hacen a esos pobres seres inocentes...

Archie no se extendió más en su compasión. Era evidente que no había en ella nada personal. Por lo demás, Paul nunca había visto que Archie dedicara la menor atención a un animal.

—Continúa, por favor.

—Los polacos han llevado a cabo una investigación policíaca clásica, bastante bien dirigida al parecer. Sus conclusiones son que se trató de un comando de al menos dos personas. Probablemente venían de un país extranjero. Wroclaw está cerca de las fronteras alemana y checa. Los extremistas polacos están muy vigilados y, al parecer, los policías lo afirman de manera tajante, no hay entre ellos ningún grupo que proyecte actos parecidos. Desde el punto de vista judicial, han archivado el asunto. Como precaución adicional, puesto que parece existir una implicación internacional, han transmitido la información a sus servicios secretos. Son esos servicios los que están preocupados. Saben que en muchos países de Europa occidental y América del Norte los grupos ecologistas radicales constituyen una amenaza extremadamente preocupante. Esos activistas no vacilan en realizar asaltos muy destructores y llegan incluso a cometer asesinatos. ¿Lo sabías?

—Vagamente.

—En resumen, los polacos se han informado. Han sabido que Inglaterra era la patria de origen de los militantes violentos que defienden la causa animal. En consecuencia, se les ha ocurrido la idea de pedir a los ingleses que evalúen la situación en Polonia. Quieren saber por qué se han fijado en ellos, y si puede haber más objetivos en su país. En pocas palabras, intentan valorar si existe riesgo de contagio. Lord Brentham, muy amablemente, ha cumplido la promesa que me había hecho y nos ha colocado el pie en el estribo. Los servicios ingleses nos han pasado el asunto. Han dicho a los polacos que Estados Unidos es víctima de ese tipo de terrorismo por lo menos en igual medida que ellos, lo cual es cierto. Y que en la agencia de Providence se encuentran los mejores especialistas en estas cuestiones.

—¿Lo cual es falso?

—Evidentemente. Nunca hemos trabajado en ese sector.

Paul había venido de Atlanta con un traje de tela ligera, y empezaba a tener algo de frío.

—Tal vez podríamos volver, caminando despacio —sugirió.

Archie dio media vuelta sin decir palabra, absorto en su tema.

—Así es como hemos heredado un contrato de consulta con los polacos. No es aún muy interesante, desde el punto de vista financiero. Pero si sabemos manejarlo bien, será una baza importante para venderles una colaboración más regular. Eso nos abriría la puerta al mercado europeo de la información. ¿Empiezas a comprender por qué te necesito?

—No sé nada de animales —dijo Paul con una sonrisa torcida—. Lo que necesitas es un veterinario.

Archie echó ligeramente el torso hacia atrás y se pasó la mano por los cabellos, que el viento despegaba de su cráneo.

—Reflexiona, Paul —susurró, sin tomarse la molestia de sonreír—. Puedes ser infinitamente precioso para nosotros.

—¿Yo?

El chófer había acercado el automóvil al extremo de la escollera. El Jaguar esperaba con las portezuelas abiertas como velas desplegadas. Parecía un largo barco amarrado al pontón por el lado de tierra. Archie dio la vuelta al coche. Paul se encontró a su lado, en aquel cálido habitáculo. El anciano sopló sobre sus manos para calentarlas.

—En primer lugar —explicó—, tienes que saber que los buenos agentes de campo son raros. Para Providence, no me ha costado encontrar personal de oficina o técnicos. Pero los agentes operacionales son otra cosa. Nos hacen una falta desesperada.

—Sigue buscando. Yo no soy el único.

—Eso no es todo. En este caso determinado, nos hace falta alguien que acumule varias competencias. Tiene que poder moverse en los medios de la investigación médica, comprender el vocabulario y lo que está en juego. Habrá que ir a comprobar sobre el terreno a qué se parece ese famoso laboratorio. Los servicios secretos polacos están al corriente del asunto, por supuesto, pero la policía no. Allí son bastante celosos en lo que se refiere a la soberanía nacional. Por tanto, nuestro agente tendrá que hacerse pasar por un médico. ¿Qué mejor, para conseguirlo, que ser médico de verdad? Después, si descubre una pista, tendrá que seguir las huellas del grupo activista que organizó el asalto. Tendrá que aproximarse a él, conocer sus intenciones. Habida cuenta de la peligrosidad habitual de esos grupos, es necesario que tenga experiencia en las cuestiones de seguridad y sea capaz de operar bajo una cobertura. Es una misión muy compleja. Tú, querido Paul, eres la perla rara que buscamos. El que puede reunir todas esas cualidades.

—Lo que me has descrito supone un año de trabajo como mínimo. Ahora mi oficio es otro. Dejarlo está fuera de cuestión.

—Magnificas las cosas —dijo Archie, sacudiendo la cabeza—. No se trata de garantizar la seguridad de Polonia. Ya no formamos parte de la compañía. Hacemos *business*. Dispensamos un servicio, en las mejores condiciones de eficacia y de coste. Tenemos que averiguar lo bastante para redactar un buen informe que sitúe el problema y remita a los servicios del Estado concernido a sus responsabilidades. ¿Me sigues?

—Te sigo.

El automóvil había tomado la carretera del interior. Archie se retorció en su asiento para quitarse el abrigo, en previsión del viaje que les esperaba.

Dijo:

—Créeme. Tienes como máximo para un mes. Me comprometo personalmente a ello. Dentro de treinta días, paras la investigación. ¿Qué más puedo decirte? Puede que ni siquiera necesites tanto tiempo. En mi opinión, el asunto es de una gran simplicidad.

—¿Y si no lo es?

—Escucha, Paul, siempre has sido un chico inquieto. Eso es lo que te ha hecho progresar. Pero también, ésa es la razón de que necesites la amistad de personas razonables como yo.

¡Después de la vida que había llevado, Archie se atrevía a presentarse a sí mismo como una persona razonable! Paul lo miró con tal expresión de sorpresa, que los dos se echaron a reír.

—Vamos, empieza por tirar de ese hilo —concluyó Archie—. Ya veremos después lo que hay detrás.

Atlanta, Georgia

El ascensor era un montacargas provisto de una reja corredera. Paul la corrió ruidosamente a un lado. Después de todo, de noche estaba solo en el edificio. Tenía todo el derecho de demostrar su mal humor. Archie había hecho que lo condujeran al JFK con su automóvil. Pero después de atrapar el último vuelo y de volver en taxi, llegaba a su casa a las dos de la mañana.

Paul dejó que la puerta de entrada se cerrara sola. Sin encender la luz, fue a tumbarse en un viejo sillón de cuero. Los grandes ventanales, de seis metros hasta el techo, brillaban con todas las luces de la ciudad. Todavía hacía calor. Los cristales de la parte superior estaban abiertos. Por ellos entraba el rumor en sordina, como el de una concha marina, de la megalópolis, los ruidos apagados del tráfico nocturno. Lejos, en el límite de la percepción, ascendía el mugido en dos tonos de una ambulancia.

Hacía menos de un día que se había marchado de allí, pero bastaba para que se sintiera extraño en su casa. La vana e irresistible histeria del mundo secreto del que Archie era el símbolo vivo, había vuelto a apoderarse de él. Se lo reprochó a sí mismo.

El antiguo taller que le servía de apartamento estaba formado por un único espacio sin tabiques, cortado por una galería en *mezzanine*.

Un enorme frigorífico con puerta de vidrio estaba instalado abajo, en medio de la estancia. Sacó de él una lata de Coca. Todavía sin encender la luz, dio una vuelta por aquel universo familiar. La mesa de ping pong, los sacos de boxeo, libros metidos en cajas, dos televisores colocados el uno encima del otro que veía siempre simultáneamente. Y en un rincón, para ocultar los aseos que no estaban aislados del resto del espacio habitable, el piano, que no tocaba nunca salvo durante los ocho días que precedían a cada uno de sus viajes a Portland para visitar a su madre. Ella le había enseñado a tocar, desde que él tenía cuatro años. Nunca se decidió a confesarle que había abandonado el instrumento al que ella había consagrado su vida.

Paul siempre se preguntaba si fue la muerte de su padre lo que le indujo a alistarse en el ejército. La razón profunda también había podido ser su deseo de escapar para siempre de las clases de piano... Durante mucho tiempo aborreció la música. Por fortuna, descubrió la trompeta, y todo cambió.

Atravesó la estancia y fue a buscar el instrumento en el alféizar de la ventana. Era más fuerte que él: sonreía en cuanto le ponía las manos encima. Acarició los pistones, y sopló maquinalmente la boquilla. Luego se la llevó a los labios y formó una escala ascendente, progresivamente más fuerte. Dio la última nota a todo pulmón. Debían de oírlo desde el otro lado del parque situado frente al edificio. Había escogido el lugar con ese único criterio. Se reía del espacio y de la comodidad. Sólo quería poder tocar la trompeta a cualquier hora del día o de la noche.

Repitió dos o tres notas agudas. Después, se deslizó a través de una frase de Dixieland que adoraba, una vieja melodía de Nueva Orleans de los años veinte. Tocó durante media hora y se detuvo con la frente perlada de sudor, los labios ardientes y lágrimas de felicidad en los ojos. Ahora se sentía con ánimos para encender la luz. Accionó el interruptor general. Los plafones del techo se iluminaron, los dos televisores y la radio se pusieron en marcha. Todo un revoltijo de ropa deportiva, zapatos desparejados, bicicletas desmontadas, apareció en las cuatro esquinas del *loft*.

Paul encendió el contestador y se desvistió para darse una ducha. Había una treintena de mensajes. Nunca daba a nadie su número de móvil. Quienes querían contactar con él lo llamaban a su casa. Dos amigos le proponían hacer *jogging*; una pareja de conocidos lo invitaba a un cumpleaños; un socio de la clínica se inquietaba por el presupuesto del año próximo (era de antes de la visita de Archie); Marjorie pensaba en él; el director de su banco le advertía de un descubierto;

Claudia pensaba en él; cuatro colegas celebraban el nombramiento de uno de ellos para un cargo de profesor; Michelle pensaba en él...

Con una toalla enrollada en la cintura, fue a apagar el contestador.

Volvió a tener una sensación olvidada de su anterior vida como agente de información: una especie de higiene, un decapado, como la ducha. La urgencia y el secreto actuaban como auténticos detergentes. Cuando la mente es arrastrada hacia el exterior, hacia la acción, todo lo no esencial desaparece instantáneamente. Las amistades recuperan su posición relativa. Los problemas también, felizmente. En cuanto a Marjorie, Claudia y Michelle, ya se habían alejado a toda velocidad, como pasajeros caídos de un paquebote en alta mar. La experiencia era estremecedora y dura. Era a la vez la prueba de la libertad y la del vacío.

Volvió a sentarse en el sillón. La cristalera negra reflejaba ahora el interior del apartamento y su silueta. Volvían a su espíritu algunas imágenes: Mogadiscio, Bosnia, las montañas chechenas, las misiones pasadas. De pronto, empezó a pensar en la que acababa de aceptar. Al imaginar los ratones blancos sacados de sus jaulas por unos trastornados, soltó una risotada.

Buscó la lata abierta, la bebió y se preguntó si tenía ganas de acostarse. A decir verdad, se sentía deslizar suavemente hacia un ensueño que sustituía al estado normal del sueño.

No conseguía entender qué era lo que le preocupaba. No tenía ganas de contestar a ninguno de los mensajes que había recibido. Sin embargo, había algo que sí tenía que hacer. La idea se concretó poco a poco. Extendió la mano para atrapar una agenda tirada en el suelo. Al hojearla, encontró el número. Ella le había dicho que era su número para las cuestiones de trabajo. Trabajaba en casa. Durante un instante, se preguntó si el timbre se escucharía en todo el apartamento. Pero, al tiempo que lo pensaba, ya estaba pulsando las teclas. Se estremeció al oír la señal. Al segundo toque, en el otro lado de la línea se activó el contestador. Él reconoció la voz.

—Hola, Kerry —dijo, y tosió para dar más firmeza a su voz—. Sí, hace ya siete años, lo sé. Bueno, la vida pasa. Espero que los chicos sigan bien, y lo mismo digo de Rob.

Hizo una pausa. Después de todo, aún podía dejar así las cosas. Se levantó y cortó la electricidad. Cuando volvió a sentarse, la oscuridad lo había calmado. En lugar de hablar al vacío, miró una pequeña luz lejana, a través de la ventana acristalada. Evidentemente, Kerry estaba en Manhattan, y no en Atlanta. No era su luz, pero no importaba. Por lo menos, se dirigía a alguien.

—Mañana salgo para una misión en Europa. Quería decírtelo. Sí, he vuelto a las andadas. Es raro, después de todo lo que te había contado. —Hizo otra pausa, bebió un sorbo de Coca-Cola—. No puedo decirte mucho más por teléfono. Pero es posible que, bueno..., que se den las condiciones. Aún no estoy del todo seguro. —Había tocado demasiado rato la trompeta, tenía la voz ronca—. Si fuera el caso, para mí sería un verdadero placer... En el caso de que a ti te sea posible, desde luego... Bueno, volveré a llamarte cuando sepa algo más. Si quieres contactar conmigo, te dejo mi número...

Parezco un imbécil —pensó de pronto—. Me estoy derritiendo por momentos.»

Recitó las cifras y calló. Buscaba algo menos estúpido que decir. Y, evidentemente, no se le ocurría. De pronto, el contestador emitió dos bips y la comunicación se cortó. Por un instante, se preguntó si Kerry lo había estado escuchando sin descolgar y había interrumpido el mensaje voluntariamente. No, era sin duda el silencio lo que había provocado la interrupción de la comunicación.

Se puso en pie y fue hacia la cama. Recogió la lata, que había caído al suelo, y se acostó. Se sentía terriblemente cansado.

—Ratones blancos... —dijo.

Se encogió de hombros y se durmió.

5

Chaulmes, Francia

La aldea de Chaulmes está sepultada en la campiña del Jura. Sin embargo, la ciudad de Montbéliard la está alcanzando ya, la absorbe y la aparta de la soledad a la que en principio parecía destinada. Apiñada en el fondo de un valle frío, la aldea en sí es un conjunto de grandes granjas de piedra con portales redondeados de amplitud suficiente para dejar pasar los carros cargados de heno. En su prisa por apretarse las unas contra las otras debido al frío, esas construcciones no han dejado espacio más que para una capilla estrecha y el ayuntamiento, un pequeño edificio cuadrado frente al que está situado el monumento a los muertos de 1914. En los alrededores, y hasta los flancos escarpados de las montañas, vela una guardia austera de bosques negros.

Ese paisaje salvaje y solitario, por el lado en el que el valle se ensancha y debería encontrar el horizonte, se ve bruscamente detenido por el cinturón industrial de la gran ciudad. Desde el césped del ayuntamiento se percibe ya, a lo lejos, el cubo gris de un primer edificio, y a su alrededor toda una red de postes, de hilos eléctricos, la estructura metálica de unas naves de almacenamiento.

Más o menos a mitad de camino entre el pueblo y el área suburbana que sube a su encuentro, en un replano talado desde hace años por haberse encontrado allí un manantial, se eleva una construcción extraña. Parece ajena a los dos mundos cuya frontera marca. No es fácil imaginar quién puede haberla construido: ¿un granjero enriquecido que daba sus primeros pasos fuera del terruño, o un burgués deseoso de aproximarse a la tierra? Muy elevada, está decorada con palomares y frisos de madera que reproducen vagamente el estilo de las casas de

Deauville. Detalle extraño: no presenta casi ninguna abertura del lado del valle, en tanto que dos amplios ventanales prolongados por balcones miran absurdamente hacia el monte. Un escarpe de roca negruzca tapa la vista a tan sólo unos metros.

Cuando Juliette la visitó, fue ese detalle lo que le gustó. Situada lo más lejos posible tanto de la aldea como de la ciudad, con la espalda vuelta deliberadamente a ambas para mostrar su enfado y la nariz pegada a la tierra húmeda, aquella construcción se ajustaba a su estado de ánimo a las mil maravillas. Juliette había sido exiliada a este lugar siniestro por una decisión administrativa: el colegio de Montbéliard era su primer destino como docente, después de salir de la universidad. Había llegado al Jura con el humor sombrío que le era habitual, agravado por aquel exilio forzado. La casa de Chaulmes se correspondía con su melancolía.

Solicitó alquilar la planta baja. La alcaldía medió ante los propietarios, dos ancianos, hermano y hermana. Vivían en una granja vecina y desesperaban por encontrar un inquilino para aquel edificio tristón, maldito según una leyenda local. Aceptaron la proposición de Juliette y le ofrecieron todo el edificio, doce habitaciones, por el precio de las dos que ella pedía. El espacio, en esas regiones, no es ningún regalo. Juliette se dio cuenta al llegar el invierno. El frío se colaba por todas partes. Una capa de hielo tapizaba la parte interior de las ventanas. Se refugió en la sala, porque allí no había ninguna ventana. En el centro estaba instalada una vieja estufa cilíndrica de leña, a la que se arrimaba para corregir los deberes de sus alumnos. Una pequeña habitación contigua, no demasiado húmeda, le servía de dormitorio. El resto de la casa quedó abandonado a sus fantasmas. Juliette acabó por acostumbrarse a los postigos que golpeaban, a los pasos en el granero, e incluso se complacía en representar para sí misma la vida misteriosa de los espíritus con los que cohabitaba.

Pero todo eso, la tristeza, el frío, los fantasmas, era cosa pasada. Desde hacía una semana había vuelto la primavera, con el sol y el calor suficientes para poder abrir las ventanas de todas las habitaciones. Desde hacía una semana los bosques estaban repletos de pájaros y de ardillas. Los ciervos se acercaban a la casa al caer la tarde, y a Juliette le entraba una risa loca cuando intentaba sin éxito tocarlos. Desde hacía una semana, sobre todo, la acompañaba el recuerdo de Wroclaw.

Al caminar en el frío de la noche polaca para volver a su coche, había temido que el bienestar que experimentaba fuera efímero. Pero había persistido. Incluso se había amplificado. Una exaltación voluptuosa la había invadido cuando rompió el cristal del armario refrigerador; esa exaltación, que seguía soplando en su interior como un mistral, había aventado todos los malos humores. Se sentía henchida como una vela, tensa, impulsada hacia delante, sin saber aún hacia qué. Se sentía temblorosa, frágil, a punto de quebrarse en todo momento, pero ese temor, lejos de disminuir su placer, lo centuplicaba. Desde su regreso, no había dormido más de dos horas al día. No había ido a trabajar. Pasaba el tiempo en idas y venidas por la gran casa, abriendo trabajosamente las contraventanas hinchadas por la humedad, cambiando de sitio las pilas de libros para que no criaran moho. Los hojeaba al azar, seleccionaba una frase, la asociaba a otras que le venían a la memoria. Reía y lloraba de la misma felicidad. Una idea expulsaba a la anterior. Le sucedía que esbozaba dos gestos al mismo tiempo y no concluía ni el uno ni el otro.

En uno de los graneros, había encontrado una maleta con vestidos antiguos de mujer. Pasó toda una tarde sacándolos de aquel lugar. Se los probaba, y se observaba en un espejo viejo. Estaba colocado en el suelo, un poco inclinado contra la pared, y la hacía parecer más alta que el metro sesenta y cinco de su estatura. Peinó sus largos cabellos negros de diferentes maneras: moño, trenzas, cola de caballo, raya en medio, franjas. Por lo general, sentía horror por los espejos. Pero en esta ocasión, le parecía descubrir la imagen de una desconocida.

Detrás de aquella agitación y aquellas nimiedades, más constante, más profundo, se operaba en ella un proceso de maduración. Cuando, al cabo de una semana, su soledad fue quebrada por el petardeo de una moto que subía la cuesta hasta su casa, se sintió preparada.

La moto quedó estacionada en el césped del lateral de la casa. Desde la ventana, ella vio a Jonathan, que se quitaba los guantes y el casco. Le dejó tiempo para que entrara y llegara hasta ella. Él conocía el camino. Aunque ella se sentía preparada para esta visita y la esperaba, sintió estremecerse su cuerpo: siempre era necesario tranquilizarlo, controlar los miedos que venían de él. Se sintió invadida por una impresión de frío, las manos se le humedecieron. Pero sabía que, cuando su espíritu se impusiera de nuevo, todo iría bien. Su cuerpo era débil, pero obediente. Sometido a cierto grado de estrés y de riesgo, incluso se convertía en una máquina perfecta, ligera y dócil. Lo había constatado en Wroclaw.

Se esforzó en bajar la escalera con calma. En el momento en que ponía el pie en las baldosas de cerámica de la sala, la silueta de Jonathan se enmarcó en la puerta de la cocina.

—¡Hola! —dijo él, sonriente.

La siguió a la estancia que hacía las veces de salón, la que se abría a los roquedos húmedos. Dejó el casco sobre un sillón recubierto, como los otros, por una funda blanca. Tenía aún los cabellos pegados al cráneo. Abrió su chupa de cuero y desanudó su echarpe palestino.

Los fantasmas que paseaban de noche por la casa de Juliette tenían a menudo aquel rostro: un mentón fuerte, siempre cubierto por una sombra de barba rubia tirando a rojiza; ojos de párpados un tanto caídos que daban a su mirada un aire moroso, inquietante, casi hipnótico; una nariz curva en la que se marcaba, como en el costado de un animal excesivamente flaco, el límite del cartílago y el hueso. La mezcla de todo aquello era Jonathan. Pero, como todos los fantasmas, soportaba mal la luz del día, y sobre todo la nueva lucidez de Juliette. A ella, su aspecto le pareció el de un dandi fatigado cuya desenvoltura no alcanza a ocultar su debilidad. Jonathan dijo:

—He traído lo necesario para celebrar tu hazaña. —Y guiñó el ojo.

Dejó su mochila sobre un montón de libros y sacó de ella dos botellas de Corona, en las que flotaban sendas rodajas de limón. Extrajo del bolsillo una navaja suiza, las abrió y tendió una a Juliette.

—Salud —dijo, alzando su botella—. ¡Por tu misión, que has cumplido a la perfección! —Bebió un gran trago de cerveza y enseñó los dientes para subrayar su sabor amargo—. He mirado la prensa polaca en Internet. No entiendo ni palabra de su jodida lengua, pero me he dado cuenta de que han mordido el anzuelo. Grandes titulares: liberación animal, laboratorio saqueado, etcétera. No en portada, por supuesto, pero de todos modos los artículos estaban en un lugar destacado. Con fotos de monos enjaulados, que no sé de dónde habrán sacado.

Juliette se había sentado en el alféizar de una de las ventanas. Jonathan se acercó a ella. Como no le hacía sitio a su lado, retrocedió hasta una mesa de caoba, en la que se apoyó y siguió comentando:

—No eran malas mis informaciones, ¿eh? Te había dado la receta completa, hasta el menor detalle.

Como de costumbre, Jonathan se ponía enseguida a hablar de sí mismo. Por mucho que se hubiera preparado Juliette para esta visita, se sintió desamparada ante el brusco choque con la realidad. En su cabeza, las palabras engendraban otras, en función de asociaciones de ideas extravagantes. La receta le hizo pensar en las verduras del huerto y en los rosales que quería plantar, los rosales en su perfume. Tuvo que reprimirse para no cruzar la habitación e ir al cuarto de baño a rociarse con Chanel Nº 19. Era consciente del carácter inadaptado de sus pensamientos y seguía allí, con un nudo en la garganta, sin saber qué decir. Por suerte Jonathan, con su voz ronca, disponía de recursos para los dos. Empezó a alardear del profesionalismo de la operación y practicó el autobombo respecto de las opciones que él mismo había tomado: el empleo de un automóvil, el hecho de que Juliette fuera sola, la distribución del tiempo.

—¿Sabes? —le confió, después de un silencio reflexivo—, me hubiera gustado estar allí contigo.

Se había inclinado hacia delante y su tono cariñoso, esa entonación nasal, hizo que Juliette se sobresaltara. Tuvo la impresión de que él quería tocarle la mano. Instintivamente se puso rígida y retrocedió lo justo para que el gesto de Jonathan se perdiera en el vacío.

Él le dirigió la sonrisa algo falsa del hombre inalterable en sus afectos, suceda lo que suceda, y reflexionó en voz alta:

—Tuviste que pasar un mal rato, a pesar de todo. Cuéntame. ¿Qué efecto produce liberar a los animales?

No era sincero, ella estaba segura de ello. Mientras ella estuvo encerrada en su humor depresivo, él podía haberse hecho ilusiones respecto de ella. Ahora, era imposible. Lo veía tan claro como bajo un sol de invierno, cuando el aire helado fija el menor detalle con una nitidez despiadada.

—Todo ocurrió muy deprisa —dijo ella, sin reconocer su propia voz, demasiado rápida, demasiado fuerte—. No tuve tiempo de darme cuenta. ¿Quieres comer algo?

Era incoherente. Ella se dio cuenta, y prefirió callar. Para no sentirse acorralada en la ventana, saltó de pronto al suelo. Jonathan se echó un poco atrás, con un gesto fugaz de sorpresa y de temor.

«Es un cobarde», pensó ella.

Algunos rayos de sol conseguían filtrarse oblicuamente por entre los abetos. El bosque, tan negro de ordinario, se adornaba con los tonos apetitosos del caramelo derretido y las castañas.

—Sí —razonó él, mirando su cerveza—, comprendo tu emoción.

Por un momento, Juliette se preguntó si no iba a ceder a la tentación y contarle el gozo del mazazo en la vitrina, el retorno inesperado y persistente esta vez de la plenitud, como cuando se habían conocido, después de que ella fuera expulsada del movimiento. Sentía unos deseos terribles de explicar aquella emoción, aquella metamorfosis. Él era el único a quien podía contárselo. Al mismo tiempo, mientras lo miraba de espaldas, inclinado hacia delante, con la coronilla del cráneo un poco pelona a pesar de sus treinta años, se dijo que ahora era también la última persona a la que habría deseado contárselo.

—Comprendo —dijo él.

«Es eso —pensó ella—, lo comprendes... Como de costumbre.» El deseo se había desvanecido, y con él el malestar. Ella esperaba la continuación con serenidad. Él se volvió, con la mirada inquieta.

—¿El traje negro? —inquirió Jonathan.

—Quemado.

—¿Con la máscara y las botas?

—Sí —afirmó Juliette.

—Para prenderle fuego, ¿encontraste el descampado que te indiqué, antes de cruzar la frontera?

—Sin problema.

A ella le gustaban los interrogatorios. Si alguna habilidad poseía, era la de prestarse a los juegos de la verdad. Toda su infancia no había sido otra cosa que una sumisión dócil. En el invernadero de la humillación, nadie como ella poseía la habilidad de hacer crecer, florecer, fructificar, la planta salvadora del ensueño.

—¿Dónde dormiste la segunda noche? —preguntó Jonathan.

—En el motel, cerca de Leipzig.

—¿Pagaste en metálico?

—Sí —dijo Juliette.

—¿La frontera?

—Ningún problema. Los polis me hicieron algunas preguntas.

—¿No hasta el punto de acordarse de ti?

—Estaban borrachos —recordó ella.

—Cuando devolviste el coche, ¿te preguntó el vendedor por el número de kilómetros? —preguntó Jonathan—. Dos mil en tres días, suman algo más de seiscientos por día. ¿No le llamó la atención?

—No. Le daba lo mismo. Era un estudiante turco que curraba para ganar un poco de pasta.

Jonathan hizo aún algunas preguntas prácticas, y luego se relajó con una gran sonrisa.

—¡Magnífico! —concluyó—. Un éxito total.

Colocó su cerveza sobre la mesa de la cocina y miró su reloj.

—Tengo que irme al Chipie's. Hoy soy yo quien abre el espectáculo.

Trabajaba en un bar nocturno, en Lyon, en el barrio de Saint-Paul. Se presentaba a sí mismo como guitarrista, pero en la práctica el patrón le hacía hacer un poco de todo. La mayor parte de la velada, servía bebidas.

Juliette esperó la continuación. El hecho de que ella no se hubiera movido quitó algo de naturalidad a la salida de él. El gesto forzado de Jonathan se acentuó cuando se detuvo simulando que algo acababa de ocurrírsele.

—A propósito —dijo.

«Es eso, exactamente —pensó ella—, por fin llegamos a su propósito.»

—No te olvides de pasarme el frasco rojo. —Como ella seguía inmóvil, él enrojeció—: Lo cogiste, ¿verdad?

—Sí, lo cogí.

Juliette sentía ganas de gritar, de echarse a reír, de bailar. Se dejó caer en su silla, y dobló una pierna debajo de las nalgas sujetándose el pie. Adoptó aquella actitud como cuando se traba a un caballo, para evitar que su mente y su cuerpo huyeran dando saltos.

«Vamos, ha llegado el momento.»

—He reflexionado mucho, Jonathan. —Él dejó caer las llaves. Ella esperó a que las recogiera. «No golpear por la espalda»—. Sigo en el negocio —dijo.

Él se puso rígido. Su sonrisa desapareció y en su mirada apareció un brillo lleno de dureza. La dominaba desde su superior estatura.

«Es gracioso», pensó ella, siempre increíblemente lúcida, como si fuera una gaviota que sobrevolara la escena y la observara desde lo alto. «Me da miedo, pero no le temo.» Cuando eran estudiantes, Jonathan la había influenciado, pero ¿lo había tomado alguna vez en serio? Se daba cuenta de que no. Habían salido juntos durante un tiempo. En una cama, se aprende a no temer. Había en él debilidades que ella no olvidaba.

—Juliette, dame ese frasco, por favor. No sabes lo que hay dentro. De todas formas, no puede servirte para nada.

—Tienes que pasárselo a alguien, ¿no?

—Eso no te importa —dijo él con firmeza—. Es asunto mío.

—Déjame ir en tu lugar.

—¿Ir adónde? —repitió él con un encogimiento de hombros—. ¡Estás loca!

Jonathan hizo un esfuerzo visible para dominarse y no estallar. Atrapó una silla y tomó asiento delante de ella. Se forzó incluso a sonreír.

—Juliette, lo que has hecho ha estado muy bien. Mis comanditarios estarán muy contentos. Seguro que te confían algún otro asunto, puesto que quieres seguir en el negocio. Pero esto es muy serio. Tu papel en este asunto ha terminado. El mío acabará también en el momento en que les haya pasado el frasco.

«Tus comanditarios», pensó Juliette. ¡Pobre Jonathan! De pronto se compadeció de él. La unción con que lo había dicho... Incluso para hacer cosas prohibidas, sentía la necesidad de respetar un orden establecido, una jerarquía. Había transgredido, pero una vez sobrepasado el límite, se había parado en seco. Nunca iría más lejos. Ella, sí. Afirmó:

—Llego siempre hasta el final, en las cosas que emprendo.

—¡Hasta el final! ¿Hasta qué final? Ni siquiera sabes de qué se trata. Yo tampoco, por otra parte, y no tenemos necesidad de saberlo. Somos intermediarios, soldados de un ejército, ¿lo entiendes?

Los ojos negros de Juliette, fijos en Jonathan, disolvían sus palabras a medida que él las pronunciaba.

—Arréglatelas como quieras con tus «comanditarios» —replicó con una calma, una serenidad que la sorprendió a ella misma—. Diles que ha habido un motín. Yo les llevaré el frasco. Quiero conocerlos.

—Sé razonable —suplicó Jonathan utilizando otro registro, más familiar—. Todo eso te llevaría muy lejos y durante bastante tiempo. No vas a abandonar tu puesto de trabajo, tu casa, tu vida.

—He anunciado que dejaré el puesto el próximo año escolar. Mi contrato aquí termina en junio. Y el colegio cierra la semana que viene por las vacaciones de Pascua.

Él comprendió que ella lo tenía todo preparado, sin duda desde hacía mucho tiempo. Sobre todo, comprendió que Juliette era libre, sin familia, sin obligaciones. Lo que le había parecido una ventaja en el momento de confiarle esta misión, era de hecho un riesgo. La vida había blindado a aquella muchacha contra el dolor y contra todos los temores, salvo tal vez los que emanaban de ella misma. Era absolutamente incontrolable. De hecho, él no la conocía.

—¿Cuándo se te ha ocurrido esa idea? —preguntó.

—Desde que me propusiste ir allá abajo. Comprendí enseguida que el asunto de los monos y los ratones no sería más que el primer acto. Se está preparando otra cosa para después. Otra cosa más importante.

Él tendría que haber desconfiado de ella. Su carácter linfático, tímido, melancólico, engañaba. Podía hacer creer con facilidad que aceptaba ser manipulada. Pero, a fin de cuentas, era ella la que marcaba el compás.

Por un instante, a Jonathan lo tentó apelar a la violencia. ¿Golpearla? No pegas a gusto a quien temes. Por darse el gusto, sin duda, le apetecía. Pero ¿cuál sería el resultado? La observó, acurrucada en su silla, indestructiblemente frágil. Aquella muchacha había atravesado desiertos de melancolía y de abandono, sin duda. Pero ahora tenía en la mirada un brillo irónico. Parecía hervir interiormente. De pronto, reía sin motivo. Estaba irreconocible. O mejor dicho, Jonathan reconocía un período anterior, aquél en el que se conocieron. Y que había terminado más bien mal.

Se levantó y atrapó su casco.

—¿Es tu última palabra, Juliette?

Era una pregunta estúpida, pero preparaba una salida honorable. Juliette arrojó como una limosna un «sí» caritativo.

Jonathan cerró la cremallera de su chupa con un gesto enérgico y cruzó la sala. Luego intentó reconstruir una sonrisa aburrida, y declaró:

—Todo esto había sido previsto, créeme. Se ha estudiado esta posibilidad y hay respuestas preparadas, muy pronto te darás cuenta.

Pero la observación, destinada a reforzar la idea de la clarividencia de los famosos «comanditarios», se dirigía sobre todo a sí mismo.

Hizo con dos dedos una breve seña de «hasta la vista», y salió de la sala con un balanceo de fanfarrón.

Juliette esperó a que la moto se alejara para cerrar la ventana. Se anunciaba una hermosa noche, ventosa y oscura, sin luna, sin fantasmas.

6

Wroclaw, Polonia

Wroclaw es una ciudad mal situada, y esa circunstancia se advierte en cada nueva guerra. En la última, a punto estuvo de desaparecer. No se sabe, por lo demás, qué es lo que hicieron peor los soviéticos, si arrasarla o reconstruirla. Aparte de algunas plazas del centro de la ciudad, reconstruidas según el modelo medieval, Wroclaw es hoy un monstruo de cemento, largas hileras de bloques de edificios, de una monotonía que apenas consiguen alegrar las manchas de color de los anuncios publicitarios.

No es precisamente el lugar ideal para pasar las vacaciones. Sin embargo, Paul, mientras caminaba a lo largo de avenidas surcadas por tranvías destartalados, se sentía con el humor de un turista. Sus socios habían aceptado sin problema sustituirlo durante un mes, y esperaba haber terminado antes de ese plazo. Lo esencial era que Archie había cumplido su promesa. El mensaje de la dirección de Hobson and Ridge había llegado al día siguiente de su regreso de Rhode Island. Confirmaba la atribución de una importante donación a la clínica para ese año.

Paul había tomado la misma tarde el avión a Varsovia, y luego un vuelo interior. Recuperó los ritmos extremadamente rápidos de la escuela norteamericana de información. Sin duda los servicios ingleses eran más sagaces, los rusos más retorcidos, los alemanes más sistemáticos. Pero nadie llegaba a la suela de los zapatos de los estadounidenses en lo referente a eficacia logística y rapidez de ejecución. Y esa tradición se había transmitido, felizmente, al sector privado.

Eran las cinco menos diez cuando el taxi lo dejó delante del laboratorio. La cita había sido concertada directamente desde Estados

Unidos. «Empieza por darte una vuelta por ahí —le había dicho Archie—. Puedes leer el *dossier* de la policía polaca en el avión. No necesitas rehacer la investigación desde el principio, basta con que te acerques al lugar para respirar un poco el ambiente.»

—Pues bien, respiremos —se dijo Paul, mientras examinaba el edificio.

El laboratorio ocupaba un inmueble más siniestro aún que los demás. Unos hierros oxidados, vestigio de antiguas escaleras exteriores o de unos balcones inacabados, sobresalían del gris uniforme de la fachada. Las ventanas eran exactamente cuadradas, sin rebordes ni molduras. Unos postigos desvencijados de madera las tapaban parcialmente.

El edificio estaba rodeado por un jardín, o más bien por un descampado, una monótona extensión de barro grisáceo en la que se percibían algunas matas de hierba. Servía para el estacionamiento de vehículos y estaba surcado por zanjas. Como había llegado con cierto adelanto a la cita, Paul aprovechó para echar una ojeada. Encontró con facilidad la salida de emergencia descrita en el informe de la policía, por donde habían entrado los asaltantes. Era la única abertura en la fachada trasera de la planta baja.

Paul advirtió que, por aquel lado, las fachadas de los edificios vecinos eran ciegas o formaban parte de talleres que sin duda estarían desiertos por la noche. Así se explicaba el hecho de que nadie hubiera visto nada.

Volvió a la entrada principal y empujó la puerta de cristal. A pesar de la suave temperatura primaveral, y sin duda por excelentes razones burocráticas, la calefacción central seguía aún a pleno funcionamiento. El aire era cálido, pesado y seco, bastante desagradable. Los olores del linóleo y el café frío se mezclaban a otros indefinibles de productos químicos. El vestíbulo estaba vacío. Sus paredes aparecían empapeladas de carteles en polaco y en inglés que anunciaban concursos científicos y conferencias. Una inscripción acompañada de una flecha parecía indicar la secretaría. Conducía a una habitación abierta en la que Paul entró con timidez, después de haber hecho el gesto de llamar. El despacho estaba vacío, confiado a la vigilancia de una foto en pequeño formato de Juan Pablo II, clavada a la pared. El papa vestía una sotana roja y sonreía, como siempre, con aire enigmático.

Otra puerta daba a un despacho vecino, y Paul oyó por ese lado ruido de roces. Muy pronto, en la puerta se enmarcó una silueta.

—Me parecía haber oído... ¿Quién es usted?

—Paul Bainville.

Era la primera vez que Paul utilizaba su nombre de cobertura, elegido con resonancias francesas para facilitar la construcción de su leyenda.

—Encantado, señor Bainville. Soy el profesor Rogulski. Teníamos una cita...

—A la cinco, creo.

Paul siguió al profesor a la habitación vecina. Tomaron asiento a una y otra parte de un escritorio abarrotado de *dossiers*.

El hombre había rebasado ampliamente la sesentena, pero iba vestido como el estudiante que fuera antaño: pantalón de pana, camisa a rayas de los años sesenta con los puños desgastados, y botas de montañero, de suela gruesa. Los faldones de la camisa estaban mal colocados, y el cuello levantado en un lado. Tenía la tez pálida y la piel translúcida de las personas que han vivido mucho tiempo en ambientes cerrados. Unos cabellos ralos y grisáceos conservaban en parte la ondulación que debieron de tener en su juventud. Paul se había codeado con algunos profesores de ese tipo durante sus estudios de medicina. Eran hombres enteramente absorbidos por otra realidad, la de los microbios, las moléculas o las células, y no ofrecían al mundo humano sino una fachada en cuyos rasgos fijos y colores desteñidos parecía leerse el anuncio de «cerrado por obras». La particularidad, en Rogulski, residía en unos ojillos muy inquietos y negros, aumentados por unas gafas de présbite, que seguían moviéndose sin cesar en todas direcciones.

—Hoy es viernes: no han venido mi secretaria ni mis colaboradores —suspiró—. ¿En qué puedo servirle, señor Bainville?

Su tono no revelaba amabilidad, era más bien el de la consabida cantilena sobre la falta de medios y la miseria de la investigación, quejas que para los universitarios del mundo entero constituyen una segunda naturaleza.

Paul paseó su mirada por el local. Lo vetusto del edificio no permitía imaginar que estuviera equipado por un material tan moderno. El ordenador de Rogulski era de un modelo muy reciente, que Paul había soñado para su clínica.

Extrajo de su cartera una tarjeta de visita y se la tendió al profesor.

—¡Ah, viene usted de Atlanta! ¿Del CDC, por supuesto? —Rogulski hablaba un inglés excelente, según los estándares británicos, y con un fuerte acento eslavo.

—El organismo para el que trabajo depende en efecto del Center for Disease Control, pero somos independientes —dijo Paul.

—«Agencia de Seguridad de las Instalaciones de Investigación.» No la conozco. ¿Es nueva?

—La agencia tiene tres años de existencia —dijo Paul con firmeza.

En el estadio de toma de contacto, no podía permitirse la menor vacilación. El profesor se entretuvo un buen rato en mirar la tarjeta de visita. Le dio la vuelta, la aproximó a sus gafas e incluso la colocó bajo el haz de su lámpara, como para examinar una filigrana.

Paul no había esperado aquella desconfianza. La decisión de operar bajo cobertura no iba destinada a engañar a su interlocutor, sino sólo a evitar que la policía fuera puesta al corriente.

La prudencia del científico era una sorpresa, tal vez un indicio, y en todo caso una amenaza inmediata. Cuando trabajaba para la Compañía, Paul sabía que la preparación de las coberturas era excelente. En el caso de Providence, se le planteaban algunas dudas. Teóricamente, si el profesor descolgaba el auricular de su teléfono y llamaba al número indicado en la tarjeta de visita, iría a parar a un especialista *ad hoc* instalado en Rhode Island, capaz de tranquilizarlo. Faltaba esperar que todo funcionara correctamente.

Paul había entrado en esta misión de forma despreocupada, con una confianza exagerada, tal vez debido a lo que Archie le había contado. El recelo de su interlocutor lo puso en guardia. Había vuelto a sumergirse de golpe en el pesado universo del secreto, en el puré de guisantes de la mentira, que oculta a la vista los obstáculos y los peligros.

Finalmente, el profesor dejó la tarjeta sobre la mesa.

—¿Le molesta que fume? —preguntó.

Antes de que Paul indicara que no con un gesto, ya había sacado un encendedor de gas y encendido un cigarrillo rubio sin filtro.

Un norteamericano no se siente del todo en el extranjero hasta que no se encuentra en presencia de un individuo capaz de soplarle en la cara el humo espeso del tabaco, entre las cuatro paredes de una habitación mal ventilada. Para Paul, aquél fue el verdadero inicio del viaje.

—¿Es usted biólogo? —preguntó Rogulski.

—Médico, con una formación en biología.

Por si acaso, durante la travesía del Atlántico, Paul había revisado su curso de enfermedades infecciosas y de microbiología. Le había parecido poco verosímil que Rogulski lo sometiera a un interrogatorio técnico. Sin embargo, en ese instante la probabilidad le pareció menos lejana de lo que había creído. El silencio se prolongó.

—¿Ha venido para hablar del ataque del que hemos sido víctimas?

—Exactamente —confirmó Paul.

—Ya he contestado a la policía —advirtió el profesor.

—Por supuesto, pero nuestro trabajo no tiene nada que ver. Realizamos encuestas de rutina —Paul insistió en la palabra «rutina»—, en todos los centros de investigación que han sufrido ataques. Lo que nos interesa es el riesgo biológico, no la búsqueda de los culpables.

—Comprendo. ¿Qué desea saber exactamente?

—Tal vez podríamos empezar por ver el lugar, para que pueda imaginarme mejor lo sucedido —sugirió Paul.

—Sígame.

El profesor se puso en pie y condujo a Paul a lo largo del pasillo por el que había entrado.

—Ocurrió por la noche, ¿no es así?

—A las tres de la madrugada.

—¿No está vigilado el laboratorio? —preguntó Paul.

—Hay rondas, pero sólo en el exterior del edificio, por falta de medios, naturalmente —puntualizó el profesor—. Además, para ahorrar, compartimos el contrato de vigilancia con el banco que hay en el extremo de la avenida. Los vigilantes se desplazan alrededor de los dos edificios. Así resulta menos caro.

—¿No advirtieron nada?

—Entre las tres y las cuatro, no pasan nunca. Es el momento del cambio de equipo.

—¿Tiene idea de quién pudo informar a los asaltantes sobre ese punto? —indagó Paul—. ¿No han despedido a ningún colaborador en los últimos meses?

Rogulski se detuvo, se volvió hacia Paul y lo miró con fijeza.

—No —respondió por fin.

Paul se dijo a sí mismo que había de estar más atento para no salirse de su papel de encuestador científico. Cualquier pregunta demasiado policial corría el riesgo de despertar sospechas.

Reanudaron su marcha hasta el fondo del pasillo. Por una puerta cerrada con llave, entraron en una amplia sala vacía. Las paredes estaban recientemente pintadas de blanco.

—Ésta es la parte del laboratorio que saquearon. Aquí dentro había equipo por valor de dos millones de dólares.

—¿Tiene una lista? Convendría adjuntarla a mi informe —explicó Paul.

—Sí, la de los seguros. Le daré una fotocopia cuando volvamos a mi despacho.

—¿Fue la única sala destruida?

—La única —afirmó el profesor.

—¿Por qué ésta en particular, en su opinión? ¿Qué clase de investigación estaban llevando a cabo?

—Entraron en esta sala porque es la contigua a la de los animales. Era fácil romper la puerta de cristal que las separa. Para acceder a las salas restantes, habrían tenido que forzar puertas metálicas que cerramos con llave todas las tardes.

—¿Por qué razón?

—Debido a los robos de material informático. A última hora de la tarde suele haber muy poca gente. Para evitar que algún desconocido pueda circular por todas partes, hemos impuesto la norma de que cada cual cierre la puerta de su laboratorio o de su despacho al marcharse.

Mientras hablaba, habían atravesado la sala y se encontraban delante de la puerta, cuyo cristal había sido reemplazado. Rogulski la abrió e hizo pasar a Paul a la sala de los animales.

Era una sala sin ventanas, con iluminación de neón. Las jaulas estaban vacías. En las paredes, que no habían sido pintadas de nuevo, todavía podían leerse los eslóganes sobre la liberación animal. Paul, al contemplar aquella sala desierta, tuvo la extraña sensación de ver penetrar en ella, en lo más profundo de la noche, a una mujer vestida de negro. No habría sabido decir por qué imaginaba precisamente a una mujer. Sin embargo, desde el momento en que tuvo conocimiento de este asunto, esa certidumbre se le había impuesto contra toda lógica.

—Estamos esperando que refuercen la puerta exterior antes de volver a guardar aquí los animales —precisó Rogulski, en tono monótono.

Paul leyó las inscripciones de las paredes. Como se indicaba en el informe, las había de dos clases, unas más arriba que otras, unas en letras mayúsculas y las otras en cursivas.

—Está escrito en inglés —señaló Paul.

—Sí, pero al parecer eso no prueba nada. En toda Europa hay grupos militantes, los antiglobalización por ejemplo, que desfilan con eslóganes en inglés. Por otra parte, cuando yo era joven, durante la guerra de Vietnam aquí también gritábamos «*US Go Home!*».

Paul observó a Rogulski. Le costaba imaginarlo desfilando entre consignas contra el imperialismo norteamericano. Pero después de todo, ¿tenía otra opción, en la Polonia comunista?

—¿Qué ha ocurrido con los animales?

—Nos ha costado tres días solucionar el problema. Había ratones por todo el barrio. Los hicimos envenenar. Las ratas provocaron el pánico al refugiarse en el horno de un panadero. Los monos no fueron muy lejos. Hubo uno, incluso, que murió antes de poder cruzar la puerta. A fin de cuentas, sólo los gatos han desaparecido.

Paul pareció muy interesado, de pronto. Sacó del bolsillo un cuaderno para tomar notas.

—Así pues, hay animales que no han sido recuperados. ¿Continúan en este momento paseándose por la naturaleza?

—Dos gatos, sí —respondió Rogulski con un encogimiento de hombros.

—Profesor, excúseme, éste es precisamente el tema que interesa a mi agencia. La salida a la naturaleza, sin control, de productos o de animales que se utilizan para la investigación es un suceso susceptible de graves consecuencias. En el caso presente, cabe la posibilidad de que esos animales no representen ningún peligro. Para saberlo, convendría que me precisara usted la naturaleza exacta de sus trabajos y los experimentos a los que eran sometidos esos animales.

Rogulski dejó claro que esas precauciones le parecían ridículas. Pero probablemente se había habituado durante gran parte de su vida a obedecer órdenes absurdas. Quizás el tono de autoridad empleado por Paul lo convenció de que no había que discutir sus peticiones. El pequeño incidente tuvo por lo menos algo positivo: pareció eliminar hasta la más pequeña duda sobre la identidad de Paul. Esas agencias de control de todo tipo tenían decididamente la habilidad de situarse siempre a favor del viento...

—¿Qué quiere saber exactamente? —preguntó el profesor, con aire derrotado.

—Qué clase de programa están desarrollando aquí, y cualquier elemento peligroso que estuviera guardado en este laboratorio.

Rogulski palpó sus bolsillos y constató contrariado que no tenía tabaco.

—Vamos a mi despacho —dijo—, allí podremos hablar con más comodidad.

En cuanto hubo llegado, empezó a revolver los cajones, sacó un grueso cigarro moreno de forma un poco irregular y lo encendió con deleite.

Paul cruzó las piernas y colocó su cuaderno sobre las rodillas, dispuesto a anotar.

—Como su nombre indica —empezó Rogulski—, mi laboratorio está dedicado a la genética molecular, la bioquímica del genoma, si usted lo prefiere. No nos juzgue por nuestros locales: somos la punta de lanza de lo que se está haciendo hoy en el plano internacional. —Rogulski señaló los diplomas enmarcados que colgaban de las paredes—. Ahí puede ver algunos ejemplos de los premios y las distinciones que hemos recibido. Si le interesa, le proporcionaré separatas de *Nature* o de *Lancet* con nuestras más recientes publicaciones.

Ya fuera por el hecho de volver a sus investigaciones o por haberse tranquilizado sobre la identidad de su visitante, Rogulski tenía una mirada más fija, menos huidiza, y sonreía.

—Las leeré con placer —dijo Paul—. Mientras tanto, ¿podría resumirme en pocas palabras su eje de trabajo principal...?

—Nuestro gran tema es la estabilidad genética —le interrumpió el profesor, barriendo el aire con la punta de su cigarro—. Buscamos saber por qué determinados organismos resisten a los cambios, y por qué otros ven cómo su material genético sufre transformaciones frecuentes. Es un tema fundamental. Está en la base de numerosos problemas médicos: la aparición de las células cancerosas, la resistencia de las bacterias a los antibióticos, el cambio de objetivo de los virus.

—¿Sobre qué material vivo trabajan? —preguntó Paul.

—No nos ocupamos de los virus. Necesitaríamos equipos especiales de descontaminación, etcétera.

Paul simuló sentirse aliviado, y anotó febrilmente.

—Equipos especiales —repitió.

—Nuestros soportes de investigación son de dos clases: determinadas células de renovación rápida, como las células madres de la médula sanguínea. Las tomamos de diferentes especies: gatos, ratones, ratas, monos —dijo el profesor.

—Así pues, los animales que escaparon servían para proporcionar las células. No eran portadores de ninguna sustancia patógena. ¿Tampoco habían sufrido ninguna manipulación genética?

—No. Por eso le decía que no hay razón para inquietarse.

—¿Y el otro material al que se ha referido, cuál es?

—Son bacterias —aclaró Rogulski.

—¿Cuáles?

—Somos muy clásicos: utilizamos el eterno colibacilo. También hemos puesto en marcha un programa sobre el vibrión colérico.

Paul alzó la cabeza, sobresaltado.

—¿Trabajan sobre el cólera?

—Usted sabe sin duda que el vibrión colérico es una bacteria de una estabilidad extrema. Ha habido pandemias gigantescas, el microbio se ha multiplicado un número incalculable de veces y, sin embargo, desde la Edad Media prácticamente no ha cambiado. Es esa estabilidad lo que nos interesa.

—¿Manejan ustedes otros microbios patógenos?

—Sí, tenemos estafilococos dorados. Debido, por el contrario, a su tendencia a la mutación rápida. Algunas cepas de shigellas... Nada demasiado peligroso, créame.

—Cólera, estafilococos, shigellas —dijo Paul mientras anotaba—, ¿no lo encuentra peligroso? Dejémoslo. Pues bien, ¿es eso todo? ¿Puede asegurarlo?

—En materia de microbios eventualmente patógenos, sí —afirmó el profesor.

—¿Habló de este tema a la policía?

—No me preguntaron nada al respecto.

—¿De dónde vienen las cepas de cólera que utiliza? —preguntó Paul.

—Del hospital de Cracovia, sencillamente. De vez en cuando hay casos, entre los inmigrantes. A petición mía, me enviaron una muestra.

—¿Dónde la guardaba, profesor?

—Estaba en un armario refrigerador, con muchos otros productos —dijo Rogulski, y Paul esperó, con el bolígrafo a punto. Rogulski, sin perder un instante la tranquilidad, lo miró fijamente antes de añadir—: Formaba parte de los productos que fueron destruidos.

Paul alzó la mirada de su cuaderno y miró al profesor con un aire extremadamente serio.

—¿Quiere decir que esas cepas patógenas se encontraban en la sala que hemos visitado?

—Por desgracia, sí.

—¿En un simple armario?

—En un armario refrigerador, sí. Les bastó dar un buen golpe para hacer pedazos todo. Encontramos un buen puré de cultivo gelatinoso y de vidrios rotos al pie del armario.

—¿Lo pisaron los asaltantes? —inquirió Paul.

—Desde luego que sí.

—En ese caso, pudieron llevar esos productos al exterior, e incluso contaminarse a sí mismos.

Rogulski, desde hacía unos instantes, volvía a tener un aire inquieto. Sus ojos se movían de nuevo en todas direcciones. Pareció reflexionar intensamente mientras Paul seguía discurseando sobre las consecuencias gravísimas de aquella efracción de microbios. Finalmente, el profesor se puso en pie, volvió la espalda a Paul y miró por la ventana, con las manos enlazadas a la espalda.

—¿Qué rama de la biología ha estudiado usted? —preguntó.

—La neuroquímica.

—Ya entiendo.

Rogulski se dio la vuelta. Había cambiado por completo de expresión, todo rastro de sonrisa o de afabilidad había desaparecido. Sus ojos parecían querer escapar de sus órbitas.

—Eso no le dispensa de saber que las shigellas y el estafilococo están presentes por todas partes en la naturaleza. Pisarlos sin saberlo es nuestro destino común cotidiano. —Paul comprendió demasiado tarde que se había adentrado en un terreno que no dominaba. El profesor continuó—: En cuanto al cólera, querido colega, es un monstruo que se aniquila lavándose las manos. Nuestros estudiantes de primer año saben que uno se contamina con las deyecciones del enfermo vivo, y no con unas cuantas bacterias de un tubo. En todos los laboratorios del mundo, se guardan las muestras del vibrión en simples armarios.

—El profesor mantuvo durante un instante una mirada despectiva y glacial sobre su visitante. Luego la dirigió a un reloj de cobre colgado encima de la puerta y alzó las cejas—. ¡Las siete ya! Discúlpeme, tengo una cita. Si necesita otros documentos, mi secretaria se los remitirá con mucho gusto. Lo acompaño.

Una vez en la avenida, Paul hubo de caminar durante un buen kilómetro antes de recuperarse de su desconcierto. Estaba furioso por haber preparado tan mal la visita. Había llegado demasiado confiado, no había trabajado lo bastante el tema. Se había fiado de sus recuerdos de estudiante, ya muy lejanos, y en cualquier caso nunca se había interesado demasiado en las enfermedades infecciosas.

Pasado el dolor de aquel mordisco en su orgullo, se puso a reflexionar sobre la situación. Curiosa visita, en verdad. Por un lado, todo parecía en efecto reducirse a un simple ataque llevado a cabo por defensores de los animales. Desde luego, sería necesario verificar ese asunto del cólera, pero Rogulski parecía muy seguro de sí mismo, y Paul se dijo que seguramente tenía razón. Sin embargo, había otro aspecto que le parecía raro. Al profesor no parecía inquietarle lo que Paul pudiera descubrir; pero, en cambio, le preocupaba visiblemente conocer su verdadera identidad. ¿Qué visita era la que temía recibir?

Desde el hotel, Paul llamó a Providence. Supo que, en cuanto se marchó, Rogulski había entrado en contacto con el número que figuraba en la tarjeta de visita. Le habían dado respuestas tranquilizadoras, pero, si estaba verdaderamente decidido, no se detendría allí. Bastaría una llamada al CDC para que descubriera muy pronto la verdad: la «Agencia de Seguridad de las Instalaciones de Investigación» no existía. Era inútil buscarse problemas con la policía polaca, a la que Rogulski no dejaría de informar. Paul juzgó prudente no prolongar su estancia. «Después de Polonia, sobre todo tendrás que pasarte a ver a nuestros amigos ingleses —le había dicho Archie antes de su marcha—. Sus opiniones nos serán muy útiles.» Paul confirmó su reserva para el vuelo Varsovia-Londres de la mañana siguiente.

Londres, Inglaterra

Mike Bell era un gigante de casi dos metros, ghanés de origen y nacido en Leeds. Muy negro de piel, antiguo jugador de baloncesto, disimulaba mal su complexión atlética bajo un terno de *tweed*. En calidad de corresponsal de Providence en Londres, había ido a recibir a Paul al aeropuerto de Heathrow. En el pequeño cartel que mostraba ante él había escrita una única palabra: Matisse. Paul se presentó. Mike Bell lo saludó calurosamente. Luego se hizo cargo del equipaje del viajero y lo llevó con las dos manos, apoyado en el vientre, como se lleva un cesto.

—Lo llevo a la casa —dijo con un guiño.

Lo que Bell llamaba familiarmente «la casa» era un pequeño apartamento que la agencia tenía en Kensington. Estaba equipado con sistemas de protección y de contramedidas y podía servir también como sala de reuniones segura. Sobre todo, permitía a los agentes de paso encontrar un refugio cómodo y discreto a cualquier hora y ser alojados sin dejar rastro de su paso.

—¿Todo bien en Varsovia?

—En Wroclaw. Sí, todo fue bien. —Paul se instaló en el pequeño Ford azul y miró cómo el gigante se plegaba con agilidad detrás del volante—. ¿Cuándo vamos a ver al tipo? —preguntó.

—No ha sido tan sencillo. Archie ha tenido que recordárselo a lord Brentham varias veces. Es la historia de siempre: los políticos se comprometen y, detrás de ellos, los servicios remolonean. No les gusta demasiado exponer a sus agentes. Aunque nosotros formamos parte del mismo mundo, para ellos somos extraños. No quieren quemar una cobertura sólo por darnos gusto.

—No era forzosamente necesario que me entrevistara con un agente de campo —dijo Paul.

—¿Sabe? Con estos defensores radicales de los animales, no sólo se ven amenazados los agentes de campo. Incluso los funcionarios que tratan la información relacionada con ellos en el fondo de un despacho pueden ser tiroteados una noche al volver a sus casas.

—¿Cómo se ha arreglado finalmente el asunto?

—Se han salido por arriba, por decirlo así. El hombre al que usted verá coordina la lucha anti-FLA en el más alto nivel. En apariencia, es un favor que nos hacen. En realidad, lo han elegido porque ya está quemado. Usted mismo verá lo que quiero decir. —Mike Bell sonrió de un modo enigmático y miró de reojo a Paul—. La cita se ha concertado para hoy, a última hora de la tarde. Pasaré a buscarlo. Esté prevenido, puede que no todo sea tan fácil.

El apartamento consistía en una única habitación baja de techo, en lo alto de una escalera empinada que daba a la calle. Una segunda salida conducía a un sistema de patios interiores por los que era posible llegar a Holland Park y a las grandes avenidas que conducen al oeste de Londres. La habitación estaba pintada de blanco y una moqueta de rafia le confería cierto confort. Aparte de una gran cama baja y de una mesilla de noche, había en ella todo lo que los ingleses consideran indispensable, es decir nada, salvo un recipiente para hervir agua y té.

Paul se instaló en el suelo y consultó sus mensajes telefónicos. Todo marchaba bien en la clínica. No había ningún mensaje de Kerry. Supuso, para tranquilizarse, que tal vez el contestador se había cortado mientras él dictaba su número de teléfono... Luego se puso a meditar sobre su misión. La entrevista con Rogulski le había estimulado. Puesto que había aceptado este trabajo, quería llevarlo a cabo lo mejor posible. Empezaba a comprender que había en el asunto más zonas de sombra que las que Archie pensaba, o que las que confesaba.

Los servicios de Providence le habían transmitido por Internet, como archivo adjunto, un gran *dossier* de documentación. Paul seleccionó algunos de los artículos que contenía y empezó a leerlos. Pero el silencio reinante en la habitación y el desajuste horario, que todavía no había podido compensar, le obligaron muy pronto a cerrar los ojos.

Mike Bell llegó a las cinco. Había cambiado su terno por unos vaqueros anchos que le llegaban hasta medio muslo. Iba calzado con unas Nike tan abultadas como si fueran almohadas, y vestido con una camiseta roja sin mangas que hacía resaltar sus enormes brazos negros.

—Los ingleses garantizan la seguridad de la entrevista —dijo—.

Ese tipo está mejor guardado que la reina, ya lo verá. Yo me quedaré atrás para verificar que nadie lo sigue a la ida ni, sobre todo, a la vuelta. —Como Paul miraba desconcertado su nuevo atuendo, Mike añadió—: Es doloroso decirlo, pero si me visto como un banquero de la City, todo el mundo se fija en mí. Disfrazado así, paso desapercibido.

Dio a Paul algunas indicaciones sobre el itinerario que debía seguir. Sincronizaron la hora de sus relojes y salieron con tres minutos de intervalo. Paul atravesó a pie Hyde Park hasta Marble Arch. Allí, con riesgo de su vida, cruzó la vía rápida y pasó a la otra acera. Seguía sintiéndose como adormilado o un poco achispado en medio de la circulación británica, con su conducción por la izquierda y sus interpelaciones escritas en el suelo: «¡Mire a la derecha! ¡Atención! ¡Peligro! ¡Dirección única!» Como les ocurre a muchos estadounidenses, se sentía más cómodo en Italia o en Grecia, a pesar de las diferencias. En el mundo británico, a pesar de la engañosa afinidad en la lengua, tenía la impresión de que se abría un abismo de diferencias.

El barrio de Mayfair, con sus pequeñas calles, era más tranquilo, sobre todo porque el peaje hacía que la mayoría de los conductores renunciaran a aventurarse en él. Era la clase de lugar del que son expulsados los niños, los pobres, los inmigrantes, y más en general los habitantes. No hay peligro de un mal encuentro. Uno se siente seguro de conservar la vida, pero es porque el barrio está muerto.

Paul caminó por entre hileras de casas de ladrillo. Las puertas de colores vivos alardeaban, y por si fuera poco en placas de cobre, de cobijar estudios de arquitectura a la moda o agencias de publicidad influyentes. Giró dos veces a la derecha como le había explicado Mike y desembocó en Berkeley Square. En los plátanos de la placita despuntaban los renuevos; a sus pies, la hierba estaba salpicada de junquillos. Paul se fijó en una camioneta blanca muy baqueteada, aparcada en una esquina de la calle. Estaba seguro de que en el interior estaban agazapados agentes británicos. Le habría gustado hacer un guiño al chófer, que simulaba escarbarse los dientes mientras escuchaba la radio. Pero esa clase de chiquilladas podía echarlo todo a rodar. Simuló no haberse dado cuenta de nada y se dirigió, como habían convenido, al número 12.

Era un edificio moderno, groseramente plantado en medio de casitas victorianas repletas de flores. En el vestíbulo, la recepcionista asomaba detrás del mostrador de mármol como un centinela emboscado detrás de un parapeto de sacos de arena.

—Quinto piso —dijo, antes de que Paul tuviera tiempo de abrir la boca—. Puerta veintidós.

No encontró a nadie en el ascensor. Al llegar delante de la puerta 22, ésta se abrió y dos manos lo arrastraron al interior. Mike le había prevenido, de modo que se dejó hacer. El hombre que lo había agarrado estaba armado con un 9 mm que sostenía apuntado contra él. Con la otra mano, lo cacheó de arriba abajo. Después, sin una palabra, lo empujó a la habitación vecina, donde lo esperaban tres agentes de paisano que le invitaron a tomar asiento.

Una radio, que uno de los hombres llevaba en el cinturón, empezó a carraspear. Él se la llevó a la oreja. Todo el mundo se tensó. Paul se puso en pie. Finalmente, se abrió la puerta situada frente a aquella por la que había entrado él. Fue aspirado a un despacho que daba a la plaza por un amplio ventanal acristalado. Un hombre sentado en un sillón de escay negro le hizo señas de que tomara asiento frente a él. Cuando Paul se acostumbró a la cruda iluminación de la estancia, tuvo un fuerte sobresalto.

El personaje sentado frente a él iba vestido con un elegante traje de paño azul. Sobre el chaleco llevaba anudada una corbata de seda, con dibujos rojos y amarillos. Los zapatos estaban impecablemente lustrados. Pero la materia viva que asomaba fuera de aquella envoltura material resultaba difícilmente soportable para la vista.

Era un individuo de unos sesenta años, pequeño y flaco, del que durante mucho tiempo se debía de haber dicho que no ofrecía ninguna característica particular. Ya no era así, por desgracia. Todo el lado derecho de su rostro aparecía horriblemente deformado, cosido de cicatrices y suturas. De su color rosado y su aspecto inflamado, parecía desprenderse que el accidente databa todo lo más de dos o tres años. La piel, en ese lado, llevaba los estigmas de una profunda quemadura que había formado surcos y abultamientos al cerrarse. Unos cabellos tiesos, sin duda postizos, disimulaban el lugar en el que faltaba una oreja. El ojo derecho, redondo y brillante, tenía la fijeza de una prótesis. Sólo era visible la mano izquierda del hombre; la otra manga estaba vacía. El brazo debió de quedar cortado un poco por debajo del codo.

—Mayor Cawthorne —anunció el hombre, en tono brusco—. ¿En qué puedo ayudarlo?

Era difícil interpretar la mímica de aquel rostro desfigurado, pero el tono era el de un profundo mal humor.

—Le agradezco que haya tenido la amabilidad de recibirme —empezó Paul.

—Me lo ordenaron —le cortó Cawthorne sin dejar la menor duda acerca del desagrado que le causaba aquel encuentro—. No podemos negarle nada a lord Brentham, ¿no es así?

Paul tosió para recuperar su aplomo.

—Pues bien, estoy desarrollando una misión para una agencia que...

—Sabemos todo eso. Dispongo de bastante poco tiempo, doctor Matisse. ¿Puede ir al grano y plantear las preguntas que desea que yo responda?

Paul resumió el *dossier* polaco. El mayor, con un gesto de impaciencia, le indicó que abreviara.

—Londres es el mejor centro de observación de los movimientos violentos de defensa de los animales —concluyó Paul—. Hemos pensado que tal vez podrían darnos ustedes algunas pistas sobre este asunto.

—¿Qué pistas?

—Por ejemplo, ¿se trata de un grupo relacionado con el Frente de Liberación Animal activo en su país?

El mayor se puso rígido. La parte indemne de su rostro se crispó. Por contraste, eso tuvo el efecto de acentuar la horrenda inmovilidad de la otra. Esperó un momento antes de responder.

—El FLA no existe —dijo por fin Cawthorne—. Es una nebulosa de grupos e incluso de individuos sin ninguna relación entre ellos, salvo que todos reivindican la misma causa. Eso es lo que puede responder a sus mandatarios, y le permitirá justificar sus honorarios. Nada le impide documentarse un poco más para adornar su informe. Encontrará todo lo que desee en Internet.

La brutalidad de la respuesta revelaba la frustración de un agente obligado por presiones políticas a salir de su anonimato. Pero había también en ella el odio de un funcionario mal pagado respecto de un asesor privado, a priori incompetente pero generosamente remunerado.

Paul agachó la cabeza y acusó el golpe. El optimismo de Archie acerca de la implantación de su agencia en el Viejo Continente era decididamente muy prematuro. En dos entrevistas, con Rogulski y ahora con el mayor, Paul había tenido que encajar sendos reveses humillantes...

Sin embargo, en esta ocasión no estaba dispuesto a aceptar con tanta facilidad su suerte. Después de todo, tanto peor para la agencia y para Archie. No soportaba el desprecio que le mostraban aquellos europeos. Lo tomó como un insulto personal que no había ninguna razón para soportar. Cuando era niño y jugaba al fútbol con su padre, caía en cóleras del mismo tipo. Se encogía como un bulldog y atacaba.

Más tarde, en la universidad y en el ejército, era conocido por sus explosiones de ira. Incluso sus compañeros más fuertes aprendieron a temerle. Cuando metía la cabeza entre los hombros y tomaba impulso para arrojarse sobre ellos, no había mucha gente capaz de resistirle.

Paul se inclinó hacia delante, colocó los codos sobre sus rodillas y estiró el cuello para que Cawthorne lo oyera sin necesidad de alzar el volumen de la voz.

—Escúcheme bien, mayor —dijo adoptando el acento del Sur, que había aprendido a imitar cuando iba a visitar a sus abuelos en la Luisiana profunda—. Yo soy un soldado, nada más. No otra cosa. Igual que usted, en sustancia. No conozco a lord Brentham ni a nadie en esa esfera. ¿Y quiere que le diga una cosa? No es asunto mío. Yo no hago más que obedecer las órdenes que me han dado. Es posible que otros se llenen los bolsillos, pero yo no salgo ganando nada en este asunto.

El mayor tuvo un ligero sobresalto, prueba de que se había dado cuenta del cambio de tono y de la sorda amenaza contenida en la nueva actitud de su interlocutor. Paul había conseguido quebrar una barrera. Para poder forzar la entrada, ahora tenía que explotar el capital de simpatía de que dispone siempre un joven militar norteamericano, a priori simple e ingenuo, entre los ingleses veteranos. Paul parpadeó, liberó todo el volumen de encanto de que era capaz, y siguió diciendo, en el tono del buen chico del Sur, quintaesencia de los millares de jóvenes valerosos tendidos sobre el suelo de Normandía por haber querido librar a Europa del nazismo:

—Lo que a mí me interesa, mayor, es mi misión. Lo importante para un soldado es saber quién es el enemigo. Me parece que nosotros dos tenemos el mismo, ¿no cree usted? Si los cabrones que le han desfigurado están tratando de implantarse en nuevos países, si preparan un atentado en el que personas inocentes pueden perder la vida, a mí me parece que nos interesa, a usted y a mí, cerrarles el paso, ¿no es así? No hay gran cosa más que tenga importancia, frente a eso, en mi opinión.

El mayor carraspeó, tosió, se levantó de golpe con una agilidad asombrosa habida cuenta de sus heridas. Empezó a pasear por la habitación, miró por la ventana, y volvió luego junto a Paul, al que dirigió una larga mirada.

—De acuerdo, Matisse —dijo con la visible rigidez con que un oficial oculta su emoción y disimula el afecto que siente por un subordinado—. Es usted un agente leal. Olvidemos todo esto y hablemos del fondo de su asunto.

Paul se irguió y sonrió. Era todo lo que esperaba de Cawthorne. Que continuara tratándole con condescendencia carecía de importancia, con tal de que fuera posible algo parecido a la comunicación.

—Hablemos, entonces.

—Debe saber lo siguiente —dijo el mayor, aún de pie y ahora mirando al vacío mientras paseaba—: el FLA es hoy una de las primeras amenazas terroristas en Inglaterra. Los islamistas son peligrosos, desde luego, pero golpean objetivos indiscriminados, masivos y con una frecuencia relativamente rara. El Ejército de Liberación Animal, que es la rama «combatiente» del FLA, apunta a objetivos específicos, como industrias, personajes políticos, líderes de opinión, de manera selectiva y continua. No pasa prácticamente una semana sin que cometan un acto hostil. Luchar contra ese terrorismo exige por nuestra parte el asumir fuertes riesgos. Por esa razón no deseamos vernos expuestos inútilmente.

Paul temió por un instante que el mayor volviese a hablar de lord Brentham y de la irresponsabilidad de los dirigentes. Pero prosiguió:

—Nos alegra que otros países, como Polonia, tomen conciencia del peligro que representan esos movimientos. Por desgracia o por fortuna, no lo sé, el asunto que ha venido a plantearme no parece tener una relación directa con la actividad del FLA, tal como lo combatimos aquí.

Así pues, implícitamente Cawthorne admitía que el FLA no era sólo una nebulosa espontánea, sino un movimiento organizado.

—¿Puede decirme algo más sobre la estructura de ese movimiento?

El mayor se puso nuevamente rígido y dirigió a Paul una mirada ofendida. Decididamente, la técnica directa era la mejor. Frente a la robusta simplicidad del pensamiento norteamericano, Cawthorne se sentía desarmado. Se vio obligado a dejar de lado las sutilezas de su razonamiento para llegar a algunas conclusiones directamente comprensibles por el patán que estaba sentado frente a él.

—El Frente de Liberación Animal fue creado aquí, en Inglaterra, en 1979. Al principio, su caballo de batalla, y no es un juego de palabras, era la prohibición de la caza del zorro. Creímos primero que se trataba del enésimo movimiento de defensa de los animales, como la Sociedad Protectora de Animales, etcétera, en suma personas simpáticas y completamente inofensivas. En realidad, no había nada de eso. La aparición del FLA correspondía a una ruptura ideológica completa. ¿Ha leído usted su Biblia, el libro de Peter Singe, *Animal Liberation*?

—No.

Formaba parte de la documentación seleccionada por Providence, pero Paul se había dormido antes de leerlo... Por fortuna, en la relación que había establecido con Cawthorne, esa ignorancia era más bien un punto a su favor: cuadraba con la idea que se hacía el inglés del personaje inculto pero honesto que le interrogaba.

—Léalo. Verá de qué se trata. La liberación animal, para Singer, no es un acto humanitario. No es cuestión de amar a los animales ni de darles un valor de uso. La liberación animal es un combate político y filosófico que se inscribe en el movimiento de la Historia. La esclavitud ha sido abolida, la tolerancia religiosa conquistada, la igualdad de las razas reconocida, los derechos de las mujeres inscritos en la ley. Ahora ha llegado el momento de pasar a los gorilas, a los perros, a los peces.

Paul sonrió, pero el mayor le devolvió una mirada infinitamente triste. Era evidente que aquellas ideas habían dejado de ser motivo de broma para él desde hacía mucho tiempo. Prosiguió:

—En la concepción de esos teóricos, el hombre, ya ve, no es sino una especie entre otras. No tiene más valor que las demás especies y no debería tener más derechos.

—¿Un ser humano ya no posee más valor que un perro?

—No más, en efecto —dijo Cawthorne—. Tampoco menos, fíjese.

—¡Qué suerte!

—Comprendo que eso le sorprenda. Por otra parte, es el punto que ha causado más problemas a Singer. Incluso ha tenido que exiliarse, por culpa de eso. En su obra, afirma en sustancia que un bebé humano deficiente mental no le parece más digno de ser protegido que un gorila inteligente. ¿Sigue el razonamiento?

Cawthorne enunciaba esas ideas en un tono natural. Era reconocible en su actitud una particularidad del británico, que respeta las opiniones más extremas, en nombre de la libertad de expresión. Por más que, al mismo tiempo, las combata sin piedad.

—Lo sigo.

—Colocar una raza por encima de las demás —continuó— es un crimen racista. Del mismo modo, para los militantes del FLA, conceder al ser humano un valor particular respecto de las restantes especies es un crimen especista. Cada día, los humanos se hacen culpables respecto de los animales de actos que, aplicados a los hombres, serían calificados de asesinato, tortura y esclavitud. Matamos a los animales para comérnoslos, sacrificamos a animales de laboratorio en aras de la investigación, encerramos a monos en jaulas de por vida para enseñarlos a los niños. Son crímenes especistas particularmente odiosos. Así pues, matar a los culpables no es un crimen, sino un acto legítimo.

—¿Cuántas personas dan ese paso, entre los defensores de los animales? —preguntó Paul.

—Pocas, en eso estamos de acuerdo. La mayoría de las personas que se preocupan por los animales son militantes a la antigua. Luchan pacíficamente para mejorar la suerte de los animales. Pero usted sabe tan bien como yo que el terrorismo no es una cuestión de número. Su violencia está a menudo en proporción inversa a su representatividad. El núcleo de activistas del FLA es reducido, pero extremadamente peligroso.

Cawthorne acababa de hacer la confesión completa de que existía en efecto el centro estructurado cuya realidad había negado al principio. Paul consideró inútil hacérselo observar. Cawthorne continuó:

—La gente del FLA rechaza cualquier forma de compasión por la humanidad, y eso les induce en primer lugar a sacrificarse a sí mismos. Durante la guerra de Kosovo, por ejemplo, recordará que más de un millón de personas se habían refugiado en Albania para huir de los bombardeos de la OTAN. Pues bien, unos militantes del FLA entraron clandestinamente en las zonas evacuadas para ocuparse del ganado abandonado en las granjas.

—¿Bajo las bombas?

—Exactamente. No dudaron en arriesgar su piel por salvar la de las vacas... —Cawthorne hizo una mueca espantosa. Todo lo que le quedaba de sonrisa—. Cuando tan escaso valor se concede a la propia vida, no se tiene mayor respeto por la de los demás. Cuando colocaron la bomba en mi coche, esa acción no debió de provocar en ellos el menor remordimiento...

—¿Estaba en contacto directo con ellos? —preguntó Paul.

—No entremos en detalles. No existen treinta y seis maneras de vigilar a los grupos terroristas. No es posible averiguar gran cosa sobre ellos estudiando fotos de satélite.

La piedra arrojada de ese modo al jardín de los estadounidenses no alcanzó a Paul, que compartía la desconfianza del mayor hacia la tecnología.

—¿Han tomado el relevo otras personas?

Una pregunta así era una grosería, y Paul lo sabía. Tenía en cierto modo la impresión de estar violando a una anciana marquesa. Cawthorne, después de un sobresalto de indignación, fue a sentarse y dijo, en un tono inexpresivo:

—No hay más remedio.

—¿Qué influencia tiene el núcleo secreto del movimiento en las operaciones que se llevan a cabo? ¿Es él quien las dirige, las orienta?

—Las principales —dijo Cawthorne—, las que proporcionan el impulso al designar grandes objetivos. Por ejemplo, la campaña de hostigamiento contra Rexho, la multinacional de la cosmética, fue planificada.

Un guardián asomó la cabeza por una puerta, aquella por la que había entrado Cawthorne, y que sin duda conducía a otra entrada, en una calle distinta. El agente señaló su reloj de pulsera. Cawthorne inclinó la cabeza para indicar que era consciente de la hora.

—Pero la particularidad del FLA —prosiguió, hablando más aprisa como si ahora deseara poder decirlo todo a Paul antes de marcharse— es su forma de multiplicarse. El grupo central difunde consejos por Internet para realizar acciones violentas. Cómo romper una cerradura, desconectar una alarma, penetrar en una instalación industrial. Cómo escapar a una persecución. Qué objetivos elegir. Un poco por todas partes, unos desconocidos captan esos mensajes y pasan a la acción sin informar a nadie. A veces son grupos pequeños, a veces individuos aislados los que actúan. El FLA «central» sólo tiene que recoger después las informaciones de todas esas acciones espontáneas. Las cuelgan de su sitio de Internet y las colocan así bajo su bandera.

—¿No cree que el asunto polaco fue teleguiado directamente? En su opinión, ¿no corresponde a una ambición estratégica de expansión del movimiento hacia los países emergentes del Este?

—Lo dudo mucho —afirmó Cawthorne—. Es una acción muy clásica y de alcance menor. Si el FLA hubiera querido codirigir algo en Polonia, habría elegido una acción de mayor envergadura y coherencia.

—¿Como qué, por ejemplo? —preguntó Paul.

—Habrían podido tomar como objetivo una actividad industrial. Pero sobre todo, habrían acompañado la acción con comunicados, justificaciones y llamamientos a otras acciones. En este caso, he hecho comprobaciones y no ha habido nada.

—¿Cuál es su conclusión, mayor Cawthorne?

—En mi opinión, se trata de una iniciativa espontánea, un pequeño grupo local que ha navegado un poco por los sitios web del FLA...

—Los polacos aseguran que no ha sido gente suya.

—¿Cree usted que son competentes? —preguntó Cawthorne.

—En cuestiones de vigilancia de su población, han recibido una herencia considerable.

—Sin duda tiene usted razón.

—Ellos creen que la operación fue lanzada desde el extranjero. Wroclaw es casi una ciudad fronteriza. Puede que no sea una casualidad.

—¿Los puestos fronterizos no interceptaron a nadie? —quiso saber Paul.

—Ni en dirección a Alemania, ni hacia la República Checa. Nadie que corresponda a las indicaciones acerca del comando. Lo cual sugiere que la huida estuvo concienzudamente preparada, como toda la operación por lo demás... Y los servicios alemanes están bien informados sobre esos medios.

—Los polacos hablaron con el BND —afirmó Paul—. No hay indicios de ninguna operación de ese género entre los grupos ecologistas alemanes. Por esa razón, acabaron por pensar en el FLA.

—A decir verdad, la opción me parece muy poco probable —opinó el mayor.

—Pero la acción llevaba su firma... ¿Qué sentido tienen, si no, esas pintadas en las paredes? —se preguntó Paul.

—No lo sé —admitió Cawthorne—, puede ser una cortina de humo.

—¿Qué quiere decir?

—Estoy reflexionando en voz alta. Todo es posible en esta clase de asuntos. La acción podría tener un sentido totalmente diferente. Puede no ser más que una simple etapa en un proyecto distinto, más amplio. Y para no comprometer futuros acontecimientos, se ha querido maquillarla para que pareciera una operación de liberación animal...

Paul sacudió la cabeza para ocultar su asombro. Cawthorne se sentía visiblemente feliz por haber conseguido por fin hacer triunfar el pensamiento complejo sobre la boba simpleza del otro lado del Atlántico.

—Es una idea interesante —dijo Paul—. ¿Cómo se podría verificar?

—En este género de investigaciones, como usted bien sabe, sólo se puede contar con el azar. —Cawthorne carraspeó y continuó—: Para orientarse en la masa de información que se recoge sobre esos medios, sería necesario un indicio, por débil que fuera.

—¿Un indicio procedente de dónde?

—No lo sé: una escucha telefónica, una verificación relativa a un episodio similar, algún detalle acerca del objetivo que se proponen.

Se hizo un largo silencio. A su vez, Cawthorne miró de forma ostensible su reloj. La entrevista, por razones de seguridad, debía concluir, y se puso en pie. «Una particularidad del objetivo que se proponen.» Paul tendió la mano y la colocó sobre la válida del mayor para retenerle un instante.

—¿Ha oído hablar, en esos medios, del... cólera, mayor Cawthorne?

Cawthorne pareció desconcertado.

—¿El cólera?

—Sí, no sé, en las publicaciones, proyectos o justificaciones de esos grupos extremistas, ¿podría el cólera representar un papel, o simplemente hay alguna mención sobre él?

—No he oído nada en absoluto —admitió el mayor. Hubo un largo silencio. Paul debía de tener un aspecto de decepción tal que Cawthorne se compadeció de él y le tranquilizó en voz baja—: No se haga mala sangre por este asunto, muchacho. Si el tema le interesa, encontrará otras ocasiones de seguir las huellas de esos tipos. Pero hay que aceptar la evidencia: por mucho que diga la policía, esa operación polaca no es más que una pequeña chapuza local. Dos o tres energúmenos que se han liado ellos solos la manta a la cabeza. La apertura de los países del Este ha hecho que entraran allí todos nuestros pequeños caprichos..., como la protección animal y todo lo demás. No es muy extraño, y tampoco demasiado grave aún. Para que un movimiento como ése consiga tener una cierta amplitud, sería preciso o bien que reciba un apoyo importante del extranjero, cosa que no ocurre, o bien que se beneficie de una fuerte tradición dentro del país. No tengo la impresión de que los polacos sean especialmente receptivos a los problemas de los animales. ¿Me equivoco? —Paul se encogió de hombros para mostrar su ignorancia. El mayor concluyó—: En cualquier caso, ya sabe lo bastante para redactar su informe, ¿no es así?

Se separaron con esas palabras casi amistosas. Paul, una vez en la calle, siguió el mismo itinerario por el que había llegado. En la verja de Hyde Park, Mike Bell se reunió con él, y los dos volvieron juntos a Kensington.

—Entonces, ¿ha hablado con usted? —preguntó Mike.

—Sí.

—Lo felicito. Tiene muy mala fama, ¿sabe? No quise inquietarle antes... Pensaba que usted no aguantaría más de tres minutos.

Y mientras se balanceaba sobre sus zapatillas rosas, soltó una sonora carcajada a la que Paul no pudo resistirse.

Archie no habría querido por nada del mundo perderse el relato de la entrevista con los servicios ingleses. Llamó al apartamento hacia la una de la madrugada y Paul le contó de forma sucinta su encuentro con el mayor Cawthorne.

—Hummm —concluyó Archie—, es bastante poca cosa.

—Lo mismo pienso yo. Pero el tipo es sincero. Esa historia polaca es sin duda, como él dice, un incidente aislado y trivial.

Archie guardó un silencio bastante prolongado. Paul lo imaginó manoseando distraído la solapa de la que colgaba sus condecoraciones cuando se encontraba en países en las que éstas aún tenían sentido. En Estados Unidos, nunca se las ponía.

—No podíamos hacernos demasiadas ilusiones —dijo por fin Archie—. Era ya mucha amabilidad por parte de lord Brentham habernos subcontratado un asunto. No cabía esperar que se tratara de un *dossier* de importancia capital. Pero no es grave. Responderemos a los polacos lo mismo que les habrían dicho los ingleses de haberse quedado la investigación para ellos. Prepáranos un pequeño informe basado en lo que te ha dicho ese leal oficial británico. Añadiremos algunos anexos científicos de los que no entenderán nada. Lo adornarás todo con tus títulos universitarios. Con un nombre falso, por supuesto. Y yo mismo iré a Varsovia a entregar el informe a su ministro de Interior.

Paul se había hecho rogar para aceptar aquella misión. Pero ahora que estaba metido en ella, le disgustaba la idea de que todo quedara en agua de borrajas.

—Todavía tengo que verificar algo, relacionado con lo que me contó Rogulski, el jefe del laboratorio.

—¿Qué te pareció ese tipo? —emplazó Archie.

—Un poco extraño.

—Un sabio loco —comentó el anciano.

Paul lo imaginó encogiéndose de hombros. Entre todas las categorías sociales a las que despreciaba, la del sabio genial y miserable era uno de los iconos favoritos de Archie.

—No está loco. Tiene miedo. Y no sé de qué —dijo Paul.

—Pero ¿encontraste algo anormal o sospechoso, desde el punto de vista científico?

—No lo creo. Te confieso que estuve un poco torpe, y el tipo desconfió de mí. Creo sinceramente que no me ocultó nada de importancia. Pero como no soy un especialista en su disciplina, la microbiología, me gustaría dar un pequeño rodeo y pasar por París, para verificar algunas de las cosas que me dijo.

—¡Por París! ¿No puedes informarte en Estados Unidos, a tu vuelta?

—En casa —advirtió Paul— llamará la atención que me interese de pronto en temas de esa clase. Y en París tienen a uno de los mejores investigadores mundiales en esa disciplina.

Archie siempre había considerado Francia como un lugar de placer y como la patria de la futilidad. Aceptó la idea de que Paul se diese una vuelta por allí, pero a título de diversión.

—Si no encuentras nada, vuelve de inmediato —le dijo.

8

Ginebra, Suiza

En primavera, a Thérèse no le gustaba subir la cuesta. En esa estación, a veces el tiempo sufría fuertes altibajos. Podía ponerse a hacer frío otra vez, y entonces el viento cargado de lluvia volvía resbaladizos los adoquines. Sin embargo, cada día, por mucho que le costara, Thérèse ascendía la empinada rampa hasta el Bourg de Four, la plaza colocada de través que corona la venerable ciudad de Calvino. A pesar de sus setenta y cinco años, no habría querido por nada en el mundo vivir en otro lugar. Pasaba delante de la fuente redonda, del puesto de policía y de las terrazas de los cafés. Luego afrontaba con gallardía la subida a la escalera exterior de piedra que llevaba a su apartamento.

Desde hacía ocho días se sentía inquieta. Sabía exactamente lo que iba a ocurrir. Pero el hecho de ignorar dónde y cuándo ocurriría le alteraba los nervios. De modo que aquella mañana, en cuanto vio al muchacho sentado en la baranda, a la altura del primer piso, sintió menos terror que alivio. Por lo menos, la espera había terminado.

¿Por qué se lo había imaginado moreno, fuerte, patibulario? El muchacho, que tenía un casco de motorista sobre las rodillas, era por el contrario bastante delgado, rubio, y había que reconocer que tenía una cara simpática. Se dirigió a ella respetuosamente.

—¿Señora Thérèse? Buenos días. Oiga, es sobre su sobrina.

Thérèse se había prometido ofrecer una buena representación. Hizo un esfuerzo para fingir sorpresa.

—¿Mi sobrina? Ah, se refiere a Juliette.

Si de ella dependiera, habría recibido al muchacho con cortesía. Lo habría hecho subir a su casa y le habría ofrecido una naranjada. Pero Juliette le había pedido expresamente que no lo dejara entrar en su casa bajo ningún pretexto. Thérèse lamentó faltar de ese modo a las conveniencias, y siguió la conversación en el rellano de piedra batido por los vientos.

—¿Qué desea de mi sobrina?

—Al parecer se marchó de Chaulmes la semana pasada, y dejó en el contestador esta dirección. ¿Podría decirme cómo puedo verla?

—No vive aquí —dijo Thérèse—. Pero en efecto, me llama todos los días. No sale mucho y en estos momentos no recibe a nadie. Creo que está algo enferma. Si me deja un mensaje, yo se lo transmitiré sin falta.

El muchacho tenía los ojos semicerrados cuando hablaba. Su pose ligeramente aburrida, a la vez cansado y seguro de sí mismo, le prestaba cierto encanto.

—El mensaje es sencillo. Dígale que Jonathan querría verla. ¿Quiere que se lo apunte? Jo-na-than. Y añada, por favor, que sus condiciones han sido aceptadas.

Thérèse hizo un pequeño gesto de complicidad. Qué dichosa, pensó, esa edad en la que se ponen condiciones al amor, por el placer de someterse a ellas.

—En ese caso —dijo Thérèse, feliz al revelar que sabía más de lo que había dado a entender—, Juliette estará encantada de encontrarse con usted esta tarde a las cinco. ¿Le es posible?

—Las cinco. Anotado. ¿Dónde?

—Ella propone el café del Grütli, junto al teatro. ¿Conoce usted Ginebra?

—Sí, sí, ya veo, muy bien —se apresuró a decir Jonathan—. Estaré allí sin falta.

Se despidió enseguida, con mucha cortesía en opinión de Thérèse, que acabó de subir los escalones, abrió la puerta y dejó en el suelo sus paquetes. Se sentó en el vestíbulo y sonrió, pensativa.

Su sobrina siempre había suscitado en ella una mezcla de ternura y temor. Desde la infancia, había considerado a la hija de su hermanastra como si fuera la suya propia, más aún por el hecho de que ella misma había quedado viuda sin descendencia. Había sufrido mucho al ver la educación que recibía la pequeña. El padre tenía cerca de los sesenta años de edad cuando Juliette nació. Era un hombre de negocios. Había heredado una pequeña fortuna en una empresa de fletes marítimos, y la había hecho fructificar. Tan egoísta como rico, no soportaba el menor ruido en su casa, prohibía a la niña invitar a amigas y le echaba continuos sermones. Su madre no había tenido fuerza suficiente para oponerse a esa actitud, al principio. Había tenido tanto miedo de quedarse para vestir santos... Todavía no se había recuperado del asombro de haber conseguido tan tarde un partido tan bueno. Después, a medida que su matrimonio se degradaba, había transferido toda su amargura a la hija y había hecho causa común con su marido para atormentarla. Parecían no tener en común otra cosa que un odio similar por la pequeña Juliette y lo que representaba: la juventud, el movimiento, la vida. La niña había reaccionado encerrándose en sí misma. Lo sufría todo con una pasividad excesiva. Se quedaba inmóvil, inexpresiva, silenciosa, hasta el punto de que se la habría tomado por simple de espíritu. Sólo Thérèse presentía las tormentas interiores que ocultaba aquella perpetua calma ficticia. Todas las vacaciones, los padres de Juliette la enviaban a casa de su tía para librarse de ella, y a fuerza de paciencia, consiguió que le hiciera algunas confidencias. En dos o tres ocasiones, durante la adolescencia, la había recibido en unas circunstancias más críticas.

Por tanto, Thérèse no se había sorprendido al recibir una llamada urgente de su sobrina la semana anterior. Sabía que no tenía en el mundo a nadie más a quien recurrir cuando las cosas iban mal. Juliette preguntaba si podía ocupar durante unos días un estudio propiedad de Thérèse en el barrio de Carouge, que estaba vacío por el momento. Siguiendo su costumbre, ella había contestado afirmativamente, sin hacer ninguna pregunta.

Thérèse se sintió mucho más feliz después de haber conocido a Jonathan. Ahora imaginaba cuál era la verdadera naturaleza de aquella pequeña tempestad. Todo hacía presagiar un feliz desenlace. Esperaba que Juliette fuera lo bastante razonable para hacer las paces. Por otra parte, ella le hablaría, le repetiría lo corta que es la vida. Había recuperado el aliento, su corazón se había calmado. Thérèse descolgó el teléfono para llamar a su sobrina.

El palacio del Grütli, junto a la plaza Nueva y el teatro, es un lugar frecuentado por gente del cine y por todos los intelectuales de Ginebra. El ambiente izquierdista, libertario, alternativo, evoca los fastos del París del sesenta y ocho, más que la austeridad de la Reforma calvinista. Pero para Juliette, el interés de aquel edificio consistía sobre todo en que contaba con tres entradas independientes, y por tanto con tres posibilidades de escapatoria.

Esperó a las cinco y cuarto para empujar la puerta de vidrio del lado de la plaza de Plainpalais. Con los cabellos que le caían lacios sobre los hombros, los vaqueros algo rozados y el jersey de cuello vuelto, iba perfectamente a tono. Aquel lugar estaba siempre lleno de muchachas bonitas, pero vestidas con descuido. Juliette se había maquillado para pasar el tiempo, mientras esperaba nerviosa la hora de la cita. En su excitación, había forzado un tanto el carmín de labios y el fondo de maquillaje. Al entrar en la sala, vio a Jonathan de lejos. Estaba solo en su mesa delante de un café *expresso* bebido demasiado aprisa, y balanceaba un pie, impaciente. Ella comprobó que en el café no había más que los habituales, y ninguna figura sospechosa.

Desde su última entrevista con Jonathan en Chaulmes, Juliette se asombraba a sí misma por seguir mostrándose igual de activa y resuelta. Seguía durmiendo muy poco, sin resentirse por ello. Su percepción del mundo tenía una nitidez y una rapidez que le parecían a la vez deliciosas y temibles. Se sentía como un niño en las montañas rusas de una feria. Los momentos de euforia, de aceleración, iban seguidos por bruscos vértigos, como si fuera a estrellarse allá abajo, en el suelo. Le daba un poco de miedo, pero por nada del mundo quería parar aquello.

Juliette se había ido de Chaulmes para hacerse menos vulnerable a las eventuales presiones de Jonathan y de sus «comanditarios». Pero sobre todo la pequeña aldea, su inmovilidad, su silencio, aunque se acoplaban a la perfección con su anterior melancolía, hacían del todo insoportable su nueva situación. Sus angustias no habían desaparecido. Habían tomado un aspecto distinto, desconocido. Era como una trepidación interior, una exigencia permanente de ruido, de movimiento, de agitación. Podía encontrarse algo más adecuado que Ginebra para satisfacerla, pero por lo menos era una capital. Juliette recorría las calles, tanto de día como de noche, segura de encontrar gente, luces, automóviles. Se sentía ridículamente frágil y sin embargo indestructible. Nada habría podido hacerla desdecirse de la decisión que había tomado.

Dio tres pasos más, que la condujeron hasta el umbral de la sala del restaurante. Jonathan la vio. Ella fue hasta su mesa y se sentó en una silla de diseño hecha con tubos de acero.

—Me he retrasado un poco, discúlpame.

—No hay problema. Yo acabo de llegar. —Jonathan se esforzó en sonreír. Luego intentó recomponer un aire indiferente y vagamente superior—. ¿Por qué todo este circo? ¿Me lo explicas?

Ella fingió sorpresa.

—¿Qué circo?

Él hizo con la mano un gesto que podía señalar tanto el bar como el conjunto del universo.

—Largarte de Chaulmes. La historia de tu tía. Estas citas extravagantes...

—Nunca se es demasiado prudente —dijo Juliette.

Jonathan bajó la mirada. En la discusión con sus famosos comanditarios, se habían examinado en efecto todas las hipótesis para forzar a Juliette a entregar lo que había cogido en Wroclaw: secuestro, agresión física, robo con escalo de su casa, todo... Pero, finalmente, esas soluciones habían sido rechazadas. La decisión había sorprendido mucho a Jonathan. Por lo demás, no había ocultado que se sentía decepcionado.

Una camarera eritrea, preciosa pero vestida con una túnica informe y zuecos montañeses, se acercó a tomar el pedido.

Juliette pidió un café, pero enseguida la llamó y cambió por un agua con gas. Ya estaba lo bastante nerviosa, así. Las ideas seguían agolpándose en su cabeza. Por si fuera poco, se le había olvidado de qué estaban hablando.

—Te he preguntado por qué te habías largado —le recordó Jonathan.

—Ah, sí. Necesitaba respirar el aire de la gran ciudad, eso es todo. Me sentía un poco encogida, en Chaulmes. Y por las noches, había ruidos raros. Como si alguien quisiera robarme algo. ¿Sabes lo que quiero decir?

Rio muy fuerte, con una risa que oyó como si estuviera fuera de sí misma y que le pareció enfermiza. Varias personas se volvieron, en el café. Creyeron que había fumado hierba y sonrieron con indulgencia. Pero Jonathan perdió su aplomo.

—¿No quieres que vayamos a hablar fuera?

—No, estoy muy bien aquí —dijo Juliette.

Lo sentía terriblemente incómodo, y eso le hizo reír aún más. Él cada vez tenía más prisa por acabar.

—Bien —concluyó Jonathan, inclinándose hacia delante—, ¿te apetece ver mundo? Te aseguro que vas a quedar servida.

Sacó un largo sobre de cartón de su chaqueta, y después de mirar rápidamente a izquierda y derecha, se lo tendió. Se notaba que estaba en el límite del desánimo. Era enteramente contrario a la decisión que le habían pedido que ejecutara. Y obedecía al precio de un esfuerzo casi insostenible.

—¿Ver el mundo...?

—Sales pasado mañana —pronunció, con la boca deformada por un rictus de amargura—. Éste es tu billete de avión.

Juliette se apoderó del sobre, un poco demasiado aprisa, pensó. Procurando contenerse, abrió la solapa más despacio y extrajo el cupón de vuelo.

—¡Johannesburgo! —dijo, alzando hacia Jonathan unos ojos incrédulos—. ¿De verdad?

—Sabes leer, ¿no?

Él no pudo impedir que se transparentase su amargura.

—¿Tú no vas? —preguntó ella, sin darse cuenta de toda la crueldad de la pregunta.

—No quiero imponer mi presencia —precisó Jonathan, molesto.

Detrás de su agresividad, se advertía toda la profundidad de su decepción. Juliette se apiadó de él por un instante. Luego, de inmediato, pensó: «Lo merece. Es el precio de su cobardía.» La lectura del billete de avión parecía haber hecho subir un grado más el nivel de su excitación. Sus manos temblaban. Tenía los ojos brillantes y un tic nervioso entre la comisura de la boca y el mentón.

—¿Con quién he de entrar en contacto allá abajo?

—No te preocupes. Habrá alguien para recibirte.

El tono de Jonathan sugería una vaga amenaza. Pero, con la agudeza de percepción de que ella estaba dotada en aquel momento, Juliette tuvo la intuición de que él no sabía nada, que sólo estaba dando salida a sus deseos personales de venganza. De todas maneras, ella había decidido llegar hasta el final. Y había tomado sus precauciones.

—Bien...

—Bueno —dijo Jonathan, al tiempo que extendía la mano para recoger su casco—. Te deseo buena suerte.

—¿Qué vas a hacer ahora?

La pregunta de Juliette era amable. Expresaba con torpeza un resto de ternura. Sin embargo, hizo que Jonathan perdiera los estribos.

—¡Bonito momento para preocuparte! Cuando acabas de dejarme en ridículo. «¿Qué vas a hacer ahora?» —repitió, imitando su entonación—. ¿Qué más crees que puedo hacer? Ésa es la cuestión. Piénsate la respuesta en el avión.

—Perdóname —dijo ella.

En el estado mental en el que se encontraba, la desgracia de quienes la rodeaban la afligía, incluso si, como era el caso de Jonathan, se trataba de una desgracia merecida y tal vez buscada. Afortunadamente, sus sentimientos cambiaban rápidamente. Alguien, en la mesa vecina, empujó una taza al ponerse en pie, e hizo un movimiento brusco para atraparla en el aire. A Juliette le entraron de pronto ganas de echarse a reír, tontamente, de puros nervios.

—Y sobre todo, no olvides lo que tienes que llevar —añadió Jonathan, con malignidad—. ¿Sabes de lo que hablo? El frasco rojo.

Ella dijo «sí» con un gesto y adoptó una actitud modosa, como si quisiera calmar la rabia de Jonathan. Pero, a decir verdad, aquella rabia le era totalmente indiferente.

En el Eurostar, Paul dormitaba, mientras pasaba blandamente las páginas de la documentación enviada por Providence, que podía resultar enteramente inservible. Un niño, sentado frente a él, atisbaba la noche negra por la ventanilla. Su padre había hecho una broma ridícula al salir de Waterloo, con un guiño a Paul para que no estropeara la ocurrencia.

—Cuando pasemos debajo del canal de la Mancha lo verás enseguida.

—¿Por qué, papá?

—Porque habrá burbujas por todo el tren, y los peces pasarán a toda velocidad delante del cristal.

El niño había esperado los peces y las burbujas durante todo el viaje. Su impaciencia, y después su decepción, afectaron a Paul hasta un punto que le asombró. Acabó por decirse que él era igual que aquel chiquillo. Había bastado que Archie le hiciera entrever una travesía por entre los peces para hacerlo entrar en aquella espera inquieta y deliciosa, hasta quedar finalmente desconsolado por no haber encontrado nada de lo que esperaba.

Por lo menos la experiencia le había servido para mostrarle con claridad qué bajos son los resortes del alma humana que mueven el mundo secreto. Escribió un largo *e-mail* para Kerry, en el que le contaba todo. Su ordenador estaba equipado con una antena que le permitía conectarse en cualquier lugar. Buscó su servidor y entró en la bandeja de su correo, pero finalmente decidió no enviar el mensaje.

Al llegar a la Gare du Nord, tomó un taxi hasta el Instituto Pasteur. En ese templo de la microbiología, brillantes investigadores construyen día a día el futuro, experimentando con todas las técnicas de vanguardia. Pero al mismo tiempo, el pasado sobrevive en la geografía de ese exiguo campus situado en el corazón de París, cortado por una calle que los automóviles surcan a toda velocidad... El Laboratorio del

Cólera y de los Vibriones ocupa todavía el mismo edificio histórico en el que el gran Louis Pasteur agitaba sus frascos luciferinos, hace un siglo y medio.

Paul había pedido una cita, bajo su verdadera identidad, con el pretexto de preparar una comunicación sobre las grandes pandemias para una asociación médica regional con base en Georgia.

Las explicaciones resultaron inútiles. El profesor Champel ni siquiera le pidió su nombre, ni la razón de su visita. Sólo le importaba el raro placer de hablar del cólera ante un auditorio bien predispuesto.

En los pasillos desiertos del laboratorio, bastaba un vistazo para comprender que el cólera ya no era una enfermedad de moda. Las grandes páginas de la investigación se escriben hoy en otros frentes. Los monstruos del VIH, del virus de la fiebre Ébola o el de la gripe aviar concentran el interés del público, de los medios de comunicación y de los políticos. Son ellos los que acaparan los grandes presupuestos y fabrican los premios Nobel. El viejo cólera da la imagen de un veterano jubilado. Es el vestigio de guerras mortíferas, cierto, pero ganadas. Obviamente, el profesor Champel no se resignaba a ese cambio de la moda. Seguía aferrado incansablemente a su tema. Parecía incluso no tener ninguna otra satisfacción en su existencia. Paul se dijo que su amabilidad, al menos, representaba un contraste agradable con la frialdad de Rogulski y, subrayaba aún más la singularidad del comportamiento del sabio polaco.

—¿Sabe qué es lo que hace del cólera la patología más apasionante que existe? —preguntó Champel a modo de introducción—. ¡Es muy sencillo! El cólera es una enfermedad literaria.

El profesor, de corta estatura, con una cara colorada y redonda enmarcada en unos carrillos fláccidos, empezó a declamar extractos en prosa y en verso de grandes autores, en particular franceses, dedicados al cólera. Terminó declamando exaltado, casi subido al estrecho escritorio detrás del cual estaba confinado, un pasaje de *El húsar en el tejado*, de Jean Giono. «El cólera —mugió—, es el mieeedo... » Paul hubo de hacer esfuerzos ímprobos para hacerle regresar a sus preguntas y al presente.

—Pero es un problema...

—No —acabó por confesar Champel, una vez devuelto a sí mismo—, hoy el cólera ya no constituye un problema médico. La higiene acaba fácilmente con él. —Pero se apresuró a matizar esa afirmación—: Lo cual no quiere decir que no plantee todavía enormes dificultades. El cólera sigue siendo una de las grandes enfermedades de los países pobres. O con mayor precisión, «de los pobres de los países pobres».

—En otras palabras, el microbio no es peligroso aquí —dijo Paul—. ¿No es preciso adoptar precauciones particulares para manipularlo?

El profesor cogió un pequeño pote de plástico de su escritorio.

—En estado seco, el vibrión se conserva muy bien en recipientes como éste. Es más, nos los envían desde todas partes, por correo.

—¡Por correo! ¿Y si se rompen las cajas? ¿Y si se pierden?

—¿Sabe, querido colega? Hacen falta muchas condiciones para que el vibrión llegue a ser peligroso —afirmó Champel—. No bastan unas cuantas bacterias aisladas. Tienen que alcanzar un número muy importante, es decir, haberse multiplicado en un organismo enfermo, por ejemplo. Tienen que ser vehiculadas por un medio acuoso favorable: temperatura bastante cálida, materias orgánicas en suspensión. Y sobre todo, hace falta que ataquen a una población vulnerable, mal alimentada, de salud frágil y falta de higiene. El cólera es un monstruo que se mata lavándose las manos.

¡Las mismas palabras de Rogulski! Debía de ser una fórmula célebre, otro avatar literario del cólera. No cabía duda: el polaco había dicho la verdad. Sin embargo, Paul quiso verificar aún un último punto.

—En este lugar, profesor, ¿dónde almacena las cepas de vibrión?

—Venga conmigo —dijo Champel, e hizo cruzar el pasillo a su visitante. Parecía empeñado en mirar únicamente hacia la izquierda.

—¿Qué hay aquí? —preguntó Paul, señalando las salas del lado derecho.

—Eso no es nuestro —confesó Champel con amargura—. Desde hace cinco años, sólo contamos con la mitad del laboratorio. En la otra parte están las listeriosis, ya sabe, esos microbios que se encuentran en los quesos y que matan a las mujeres embarazadas.

Había en su tono un gran desprecio por esos advenedizos que aún no habían conseguido inspirar a los artistas.

Pasaron por salas por las que vagaban algunos investigadores, abarrotadas de instrumental. Champel explicó que en esas salas el cólera estaba presente en todas partes: en armarios refrigerados, bajo cubetas aspirantes, sobre los escurrideros. Sin embargo, nadie llevaba máscara ni una vestimenta especial.

—Muchas personas se engañan en relación con el cólera. Lo creen más peligroso de lo que es. Me acuerdo de una becaria rusa que llegó aquí una mañana. Entró en el pasillo y se dirigió sin dudarlo al recinto que ve usted allá al fondo.

Sobre una puerta se leía un pequeño cartel: «Prohibida la entrada – peligro.»

—¿Qué es?

—Es el compartimento donde se encuentran los fusibles eléctricos. Esperó delante de esa puerta a que llegara yo, porque estaba convencida de que el verdadero laboratorio del cólera tenía que encontrarse en el otro lado.

Salieron de allí y pasaron a un vestíbulo con ascensores. Detrás se encontraba un pequeño habitáculo cerrado con llave, pero la cerradura era corriente, y la puerta ligera.

—Aquí es donde conservamos la memoria del cólera —explicó Champel.

En pequeños casilleros que subían hasta el techo estaban clasificadas las cepas de vibriones recogidas en el curso de las grandes pandemias ocurridas desde hacía más de un siglo. Todo el terror, todos los duelos sembrados por aquel azote tenían su origen en aquellos casilleros bien alineados, que habrían podido guardar una colección de sellos.

Champel explicó que en las cajas se conservaban los vibriones secos, y en los refrigeradores las cepas congeladas. Pero tanto unos como otros estaban vivos, y en cualquier momento se podían poner de nuevo en cultivo. Era a la vez emocionante y exaltante. Nada manifestaba mejor el poder del espíritu. En aquella pequeña prisión, la ciencia había conseguido encerrar de por vida a los culpables que en tiempos habían sido los enemigos más peligrosos del género humano.

Salieron. En el fondo del pasillo, a pocos metros del recinto cerrado, vieron desfilar detrás de una puerta acristalada a un grupo numeroso de niños. Corrían, gritaban, algunos pegaban la nariz al cristal.

—¿Y esos niños? —preguntó Paul.

—Una clase que ha venido de visita —dijo Champel.

—¿Quiere decir que ese lado es público?

—Sí, es el museo Pasteur. ¿Nunca lo ha visitado? Lástima.

Rogulski tenía razón en todo. Era cierto que el cólera no exigía ninguna protección especial, si era posible colocar todas esas cepas vivas a pocos metros de unos niños que paseaban. Decididamente, no era justo reprocharle nada.

De vuelta al despacho del profesor, Paul quiso asegurarse de un último punto.

—¿Es exacto que el vibrión es muy estable genéticamente?

—¡Ah! ¿Sabe usted eso? En efecto, es totalmente exacto. Existen alrededor de doscientos tipos de vibriones, y la mayor parte de ellos no originan enfermedades. Sólo el que llamamos «O1» provoca el cólera. Ya ha visto nuestra colección: su contenido demuestra que no ha cambiado desde hace siglos. Hace una decena de años apareció un nuevo tipo peligroso, que provocó una pandemia grave porque las poblaciones inmunizadas contra «O1» no estaban protegidas frente a esa nueva cepa. Pero es la excepción que confirma la regla: el cólera no se mueve.

Cuando se sentaron de nuevo, Paul consultó sus notas. Había llegado el momento de hacer la última pregunta, que sobreentendía todo lo demás, la pregunta con la que se cerraría definitivamente la investigación.

—¿Podría darse algún día una utilización voluntaria del cólera?

—¿Con fines terroristas, quiere decir? —preguntó Champel.

—Sí.

Champel removió sus cachivaches. Era difícil no ver que quería ocultar su decepción.

—El cólera no es un buen cliente para el bioterrorismo. En teoría, podría serlo. Después de todo, provoca una enfermedad epidémica severa contra la que no existe una vacuna masiva eficaz y barata. Se oye hablar de él de vez en cuando, a propósito de investigaciones militares secretas. Pero son sólo rumores, y nunca ha habido la menor prueba de su existencia. La verdad es que el pobre viejo vibrión no es nada adecuado para una utilización terrorista. En primer lugar no es muy resistente, a diferencia de los bacilos, como el carbunco, que forman esporas y pueden sobrevivir mucho tiempo en un medio hostil. Tampoco es difícil de combatir, y la mayor parte de los antibióticos acaban con él fácilmente. Como es genéticamente estable, acaba por producir una inmunidad. Las personas fabrican anticuerpos y la enfermedad se convierte en endémica, es decir que el microbio está presente pero no produce problemas salvo muy rara vez. Para que se convierta de nuevo en epidémico, hace falta que estalle una crisis social, o inundaciones o una guerra, de modo que se agrave la situación de la higiene. —El profesor daba esas informaciones con aire abatido, como si hablase de un pariente caído en la miseria—. Y además, sobre todo, ya se lo he dicho, el cólera sólo afecta a los pobres. En las poblaciones de los países industrializados, no tendría el menor efecto. Ahora bien, usted sabe que a los terroristas no les interesan demasiado los pobres...

Paul cerró su cuaderno. En sus oídos resonaron las poderosas notas de trompeta del *Tuba mirum*. Réquiem por el cólera. Fin del principio del comienzo de una pista. El asunto polaco volvía a ser lo que nunca tendría que haber dejado de ser: una peripecia sin importancia.

Paul aceptó cortésmente la voluminosa documentación científica que el profesor se empeñó en entregarle, y se despidió, no sin dificultades. Eran las ocho, y empezaba a anochecer. Yendo bien las cosas, podría dormir en su cama de Atlanta la noche del día siguiente.

9

Atlanta, Georgia

Por la ventanilla del taxi, Paul observó las grandes nubes que cubrían el cielo, amontonadas como juguetes. Había dejado su apartamento pensando que no volvería a verlo antes de varias semanas. Nadie había turbado el orden que su asistenta se esforzaba en imponer una vez por semana. La cama estaba hecha, el fregadero limpio, la nevera desconectada, abierta y vacía.

Paul sentía que su misión había durado lo bastante para romper sus hábitos y perturbar la existencia que se había creado desde que salió del mundo secreto. Pero había sido demasiado breve para significar un verdadero final, un punto de inflexión del que poder extraer la energía para regresar a su vida anterior con entusiasmo y placer. Se sentía sencillamente vacío, a lo que contribuía el desfase horario. Se acostó sin deshacer la maleta y durmió profundamente.

El hambre lo despertó a las cuatro de la madrugada. En el cielo despejado, brillaban las últimas estrellas antes de que el alba empezara a despuntar. La ciudad estaba especialmente silenciosa. Pensó que era domingo. Al menos no tendría que plantearse si ir o no a la clínica. El domingo era día de visita de las familias. Sus socios no estarían, y el personal presente sería muy reducido.

Se vistió con la perspectiva de quedarse todo el día en casa: ropa informal, zapatillas. Sacó de un armario varios paquetes de galletas, café instantáneo y azúcar, para prepararse un desayuno pasable. Comió viendo encaramarse el sol sobre los techos planos del East Side. Luego activó el contestador y escuchó los mensajes mientras mantenía la mirada fija en las luces rosadas del horizonte.

Al marchar, había olvidado cambiar el anuncio del contestador, de modo que la mayor parte de los mensajes le pedían que les llamara al día siguiente. Se trataba de historias sin importancia: el banco, unas obras previstas en las conducciones del agua en el rellano, voces de mujeres descontentas porque no daba señales de vida, una de ellas con lágrimas. Paul tuvo la sensación de estar irrumpiendo en la existencia de un desconocido.

Y de repente, la voz de Kerry. Ya hacía más de siete años que no la oía. Había creído olvidarla por completo, antes de volver a pensar en ella después de la visita de Archie. Dejó su taza, se incorporó en el sillón y subió el volumen del contestador.

«¡Hola, Paul! Bueno, no ha habido suerte. Seguramente ya te has marchado. Me ha gustado oírte. Me ha gustado mucho.» La voz era casi un susurro; el tono, el de un monólogo íntimo, apenas audible en algunos momentos. Paul imaginó que Kerry debía de haberlo grabado a una hora tardía de la noche. Se preguntó en qué posición estaría mientras hablaba. Tendida de espaldas seguramente, con los ojos abiertos de par en par fijos en el techo. Era así como prefería colocarse en otra época para hacer confidencias, como si buscara inspiración en un punto del infinito situado exactamente en la vertical de su cuerpo.

«Hace frío todavía, aquí en Nueva York. Pero pese a todo, ya ha empezado la primavera, y para mí también ha llegado el deshielo. Desde hace algún tiempo, he vuelto a ponerme a soñar. Figúrate, no me ha sorprendido que llamaras. ¿Cómo lo llamabas, antes? Nuestros pensamientos gemelos, ¿no es así?»

Se interrumpía de vez en cuando, como si bebiera pequeños sorbos.

«Un bonito par de imbéciles, en realidad.»

La imaginó riendo silenciosamente. Hizo una larga pausa, y siguió hablando con voz más grave.

«Sí, los niños están bien. Soy muy feliz con ellos. Niña y niño, como yo quería. Ahora ya me dejan dormir, pero se están peleando todo el día. Su padre les cuenta historias. A mí también, por otra parte, probablemente.»

De nuevo la risa silenciosa, apenas un soplo en el teléfono.

«Pero Robin me gusta así. Deberías conocerlo. ¿Sabes?, es realmente un genio de los negocios. Tiene el don de convertir en dinero todo lo que toca. En este momento, está metido en los seguros bancarios. No me preguntes qué es eso; lo único que sé es que lo convierte en dólares. Todas las noches, ¿me oyes?, vuelve con algo nuevo y precioso. Tengo decenas de vestidos en los armarios. ¡Sí, yo! Nuestro apartamento de Manhattan está repleto de objetos de arte y de cuadros. No hace falta que te diga que eso me importa un bledo. Sabes que el dinero nunca me ha interesado. Pero en fin, digamos que soy feliz, Paul. Muy feliz, incluso.»

El silencio que siguió fue tan largo que Paul creyó, esta vez, que ella había cortado la comunicación. Sentado en el borde del sillón, se había inclinado ya hacia delante con las manos extendidas hacia el contestador, cuando sonó de nuevo la voz:

«Y sin embargo, ya lo ves, te contesto.»

Nuevo silencio.

«No he olvidado el pacto que hicimos los dos.»

La voz era tan baja que apenas se distinguía del crepitar de la línea.

«Si tú me dices que, esta vez, se dan las condiciones... de verdad, se dan tal y como lo acordamos... en ese caso, quiero que sepas...»

Esta vez, después de un largo silencio, se oyó un pitido por el altavoz. El mensaje había terminado. Paul pulsó febrilmente las teclas. No había quedado registrada ninguna continuación, ni había más mensajes.

El sol estaba ahora alto, muy por encima del bosque de chimeneas y antenas. Paul se puso en pie y, curiosamente, le vino a la memoria la letanía de una oración rusa. Su madre la recitaba con él por la noche frente al rincón de los iconos, cuando él tenía cinco o seis años. Había olvidado las palabras exactas, pero recordaba que hablaba de la relación inmaterial que existe entre los seres. Aunque ni Kerry ni él tuvieran nada de santos, les unía un soplo que era de la misma esencia que los ángeles. En todo caso, era lo que pensaba él cuando ella estaba lejos. Cuando estaban los dos juntos, la cosa era diferente.

Tomó la trompeta y tocó la vieja melodía de Armstrong servida con acompañamiento de todas las salsas, pero que no por ello dejaba de tener el mismo sabor inimitable: *It's a wonderful world.* La repitió una segunda vez, aún más fuerte. Y una tercera, soplando con tanta potencia que acabó por ver las estrellas. Luego paró, y en el espeso silencio que siguió al grito de la trompeta, oyó una voz interior, una voz que, en realidad, era de hecho la voz de Kerry.

«Si se dan las condiciones...», decía la voz.

Era la frase que estropeaba todas las demás, el recuerdo de una premisa que nunca se realizaría. Pues bien, no, Kerry, finalmente no se dan las condiciones. No era ni más ni menos que una pachanguita de misión que ya se ha terminado. Permaneció en pie, con los brazos colgando, y dejó caer la trompeta sobre la alfombra.

«Malditos sean Archie y sus ideas imbéciles», pensó. Maldito él mismo por haber dejado entrever aquella posibilidad a Kerry.

Cogió una botella vacía colocada en el reborde del ventanal y la arrojó violentamente contra el piano. Luego empezó a deambular por el apartamento. Con la mirada, buscaba alguna otra cosa que romper, más grande que una botella, algo a la medida de su rabia. El único elemento que encontró para desahogarse fue su bicicleta todoterreno. Se la echó al hombro, bajó en el ascensor a la calle y se lanzó a correr por las avenidas vacías por las que se arrastraban algunos vagabundos sin techo.

Regresó a primera hora de la tarde, reventado por la fatiga, sediento, con las piernas ardiendo, pero calmado. Se dio una larga ducha y se puso un pantalón de kárate. Había controlado su emoción fijándose un programa sencillo y claro para la semana próxima. Al día siguiente, tenía que redactar el primer borrador de su informe. Iría a Providence para entregar sus conclusiones y dar por finalizada su misión. Después, nunca nadie más le convencería de que se desviara del camino que se había trazado. En médico se había convertido, y médico seguiría para siempre. Archie y todos los demás podían pagar los precios que quisieran, él nunca volvería a estar en venta.

Deshizo su maleta y colocó sus papeles en orden sobre un escritorio, para empezar a preparar su informe. Al cabo de una hora, volvió a escuchar el mensaje de Kerry, con total tranquilidad en esta ocasión. Volvió a pasarlo cuatro veces y luego, de repente, lo borró. Después se tendió en su cama y se durmió.

Un timbre lo despertó en mitad de la noche. Buscó a tientas el teléfono fijo, pero al descolgarlo comprendió que la llamada iba dirigida a su móvil. Nadie lo llamaba a ese número, únicamente se servía de él para llamar. La pantalla marcaba las dos y treinta y cuatro de la mañana.

—Cawthorne al aparato. —Paul recordó haber dado excepcionalmente el número de su móvil al mayor, al encontrarse de viaje—. Si todavía se encuentra en Londres, me gustaría verle hoy mismo.

—Es imposible —gimió Paul, frotándose los ojos—. He vuelto a Estados Unidos.

—¡Oh! Lo creía todavía en Europa. En ese caso, ¡perdón! Debe de ser noche cerrada en su país. Estoy realmente desolado, lo llamaré más tarde.

—No, mayor, no cuelgue. Estaba, bueno, despierto... No me molesta usted. Podemos hablar ahora.

—Muy bien, en ese caso lo llamo para continuar nuestra pequeña conversación...

—¿Sí?

—He vuelto a pensar en lo que usted me dijo, ¿me comprende? —dijo Cawthorne.

Paul se puso en pie, con el móvil pegado a la oreja, y con la mano libre sacó una lata de la nevera.

—¿Ha cambiado de opinión sobre el asunto de Wroclaw? ¿Hay alguna novedad, tal vez?

—A decir verdad, ni lo uno ni lo otro. Es simplemente que me intrigó el detalle que usted me proporcionó.

—¿Qué detalle? —Quiso saber Paul.

—Usted me preguntó sobre la relación eventual con una enfermedad infecciosa, ¿lo recuerda?

—Claro que sí. Con el cólera.

—Humm...

Hubo un silencio al otro lado de la línea. Paul imaginó al mayor rígido de indignación ante esa nueva indelicadeza de los norteamericanos, cuando se estaba esforzando en indicarlo todo mediante perífrasis.

—Por curiosidad —dijo finalmente el mayor—, introdujimos ese dato en nuestros ordenadores, para ver lo que salía.

Paul se preguntó si esa referencia a la informática era una manifestación de ironía o una ocasión para Cawthorne de apuntarse un punto para la tecnología británica.

—¿Y qué es lo que ha salido?

—Hemos pasado revista a la producción de numerosos movimientos radicales que mantenemos regularmente en observación, y hemos buscado si podía existir una correlación con... humm... la afección que usted ha mencionado...

—¿Y han encontrado algo? —preguntó Paul.

—Sí. Y bastante inesperado, ya ve. No se trata en absoluto del grupo respecto al que vino usted a interrogarme.

—No es el FLA. ¿Quién, entonces?

—Escuche —gruñó Cawthorne, que parecía cada vez más incómodo—. Nuestras líneas telefónicas no están protegidas. Preferiría transmitirle esa información en terminales codificados.

—Voy enseguida a Providence.

—¿Perdón?

—Quiero decir que voy a la sede de nuestra agencia, que se encuentra en Providence, estado de Rhode Island. Allí tienen lo último en líneas seguras. Mike Bell contactará con usted en la próxima hora para darle los números.

—Que me llame a mi despacho —dijo Cawthorne.

—Le doy aviso de inmediato.

El mayor debió de darse cuenta de que Paul, en el colmo de la excitación, se disponía a colgar. Alzó la voz para que le escuchara aún unos instantes.

—Hemos hecho verificaciones, Matisse. A mi entender, se trata de una pista seria. Usted sabe que no me gusta decir más de lo necesario.

—Gracias. Gracias de verdad, es usted extraordinario, mayor.

—¿Paul?

—Sí.

—Tenga cuidado si se adentra en esa dirección. En ciertos aspectos, creo que los individuos en cuestión son todavía más peligrosos que los otros de los que nos ocupamos. ¿Me comprende? —le advirtió Cawthorne.

—De acuerdo, mayor, lo he entendido. Seremos muy prudentes.

Apenas hubo colgado, marcó el número de American Airlines. El primer vuelo para Boston salía a las siete. Hizo una reserva, se vistió a toda prisa y volvió a cerrar la maleta que aún no había deshecho.

«Si se dan las condiciones...»

Al cerrar la puerta, estaba cantando a voz en cuello.

Segunda parte

1

Providence, Rhode Island

La sala de reunión era la misma, pero ahora en orden de batalla. Todas las sillas estaban ocupadas, y Paul reconoció a los personajes que Archie le había descrito en su primera visita: el pequeño genio de la informática, la especialista en seguimientos, etcétera. Esta vez estaban allí en carne y hueso, y los directores se habían unido a ellos.

En materia operacional las responsabilidades, en Providence, se repartían entre dos hombres, sentados cada uno en uno de los extremos de la mesa de conferencias. Dos personas tan diferentes como era posible, y que no parecían tenerse un gran afecto entre sí. Era típico de Archie haber elegido como adjuntos a dos enemigos irreconciliables y asegurar de ese modo su propia posición.

Barney, el director de operaciones, era de origen haitiano por su padre. Paul recordaba haberse encontrado con él en la Compañía. Pero Barney era mayor que él, y ya en aquella época rondaba por los niveles de dirección. Era un hombre alto de rostro grave, elegante, pulcramente vestido, y que siempre parecía a punto de derrumbarse en su asiento. Su expresión era a la vez amistosa y desesperada. Parecía haber llegado hasta los límites del conocimiento del género humano, y haber vuelto de allí decidido a mantenerse prudentemente al margen.

Lawrence, sentado frente a él, cumplía las funciones bastante vagas de director de seguridad. Lo más notable en su apariencia era el color rojizo vinoso de su nariz y sus mejillas. Para un observador, médico o no, un rostro así no podía revelar otra cosa que un alcoholismo severo. Sin embargo, Lawrence no bebía. Era de alguna manera una víctima inocente. Sufría los dolores del castigo sin haberlo merecido por el placer del pecado. Esa injusticia lo mantenía en un estado de ira perpetua. El mundo en general y Barney en particular existían para permitir que la desahogara.

A petición de Archie, Barney fue el encargado de presentar los documentos enviados aquella noche por Cawthorne.

—Está muy claro que a los ingleses les importa preservar sus fuentes. Las informaciones que nos han enviado son bastante escuetas.

Todos los participantes estaban atentos y concentrados. La mayoría de ellos habían abierto sus ordenadores portátiles. Sólo Lawrence tamborileaba nervioso la mesa y miraba por la ventana.

—Los ingleses son profesionales —declaró Archie, sentencioso.

—Nadie dice lo contrario —precisó Barney con aire cansado—. Para resumir, nos alertan respecto a declaraciones captadas en foros de Internet y *blogs*. Todos estos textos emanan de un mismo grupo de activistas. Piensan que es factible una relación con el asunto de Wroclaw.

En ese instante, un hombrecillo calvo hizo su entrada, con tanta discreción como pudo. Por desgracia, al no haber sillas libres, hubo de salir otra vez y traer un sillón de un despacho vecino. Era demasiado ancho para pasar por la puerta, y dos personas lo ayudaron a levantarlo para entrarlo trabajosamente de lado. Impaciente por la interrupción, Archie presentó al recién llegado con mal humor:

—Alexander, director de estrategia, un auténtico diplomático, como habéis podido constatar.

El hombre se dio aires de dignidad ofendida y tomó asiento sin decir palabra.

—El grupo del que emanan esos textos —siguió diciendo Barney—, pertenece al movimiento ecologista radical estadounidense.

—¿Estadounidense? —lo interrumpió una mujer joven, alta y rubia, que tomaba notas febrilmente.

Paul creyó recordar que Archie la había presentado al inicio de la reunión. Se llamaba Tara. Era la especialista en coberturas, la encargada de crear leyendas para los agentes que trabajaban bajo una falsa identidad.

—Sí —dijo Barney—, es una de las particularidades de los documentos enviados por los ingleses: nos sitúan claramente detrás de una pista estadounidense. —Algunos participantes torcieron el gesto. Pero Barney hizo un ademán para indicar que la discusión vendría luego—. Al parecer se trata de disidentes salidos de una asociación que se llama One Earth. Es una organización totalmente legal, que se da aires siniestros pero que busca sobre todo golpes mediáticos espectaculares y un poco de farol.

—¡Que yo sepa, esos tipos nunca han matado a nadie! —intervino bruscamente Lawrence.

Tenía más antigüedad en el oficio y más experiencia que Barney. Consideraba inaceptable estar subordinado a él. Pero la jerarquía de Providence tenía su lógica y Barney, que había sido reclutado por la agencia inmediatamente después de su fundación, era el más veterano.

—Un sobrino mío ha militado en One Earth —insistió Lawrence—. Es un inútil con la cabeza hueca, pero nadie puede sospechar que nunca haya hecho daño a alguno de sus semejantes.

—Tienes razón, Lawrence —confirmó Barney, paciente—. Es precisamente por esa razón por lo que algunos militantes consideraron que One Earth no iba lo bastante lejos. Decidieron crear su propio grupo, mucho más radical. Se autodesignan con el término de Nuevos Depredadores, no se sabe muy bien por qué razón. Al parecer tenían la intención de forzar a los dirigentes de One Earth a volver a sus principios fundacionales: la lucha contra los excesos del ser humano que arruinan el planeta y comprometen su supervivencia.

—No veo en qué nos atañe todo eso, la verdad —murmuró Lawrence en voz lo bastante alta para que todo el mundo pudiera oírlo—. Tengo la impresión de que nuestros primos británicos nos están tomando el pelo...

Lanzó una sonrisa circular para recoger adhesiones entre los asistentes. Archie le dirigió una mirada glacial, y Lawrence bajó la nariz. Barney aprovechó la ocasión para continuar:

—Una de las características de ese grupo radical es su hostilidad virulenta hacia los defensores de los animales. No me preguntéis el origen de ese antagonismo, lo ignoro. Ahí dentro hay sutilezas que se nos escapan, pero que son esenciales.

—Eso me recuerda las peleas ideológicas de antes entre trotskistas, maoístas, anarquistas y otros imbéciles —gruñó Alexander—. Pensaba que el final de la guerra fría nos habría librado de esos galimatías...

—El hecho es —continuó Barney en voz más alta para atajar cualquier digresión— que ese grupúsculo ha atacado en varias ocasiones a los defensores de los animales. No pierden ocasión para insultarlos, en Internet. Ha sido así, por lo demás, como los han localizado los ingleses. Sus topos les habían informado de que el FLA tomaba muy en serio sus amenazas y estaba preparando una respuesta.

El tema era muy distinto de los que se abordaban habitualmente en Providence. Algunos parecían visiblemente complacidos ante aquella escapada lejos de los caminos trillados del espionaje. La expresión de otros, como Lawrence o Alexander, dejaba ver a las claras su estupor y su indignación. Barney continuó:

—El texto que nos han enviado los ingleses ilustra los términos de la querella ideológica que enfrenta al grupo disidente de One Earth con los defensores de los animales. Los Nuevos Depredadores empiezan por ironizar sobre la sensiblería ridícula... son sus palabras... de los defensores del animal. Y señalan una paradoja bastante evidente: ¿hasta dónde están dispuestos a descender en la escala de las especies en su lucha por los derechos de los animales? En otros términos, puede parecer lógico asumir la defensa de los elefantes, los monos, los cerdos. Apurando más las cosas, se puede defender a los peces, los cangrejos, las hormigas. Pero ¿qué hacer con las esponjas, los gusanos, los mosquitos...?

—¡Santo Dios! —gritó Lawrence alzando los brazos—. ¿Os dais cuenta de lo que se llega a hablar aquí?

—Las algas azules —intervino Tycen, sin hacer caso de la anterior observación. Era muy joven, y se ruborizó después de haber hablado.

Todas las miradas se volvieron a él.

—Lo he leído en la documentación que me pedisteis que preparara para Paul. El ideólogo de la liberación animal, Peter Singer, dice que están dispuestos a proteger hasta las algas azules. Por debajo de ese nivel...

—... Tira la esponja —le cortó Tara.

Todo el mundo se echó a reír, y sonaron algunos aplausos.

—Volvamos al tema, si sois tan amables —dijo Barney, golpeando la mesa con su estilográfica—. Poco importa la respuesta que dé el FLA a esta cuestión. Lo esencial es lo que dicen quienes la plantean. El texto sigue ironizando sobre los microbios: deberíamos estar agradecidos a los virus y a los microbios que causan la muerte de los hombres, porque éstos son los agresores de la naturaleza. Todos los microorganismos que atacan valerosamente al ser humano son los depredadores del predador supremo. También ellos merecen ser protegidos.

—Están majaras —murmuró Martha sacudiendo la cabeza.

—Por ejemplo —continuó Barney alzando la voz para subrayar ese eslabón del razonamiento—, tomemos el cólera. El pobre vibrión que ha sembrado el terror y causado millones de víctimas, ¿no se encuentra en peligro de extinción? (Son ellos quienes hablan.) ¿No sería necesario movilizarse para protegerlo? ¿Qué hacen al respecto los benefactores de los animales? El texto termina con una especie de eslogan programático: «¡Hay que salvar el cólera para salvar la naturaleza!»

Barney calló, y en la sala se hizo el silencio. De pronto, la silla de Lawrence crujió, porque se había echado brutalmente hacia atrás.

—Creo sencillamente que nos estás tomando el pelo, Barney —dijo.

—Esperad —intervino Martha, que quería evitar un nuevo episodio de la guerra permanente entre los dos hombres por la jefatura—. ¿Adónde quieres ir a parar con esos documentos, Barney? Sigo sin ver la relación entre esa historia del cólera y el asunto de Wroclaw.

—Cedo la palabra a Paul, para que él os lo explique.

Paul era la única persona de la sala que no era formalmente miembro de la agencia. Todos conocían su historial y la buena opinión que tenía Archie de él. De modo que sus primeras palabras fueron objeto de una atención muy especial.

—Es necesario repasar la secuencia de los hechos —empezó, con cautela—. Para empezar, estoy convencido de que el grupo que atacó el laboratorio de Wroclaw llegó del extranjero. Hay buenas razones para creer a los polacos cuando dicen no tener constancia de ese tipo de activistas entre ellos. El hecho de que no hayan encontrado ningún rastro del paso por la frontera de ese comando se debe, en mi opinión, a un simple error en la investigación. En el informe de la policía, se lee que en el lugar fueron encontradas numerosas huellas de pies. Se encontraron dos tipos de calzado diferentes, tamaños 41 y 45. Los polacos sacaron la conclusión de que los asaltantes eran dos hombres, y se dio la alerta a las fronteras en función de ese dato. Al examinar el informe más de cerca, me sorprendió un detalle que, al parecer, no ha llamado la atención de nadie: se encontraron una treintena de huellas de zapatos del 41, y únicamente una del otro tipo. Es posible que se trate de un artificio, un burdo engaño. Tal vez no hubiera más que un solo asaltante.

—Un truco viejo como el mundo —se burló Lawrence—. La falsa pisada...

—Habrá que creer que todavía funciona, cuando la policía científica no es demasiado rigurosa. En un caso como éste, en el que no ha habido robo aparente ni homicidio, los investigadores no se tomaron demasiadas molestias.

—De todas maneras, Polonia es miembro de la Unión Europea —dijo Alexander—. Se puede entrar y salir libremente.

—En la frontera alemana el control sigue siendo bastante riguroso. Pero si se busca a dos hombres y la operación ha sido llevada a cabo por uno solo...

—O por una mujer —dijo Tara—. Un cuarenta y uno es bastante normal entre las mujeres, hoy en día.

Paul tuvo un sobresalto. Era la primera vez que un indicio, por débil que fuera, venía a apoyar su intuición respecto de la identidad de la persona que se había introducido en el laboratorio polaco.

—Continúa, Paul, te lo ruego —insistió Archie, despertándolo del ensueño en que le había sumido la observación de Tara.

—Admitamos, pues, que el hombre o la mujer venía del extranjero. ¿De dónde y con qué fin? Los ingleses son terminantes: excluyen la pista «liberación animal». Me entrevisté con su mejor especialista, y tengo plena confianza en él.

Le habría costado explicar por qué. Tal vez, después de todo, era víctima en relación con Cawthorne de la misma ceguera de Archie respecto de los británicos en general. Felizmente, nadie en la sala se atrevió a hacer esa comparación.

—Sigue, Paul, por favor —dijo Archie.

—Reflexionemos, pues. No hay más que dos hipótesis posibles. Puede que se trate de una banda de aficionados. Pero para tratarse de aficionados, estaban muy bien informados. Conocían perfectamente la disposición del lugar, la resistencia de las cerraduras, el horario de las rondas de vigilancia. Así pues... hemos de invertir la perspectiva.

La sencillez con que hablaba Paul había logrado conquistar la simpatía del auditorio. Tara y Martha, sentadas frente a él, no parecían encontrar desagradable que aquellas palabras brotaran de una boca tan sensual. Sólo Lawrence se removía en su silla y sacudía la cabeza con aire escéptico.

Paul siguió exponiendo el asunto:

—Dejemos aparte lo que nos han colocado delante de los ojos: las consignas del FLA, la liberación de los animales. Puede no ser más que una cortina de humo, una manera de desviar la atención hacia otros. Imaginemos en cambio que lo principal es lo que parece accesorio. Es decir, lo que ocurrió en el resto del laboratorio. Pero ¡cuidado en este punto! También aquí puede que lo que nos proponen no sea lo esencial. Han querido hacernos creer en una destrucción ciega. ¿No podría tratarse de un camuflaje?

—¿Camuflaje de qué? —siseó Lawrence.

—De un robo —dijo Paul. Había vuelto su mirada chispeante hacia Lawrence, y éste bajó la suya y jugueteó con su estilográfica—. Sé que no es más que una simple hipótesis. Pero, como en este asunto nada está demasiado claro, merece ser considerada. Imaginemos que toda esa escenografía no tenía más que un solo fin: maquillar una operación muy sencilla. Robar cepas de cólera, por ejemplo. Puede que el comando no tuviera más que esa sola misión.

Cuando hablaba, Paul tenía la manía de acariciar el pelo de la patilla que cruzaba su mejilla derecha.

—Pero ¿de dónde sale esa historia del cólera? —dijo Barney.

—De mi visita a Polonia. A decir verdad, era sólo una idea sin concretar. Mi interlocutor inglés se había preguntado si el asunto no podía ser simplemente una cortina de humo. Reflexioné sobre esa idea. ¿Una cortina de humo para ocultar qué? Pensé en un competidor que quisiera robar resultados de experimentos. Pero los trabajos del profesor Rogulski no tienen la más mínima dimensión comercial, y tampoco se detectó la desaparición de ningún documento. ¿Un robo de material o de dinero? No desapareció nada del laboratorio, que sin embargo cuenta con equipo ultramoderno. Entonces se me ocurrió la idea del cólera. Me dije que era la única cosa rara y peligrosa que podía ser codiciada por alguien. Para ser franco, he de confesar que se trató nada más que de una intuición. No encontré nada anormal en el lugar. Mi interlocutor no dijo nada que pudiera ir en ese sentido. Se mostró desconfiado, pero yo había preparado mal la entrevista. Por otra parte, todas sus declaraciones han resultado ser exactas. Sin embargo...

—¿Sin embargo? —recalcó Tara.

—Sin embargo, tuve la impresión de que, si había una pista, estaba ahí, en torno al cólera —afirmó Paul—. Lo comenté con los ingleses, convencido de que no habría la menor oportunidad de descubrir nada sobre el tema. Pues bien, ahí están esas informaciones. Me siento muy agradablemente sorprendido por el hecho de que la pista haya conducido a alguna parte.

Un silencio algo embarazoso acogió esa declaración. Era evidente que nadie conocía a Paul lo bastante para decirle crudamente lo que pensaba. Pero muchos hacían comentarios en voz baja.

—Humm. ¿Cuántos textos exactamente nos han hecho llegar? —Martha había puesto grandes dosis de amabilidad y de dulzura en su pregunta, como un fiscal que interroga a un niño maltratado. La dirigió a Paul, pero fue Barney quien respondió.

—Hay dos textos completos, de los que nos han mandado copia. Pero en la nota que adjuntan, los ingleses nos aseguran que tienen en su posesión unas diez declaraciones de la misma fuente, bien en sitios de Internet, o bien en «otros soportes». Se trata probablemente de escuchas o de informes procedentes de personas. En todas las ocasiones, la fuente son los «Nuevos Depredadores», y el tema del cólera aparece con mucha frecuencia.

—¿Y de cuándo datan esos documentos?

—De hace dos años, aproximadamente.

—¡Ja! —Se echó a reír Lawrence—. ¡Dos años!

—La comunicación de ese grupo en la Web se interrumpió hace un año y medio de una manera bastante repentina —precisó Barney.

—¿El grupo se ha disuelto? —preguntó Tara.

—No lo sabemos —dijo Barney—. Pararon sin dar explicaciones. Según los ingleses, es un argumento más para tomar en serio esas declaraciones. En su experiencia, cuando los extremistas dejan de hablar es porque empiezan a llevar a la práctica sus ideas.

Durante el largo silencio que se apoderó de los asistentes, algunos miraron hacia el exterior y se dieron cuenta de que el sol brillaba sobre el parque. Se veía brillar los retoños color verde claro del follaje nuevo. A lo largo del aparcamiento colgaban los pompones malvas de una gran lila. Varias personas cambiaron de postura en su silla, tosieron, tendieron la mano hacia su taza de café o las galletas. Fue Alexander quien rompió el silencio.

—Paul, ha hecho usted un trabajo excepcional, de verdad. Sus hipótesis son audaces y, con los datos que tenía a su disposición, era imposible hacerlo mejor. Pero francamente, me perdonará que se lo diga, todo eso no parece muy consistente.

Alexander tenía la costumbre, mientras hablaba, de alzar sus gafas de présbite y dejarlas descansar sobre la frente. Su mirada, entonces, se perdía. Inclinaba ligeramente la cabeza como si escuchara una voz interior, y su elocución se hacía más lenta.

Lawrence aprovechó uno de esos momentos para tomar la palabra:

—Simpáticas las hipótesis, ¿no? Sobre todo cuando se está empezando en la profesión. Pero a todos nos han enseñado a no fiarnos. Lo que se nos presenta aquí es un castillo de naipes, ni más ni menos. No hay pruebas de que haya habido robo; no hay pruebas de que estén implicados grupos estadounidenses, más allá de vagas letanías filosóficas que datan de hace dos años. Y si da la casualidad de que en efecto esos tipos se han agenciado los microbios, nada prueba que los hayan traído a Estados Unidos. Si trabajamos sobre un andamiaje así, acabaremos por rompernos la crisma. ¡Y entonces sí que lo necesitaremos a usted, Doctor Spy!

Todas las miradas se volvieron a Paul. Al agredirlo, Lawrence le había prestado un buen servicio. Los últimos escrúpulos que podía tener se esfumaron ante el ataque. En un combate de boxeo, es exactamente el tipo de golpe que obliga a reaccionar en el momento en que se estaba a punto de ceder, y proporciona la energía necesaria para ganar.

—No hay más que dos soluciones en una situación así —dijo Paul con calma—. O bien se considera que todos los indicios son demasiado débiles y, en efecto, la investigación se detiene. No hay culpables. No hay móvil. No hay ni siquiera delito. Se prepara un buen informe y se concluye con un «no ha lugar».

—¿O bien? —le animó Alexander, al verlo dudar.

Paul respiró profundamente y reunió todas sus fuerzas para lanzar su *uppercut*.

—O bien nos decimos que no podemos correr el riesgo de ver a unos locos furiosos pasearse por ahí con un microbio peligroso que ha causado pandemias mortíferas y matado a cientos de millones de personas. Grupos estadounidenses, por si fuera poco. Y entonces, seguimos investigando.

Había dudado en cometer aquella ligera deshonestidad intelectual: reavivar en cada uno de los participantes los viejos terrores relativos al cólera. Champel le había dicho con mucha claridad que el vibrión era una mala herramienta para el bioterrorismo. Pero tenía dos buenas razones para hacerlo: el insulto de Lawrence, y sobre todo el deseo de que la misión continuara. Con Kerry.

Se dio cuenta de inmediato de que su farol había funcionado. Nadie tuvo el coraje de oponerse a la disyuntiva moral que acababa de enunciar. Sólo Alexander, al cabo de un tiempo bastante largo, apuntó una objeción jurídica menor.

—No olvidemos, sin embargo —dijo, al tiempo que volvía a hacer descansar las gafas sobre su nariz—, que en este asunto tenemos un cliente: los servicios polacos. Quieren saber lo que está pasando en su casa. No creo que acepten financiarnos durante mucho tiempo para que persigamos a unos hipotéticos grupos estadounidenses.

Dicho lo cual, calló. Todos sabían que la responsabilidad de negociar los contratos de la agencia, y discutir los términos con las autoridades políticas, correspondía exclusivamente a Archie.

Éste dejó que el silencio se prolongara un poco, y dijo:

—Alexander tiene toda la razón. Como sabía que plantearíais esa objeción, espero que no me reprochéis que me haya adelantado a ella. —Después de anunciar ese pequeño golpe de efecto, Archie se dedicó a excitar la impaciencia de los presentes—. En primer lugar quiero reafirmar lo siguiente: suscribo en su totalidad las conclusiones de Paul.

Mi ya larga, ay, experiencia en temas de información me ha enseñado que los grupos extremistas acaban siempre por hacer lo que dicen. —Se estiró las mangas de la camisa para marcar una pausa y subrayar el efecto—. En 1915, la gente podía cruzarse con un hombrecillo calvo muy educado en los pasillos de la Sociedad de Lectura de Ginebra..., un hermoso edificio, por otra parte, el antiguo palacio del gobernador francés...

Algunos asistentes bajaban la vista, otros se cruzaban miradas alzando las cejas. Los discursos eruditos de Archie eran uno de los riesgos profesionales inevitables en aquel empleo. Archie continuó:

—La gente sabía que el hombrecillo en cuestión, Ulianov, escribía cosas bastante terribles sobre la revolución y la dictadura del proletariado. Pero no creían que un día Lenin haría lo que Ulianov había escrito. Vosotros sabéis que se equivocaban, porque era la misma persona.

Mientras Archie alzaba la comisura del labio superior para indicar de forma elegante su hilaridad, varias personas sentadas en torno a la mesa elevaron sus miradas al cielo. Siguió con su discurso:

—Y al leer *Mein Kampf* ¿quién habría dicho que Hitler se atrevería a llevar a la práctica sus propias pesadillas? —Alzando una mano para poner fin a una enumeración que habría podido proseguir indefinidamente, Archie concluyó—: En lo que respecta al grupo acerca del que los ingleses han tenido la bondad de llamar nuestra atención, está claro que no se quedará en las palabras. Es necesario a mi entender, y hasta prueba de lo contrario, situarlo en la categoría de los extremistas peligrosos. —Una ráfaga de viento, en el jardín, agitó las ramas de una hilera de álamos, adornándolos con reflejos plateados—. La situación, no nos lo ocultemos, es complicada. En este caso preciso, ignoramos hacia qué o hacia quién se proyecta la amenaza. Esas personas parecen ir en contra de la especie humana en general. Pero ¿contra quién quieren actuar, en concreto?

»Otra regla conocida nos dice que el odio abstracto de los ideólogos acaba siempre por concentrarse en un grupo particular de seres humanos. Los judíos lo saben por experiencia. La desgracia ha querido que esa plaga suela empezar por fulminarlos a ellos.

»En el asunto que nos ocupa hoy, no poseemos ningún indicio acerca del tipo de población a la que pretenden atacar esos extremistas. Es una de las cosas que necesitaremos averiguar con rapidez. Lo único seguro, de momento: tenemos todas las razones para creer que el radio de acción de un grupo como ése es mundial. Lawrence y Alexander se asombran con razón de que unos activistas estadounidenses vayan a proveerse de cólera a Polonia. ¡De algún lugar tenían que cogerlo! Esa enfermedad no es endémica entre nosotros, que yo sepa, y nuestros laboratorios, desde el Once de Septiembre, están probablemente mejor protegidos que los de otros lugares. Si esas personas son capaces de concebir su acción a la escala del mundo entero, sin duda también planifican sus proyectos criminales a la misma escala.

»Hemos de acostumbrarnos a la idea de que el escenario del terrorismo es planetario. Y ahí tendremos que jugar nuestras cartas.

Tara interrumpió las notas que tomaba para cambiar el cartucho de su estilográfica. Archie tuvo la delicadeza de esperar a que terminara.

—Nuestras instituciones —continuó— están mal adaptadas para el seguimiento de esos grupos. El FBI se ocupa de los extremistas que operan en el interior de Estados Unidos. Pero su competencia se limita a nuestro territorio. Lo que hacen esos grupos en el extranjero lo desconoce en buena parte. La CIA, por otro lado, opera en todo el mundo, pero desde el momento en que la pista que rastrea conduce a Estados Unidos, se ve obligada a ceder el paso. Conclusión: los grupos estadounidenses que operan en el extranjero están mal vigilados. He tenido ocasión de discutir el tema a menudo con el secretario de Defensa. El Pentágono es muy consciente de esta laguna.

Paul observaba al viejo con perplejidad. Había en él una extraña mezcla de frivolidad aparente, de amaneramiento forzado y de profesionalismo brillante. Lo afectado de sus maneras seudobritánicas no llegaba a ocultar una rara capacidad para hacer entrar en acción sus ideas y sus intuiciones. Archie aclaró:

—Esas discusiones sirvieron de alguna manera para preparar el terreno. Cuando he podido reunirme esta mañana con mi amigo Marcus Brown, he estado predicando a un convencido. —Marcus Brown, director adjunto de la CIA, había sucedido a Archie en el puesto. Era un intrigante, cuyo nombramiento había sido impuesto por sus amistades políticas ultraconservadoras. Controlaba la Compañía con una habilidad florentina, sin abandonar su despacho. No recibía casi a nadie. Sólo Archie tenía acceso directo a su antiguo subordinado—. Hemos convenido en que la Compañía debe a toda costa aprovechar la ocasión de esa historia polaca para controlar con más firmeza a los grupos estadounidenses que operan en el extranjero. Como no puede utilizar a sus propios agentes, para no entrar en conflicto directo con el FBI, la mejor solución es contratarnos a nosotros para que lo hagamos en su lugar. Vamos a empezar por esos Nuevos Depredadores. Valdrá por lo que valga, pero es un buen comienzo. Estoy citado esta tarde para discutir los detalles del contrato.

Un murmullo de admiración recorrió la asistencia.

—Si lo he entendido bien —precisó Alexander—, ¿no estamos tratando ya con los polacos?

—Vamos a enviarles un informe detallado sobre su asunto a partir de lo que Paul averiguó en Inglaterra. Es inútil hablarles del cólera en esta fase. Mencionaremos simplemente que iniciamos una investigación complementaria en Estados Unidos. Les comunicaremos los resultados, en la medida en que les afecten. Y siempre que paguen, por supuesto —afirmó Archie.

—Así pues, abrimos un nuevo procedimiento para la pista americana —dijo Alexander.

—Exactamente.

—¿Con qué equipo? —preguntó Tara.

—El mismo. Paul ha accedido a continuar —dijo Archie.

Lawrence eligió ese momento para dar rienda suelta a su mal humor. Dejó caer su estilográfica sobre la mesa y resopló ruidosamente.

—Comprendo muy bien que estamos en el sector privado y hemos de contentarnos con migajas. Pero esto es demasiado. Vamos a ponernos a perseguir a un grupo de farsantes que tal vez se ha disuelto ya, debido a vagas intuiciones y a cuatro palabras de un *chat* antiguo. ¡Como si la gente no hablara de cualquier cosa en Internet! No me harán creer que no hay amenazas más serias hoy en el mundo.

Archie reaccionó con viveza, olvidando por un instante su elegancia británica. En casos como aquél, recuperaba su acento de Brooklyn, y salpicaba sus frases con palabrotas.

—Has vuelto a perder una ocasión de callar, Lawrence. Puede que vivamos de migajas, pero las migajas del Pentágono no son tan despreciables, ya ves. Basta que eches un vistazo a la cuantía del contrato. Por lo demás, ya es hora de que te metas en la cabeza que la guerra fría ha terminado. Hoy, las amenazas son como tú, tienen una pinta ridícula. ¿Qué habrías dicho si te hicieran vigilar a la secta Aum y a su puto gurú? Y sin embargo, fueron ellos quienes tiraron el gas sarín en el metro de Tokio, ¿o me equivoco? ¿Y el ántrax que llegaba por correo al principio de la guerra de Irak? No fueron Saddam Hussein ni otros tipos serios como los que a ti te gustan quienes lo enviaron. Sólo grupúsculos de chiflados a los que nunca han conseguido atrapar. —Lawrence sacudía la cabeza como para indicar que estaba de acuerdo en todo pero que no por eso iba a dejar de pensar como pensaba—. ¿Y Bin Laden, en su gruta con su chilaba y su barba hasta las rodillas? ¿Crees que tenía el aspecto de una amenaza seria? Se perdieron cinco años antes de que nos diéramos cuenta de lo que era capaz. Esta vez, puede que tengamos la posibilidad de actuar antes de que se produzca la catástrofe.

Al ver que su contradictor ya no protestaba, Archie paseó la mirada por el conjunto de los presentes, y luego se volvió a Paul.

—Dime, Archie.

—Organizarte es cosa tuya. Vas a seguir la pista hasta esos mamones. Tendrás que intentar comprender lo que les motiva, quién los dirige, de dónde salen sus ideas, quién los financia, a quién quieren atacar. La agencia de Providence te proporcionará todo lo que necesites en materia de documentación, coberturas, contactos. Y desde luego, por desgracia, también en materia de protección.

—¿Cómo piensa organizar su equipo operacional? —preguntó Alexander.

—Me parece que tendremos que ser discretos y ligeros. Sólo necesitaré a una segunda persona —dijo Paul.

—La reclutaremos. ¿Qué perfil vas a necesitar?

—A decir verdad, creo... en fin... que tengo ya a alguien para el trabajo.

2

Nueva York, Estados Unidos

Al mirar por la ventana, Paul había estado a punto de aplazar la cita. Desde la habitación de su hotel, estirando mucho el cuello, había conseguido ver el cielo entre los inmensos rascacielos del Lower West Side. Estaba negro. Abril en Nueva York reserva sorpresas de esa clase. La víspera el tiempo era radiante. Hoy, el Atlántico amenazaba con verter raudales de agua. Recobró ánimos después del desayuno. Las nubes tormentosas alternaban con claros bastante extensos de cielo azul. De todas maneras, era tarde para anular la cita. A las diez, marchó a pie hacia Central Park.

Delante de la entrada oeste, a la altura de la calle Setenta y cinco, alzó el cuello de su impermeable y esperó. Llegaba con diez minutos de adelanto. Sabía que ella sería puntual o no vendría.

Ahora caía una lluvia fina, regular. Tenía los cabellos empapados. Se resguardó en un árbol de la avenida. La entrada al parque se encontraba aproximadamente a la altura de la Embajada de Francia. Paul mató el tiempo mirando la bandera que flotaba en la fachada. Los tres colores le producían sensaciones contradictorias. En el fondo, las bromas de Archie sobre sus orígenes no carecían del todo de fundamento. Dos siglos después de la venta de Luisiana, su familia paterna seguía sintiéndose lo bastante francesa para que su padre se alistara voluntario en el 44. Después, ya no había dejado el ejército hasta su muerte, en Vietnam. Paul había seguido el mismo camino a los dieciocho años, por la pena y también por provocación. Francia le inspiraba un sentimiento ambiguo. Era el país que había marcado profundamente la historia de su familia. Al mismo tiempo, debido a él había elegido la vida militar, de la que tantas dificultades había tenido para salir. Por lo demás, pensó mientras veía oscurecerse el cielo cada vez más, ¿de verdad se había salido?

A las diez y media en punto, vio una silueta cruzar la verja y caminar hacia él. Tenía la cabeza oculta bajo un paraguas de hombre. Dos varillas colgaban rotas y hacían que finos regueros de agua cayeran sobre sus hombros. Antes de que se plantara delante de él y descubriera su rostro, supo que era ella.

—¡Hola, Paul!

—¡Hola, Kerry!

¿Cuándo la había visto por última vez? Si le hubiesen hecho la pregunta, habría respondido sin vacilar: ayer. En un instante, acababan de desaparecer siete años.

¿Abrazarla? ¿Cómo? Tenían cada cual respecto al otro esa timidez que procede de una larga intimidad. Conocerse tan bien les impedía recurrir a esos pequeños roces con los que se saludan un hombre y una mujer extraños entre sí. Ella hizo un movimiento torpe con el paraguas, como para cerrarlo, y les salpicó el agua que empapaba la tela. Dieron los dos un paso atrás y agitaron las mangas para soltar las gotas. La cuestión del abrazo quedó solventada, por esta vez.

—¡Siempre tan hábil para elegir los lugares de las citas! —dijo Kerry.

—Una buena nadadora como tú no tiene por qué tener miedo de un diluvio.

Ella llevaba un trench-coat verde confeccionado con una tela ligera un poco brillante. Sin duda una de esas prendas caras que llenaban sus armarios.

Paul propuso:

—¿Quieres cruzar el parque o prefieres que nos refugiemos cuanto antes en un café?

—Si vamos a jugar a los agentes secretos, el parque me parece más apropiado.

Se adentraron por un sendero en curva, rodeado por bosquecillos de adelfas ya verdes. Los escasos paseantes con los que se cruzaron se movían con rapidez en dirección a las salidas del parque, como pescadores huyendo del mal tiempo.

—¿Cómo va la clínica? —preguntó ella—. ¿Compraréis por fin el piso de abajo?

—¿Quién te ha hablado de eso? —Paul pensaba que ella había perdido todo contacto con su antigua vida, tal como había hecho él.

—Nos dedicábamos al mismo oficio, ¿no? —Paul se había vuelto y la miraba con asombro—. Bueno, basta ya de hacerme la misteriosa. Tengo una amiga que trabaja en tu clínica. Se licenció en psicología el mismo año que yo.

—¿Tracy?

—No te lo ha dicho nunca porque quería respetar tus votos perpetuos.

Kerry pronunció «votos perpetuos» con un brillo particular en sus ojos de color verde agua. Paul observó su rostro delgado, su boca enigmática. Se dijo que el tiempo había despojado a sus rasgos del último vestigio de la adolescencia para darles la firmeza nítida de la madurez. Algo, de todos modos, faltaba para que la reconociera del todo.

—Mejor que mejor —dijo Paul—, no tendré necesidad de hacerte un resumen de los capítulos precedentes. ¿Dónde te has quedado, exactamente?

—Tracy me llamó la semana pasada. Me dijo que habías tomado una especie de asueto sabático por un mes. Lo asocié de inmediato a tus llamadas. Has vuelto a entrar, ¿es eso?

—Archie vino a pedirme un favor —aclaró Paul.

—¿Para la Compañía?

—Archie ya no trabaja para la Compañía. Ha montado su propio negocio.

—¿Un negocio de qué? ¿Qué otra cosa sabe hacer? —dijo ella.

De pronto, Paul comprendió: ¡el cabello! Llevaba un sombrero irlandés que ocultaba su pelo. Privado de su energía, el rostro se había debilitado, desnaturalizado, como una ópera que se representara sin orquesta.

—Sigue haciendo lo mismo. Ahora, sencillamente, lo hace por cuenta propia.

—Y tú trabajas para él... —dedujo Kerry.

—Le presto un servicio temporal. —Pasaron un puentecillo en arco. El agua de un estanque, debajo, estaba punteada por la lluvia, y los patos inmóviles parecían clavados a una tabla—. ¿Te cuento el asunto?

—¿Por qué crees que he venido? Sabes lo que decidimos juntos, cuando dejamos el servicio.

—Tiene gracia, creí que la familia y los hijos te habrían alejado de todo eso...

—Se diría que no me conoces bien, Paul.

Estaban en esa zona del parque en la que crecen árboles de gran porte y follaje denso. Bajo aquella bóveda de olmos y hayas, la lluvia apenas penetraba. Kerry había cerrado el paraguas. Caminaban juntos con la mirada en el suelo del sendero, que en algunos lugares cruzaban a saltos ardillas grises.

Paul expuso el asunto de Wroclaw, la pista detectada por los ingleses, y concluyó con un resumen sincero de todas las incertidumbres que rodeaban aquellos sucesos.

Kerry lo escuchó sin interrumpir.

—Otra historia de terrorismo bacteriológico —comentó finalmente ella—. La tarta de nata de los *thrillers* que no compro jamás.

—No creo que sea así de claro —comentó Paul—. El cólera es un arma biológica muy mala. Hay cosas en este asunto que aún no hemos comprendido y que son sin duda mucho más interesantes.

—¿Por qué me has dicho por teléfono que se daban las condiciones? —preguntó Kerry.

—Porque lo creo. Es una misión comprometida. En primer lugar, no podremos contar con la colaboración del FBI. Sobre todo habrá que cuidar de que no sepa que estamos investigando, y eso complica bastante el asunto. Después, los medios ecologistas son políticamente sensibles. La gente no diferencia entre los militantes clásicos y los extremistas. Si damos la sensación de estar vigilando a grupos moderados, habrá un escándalo. Y si los extremistas saben que estamos interesados en ellos... —Paul tuvo por unos instantes la visión de Cawthorne y sus quemaduras. No terminó la frase—. Será preciso que quienes actuemos sobre el terreno seamos pocos, y que la confianza sea total.

—¿Quién estará en el equipo? —preguntó Kerry.

—Nosotros dos, solamente.

Kerry caminaba sin decir nada, y a Paul empezó a inquietarle su silencio.

En la cima de una pequeña colina, cerca del centro del parque, tropezaron con un quiosco de madera rodeado por una terraza. Las mesas y las sillas de metal relucían por el agua de la lluvia. El lugar parecía abandonado, pero se distinguía el halo amarillento de unas lámparas encendidas detrás de los cristales sucios del quiosco. Entraron.

Un camarero esperaba detrás de la barra. Miraba hacia el exterior, el agua que caía sobre el césped. El olor del café y la cerveza impregnaba la atmósfera húmeda. Kerry se sacudió y se quitó el impermeable. Iba vestida con un bodi que se le ajustaba al pecho y un vaquero con pinzas. De golpe, con un ligero movimiento hacia atrás de la cabeza, se quitó el sombrero y liberó su cabellera. La masa de sus cabellos seguía siendo impresionante. Finamente rizados, casi crespos, irradiaban como esas aureolas de oro oscuro que rodean las cabezas de los santos en los cuadros barrocos. Es una paradoja que, en esas pinturas, el atributo visual de la santidad haga resaltar más bien el carácter turbiamente humano, carnal y casi condenado de los que son agraciados por él. Del mismo modo, en Kerry la explosión de esas llamas de color caoba y castaño claro daba a sus rasgos regulares y casi anodinos un relieve nuevo, pleno de energía, de inteligencia y de un impudor imperceptibles hasta entonces.

Paul disimuló su emoción dirigiéndose al camarero para pedirle una mesa, lo que era absurdo porque todas estaban libres.

Tomaron asiento y pidieron dos cafés. Después de un silencio bastante largo que Paul no se atrevió a interrumpir, Kerry dijo risueña:

—Estoy un poco oxidada, ya lo verás. Dejé los saltos con paracaídas por los embarazos, evidentemente. Salté por última vez hace ocho años, justo antes del nacimiento de Julia. En atletismo no tengo puntos de referencia, pero debo andar por la media hora en los cien metros, y si tuviera que correr una maratón, tendría que llevarme un saco de dormir.

Paul recordó las tardes en que iba a entrenarse con ella en Fort Bragg, en el estadio. Había algo del sueño griego de los Juegos Olímpicos en el deseo de Kerry de dominar todas las disciplinas. Sin lograr récords en ninguna de ellas, era capaz de conseguir en todas resultados más que honorables. Ese eclecticismo era ella. Su espíritu no se aferraba nunca a una sola opción, sino que hacía compatibles los contrarios. Consideraba siempre las realidades de la vida a través de sus diferentes aspectos. Esa diversidad, esas contradicciones, esas ambigüedades, eran lo que más le complacía de la existencia.

—¿Has seguido practicando el aikido? —preguntó Paul.

—Es lo que me ha salvado. Encontré un maestro de dojo extraordinario cuando llegué a Manhattan. Me autorizó a seguir practicando hasta la última semana antes de los partos. Le decía a Robin que iba al cine... —Rió mientras removía su café con la cucharilla. Luego se inclinó un poco hacia delante y dijo, en un tono de confidencia—: Nunca dejé el tiro, tampoco. Sigo metiéndolo todo en la diana desde treinta metros, con mi nueve milímetros. Puede que sea sólo una impresión, pero me parece que después de los embarazos mi capacidad de concentración incluso ha aumentado.

—A mí me ocurre lo mismo —intervino Paul.

—¡Cretino!

Se echaron a reír con ganas. Kerry se tapó la boca con la mano al ver el aire ofendido del camarero, al que habían hecho sobresaltarse.

—Te parecerá absurdo lo que voy a pedirte... —siguió diciendo Paul—. Pero con tu familia, los niños, la vida que llevas...

—Deja en paz a los niños. No tienen nada que ver en esto. Además, sabes muy bien por qué no los hice contigo.

Kerry tomó su taza entre las palmas de las dos manos, para calentarlas. Sonrió, y Paul la imitó. Nunca se había preguntado qué actitud adoptar con ella. La expresión de su rostro siempre estaba en función de la mirada que ella le dirigía.

—¿Has hablado a Robin de esta misión?

—No. Es inútil. Conoce el contrato —dijo Kerry.

—¿Qué es lo que piensa?

—Escucha, yo ingresé en la Compañía a los veintidós años, y en ese momento contraje el virus. Colgué los hábitos provisionalmente, pero no me he curado. No me curaré nunca. Robin lo sabe. Puede aplazar las recaídas, pero no impedirlas. Puede que sea un poco presuntuosa, pero creo que me ama tal como soy. No renuncio a nada en la vida, y eso a él le gusta.

—Las recaídas...

Otros clientes, más mojados todavía que ellos mismos cuando llegaron, se instalaron en la mesa vecina. Eran una pareja de personas de edad, con un perro vestido con un impermeable escocés. Parecían de mal humor y no se dirigían la palabra.

—Dime la verdad, Paul. ¿Por qué haces esto? ¿Por el dinero? ¿Por la emoción? ¿Crees en esa historia del cólera?

—Creo que hay algo detrás de ella, sí. Y también necesito el dinero. Pero si quieres saber... —Tironeó su patilla, nervioso, y ella sonrió al darse cuenta de que siempre había tenido ese tic—. Pues bien: me gusta lanzarme ahí dentro contigo.

—Sucio adulador franchute —dijo Kerry.

Seguía sosteniendo la taza con las dos manos delante de la cara, y sus ojos observaban a Paul por encima de ella.

Desde hacía un momento, él tenía la impresión de que sus vecinos contaban con ellos para hacer el gasto de la conversación, y no se les escapaba nada de lo que decían. Notó que aquello molestaba también a Kerry.

—Llueve menos —dijo—. Salgamos. Luego dirigió una mirada torcida al teckel de los vecinos, y añadió—: Tengo mi revólver en el coche. ¿Qué te parece si hacemos un poco de puntería tirando a los chuchos de Manhattan?

La pareja abrió de par en par unos ojos asustados. Paul sacó un billete de diez dólares, lo tendió al camarero y salió con Kerry. Hacia el este, empezaba a distinguirse la línea de los rascacielos por encima de los árboles. Del lado del Hudson el cielo todavía seguía oscuro. Un enorme cerezo de Japón exhibía sus pompones rosados cuajados de gotas de lluvia delante del café. Kerry dijo:

—¿Y cuándo empezamos, jefe?

—¿Podrás estar pasado mañana por la mañana en Providence?

—Pasado mañana en Providence —repitió ella, y rió—. No es un mal principio. Parece un poema de Emerson.

3

Johannesburgo, Sudáfrica

Juliette no tenía miedo. Más bien se sentía impaciente, como un estudiante que espera los resultados de sus exámenes. Era demasiado tarde para volver atrás, y tampoco le apetecía hacerlo. En el Airbus de la British Airways, intentaba apoyarse en el brazo de la butaca, pero era trabajo perdido. El hombre sentado a su lado se desbordaba del asiento y la empujaba hacia la ventanilla con toda su masa.

Había llegado a preguntarse si aquel inmenso sudafricano rubio de pelo rapado no habría sido colocado allí para vigilarla e incluso mantenerla ya prisionera. Al entablar conversación con él, tardó poco en darse cuenta de que se trataba de un inofensivo granjero algo achispado. Había ido sencillamente a visitar a sus dos hijas, que estaban estudiando en París. Decididamente, Juliette tenía que desconfiar de sus propias reacciones. Su extremado nerviosismo tenía el efecto de hacerle interpretar los menores signos exteriores en relación consigo misma. Su tarjeta de embarque se había quedado trabada en la máquina del control; el sobrecargo la había mirado con demasiada insistencia; las filas de asientos de delante y detrás del suyo estaban sin ocupar; en cada ocasión, había pensado que aquellos fenómenos se debían a su presencia. Sin embargo, ninguno de ellos era otra cosa que un efecto de la casualidad.

Después de la comida, se había colocado en una de las filas vacías y había podido echarse. Pero no fue capaz de conciliar el sueño. Su imaginación giraba a gran velocidad, producía alternativamente placer y terror, ambos máscaras opuestas de una sola y misma angustia.

Al llegar a Johannesburgo, no tuvo que esperar las maletas. Lo llevaba todo en una mochila que conservó como equipaje de mano.

En el tumulto que acogía a los pasajeros una vez cruzadas las puertas oscilantes, vio un pequeño cartel en el que figuraba su nombre de pila. Lo llevaba un joven negro, que se presentó en un inglés un tanto rebuscado y dijo llamarse Roy. Se mostró amable pero evitó contestar a las preguntas que ella no pudo evitar hacerle sobre el lugar adonde se dirigían.

A pesar de las circunstancias, Juliette se sentía con ánimo de turista. Todavía hacía buen tiempo, aunque ya había llegado el otoño austral. Entreabrió la ventanilla y arrugó la nariz al encuentro del viento cálido. Se asombró al ver que los automóviles circulaban por la izquierda en aquel país que se parecía tan poco a Inglaterra. Cuando se acercaron al centro y se adentraron por las avenidas rectilíneas flanqueadas por flamboyanes y eucaliptos, tuvo la extraña sensación de penetrar en una ciudad ocupada, recién conquistada. El viejo orden colonial seguía intacto con sus palacetes, sus jardines, sus muros coronados por alambradas eléctricas. Pero por las calles circulaba una multitud negra que parecía venir de algún otro lugar. No se la sentía ni temerosa ni amenazada; pero tampoco daba la sensación de encontrarse en su propia casa.

Por un momento divisaron a lo lejos los rascacielos del centro de los negocios, y Juliette creyó que se dirigían hacia allí. Pero Roy giró a la izquierda y recorrieron nuevas avenidas residenciales. Finalmente se acercaron a otro aeródromo, reservado a los vuelos interiores privados. Los edificios habían sido construidos en los años cincuenta, en la época en que los viajes en avión eran sinónimo de lujo y confort. Una mano de pintura reciente y el suelo de mármol se esforzaban por mantener aquella tradición. Los *happy few* habían sido sustituidos ahora por granjeros ricos y cazadores de elefantes vestidos con trajes de camuflaje descoloridos.

Roy tomó el pasaporte de Juliette y la condujo a una gran entrada vacía en la que ronroneaba un pasillo mecánico. Ella dejó allí su mochila y la recuperó al otro lado de la máquina de rayos X. Roy le devolvió su pasaporte, en el que habían deslizado una hoja de papel. Era, explicó él, su tarjeta de embarque. No indicaba ningún destino. Juliette se instaló en una sala de espera vacía, siempre acompañada por su ángel custodio.

Dos tripulantes en camisa de manga corta, con un maletín en la mano, atravesaron la sala y empujaron una puerta que daba a la pista. Juliette los vio dirigirse a un bimotor estacionado delante de los hangares, entre otros aparatos pequeños alineados como una flotilla de yates de placer.

A una señal de la tripulación, Roy tomó a Juliette del brazo y la llevó afuera, hasta el avión. El motor derecho estaba en marcha, y emitía un ronroneo grave, todavía un poco entrecortado. Juliette comprendió al instante que iba a ser la única pasajera. Roy seguía sujetándola, para tranquilizarla o para evitar que se echara atrás en el último momento. En cuanto estuvo a bordo, el copiloto tiró del cable que hacía subir la escalerilla, y cerró la puerta. Indicó a Juliette que se instalara en una de las butacas de cuero, junto a una ventanilla. La ayudó a abrocharse el cinturón y fue hacia la parte trasera mientras el piloto ponía en marcha el motor izquierdo. El avión experimentó algunas sacudidas. El copiloto volvió con dos latas de Coca, entregó una a Juliette y brindó con ella. Después del calor del viaje en coche, Juliette se sintió feliz al poder refrescarse, y bebió un largo trago.

En los minutos siguientes, el avión se puso en marcha entre el aullido de las hélices. Juliette pudo ver un gran hangar en el que un reactor estaba pasando una revisión. Luego vio que el copiloto se volvía hacia ella. Se dio cuenta de que llevaba gafas de sol y advirtió por primera vez su bigote rubio. Pero no tuvo fuerzas para responder a su pulgar levantado. Un inmenso cansancio se había apoderado de ella. Echó una ojeada a su Coca-Cola, y por un instante se le ocurrió que el sabor era más amargo que de ordinario. Antes de que el avión despegara, Juliette estaba ya muy lejos, entre las nubes de una somnolencia irreprimible.

El calor la despertó. Un calor indiscreto que hurgaba con dedos engarfiados en su garganta y soplaba un aliento seco sobre sus párpados.

Estaba tendida en una litera, sin sábana ni almohada. La habitación en la que se encontraba tenía paredes de cemento sin revestir, burdamente blanqueadas con cal. En el techo, unos listones de madera ocultaban las junturas entre los plafones del doble techo. La ventana estaba herméticamente cerrada con postigos. Los goznes de la puerta entreabierta, de dos hojas de madera maciza, chirriaban movidos por una corriente de aire que traía del exterior aún más calor.

Juliette se levantó, posó los pies desnudos sobre un embaldosado irregular negro y rojo, y fue hasta la puerta desperezándose. La habitación daba a un pequeño patio trasero de una casa grande. En un rincón había varios cubos y escobas. En un alambre de tender se secaban unos trapos de cocina a cuadros.

Comprendió de inmediato que aquel patio no era una abertura hacia la libertad. Muros en perpiaño rematados en alambradas de espino cerraban todo el espacio en torno. Por encima del pequeño perímetro en el que estaba recluida, vio que el cielo era de un azul uniforme, de una sombría pureza, como una chapa al salir de la laminadora.

Juliette habría preferido esperar y observar. Pero tenía hambre y sobre todo sed. Llamó a la puerta de servicio. Apareció una mujer. Era una vieja sirvienta de piel muy negra, con las orejas perforadas por agujeros tan grandes que habrían permitido pasar un dedo. Cuando vio que Juliette estaba despierta, volvió a la cocina y sacó de una nevera una bandeja de comida preparada. Abrió la puerta y le tendió el plato sin una palabra. Juliette fue a sentarse en un rincón del patio sombreado por un pequeño sotechado. Bebió directamente de la botella, y la vació de un trago. La anciana sonrió enternecida y se llevó la botella para llenarla de nuevo. Juliette comió el jamón, las judías verdes y el arroz, untó pan en la salsa y lo comió también. Acabó el almuerzo con dos bananas pequeñas muy maduras. No tenía idea del tiempo que había pasado desde que salió de Johannesburgo. A juzgar por su apetito, tenía que haber pasado por lo menos un día entero. La mujer se marchó llevándose la bandeja.

Juliette hizo un pequeño balance de su situación. Estaba claro que iban a empezar los negocios serios. Se sentía más animada que nunca. El somnífero le había proporcionado un estado de relajación que le faltó durante las últimas semanas. La exaltación todavía duraba, la impresión tan rara de sentirse llena de confianza en sí misma, de energía y de optimismo. Pero el largo sueño parecía haber hecho desaparecer por el momento la angustia, la vulnerabilidad inquieta.

Esperó a pie firme lo que vendría después.

No ocurrió nada hasta la última hora de la tarde. El calor empezaba a ceder, empujado en los rincones por el avance de las sombras. Juliette creyó oír, muy lejos, la llamada de un muecín, pero el silencio hacía nacer demasiadas ilusiones en su cerebro para que se sintiera segura. El crepúsculo llegó muy pronto. Se encendieron luces en el interior, y la puerta se abrió para dejar paso a dos personajes enmascarados.

La introdujeron en la casa siguiendo un recorrido que debía de haber sido minuciosamente preparado. Cruzaron pasillos vacíos, un recibidor desprovisto de muebles, y finalmente una habitación bastante amplia con las ventanas cerradas, amueblada con una mesa y una silla. Era exactamente lo que había esperado Juliette: todo estaba preparado para un interrogatorio. Se sentía dispuesta para resistir un largo asedio, y tomó asiento sonriente. Sus dos interlocutores, un hombre alto y una mujer delgada, grande, de figura deportiva, llevaban capuchas de lana. La habitación no estaba climatizada. El calor diurno habría hecho insoportables aquellos accesorios. Ésa era sin duda una de las razones por las que habían esperado a la noche para interrogarla. El hombre y la mujer intervenían alternativamente. Ella tenía un acento norteamericano muy pronunciado, con las entonaciones guturales características de Texas. Él hablaba con el fraseo rústico de la diáspora inglesa: podía ser australiano, neozelandés, o más probablemente sudafricano. Ninguno de los dos tomaba notas: la conversación debía de estar siendo grabada.

Juliette comprendió muy pronto que en ese estadio ellos no buscaban tanto información nueva como verificar la solidez de la que ya poseían. Hacían preguntas cuya respuesta, evidentemente, ya conocían, y buscaban continuamente hacerla caer en contradicciones. La primera tanda de preguntas se refería a sus orígenes, su familia y sus conocidos. Finalizó después de tres largas horas, aproximadamente. Después volvieron a acompañarla a su habitación, ¿o había que llamarla celda? Volvieron a despertarla dos horas más tarde, la llevaron de nuevo a la casa y le presentaron un resumen redactado a partir de sus declaraciones. Estaba salpicado a conciencia de inexactitudes, para intentar que cayera en la trampa.

—Naciste el 8 de junio de 1977 en Boulogne-sur-Mer, cerca de Calais —empezó la norteamericana colocándose detrás de Juliette, sin duda para leer un papel—. Tu madre, Jeanne-Hélène Pictet...

—Jeanne-Irène.

—Jeanne-Irène Pictet era suiza. Se había casado a los cuarenta y ocho años con un francés originario de la Lorena, Edmond Levasseur, que tenía entonces sesenta y siete años. Tú eres su única hija. Tus padres se conocieron a través de anuncios en la prensa. Se instalaron en Boulogne-sur-Mer, donde tu padre era propietario de una compañía de ferrys a Inglaterra.

Juliette no podía dejar de pensar en lo extraño de su destino. ¿Quién habría podido predecir que el nombre de sus padres burgueses sería pronunciado un día en el fondo del África austral por una tejana encapuchada?

—... tu infancia solitaria. Varias fugas en la adolescencia te condujeron a Bélgica.

—A Suiza. Tenía doce años, la primera vez.

—Aprendiste inglés en tu casa, por tradición familiar. Tu bisabuelo comerciaba ya con la Gran Bretaña.

Había sido sobre todo el medio impuesto por su padre para ampliar un poco más su dominio sobre la familia. Era el único que dominaba el inglés a la perfección. Juliette había aprendido aquella lengua con paciencia, como se practica con un arma para poder defenderse y, tal vez algún día, contraatacar.

—¿No has conservado ninguna amistad de infancia ni de adolescencia? —El hombre insistió en esta pregunta, que le habían hecho ya tres veces.

—Ninguna.

—Tu padre era hijo único. Sólo has confiado en una persona de la familia, tu tía, domiciliada en Ginebra.

Sí, pensaba Juliette, la única que tuvo valor para enfrentarse a las humillaciones y los golpes que sufría la niña que fue ella. Era una extraña experiencia la de ver regresar de aquel modo su pasado. Lo juzgaba por primera vez desde el exterior. Sus aspectos sórdidos, trágicos, insoportables se le hacían evidentes, ahora que era una mujer adulta. Sin embargo, en aquella época siempre había rechazado sentirse víctima. Solamente se sentía llena de rabia y de violencia reprimidas. Su resignación aparente era una treta, como la forma en que se retraen, prestos al contraataque, algunos animales ante una amenaza.

—A los diecinueve años fuiste a trabajar como *au pair* a Estados Unidos. A Chicago.

—A Filadelfia.

—Estuviste un año en una familia de profesores. Tenían dos hijos un poco mayores que tú.

Era la mentira principal. Había que redoblar la atención. Confirmó esas informaciones, falsas, pero conformes con las respuestas anteriores.

—El mayor era un chico llamado Roger. Con él tuviste tu primera experiencia sexual.

Ahí volvía de nuevo a la verdad, salvo que Roger no era el hijo de sus patronos, sino un vecinito asqueroso que la había empujado a un rincón, una noche, de vuelta de una discoteca. Ella dudaba si era aplicable el término violación. Después de todo, a pesar de la brutalidad de las circunstancias, ella misma había desempeñado un papel en el encadenamiento de las circunstancias. La sexualidad, en aquella época, era para ella una de las violencias mediante las cuales esperaba liberar la rabia encerrada en su interior. Roger había sido el instrumento que había propiciado aquella iniciación. Fue el equivalente de una fuga, con mayor sordidez.

—De vuelta en Francia, te matriculaste en la Facultad de Letras, sección lengua inglesa, en Lyon III.

—Lyon II —aclaró Juliette.

—Militaste en un sindicato estudiantil durante seis meses. Luego te uniste al grupo ecologista Greenworld. Participaste en varios actos de protesta, en particular en torno a la central nuclear de Tricastin. Fue en esa ocasión cuando conociste a Jonathan Cluses.

La asociación había decidido bloquear los accesos de la instalación para impedir la salida de un camión cargado de residuos radiactivos. La operación fue desbaratada por un enorme despliegue de policía. Juliette se había puesto en marcha en plena noche con un grupo de cinco personas. Al amanecer empezó a llover, y se perdieron en el laberinto de caminos sin salida que rodeaban la central. Una sección de gendarmes había cargado contra ellos cuando se acercaron sin saberlo a la valla electrificada que rodeaba las instalaciones. Juliette perdió a su grupo. Empapada, hambrienta, buscó refugio en un café y fue allí donde encontró a Jonathan. Él le explicó que también formaba parte de la expedición. Pretendía haber sabido desde el principio que estaba condenada al fracaso. Se había instalado en el café a la espera de ver lo que sucedía. Juliette lo encontró pretencioso y arrogante. Su aire de estar de vuelta, la manera que tenía de entrecerrar los ojos mientras daba una calada al cigarrillo, le daban un falso aire de dandi. Él le propuso llevarla de vuelta en la moto, y ella rehusó. Volvió a Lyon en autobús y olvidó a Jonathan.

—¿Nunca te habías encontrado antes con ese muchacho? —intervino el hombre encapuchado.

—No.

Los dos interrogadores intercambiaron miradas.

—Sin embargo, él era miembro de Greenworld desde hacía un año —intervino la norteamericana.

—Lo supe después. La organización está bastante compartimentada. No todo el mundo se conoce.

Juliette tuvo la impresión de que con aquellas preguntas estaban investigando a Jonathan tanto como a ella misma.

La primera noche acabaron en ese punto, y a Juliette le costó conciliar el sueño después. Pasó todo el día siguiente paseando por el patio y meditando tendida en su litera. Esperaba la continuación con impaciencia. El interrogatorio se reanudó al caer la noche.

—¿Qué te ocurrió exactamente en julio de 2002?

—Greenworld había organizado una campaña de protestas contra la visita de Bush a París —respondió Juliette—. Puesto que Estados Unidos se negaba a ratificar el protocolo de Kyoto, había que boicotearlo. Ésa era la idea. Fuimos en tren a París a las seis de la mañana, y cogimos el metro hasta la Place de la Concorde. Nos cambiamos en los pasillos. Cuando salimos delante de la Embajada estadounidense, íbamos vestidos como para Halloween, con camisetas que representaban esqueletos y máscaras de calaveras.

Fue una acción ridícula. Ahora, ella juzgaba todo aquello con mucha severidad. Sin embargo, fue allí donde se descubrió realmente a sí misma. Continuó explicando:

—La policía se comportó de un modo bastante brutal. Corrieron hacia nosotros para dispersarnos.

—¿Resultaste herida?

—Sí. Por un azar idiota. Tropecé y caí a los pies de un poli. Me había fracturado el tobillo derecho, pero él no se dio cuenta. Me gritó que me levantara, y finalmente me agarró por los cabellos. Había fotógrafos. Al día siguiente, aparecí en la portada de todos los periódicos. Me había convertido en una heroína, una mártir.

—Y sin embargo, dos meses después abandonaste la organización.

Ella guardó silencio durante un largo momento. ¿Cómo explicarles lo que había sentido?

Ella, que se había sentido oprimida durante tanto tiempo, por su padre, que la trataba de débil y de parásita, y por su madre que jamás le había dado cariño, de pronto, al descender hasta el fondo de la humillación, arrastrándose a los pies de un hombre con casco y botas que la maltrataba, había encontrado la venganza y la gloria. Era un proceso digno de los profetas y de los santos, una resurrección como la de Jesucristo. El mundo le hacía justicia, al hacerla pasar del último lugar al primero. Había creído que nunca tendría que apearse de aquel pedestal.

Durante quince días, recibió la visita de las más altas personalidades, y respondió a decenas de entrevistas. Al principio, todo fue bien. Greenworld estaba satisfecho por la repercusión mediática. Pero muy pronto quedó claro que Juliette había perdido el control sobre sí misma. Arrastraba a la organización a posiciones abiertamente vindicativas, declaraba la guerra al mundo entero. Los cuadros del movimiento intentaron razonar con ella. Ella dormía sólo dos horas cada noche, y llenaba páginas enteras de proclamas y de notas, enviaba mensajes en todas direcciones.

—¿Quién tomó la decisión de hospitalizarte en una clínica psiquiátrica?

—No lo sé —admitió Juliette—. Siempre he creído que fue Green-world, pero no tengo ninguna prueba.

—¿Cuánto tiempo estuviste allí?

—Tres semanas.

—¿Y luego?

—Luego, volví a Lyon.

Era un otoño precoz y gris. Juliette había recaído en un rechazo to-tal hacia sí misma. Cortó la medicación y se quedó postrada en su lecho.

—¿No hubo más contactos con Greenworld?

—Me excluyeron, y creo que dieron consignas para que nadie fue-ra a verme.

—Excepto Jonathan —dijo la mujer.

—Él también había dejado el movimiento. —Al darse cuenta del asombro de sus interrogadores, añadió—: Fue eso lo que me dijo, en todo caso.

—¿Se instaló en tu casa?

—No, tenía una habitación en el barrio de Saint-Paul. Pero venía a menudo a mi casa. Nos convertimos en amantes, si es eso lo que quie-ren saber.

—¿Él te gustaba? —preguntó el hombre.

—Era amable y me hacía reír. Me espabiló, sobre todo. Gracias a él conseguí aprobar mis exámenes y encontré un trabajo de educadora en el Jura.

—¿Cerca de tu tía?

—Puede ser.

—¿Y qué te contó él de sus actividades, de su pasado?

—Me habló de Estados Unidos —dijo Juliette.

Llegados a este punto, prefirieron interrumpir el interrogatorio y la acompañaron de nuevo a su celda. Ella intuyó que habían llegado a una fase en la que todo era posible, incluso la violencia.

4

Providence, Rhode Island

Hasta el último momento, Paul se preguntó si Kerry daría el paso decisivo. Y lo había hecho. Llegó en tren desde Nueva York, y él fue a recogerla al andén de la estación. No llovía, y por tanto no había ninguna razón para que no se besaran. Ella fue directamente a sus mejillas, primero un lado y luego el otro, rígida, casi militar.

Paul había tomado un coche de servicio en Providence. Colocó el equipaje de Kerry en el maletero. Era una bolsa de *boxcalf* bastante ordinaria, pero probablemente muy cara. No podía haber en su interior más que lo mínimo. ¿Era porque pensaba quedarse poco tiempo? ¿O bien consideraba que, en la acción, era preciso ceñirse a las buenas viejas costumbres del ejército: el uniforme reglamentario, y nada más? Se sentó al volante y, antes de colocar la llave de contacto se volvió hacia ella.

—¿Dispuesta?

—Dispuesta.

—¿No hay nostalgias, dudas? Todavía estamos a tiempo, ¿sabes, Kerry?

—Arranca, por favor. A partir de ahora, considera que estamos en una misión y procura no decir demasiadas estupideces. He dicho «procura».

Él sonrió y asintió.

No tuvieron necesidad de atravesar la ciudad de Providence. Desde la estación, tomaron directamente la salida a la costa. Muy pronto se encontraron en un paisaje estival. En esta ocasión hacía buen tiempo.

—¿Por qué ha venido a poner su agencia aquí ese viejo cerdo? Dime la verdad, se ha comprado una casa para jubilarse y nos ha hecho venir para que le distraigamos, ¿no es así?

Kerry nunca había hecho un misterio de su antipatía por Archie. Sin embargo, hasta donde Paul podía saberlo, Archie se había portado bien con ella. Él, que solía tener la mano demasiado larga cuando se encontraba cerca de una mujer atractiva, nunca se había arriesgado a provocarla. Era demasiado listo para no intuir que lo único que llegaría a conseguir sería una bofetada, probablemente en público. Pero ella lo había visto manosear a otras y lo había encasillado en la categoría detestada de los viejos cochinos.

Educada junto a cinco hermanas por una madre viuda, Kerry había adoptado en familia la costumbre de aplicar a los hombres un variado vocabulario tomado a préstamo de la charcutería. Había los viejos cochinos y los tocinos rancios, los gorrinos chicos y los puercos viciosos. El grado de afecto venía expresado por el adjetivo: en tiempos solía tratar a Paul de gorrino encantador, en circunstancias que no dejaban lugar a dudas acerca de la ternura que ella quería expresar con el término. Pero a Archie nunca le había dedicado otra cosa que los calificativos de viejo, sucio y malvado.

—Sabes que le gusta Nueva Inglaterra —dijo Paul—. Cuando sale de su despacho, coge su Jaguar y va a pasearse por Newport en medio de *yachtmen* británicos. Eso le basta para ser feliz. —Kerry se encogió de hombros—. De todas maneras, no lo verás. Se ha marchado esta mañana a una gira de prospección en el Extremo Oriente.

—¡Prospección! ¿No puede llamarlo masaje tailandés, como todo el mundo?

Cuando llegaron a la agencia, la actitud de Kerry cambió de golpe. Adoptó un aire serio y modesto que contrastaba con la desenvoltura que había mostrado durante el viaje. Paul sabía demasiado bien lo que eso significaba. Le divertía observarla. Decididamente, a pesar del tiempo transcurrido, sus técnicas no habían cambiado. Se presentaba como una colegiala modosa, discreta y reservada, pero Paul veía asomar las orejas del lobo debajo de su capa de Caperucita Roja. «Es para comerte mejor, hija mía.»

Subieron directamente al despacho de Barney. Kerry había querido que se lo describiera, durante el trayecto. Lo había conocido vagamente de vista en la Compañía, pero nunca había trabajado a sus órdenes. Fue directamente a él:

—Me siento feliz de conocerlo —le dijo, tendiéndole la mano, con los ojos bien firmes clavados en los de Barney.

Había disciplinado sus cabellos, como lo hacía en otra época: le colgaban en la nuca en una trenza gruesa, rígida como un tótem africano. Llevaba un pantalón de sarga verde de aspecto un poco militar, pero que moldeaba sus formas de una manera muy femenina. Desde luego, Barney quedó conquistado. Faltó poco para que se levantara a saludarla.

Les hizo sentar delante de su escritorio. Kerry, con discreción pero ostensiblemente, dirigió la mirada a la pared cubierta de diplomas enmarcados y de fotografías de Barney. En algunas, aparecía con toga y birrete. Pero la mayor parte lo mostraba con equipo de béisbol y el guante de cuero en la mano.

—Voy a llamar a Alexander y a Tara —dijo Barney.

Con un gesto elegante, pulsó una tecla de su centralita personal, un instrumento que resaltaba su poder. Paul no le habría creído capaz de aquella pequeña vanidad. Decididamente, Kerry valía mucho.

La observaba con regocijo. No era solamente la felicidad de estar a su lado. También veía que la elección que habían hecho era buena: él había preservado intacta la complicidad entre los dos. Tuvo la sensación de que muy pronto iba a enredarse en una terrible rivalidad con ella. Pero también sabía la felicidad irreemplazable que les aportaría aquella violencia.

Alexander llegó con mucha rapidez, hasta el punto de hacer pensar que en este caso merodeaba por las cercanías del despacho a la espera de que lo llamaran. Kerry lo atacó de inmediato con su aire humilde y sus grandes ojos leales. Pero Alexander se sentía demasiado incómodo con las mujeres para morder aquel anzuelo. Miró el cebo con gesto que era tanto de terror como de disgusto. Habría podido generarse algún malestar si Tara no hubiese entrado en ese instante. Había trabajado algún tiempo en un servicio próximo al de Kerry, cuando ésta fue reclutada por la Compañía. Conservaba de ella el recuerdo de una muchacha brillante, enérgica, tensa hasta casi resultar agresiva. Miraba ahora a Kerry con su sonrisa apagada y su aire de madurez tranquila, y dudaba en reconocerla. Luego hubo un buen minuto de abrazos y de ruidosas manifestaciones de entusiasmo, ante la mirada enternecida de Barney.

Finalmente, él llevó a todo el mundo a un rincón del despacho, en torno a una mesa redonda que servía para las reuniones en *petit comité*.

—Dejadme en primer lugar presentaros a vuestro agente de enlace —dijo Barney—. Es uno de nuestros jóvenes más brillantes. Se llama Tycen. Para los aspectos estratégicos de la operación, trataréis directamente conmigo. Pero podréis recurrir a Tycen para conseguir toda la ayuda logística que necesitéis. En materia de documentación y análisis, podéis dirigiros a Alexander. Le paso la palabra. Él os dirá todo lo que ha descubierto ya.

—Gracias —expresó Alexander—. Desafortunadamente, las noticias no son muy buenas. No tengo absolutamente a nadie en mi servicio que conozca esas historias de ecología radical. Y como hemos de ser muy discretos, está fuera de cuestión reclutar a alguien de fuera.

Alexander no parecía tan desolado como pretendía. Diplomado por Harvard en Relaciones Internacionales, afectaba un desprecio total por todo lo que se salía del marco de la geopolítica, las cuestiones estratégicas y la macroeconomía. No tenía la menor intención de molestarse por esas historias de gatos sacados de sus jaulas y de robos de cólera.

—¿Qué hacemos, entonces? —Paul no tenía paciencia con aquel tipo. El hecho de que Alexander se pareciera vagamente a Napoleón no contribuía a arreglar las cosas. Era verdad que no había vendido la Luisiana, pero Paul sospechaba que habría sido capaz de hacerlo.

—Os proporcionaremos la escasa documentación de que disponemos. Pero creo que lo mejor sería que os hicierais cargo vosotros mismos de la investigación.

—Es exactamente lo que tenemos intención de hacer —aclaró Paul.

—En ese caso, todo es perfecto —apuntó Alexander.

—Salvo que no podemos estar al mismo tiempo corriendo detrás de los terroristas y ocupándonos de sus lecturas.

—¿Qué lecturas?

—Bueno —precisó Paul—, tenemos que saber de dónde vienen sus ideas, buscar todo lo que han podido publicar, ver quién ha podido influirles o ser influido por ellos. En una palabra, todo lo que llevarías tú a cabo sin hacerte rogar si se tratara de barbudos que amenazaran los pozos de petróleo de Oriente Medio.

El tono había subido y, por el aire ofendido de Alexander, era de prever que buscaba armas para una contraofensiva.

—No es grave —dijo Kerry—. Yo tengo tiempo. Si queréis, puedo ponerme a ello. Habrá que centralizar los datos sobre ese grupo, servir de analista e interrogar a los diferentes servicios en función de lo que deseamos saber. ¿No es eso?

—Exactamente —dijo Alexander, aliviado al no verse obligado a presentar batalla.

—¡Perfecto! —se apresuró a decir Barney—. Es una idea excelente. Te instalaremos aquí, Kerry, en un despacho. Formarás una célula autónoma y te proporcionaremos todo lo que necesites.

Después de todo, era una buena solución. Por lo menos, en esta ocasión tendrían una visión completa del escenario, en lugar de tener que contentarse con informaciones fragmentarias, a lo que se ven obligados a menudo los agentes de campo. Paul se volvió hacia Kerry. Ella mantenía aún su aire de reserva. Tuvo incluso el descaro de bajar los ojos. Sin embargo, había jugado admirablemente su primera baza, y Paul sabía lo que eso implicaba para el futuro. La batalla comenzaba. El placer, también.

—Por tu parte, Paul, ¿tienes alguna novedad? —preguntó Barney.

—Sí. —En esta ocasión fue Kerry quien se volvió hacia Paul. Él había decidido visiblemente jugar una carta, y ella esperaba el resultado. —¿Os acordáis del médico del Instituto Pasteur al que fui a ver a París? —dijo Paul.

—El especialista del cólera.

Alexander tenía una manera inimitable de pronunciar la palabra cólera, como si acabara de meter las narices en una fosa séptica.

—Eso es —afirmó Paul—. Se me ocurrió la idea de llamarlo, después del mensaje de los ingleses. Puesto que esos Nuevos Depredadores han desaparecido hace aproximadamente dos años, le he preguntado si en ese plazo había ocurrido algo nuevo en el mundo relacionado con el cólera. —Pronunció la palabra simulando fastidio, a la manera ridícula de Alexander. Todo el mundo se volvió hacia él con una sonrisa—. Lo pensó un poco y me habló de las islas de Cabo Verde.

Tara parecía estarse preguntando dónde podían encontrarse esas islas, y Alexander aprovechó la ocasión para intervenir y recuperar un poco de consideración.

—Es un archipiélago que se encuentra frente a las costas de Senegal. Antigua colonia portuguesa, independiente desde 1975. —Por lo menos, en ese punto hablaban de cosas serias—. ¿Y qué es lo que ocurre allí?

—Hubo una epidemia de cólera el año pasado.

—No tenía noticia de ello —dijo Barney.

—Nadie ha tenido noticia —afirmó Paul—. Es un país muy turístico. No declararon la enfermedad. Oficialmente, no ha pasado nada.

—¿Y en realidad? —preguntó Alexander.

—No ha pasado gran cosa.

Alexander dejó escapar una risita. Barney lo miró con severidad.

—Yugularon la epidemia con unas cuantas medidas de higiene y el aislamiento de los enfermos.

—¿Muchos?

—Unas decenas de desgraciados que vivían en casas sin agua corriente sufrieron diarreas —expuso Paul—. Todos se curaron excepto un pobre anciano que murió. Pero al parecer estaba ya en las últimas.

—Desde luego, en este asunto estamos coleccionando revelaciones sensacionales —ironizó Alexander, al tiempo que sacaba un pañuelo del bolsillo.

—No es sensacional —lo corrigió Paul, desdeñoso—. Es interesante.

—¿Por qué? —preguntó Barney.

El efecto que tenía Kerry sobre él iba agotándose, y poco a poco iba tomando de nuevo una actitud encogida y un aire de cansancio.

—Porque, en primer lugar, según el profesor Champel, al detenerse en Cabo Verde el cólera se ha apartado un tanto de sus rutas habituales. —Previendo una nueva burla de Alexander, Paul se apresuró a continuar—. Y sobre todo, porque la epidemia se inició simultáneamente en tres lugares distintos del archipiélago, lo que es estadísticamente imposible.

—¿Estás seguro? —preguntó Barney.

—Champel es categórico. Ha recibido un informe confidencial de un equipo investigador portugués que se desplazó sobre el terreno. Su trabajo no pudo llegar hasta el fondo porque el gobierno no quiso que terminaran y los expulsó. Pero tuvieron tiempo de cartografiar la distribución geográfica de los casos. Hubo tres focos distintos.

—¿Qué conclusión sacas? —preguntó Tara.

—Hay que ir allí —dijo Paul.

Sintió sonreír a Kerry. Ella había visto su carta, y sin duda consideraba que el golpe dado por Paul no era peligroso.

—No hay ningún problema material —intervino Barney—. El contrato que ha firmado Archie es muy generoso, de modo que podrás hacer tantos desplazamientos como creas necesario.

—Me ofrezco como voluntario —dijo Alexander en tono irónico—. Adoro las islas.

Nadie le contestó, y Barney siguió diciéndole a Paul:

—¿Cuándo piensas partir?

—Lo antes posible.

Miró de reojo a Kerry.

—A decir verdad... saqué una reserva para un vuelo que parte esta noche —admitió Paul.

—Entendido, ve y procura volver lo antes posible.

Se volvió luego hacia Kerry.

—Haré que desocupen un despacho para ti esta misma tarde. ¿Dónde deseas alojarte? Si prefieres instalarte en la agencia, disponemos de habitaciones para agentes de paso. Si no, puedes tomar un automóvil y vivir en un hotel en la costa.

—No —decidió Kerry—. Un cuarto pequeño aquí me convendrá perfectamente. Dejo las playas para otros.

Dirigió una rápida sonrisa a Paul por encima del hombro.

«Ya empezamos —pensó Paul—. Habrá pelea.»

5

En algún lugar de África austral

A medida que avanzaban los interrogatorios, Juliette empezaba a conocer la personalidad de sus carceleros. Por muchos aires amenazadores que se dieran, ella no los valoraba mucho desde el punto de vista profesional. La norteamericana era impulsiva y emotiva. Ocultaba mal sus reacciones y sus preguntas eran demasiado directas. En cuanto al hombre, ya fuera sudafricano o de otro lugar, era evidente que no había practicado más que interrogatorios físicos. Tenía ganas de golpearla y hacía grandes esfuerzos por contenerse. Todo aquello creaba en Juliette un sentimiento de inquietud que aumentaba más aún su impaciencia. Se encontraba permanentemente en el umbral de la risa y de las lágrimas.

Cuando lanzó su órdago, en Chaulmes, delante de Jonathan, sabía hasta qué punto eran escasas sus oportunidades de éxito. Y he aquí que se encontraba en un continente desconocido, en el centro de un asunto del que lo ignoraba todo, y frente a personas mucho más amenazadoras que su ex amiguito, diletante y veleidoso.

Y eso que los dos encapuchados no eran más que unos interrogadores bastante burdos. Parecían atenerse a un plan elaborado por alguna otra persona. Alguien que tenía buen cuidado de no aparecer todavía. Puede que ni siquiera se encontrara en aquel lugar. Nunca había visto Juliette salir de la habitación a sus interrogadores para consultar a una o varias personas que pudieran encontrarse en las proximidades. Pero, al final de cada interrogatorio, la pareja tenía un cierto aire de desamparo, como si el *stock* de preguntas que habían preparado para ellos se hubiese agotado. Volvían la noche siguiente con una nueva batería de preguntas.

Fue exactamente lo que se produjo aquella noche, cuando volvieron a poner sobre la mesa la cuestión de Jonathan.

—¿Qué es lo que te dijo exactamente sobre su vida?

—Me contó que había vivido en Estados Unidos como yo, y más o menos en la misma época —respondió Juliette.

—¿Te explicó por qué?

—Era lector de francés en un colegio.

—¿Cuál?

—Brynmore, cerca de Washington. Un colegio de chicas. Por otra parte, tengo la impresión de que se aprovechó...

—¿Te habló de su compromiso militante? —cortó en tono seco la norteamericana, que al parecer no quería que Juliette ejercitara su ironía francesa sobre uno de los colegios más prestigiosos de Estados Unidos.

La costumbre adquirida en aquellas noches de confidencias llevó a Juliette a tomarse libertades con sus anfitriones forzosos. A veces no respondía directamente, sino que se lanzaba a hacer digresiones. Le bastaba con seguir el curso siempre caótico y deshilvanado de las ideas que rondaban por su cabeza. Aquello molestaba a sus interlocutores, pero, al mismo tiempo, no se sentían insatisfechos. De ese modo evitaban vaciar demasiado aprisa el saco de preguntas que había de durarles toda la noche.

—Saben, en esa época yo estaba todavía influida por aquella historia con Greenworld —dijo Juliette.

Y se puso a contar de nuevo al detalle sus hechos y gestos en Greenworld. Al poco rato, la norteamericana acabó por impacientarse.

—Te he preguntado si Jonathan te habló de su propio compromiso en Estados Unidos.

—No me dio detalles. Pero indirectamente, sí, me habló.

—¿Indirectamente? —gruñó el sudafricano, apretando los puños.

—Hay que entenderlo —Juliette se encogió de hombros—. En aquella época, yo había caído por un precipicio. Después de la gloria, de la exaltación momentánea, lo veía todo negro. Sentía una repugnancia total por el mundo. Jonathan me dijo las palabras que yo necesitaba. Y creo que esas palabras venían de su experiencia norteamericana.

—¿Qué palabras?

—Me dijo que, en todos los lugares del mundo y en todas las épocas de la historia, los grandes ideales habían sido traicionados por personas que pretendían defenderlos, pero no estaban a la altura. Era así como todas las revoluciones habían acabado por hundirse en el reformismo burgués. La ecología, para él, era el último combate. El que no defendía ya los intereses de una sociedad, ni siquiera de una especie, sino el que había de decidir la suerte del planeta entero. Pero esa revolución no constituía una excepción a la regla general —reflexionó Juliette—, estaba a punto de hundirse también, por los desviacionismos y los compromisos.

Desde hacía dos noches, la norteamericana se había provisto de un bloc de notas, tal vez para entretenerse durante aquellas largas horas vacías. Parecía muy interesada en las declaraciones de Juliette, y escribía febrilmente sin levantar la nariz de sus apuntes.

Juliette continuó:

—Según él, Francia es sin duda el país del mundo donde el debate ecológico es más flojo. Los ecologistas franceses están hundidos hasta el cuello en el juego de la política. Han tomado gusto al poder y practican el compromiso hasta extremos descorazonadores. Incluso los que están fuera y se pretenden libres, como los militantes de Greenworld, se asustan en cuanto sus acciones los llevan un poco demasiado lejos. Es exactamente lo que yo misma sentía. Después de la manifestación en la que fui herida, me sentía con el alma de una Juana de Arco. Habría querido presentar la batalla hasta el final, pero la gente del aparato tuvo miedo y perdió el ánimo de una forma lamentable.

—No sigas hablando de Francia. Lo que te preguntamos es qué te contó sobre Estados Unidos —dijo la norteamericana.

—Exactamente. Por lo que pude entender, allí hay grupos ecologistas más radicales, con auténticas ambiciones revolucionarias. Jonathan se había adherido a un grupo de ese tipo, que disponía de una antena de captación bastante activa en el colegio de Brynmore. Conociéndolo, pienso que debía de haber allí una o dos chicas que le interesaban...

—¿No crees en la sinceridad de su compromiso? —la interrumpió la norteamericana.

—Es difícil de saber. Siempre notaba en él ese fondo de distanciamiento, de ironía.

Durante sus largas horas de soledad entre los interrogatorios, Juliette había pensado mucho en Jonathan. Notaba que sus sentimientos hacia él empezaban a decantarse. Después de la breve pasión y del desprecio, llegaba el momento de una forma de cariño sin ilusión.

—¿Cómo se llamaba la organización en la que militaba?

—One Earth.

—¿Tú la conocías? —preguntó el sudafricano.

—No. No existe en Europa.

—¿Intentaste informarte?

—No. Por lo que él me dijo, One Earth había sido creada en Estados Unidos para romper con la rutina de las asociaciones clásicas de protección de la naturaleza, del tipo Sierra Club. Su vocación inicial era un militantismo más directo, eventualmente violento. Fue eso lo que le atrajo. Pero finalmente se dio cuenta de que la organización en cuestión también había traicionado sus principios. Al parecer, sus dirigentes se han aburguesado.

—¿Te dijo si había abandonado la organización? —preguntó el hombre.

Juliette conocía a sus interlocutores lo bastante para darse cuenta de que sabían tanto como ella sobre el tema. Sin embargo, su interés era evidente: el sudafricano la miraba con intensidad, y su compañera había levantado la vista de su bloc.

—No me dio detalles sobre su marcha. Sólo entendí que hacia el final de su estancia en Estados Unidos había discusiones muy fuertes en la asociación. Todo un grupo de militantes rechazaba la deriva reformista y se inclinaba por el retorno a una acción más radical.

—¿Cuál? —preguntó la mujer.

—Sobre ese punto, siempre fue muy impreciso. —Hizo una pausa, trató de atrapar las diferentes imágenes de aquella época que rondaban por su cabeza—. ¿Saben? No se decían cosas muy concretas. Comulgábamos sobre una base bastante vaga de indignación y de generalidades. Nos atiborrábamos de palabras huecas, de imágenes de violencia, de consignas de odio contra el orden económico y la policía, los criminales que matan el planeta, esas historias... Y aquello hacía que me sintiera bien.

—¿Te explicó por qué se marchó de Estados Unidos?

—Su *stage* terminó, eso es todo. Sus padres querían que acabara los estudios —dijo Juliette.

—¿No te sorprendió que aquel gran rebelde volviera obedientemente a la casa de sus papás?

—Lo comprendí más tarde. En ese momento, no me presentó el asunto de esa manera. Me dijo que los miembros del grupo radical con los que se relacionaba habían acabado por escindirse y le habían pedido que volviera a su país. Mantendrían la relación, y él creía poder serles útil sirviéndoles de enlace en Europa. Me dio a entender que tal vez algún día se presentaría la ocasión de actuar para ellos. Yo le dije que, llegado el caso, me gustaría mucho que recurriera a mí.

—¿Cuándo ocurrió eso exactamente? —dijo la norteamericana.

—Hace dos años.

—¿Estuvisteis juntos durante esos dos años?

—No, yo aprobé mis exámenes y después me instalé en Chaulmes como profesora en el colegio de Montbéliard. Jonathan se quedó en Lyon. Empezamos a vernos menos.

—¿Él te era fiel? —preguntó el hombre.

Al oírle formular esa pregunta, la norteamericana dirigió una mirada furiosa a su colega.

—Me daba igual. Yo ya no estaba enamorada de él.

—¿Por qué? —insistió el sudafricano.

—Me había dado cuenta de algunas mentiras que me habían desanimado un poco.

—¿Sobre qué tema?

—Su vida, sus padres —admitió Juliette.

—¿Les conocías?

—No, y él no hablaba de ellos. Al principio lo tomé por una persona libre como yo, y creí que su primera rebelión había sido apartarse de su familia. Lo cierto es que me di cuenta poco a poco de que era todo lo contrario. Su habitación la pagaban sus padres, y él iba con frecuencia a su casa a pedirles dinero.

—¿Le pediste explicaciones?

—No. Me alejé de él, eso es todo. Y como al poco tiempo encontré ese trabajo en el Jura, nos separamos como amigos.

—¿Sabes lo que hacen sus padres?

—Lo descubrí más tarde.

—¿Cuándo?

—Cuando me pidió que lo ayudara para lo de Wroclaw.

—¿Y por qué quisiste averiguar quiénes eran sus padres en ese momento?

—No quise averiguar nada. Descubrí su identidad por casualidad, al intentar reunirme con él. Me había dado un número de móvil que no respondía nunca. Intenté ir a verlo y la dirección que me había dejado era la de sus padres. Di con su apellido, el de su padrastro, en realidad. Con una pequeña búsqueda en Internet, comprendí de quién se trataba.

—¿De quién? —preguntó el sudafricano.

—Un pez gordo de la industria de armamentos. Un contaminador de primera y un mercader de muerte, además. La clase de tipo que cualquier movimiento ecologista habría colocado en los primeros lugares de sus listas negras.

—¿Y eso no te impidió hacer lo que Jonathan te pedía?

—No —dijo Juliette pensativa—. Es extraño, ¿verdad?

Había vuelto a pensar a menudo en su primer encuentro, durante la operación fallida contra la central nuclear. Jonathan no estaba en el café porque se hubiera perdido, ahora estaba segura. Había despistado deliberadamente a los demás militantes que lo acompañaban para evitar el encuentro con la policía. Era un cobarde, incapaz de asumir el menor riesgo personal.

Sin embargo, en ese momento del interrogatorio, le pareció necesario emitir un mensaje positivo a propósito de Jonathan. Ignoraba exactamente por qué, pero tenía la intuición de que, en este asunto, los destinos de los dos estaban unidos. Afirmar la lealtad de Jonathan era también dar una garantía acerca de la suya.

—Desde luego —dijo—, él no asumió nunca su rebeldía respecto de sus padres. Sin embargo, a su manera es sincero. Estoy convencida de que es leal al grupo que conoció en Estados Unidos.

Los dos interrogadores guardaron ávidamente en su zurrón esas últimas palabras y declararon cerrada la sesión por esa noche.

A Juliette no le gustaban aquellos interrogatorios, pero al menos se correspondían con su estado de ánimo: la obligaban a reflexionar con rapidez, a anticipar los golpes, a mantener su conciencia en una hipervigilancia permanente. El curso precipitado de sus pensamientos era canalizado por las preguntas y las reacciones de sus interlocutores.

Soportaba peor las horas del día. Sus ideas no encontraban ningún obstáculo que retuviera su flujo. Un torrente de recuerdos, de imágenes, de deseos volátiles la sumergía. Pasaba el tiempo de pie, dando vueltas a su habitación y al patio contiguo, haciendo cualquier cosa para tener las manos ocupadas. Consiguió deshacer hilo a hilo un pedazo de tela tupida que encontró tirado en el patio. La agitación le impedía dormir, pero no se resentía. Era como un toro en una corrida, perfectamente consciente del combate que iba a tener lugar. En el silencio negro del corral, soñaba ya con los colores dorados de la arena y las aclamaciones de la multitud reunida para ver correr su sangre. Su impaciencia crecía a medida que el interrogatorio avanzaba, y sentía que el final estaba ya próximo. La noche siguiente, esos presentimientos se revelaron bien fundados.

—¿Cómo te presentó Jonathan... exactamente... la acción de Wroclaw? —empezó la norteamericana.

«Ya estamos», pensó Juliette, tiesa en su silla, la mente clara, todos los sentidos en tensión como puños apretados.

Respondió:

—Me dijo que el grupo del que me había hablado había contactado con él y que proyectaba una operación en Europa.

—¿De qué naturaleza?

Al parecer, esta noche la norteamericana había recibido instrucciones para conducir sola el interrogatorio.

—Me dijo que se trataba de poner en libertad a unos animales de laboratorio.

—¿Pensaste que el grupo con el que estaba relacionado Jonathan en Estados Unidos se interesaba en la liberación animal?

—Sabía que preconizaban la acción directa para proteger la naturaleza.

—¿Cómo justificó la elección del objetivo?

—No lo hizo —admitió Juliette—. La verdad es que no le hice preguntas. Me sentí feliz ante la idea de tener de nuevo un papel activo que desempeñar.

—¿No encontraste nada raro en la descripción de la operación?

—No. Lo que me hubiera podido sorprender, me lo explicó.

—¿Por ejemplo?

—El hecho de dejar huellas dobles, como si en el comando hubieran participado dos personas. Era para confundir las pistas en el paso de la frontera y engañar a la policía.

—¿Las destrucciones en el laboratorio?

—Jonathan me dijo que no bastaba con liberar a los animales. En el estado en que se encontraban, los pobres infelices no irían muy lejos, de todos modos. Había que castigar a quienes cometían esos actos. La idea me gustó mucho.

Un largo silencio siguió a esa declaración. El sudafricano, que hasta entonces se mantenía en un segundo plano, fue a colocarse junto a su colega, de pie, delante de Juliette. Tenía cercos de sudor alrededor de las axilas y temblaba un poco.

—¿Te dijo Jonathan por qué tenías que llevarte un frasco cerrado con un tapón rojo? —dijo.

—No.

«Si me pegan, será ahora.» Juliette se puso más rígida en su silla.

—¿No intentaste saber de qué se trataba?

—No.

El sudafricano había tomado la palabra. A Juliette le pareció que su intervención sorprendía e irritaba a su colega.

—Y ahora, ¿sabes de qué se trata?

La norteamericana tenía buenas razones para alarmarse. Con su precipitación, el hombre revelaba que estaban impacientes e incómodos al abordar aquella fase decisiva del interrogatorio. Juliette se relajó, se echó un poco atrás y se apoyó en el respaldo de la silla.

—Jonathan me sugirió con medias palabras que esta operación se integraba en un conjunto más amplio. Que era una pieza de un edificio.

En el aire cálido de la noche se oían graznidos, rumores de follaje movido por el viento, tal vez a lo lejos el son de un tambor.

—¿Un conjunto más amplio?

—La relación entre la operación de Wroclaw y su continuación no podía ser otra cosa que ese frasco —dijo Juliette—. No era difícil de comprender.

—¿A quién contaste tus deducciones?

—A nadie.

—¿Quién te pidió que guardaras el frasco?

—Nadie.

—¿Quién te dio la idea de servirte de él para hacer un chantaje?

—No estoy haciendo chantaje —afirmó Juliette.

—Entonces, ¿por qué no lo entregaste a los que te lo pedían? —preguntó la norteamericana.

—¿Quieres sabotear el proyecto? —añadió furioso el sudafricano, inclinándose un poco hacia delante.

—Sólo quiero continuar.

Juliette les miraba a los ojos, sin parpadear. Desde Wroclaw, su decisión estaba tomada. Había pasado la página de la melancolía. Había recuperado el bienestar exaltado que descubrió por primera vez en la manifestación de Greenworld y que había intentado en vano reproducir durante sus años de soledad. Les gustara o no, continuaría. Nadie, esta vez, la marginaría.

—Ese objeto, sea lo que sea, y yo somos la misma cosa —recalcó sus palabras con firmeza—. Lo que hice por vosotros en Wroclaw lo hice bien. Continuaré. Nadie está al corriente. Nadie me lo ha pedido. Lo he decidido yo sola. Pero iré hasta el final.

Después de aquellas noches de interrogatorio, había acabado por crearse una forma de intimidad hostil entre ella y los que la tenían prisionera. Había aprendido a conocerlos. Por obtusos que fueran, no podían haber dejado de aprender a leer en ella y a distinguir en sus palabras la verdad de la falsedad.

El silencio se eternizó. Cuando la norteamericana volvió a tomar la palabra, lo hizo bajando el tono.

—¿Dónde está?

—¿El qué? —preguntó Juliette.

—El frasco.

Juliette sabía que tenían su equipaje y debían de haberlo registrado minuciosamente. Estaba segura también de que su casa de Chaulmes había sido visitada después de su marcha, así como su estudio de Ginebra y tal vez el apartamento de su tía.

—En un lugar seguro —respondió.

—¿Dónde?

—En Estados Unidos.

Por los relatos de Jonathan, estaba claro que el centro de todo el asunto se encontraba en Estados Unidos. Juliette había anticipado, lógicamente, el desarrollo de los acontecimientos al enviar allí el objeto. Se sintió sorprendida al ver que su destino era Sudáfrica.

—¿En qué lugar exacto de Estados Unidos? ¿A quién se lo has entregado?

Visiblemente, aquella confesión había suscitado una enorme inquietud en sus interlocutores. Imaginaban hipótesis tras hipótesis, y todas ellas debían de atemorizarles mucho. En el mundo paranoico de las organizaciones radicales, son de temer toda clase de traiciones. Jonathan le había hablado bastante sobre ese asunto. Juliette había decidido que aquellos miedos podían jugar a favor suyo, si sabía crear dudas verosímiles sobre sus contactos y sus intenciones. Pero era una apuesta arriesgada. Indicó:

—Es inútil que os lo diga. Quienes están en posesión del frasco sólo me lo entregarán a mí, en mi presencia.

Desde el inicio de la sesión, Juliette miraba las manos del hombre, unas manos fuertes con el dorso cubierto por pelos negros. Se preguntaba cómo las utilizaría con ella: ¿abofetearla, golpearla, estrangularla?

Cada vez con mayor impaciencia, aquellas dos manos esperaban que concluyera el tiempo de las palabras.

El silencio que acogió sus últimas frases dejaba abiertas todas las opciones. Juliette había fijado con claridad los términos de la alternativa. O bien aceptarla como miembro del grupo y disponer para la causa de su energía y de su lealtad; o bien poner en práctica con ella en una prueba de fuerza de resultado incierto. En las dos alternativas existía un riesgo. En las dos, estaba ella. Era imposible eliminarla, salvo perdiéndolo todo.

De pronto Juliette comprendió, por un gesto de la norteamericana, que la opción violenta había sido momentáneamente descartada.

Sin duda tenían que ponerse de acuerdo con sus misteriosos corresponsales.

Sin una palabra, volvieron a acompañarla a su habitación. El sudafricano cerró con un portazo nervioso, y sus manos hubieron de contentarse con golpear el cerrojo brutalmente. Por primera vez desde su llegada, Juliette estaba encerrada en el estrecho espacio de una celda.

El relajamiento de la tensión la hizo sumergirse en el sueño. Despertó a media tarde del día siguiente, con la mejilla marcada por una arruga de la almohada y un hilillo de saliva seca en la comisura de los labios. De hecho, fue el ruido del cerrojo al descorrerse el que la despertó de su sueño. No tuvo tiempo de preguntar lo que iba a ocurrir. En la puerta aparecieron dos africanos vestidos con camisetas azules de manga corta. Uno de ellos llevaba una maleta que Juliette reconoció como la suya. Le hicieron señales de que los siguiera. Antes de salir al patio, le taparon los ojos con una venda.

El trayecto en coche fue bastante corto. Por la ventanilla abierta entraba un aire seco y cálido que Juliette respiró con placer. Luego notó el olor del queroseno, reconoció el contacto de las butacas de cuero del bimotor que la había traído. Alguien le quitó la venda. Dos horas más tarde, estaba en Johannesburgo, en el aeropuerto internacional, con un billete en la mano, destino Miami.

Mientras recorría los pasillos de mármol negro de la terminal aérea, se sorprendió cantando sola. Había ganado la primera manga.

6

Archipiélago de Cabo Verde

Mientras volaba hacia Ilha do Sal, Paul se preguntaba si Lawrence no tendría razón. Habían montado una investigación planetaria a partir de indicios muy débiles. Aquella historia del cólera era al principio una simple hipótesis de trabajo, y ahora, de pronto, los absorbía por completo. La dependencia en la que había caído un hombre a priori razonable, como el profesor Champel, era decididamente contagiosa. Es verdad que aquella enfermedad tenía algo de fascinante. Paul se había llevado una amplia documentación enteramente dedicada al tema, y la había devorado a lo largo del viaje.

Y sin embargo, se trataba de una patología sencilla y sin apenas interés. Sus síntomas eran básicos a más no poder, y bastante repugnantes. En unos minutos, el cólera puede transformar a cualquier individuo en un odre perforado que se vacía por todos los agujeros. Ciertamente no era eso lo que lo convertía en apasionante. Entonces ¿qué? Su antigüedad en la superficie del globo, tal vez; su audacia, que lo había convertido, antes de tiempo, en el primer auténtico ejemplo de globalización; su perversa familiaridad con los humanos, a los que siempre ha acompañado en sus sufrimientos: compañero de las guerras y de la pobreza, de las catástrofes excepcionales y de la triste cotidianidad de la miseria.

El cólera es la cara oculta de la aventura humana. A medida que nos hemos ido extendiendo por el globo, que hemos conquistado nuestro lugar en el mundo, domesticado a los elementos, el cólera ha venido a recordarnos los límites de nuestra fuerza y de nuestro valor. A quienes creen haber saldado ya su cuenta con el progreso, viene sin cesar a cobrarles su deuda. Reina sobre los débitos a cuenta de la miseria, sobre los sacrificados de nuestras batallas, sobre todas las víctimas de nuestra audacia conquistadora. El cólera es la conciencia de nuestros fracasos, el testigo de nuestras debilidades, el símbolo de la tierra a la que no dejamos de pertenecer, incluso cuando nuestro espíritu cree poder remontar el vuelo hacia el cielo de las ideas, del progreso, de la inmortalidad.

¿Habría decidido alguien apoderarse de esa herramienta? ¿Qué saldría del matrimonio de una conciencia humana con esa parte negra de nuestra existencia? La idea de la posibilidad de manipular el cólera, fuera cual fuere su valor supuesto como arma biológica, era fascinante desde el punto de vista filosófico. Y Paul se había lanzado a la persecución de aquella quimera, con bien pocas opciones de conseguir otra cosa que el precio vil de esas ideas huecas.

Le sobrecogió aquella evidencia mientras el avión de la TAP trazaba un largo viraje por encima del mar para colocarse en el eje de la pista. Y se sintió todavía más abrumado por la enormidad del malentendido al bajar la pasarela en el sofoco húmedo de aquella tarde soleada. ¿Qué estaba haciendo en aquellos islotes perdidos? ¿Qué había venido a buscar con exactitud? ¿La huella de un crimen perpetrado con la ayuda del cólera? Casi no había habido víctimas. ¿El signo de una alianza entre la enfermedad y una voluntad humana? Pero ¿cómo establecer esa relación más de un año después de ocurridos los hechos?

Tuvo ganas de tirar la toalla y volver a subir al avión. Pero Sal no es una isla de la que se pueda escapar con tanta facilidad. Los vuelos iban completos en aquel período de la primavera. La duración de las estancias turísticas está tan rigurosamente determinada como la de las penas de prisión. Paul caminó hasta el control de la policía en medio de una pequeña multitud de viajeros felizmente condenados a ocho días, quince días en el caso de algunos reincidentes.

Ya había cometido suficientes errores en sus primeras etapas en Varsovia y Londres. En esta ocasión se había preparado minuciosamente. Bermudas de surfista, gorra de béisbol con el logo de Nike, raqueta de tenis en bandolera y sandalias en los pies: lucía la panoplia completa del turista tipo. No se había fabricado ninguna otra cobertura, pero aquélla parecía suficiente.

Champel le había pasado una copia del informe de los científicos portugueses. El documento analizaba las características de la reciente epidemia de cólera. En el preámbulo, se insistía en el riesgo que corría toda persona que fuera sorprendida mientras investigaba sobre el tema. Las autoridades políticas de Cabo Verde tenían una conciencia clara de la dependencia del turismo que tenía su economía. El cólera no es una buena publicidad. Y el gobierno del archipiélago estaba firmemente decidido a no dejar que nadie agitara en público un tema tan sensible. Los epidemiólogos portugueses habían vivido la experiencia. Al cabo de una semana de investigación, la policía fue a buscarlos. Después de un interrogatorio desagradable, les fue notificada su puesta en residencia bajo vigilancia, y después su expulsión. De ahí el carácter fragmentario de sus conclusiones. Sólo habían tenido tiempo de descubrir los indicios que hacían aquella epidemia sospechosa a sus ojos.

Los casos, como lo había explicado Champel, se repartían en tres focos diferentes, en dos islas. Su aparición simultánea, sin ningún contacto entre los focos, hacía muy poco probable la hipótesis de una contaminación natural. El vibrión incriminado era una cepa O1 simple, lo que no proporcionaba ningún indicio en cuanto a su procedencia. Uno de los científicos portugueses había tenido tiempo de investigar sobre los pasajeros que habían entrado en Cabo Verde antes de la eclosión de la enfermedad. Ninguno, ni siquiera en tránsito, había pasado recientemente por zonas endémicas.

Tal era el magro conjunto de datos de que disponía Paul para iniciar su propia investigación.

Se trasladó en barco a São Tiago y dejó su equipaje en la Pousada de Praia, en la que tenía reservada una habitación. Desde su ventana, podía ver un fragmento de océano entre dos hileras de casas blancas. Dio un pequeño paseo por la ciudad y se compró unas gafas de sol, porque había olvidado las suyas.

Portugal ha difundido por todo el mundo su civilización de porcelana. Encajes de hierro forjado en balcones y rejas, azulejos blancos y azules en las fachadas, arabescos en blanco y negro en los suelos, los portugueses hicieron inmensos esfuerzos para maquillar el cadáver de aquellos volcanes enfriados. Con amor, pintaron delicadas cenefas sobre la tela gris y rugosa de los suelos de lava. Pero los adornos no suprimen los tintes trágicos del paisaje, sobre todo si se indaga en la historia. Cabo Verde fue durante siglos una siniestra etapa en la ruta marítima de los esclavos. Para Paul, era un recordatorio del destino de sus antepasados negros, salvados en Luisiana por héroes anónimos de la gran cadena de la libertad que se llamó «ferrocarril subterráneo». Apenas se reconocían en él las huellas de aquellos lejanos orígenes, diluidas por numerosos mestizajes, salvo tal vez la cabellera espesa y el tono ligeramente oscuro de la tez. Pero sentía su emoción intacta, como si el archipiélago fuera un recuerdo privado de su familia.

Gracias al informe de los epidemiólogos, disponía de una descripción bastante precisa de la localización de los casos de cólera observados. El primer foco se situaba en la propia isla de São Tiago, en una zona residencial al borde del mar, al noroeste de Praia. Decidió ir a inspeccionar el lugar a la mañana siguiente.

Un taxi lo dejó en las proximidades de la zona en cuestión. Su intención era acercarse después como un simple paseante. Por desgracia, el área era muy diferente de como la había imaginado. La costa era escarpada en aquel lugar y la carretera pasaba a gran altura, casi al nivel de las cimas. Era estrecha y no tenía arcén ni acera. Las propiedades se sucedían sin interrupción, por el lado del litoral. Estaban rodeadas de muros de piedra interrumpidos, cada cien metros más o menos, por puertas metálicas que no dejaban ver el interior. Entrar en una de aquellas fincas no era imposible, pero exigiría una cuidadosa preparación. Paul no tenía tiempo para eso. Además, era poco probable que pudiera enterarse de nada cuando entrara en aquellos oasis lujosos. En una curva de la carretera Paul había podido ver la orilla, del lado de las propiedades. La cubría una vegetación cuidada, que llegaba hasta el mar. Las casas estaban dispersas, casi invisibles entre los árboles. Unas escaleras de piedra o de madera descendían hasta pequeñas calas privadas, en las que fondeaban algunas embarcaciones de recreo. Nada se parecía menos a la imagen que uno podía hacerse de una epidemia de cólera que aquel lujoso retiro para multimillonarios.

Paul había advertido además, en los informes de los epidemiólogos, que las poblaciones afectadas en aquel primer foco no eran los «amos», a excepción de un joven adolescente de higiene dudosa. Los casos, tratados y curados con facilidad, concernían todos al servicio doméstico, guardianes o simples empleados, que en su mayoría no debía de residir en las casas sino en anexos para el servicio.

La cuestión fundamental era saber cómo había podido producirse el contagio en un hábitat tan disperso y tan fragmentado: los muros que separaban las propiedades hacían poco probables los intercambios de una a otra. La principal hipótesis, para quien disponía, como Paul, de una cultura mínima a propósito del cólera, se refería al agua.

—¿Qué es lo que beben, en estas casas? —preguntó al chófer del taxi.

Era un negro voluminoso y jovial, con el cráneo rasurado, que conducía acostado sobre el volante. Esperaba desde hacía tiempo una ocasión para bromear con aquel pasajero, poco comunicativo a pesar de que, desde el primer momento, él había alardeado de hablar inglés.

—¿Lo que beben? ¿Esos ricos? Pues whisky, oporto, vino, caramba. ¿Por qué habían de privarse?

—Quiero decir, ¿qué agua beben? ¿Hay fuentes de agua dulce en la costa?

—¡Ninguna! —exclamó el chófer. Se había incorporado, y el brazo colgaba fuera de la portezuela. Estaba en su elemento: responder a las preguntas de un turista ingenuo, sobre el tema de su isla.

—¿No hay agua?

—Cuando yo era niño, lo crea o no lo crea, aquí no había nada. Nada de nada. Con mi hermano, veníamos a pescar cangrejos rojos por entre las rocas. Si nos olvidábamos de llevar una cantimplora, nos moríamos de sed. Así eran las cosas entonces.

—Pero esos árboles...

—Tienen mi edad, un poco menos. Todo eso nació después de que perforaran, allá arriba.

Señalaba el lado izquierdo de la carretera, el que no quedaba oculto por ningún muro. El suelo era seco, negro, sin más vegetación que algunas zarzas. Se distinguía, no lejos de la cima, la silueta redondeada de un gran depósito.

—Debe de haber una bonita vista, desde allá arriba —comentó Paul—. ¿Puede parar un rato mientras me acerco a estirar las piernas?

El conductor del taxi echó un vistazo al retrovisor. No había ningún automóvil detrás del suyo, ni se veía ninguno delante, en la carretera.

—Vaya. Liaré un cigarro mientras lo espero.

Sacó un paquete de tabaco muy arrugado, un cuadernillo de papel de fumar, y empezó a enrollar.

Paul subió entre piedras y arbustos hasta lo alto de la montaña. No era más que el primer contrafuerte de un terreno quebrado que ascendía hasta el pie del pico de São Antonio, visible en la lejanía. Del lado del mar, se veía con más claridad que desde la carretera el aspecto ajardinado de las propiedades. A pesar de la habilidad de los arquitectos paisajistas, era visible cierta regularidad en la plantación de especies arbóreas decorativas, que revelaba la intervención humana.

Estaba claro que el cólera no tenía ningún medio para filtrarse en aquel bastión del lujo, a menos que hubiera sido introducido voluntariamente. Era posible imaginar dos hipótesis para explicar la contaminación, y las dos resultaban visibles desde el punto en el que se encontraba Paul.

La primera era el contagio desde el pueblo de los criados. En efecto, del otro lado de la cima de la montaña, oculto a la vista de la carretera y de las villas, se extendía un pequeño grupo de viviendas. Tenía que tratarse de las casas de los sirvientes. Las familias de los numerosos miembros del personal encargado del mantenimiento de las villas debían de vivir en aquel anexo autóctono. Vista de lejos (Paul no tenía tiempo de bajar hasta allí), la aldea parecía muy pobre, con barracas techadas con chapa metálica y construidas de adobe. Sin embargo, esa primera hipótesis estaba en contradicción con una observación del informe. Los epidemiólogos habían señalado que todos los casos observados correspondían a personas que trabajaban en las propiedades, y casi ninguno de ellos vivía en la aldea. Se imponía, por tanto, la conclusión de que el contacto con el vibrión había tenido lugar en las residencias de lujo y no en la promiscuidad de la aldea.

Quedaba en pie la segunda hipótesis: la del depósito de agua. Era un edificio cilíndrico construido directamente sobre el suelo y cubierto por una cúpula de cemento muy plana. Mientras fingía fotografiar el mar, Paul tomó algunas instantáneas de la obra. Luego bajó.

El chófer le confirmó que el agua bombeada y almacenada en el depósito se destinaba exclusivamente a las propiedades costeras. La gente de la aldea iba a buscar el agua a una fuente situada a casi un kilómetro de allí.

Después volvió al hotel, no sin haberse dejado conducir a otros lugares admirables de la isla, en los que representó a conciencia su papel de turista.

El día siguiente, a primera hora de la mañana, tomó un barco que hacía la lanzadera con la isla de Agosto. Era un islote situado al sudeste del archipiélago, el más cercano a las costas de Senegal. Allí se encontraban los dos focos restantes consignados en el informe. Las tierras emergidas dibujaban el contorno de una antigua caldera que se hundía a pico en el mar.

Nada más poner el pie en el pequeño embarcadero, Paul comprendió que iba a tener difíciles las cosas en aquel lugar. Era imposible pasar inadvertido. Todo era minúsculo: el muelle, el puerto, el pueblo que lo rodeaba. Un aburrimiento espeso tenía paralizado a un grupo de hombres ociosos, en la terraza de un café. Tres mozos intentaron apoderarse del maletín de Paul, que se vio obligado a defenderse enérgicamente. Conductores de moto-taxis discutieron alborotadamente para arrastrarlo hasta su vehículo. Varios muchachos vestidos con lo que en otro tiempo debieron de ser trajes elegantes se ofrecieron como guías y le recomendaron hoteles.

Por suerte, también en esta ocasión Paul había mandado reservar plaza desde Providence. Al alzar la cabeza, vio frente a él, en la fachada de una de las casas del muelle, el rótulo que anunciaba «Hotel Tubarão». Era allí donde lo esperaba su habitación. Entró en el establecimiento y sus perseguidores se detuvieron en la puerta.

Autoproclamado en un anuncio «primer hotel de la isla», el Tubarão jugaba con el doble sentido de la frase. En efecto, probablemente había sido construido antes que los demás, porque sus gruesos muros, su patio rodeado de arcadas y sus suelos de piedra contaban con varios siglos de existencia. Sin embargo, resultaba difícil creer que fuera el más confortable, a juzgar por la colcha raída, el interruptor de la luz de baquelita en forma de oliva que colgaba sobre la mesilla de noche y el esmalte desconchado del lavabo. Pero, después de todo, era muy posible que los demás establecimientos fueran peores. Agosto es una isla bastante apartada del resto del archipiélago, y pocos turistas se aventuran hasta allí.

Paul comprendió de inmediato que la principal dificultad consistiría en la solicitud interesada que iba a rodearlo a lo largo de su estancia. Si se limitaba al papel de turista ordinario, corría el riesgo de no poder salirse de los itinerarios trillados. La menor demanda original por su parte podía despertar sospechas. El cólera era sin duda el mayor acontecimiento ocurrido en la isla desde hacía mucho tiempo. Aunque nadie hablaba del tema, seguramente todos pensaban en él, y lo relacionarían con el comportamiento y con las preguntas de cualquier extranjero excesivamente curioso. En consecuencia, Paul decidió tomar la delantera y ofrecer al señor João, el patrón del hotel, una versión de su presencia en la isla que pudiera justificar peregrinajes libres.

Una mentira es tanto más fácil de fabricar cuando pone en juego estereotipos. Es más natural para un ruso hacerse pasar por un príncipe desposeído o un mafioso que por un honrado director de empresa. Un francés no tendrá la menor dificultad en explicar los actos más rocambolescos invocando un romance adúltero. Lo apropiado para los estadounidenses es inventar historias que impliquen un desafío tecnológico, un gran ideal un poco ingenuo y mucho dinero.

—Pertenezco a una oficina de estudios que trabaja para la NASA —explicó Paul en un inglés sencillo, susceptible de ser entendido por no importa qué hotelero del mundo—. Su isla está situada exactamente en la vertical de la nueva zona elegida para el reingreso de las naves espaciales en la atmósfera. Lo que le cuento es, por el momento, bastante... confidencial.

En la mirada del hotelero se encendió esa luz tan particular que provoca en una retina ávida la nítida visión del dólar. De montones de dólares. El señor João dio un salto hasta la puerta de su despacho, la cerró y se apoyó en ella con fuerza.

—¿Y entonces?

—Entonces, la NASA proyecta construir aquí una base de observación. Yo he sido encargado de definir los lugares más apropiados para su implantación.

—¿En Cabo Verde? —preguntó el señor João.

—No, en Agosto precisamente.

João era un mestizo de piel clara. Había pasado diez años en Portugal y tres en Inglaterra antes de invertir sus ahorros en ese hotel. Afectaba las maneras de un europeo sudoroso en los trópicos y procuraba distinguirse de quienes no dudaba en calificar despectivamente de «negros». La noticia que le anunciaba Paul era la esperanza de toda una vida. Imaginó su hotel repleto de norteamericanos en misión, que harían afluir el dinero a mares. Sopesó las inmensas posibilidades que le ofrecía la posesión de aquel secreto como primicia. Compraría tierras por unas migajas de pan, las revendería a la NASA, construiría villas para los ingenieros. Sintió un verdadero vértigo. Paul lo vio apoyarse en su escritorio y secarse el sudor de la frente; preguntó:

—¿Se siente usted mal?

—Muy bien, muy bien. No se inquiete. ¿Ha hablado a alguien más de ese proyecto? ¿Están al corriente las autoridades?

—No. Es un problema. Si lo anunciamos demasiado pronto, ya sabe usted lo que pasará —se confió Paul—. Puede haber problemas políticos. La corrupción se desencadenará. Antes queremos poder definir libremente el lugar que nos interesa.

—¡Tiene usted toda la razón! —exclamó João—. No hable con nadie. Ha dado conmigo, por suerte. Yo le ayudaré de forma desinteresada. Pero no hay dos personas más en la isla capaces de reaccionar así.

Plenamente tranquilizado acerca del desinterés de João, Paul le dejó organizar sus desplazamientos para los días siguientes. El hotelero en persona lo llevaría a todas partes, presentándolo como un pariente lejano de visita en la isla. Al día siguiente por la mañana, en el gran todoterreno climatizado del hotelero, se pusieron en marcha por una mala pista hacia el primer pueblo en el que se habían descubierto casos de cólera el año anterior.

Era un pequeño conjunto de casas dispersas por un altiplano seco. El suelo de lava gris aparecía compartimentado por muretes de piedra y setos espinosos. Sólo por ese detalle era posible identificarlos como campos de cultivo. Las casas estaban construidas sobre armazón de madera, y los intersticios mal taponados con barro seco. Algunas habían sido pintadas, pero la pintura había desteñido. Eso quería decir que de vez en cuando había lluvias, pero sin duda eran breves y torrenciales. La presencia de João mantenía a una distancia respetuosa a los habitantes.

—¿Hay agua, aquí? —preguntó Paul.

João llamó al jefe del pueblo y le tradujo la pregunta con brusquedad.

—Dice que ellos excavaron un depósito un poco más arriba.

—¿Quiénes son «ellos»?

João repercutió la pregunta.

—Suecos o algo parecido. En mi opinión, fue un programa de desarrollo —dijo João.

—¿Hecho por una ONG?

—¿Una qué?

—Una asociación privada.

João se informó. El diálogo con el campesino duró mucho rato, y el hotelero se irritaba por su ignorancia.

—Dice que eran jóvenes. Pero creo recordar que el programa estaba financiado por el Banco Mundial.

—¿Cuánto tiempo hace que se construyó el depósito? —preguntó Paul.

—Cinco o seis años.

Fueron a verlo. Era una especie de estanque que, a la sazón, estaba casi vacío. Al fondo quedaban algunos centímetros de agua embarrada. Unas mujeres se afanaban llenando unos cubos.

—¿No tienen más agua potable que ésta?

—Sí —dijo João—. Hay un pozo, pero está lejos, a la entrada de otro pueblo. Cuando el depósito se vacía, se ven obligados a ir hasta allá.

Volvieron a subir al automóvil y Paul pidió visitar la otra vertiente de la caldera. Era allí donde estaba situado el segundo foco de la enfermedad.

El camino serpenteaba por un altiplano árido. Luego subió hasta un paso montañoso, entre dos picachos cubiertos de musgo, los dos puntos culminantes de la isla.

Pasado el puerto, la sorpresa era total. El relieve desnudo y árido daba paso sin transición a una lujuriante vegetación tropical. Todo era verde, denso, húmedo. Incluso el calor tenía una calidad distinta. Era húmedo, pegajoso, pleno de exhalaciones de la tierra y las palmeras.

Paul no quiso pedir que visitaran enseguida el pueblo afectado por la epidemia, por miedo de que João estableciese la relación. Pero sabía que en aquella parte de la isla había tan sólo tres aldeas. Si pedía verlas todas, necesariamente pasarían por la que le interesaba.

Lo cierto es que las tres aldeas eran bastante parecidas, y que la infestada, que visitaron en último lugar, no se distinguía de las otras. A diferencia de los pueblos de la vertiente árida, que se extendían libremente por el espacio vacío, el hábitat de la selva era concentrado. Las casas parecían querer apretujarse las unas contra las otras y formar un bloque defensivo contra los espíritus del bosque. La pobreza, a juzgar por el estado de las viviendas, no era menor que en la vertiente desértica. La miseria humana resaltaba todavía más en medio de la exuberancia vegetal.

—Por lo menos, aquí no hay problema de falta de agua —aventuró Paul.

—En esta vertiente hay manantiales por todas partes. La mayoría son de aguas calientes y gaseosas. Pero también hay muchas fuentes de aguas no potables, porque contienen sustancias volcánicas. La gente de aquí las conoce. Están acostumbrados —explicó João.

En medio del pueblo, un riachuelo que brotaba de un manantial situado a una altura algo superior serpenteaba a través de un rellano del terreno. Unos canales estrechos alimentaban varias cisternas de tierra, situadas al lado de las casas. De ellas se sacaba el agua para hombres y bestias. Evidentemente, no quedaba ninguna huella del paso del cólera. Por lo que Paul había leído, había habido nueve afectados por la enfermedad en el pueblo, y el único muerto de la epidemia. La víctima era descrita como un hombre anciano y pobre, que vivía apartado de los demás. A juzgar por el aspecto miserable de los aldeanos, podía imaginarse en qué condiciones debía de vivir un paria así. Era comprensible que hubieran surgido dudas sobre la responsabilidad del cólera en su fallecimiento. Quizás habría muerto de todas maneras.

En cualquier caso, no había gran cosa que descubrir allí. Paul llevó a cabo algunos gestos rituales para hacer verosímiles sus mentiras a los ojos de João. Tomó fotografías de los diferentes lugares, midió un claro del bosque con grandes zancadas, escudriñó el cielo como si pudiese seguir a simple vista la trayectoria de los satélites espaciales.

Eran las siete cuando llegaron al hotel. Paul tenía una cita telefónica con Providence. Kerry no estaba accesible, y todas las personas con las que intentó hablar se mostraron evasivas y atareadas. Visiblemente, la investigación funcionaba a toda marcha. En comparación, se sintió un poco al margen del tema en su exilio turístico. Declinó la invitación de João para cenar juntos, pidió que le subieran a la habitación un repugnante sándwich de paté, y se instaló en el balcón para reflexionar.

Le parecía meridianamente claro, después de observar el terreno, que el cólera no había podido penetrar simultáneamente en las tres zonas sin que hubiera una intervención de alguien para introducirlo. Imposible imaginar lugares más aislados, menos relacionados con el resto del mundo. Eran tres focos distintos, tres microcosmos a los que la enfermedad no había podido llegar —de manera rigurosamente simultánea—, sino por una decisión humana.

Pero ¿con qué fin? ¿Quién tendría el más mínimo interés en hacer enfermar a aquel puñado de personas? En la zona residencial podía pensarse, como una posibilidad extrema, en una venganza. Pero ¿en la isla de Agosto? No había un lugar más inofensivo, más abandonado por los dioses, más insignificante.

Había caído la noche sobre el puerto. A falta de motores que llenaran el aire con su trepidación, el espacio estaba ocupado por las voces de los paseantes, por apagados acordes de guitarra que surgían de un café próximo, y, en torno a la ciudad, por los ladridos de innumerables perros que se respondían los unos a los otros a través de los campos. Paul se tendió en la cama, entre una cacofonía de muelles que rechinaban. Una gran mancha amarillenta, en el techo, daba testimonio de una pasada inundación. Dibujaba una especie de isla con sus calas, sus promontorios e incluso, dada la variación de matices de color, con sus relieves. De pronto, Paul se incorporó. Acababa de recordar una frase del profesor Champel: «Las islas pequeñas son auténticos laboratorios.»

Auténticos laboratorios para observar a pequeña escala las epidemias, su difusión, su evolución en el tiempo, su efecto sobre las poblaciones.

Si se miraba la introducción del cólera en Cabo Verde como una acción terrorista, era incomprensible y ridícula. Pero si se la consideraba como un experimento, tenía pleno sentido. Los tres focos correspondían a tres modos diferentes de difusión del vibrión. En la zona residencial de São Tiago, la contaminación se había producido sin la menor duda en un depósito de agua cerrado. En Agosto, el agente infeccioso había sido dispersado en un depósito a cielo abierto (en una zona seca) y en un curso de agua procedente de una fuente caliente (en zona tropical). La variedad de situaciones y de medios había permitido sin duda a los autores de la contaminación recoger informaciones relativas a los diferentes efectos del vibrión según el contexto.

Pero, ¿quién podía llevar a cabo un experimento así, y con qué objetivo?

El asunto era muy anterior al robo de Wroclaw, y no podía ser consecuencia de aquél. Era preciso, por consiguiente, que el grupo responsable de la operación estuviera ya en posesión del vibrión. Pero entonces, ¿por qué haber ido a buscar más, y por qué en Polonia? Todo resultaba a la vez sospechoso e insuficiente. Era posible imaginar relaciones y correspondencias, pero nada encajaba.

Paul pensó en su exposición en Providence. Se preguntó si podría eventualmente descubrir el rastro de estadounidenses en la isla de Agosto en el momento de la epidemia. Si era ése el caso, tal vez resultaría posible localizar entre ellos a miembros del grupo radical sospechoso. Se prometió preguntar a João al día siguiente si era posible consultar los registros de su hotel, y tal vez también los de los demás hoteles, inventándose alguna historia para no despertar sus sospechas.

Después de sus viajes y de la jornada pasada en el todoterreno, Paul sintió que la calma de aquel lugar estaba quebrando sus últimas resistencias. Se durmió a su pesar en el hueco de aquel colchón blando, sin ánimos para desvestirse.

Al día siguiente, João no apareció hasta media tarde. Había tomado el barco por la mañana para una visita relámpago a São Tiago. Paul lo encontró menos amable que la víspera, más desconfiado. La impresión se confirmó cuando el hotelero se lo llevó aparte para invitarlo a beber una cerveza en el patio.

—Ya sé que me pidió que guardara el secreto de su trabajo —empezó João sin apartar los ojos de Paul, como si espiara sus reacciones—, pero tengo en Praia un hermano de leche con el que no tenemos ningún secreto el uno para el otro. Él soy yo, ya me comprende. Tengo en él una confianza ciega. No dirá nada.

—¿Qué le ha contado exactamente?

—Lo que usted mismo me explicó. Sus proyectos, su oficina de estudios.

Al hablar, João seguía con la misma mirada furtiva que había alertado a Paul desde el regreso del hotelero.

—No me gusta demasiado, pero si usted dice que su hermano de leche es discreto... ¿A qué se dedica, exactamente?

—¿Fernando? Es policía.

Ya estamos, pensó Paul. Como hombre discreto, João había sabido guardar con su propio entusiasmo la distancia suficiente para buscar ciertas garantías. La alianza con el llamado Fernando, fuera o no hermano de leche, era hábil. Si el asunto resultaba ser auténtico, un hombre de la capital, bien introducido en la administración, podía serle útil. Y si Paul era un mentiroso, Fernando sería la persona mejor situada para reunir las pruebas de su impostura.

La única conclusión importante para Paul por el momento era que el hotelero había entrado en sospechas. El asunto del cólera quedaba bastante lejano, pero dado el ritmo lento de la vida en la isla, tenía que haber dejado huellas. La consigna oficial fue en su época la denuncia inmediata de todos los que se acercaran a husmear alrededor de las zonas infestadas. Paul no quería sufrir la suerte de los epidemiólogos portugueses, que habían sido tenidos en arresto domiciliario bajo vigilancia durante quince días antes de ser expulsados.

—Fernando vendrá aquí pasado mañana —dijo João—. Podrá discutir directamente con él.

Por su tono, se comprendía que el policía debía de ser un tipo difícil. Paul sabía que su mentira inventada a toda prisa no resistiría la prueba, ni siquiera con la ayuda de Providence, de un interrogatorio mínimamente riguroso. Era preferible irse al día siguiente, si no quería verse bloqueado en ese lugar y quedar desplazado sin remedio de la investigación.

Paul declaró al hotelero que tenía que ir a Praia a buscar algunos artículos que necesitaba y a pasar por el banco a efectuar unas operaciones; no había ninguna oficina bancaria en Agosto. Compró en el puerto un pasaje de ida y vuelta, con salida en el barco de la mañana siguiente. Para no despertar sospechas, dejó sus pertenencias esparcidas por la habitación y sólo se llevó una bolsa con su ordenador y sus papeles. Una llamada a Providence le había permitido reservar la última plaza libre en el vuelo que salía al atardecer del día siguiente. Tan pronto como estuvo en Praia, hizo transbordo al barco lanzadera a Sal, y tomó el avión como había previsto. Era un vuelo a Chicago. Esperaba que hiciera ya bastante calor. Todo lo que llevaba puesto eran unas bermudas y una camisa hawaiana.

7

Providence, Rhode Island

Paul no se sorprendió. Era exactamente lo que esperaba encontrar a su regreso a Providence. La agencia, por así decirlo, ya no existía. Se había convertido ni más ni menos que en la secretaría de Kerry.

Empezó en la verja de la entrada. El guardián, con su corte de pelo a lo cadete de West Point, se había inclinado junto a la portezuela de Paul y le había dicho, entre dos carraspeos de su VHF:

—Ah, viene usted a ver a Kerry.

Luego, en la planta baja, las azafatas de recepción le habían guiñado el ojo.

—Ella está en la tercera planta.

En el ascensor, Paul se había apartado a un lado para dejar entrar a dos muchachas, una de las cuales llevaba un rimero de papeles.

—Tengo que darme prisa —dijo a la otra la que iba más cargada—, es urgente. Kerry está esperando estos documentos.

En el tercero, Paul no tardó en comprender que toda la planta había sido colonizada por Kerry. Oficialmente, ocupaba un pequeño despacho en un rincón. Barney la había puesto ahí sin desconfiar, casi excusándose. No sabía que estaba introduciendo un virus en un cuerpo desprovisto de defensas.

Ella había empezado por anexionarse la sala de conferencias vecina a su despacho. Mantenía allí reunión tras reunión desde las siete de la mañana hasta la medianoche. Luego, sugirió algunas permutas de puestos con el fin de tener cerca de ella a los colaboradores indispensables. Tycen se había convertido en su *chevalier servant*, paje o lacayo, no se sabía muy bien. En cualquier caso, sus funciones se correspondían más con la domesticidad medieval que con el perfil habitual de un agente de enlace. Kerry se había hecho asimismo con los servicios incondicionales de Tara, que Paul no habría creído nunca tan fácil de seducir, y de un pequeño batallón de documentalistas. Éstos le habían sido cedidos galantemente por Alexander, que sin duda pensaba conseguir la paz por ese medio. También se habían instalado en los alrededores Kevin, el informático, y dos *cowboys* vestidos en el mismo estilo que Clint, especialistas en transmisiones.

Cuando Paul consiguió por fin ver a Kerry, estaba inclinada sobre un listado informático, rodeada por cuatro chicos y chicas jóvenes pendientes de sus palabras, volcados, apasionados. Era evidente que había conseguido hacerles olvidar cualquier otra preocupación. La persecución de los Nuevos Depredadores se había convertido para ellos en el gran tema de su vida. Y lo peor, pensó Paul, es que habría sido capaz de movilizarlos de la misma manera por cualquier otra cosa.

Cuando Kerry se dio cuenta de la presencia de Paul, le dirigió una mirada divertida, la que utilizaba para contar los puntos. Sobre todo los puntos a favor de ella.

—De acuerdo —dijo a su pequeña corte—. Reunión general dentro de diez minutos. Haremos a Paul un resumen de lo que hemos encontrado. Proponed a Alexander que venga también, si no tiene nada mejor que hacer.

La coletilla provocó una salva de risas. Al parecer, para aquellos chavales fascinados era difícil imaginar la posibilidad de algo «mejor que hacer» que estar al lado de Kerry en su investigación.

A la espera de la reunión, Paul siguió a Kerry a su despacho «oficial», un habitáculo minúsculo en el que ella ya no entraba más que para maquillarse.

—No parece que lo estés pasando demasiado mal —empezó Paul con una media sonrisa.

Kerry no tenía intención de seguirle en ese terreno. Paul había visto lo que era necesario que viera, y ella no quería darle ocasión de expresar sus sarcasmos.

—Estoy contenta sobre todo de que todo se haya arreglado bien para los chicos. Rob los ha llevado a casa de su hermano Burt. Ya sabes que es de origen canadiense. Burt es dueño de un rancho junto al lago Ontario. Mis hijos juegan con los suyos, salen a navegar y van a ordeñar a las vacas.

A medida que se afianzaba en Providence, Kerry había relajado su indumentaria. La trenza había sido sustituida por un gran moño que rehacía continuamente y en el que plantaba un fieltro verde. Llevaba una camiseta ancha que dibujaba apenas el relieve de sus senos, lo bastante en todo caso para enloquecer a los chicos que rondaban alrededor de ella.

—Y tú, ¿qué tal esas vacaciones en el trópico?

—Magníficas. *Sea, sex and sun.*

—¡Guau!, ¿*sex?*

—Había una pareja de recién casados en la habitación de al lado y no pararon de aullar en toda la noche —bromeó Paul.

—OK. Ya nos contarás eso. ¿Vamos?

Se encaminaron a la sala de reuniones. La gran mesa estaba abarrotada de *dossiers*. Tycen se precipitó para dejar libre el sillón de Kerry y la ayudó a tomar asiento.

—Wilburn, puedes empezar —dijo ella. Luego se volvió a Paul y añadió en voz baja—: Wilburn es un feligrés de Alexander. Muy dotado. Muy prometedor. Antes de llegar a lo que hemos conseguido saber sobre los Nuevos Depredadores, nos hará un pequeño resumen sobre la situación de los movimientos ecologistas radicales en América.

El llamado Wilburn pertenecía a la generación del Power Point. Con mucha naturalidad, encendió el proyector y deslizó la primera transparencia. Sobre un fondo azul, incluía una sola palabra: introducción. Paul se dijo que decididamente el progreso era una gran cosa.

—Para situar el grupo de los Nuevos Depredadores, hay que decir primero algunas palabras sobre la historia del movimiento ecologista en Estados Unidos.

Wilburn tenía una voz más grave de lo que su físico esmirriado dejaba suponer. Los matices ásperos de su entonación sugerían un probable origen australiano. Continuó:

—Cada país ha creado una ecología que le es propia y que, en ciertos aspectos, se le parece. En Inglaterra, todo ha cristalizado en torno al amor por los animales y en contra de la caza con acoso. En Canadá, el interés se ha centrado en el mar: los ensayos nucleares submarinos, la protección de las ballenas. Francia, y eso no asombrará a nadie, entró en la ecología siguiendo a una mujer bonita. Fue Brigitte Bardot quien los convirtió.

Hubo risitas nerviosas en la sala, y Kerry dio muestras de apreciar la alusión. Paul comprendió que, para mantener viva la llama de sus admiradores, sin duda debía de incentivar esas bromas vagamente picantes.

—En Estados Unidos, la cuestión central es la de los grandes espacios, la vida salvaje, los paisajes del Oeste. La asociación One Earth, a partir de la cual se constituyó el grupo disidente de los Nuevos Depredadores, desempeñó un papel pionero en la estructuración de esa ecología específicamente norteamericana. One Earth fue creada en 1980 por Elmet Sloan, un antiguo leñador que combatió en Vietnam y militó después en el ala derecha del Partido Republicano.

—Yo creía que ese tipo de organizaciones ecologistas estaban compuestas más bien por gente de izquierda —intervino Paul.

—No todas —aclaró Wilburn—. Hay diferentes tendencias. One Earth fue creada en Seattle, cerca de Canadá y de la Columbia Británica, donde nació Greenworld. Pero las dos organizaciones representan en ciertos aspectos papeles contrapuestos. Greenworld y el movimiento que arrastra se consagran al mar, a la defensa de las ballenas, de las focas. Son también la extrema izquierda. One Earth es más bien la montaña, el bosque, los ríos. Es la Norteamérica conservadora de los tramperos y de la vida en los bosques. Pero en definitiva los extremos se juntan.

—¿En qué aspecto? —preguntó Paul.

—Los unos y los otros piensan que las organizaciones conservacionistas clásicas forman más o menos parte de la administración. La protección de la naturaleza, según ellos, no tendría que ser un asunto de notables. La naturaleza reducida a reservas como los indios, las fiestas benéficas para salvar a los osos, las excursiones educativas para componer herbarios, todo eso les parece ridículo a más no poder. Quieren recuperar el espíritu de los Padres Fundadores, la revuelta sagrada de un John Muir o un H. D. Thoreau. Por otra parte, su Biblia es un libro escrito por una especie de profeta del desierto llamado Edward Abbey.

—¿Qué libro?

—Una novela que se titula *The Monkey Wrench Gang*. Es la historia de un grupo de pirados que echan arena en los depósitos de los Caterpillars para impedir que construyan carreteras, y que queman los letreros publicitarios colocados al borde de las carreteras.

—¿Eso han hecho? —se sorprendió Paul.

—Exactamente. Al principio, los militantes de One Earth se dedicaron, por así decirlo, a copiar el libro. Sabotearon las máquinas de las constructoras; desplegaron en la pared de una presa una banda de tela que representaba una grieta gigantesca. Escenas sacadas directamente de la novela. Luego, empezaron a innovar. Por ejemplo, clavando clavos en los troncos de grandes árboles para romper las cadenas de las sierras mecánicas e impedir así que los derribaran. Otros fueron a esconderse en el lecho de los ríos para impedir que se construyeran presas.

—¿Y esos métodos funcionaron?

—Nada mal —dijo Wilburn—. Hubo algunas batallas espectaculares, pero la publicidad los benefició. Consiguieron bloquear un enorme proyecto para construir una presa en el Colorado. Ahora, One Earth es una organización que ha crecido mucho. Tienen fama de rebeldes, pero en una medida razonable. Reciben mucho dinero a través de donaciones. Los millonarios les hacen legados muy importantes, y muchas fundaciones de empresa les financian para dotarse de una imagen cívica, como suele decirse. En Seattle, poseen hoy todo un rascacielos y cuentan con una multitud de personal asalariado. Por desgracia para ellos, en esos medios el éxito comporta problemas. Ahora son ellos mismos los acusados de venderse a la administración. Otros militantes critican el aburguesamiento del movimiento y reclaman una nueva vuelta a las fuentes.

—¿Crees que es eso lo que ha sucedido con los Nuevos Depredadores? —inquirió Paul.

—Exactamente. Pero ante todo es necesario relativizar nuestras informaciones. Una organización como One Earth es bastante opaca. El gran público no puede penetrar más allá de la superficie. Cuando te afilias, a lo más que llegas es a recibir la prensa interna y convocatorias para participar en manifestaciones. Desde el punto de vista informático, están también bastante protegidos, ¿no es así, Kevin?

—Sí —confirmó éste con una voz aún en el cambio de la adolescencia, que chirriaba en cada palabra—. Han puesto buenos cerrojos en sus graneros. Consigues entrar, claro. Sí, lo consigues. Pero no encuentras gran cosa. No gran cosa, verdaderamente, diría yo. Es como si no guardaran nada importante en sus ficheros. Como si no confiaran en la informática, vamos.

Kerry hizo con la cabeza una seña aprobadora en dirección a Kevin para saludar aquel bello esfuerzo expresivo. Tara tomó caritativamente el relevo:

—Sólo a partir de datos muy fragmentarios es posible reconstruir los debates internos en One Earth y el nacimiento de Nuevos Depredadores.

—Como en los buenos viejos tiempos de la kremlinología —comentó Alexander, que se había sentado junto a la puerta y escuchaba con aire distraído.

—Resúmenos la cuestión —pidió Kerry, devolviendo la pelota a Wilburn.

—Todo empieza hace aproximadamente cuatro años. Los primeros signos de tensiones internas son perceptibles en artículos publicados por el periódico interno de One Earth, una publicación destinada a los afiliados, de un carácter muy convencional.

»Al principio, da la sensación de que los dirigentes no vean venir el golpe: dejan expresarse a las voces discordantes. Muy pronto, sin embargo, comprenden el peligro y deciden recuperar el control de la organización. A partir de ese momento, ya no aparece nada en la prensa interna. Sólo en editoriales que emanan de la dirección del movimiento se alude a contradicciones y objeciones que son combatidas como auténticas herejías.

—Pero ¿en qué consistía exactamente el debate? —preguntó Paul.

—En el lugar del ser humano dentro de la naturaleza —dijo Wilburn.

Alexander, ocupado en eliminar un minúsculo pellejo de una de sus uñas, exhaló un ruidoso suspiro. Kerry hizo una señal a Wilburn para que no se dejara desestabilizar y dijo:

—Dinos más...

—Siempre ha habido dos corrientes en la ecología norteamericana. Una, que podríamos llamar humanista, considera que es necesario proteger la naturaleza para lograr la felicidad del hombre. Es una perspectiva moral en la que lo esencial sigue siendo el ser humano y su futuro.

—Es la versión moderada, «razonable» si se quiere, de la ecología —precisó Kerry, cuidadosa de dejar patente que consideraba esencial ese debate.

—La otra corriente —continuó Wilburn—, por el contrario, es antihumanista. Siempre ha existido, y periódicamente vuelve al primer plano. Para los defensores de esa concepción, los seres humanos no son más que una especie entre otras, que se ha apropiado de forma indebida de todos los poderes y todos los derechos. Hay que devolverles a su lugar. Defender la naturaleza supone dar derechos a todas las especies e incluso a los vegetales, las rocas, los ríos. La naturaleza es un todo en sí misma y para sí misma. Puede vivir sin el hombre, mientras que lo contrario no es cierto.

—¿Y entonces?

—Entonces, las consecuencias son enormes. Para los antihumanistas, la ecología debe hacerse contra los hombres. Se encuentra esta tendencia desde los inicios del siglo XIX. John Muir, el fundador del Sierra Club, el inventor de la ecología moderna, escribió por ejemplo: «Si hubiera de surgir una guerra de razas entre los animales salvajes y su majestad el Hombre, yo me sentiría tentado a simpatizar con los osos.» Y John Howard Moore insiste: «El Hombre es la más depravada, borracha, egoísta, la más hipócrita, miserable, sedienta de sangre de todas las criaturas.»

—Dice «el Hombre» —bromeó Kerry—. Yo no me siento aludida.

—Toda la cuestión reside en este punto: ¿hasta dónde hay que llegar en la lucha contra el hombre? One Earth, en este punto, ocupa una posición frágil. La asociación fue creada a partir de bases violentas: decidió, en nombre de los árboles, los ríos y los paisajes, atacar las realizaciones humanas a través de sabotajes, etc. Entre quienes se adhirieron a ella, era inevitable que algún día algunos desearan ir más lejos y atacar, ya no la actividad humana, sino a la especie humana.

—¿Fue ésa la propuesta de los disidentes, hace cuatro años? —quiso saber Paul.

—Exactamente. Después de las grandes peleas con los leñadores, algunos empezaron a decir: «Hay que acabar el trabajo. Los asesinos de la naturaleza no merecen ninguna compasión. No basta con echar arena en el depósito de sus máquinas. Hay que suprimir a quienes las conducen.» —Wilburn hablaba con precisión.

—Más claro, agua.

—One Earth no ha sido la única organización en conocer ese tipo de tensiones. Entre los izquierdistas defensores de las ballenas, se ha producido la misma evolución. Hubo militantes que juzgaron a Greenworld demasiado moderada. Algunos de ellos compraron un barco, reforzaron la proa con cemento y abordaron a un ballenero portugués con intención de hundirlo.

—¿En serio? —Paul parecía sorprendido.

—Absolutamente auténtico. Cuando vieron eso, los dirigentes de One Earth se atemorizaron, evidentemente, y marcaron una línea roja: la vida humana es intocable.

—¿Funcionó?

—Durante algún tiempo —respondió Tara—. En seis meses no aparece ningún rastro de contestación interna. Pero los violentos no habían desistido. Sin duda no estaban muy organizados, y la contraofensiva de la dirección les cogió por sorpresa. Después, empezaron a estructurarse y acabaron por reaparecer.

—¿Cuándo?

—Hace dos años y medio, aproximadamente. En ese momento el debate antihumanista volvió con fuerza al seno de One Earth, o mejor dicho a los foros de Internet.

—Los Nuevos Depredadores.

—En efecto —dijo Tara—. Habían tenido tiempo de afianzar su ideología y regresaban con las ideas más claras. Seguían preconizando la violencia, e incluso el asesinato, pero no el de cualquiera. Se oponían a las formas clásicas del terrorismo.

»Atacar a individuos no tiene sentido, para ellos. Les parece algo tan ridículo como las acciones en defensa de los animales, cuando consisten en liberar a tal perro o tal gato. A sus ojos, la cuestión es distinta. Lo que quieren no es proteger o condenar a individuos, sea cual sea la especie a la que pertenecen. Son los equilibrios lo que importa preservar. En la naturaleza, el individuo no cuenta. Entre los seres vivos y su entorno, entre animales y vegetales, lo esencial son los equilibrios. En el mundo vivo, el sistema de los depredadores es lo que garantiza esos equilibrios. Cada especie está limitada en su expansión por sus enemigos naturales. Y éstos están limitados a su vez por otros depredadores. El pecado supremo de la especie humana es ése: ha eliminado a sus depredadores. Ha otorgado a cada individuo el derecho a la vida, cuando ese privilegio no debería serle concedido sino en función del equilibrio natural. El resultado es que la especie prolifera y lo destruye todo.

—Todo eso es muy complicado —susurró Alexander, mientras se secaba la frente—. ¿No podrías resumir un poco?

Kerry lo fulminó con la mirada y tomó la palabra con autoridad. Dijo:

—Es complicado porque no utilizamos sus palabras. En sus textos, sobre todo al principio, hay toda una poesía que concreta esas ideas y las hace accesibles a todos, aun manteniendo cierta ambigüedad. Por ejemplo, dicen que hay que devolver a la tierra su respiración. La especie humana inunda los continentes como un diluvio. Recubre todas las demás formas de vida. Es necesario rechazar las olas, construir diques contra los humanos, bombear esa marea excesiva...

Paul se admiró de cómo en menos de una semana, llegada en medio del escepticismo general, Kerry había conseguido de facto tomar las riendas de la agencia. Cada una de las personas presentes, y a través de ellas todos los centros neurálgicos de Providence, estaban profundamente convencidas de que la cosa más importante del mundo era desentrañar las querellas teológicas entre facciones rivales en el seno de la asociación One Earth.

Incluso Alexander parecía, si no conquistado, por lo menos interesado y lanzó una pregunta:

—Pero ¿cuál es su programa?

—Sí —insistió Martha—, ¿qué es lo que quieren hacer, exactamente?

—En mi opinión, nada por sí mismos. Creo que sobre todo no hay que tomarles al pie de la letra, como hicieron los ingleses. —Al decirlo, Kerry dirigió a Paul una mirada de reojo llena de malicia.

—Pero en fin —se impacientó Alexander—, impedir la inundación de la tierra por parte de la especie humana, si todavía entiendo el inglés, quiere decir matar.

—No necesariamente —objetó Kerry—. Hace tiempo que en la ecología resuenan declaraciones de ese tipo. He encontrado una en el gran filósofo Ehrenfeld, que no tiene nada de criminal y cuyos escritos figuran en los programas de las mejores universidades. Cito: «El humanismo debe ser protegido contra sus propios excesos.»

—Lo siento —se obstinó Alexander—. Mis estudios no deben de ser suficientes. No entiendo lo que quiere decir esa frase.

—Si quiere ejemplos, encontrará varios en los textos de los Nuevos Depredadores. Son ideas sorprendentes, pero hay que recordar que no tienen nada de originales. Por ejemplo, se felicitan de la elevada mortalidad infantil de los países pobres. Según ellos, eso reduce la presión demográfica. Ya se han oído declaraciones parecidas en boca de un dirigente de los Verdes europeos. Del mismo modo, son contrarios a los programas humanitarios de urgencia, porque disminuyen la mortalidad en zonas en las que la natalidad es aún muy elevada. En consecuencia, según ellos los programas agravan aún más el desequilibrio que sufren esas regiones. Fieles a la tradición malthusiana, rinden homenaje a los grandes azotes que reequilibran las poblaciones cuando su crecimiento rebasa la cantidad de recursos disponibles. Así, señalan el carácter positivo de las guerras civiles, las hambrunas y las grandes epidemias. La pandemia de sida, que estaba entonces en su apogeo, es citada por ellos como una contribución útil a la depredación de la especie humana.

—Es absolutamente repugnante —comentó Alexander.

—Sí. Y por su carácter excesivo, esas ideas se desacreditan por sí solas —afirmó Kerry—. Los movimientos ecologistas han padecido ese género de exageraciones desde su fundación. En los textos de los Nuevos Depredadores, es perceptible la vieja corriente anti-humanitaria, antinatalista, hostil al progreso, en particular de la medicina, todo ello en nombre del supuesto interés de la naturaleza. Hay que decir, en honor de las grandes organizaciones ecologistas, que siempre han sabido resistirse a estas tendencias. Es lo que ha hecho One Earth. Con éxito, al parecer.

Después de aquel largo discurso, se hizo el silencio. Paul dejó el tiempo suficiente para que pesara en la sala, antes de romperlo planteando una pregunta.

—¿Y el cólera? —preguntó.

—En efecto —concedió Kerry—, los Nuevos Depredadores citan el cólera con frecuencia. Pero en ninguno de sus textos van más allá de una descripción vaga y genérica. En el estado actual de nuestras informaciones, no es posible saber si se trata de un simple ejemplo o si el cólera ocupa un lugar más importante en su pensamiento.

Por su tono, era claro que, para ella, el cólera era tal vez el pretexto para esta investigación; pero que no por ello tenía que ser el punto esencial. Paul tuvo la sensación de que había también un prurito de rivalidad. Reducir la importancia del cólera era, para Kerry, una manera de afirmar que lo principal era otra cosa, y que ella se había encargado de ello. Paul no quiso lanzarse a un duelo en ese momento. Se esforzó por contar lo que tenía que decir de la manera menos polémica y más honesta.

—Si eso puede contribuir al debate —precisó—, he tenido la confirmación en Cabo Verde de que la epidemia se produjo a causa de una contaminación voluntaria.

—Es un dato muy importante —se entusiasmó Martha.

—Desde luego —confirmó Paul—. Pero quiero ser totalmente objetivo: por el momento soy incapaz de extraer conclusiones claras de lo que he comprobado. La historia de Cabo Verde, si queréis mi opinión, es muy extraña. Por un lado, desde luego, confirma que está ocurriendo algo relacionado con el cólera y que hay personas que pueden querer servirse de ese medio para provocar una epidemia. Pero, por otro lado, los resultados son absolutamente ínfimos: algunos infelices enfermaron y el único muerto era un viejo que de todas formas no habría sobrevivido una semana más. Si alguien ha tenido la intención de utilizar el cólera con fines terroristas, esa experiencia a tamaño natural no ha podido parecerle muy positiva. Cuesta trabajo creer que seis meses después de semejante fracaso el mismo grupo se haya tomado el trabajo de ir a Polonia a buscar cepas del mismo vibrión.

Un silencio perplejo cayó sobre la asamblea.

—Además —dijo Kerry—, examinando desde un punto de vista estricto todos esos hechos, no hay nada que nos permita relacionarlos con la actividad de los Nuevos Depredadores.

—No —concedió Paul—. No he encontrado pistas sobre los autores de la contaminación. Diré en mi descargo que no me han dado tiempo y me he visto obligado a regresar... precipitadamente.

—Para resumir —intervino Alexander retrepándose en su silla—, le hemos dado la vuelta al problema. La pista del cólera no da nada. En cuanto a ese grupo de aprendices de exterminadores, no han escrito todos esos horrores más que para poner en dificultades a los burgueses de One Earth. Los cuales, como es costumbre entre burgueses, se las han arreglado para dar la patada a todo el mundo. Conclusión: dejemos las cosas así y vayamos a almorzar.

—No —objetó Kerry—. No hay que dejar las cosas así. Con o sin cólera, tenemos como misión investigar acerca de un grupo peligroso. En el punto en que nos encontramos, podemos en efecto asegurar que abandonaron One Earth. Pero no sabemos nada de lo que han hecho después. Nada nos dice que no hayan decidido actuar por sí mismos. Tenemos que continuar las investigaciones.

Paul comprendió todo el alcance de la maniobra. Kerry había relativizado la importancia del cólera, y al hacerlo lo había marginado a él, Paul, en tanto que principal defensor de esa pista. Al mismo tiempo, insistía en la necesidad de continuar la investigación y de ese modo, a la cabeza de toda la maquinaria Providence, asumir el papel principal. Ella le dirigió una mirada llena de malicia.

—¿Cómo podemos continuar las investigaciones —preguntó Tara—, si el grupo en cuestión ha desaparecido, y si habéis analizado ya todos sus documentos, dado que es imposible entrar en One Earth?

—El grupo ha desaparecido, pero conocemos la identidad de uno de sus miembros, y no de los menos importantes. Es posible intentar saber lo que ha sido de él. ¿Resumes, Martha? —dijo Kerry.

—Seré breve. En efecto, en todos los textos emitidos por el grupo que nos interesa, únicamente se hace mención de un nombre. Figura también en las diatribas de la dirección de One Earth, cuando rechaza los ataques del grupo e intenta desacreditarlo. Se trata de un tal Ted Harrow, que parece ser el jefe de esos Nuevos Depredadores.

—¿Existe?

—Harrow existe. Pero su rastro se pierde desde hace dos años.

—¿Qué tenemos sobre él, Martha?

—Nacido en 1969 en Connecticut. Un *dossier* militar: fue objetor y probablemente huyó a Canadá. Algunas condenas a su vuelta por peleas. Hace cuatro años, agresión a un conductor de una máquina que desbrozaba una zona forestal en Wisconsin. Declaró formar parte de

One Earth, en aquel momento, pero la asociación no lo respaldó. La acción había sido muy violenta, y al parecer los dirigentes no quisieron endosar las posibles responsabilidades. Ocurrió en plena polémica con los disidentes radicales.

—¿Tenéis una dirección de Harrow? —indagó Kerry.

—Tres. Desaparecido en las tres. Ni mujer ni hijos, ningún amigo, ninguna cuenta en un banco, ni contrato de seguros, ni empleador.

Todo el mundo reflexionaba sin decir nada.

—La primera tarea será intentar localizar a Harrow —dijo Kerry—, puesto que es el único que hemos conseguido identificar. Hasta el momento nos hemos contentado con telefonear aquí y allá. Pero hay que seguirle la pista con urgencia. No creo que consiga escapar durante mucho tiempo a nuestro astuto doctor Paul.

¡Vaya un trabajo! Paul se rascó la cabeza mientras todo el mundo le dirigía sonrisas. «Dos a cero», pensó. Kerry lo empujaba con elegancia a una vía muerta.

—¿Y tú? —le preguntó.

—Yo tengo la sensación de que hay muchas cosas que sólo la gente de One Earth conoce. ¿Quiénes eran los restantes miembros de los Nuevos Depredadores? ¿Por qué y cómo desapareció el grupo? Y sobre todo, ¿tienen la intención y los medios de actuar por sí mismos, al margen de la asociación? Para saberlo, es necesario entrar en One Earth, en el núcleo del reactor...

A partir de ese momento, Paul anticipó con exactitud todo el resto. Cuando Kerry anunció con aire modesto que había conseguido ser contratada como cooperante de buena voluntad en la sede de One Earth a partir de la semana siguiente, ni siquiera necesitó escuchar. Observó el asombro admirativo de Alexander, la calurosa alegría de Tara, el pasmo de Tycen ante aquella nueva hazaña de su Dama. Y se dijo que tenía de nuevo todas las razones para odiarla. Y por tanto, también para amarla.

8

Colorado, Estados Unidos

Juliette conducía desde hacía cuatro horas. Había salido de Denver en dirección oeste. Una serie de autopistas se abría paso a través de suburbios informes. De pronto, se vio libre de aquellas huellas humanas y encontró una naturaleza de una potencia inesperada. La ruta, casi en línea recta hasta Boulder, estaba flanqueada por grandes cantiles rojos y dominada a lo lejos por verdaderas montañas, aún coronadas de nieve. Pequeñas nubes de un blanco muy puro permanecían suspendidas completamente inmóviles en el cielo, como si alguien las hubiera colocado en un zócalo liso.

Desde su llegada a Estados Unidos, Juliette sentía que un poder invisible velaba sobre ella. Tenía la impresión de participar en un misterioso juego de rol que desplegaba sus señales ante ella y la conducía hacia un destino desconocido pero cierto. A la salida del aeropuerto de Miami, un taxista la había abordado «de parte de Jonathan». La había conducido hasta un coche estacionado un poco aparte de los demás. Tenía una habitación reservada a su nombre en un hotel próximo al aeropuerto. Desde su ventana vio un depósito de carburante y el techo plano de un centro comercial. Lámparas de luz anaranjada iluminaban un inmenso aparcamiento vacío. Al día siguiente por la mañana, un mensaje la esperaba en la recepción. Le recomendaba retirar un billete a su nombre en el mostrador de American Airlines, ya pagado. El destino era Denver, Colorado. Junto a la reserva figuraba la papeleta de alquiler de un coche en el concesionario Hertz, a la llegada. Al tomar posesión del automóvil, un todoterreno flamante, Juliette había descubierto un sobre en el asiento del conductor. Su itinerario aparecía resaltado con un rotulador amarillo en la fotocopia de un mapa de carreteras de la región.

En Green River, rodeó la ciudad por el sur y siguió, como se indicaba en el mapa, una serie de carreteras cada vez más estrechas. El aire primaveral era todavía fresco por la mañana, pero el sol lo templaba muy pronto. A primera hora de la tarde, estaba conduciendo con las ventanillas abiertas. Sus pensamientos se agolpaban sin cesar, pero ahora eran menos angustiosos, más eufóricos. Tenía la extraña impresión de que la realidad se adaptaba al desorden de su mente. A la aceleración de ideas y emociones respondía la aceleración de los acontecimientos de la vida misma. Desde su marcha de Francia, le parecía que el suelo se había abierto bajo sus pies y que era arrastrada, en una gravedad deliciosa, hacia mundos oscuros. Con los ojos entrecerrados al viento cálido, cantaba a voz en cuello. El camino ascendía, siempre rectilíneo, y luego empezó a serpentear entre colinas rocosas cubiertas de arbustos de euforbias y macizos de espinos. Unas pancartas colocadas a los lados indicaban en ocasiones la entrada de un rancho, en el extremo de una pista de tierra. Finalmente, la propia carretera dejó de estar asfaltada y se transformó en un mal camino pedregoso.

El mapa le indicaba que tenía que continuar aún unas dos millas. Juliette se adentró con su automóvil por el camino levantando una nube de polvo. Finalmente llegó a una explanada arenosa bordeada por cuatro grandes olmos. Los senderos que partían de allí eran demasiado estrechos para un automóvil. Paró el motor y se apeó. Ahora hacía francamente calor. Se quitó el jersey y lo dejó en el asiento trasero. Al echar un vistazo alrededor, se dio cuenta enseguida que uno de los caminos estaba señalado con un letrero en el que estaba escrito «Jonathan's Rock». Lo siguió. Desde el principio, los mensajes mencionaban a Jonathan. Al principio había pensado que era un signo de referencia, pero acabó por preguntarse si no sería precisamente él quien estaría esperándola al final del camino.

En aquella soledad, sin duda se habría sentido feliz al volver a encontrar a alguien conocido. Sin embargo, a donde ella quería dirigirse era a lo desconocido. Si todo aquello acababa por conducirla hasta Jonathan, tendría la impresión de haber sido estafada, y sentiría una decepción que no podría perdonarle.

Al cabo de una hora de marcha, llegó a una de esas colinas elevadas que llevan el nombre de mesa. Distinguió su reborde plano bastante lejos por encima de ella. El camino se adaptaba a los enormes escalones que formaban el flanco de la montaña, y trazaba vueltas y revueltas de una extremidad a la otra de aquella escalera de gigantes. Abajo, invisible debido al escarpe, fluía el torrente que había esculpido aquellos relieves. El aire caliente y seco le dio sed. Juliette empezó a lamentar no haber traído una botella de agua. De pronto, llegada ya a la mitad de la pendiente, en una terraza amplia que dominaba los cañones, descubrió una piedra plana, encima habían colocado una cantimplora metálica de color rojo, abollada. Juliette la abrió y vertió unas gotas de su contenido: era agua fresca. Bebió un largo trago a gollete.

Todavía tenía la cabeza vuelta hacia atrás cuando sintió que un brazo le rodeaba el cuello. La cantimplora cayó al suelo. El cañón de un arma se hundió en su nuca.

Juliette permaneció inmóvil. El gluglú del agua vertida en el polvo parecía un ruido intenso en el silencio del desierto. Curiosamente, ella no sintió ningún temor. Su pulso, pasada la primera reacción de sorpresa, no se aceleró. Durante el viaje había reflexionado a fondo sobre lo que la esperaba. Le parecía improbable que le hicieran recorrer un camino tan largo para suprimirla. Habría sido más fácil hacerla desaparecer en Sudáfrica.

Aquel recibimiento brutal tampoco la sorprendió. Las meditaciones solitarias de su infancia le habían enseñado mucho. Sabía que la debilidad y el miedo están más a menudo del lado de quienes ejercen la violencia que del de quienes la padecen. Se dijo que, también en esta ocasión, quien la amenazaba con un arma debía de sentirse más vulnerable que ella. Y así, tomó la iniciativa de hablar la primera.

—No estoy armada. Y estoy sola. Nadie me ha seguido.

Distinguió ahora en el silencio el aliento del hombre que la inmovilizaba con su brazo.

—Puedo matarte —dijo él.

Tenía una voz ronca, profunda, aunque hablaba en un tono muy bajo, casi en murmullos. A todo volumen, debía de ser una de esas voces graves de barítono que resaltan en el amplio espacio de los teatros o de los bosques.

—No lo olvidaré —dijo Juliette—. Puede apartar su arma.

Sintió que el cañón penetraba más profundamente en sus músculos e imprimía su dibujo en la piel. Como si, antes de soltarla, el hombre quisiera hacer entrar en su carne el recuerdo de un peligro, grabar una señal de sumisión, de propiedad incluso. Ella sintió un temor no desprovisto de placer.

De pronto, el abrazo se relajó. Juliette no se volvió. Todavía con el arma apoyada en la espalda de ella, el hombre empezó a cachearla metódicamente. Su mano ancha y ruda la recorrió de arriba abajo, separada de su piel únicamente por el tenue velo de su camiseta y su pantalón vaquero. Se apoderó de su monedero. Cuando extrajo las llaves del coche del fondo de su bolsillo derecho, le cosquilleó el pubis. Ella rio sin poder evitarlo.

Él le hizo colocar las manos sobre la cabeza y le ordenó avanzar. La dirigió hacia un sendero que se abría entre dos rocas y se internaba en un estrecho desfiladero pedregoso, invisible desde abajo. Por los dos lados, el sendero estaba flanqueado por pinos. Sus raíces, excavadas por la erosión, semejaban gigantescas patas de araña inmóviles y resecas. Ascendieron por el desfiladero hasta que formó una garganta de paredes escarpadas. En un lugar, colgaba de la muralla una larga escala de cuerda. El hombre ordenó a Juliette que trepara por ella, y la siguió. Arriba, la escala atravesaba un agujero en la roca y daba a una terraza suspendida, en parte natural y en parte igualada mediante muretes de piedra seca. Una vivienda rupestre ocupaba el fondo de la terraza. En parte, los muros eran las paredes de una gruta natural, y el resto estaba construido con arcilla perforada por pequeñas aberturas cuadradas. A pesar de la estrechez de la garganta, la terraza estaba a una altura suficiente para recibir los rayos cálidos del sol de la tarde. Cuando Juliette se volvió, vio que el hombre recogía la escala de cuerda y cerraba la trampilla por la que habían entrado. Se había colocado el revólver en la cintura. Le hizo señas de que se sentara junto a la mesa construida con tablones mal ajustados que ocupaba la mayor parte de la terraza. Tomó asiento frente a ella.

Era un hombre alto, ancho de hombros, con manos enormes y un cuello largo y huesudo. Estaba en consonancia con la vegetación de aquellas regiones áridas. Su piel gruesa, oscura y curtida, sus dedos nudosos, sus miembros flacos, se correspondían exactamente con los árboles resecos, las plantas suculentas y los matojos achaparrados que sobrevivían en estos suelos hostiles. Pero en el interior, del mismo modo que se advertía que los vegetales estaban repletos de savia y de agua, tensos de una vida indestructible y proliferante, también la agilidad, la fuerza y la resistencia de aquel hombre eran patentes en cada uno de sus movimientos.

El único contraste, en la armonía de aquellas dos naturalezas conjugadas, la humana y la vegetal, era lo extraño de su mirada. Dos ojos pálidos, de un color azul frío de horizonte marino o de aurora boreal, perforaban su rostro. Por encima de ellos, una frente muy alta corría al encuentro de unos cabellos negros y tiesos, largos y peinados hacia atrás. El resto del rostro no tenía gran cosa de particular. Ni la nariz estrecha ni la boca de labios delgados presentaban ningún rasgo notable.

La mirada del hombre atraía toda la atención. Juliette no habría sabido decir lo que leía en ella. No era una mirada triste ni amenazadora. Parecía sencillamente no estar dirigida hacia ella, sino hacia dentro de sí. Era como una ventana abierta a una realidad que no pertenecía a este mundo, a un absoluto, un sueño, un cielo interior poblado de criaturas abstractas, de locura.

Era inútil que empuñara un revólver. La mirada bastaba.

—Has llegado —dijo él. Ella no tenía un aire sorprendido ni asustado, y aquello pareció tranquilizar a su interlocutor, que añadió—: Me llamo Ted Harrow.

—Yo, Juliette.

—Lo sé.

En ese preciso instante, Juliette percibió una evidencia: el hombre que tenía frente a ella era la fuente última de todas las decisiones que la concernían. Fue él quien ideó el asunto de Wroclaw, quien dio órdenes a Jonathan, quien proveyó de instrucciones a sus carceleros sudafricanos durante sus interrogatorios. ¿Por qué estaba tan segura? No habría sabido decirlo. Tal vez, sencillamente, era inconcebible que un personaje como aquél rindiera cuentas a quienquiera que fuese. De todos sus interlocutores, fue el primero que le pareció «soberano».

—Le doy las gracias por haber aceptado —dijo ella.

—¿Aceptado qué?

—Dejarme continuar la aventura a su lado.

—Me das las gracias... —repitió Harrow en tono pensativo.

Cuando hablaba, no movía ningún músculo y sus ojos permanecían fijos. La emoción o la reflexión sólo se indicaban a través de un largo parpadeo. Bajaba el telón delante de su mundo interior, sin duda para ocultar a su interlocutor los movimientos que podían estar teniendo lugar en él. Después, volvía a mostrar la escena ante el azul sereno de un horizonte desierto. Juliette cometió el error de interrumpir aquel silencio.

—Sé bien que no le he dejado otra opción —discurseó ella—. Pero no me guarde rencor por eso.

Un brillo duro brotó de los ojos del hombre, cuando aquella intervención le obligó a abrirlos de nuevo un poco demasiado pronto.

—¿Crees de verdad que no teníamos otra opción? —susurró.

Juliette se dio cuenta de que había sido un error pronunciar esas palabras. Había relajado su tensión demasiado pronto. Cualquier familiaridad era prematura, y tal vez imposible con un ser así. Harrow continuó:

—Tu pequeño chantaje era ridículo. Podíamos pasarnos sin ti perfectamente. Tu misión había terminado.

Ella notó que era el primero que no parecía preocupado por lo que había en el frasco rojo sustraído en Wroclaw. También eso tendía a mostrar que él solo dirigía el conjunto de la operación y disponía de informaciones a las que no tenían acceso Jonathan ni sus carceleros de Sudáfrica.

—Entonces, ¿por qué no me habéis suprimido?

Ted cerró un instante los ojos y luego, al abrirlos de nuevo, se puso en pie. Fue hasta la pared de la casa. Sobre una consola colocada de través había apilada vajilla de tierra cocida. Volvió con un cántaro y dos cuencos.

—Es exactamente lo que deseo —exclamó ella, y una vez más se reprochó a sí misma haber sido tan espontánea.

Aquel hombre era una mezcla desconcertante de fuerza y frialdad. Se tenía a la vez el deseo apasionado de seguirle y la certeza de que cualquier manifestación de entusiasmo provocaría su cólera, tal vez incluso su odio. Pero era más fuerte que ella. En el estado de excitación en el que se encontraba, le era imposible guardar para sí sus emociones.

—Quiero continuar combatiendo a su lado —dijo, esforzándose por hablar en un tono sereno—. Quiero servir a la causa.

—¿Qué causa? —le interrumpió Harrow, que dejó de golpe su cuenco de arcilla sobre la mesa. Cayeron algunas gotitas de agua, que uno y otro consideraron como el signo de un inmenso furor que había rebasado los diques de su impasibilidad. Siguió diciendo con una voz sorda—: ¿Crees que nuestra causa se reduce a liberar gatos y monos?

—Supongo que es más ambiciosa que eso —dijo Juliette un poco picada.

Ted se levantó, paseó un poco por la terraza y volvió a situarse frente a ella. Una sonrisa, por primera vez, se formó en sus labios, una sonrisa sin calor, como un objeto desprovisto de gracia cuyo valor consiste únicamente en su rareza.

—Aprenderás —dijo—. Te queda aún algún tiempo para aprender.

Juliette se negó a tener en cuenta la vaga amenaza contenida en aquellas palabras. Se atenía a lo esencial: había superado todos los obstáculos y, contrariamente a Jonathan y su ridícula sumisión a sus «comanditarios», por fin había conseguido dejar el mundo oscuro de los ejecutores para aproximarse al del poder y la decisión.

—Vas a instalarte aquí —dijo Ted en tono serio, como si enunciase un aspecto táctico antes de una batalla—. Cuando yo esté fuera, te quedarás con Raúl.

Señaló con el mentón a un hombre acurrucado en un rincón de la terraza. Juliette no había advertido aún su presencia. Se preguntó si se había deslizado hasta allí sin hacer ruido, o si había asistido a todo. Era un indio de nariz ganchuda cuyos cabellos negros estaban sujetos por una banda de tela. Llevaba una camisa de mangas largas sobre la que había bordadas unas figuras de vacas. A Juliette le chocó cierto parecido con Ted. Dejando aparte los ojos (los del indio eran muy negros), uno y otro tenían el mismo pelo negro hirsuto y un color idéntico de piel. Juliette se preguntó de qué extraño mestizaje debía de proceder Ted.

Al oír su nombre, el indio se dirigió en silencio a la puerta de madera de la casa y desapareció en la penumbra.

—¿Llevas cosas tuyas en el coche? —preguntó Harrow.

—Un saco de viaje.

—Raúl te lo traerá cuando vaya a devolverlo.

A estas palabras, se levantó e hizo señas a Juliette para que lo siguiera al interior de la casa. Hubo de inclinarse para pasar bajo el dintel de la puerta.

La primera habitación era asombrosamente amplia, en comparación con lo que la cueva dejaba adivinar desde el exterior. El techo estaba formado por la roca desnuda de la cueva. El suelo consistía en la misma roca, pero aplanada a martillo y pulida por los pasos. Existía un curioso contraste entre los muebles de madera sin pulir y los aparatos electrónicos esparcidos un poco por todas partes en la estancia. Un televisor de pantalla de plasma, dos o tres ordenadores portátiles de última generación, impresoras, un escáner, mostraban sus superficies plateadas sobre el fondo neutro de las alfombras indias de lana y los sillones hechos con tablones y cubiertos por cojines rellenos de algodón. Sin duda, nadie había intentado ordenar aquel lugar según criterios estéticos. Sin embargo, el resultado merecía un reportaje en una revista de decoración.

—¿Es aquí donde trabajas? —preguntó Juliette, ensayando por primera vez el tuteo.

—Yo no trabajo —respondió Ted maquinalmente—. Aquí es donde vivo. Entre otros lugares.

La cueva era profunda y, pasada la primera estancia, que servía de salón, entraron en un laberinto de pequeños pasillos, cuartos de baño y dormitorios.

—¡Es el sueño de un millonario chiflado por la naturaleza! —exclamó Juliette.

La mirada glacial de Harrow le quitó las ganas de volver a hacer comentarios frívolos.

La condujo a la habitación que estaba reservada para ella. Era una de las últimas, tan profundamente situada en el interior de la roca que uno podía preguntarse cómo llegaba el aire hasta allí. Dos aberturas en el techo debían de comunicar con fallas de la montaña. Se notaba una corriente de aire fresco que esparcía un olor agrio de caverna.

—Tengo que ir a la ciudad hoy —dijo Ted—. Me esperarás aquí.

—¡En esta gruta!

Todavía estaban vivas en su memoria las interminables horas de reclusión en África del Sur.

—Estaré de vuelta mañana, y empezaremos —fue la respuesta de Ted.

Al volver a la terraza, Juliette vio a dos indios más que se movían por la casa, silenciosos como cazadores.

La llegada a aquel lugar le produjo un curioso efecto de descanso. La cueva seguía aún llena de misterios, y tenía toda la apariencia de una etapa provisional. Sin embargo, tuvo la sensación de haber llegado por fin a buen puerto. Se sentía menos nerviosa, sus pensamientos se hacían más lentos. Fue ella misma quien, espontáneamente, volvió a encerrarse en su habitación. Se acostó en la cama y se durmió enseguida, contemplando el techo de piedra.

9

Seattle, estado de Washington

La sede de One Earth era una antigua escuela situada en el barrio norte de Seattle. A pie, se llegaba allí pasando debajo de un inmenso puente de hierro que canalizaba todo el tráfico de trenes y automóviles procedentes del otro lado de la bahía. La estructura trepidaba con los pitidos de los convoyes ferroviarios y la vibración de las chapas metálicas mal ensambladas sobre las que rodaban los camiones. Un grupo de vagabundos, particularmente valerosos o sordos, había elegido como domicilio el espacio situado debajo de aquella puerta del infierno. Del otro lado, se llegaba a un barrio sin alma, dedicado en otro tiempo a la pequeña industria y al comercio al por mayor, que ahora habían desertado para instalarse en las áreas suburbanas. Varias organizaciones alternativas sacaron provecho de aquella decadencia. Atraídas por los alquileres baratos, se situaron en las antiguas instalaciones industriales sin transformarlas. Una radio comunitaria ocupó lo que había sido un matadero industrial, y las cámaras de congelación fueron convertidas en estudios; un club oriental en el que se daban cursos de danza del vientre había recubierto con tapices y colgaduras el antiguo *hall* de recepción de una compañía de seguros. Los locales de One Earth estaban situados en un edificio de ladrillo de tres plantas rodeado por altas alambradas. Aquella barrera había sido levantada para aislar los patios de recreo e impedir que las pelotas fueran a parar a la calle, en la época en que el inmueble era una escuela. Ahora daba al lugar el aspecto de un campamento militar. Una cámara había sido apostada encima de la entrada principal. Era necesario explicarse detalladamente y esperar luego un largo rato, antes de que una crepitación anunciara que la entrada estaba abierta.

El recibidor estaba lleno de anuncios y de mostradores sobre los que se amontonaban las publicaciones de la asociación. Era evidente que no se admitía el paso del público más allá de aquella zona limitada. Un joven telefonista con la cara cubierta de acné se atareaba detrás de un mostrador. Nadie entraba ni salía por las puertas que daban al recibidor. «Es la prueba —se dijo Kerry», de que el edificio tiene otra entrada para el personal.

Se quedó un buen rato contemplando los anuncios y leyendo los folletos. El movimiento ponía más que nunca el acento en su lado fuera de la ley, viril, directamente volcado a la acción. Imágenes de militantes barbudos batallando en el bosque con rudos leñadores ocupaban buena parte del último número de *Green Fight,* el órgano de propaganda de la asociación. Aquellas imágenes belicosas eran tanto más necesarias por cuanto la asociación estaba sólidamente anclada en la moderación, desde la marcha de los grupos extremistas disidentes, como los Nuevos Depredadores.

Kerry había obtenido aquel trabajo temporal por mediación de Dean, un ex agente del FBI que trabajaba en la oficina de Barney. Había conservado la relación personal con una de sus antiguas fuentes de información, un hombre que militaba ahora en One Earth, aunque Dean no estaba seguro de que no siguiera siendo confidente de la policía. Kerry consiguió convencer a Dean de que le pidiera un favor personal, después de explicarle que ese gesto no quebrantaría en nada las consignas de discreción dadas por Archie.

El amigo de Dean vino a interrumpir a Kerry en su lectura de los prospectos y, con la ayuda de una tarjeta electrónica, se la llevó detrás de las bambalinas. Era un hombre de unos treinta años, deformado por una obesidad que se repartía por todo su cuerpo y ensanchaba su cuello, la parte inferior de su rostro e incluso sus muñecas. Caminaba con un ligero balanceo, porque los pies debían de hacerle daño.

—Me llamo Roger —empezó—. Dean me ha contado lo que te ha ocurrido. Es horroroso. Me alegro de poder ayudarte.

Kerry le dirigió una mirada discreta antes de adaptar su propia actitud a lo que veía de él. Por más confidente de la policía federal que hubiera sido —y que tal vez fuera todavía—, aquel Roger parecía sincero. Dean le había pedido que representara a una amiga cuyo marido y los dos hijos se habían matado recientemente en un accidente aéreo sobre el Atlántico. Al saber aquello Kerry, a pesar de que no era supersticiosa, se había enfurecido. Era ciertamente una leyenda de muy mal gusto y que podía acarrearle complicaciones. Sin embargo, reconocía que Dean había elegido un buen ángulo de ataque. Roger se atuvo por completo a aquella versión de los hechos. Kerry se preguntó si se lo creía o no. En cualquier caso, ella no tenía alternativa: tenía que jugar a aquel juego.

Había tenido buen cuidado de presentarse con los cabellos en desorden, sucios y colgando en pesadas mechas sin gracia. Había utilizado maquillaje, pero para acentuar su palidez y sus ojeras. Como una persona al borde de la depresión, se había vestido con prendas elegidas al azar y mal planchadas. Acogió las condolencias de Roger con una pálida sonrisa y le dio las gracias blandamente.

Él le explicó el trabajo que se esperaba de ella. Era muy sencillo: se trataba de expedir los documentos de propaganda que solicitaba el público. Para quienes deseaban una documentación general, había que ensobrar una selección estándar de folletos y boletines de adhesión. Otras personas formulaban peticiones más precisas, por ejemplo determinado número del periódico interno o bien publicaciones especializadas de pago. One Earth desarrollaba una pequeña actividad editora. El catálogo estaba pegado con cinta adhesiva a una pared, con pequeñas cruces que indicaban los títulos agotados. Los *bestsellers* seguían siendo *Técnica del sabotaje verde* y *La autodefensa del combatiente verde*. El término «combatiente», como Kerry había ya advertido en su pequeño repaso a la prensa en la entrada, sustituía al de «militante».

Los libros y los folletos estaban dispuestos en estantes metálicos que exigían, para los niveles más altos, el uso de un taburete. El almacén había sido instalado en el antiguo gimnasio de la escuela. Se veía aún en la pared una canasta de baloncesto, y el parqué aparecía surcado por líneas pintadas.

Cuando Roger acabó de explicar lo que tendría que hacer, Kerry sacudió la cabeza y preguntó en un tono de voz casi inaudible:

—¿Voy a estar sola?

—Sí, pero ya verás: el trabajo no es tanto. Un poco más esta semana, desde luego. Hace un mes que nadie se encargaba... Pero en cuanto te hayas puesto al día...

Kerry agachó la cabeza.

—No es eso lo que quería decir.

Su pecho se agitaba en espasmos. Se la veía a punto de echarse a llorar.

—¿Qué es, entonces? —preguntó Roger.

—Es la soledad. No puedo más. Necesito ver gente. Yo esperaba que aquí...

Roger era visiblemente un buen tipo. Kerry sintió un poco de remordimiento por engañarlo de aquella manera. Al mismo tiempo, cuanto más le mintiera, menos tendría él que sufrir las consecuencias de lo que ella iba a hacer.

—¡Nadie te obliga a quedarte en el almacén todo el día! —dijo él—. En primer lugar, están las pausas para el café y el almuerzo. Tenemos una cafetería muy acogedora. Te la enseñaré a mediodía. Y luego, puedes venir a verme. Estoy al fondo del pasillo, en la planta baja. A veces hay pedidos un poco difíciles. No dudes en venir a hablarme.

Kerry quedó satisfecha. Tenía un excelente pretexto para circular por el edificio. Compuso una sonrisa menos desesperada y dejó que sus ojos brillaran un poco. Roger se sintió muy feliz por ser la causa de aquellos progresos. Kerry se preguntó si no estaría ya un poco enamorado de ella. Aquello podía constituir una complicación. No convenía que la vigilara con demasiado apasionamiento. Tal como temía, él pasó parte de la mañana ayudándola, por más que ella había comprendido a la perfección lo que tenía que hacer. Hacia las once, al ver que él seguía atareándose a su lado, decidió tomar la iniciativa.

—Escucha, Roger, te ruego que me perdones. Estoy llena de contradicciones. Tengo miedo a la soledad, ya te lo he dicho. Pero también la necesito. Me gustaría... —Elevó hacia él sus ojos cándidos—. Me gustaría estar un rato tranquila ahora. Tengo que asimilar todo esto. ¿No estás enfadado conmigo?

Roger se ruborizó de confusión y se retiró murmurando excusas torpes.

Una vez sola, Kerry consultó su reloj. Le quedaba una hora. Se puso a llenar paquetes rápidamente, para adelantar trabajo. Al mismo tiempo, repasaba todos los detalles del plan que había elaborado con la ayuda de Tara y de los demás servicios. Era el fruto de un trabajo enorme, ejecutado en un tiempo récord. La organización de Providence había dado prueba de su excelencia.

El método elegido para operar era muy sencillo. En los medios dedicados al espionaje habría sido imposible. La técnica era demasiado conocida y habría despertado sospechas de inmediato. Pero en una asociación del tipo One Earth, todavía era posible contar con el efecto sorpresa. De todas maneras, dada la brevedad del plazo del que disponían, no había otra solución.

Kerry bostezó. Se había acostado a las tres de la madrugada para acabar los últimos ensayos con el equipo de Providence, en video-conferencia, desde su habitación del hotel, con un ordenador portátil y una *webcam*. Ahora sólo cabía confiar en la suerte, como en otras épocas.

A mediodía, salió del almacén y subió a los pisos. Se había cuidado de llevar una pila de folletos, que le daba el aire de estar atareada en algo. Los pasillos estaban casi desiertos. Las raras personas con las que se cruzó la saludaron maquinalmente con una pequeña inclinación de cabeza. Casi nadie se conocía, y su presencia no suscitó ninguna curiosidad especial. En ese estadio de la operación, todavía no tenía una necesidad real de moverse sola por el edificio. Pero era importante para más tarde saber lo antes posible si el plan era técnicamente viable.

Kerry comprobó que, una vez cruzadas las puertas de la recepción, el resto del edificio era accesible con toda libertad. Recorrió los tres pisos sin ser molestada. Ningún letrero diferenciaba los despachos, pero el decorado cambiaba de una sección a otra, y daba algunas indicaciones acerca del trabajo que se hacía allí: paquetes de periódicos en la de comunicación, tarjetas clavadas en la pared con chinchetas en la de los responsables de proyectos: One Earth, a pesar de su nombre, había dividido el mundo en áreas geográficas para un seguimiento más atento de las amenazas al entorno. También había pilas de facturas en la contabilidad. En conjunto, todo parecía bien ordenado. También los empleados tenían un aire aplicado, competente y prudente. Contrastaban por su discreción llena de simpatía con los barbudos vociferantes que la asociación ponía en primer plano en sus publicaciones. Aquel lugar podía haber sido cualquier pequeña empresa de servicios. La única diferencia, que revelaba el carácter asociativo y no lucrativo del organismo, era la ausencia de una planta de dirección digna de ese nombre. Si existían jefes en el movimiento, tenían a gala no distinguirse de los demás. Las moquetas gruesas, los paneles de teca, los cuadros lujosamente enmarcados, signos habituales de los cubiles gerenciales, habían sido expulsados de este mundo de la acción directa. El único indicio que permitió a Kerry suponer, al subir al tercer piso, que estaba pasando delante de los despachos de los altos responsables, era su desorden y la sutil modificación de la fauna que los poblaba. Por una puerta abierta de par en par, vio a un tipo vestido con un chaleco de *cowboy* y botas mexicanas, que hablaba con los pies colocados encima del escritorio. En otras salas, advirtió al pasar la presencia de personajes de más edad y más ruidosos que la media de los que trabajaban en los servicios técnicos. Los *baby-boomers* que habían fundado One Earth seguían controlando la asociación. Hoy eran hombres de cabellos encanecidos, pero, en toda su actitud, seguían expresando su pertenencia a una generación dominante.

Kerry terminó su inspección del lugar bajando por una escalera de cemento, lo bastante ancha para permitir que clases enteras se precipitaran por ella a la hora del recreo. En el primer piso, se dio de bruces con Roger. Él pareció por un momento desconcertado, y tal vez una ligera sospecha se insinuó en su mente. Pero Kerry supo disiparla echándosele literalmente encima.

—¡Por fin te encuentro! —gimió—. Imposible dar con la cafetería. No hay nadie en los pasillos.

—No está en este edificio. Hay que salir y cruzar el patio.

—Yo no podía adivinarlo.

Parecía tan desamparada al pronunciar esas palabras que Roger se enterneció. La tomó del brazo y la acompañó a la cafetería. Ésta ocupaba una pequeña construcción de una sola planta mal ventilada, cuyas ventanas acristaladas aparecían opacas por el vaho. El embaldosado del suelo y las paredes hacía que la pieza resultara muy ruidosa en aquella hora de afluencia. Se conversaba en voz alta, casi a gritos. Risas agudas venían de un grupo de mujeres sentadas juntas a una mesa.

Roger fue a saludar a algunas personas, y Kerry aprovechó para localizar a la que buscaba. Estaba almorzando un poco aparte con otras tres personas, una mujer y dos hombres. Por su atuendo y sus maneras, pertenecían más a la casta de los empleados que a la de los jefes, según lo que Kerry había podido averiguar en su visita a los pisos.

Roger le propuso sentarse a una mesa que acababa de quedar libre. Kerry se colocó de tal manera que se encontraba frente a la persona que había elegido como objetivo, a una distancia de unos cinco metros. Apenas se hubo instalado, Kerry empezó a mirar insistentemente. Era una mujer morena de unos treinta años, de cabellos ondulados y largos. Tenía los ojos grandes muy maquillados. En su rostro, la piel aún tensa empezaba a formar finas arrugas en las comisuras de la boca. Kerry volvía a mirarla una y otra vez, hasta que incluso Roger acabó por darse cuenta y se volvió.

—¿A quién estás mirando de ese modo? ¿Es que conoces a alguien aquí?

—Es curioso. Se diría que es una de mis amigas de la infancia —dijo Kerry. Roger se dio otra vez la vuelta—. Quizá me equivoco —murmuró sacudiendo la cabeza—. Hace tanto tiempo...

—Una de tus...

Luego, en voz baja, como para ella sola, Kerry añadió:

—Se llamaba Ginger.

—¡Ah! ¿Estabas mirando a Ginger?

Kerry dejó caer su tenedor.

—¿Cómo?

—Decía..., decía que aquella chica también se llama Ginger. Vaya, digo también, pero después de todo puede que sea la misma, a fin de cuentas...

Kerry estaba pálida. Miraba ahora a la mujer con tanta intensidad que la otra se dio cuenta y le devolvió la mirada.

—Tengo que salir de dudas —dijo Kerry, y se levantó.

Fue hasta la mesa de la mujer, acercó una silla y se sentó a su lado, obligándola así a volver la espalda a sus acompañantes.

—Perdóname, soy nueva aquí —empezó Kerry—. Seguramente es una estupidez, y en ese caso espero que me excuses, pero me parece que... estuvimos juntas en clase en la escuela primaria Mark Twain de...

—¡Des Moines!

—Tú eres Ginger, ¿verdad? —gritó Kerry con una voz aguda—. ¿No me recuerdas?

La mujer emitió un murmullo de asentimiento. En el fondo, sin embargo, se notaba que dudaba. No conseguía dar nombre a aquella persona que surgía de su pasado. Era la reacción normal. Tara había advertido a Kerry sobre esa primera fase. Una duda sobre la persona no era grave; lo esencial era evocar primero de forma convincente su pasado común. Era el momento de introducir nuevos detalles.

—Yo me llamo Kerry. Era amiga sobre todo de tu hermana Lindsay. De hecho, creo que estaba entre vosotras dos, desde el punto de vista de la edad. Tú eres del 75 ¿no es así?

—De junio del 75, en efecto —dijo Ginger.

—Me acuerdo porque tienes exactamente un año más que yo. Entonces nos parecía una diferencia enorme. Yo era una de las pequeñas. Ni siquiera me mirabas.

Las dos se echaron a reír.

—Entonces, ¿sólo te llevabas ocho meses con Lindsay? —dijo Ginger.

—Exactamente. A propósito, ¿qué es de ella? ¿Sabes? No tengo noticias desde hace diez años por lo menos.

—Se ha casado con un canadiense. Tienen tres niños. Vive en la región de Chicoutimi, al norte.

—Tienes que darme su dirección. Le escribiré. ¿Y tus padres, siguen aún en Kansas?

—No, han comprado un pequeño apartamento en Fort Lauderdale y pasan allí las tres cuartas partes del año. En verano, vienen aquí.

Roger se había reunido con ellas y explicaba la coincidencia a los vecinos de mesa de Ginger.

—Va y me dice: «Se parece a Ginger.» Y yo, como un cretino, le contesto: «¡Ésta también se llama Ginger!»

Su testimonio contribuía a dar un poco más de autenticidad a lo espontáneo del encuentro.

Roger fue a buscar una ronda de cafés para todos. Cuando volvió, las dos amigas seguían haciendo el recuento de sus recuerdos comunes: Des Moines, donde Kerry había vivido tres años, la piscina a la que iban los domingos, el pequeño centro de la ciudad, un *drugstore* cercano a la escuela en el que compraban golosinas...

Autentificar una infancia es una de las cosas más fáciles de hacer, había insistido Tara. El exceso de precisiones es sospechoso. Basta evocar un marco, un ambiente, uno o dos detalles desprovistos de sentido y que el otro por lo general no recuerda. El conjunto es absolutamente inatacable.

Después venía la evocación del resto de la existencia, desde su supuesta separación, ocurrida al final de la infancia. Esta fase ya no recurría a recuerdos comunes, de modo que era más fácil de conducir. Sólo era preciso prevenir eventuales verificaciones preparándolas bien, como en una cobertura ordinaria.

—¿Qué es lo que haces ahora? —preguntó Ginger.

—Es una historia bastante larga —dijo Kerry, volviendo a asumir el aire abatido que Roger le conocía desde su llegada—. Sin duda tienes trabajo...

—Sí, he de volver a mi despacho. Pero ven conmigo, podemos seguir charlando allá arriba. De hecho, ¿tú trabajas también para One Earth?

—Desde esta mañana...

—Tienes que contármelo —invitó Ginger.

Salieron las dos del brazo, como dos amigas que han vuelto a encontrarse. Roger las contemplaba con aire enternecido, contento de haber participado, por poco que fuera, en el renacimiento de Kerry.

Cuando llegaron al tercer piso, ya se lo habían dicho casi todo. El luto de Kerry, las grandes etapas de su vida antes del drama. Ginger le había hablado de su marido, de su hija, que tenía ahora diez años. «Nuestra edad cuando nos conocimos.» En cuanto al tema del trabajo, Ginger lo abordó torciendo el gesto, con un suspiro.

—Figúrate que llevo en esta jaula de locos desde hace quince años.

—¿Es duro?

—Estoy harta, pero tiene sus ventajas.

—¿Qué es lo que haces exactamente? —preguntó Kerry.

«No hagas más preguntas excepto si refuerzan la idea de que no sabes nada», había dicho Tara.

—Es difícil de explicar. Yo soy la bisagra, digamos.

—¿La bisagra entre qué y qué?

—Entre el consejo y los empleados.

—¿El consejo?

—Los jefes, hablando claro —puntualizó Ginger—. Pero no quieren que se les llame así. La mayor parte son miembros fundadores de la asociación. Una banda de tipos geniales, pero cada uno de ellos más loco que los demás. Ahora son unos burgueses. No dan golpe, pero quieren que en el escalón inferior todo se mueva. Y yo estoy entre unos y otros.

—¿Sabes?, acabo de desembarcar, no tengo ni idea de cómo funciona todo esto. ¿Hay un presidente, un jefe de jefes, alguien que dirige?

—Ha habido batallas épicas aquí, como pasa siempre en esta clase de asociaciones. Desde hace dos años más o menos, las cosas se han calmado. Los furibundos se largaron. Un grupito de tres personas un poco más razonables que los demás tomó las riendas.

Ginger llegaba casi demasiado rápidamente al tema. Kerry consideró prudente no insistir, y se mantuvo dentro de la línea acordada.

—Tengo que volver a mi trabajo —dijo.

—¿Qué es lo que haces, exactamente? —Kerry explicó su cometido. Ginger comentó—: ¡Ah, ya veo! Estás reemplazando a un minusválido que se encargaba hasta ahora de las expediciones. El pobre no anda muy bien de salud, por lo que dicen. ¿Te gusta el trabajo?

—Es un poco..., digamos..., simple.

—¿Qué estudios tienes?

Kerry se encogió de hombros y dijo:

—Soy archivista.

—¡No! ¿Eso es un oficio? —se sorprendió Ginger.

—Y bastante complicado. Hice seis cursos de estudios superiores, y un máster.

—¿Sobre la organización?

—El archivo no es únicamente organización —puntualizó Kerry—. Es la memoria colectiva. Es la identidad de las instituciones. Es la huella del tiempo en una sociedad.

—¡Caramba, qué apasionada! ¿Por qué no trabajas en ese campo, entonces?

—Es lo que hacía hasta la muerte de mi marido. Luego, se me fundieron los plomos. Me despidieron.

«Nada de detalles recientes», había insistido Tara. Su falsa identidad era frágil. En el oficio, se le llamaba una cobertura de usar y tirar. Estaba destinada a no durar más que algunas horas, o días. Sus referencias no eran tan sólidas como las de una cobertura ordinaria. En el caso de que hubiera verificaciones, la impostura sería rápidamente descubierta. Por fortuna, la breve duración de la operación no dejaría tiempo suficiente para proceder a investigaciones profundas. Siempre se trataba de una apuesta de riesgo. Era especialmente importante no permitir verificaciones fáciles, evitando dar detalles sobre hechos demasiado próximos en el tiempo.

Ginger echó una ojeada a su mesa de trabajo abarrotada de papeles. Todas las paredes del despacho estaban tapizadas con archivadores de cartón. Algunos de ellos reventaban de tan llenos. Otros, vacíos, quedaban aplastados entre sus vecinos. Reflexionó un instante y dijo:

—Quizá podrías sernos más útil aquí que en la tarea que te han dado. Tendría que hablarte de nuestros archivos.

—¿Quién se ocupa?

—Nadie, por supuesto —explicó Ginger—. Siempre andamos con la lengua fuera.

Sonó el teléfono y Ginger se enfrascó en una larga discusión acerca de una reunión que había que cambiar de fecha. Cuando colgó, había olvidado totalmente la cuestión de los archivos.

—Tengo que dejarte —dijo a Kerry—. Tengo un montón de problemas que solucionar. Ve a trabajar, nos veremos mañana a mediodía. Intentaré organizar una merienda en casa, una de estas tardes.

Kerry tuvo un breve instante de duda. Sopesó rápidamente el pro y el contra. A pesar del peligro, los imperativos de la urgencia le exigían actuar de inmediato.

—¿Lo decías en serio? —preguntó.

—¿El qué?

—Lo de tus archivos. Sabes, me sentiría verdaderamente feliz si trabajara contigo. Y me gustaría más que quedarme en mi almacén. En quince días, lo tendría todo listo.

Ginger se detuvo y miró fijamente a Kerry. El silencio se prolongó.

—En Des Moines... —empezó a decir Ginger, con una mirada suspicaz—. Me pregunto...

Kerry sintió el sudor brotarle bajo las axilas. Pero se sentía asombrosamente cómoda en esas situaciones extremas. Por primera vez, desde su regreso a la actividad, sentía esa emoción particular que nunca había podido olvidar. Pensó en Paul.

—Sí, me pregunto... ¿no eras tú la novia de Jerry Knobe?

El equipo de Tara, en una semana, había realizado verdaderos prodigios: identificar a Ginger a partir de documentos producidos por One Earth; verificar que seguía siendo secretaria del consejo de la asociación; averiguar su estado civil; localizar el lugar en el que se había criado; enviar a alguien para recoger con discreción algunos testimonios. En una palabra, reunir todos los elementos para poner en pie una cobertura de usar y tirar... Lo habían hecho de una forma admirable y Kerry se había aprendido su papel en un tiempo récord. Pero nadie, nunca, le había dicho nada de Jerry Knobe. Kerry apenas tuvo un instante para decidir. Ginger la miraba con un aire enigmático. Tenía que jugarse la respuesta a cara o cruz.

—Sí —confesó Kerry levantando la cabeza—. Fui muy amiga de Jerry Knobe.

Ginger se levantó de golpe y lanzó un grito. Dio la vuelta al escritorio y besó a Kerry con entusiasmo en ambas mejillas.

—¿Por qué no me lo has dicho antes? ¡Ahora te reconozco! Ya ves, hasta hace un momento, será tonto, pero tenía mis dudas. Era evidente que habíamos estado en los mismos lugares, pero no te veía. ¡Ahora todo está claro! —Kerry se puso en pie y Ginger la acompañó hasta el pasillo palmeándole la espalda—. Es curiosa, la memoria —agregó Ginger—. Ahora me acuerdo de todo. Ven a verme mañana, tengo que contarte un montón de cosas...

Kerry se marchaba ya cuando Ginger la retuvo y añadió en voz baja:

—Jerry Knobe, ¿sabes? Yo también, el año siguiente...

Se puso un dedo en la boca y se echó a reír como una colegiala.

TERCERA PARTE

1

Desierto del Colorado, Estados Unidos

Harrow volvió tarde, la noche del día anterior. Tenía aspecto agotado y se acostó casi de inmediato. Tuvo apenas tiempo para preguntar a Juliette si sabía montar a caballo. Ella le respondió que sí. De hecho, su práctica de la equitación se resumía a algunas lecciones en un picadero militar a los doce años. Su padre, siempre ávido de métodos disciplinarios, la había inscrito sin contar con su opinión y había recomendado al instructor la mayor severidad. Cuando su madre se dio cuenta de que, a pesar de todo, la niña había cogido gusto a aquel ejercicio, se las arregló para que no continuara. A pesar de todo, Juliette sabía lo bastante para sostenerse sobre una silla de montar norteamericana, ancha y rellena.

Al amanecer, los caballos estaban dispuestos. Juliette ignoraba el destino del viaje, y le parecía natural no hacer preguntas. Tenía la convicción de formar en adelante parte del grupo. Tenía que someterse a la disciplina de la acción; la primera regla era la obediencia y el silencio.

En el desfiladero situado debajo de la casa rupestre, dos caballos bondadosos esperaban con todos sus arreos, sujetos por uno de los indios. Un paquete pequeño colocado detrás de las sillas, y algunos bultos en las alforjas indicaban que la cabalgada duraría varios días. La culata taraceada de una carabina sobresalía de uno de los compartimentos de la silla de Harrow.

Empezaron por remontar un poco la garganta hasta llegar a un caos de rocas desprendidas de una de las paredes. Un estrecho sendero polvoriento se dibujaba apenas entre las piedras. Los caballos parecían conocerlo bien, porque lo escalaron sin necesidad de ser espoleados y con paso seguro. Harrow montaba un garañón de grupa ancha, y Juliette lo seguía sobre una yegua plácida y cómoda. Llegaron así al reborde superior de la mesa a la hora en que el sol empezaba a despegarse de la línea del horizonte. El paso del caballo era más largo; Juliette se quedaba ligeramente atrás y a veces se veía obligada a poner a su yegua al trote para alcanzarlo. Aquella separación no le disgustaba, y también Harrow parecía mantenerla voluntariamente. Les obligaba a mantenerse en silencio. Nada turbaba la contemplación del espectáculo que se les ofrecía.

A medida que el sol se elevaba, asistieron primero al oscurecimiento de las lejanías. Era lo contrario de un amanecer normal, en el que el paisaje se aclara a medida que aumenta la luz. Aquí, el rojo no venía del cielo, sino de la tierra. Cuanto más se elevaba el sol, tanto más se oscurecía el suelo. Hasta donde alcanzaba la vista, las rocas excavadas por las aguas y el viento adquirían matices intensos de ocre y de carmín.

El sol, al ascender, esculpía en primer lugar el relieve en líneas horizontales. Entre el resplandor del cielo y la oscuridad de la tierra, las paredes de los cañones dibujaban niveles rectilíneos a diferentes alturas. Cuanto más se elevaba el astro y arrojaba oblicuamente su luz hacia el suelo, más relieves verticales desvelaba también: las hendiduras en los rebordes de las mesas, un drapeado sutil en sus flancos, pilares de roca que emergían solitarios en medio de valles aplanados. Los caballos no estaban herrados. Pisaban el polvo con un ruido sordo que marcaba el ritmo de aquel espectáculo.

La emoción de Juliette le hizo estremecerse. Era la primera vez, desde que entró en aquel extraño estado de excitación, de aceleración y de angustia, en que el mundo exterior le parecía lo bastante vasto para abarcar la exaltación de su alma. ¿De dónde podía venir el extraño poder de aquel panorama? Era árido, desértico, hostil. Pero daba, como ningún otro lugar, una impresión de infinito. El horizonte parecía más lejano, y no sólo porque avanzaban por las alturas. La propia tierra contenía más espacio que en otros lugares. El curso sinuoso del cañón transportaba la mirada más allá de los límites habituales. Una cantidad improbable de relieves, desde los primeros planos hasta los más distantes, ocupaba el campo de visión, como si la tierra lo hubiera dilatado a su medida. Y, cosa extraña, el cielo, lejos de verse reducido, también parecía más amplio. Un pelotón de cúmulos, como si estuvieran posados sobre unos zócalos planos, dibujaba en el espacio celeste los mismos valles atormentados, los mismos amontonamientos inestables que en la tierra. Juliette nunca había experimentado una sensación parecida ante la naturaleza.

Harrow, a alguna distancia delante de Juliette, devolvía para ella una escala humana a aquel paisaje y le confería un sentido. El hombre parecía ser el espejo inteligente de aquel mundo inerte. Le daba su valor y, al contemplarlo, revelaba la belleza que contenía.

Habían llegado al borde del altiplano y ahora debían bajar hacia las profundidades del cañón, de las que brotaba un vapor de polvo y de calor. Harrow hizo señas a Juliette de que pasara adelante. Él iría detrás para poder ayudarla en el caso de que la yegua tropezara. El resultado fue que muy pronto Juliette hubo de acostumbrarse a tener ante su vista un paisaje vacío de todo ser humano. Y su percepción, poco a poco, se invirtió. Lejos de estar ordenada por y para los hombres, aquella naturaleza abrumadora le pareció no dejar sino un lugar ínfimo, insignificante, al espectador humano. Aplastada por aquella belleza, para Juliette era claro que la naturaleza tenía una existencia propia y no debía al hombre otra cosa que su destrucción.

Pensó en el libro que había encontrado en su habitación el día anterior y que había leído mientras esperaba el regreso de Ted. El autor, un cierto Aldo Leopold, era un antiguo guardián de un parque natural. El título de la obra era *Almanaque de un condado de arena*. Hablaba de las montañas, de los ríos, de los paisajes como de verdaderas personas sobre las que el ser humano no posee derechos. Jonathan había mencionado ese libro en otro tiempo, durante sus discusiones de estudiantes. Presentaba pomposamente aquel texto como el acta de nacimiento de una nueva relación entre el hombre y la naturaleza, una relación en la que el ser humano no es sino una minúscula parte del conjunto y no puede pretender ser su propietario.

Para los europeos, las imágenes de aquel libro eran muy difíciles de comprender. La naturaleza ya no existe de verdad en los países del Viejo Continente. No hay un metro cuadrado que no esté inscrito en el catastro, poseído, trabajado y transformado. Los paisajes americanos conservan, por el contrario, una fuerza nativa, no domesticada. Hacen comparecer al hombre ante ellos como un extranjero obligado a plegarse a sus leyes. Era el sentimiento que expresaba Aldo Leopold, y que ahora compartía también Juliette.

Durante toda la jornada, Harrow permaneció en silencio, o casi. A la hora del almuerzo, tendió a Juliette dos sándwiches y una cantimplora con agua extraídos de su paquete. Comieron sin apearse de sus monturas. Hacia las cinco de la tarde pusieron pie a tierra en un replano, en el flanco de un cañón secundario que seguían desde hacía varias horas. En los alrededores crecían arbustos secos y bosquetes de acacias. Harrow recogió leña menuda y cortó un tronco seco. Luego hizo un fuego e instaló un pequeño campamento con las mantas que llevaban enrolladas detrás de las sillas de montar. Tostaron al fuego maíz que había traído él, y un poco después salchichas y chuletas.

Harrow seguía impresionando a Juliette por su aire taciturno y por el distanciamiento que ponía entre él y los demás. Sin embargo, se sentía más y más confiada. No sabía dónde la llevaba él, pero no tenía miedo.

—¿Tú naciste aquí? —le preguntó, mientras mordían las panochas asadas.

—No. Crecí más al norte, en las Rocosas.

En la oscuridad de la noche, sus ojos azules perdían su brillo inquietante. Parecía más familiar, más humano.

—Pareces conocer bien la región. ¿Cómo lo haces para encontrar el camino? Yo me habría perdido diez veces —comentó Juliette.

—Hay señales.

—¡Señales! Desde que nos pusimos en marcha, no he visto ninguna huella humana.

Harrow se encogió de hombros y, por primera vez, sonrió.

—Aquí, estás en territorio indio. Los indios no hieren la tierra. Cuando dejan señales, se trata de cosas pequeñas: una rama rota, una pluma sujeta a un árbol, tres piedras dispuestas en triángulo... Tienes que mirar mejor.

Volvió la cabeza hacia ella y sus rasgos quedaron iluminados un instante por el fuego bajo. Sus cabellos tiesos, su nariz curva, sus pómulos salientes, teñidos de cobre por el fuego, componían un conjunto sin equívoco posible.

—Tú eres indio, ¿verdad?

Harrow emitió un gruñido y sacudió la cabeza, sin que se supiera si estaba asintiendo o no. Juliette no se atrevió a insistir. Él se echó un poco atrás y se tendió, con los brazos apoyados en el suelo. Miraba el cielo negro, en el que no faltaba ninguna estrella.

—No he visto a ningún indio desde que salimos —aventuró Juliette.

—Seguramente nos hemos cruzado con algunos, pero no se han dejado ver. En el territorio en el que viven, no se comportan como amos. No transforman nada, no estropean nada. La tierra los tolera, y ellos la respetan. Nunca se atreverían a apropiársela, a recortarla en parcelas como si fuera carne muerta. La tierra, para ellos, está viva. Tienen conciencia de que forman parte de un todo. Lo que se aprende con ellos es el equilibrio de todas las cosas.

Ted hablaba de los indios, pero sus palabras le retrataban a él mismo. Ésa era exactamente la impresión que daba a Juliette. Una fuerza, pero que se basaba en otras fuerzas; un hombre que se nutría del viento, de la tierra y del espacio. Juliette preguntó:

—Pero ¿de qué pueden vivir, en un lugar así?

—Un indio nunca se haría esa pregunta —replicó con viveza Harrow—. Para ellos, la naturaleza provee de todo en abundancia. Es la civilización de los blancos la que ha creado la escasez.

A pesar del tono cortante de su interlocutor, Juliette se sintió feliz de que por fin entablara una conversación. E insistió en contradecirle.

—¡La abundancia! ¿En este desierto...? Si no hubiéramos traído las chuletas...

—Se encuentra todo lo necesario en la naturaleza, incluso aquí —puntualizó Harrow—. A condición de no ser demasiado numerosos.

—¡Claro!

—Sí —dijo Harrow, atizando el fuego—. Es el gran secreto. Eso es lo que caracteriza a las sociedades tradicionales. Se han adaptado a la naturaleza, y no a la inversa. Los combates rituales, los sacrificios, todas las prohibiciones tenían como fin limitar el tamaño del grupo. De ese modo, el medio natural podía alimentarlo en abundancia. —Sobre este tema, Harrow se convertía casi en alguien locuaz. Seguía hablando con lentitud, pero se notaba que estaba tratando su tema favorito—. Pero un día los hombres dejaron de ver a los dioses en todas partes y colocaron por encima de todas las cosas un Dios único. Cada hombre, reflejo de ese Dios, se convirtió en sagrado. El individuo pasó a tener más valor que el grupo y la especie humana empezó a proliferar. La naturaleza ya no bastó. El equilibrio se rompió. La abundancia se convirtió en pobreza.

Una minúscula burbuja de gas en una brasa empezó a silbar. Harrow pareció escuchar aquella frágil melodía, como si contuviera un mensaje. Luego el fuego calló, y él volvió a tomar la palabra.

—El ser humano se puso a torturar la tierra para que produjera cada vez más. La ha cubierto de límites, de barreras. La ha rasgado con arados, apuñalado con picos, reventado con bulldozers y con explosivos. Y todo para permitir a cada vez más hombres seguir multiplicándose. Y recibir cada vez menos de ella.

En la noche clara del desierto, poblada por una asamblea de sombras surgidas de los relieves rocosos, parecía que aquella voz sorda y grave expresara el pensamiento mismo de la tierra.

Detrás del silencio de aquella naturaleza virgen, Juliette distinguía una suerte de rugido lejano. En otras circunstancias, habría dicho que se trataba tan sólo de la sangre que latía en el interior de su oído. Pero ahora sabía de dónde provenía aquel rumor. Eran las ciudades en marcha, con su vanguardia de asfalto y de basura. La red de autopistas arrojada sobre la tierra para capturarla; el paso pesado de las legiones humanas que, por miles de millones, inundaban con su multitud las llanuras sin defensa, las líneas de las costas e incluso las laderas de las montañas... Era el ruido de las selvas taladas, de los animales salvajes matados en masa, de los ríos llenos de inmundicias, del cielo apestado de humos, de los mares contaminados de petróleo. Las imágenes se amontonaban en el espíritu alerta de Juliette. Habría podido ponerse a gritar, tan fuerte y dolorosa era la impresión que producían en ella. Ningún libro, ningún artículo de periódico, ninguna propaganda habría podido dar cuerpo a aquellas amenazas como lo hacía la inmensidad desierta y silenciosa que la rodeaba.

Al mismo tiempo, por su existencia misma al margen de toda afrenta, aquel lugar grandioso y puro proclamaba que el combate aún no estaba perdido.

Quedaban en el globo suficientes lugares inviolados, zonas áridas, montañas, selvas vírgenes, para que la marcha de la naturaleza hacia su muerte pudiera ser detenida y para que un día el mundo salvaje tuviera su revancha.

Harrow se había dado cuenta, sin duda, de que era necesario dejar trabajar la imaginación de Juliette. Envuelto en su manta, le deseó buenas noches y se volvió para dormir. Ella siguió mucho tiempo tendida sobre su espalda, con un costado calentado por el fuego, soñando con el combate que empezaba a percibir y en el que le parecía que había de encontrar finalmente su lugar.

Al día siguiente, reemprendieron el camino al amanecer. En varias ocasiones, tuvieron que poner pie a tierra y caminar delante de sus caballos, por la estrechez del sendero. Cruzaron un puente colgante de madera que salvaba las aguas tumultuosas de un torrente. Remontaron luego su curso siguiendo la orilla. Un poco más allá, la corriente se extendía y formaba varios brazos muertos, bordeados por playas de hierbas y grava. Un viento ligero soplaba de frente, ocultando su olor y los ruidos que emitían. De pronto, a cincuenta pasos de ellos, vieron un grupo de antílopes que bebía sin alarmarse. Harrow hizo seña a Juliette de que se detuviera. La llevó detrás de un bosquecillo de sauces. Por entre las ramas veían perfectamente las cabezas de los animales, sus narices temblorosas, las orejas móviles que barrían el espacio como radares. Juliette se dio cuenta de que Harrow, a su lado, había armado su carabina y apuntaba hacia los animales.

No comprendía cómo un defensor de la naturaleza podía atacar directamente a un animal en libertad. Tuvo el reflejo de apartar el arma, pero él se lo impidió con un gesto firme.

—¿Por qué quieres matar a esos antílopes? —susurró ella.

—¿Piensas que hay que protegerlos? —murmuró Harrow sin perder de vista a los animales.

—Sí.

—¿Que cada uno de ellos es un ser sagrado? —dijo Harrow.

La voz era tan baja que de su tono no era posible deducir nada. Juliette echó una ojeada a los animales, dudó.

—Sí —dijo—, lo creo.

—Entonces, eres como esos imbéciles defensores de los animales.

—¿Por qué, imbéciles? Luchan para proteger la naturaleza —adujo Juliette.

Harrow acomodó la culata del arma en el hombro.

—No defienden la naturaleza; la exterminan. —Guiñó un ojo, ajustó el otro a la mira—. El respeto al individuo, que tanto daño ha hecho a la naturaleza —murmuró—, lo llevan hasta el absurdo. Quieren extender los derechos humanos a los animales. Y eso no puede producir más que catástrofes. Por ejemplo, al proteger a las focas, hacen que proliferen, como ha proliferado el hombre. Y las focas amenazan ahora a varias especies de peces.

Un antílope había debido de percibir el eco discreto de esas palabras susurradas. Levantó la cabeza, y sus ojos exploraron la orilla. Pero no distinguió más movimiento que la reverberación del sol en la superficie temblorosa del torrente, y volvió a inclinarse para beber. Harrow prosiguió:

—La naturaleza no es el respeto a la vida. Es la obra de la muerte. Cada cual mata y es muerto. El equilibrio es la armonía de los depredadores. Proteger la naturaleza es saber a quién es necesario dar muerte.

Al decir esas palabras, Harrow tendió la carabina a Juliette. Ella la miró sin comprender. Luego, casi maquinalmente, la tomó. Nunca antes había tocado un arma, ni siquiera de juguete. Le asombró su peso, su densidad. De golpe, comprendió hasta qué punto puede tranquilizar un objeto así. Harrow seguía observando a los animales a través de los arbustos. Ella sintió que era inútil esperar de él una orden o siquiera una palabra. Le dejaba la libertad de elegir. Pasó un largo instante durante el cual los pensamientos más confusos se agolparon en su mente. Finalmente, encaró el arma y apuntó.

La mira, un poco por casualidad, se fijó sobre un animal joven que había terminado de beber y esperaba, algo apartado de los demás, inmóvil en lo alto de la ribera.

Juliette se dio cuenta de que Harrow se había vuelto ahora hacia ella. Nunca habría creído poder concentrar un deseo tan turbador en su mirada y en el dedo engarfiado sobre el gatillo frío. Sus pensamientos giraban a una velocidad nunca antes alcanzada. Se sentía como sobre un tiovivo a toda marcha. Había que parar aquello, dispersar aquellas ideas como cuervos. Apretó el gatillo.

El clic del arma resonó con una vibración aguda que los animales advirtieron. Todo el grupo escapó de golpe, a grandes saltos. Juliette esperó un instante sin moverse, como si la detonación hubiera de llegar con retraso. Luego se rindió a la evidencia y bajó el arma. Miró la carabina y volvió la cabeza hacia Harrow. Al ver su ligera sonrisa, comprendió que la carabina no se había encallado. Sencillamente, él no la había cargado.

Harrow extendió el brazo, volvió a tomar el arma y dijo:

—No hay que matar a los antílopes. No porque cada uno de ellos sea sagrado. Si hubiese muchos, sería posible matarlos. Pero cada vez hay menos, y la especie entera está amenazada de extinción.

Juliette lo observaba desconcertada. Un doble sentimiento se disputaba su conciencia. Se sentía feliz por no haber matado a aquel animal. Al mismo tiempo, le asombraba sentir en el fondo de sí misma una terrible frustración. Experimentaba una especie de fallo doloroso: el de no haber disparado.

—Proteger la naturaleza —murmuró Harrow mientras se ponía en pie y volvía hacia los caballos—, es saber a quién hay que dar muerte.

—Luego añadió en voz alta, al tiempo que deslizaba la carabina, con el cañón hacia el suelo, en su funda—: Más valdría disparar contra los furtivos que vienen a cazar en todoterreno.

Cabalgaron todavía varias horas antes de acampar, y Juliette tuvo tiempo de meditar sobre aquel incidente. Primero tuvo la impresión de que Harrow se había burlado de ella, y guardó un silencio malhumorado. Al tiempo que el paisaje cambiaba, su pensamiento lo hizo también. Acabó por decirse que él le había hecho pasar por una especie de ritual de iniciación. En el fondo era la historia de Isaac, pero al revés. Abraham iba a degollar a un ser humano cuando Dios le envió un carnero para que lo sacrificara en su lugar. Ella iba a sacrificar a un animal y Harrow todopoderoso le había ordenado inmolar en su lugar a los cazadores. Es decir, a los hombres.

Sintió, tuvo la certeza física de que, si por milagro, hubiese aparecido un cazador en lugar de un antílope, ella no habría dudado en matarlo.

¿Era aquella marcha solitaria lo que la alteraba? ¿Había sabido Harrow revelar en ella pulsiones que intentó ocultarse a sí misma durante demasiado tiempo?

Al día siguiente, reemprendieron el viaje por el desierto. Harrow seguía sin dar ninguna indicación sobre el lugar al que se dirigían. Pero Juliette, ahora, empezaba a orientarse. El paisaje le resultaba familiar. Se fijaba en la posición del sol, en los ejes de los cursos de agua, en el encadenamiento de los relieves. Tuvo incluso el orgullo de descubrir sola señales indias dispuestas sobre las ramas de un árbol en un lugar en el que había que cambiar de dirección. Tuvo la certeza de que habían dado una gran vuelta a través de los cañones y que su camino les devolvía a la casa rupestre. Así pues, no iban a ninguna parte. El fin de su viaje era el propio viaje. Harrow la había prevenido sobre que tenía que aprender. Comprendía que ese aprendizaje no consistía en palabras sino en una experiencia más concreta, que implicaba tanto al cuerpo como a la mente. Ted estaba imprimiendo su marca en Juliette más profundamente de como lo hubieran hecho las palabras.

Mecida por el paso de su montura, envuelta en un silencio que Ted respetaba tanto más en la medida en que le resultaba natural, Juliette revisitó sus recuerdos y meditó sobre sus compromisos.

Durante mucho tiempo había creído que su entrada en Greenworld había sido únicamente fruto de la casualidad. En la universidad se vio arrastrada por un grupo ruidoso que se dirigía a una manifestación. Fue en Lyon, una hermosa tarde de sol. No sabía muy bien por qué estaba desfilando, pero se sintió feliz por marchar y gritar. Vivía entonces una época dolorosa de soledad. Varias veces, aquel invierno, había pensado morir. Los alegres empujones en los muelles del Ródano, las consignas coreadas hombro con hombro, la fuerte luz sobre los tejados del barrio de Saint-Paul, la habían salvado en cierto modo. Aquella medicina inesperada se llamaba Greenworld. Poco importaba, la verdad. Lo esencial era que le sentaba bien.

Ahora, mientras cabalgaba a través del desierto, Juliette corregía aquella versión de los hechos. Incluso en aquellas épocas de depresión y de desesperación, no se habría adherido a cualquier lucha. Algo más profundo la había seducido. Detestaba los conceptos abstractos; la política suscitaba en ella una indiferencia absoluta. Si las tesis ecologistas habían sido la excepción, fue porque sintonizaban con un eco más íntimo.

En efecto, lo que Greenworld criticaba era exactamente el ideal burgués de sus padres. Su padre, además de ser egoísta y perverso, era un hombre lanzado a una lucha sin piedad no sólo contra sus semejantes, sino también contra la naturaleza. Aquel odio contra la naturaleza había dejado a Juliette recuerdos dolorosos. Recordaba por ejemplo el terreno que sus padres habían comprado más arriba de Aix-en-Provence. Había allí una casa pequeña en un rincón, y el resto era una maravillosa pineda. Durante todo un verano, Juliette disfrutó de aquel lugar. Se abrazó al tronco cálido de los árboles, buscó saltamontes a cuatro patas en el suelo cubierto de agujas de pino y de fragmentos de corteza. El segundo verano, unas enormes máquinas amarillas arrancaron los tocones, talados a ras de suelo, y se llevaron los troncos que reposaban amontonados a un lado. El padre de Juliette hizo derribar la vieja casa para construir una villa nueva. Había vendido el resto del terreno para levantar dos edificios de cemento rodeados de césped, innoblemente denominados «Residencia de los Pinos».

Más grave, pero más abstracta, era la confesión hecha por su padre un día en su presencia: había contado, riendo para sus adentros, cómo daba órdenes a sus petroleros de desgasificar en el límite de las aguas territoriales, y cómo hundía en ciertas bahías tropicales los viejos buques carcomidos por el fuel y el orín, para cobrar el seguro.

También estaban las pobres gentes a las que había obligado a desalojar un apartamento que poseía en Calais. Juliette estaba en el asiento trasero del coche cuando aparcó en la esquina de la calle para observar cómo los gendarmes volcaban en la acera los colchones y los juguetes. Ella se escondió en el momento en que salían los niños llorosos.

Todo aquello podía haber despertado en ella una conciencia social y conducirla a la militancia en la extrema izquierda. Pero nunca le habían convencido las ideas revolucionarias. Le parecía que la maldad humana se repartía equitativamente, y que los pobres no estaban desprovistos de ella, sino muy al contrario.

La idea de la naturaleza era más fecunda que la de la clase social. Sus padres eran desnaturalizados. Ésa era la palabra. Esa negación de la naturaleza era lo que hacía a su padre inaccesible a la piedad, insensible a la belleza de los árboles, ávido por destruir, por construir, por poseer, lo que en el fondo significaba siempre lo mismo. Y su madre era desnaturalizada por preferir las comodidades materiales al amor de una hija; odiaba la pobreza y renegaba de la robusta sencillez de sus antepasados campesinos.

En el desierto, Juliette sintió con intensidad que la violencia, el desprecio del que había sido víctima durante su infancia, tenían el mismo origen que los sufridos por la naturaleza. Esa idea la consoló. Daba un sentido a los sufrimientos pasados y una coherencia a su rebelión. Le pareció que había llegado a una realización.

Además, Harrow la ayudaba a ver con más claridad las vías que debía seguir esa rebelión. Hasta entonces, como muchos simpatizantes ecologistas, sólo tenía una idea muy vaga de lo que era posible hacer para preservar el planeta. Se resumía esencialmente en cultivar sentimientos humanitarios hacia todas las cosas vivas. De modo que le pareció natural participar en una acción en defensa de los animales cuando Jonathan se lo pidió. No se había preguntado apenas por la finalidad y las contradicciones de una acción de ese tipo. Se sentía agradecida a Harrow por haberle mostrado su aspecto ridículo. Comprendía ahora que el verdadero objetivo era oponerse a la destrucción del planeta que el hombre llevaba a cabo. Para eso, era necesario contar con medios proporcionales al reto asumido, medios que no excluían la violencia ni tal vez el asesinato. Era exactamente ese valor, esa audacia, lo que había lamentado no encontrar en Greenworld, sobre todo después de su agresión. Esta vez, estaba al lado de personas que hablaban el mismo lenguaje que ella.

¿Qué forma tomaría exactamente la acción? ¿Y qué papel le estaba reservado a ella? No lo sabía. Ted no le había explicado ningún detalle. Lo que le había hecho compartir era algo mucho más precioso: unos principios, una dirección, un estado de ánimo. En cuanto al resto, Juliette confiaba en él. Cuando llegara el momento sabría lo que se esperaba de ella y en qué proyecto estaba implicado el grupo.

Lo esencial era que en adelante tendría la sensación de formar plenamente parte de todo aquello.

Cuando al caer la tarde llegaron a la casa rupestre, fue a acostarse llena de agujetas, agotada. El sueño tomó posesión de sus ensueños, sin interrumpirlos.

2

Seattle, estado de Washington

Ginger estaba pasando por una crisis. Mark, su marido, tenía una aventura, y ella lo había descubierto. Después de varias discusiones violentas, finalmente había vuelto a casa, pero ella estaba segura de que seguía viendo a «la otra»... Tenía una inmensa necesidad de consejos y confidencias.

Esa circunstancia convenía perfectamente a Kerry. Su seudo-amiga de la infancia había llegado a un acuerdo con Roger desde el día siguiente mismo, de modo que Kerry sólo pasaba las mañanas en el almacén. A partir del almuerzo podía subir, en teoría para ayudar a Ginger, y en la práctica para escuchar su charla.

La principal dificultad provenía de una percepción diferente del tiempo. Kerry tenía poco. Su cobertura no era muy sólida y podía venirse abajo en cualquier momento. La hermana de Ginger tenía que venir a Seattle al cabo de menos de una semana. Había «reconocido» a Kerry por las descripciones telefónicas de su hermana, pero una vez en su presencia era de temer que se le presentaran fuertes dudas.

Ginger, por el contrario, no tenía prisa. En One Earth pasaban por un período de poca actividad. Varios administradores estaban enfermos o de viaje, y no había prevista ninguna gran campaña de acción antes del verano. Su necesidad de confidencias pasaba por delante de todo lo demás. A Kerry le costó muchísimo volver a plantear la cuestión de los archivos sin despertar sus sospechas.

—¡Ah, sí, los archivos...! Lo había olvidado, pero tú sí que te acuerdas. No me extraña. Ya en Des Moines eras una buena alumna.

—Podríamos clasificar bastantes cosas —sugirió Kerry—. Ganarías espacio.

—Tienes razón. Aquí ya no se cabe. El correo recibido y emitido, las convocatorias a las reuniones, las actas de las sesiones del consejo, las listas de adherentes, es increíble lo que se llega a acumular en pocos años. Además, desde esa historia con Mark, tengo una especie de alergia. Los papeles o el polvo, tal vez. El caso es que no paro de lagrimear. Y ese imbécil está convencido de que es por él...

Kerry temía que Ginger volviese de nuevo a sus asuntos sentimentales, y volvió a situarla con firmeza en el tema de los archivos.

—¡Es como si ya estuviera hecho! —exclamó Kerry—. A partir de mañana por la mañana, empiezo a escanear todo esto. Sólo necesitaré que me expliques con un poco más de detalle vuestra forma de funcionar para que pueda dibujar un árbol de clasificación, con grados de confidencialidad, entradas diferentes para encontrar los datos almacenados...

Ginger hizo una mueca.

—Despacio —dijo—. No puedes coger todos esos papeles y pasarlos a informática. Mis señores jefes no confían lo más mínimo en los ordenadores. Es la generación de la goma de borrar, ¿sabes? Piensan que, desde el momento en que las informaciones están en un disco duro, siempre hay listillos que se las apañan para meter las narices en ellas.

Kerry sintió que había llegado al núcleo del asunto.

—Podemos poner códigos para proteger el acceso...

—¡Nanay! No los convencerás. Son un poco paranoicos. Pero también hay que comprenderlos. One Earth nunca se ha preocupado demasiado de la legalidad. Aquí, se considera que la Ley va por un lado y la Justicia por otro. La Ley está hecha para proteger los intereses de los más fuertes. Nosotros nos vemos obligados a traspasar los límites con frecuencia, si queremos defender la naturaleza, ¿entiendes? —Ginger hablaba sin entusiasmo, como si recitara una lección demasiado repetida. Visiblemente, aquello la apasionaba menos que sus asuntos privados—. Nosotros no reivindicamos la Ley sino la Justicia, es decir, lo que nos parece moralmente bien.

—¿Qué relación tiene eso con estos papeles...?

—A eso voy. Algunos de estos papeles sirven sólo para demostrar que respetamos la ley. Están destinados a ser mostrados al exterior, en caso de un control, por ejemplo. Si tomas las actas de las sesiones del consejo, en esos archivadores de abajo, verás que no se dice gran cosa. Es la parte destinada a la exportación.

—Eso quiere decir que otros documentos son confidenciales —apuntó Kerry.

—Exacto.

Ginger hizo rodar su silla hasta un mueblecito cerrado con llave, y lo abrió. En el interior había alineada una serie de archivadores.

—Aquí, por ejemplo, pongo los papeles que no deben ver quienes vienen a meter las narices. Informaciones personales sobre los afiliados, relación taquigráfica de las reuniones importantes, etcétera. Y aún, éstos he tenido tiempo para elegirlos. Hay otros muchos mezclados con el resto.

—Entonces, ¿cómo sabré lo que puede ser escaneado y lo que no? —inquirió Kerry.

—Pregúntamelo a mí, así de sencillo.

Así quedaron las cosas por esa mañana, por lo menos en lo relativo a ese tema. El resto del tiempo, Kerry se vio obligada a escuchar los chismes de la secretaria, y reír cuando correspondía. Aprovechó para observar cómo organizaba su tiempo.

Ginger no era ni metódica ni regular. Pasaba de un asunto a otro, ocupaba un tiempo desproporcionado con un interlocutor si hablar con él le proporcionaba placer. Luego despachaba sin más trámites asuntos importantes, si la obligaban a tratar con gente aburrida. Asistía a un gran número de reuniones, pero era difícil prever cuánto tiempo se quedaría en ellas. Si no le apetecía charlar con sus vecinos o si el tema no le interesaba, fingía recibir una llamada urgente y desaparecía dándose aires de importancia. Debía su puesto a la antigüedad, y lo conservaba debido a la cantidad de informaciones confidenciales que almacenaba. Pero si se presentara hoy como aspirante al cargo, de inmediato sería catalogada como una pésima ayudante de dirección.

En consecuencia, Kerry no podía saber de cuánto tiempo dispondría para estar sola en el despacho. Sería necesario preparar minuciosamente la operación, a fin de que durara el menor tiempo posible.

Providence le había enviado un *dossier* que resumía los puntos que habría de tener en cuenta en el momento de la acción. Kerry se había aprendido esas instrucciones de memoria, y eso le había dado una gran satisfacción. La vida «normal» da raras veces la ocasión de aprender de memoria lo que sea. El músculo de la memoria, superentrenado en el agente secreto, se atrofia dolorosamente cuando abandona la profesión. Kerry, en los primeros tiempos, se obligó a sí misma a aprender artículos enteros de periódico para no perder el hábito. Luego, poco a poco, se había ido abandonando. Volver a la antigua disciplina la reconfortó.

Y ahora, mientras paseaba por el despacho de Ginger para «hacerse una idea de la organización que tendría que llevar a cabo», procedía a verificaciones que iba archivando en su memoria. Las actas oficiales de las reuniones del consejo, a las que podía accederse libremente en los estantes, eran muy sucintas. No daban ninguna información sobre el fondo de los debates. Pero, simplemente gracias a la lista de presentes y ausentes en cada reunión, esos documentos prometían situar con precisión la desaparición de Harrow. Para precisar un poco la composición de su grupo, consultó, al final de las actas siguientes, la lista de afiliaciones y bajas, porque esas actas eran sometidas a la aprobación del consejo. Anotó mentalmente los nombres de quince personas que habían sido dadas de baja en el curso de las tres reuniones siguientes. Podía pensarse razonablemente que esas bajas estaban relacionadas con el asunto de los «Nuevos Depredadores».

Faltaba entrar en el detalle de lo sucedido. Para eso, sería necesario hacerse con las actas completas y las fichas personales correspondientes a los miembros dados de baja. Ahora Kerry sabía con precisión qué informaciones buscaba y dónde se encontraban. Era el momento de pasar a la acción.

Había alquilado una habitación en un hotel anónimo situado al norte de la ciudad. Cada mañana, a las siete, tenía una cita telefónica con Providence. Aprovechaba la ocasión para charlar con Tara. La mañana del día D, supo que Paul, en su investigación sobre Harrow, había salido de viaje hacia el Oeste. Ella había previsto al principio dar un salto hasta Nueva York después de la operación para abrazar a sus hijos. Pero la noche de la víspera recibió un mensaje de Rob. Los pequeños se divertían tanto con sus primos que querían quedarse una semana más. Su tío había organizado una excursión a su casa de los lagos. Probablemente estaban jugando a los tramperos en una canoa. Ella tenía todo el tiempo a su disposición. Pidió a Tara que propusiera a Paul encontrarse con ella en la región, una vez que hubiera terminado con One Earth.

Después, se fue a hacer *jogging* al parque que bordeaba la bahía. Encontró un rincón del jardín lo bastante tranquilo para dedicar veinte minutos a ejercicios de artes marciales. Mientras lanzaba patadas a un enemigo invisible, se dio cuenta de que un caballero anciano la miraba, aterrorizado. Sin duda llevaba observándola en silencio un largo rato. Kerry le hizo una mueca y se puso en guardia en su dirección. Él escapó asustado, tirando de la cadena de su perro. Ella se sintió perfectamente bien. La proximidad del peligro la llenaba de energía y de gozo.

El día elegido era un martes. De toda la semana, la velada del lunes era la que terminaba más tarde para Ginger. Se había enterado de que su rival estaba libre ese día, de modo que hacía todo lo posible para que su marido infiel no tuviera un minuto para él en toda la noche. Cada lunes, Ginger invitaba a amigos a cenar o arrastraba a su marido al cine, o a la discoteca, o a cualquier sitio. La velada concluía exigiéndole pruebas lo más vigorosas posibles de su pasión. Incluso después de una orgía así, Ginger seguía sin pegar ojo, por si el traidor tenía aún fuerzas para llamar a «la otra» a altas horas de la noche...

La mañana del martes le pasaba una factura nada agradable. Ginger llegaba siempre al trabajo hacia las once, con una cara a la vez de satisfacción, de agotamiento y de inquietud, porque, a fin de cuentas, tan sólo había ganado una semana más.

Kerry verificó la víspera que la agenda de Ginger estaba virgen hasta primera hora de la tarde. En la asociación, las primeras horas de la mañana eran propicias para una acción. Los despachos estaban prácticamente desiertos hasta las nueve. En contrapartida, cualquier presencia resultaba sospechosa y era necesario poder justificarla. Roger había provisto a la nueva encargada de mantenimiento de una tarjeta electrónica de acceso. Eso permitía a Kerry pasar por la puerta trasera, la del personal, que no estaba vigilada. Sólo tenía que tener cuidado de que hubiera ya alguien en el edificio, porque no conocía los códigos de la alarma. Por tanto, no debía llegar ni demasiado pronto ni demasiado tarde. Las nueve menos cuarto le pareció una hora razonable.

Los días anteriores, Kerry tuvo buen cuidado de vestir conforme a su leyenda. Llevaba ropa descuidada y amplia, como alguien que ya no siente interés por su apariencia ni desea atraer las miradas, y menos aún el deseo. Pero aquella mañana, esas precauciones sobraban. En primer lugar necesitaba sentirse bien, y en caso de urgencia no verse estorbada en sus movimientos. Kerry conservó sus zapatillas de *jogging*. Vestía una camisa de golf y un vaquero elástico que se le ceñía a la piel. No llevaba ni chaqueta ni cartera ni bolso, nada que corriese el riesgo de dejar tras ella. Había peinado sus cabellos en dos trenzas recogidas en sendos moños a los lados, lo que le daba un aire vagamente veneciano. Debido a ese atuendo, y sobre todo al bienestar y la alegría que emanaban de ella, la gente se volvía a su paso. Aquello la alarmó, pero era demasiado tarde para volver al hotel a cambiarse.

Al llegar a One Earth, se esforzó por apagar su mirada y encogerse un poco, pero eso no impidió que llamara la atención. Un muchacho que nunca le había hablado y que trabajaba, creía ella, en el departamento África, le propuso tomar un café. Ella lo rechazó, pero él la siguió.

—Has venido muy temprano —dijo torpemente, sólo para entablar conversación.

—Tengo que comunicarme con Laos.

Era el pretexto acordado con Providence para justificar su presencia en el despacho tan pronto.

—Ah, sí, el desfase horario, ya entiendo —admitió el joven.

Todavía la seguía. Aquel cerdo era un pesado, pero sobre todo se sintió enfadada consigo misma. Había desdeñado el factor seducción, que era un dato relativamente nuevo de su personalidad. En otra época, cuando todavía estaba en la Compañía, tenía un aspecto de niña crecida demasiado aprisa, un manojo de nervios que divierte e incluso fascina, pero que despierta cierta desconfianza. Se la percibía como alguien capaz de reacciones imprevisibles. La edad, la maternidad, una forma de madurez y de felicidad, habían añadido a aquello una fuerza tanto más atractiva cuanto más débiles eran los hombres. Éste lo era mucho, cosa que lo hacía pegajoso. Desde luego, un fruncimiento de cejas le pararía los pies, pero también haría que llamara la atención. Primera regla de la acción: no distinguirse en nada...

En mitad del pasillo, delante de la puerta de Ginger, se paró y le dijo con una sonrisa desarmante:

—¡Lo siento mucho! Tengo que transmitir a Laos un mensaje confidencial del consejo. Nos vemos luego.

Las últimas palabras eran una antifrase total. Su verdadero sentido, apenas oculto, era: «¡Lárgate, capullo!»

Entró en el despacho de Ginger y cerró la puerta a su espalda. Respiró profundamente y olvidó ese estúpido incidente. El resto del plan estaba ahí, claro, delante de sus ojos.

En primer lugar, cerrar la puerta con llave.

Lo habían discutido largo tiempo. Tara estaba en contra. Después de todo, si alguien la sorprendía, Kerry estaba autorizada a ordenar los papeles. ¿Por qué había de encerrarse con llave? Al mismo tiempo, si era Ginger la que aparecía... Finalmente, fue la propia Kerry la que decidió. Hizo girar despacio la llave en la cerradura, para no ser oída desde fuera.

Luego, sacó de su bolsillo una ganzúa. Se agachó junto al mueblecito que contenía los *dossiers* confidenciales y lo abrió sin dificultad.

Eran las nueve y media. Disponía de media hora para encontrar lo que buscaba. Más allá de ese tiempo, las idas y venidas en los despachos harían demasiado evidente la intrusión. Empezó por los archivadores dedicados a las deliberaciones del consejo. La sorpresa positiva fue que al parecer Ginger reservaba todo el esmero de que era capaz a la clasificación de aquellos documentos. Sin duda eran los únicos que los administradores consultaban por sí mismos, y ella quería que tuvieran una buena opinión de su trabajo. Kerry no tuvo la menor dificultad en encontrar el acta de la última sesión en la que había participado Harrow. Metódicamente, colocó el archivador sobre el escritorio y fotografió las páginas con una cámara miniatura que le había proporcionado Providence. Cada sesión ocupaba cuatro o cinco páginas. Fotografió también las dos sesiones siguientes y las dos anteriores, y volvió a colocar el archivador en su lugar.

Sacó después una carpeta verde en la que estaba colocada la información confidencial relativa a los afiliados. Un rápido examen le mostró que no contenía las fichas correspondientes al grupo de los «Nuevos Depredadores». Al examinar los archivadores restantes, descubrió uno dedicado exclusivamente a los miembros dados de baja después de la marcha de Harrow. Para cada persona figuraba información sobre su trayectoria en One Earth (fecha de entrada, funciones, fecha de baja, etcétera.), así como una biografía bastante detallada. No era el momento de examinar a fondo los documentos. Kerry sólo debía reproducirlos. Las informaciones serían analizadas más tarde en Providence.

Colocó el archivador plano sobre el escritorio y empezó a fotografiar las páginas. Había en total una treintena, lo que representaba no más de tres o cuatro minutos.

Iba más o menos por la mitad cuando el picaporte de la puerta se movió.

Todo el mundo sabía que Ginger no cerraba nunca su despacho con llave. Consideraba las precauciones de seguridad suficientes para no tener nada que temer de las personas que circulaban por el edificio. La misma filosofía tenían los miembros del consejo. Eran partidarios de los controles más estrictos hacia el exterior, pero les gustaba cultivar esa apariencia de democracia interna que consiste en permitir que todo el mundo pasee por todas partes, una vez que ha enseñado la pata blanca en la entrada.

La persona que intentaba entrar en el despacho de Ginger debía de estar sopesando el carácter no habitual de la situación. Kerry se había inmovilizado, esperando que su silencio haría suponer que el despacho estaba vacío y que la propia Ginger lo había cerrado por alguna razón desconocida. Pero el intruso no se dejó despistar por esa explicación. El picaporte se movió de nuevo, con más fuerza esta vez. Kerry notó que intentaban poner a prueba la solidez de la cerradura dando sacudidas a la puerta.

Tenía que poner todo en orden rápidamente, volver a cerrar el mueble, abrir la puerta y explicar que estaba dando una información telefónica confidencial. Era el escenario previsto con Providence. Por desgracia, resultaba imposible llevarlo a cabo. La persona que pretendía entrar había dejado el picaporte y ahora estaba dando palmadas en la puerta. En el silencio matinal, el ruido era enorme. Había que interrumpirlo cuanto antes. Kerry cerró el archivador y dio una patada al pasar a las puertas del mueblecito que había abierto. Saltó detrás de la puerta, hizo girar sin ruido la llave y abrió de golpe. Se encontró frente a una mujer con la que ya se había cruzado los días anteriores en aquel piso, pero que nunca le había hablado. Tenía bastante más edad que la media del personal. Una gran verruga le deformaba el mentón. Kerry recordó vagamente haber oído que se trataba de una militante histórica del movimiento, que ahora trabajaba como voluntaria. Miró a Kerry con indignación. Estaba claro que ninguna explicación la satisfaría. Era inútil también recurrir a la seducción. No era ni Roger ni el bobo que la había abordado aquella mañana.

En unos segundos, la mujer se pondría a gritar para dar la alarma. Kerry no le dio tiempo. Con una mano tiró de ella hacia el interior del despacho, y con la otra cerró la puerta y dio la vuelta a la llave. La mujer aún no se había repuesto de su asombro cuando Kerry le administró con la palma de la mano un golpe en el abdomen que le hizo perder el sentido de inmediato. Quedó tendida en el suelo detrás de la puerta.

Kerry se sentía absolutamente tranquila. Los escasos instantes de que disponía antes de huir le parecieron tan plácidos como unas vacaciones en familia. Fue tranquilamente hasta el escritorio, sacó la cámara del bolsillo y terminó de fotografiar las últimas fichas. Iba a volver a colocar el archivador en el mueble y cerrarlo con llave, pero lo pensó mejor. Abrió al azar el archivador que acababa de fotografiar y lo dejó bien a la vista sobre el escritorio de Ginger.

Su razonamiento era muy simple. La irrupción de la mujer la había obligado a cometer una agresión física. Si el acto parecía inmotivado, One Earth no dejaría de colocarse en el papel de víctima, alertar a la prensa, a la policía, a la justicia, y, en una palabra, dar una publicidad enorme al asunto. Si, por el contrario, quedaba claro que el motivo de todo aquello era la voluntad de consultar los *dossiers* secretos de la asociación, los administradores de One Earth tal vez se lo pensarían dos veces antes de llamar la atención del público sobre el asunto. Seguramente no tendrían ganas de que los autores de la intrusión, fuesen quienes fuesen, bien una organización rival..., la de Harrow tal vez, o bien el FBI, airearan sus pequeños secretos. Por tanto, era preferible dejar un rastro sin posible equívoco.

Kerry pensó incluso, por un instante, en llevarse con ella uno de los *dossiers*, en particular uno que había encontrado al revolver el mueble con la mención «contabilidad». Seguramente contenía información adecuada para calmar los ánimos de los miembros del consejo. Pero pensó que, si se veía obligada a correr o a disimular, le estorbaría aquel peso bajo el brazo. Decidió finalmente dejarlo todo en su sitio.

La mujer empezaba a recuperar el sentido, y gemía en tono bajo. Kerry pasó a su lado, salió y cerró la puerta detrás de sí. Caminó tranquilamente hasta el final del pasillo, y pasó junto a una fotocopiadora ante la cual estaba el muchacho que la había abordado. Sin duda se había colocado allí al acecho. Apenas tuvo tiempo para sonreírle, ella le hizo un pequeño saludo con la mano y desapareció en la escalera. En la planta baja se cruzó con Roger, que entraba. Sostuvo la puerta abierta para él y salió diciéndole:

—He olvidado una cosa en casa.

Por fortuna, no llevaba el *dossier* en las manos. Estaba formalmente prohibido sacar documentos del edificio sin autorización.

En un instante, se encontró en la calle. El día se había tomado su tiempo para decidirse entre las nubes y el sol. Finalmente, era soleado. El aire que soplaba del Gran Norte era fresco, y el cielo muy azul. Kerry caminó a paso rápido hasta cubrir dos manzanas desde One Earth. En cuanto estuvo fuera de la vista, echó a correr. Su atuendo le permitía hacerse pasar por una deportista mañanera, como tantas.

Era una auténtica felicidad dejar que su cuerpo expresara fuerza y salud. Paul tenía razón: se daban las condiciones. Se preguntó con una ligera ansiedad si funcionarían bien los relevos. Cuando vio, en el lugar convenido, el automóvil enviado por Providence y el conductor que la esperaba, Kerry tuvo la sensación deliciosa de ser la ruedecilla dentada de un reloj grande y hermoso que marcaba las horas en una esfera invisible. Entró en el coche. El conductor era un muchacho joven de la sección de Lawrence, que masticaba chicle. Arrancó al instante y tomó, como estaba previsto, la dirección este.

3

Coeur d'Alène, Idaho

Idaho, en primavera, se parece a la Bella Durmiente del bosque. El letargo invernal deja paso al despertar del verdor. Lenguas de nieve perduran aún en las laderas en sombra. Gentes hirsutas y pálidas se aventuran con prudencia al exterior sin saber aún qué tipo de ropa llevar: el sol ya calienta, pero el viento sigue siendo glacial por poco que sople del norte.

La naturaleza salvaje abarca más de una tercera parte del estado. El resto del territorio está dedicado al cultivo de la patata. Los hombres han estado sin duda demasiado ocupados en cazar osos o roturar la tierra para disponer de tiempo para construir ciudades dignas de ese nombre. Boyse debe su título de capital a la ausencia de otras competidoras serias.

Mientras conducía su viejo Chevrolet de alquiler, Paul se divertía en encontrar nombres franceses en los pueblos. Por mucho que se encontrara a más de tres mil kilómetros de Nueva Orleans, lo que estaba recorriendo era aún la Luisiana comprada por Jefferson. El enorme territorio francés se internaba entonces en estas extensiones salvajes y llegaba hasta el antiguo Oregón de los tramperos.

Ted Harrow se había criado en Coeur d'Alène, en el noroeste de Idaho. Desde su infancia se había visto rodeado por esos nombres franceses que habían sobrevivido al paso de los siglos. Aunque estaba prácticamente seguro de no encontrarlo allí, Paul tenía la impresión de estar aproximándose a la persona que perseguía.

Había pasado varios días en Providence dedicado al análisis de los documentos reunidos sobre Harrow y a profundizar en todas las pistas. Había conseguido toda la ayuda que deseaba, con eficacia y rapidez. Se había beneficiado de la movilización general impuesta por Kerry, que sobrevivía a su ausencia. Todas las secciones seguían estando representadas en las reuniones de la tercera planta, y el asunto de los Nuevos Depredadores continuaba siendo el centro de las preocupaciones de la agencia. Sin embargo, la maquinaria mantenía el servicio a Kerry como principal prioridad. Durante la comunicación que ella mantenía cada mañana con Providence, todos los equipos se aglutinaban alrededor del altavoz del teléfono. A Paul le irritaba un poco ver la simpatía un poco compasiva con la que lo trataban. Aquello le decidió más aún a tomarse una revancha. Estaba absolutamente decidido a conseguir que la pista de Harrow lo condujera a alguna parte.

Por desgracia, cuanto más progresaba, más cuenta se daba de que el personaje era inasible. No sólo Ted Harrow había desaparecido, sino que había borrado sus huellas cuidadosamente. Borrar sus huellas era en Ted como una segunda naturaleza. Toda su trayectoria, desde mucho antes de abandonar One Earth, estaba marcada por la discreción, la oscuridad, la movilidad. No se encontraba en su vida el rastro de objetos, de lugares, de relaciones que la mayor parte de las personas dejan tras de sí. En cada ocasión en que llegaban a saber lo que Harrow había hecho, ignoraban dónde vivía. A la inversa, a cada residencia que conseguían localizar no correspondía ninguna actividad conocida. Ese misterio duraba desde hacía mucho tiempo. Era una característica, no sólo suya, sino de toda su parentela.

Sin embargo, en un pasado lejano parecía que las cosas no habían sido así. En Connecticut, donde había nacido Harrow, su familia era conocida y tenía una posición honorable. Por su abuela paterna, descendía incluso de la prestigiosa estirpe de los peregrinos del *Mayflower*. El declive llegó en los años veinte. La rama paterna hizo malos negocios y se arruinó. Los otros cortaron toda relación con aquellos inútiles caídos en la pobreza. Ésa era la razón por la cual, cuando se les preguntaba por Ted Harrow, ninguno de los parientes lejanos y homónimos declaraba conocerlo. En los registros fiscales, se encontraban huellas de su padre en pequeños empleos en la hostelería, en la Costa Este. Después desaparecía por completo, dos años tan sólo después del nacimiento de su hijo.

Por falta de tiempo, el equipo de Providence no había encontrado ningún expediente escolar relativo a Ted: habría sido preciso buscarlo en todo el territorio de Estados Unidos, y tal vez incluso en el extranjero. Harrow no reaparecía hasta 1991, en el momento de su servicio militar, pero era para desaparecer de nuevo. Había sido contabilizado entre los *draft-dodgers*, los insumisos que querían escapar de la guerra del Golfo. Podía pensarse que, como muchos de ellos, había huido a Canadá. Las verificaciones realizadas desde Providence permitieron confirmar esa hipótesis e incluso encontrar a algunas de las personas que había tratado allí. Por desgracia, ninguna de ellas había mantenido el contacto con él. Tenían varias pruebas de su implicación en acciones ecologistas en la Columbia Británica. Pero tampoco allí parecía haber tenido interés en relacionarse con sus compañeros.

Finalmente, el período mejor documentado era el que había pasado en One Earth. Se había unido a la organización en 1995 y había ascendido de forma fulgurante: menos de dos años más tarde, había sido cooptado entre los miembros del consejo. Lo debía a su amistad con Jerry Metcalff, uno de los dirigentes históricos del movimiento. Metcalff había rechazado todas las peticiones de entrevista: era imposible pedirle su versión de los hechos. Tenían que contentarse con el libro de memorias que había publicado el año anterior. Pretendía que Harrow y él se habían conocido durante una operación violenta contra un equipo de tala de bosques. Lo había reclutado para One Earth debido a su valor físico. Admiraba su conocimiento de los indios y consideraba que había contribuido a enriquecer la acción ecologista aportando referencias al pensamiento de los indios. Pero confesaba que Harrow siempre había sido un misterio para él, y que no sabía absolutamente nada de su vida anterior. Aunque podía haber una parte de resentimiento —el libro fue escrito después de la crisis con el grupo de los Nuevos Depredadores—, la opinión de Metcalff parecía sincera y encajaba bien con el personaje Harrow.

Nada de todo ello proporcionaba una pista consistente, y Paul empezaba a desanimarse. Por fortuna, Barney le dio una idea. Mientras discutían los progresos de la investigación, hizo una observación lógica, pero que hasta entonces no se le había ocurrido a nadie.

—¿Y su madre? —había preguntado.

Entre todas las ausencias que poblaban la vida de Harrow, una, en efecto, era especialmente llamativa: la de su madre. Paul había deducido que debió de desaparecer durante la primera infancia del hijo. Después de la observación de Barney, decidió investigar un poco más. En la partida de nacimiento de Ted, al lado del nombre del padre, con su perfume distinguido de Nueva Inglaterra, figuraba en el lugar de la madre un patronímico extraño, Marie-Rosaire, y unos datos de nacimiento no menos singulares: 1-1-1946 en Boyse, Idaho. Es cierto que hay personas nacidas el primero de enero. Sin embargo, la mayor parte de quienes llevan esa fecha de nacimiento son niños de registro civil desconocido. Algunos fueron abandonados sin información exactas acerca de su natalicio; otros proceden de zonas en las que la inscripción de los recién nacidos no se lleva a cabo de forma sistemática. Ése fue el caso después de la guerra en muchas reservas indias.

Así pues, Paul orientó su investigación hacia las misiones católicas de Boyse y de Idaho. El nombre de Marie-Rosaire podía haber sido atribuido por las religiosas a una niña india nacida en una reserva y bautizada. Dos becarios del departamento de Barney consultaron a todos los monasterios del estado acerca de niños recogidos en los años cuarenta y cincuenta. Una hermana tornera confirmó la existencia de una niña de ese nombre en los registros de una misión situada en el condado de Clearwater, en las laderas de las Rocosas. Con las religiosas aprendió el oficio de lavandera. A la edad de dieciocho años había marchado a probar suerte en el mundo, en respuesta a una oferta de empleo en la Costa Este. Las fechas encajaban: podía tratarse de la madre de Harrow. Al consultar los certificados del registro civil de Idaho, en los que el monasterio había debido regularizar la adopción, encontraron la pista de Marie-Rosaire, así como la mención de dos matrimonios. El 7 de junio de 1968 se había casado con Edgar Harrow, declarado fallecido tres años más tarde. De esta unión había nacido un niño llamado Edward. Después, había vuelto a casarse con un tal Miller, del que estaba separada desde hacía diez años. En la actualidad debía de utilizar con toda probabilidad el nombre de Miller, lo que explicaba que nunca hubiera aparecido en la investigación. El último domicilio conocido de Marie-Rosaire estaba en Coeur d'Alène, en el norte de Idaho.

La región es célebre sobre todo por su lago, tan grande como un mar y muy rico en pesca. En cuanto a la ciudad de Coeur d'Alène, vive esencialmente del turismo. Ante el visitante, se presenta tal y como él espera encontrarla: artificialmente auténtica, ligada por un lado a la tradición de los tramperos por sus cabañas de troncos y sus vendedores de pieles curtidas, y de otro lado sólidamente anclada en la civilización norteamericana, con su Kentucky Fried Chicken y sus enormes gasolineras Chevron. En la región también proliferan los grupos paramilitares de extrema derecha, adeptos del suprematismo de los blancos.

Paul alquiló una habitación en un hotel del centro en el que se alojaba todo un autobús de jubilados equipados para la pesca con caña. Dejó allí su equipaje y salió de inmediato en busca de Marie-Rosaire.

Vivía en el trasfondo de aquel decorado exótico. Su residencia era un *mobile home* montado sobre pivotes, que había perdido todo recuerdo del asfalto. Estaba rodeado de arbustos, y la hiedra trepaba hasta el techo. Un caos de toneles, avances improvisados con chapa metálica y jaulas vacías ampliaba el espacio de la caravana original y le daba un aire de campamento nómada, por más que fuera más bien el signo de una larga etapa sedentaria.

Paul acabó por descubrir la entrada: una puerta redondeada en los cuatro ángulos, como en un barco. Llamó y esperó. Una niña minúscula vino a abrir. Era una india vestida con una pieza de tela roja de la que sobresalían dos piernas flacas y unos pies desnudos.

—Vengo a ver a Marie-Rosaire —anunció él.

Del fondo de la caravana surgió una voz tan fuerte que hizo temblar las frágiles paredes.

—¿Quién diablos puede llamarme todavía así?

La mujer que acababa de hablar estaba tendida en una cama cubierta por un edredón malva. Su cabeza descansaba sobre una almohada cuadrada rodeada por una franja de encaje. Miraba a Paul con toda la intensidad de sus ojillos negros. Eran tan brillantes, casi punzantes, que hacían olvidar todo el resto: el cuerpo enorme desplomado sobre el lecho, los pies desnudos de dedos deformados en el extremo de unas piernas surcadas por las varices, los brazos fláccidos, las manos sucias.

—Acérquese. ¿Tiene miedo? —Paul se colocó junto a la cama; la mujer dijo—: «Viento de la Mañana» le escucha, amigo. Ahora me llamo así, y es mejor que olvide el otro nombre. Si viene a venderme cualquier cosa, puede volverse ya mismo. No tengo dinero. Acepto donativos, a condición de no firmar nada. ¿Qué se le ofrece?

—Vengo por Ted —anunció Paul con voz suave, como si hablara a una de sus pacientes.

—¿Le ha ocurrido algo?

Un espasmo estuvo a punto de alzar el grueso pecho de la mujer. Pero la ley de la gravedad acabó por prevalecer, y la cabeza recayó sobre la almohada.

—No lo sé. Lo estoy buscando —admitió Paul. Había comprendido desde el primer instante que no tendría la menor oportunidad de encontrar a Harrow en ese lugar—. ¿Vienen a menudo a preguntar por él?

—Nunca. No sé cómo me ha encontrado usted. Ni siquiera él me encuentra ya.

Al decir esas palabras, la mujer sacó un pañuelo oculto debajo de su espalda y se lo llevó a un ojo.

Paul observaba aquel lugar abarrotado de miserias barrocas, candiles, gatos de porcelana, flores de plástico. Le parecía haber penetrado en una de esas tumbas egipcias en las que el difunto yace rodeado por los objetos que destina a la eternidad. Lo que pese a todo convertía en precioso aquel lugar era que ningún ladrón de tumbas se le había adelantado. Al parecer, el FBI no había llevado sus investigaciones hasta ese punto. Eso aumentaba las posibilidades, por débiles que fueran, de descubrir un indicio, un signo, un recuerdo capaz de ponerle en el camino justo.

—Está en peligro, ¿no es así? —preguntó la mujer.

—Es posible —dijo Paul.

Estaba sentado en el borde de la cama y la mujer, al verlo más de cerca, parecía acabar de descubrirlo.

—Póngase a la luz. Sus cabellos son muy negros. ¡Y rizados, caramba! ¿Es usted puertorriqueño, quizás? —Abrió de par en par unos ojos espantados—. ¡Un negro! ¡Un negro, diablos, eso es lo que es!

La niña acudió al oír los gritos, y miró a Paul con aire desaprobador.

—Cálmese. Ve muy bien que soy blanco. Y además, ¿qué importancia tiene?

—No nos gustan los negros, aquí. Y le prevengo, a Ted le gustan menos aún que a mí. Tráenos unas Coca, pequeña.

La niña a la que iba dirigida esa orden desapareció.

Marie-Rosaire, con la frente bañada en sudor, había vuelto a caer sobre su almohada y empezó a divagar.

—¿Ha visto ya sus ojos? Cuando nació, me daba miedo. En casa de su padre yo estaba acostumbrada a ver ojos así. En su cara de francés distinguido, parecían naturales. Pero imagínese un color así salido de mí...

—¿Cómo conoció a su marido? —preguntó Paul.

Ella miraba hacia el techo, desenrollando los pliegues fláccidos de su cuello.

—¿También a usted le extraña, verdad? La pobre india huérfana y el rufián de buena familia. —Marie-Rosaire se incorporó con un vigor que pareció asombrarla a ella misma y quedó sentada en el lecho, a pocos centímetros de la cara de Paul—. Me amó, figúrese usted. Y yo lo amé también. Su familia se oponía, pero con su educación a él no le costaba encontrar trabajo. No hay nada como un rico pobre para saber hablar a los ricos ricos. Era jefe de recepción en el hotel Majestic de Baltimore. Un cinco estrellas, sin contar la que valía él por sí mismo. —Se tragó la Coca que le tendió la niña, con ruidos de abrevadero. Paul colocó la suya sobre una mesita, junto a la cama—. Yo lavaba la ropa del hotel. Y eso es todo. No creo que sea necesario dibujarle un gráfico.

—¿Ted tiene hermanos o hermanas?

—¡Por Dios, no! —exclamó la mujer—. Ya para que saliera él, creí que me moría. Ahora tengo más carnes. Pero si me imagina usted sin la grasa, verá que no queda gran cosa.

—¿Vivió mucho tiempo en Baltimore? —Indagó Paul.

—Lo que tardó la dirección del hotel en descubrir el pastel. Después del parto, nos echaron a la calle. ¡Pobre Harrow! Sabe usted, en esos grandes hoteles circulan las listas negras. De un día para otro, nadie quiso saber nada de él en ninguna parte. Era un hombre que estaba hecho para trabajar. Al verse rechazado de esa forma en todos los sitios, empezó a beber. Cada vez resultaba menos presentable. Luego, se fue a suplicar a su familia. Y esa basura de blancos, a cual más rico, le dieron con la puerta en las narices. —De pronto, Marie-Rosaire calló y miró fijamente a Paul—. ¿Por qué me hace contar todo eso? —jadeó—. Al cabo de tres años, mi pobre Edgar reventó como un perro. Y eso fue todo.

Ahogó un sollozo y bebió otro trago de Coca. La bebida pareció ordenarle un poco las ideas.

—Perdone.

—Ahora, dígame por qué busca a Ted.

—Para proponerle un trabajo.

Paul había decidido improvisar. La respuesta de Marie-Rosaire mostró que había dado en el clavo.

—¿Bien pagado? —dijo, con los ojos brillantes.

—Muy bien.

—Ya era hora. —Sonreía ahora con beatitud.

—¿Le hace falta el dinero? —preguntó Paul.

—¿A Ted? Nunca ha tenido un centavo. Sin embargo, tiene la misma clase que su padre. Más salvaje, quizás. Es incapaz de trabajar con regularidad. No sé lo que quiere proponerle, pero le prevengo, no ha de durar mucho tiempo.

—¿Cree que podría estar escondido por aquí cerca?

—¿Sin venir a verme? —Marie-Rosaire se lo preguntó a sí misma.

—¿Cuándo lo vio por última vez? —Paul formuló la pregunta con tacto.

—Hace dos años.

—¿Qué le contó?

—Tonterías, como de costumbre. No habla mucho, Ted, pero lo poco que dice son siempre barbaridades.

—¿Qué clase de cosas? —dijo Paul.

—Yo qué sé. Que por fin ha encontrado su camino... Discursea sobre la Tierra, la Vida, la Naturaleza, todo con mayúsculas. Si usted o yo hablásemos de esa manera, seríamos grotescos. Pero él, no. ¿Cómo decirlo? Son palabras que van conjuntadas con sus ojos. —Marie-Rosaire se tapó la boca con el puño y tuvo una racha de tos cavernosa—. Ha debido de aprenderlo de los indios.

—¿El qué?

—Las grandes palabras.

—¿Quiere decir que lo ha aprendido de usted?

Marie-Rosaire se encogió de hombros.

—Yo no soy india. —Ante el aire desconcertado de Paul, precisó—: Nací india, de acuerdo. Pero después las buenas hermanas me pasaron por su molinillo... En cambio, Ted ha convivido con verdaderos indios. Hay una gran reserva no lejos de aquí. Ya a los doce años, solía quedarse allí durante varios días. Los conozco, a esos pieles rojas: no son mucho más indios que yo, a fin de cuentas. Pero ellos se han rehecho. Exageran un poco, incluso, para demostrar que van en serio. Son capaces de pasarse la noche mirando la luna sin decir más de tres palabras durante ese tiempo. Pero esas tres palabras parece que las han rumiado y digerido y os las presentan como si fueran reliquias sagradas. Yo nunca me he tragado sus historias. Son todos unos cuentistas. Pero Ted cree en ellos.

—¿Hace mucho tiempo que está usted instalada aquí?

—Llegamos cuatro años después de la muerte de Edgar. Ted tenía siete años. No sé por qué me vino la idea de volver a este agujero. Creo que había estado trabajando demasiado en la Costa Este. Como lavandera, ¿sabe usted?, no se gana nada. Habría podido hacer algunos extras con hombres, no serían las buenas hermanas las que me lo habrían impedido. Pero estaba Ted. Vivíamos en una sola habitación, la mayor parte del tiempo. Pasamos por todos los barrios podridos de Filadelfia y subí hasta Detroit intentando que me pagaran más. Era cada vez peor. Entonces, me vine aquí. Pedí prestados cuatro cuartos y abrí una cantina junto al lago. Poco tiempo después me casé con Miller. Era un tipo que alquilaba barcas. Me hizo el truco del paseo a remo por el lago.

Silbó como una tetera cuando suelta el vapor, y Paul se dio cuenta de que era una risa mezclada con un suspiro, al parecer una especialidad que le había valido el nombre de «Viento de la Mañana». Marie-Rosaire continuó:

—Miller nunca se entendió con Ted. Fue precisamente por esa razón por la que el chico empezó a escaparse a vivir con los indios. Cuando por fin conseguí darle el puntapié, era demasiado tarde; Ted no volvió nunca más a casa.

—¿Qué es lo que le anunció exactamente, hace dos años?

—Ya se lo he dicho: que había encontrado su camino y otras idioteces por el estilo.

—Pero ¿qué... exactamente?

—Que iba a viajar mucho. Y luego algo así como que «el mundo sería mejor» —dijo Marie-Rosaire.

—¿No notó nada de particular en su actitud, en su forma de vestir?

—No. —Reflexionó—. Sí, puede que sí. Tenía un reloj nuevo. Un reloj grande, ya sabe, lleno de esferas y con una correa de cuero muy bonita.

—¿No lo había visto usted antes? —preguntó Paul.

—Antes, nunca había habido ningún reloj. Decía que los indios le habían enseñado a leer la hora observando las sombras en el suelo. El resultado es que llegaba tarde a todas partes. ¡Vaya una panda de vagos!

—Tuvo usted la impresión de que había ganado dinero, ¿no es así?

—Por lo menos, por una vez iba bien vestido —admitió Marie-Rosaire—, y me trajo flores. Un ramo enorme que debió de costarle unos cien dólares.

—¿Le habló de un trabajo?

—No.

—Entonces —intervino Paul—, ¿de dónde venía ese dinero? ¿Tiene amigos que hayan podido dárselo?

Marie-Rosaire iba a contestar, pero se interrumpió y volvió la cabeza hacia Paul, atravesándolo con sus ojillos negros.

—¿No será usted por casualidad de la policía, especie de Black? ¿Qué le importa si tiene amigos o no?

—Quiero encontrarlo. Si conoce a alguien que esté en contacto con él, eso podría ayudarme.

—No —gimió ella, tendiéndose en la cama y cerrando por un momento los ojos—. No tiene amigos, que yo sepa. Nunca he sabido de ninguno, ya ve usted. Es una persona que guarda las distancias, ¿comprende? —Marie-Rosaire emitió un enorme bostezo que dejó al descubierto por un instante su dentadura cariada—. Déjeme ahora, señor poli. Vaya a buscar a Ted donde quiera, pero déjeme tranquila. Me ha hecho bien hablar, pero ya es suficiente. Voy a soñar con él.

Paul se puso en pie, alisó las arrugas de su pantalón y se alejó un poco de la cama. En un ángulo de la caravana, la pequeña india vigilaba. Debía de haberlo oírlo todo. Paul le sonrió, pero ella mantuvo un rostro serio.

—Una última cosa —dijo Paul, dando un paso hacia la cama—. ¿Por qué detesta él tanto a los negros?

Marie-Rosaire estaba ya casi dormida. Las aletas de su nariz vibraban al compás de su respiración.

—Eso le viene de su padre, seguramente, cuando empezó a beber —gruñó, sin abrir los ojos—. O puede que venga de más tarde, cuando vivíamos en el Este. —Paul creyó que había terminado. Se había dado ya la vuelta cuando ella añadió, con la voz cavernosa de quien está a medias dormido—: De hecho, no es a los negros a quienes detesta, sino a los pobres. Usted me dirá que, en nuestros días, es lo mismo. Pero no lo es siempre. En cualquier caso, no importa. Sí, es a los pobres a quienes detesta.

Paul tuvo el reflejo de sujetarse a uno de los montantes de la caravana. Aquellas palabras le produjeron vértigo, un choque cuyo origen tardó algunos instantes en analizar. Corrió a su hotel y llenó dos páginas de su bloc de notas, para fijar sus ideas desde el nuevo enfoque que las iluminaba.

4

Odessa, estado de Washington

Paul conocía las inclinaciones de Kerry en la vida. Se acerca, mordisquea, araña, desafía, pero por largas que sean esas provocaciones, siempre acaban por ceder su lugar a lo esencial. Bastaba con esperar. Paul había esperado. Algo le decía que su paciencia iba a ser recompensada. El tiempo de los preliminares estaba pasando ya. Sería necesario explicarse. Kerry también era consciente de eso, sin duda. Era ella quien había propuesto que se encontraran en el Oeste, cara a cara en un recinto cerrado que sería el de todas las verdades.

Tycen había sido encargado de organizar el encuentro y, como no conocía aquellas regiones, fue a pedir consejo a Barney. ¿Qué lugar sería conveniente, a parecida distancia de Seattle y Coeur d'Alène, dos ciudades separadas por alrededor de mil cien kilómetros la una de la otra? Barney sonrió a medias y contestó con una sola palabra: Odessa.

Tycen cayó en la trampa. De vuelta a su despacho, buscó todos los vuelos con destino a Ucrania. Desde Seattle, aún podía intentarse. Pero llegar a Crimea desde Coeur d'Alène era una verdadera odisea, con no menos de tres enlaces. Se preguntó si Barney había entendido la pregunta. Luego pensó en la ciudad de Odessa, Texas. Iba a lanzarse a nuevas búsquedas cuando hacia las once, al consultar su correo electrónico, encontró un mensaje de Barney. Precisaba sencillamente: «Maison Ipatieff, Odessa, Washington.»

Clicando en su Encarta, Tycen descubrió en efecto una Odessa situada en el nordeste del estado de Washington.

Como su vecina Moscú, en Idaho, la pequeña ciudad de Odessa fue fundada por rusos del antiguo culto emigrados en el siglo XIX. Tanto Paul como Kerry podían llegar a ese lugar en unas pocas horas de coche. Un poco apartada de la ciudad, la Maison Ipatieff era una antigua mansión transformada en hotel. La propiedad incluía una extensa área boscosa de abedules y olmos, con claros en los que pacían caballos. El edificio principal no aparecía hasta el último momento, detrás de una revuelta del camino de tierra apisonada. Era una casa sencilla de grandes dimensiones, que un peristilo pintado de blanco disfrazaba de palacio. Un frontón triangular coronaba la fachada principal, y le daba un aire protocolario.

La gran ventaja de aquel lugar era que estaba situado lejos de todo. Los huéspedes eran alojados en pequeños pabellones diseminados por el parque. Tycen reservó para Kerry y Paul una cabaña de cuatro habitaciones rodeada por una terraza de madera. Daba a una extensión de césped en pendiente que descendía hasta un estanque cubierto de nenúfares. Era un lugar donde era posible obtenerlo todo: podía servir para una escapada romántica, pero también constituía un marco de trabajo ideal, relacionado con el mundo gracias a excelentes líneas de Internet.

Kerry llegó la primera. No había tenido más que dejarse llevar. El chófer que la recogió a su salida de One Earth la había llevado primero fuera de Seattle. A cincuenta kilómetros de la ciudad, pararon en una área de servicio para almorzar y enviar a Providence las fotografías digitales tomadas en el despacho de Ginger. Luego volvieron a tomar la autopista, siempre en dirección este. Las tres primeras horas, Kerry y el conductor se habían relevado al volante. Luego, ella había dormido. Llegaron a la Maison Ipatieff poco antes del amanecer.

Después de ducharse y desayunar, Kerry se puso inmediatamente en comunicación con Providence. El equipo de Tara había tenido tiempo de vaciar las actas del consejo de One Earth, así como algunas biografías de los miembros del grupo de Harrow. Aquellos primeros resultados llenaron a Kerry de excitación.

Paul llegó a las diez. Había pensado hacer el recorrido de un tirón, pero se sentía demasiado agotado. Durmió en una área de aparcamiento hasta las seis de la mañana. No dijo a Kerry que también había parado en medio del bosque, justo después de cruzar la frontera de Washington. Había visto al pasar un pequeño promontorio rocoso rodeado de robles y se instaló allí durante más de una hora para tocar la trompeta.

Se reunió con Kerry en la terraza de la cabaña. Ella se había dejado el cabello suelto, dorado por el sol del mediodía, y vestía un camisero azul claro, arremangado y con el botón del cuello desabrochado. Tenía, pensó Paul, su cuerpo ligero y elástico de los momentos de persecución.

Pero fingió un aire atareado e hizo señas a Paul de que se sentara frente a ella.

—Vamos al grano. Hay decisiones urgentes que tomar.

Paul, al pasar por la recepción, había pedido bizcochos y té. Un camarero de aspecto solemne trajo una bandeja negra sobre la que reposaba un servicio en porcelana azul de Lemonosow.

—Te escucho —dijo Paul, y colocó los pies desnudos sobre la balaustrada de madera.

Su hora de trompeta lo había relajado. Se sentía bien. Dejó a Kerry presentar sus resultados. Sabía que guardaba en su zurrón algo con lo que jugar la partida decisiva, e incluso ganarla sin la menor duda.

—Providence está analizando los documentos que conseguí fotografiar en One Earth.

Kerry había dicho rápidamente esas palabras, sin insistir, como si se tratara de una simple introducción. Paul la felicitó sinceramente, casi con ternura, por su éxito en Seattle. Ella pareció sorprendida y conmovida.

—Cuéntame cómo lo hiciste.

—¿De veras te interesa?

Pero no se hizo rogar, y describió a Ginger, los pasillos de One Earth, la mujer que la había interrumpido cuando estaba tomando las fotografías. Se rieron mucho. Paul notó que la hora de la rivalidad estaba a punto de pasar. Kerry, cuando volvía a la acción, necesitaba aquel juego. En cada ocasión, parecía que tenía que pasar de nuevo un examen, y mostrarse a la altura a sus propios ojos. Kerry hacía pocas confidencias, y Paul no sabía apenas nada de su infancia, rodeada por todas sus hermanas. Su familia era originaria de Europa central, más exactamente de lo que en tiempos fue Checoslovaquia. A falta de otro punto de comparación, Paul había establecido un paralelo con su propia madre y su carácter ruso. Había deducido de ello que Kerry, en su infancia, debió de estar acostumbrada a una mezcla inquietante de afecto y de competencia. Probablemente la habían querido mucho, con grandes demostraciones de cariño, llantos, gritos, abrazos. Al mismo tiempo, le exigían ser merecedora de ese amor mostrándose como la mejor en todo. Es el tipo de contradicción que genera una angustia profunda. Cada vez que se encontraba de nuevo con Paul y se lanzaba a la acción, Kerry volvía a experimentar ese malestar y tenía que librarse de él. Al parecer la intrusión en One Earth había tenido ese efecto.

Paul se dijo que la parte difícil ya podía empezar: la afrontarían juntos.

—Tara acaba de darme los primeros resultados. Volverá a llamarnos a lo largo del día, cuando hayan terminado el examen de los documentos y las verificaciones. ¿Te hago un resumen?

—¡Adelante! —exclamó Paul.

Ella se levantó y fue a sentarse sobre la balaustrada de madera. Paul la veía a contraluz sobre el fondo soleado del césped y los árboles.

—Para empezar, una noticia que te gustará. Probablemente hemos descubierto el eslabón que faltaba en tu teoría.

—¿Entre qué y qué?

—Entre el grupo de Harrow y Europa —dijo Kerry—. Figúrate que entre los Nuevos Depredadores hay un europeo. Uno solo. Es un joven estudiante francés llamado Jonathan Cluses. Había venido a Estados Unidos para un *stage*. Entró en One Earth por recomendación de una de sus amiguitas. Tenía una inclinación muy marcada por los discursos extremistas, y eso le volvió de inmediato sensible al aspecto de profeta de Harrow.

—¿Qué ocurrió con él?

—En el momento de la crisis con Harrow, la dirección de One Earth se estaba planteando su expulsión —dijo Kerry—. Pero él ya se había marchado de Estados Unidos.

—¿Por qué?

—Oficialmente, su *stage* había terminado. Pero cabe sospechar si ese cerdo de Harrow no le indujo a largarse.

—¿Volvió a Francia?

—Parece que sí. Estamos intentando verificar sus actividades allí.

—¿Piensas que ese estudiante pudo ser el responsable del asunto de Wroclaw? —preguntó Paul.

Sin decirlo, Paul se sintió un poco decepcionado. La idea de que el autor del asalto era una mujer se había ido imponiendo en él poco a poco, sin que recordara con claridad los indicios que le habían hecho suponerlo. Como en todas sus misiones anteriores, había «encarnado» inconscientemente su objetivo, con rasgos bastante vagos pero que en sus ensueños llegaba a precisar bastante en ocasiones. Imaginaba una mujer joven, delgada, de no mucha estatura, deportista y ligera, y se sentiría desgraciado si hubiera de separarse de ella.

—No necesariamente actuó por sí mismo —opinó Kerry—. En todo caso, eso prueba que Harrow dispone de gente en Europa. Con su ayuda, ya parece menos imposible que haya podido lanzar una operación en ese continente.

Kerry nunca había estado del todo convencida de que hubiera en realidad una relación entre la historia polaca y los disidentes de One Earth. Esta concesión a las opiniones de Paul era, por tanto, una prenda de paz, la garantía de un verdadero armisticio. Era una buena señal para la discusión que iba a venir después.

—¿Qué más has descubierto, Kerry?

—Todas las actas de las sesiones del consejo de One Earth durante el período de ruptura con Harrow.

Nuevo gesto de cabeza admirativo de Paul...

—Dime más...

—Un primer análisis muestra que los acontecimientos se desarrollaron en tres tiempos. El primero fue la constitución del grupo de los Nuevos Depredadores, hace dos años y medio. En aquel momento se trataba nada más de una corriente disidente, reunida en torno a un gurú, Harrow. La dirección de One Earth se queja, porque no le gusta ser contestada. Pero aún no hay nada grave.

—¿Segundo tiempo?

—Segundo tiempo, justo antes de la ruptura, el mes anterior para ser exactos, Paul. Ocurrió hace dos años. Tenemos la relación exacta de la crisis. Harrow, de golpe, cambia de tono. Informa a los miembros del consejo de un proyecto secreto y emplaza a One Earth a pasar a la acción con ese programa. Hace un chantaje directo: o bien me seguís, o actuaré yo solo. Afirma poseer los medios. La dirección enloquece. Los debates son intensos. Hay quienes pretenden que todo es un *bluff*. Opinan que no es necesario hacer nada, y que las gesticulaciones de Harrow acabarán por parar, a falta de medios. Enfrente, están los que piensan que dice la verdad. El acta contiene varios testimonios inquietantes. Al parecer, Harrow ha alquilado oficinas ultramodernas en Kansas, y se ha dedicado a viajar, a costa de su propio bolsillo, a varias ciudades de Norteamérica y también a China, India y Brasil. Él, que nunca había despilfarrado un solo centavo, parece disponer de una fuente de financiación nueva y muy generosa.

—¿Qué es lo que deciden, finalmente?

—Los partidarios del statu quo se imponen. Se decide ignorar el ultimátum de Harrow. No se pronuncian sobre el tema de su expulsión porque todos creen que sería hacerle una publicidad inútil.

—¿La tercera fase viene del lado de Harrow, entonces?

—Exactamente. Es él quien toma la iniciativa. Un mes más tarde, anuncia su dimisión de One Earth. La dirección, en una nueva reunión convocada dos días antes de la fecha prevista, se dedica entonces a limpiar el absceso. Encarga a uno de los miembros del consejo que establezca una lista de todos los simpatizantes de Harrow, y decide expulsarlos.

—No servía de nada —dedujo Paul—, puesto que Harrow ya se había ido...

—De hecho, lo que temían era que arrastrara a One Earth a su proyecto a través de los topos de los que podía aún disponer en la asociación. —Kerry hizo una pequeña pausa para añadir más peso a su conclusión—. Todo eso confirma nuestros temores: el grupo de Harrow tiene en efecto la intención de actuar al margen de One Earth. Y posee capacidad para hacerlo. Ha recibido la ayuda de alguien que le ha aportado medios importantes.

—¿Tienes alguna pista sobre ese «alguien», Kerry?

—Todo lo que sabemos, después de analizar las fichas relativas a los miembros del grupo de Harrow, es que ninguno de ellos es lo bastante rico o influyente para aportar esos medios. Así pues, se trata necesariamente de un organismo exterior a One Earth.

Paul sacudió la cabeza y reflexionó largo tiempo. Luego se levantó a su vez y caminó hasta los escalones que bajaban al césped. La descripción de Kerry adolecía de una laguna esencial. Ella lo sabía, y su exposición era una manera de abrir el debate, de reconocer sus límites y aceptar examinar las sugerencias de Paul.

—¿En ninguna parte de esas actas se menciona la naturaleza exacta del proyecto de Harrow?

—No —confirmó Kerry—. Al parecer Harrow siempre se comunicó de palabra con sus colegas del consejo, sobre ese tema. Ellos han tenido la precaución de no decir nada preciso sobre él en sus documentos, incluso en los confidenciales. Sin duda no querían ser acusados, si no de complicidad, al menos de no haber denunciado un crimen. Porque no hay ninguna duda de que el proyecto de Harrow tiene carácter criminal. Es la consecuencia directa de la ideología antihumanista que propugna.

—Desde luego —insistió Paul—. El principio está claro. Pero cuando se quiere pasar a la acción, es necesario definir los medios, los objetivos, un calendario... ¿Cuál era, en tu opinión, el proyecto preciso de Harrow, lo que fue a proponer a One Earth? ¿Qué es lo que pudo darles miedo?

Kerry sacudió la cabeza. No tenía nada que añadir. La posición defensiva nunca había sido su preferida, de modo que optó por devolver la pregunta.

—¿Se te ocurre alguna idea al respecto? Cuéntame un poco lo que has descubierto sobre Harrow.

—Ven —dijo él, tendiéndole la mano—, vamos a pensar mientras caminamos.

Era una de sus viejas costumbres. Databa de la época, cercana pero ya prehistórica, en que se enseñaba a los espías a desconfiar de los micrófonos fijos. Los asuntos serios tenían que tratarse en movimiento y en espacios al aire libre. Pero, para Kerry y Paul, los paseos se habían convertido muy pronto en momentos de placer. Eran el mejor medio para escapar a las limitaciones y las indiscreciones del servicio.

—Tenemos que recomenzar el razonamiento desde el principio —dijo Paul, bajándose sobre la nariz las gafas de sol que llevaba hasta entonces sobre la frente. Pisaron el césped y empezaron a descender hacia el estanque situado en la parte inferior—. Empiezo. El padre de Ted Harrow pertenecía a una gran familia de Nueva Inglaterra. Se arruinó y terminó sus días en la miseria debido a una *mésalliance*. La madre del chico es una india arrancada a su cultura. La he encontrado. Vive cerca de aquí, en Idaho. Es una mujer herida por la vida que abomina de toda la especie humana. Odia a los indios porque los considera degenerados; a los blancos, porque la rechazaron. Pero por encima de todo odia a los negros porque son, para ella, el símbolo de la miseria. Todo hace pensar que ha comunicado esos sentimientos a su hijo.

»El joven Harrow convive con los indios de una reserva. Se fabrica una visión del mundo propia, como otros recogen cualquier cosa para construirse una cabaña. Para no ir a la guerra del Golfo, escapa a Canadá. En Vancouver, frecuenta una fauna de militantes ecologistas. Ellos le hablan de la naturaleza. Le dan a leer libros, lo arrastran a peleas con la policía. Cree haber encontrado lo que buscaba. Cuando vuelve a Estados Unidos, se dirige a One Earth, donde su brutal simplicidad produce un asombro maravillado.

—Me parece que sabíamos ya todo eso —observó Kerry.

—De acuerdo, pero te he dicho que volvía a empezar desde el principio.

Habían llegado junto al estanque. Un rastro en el barro negro de la orilla formaba una especie de sendero entre los juncos. Seguramente permitía rodear a pie el perímetro del lago. Paul lo tomó mientras seguía hablando:

—En One Earth, hace cuatro años, Harrow asiste a una primera tormenta. Algunos miembros de la asociación creen que ésta se está aburguesando. Él cree que no se equivocan. La dirección consigue conservar el control de la situación. Harrow se queda en One Earth, pero sigue reflexionando. Con sus ideas simples y su experiencia de la acción, elabora una síntesis radical. Su carisma es enorme, su integridad evidente. Sus ideas son aterradoras. Propone ni más ni menos que declarar la guerra a la especie humana. Pero formula su tesis con la ruda tranquilidad de un hombre medio salvaje. Deja planear cierta ambigüedad sobre los métodos que se propone emplear. Tú misma mencionaste que sus primeros textos tienen un tono muy poético. Casi todas las imágenes están tomadas del simbolismo indio.

Kerry empezaba a comprender que Paul, durante el tiempo que había pasado en Providence, se había dedicado a revisar todo el trabajo hecho por ella. Había verificado las lagunas de sus hipótesis, las debilidades de sus razonamientos. Lo que le presentaba era, ni más ni menos, una relectura de las conclusiones que ella había presentado en la última reunión.

—Al principio —se extendió Paul—, cuando crea el grupo de los Nuevos Depredadores, Harrow se contenta con disertar sobre el carácter nocivo de la especie humana y sobre su proliferación. Todavía no tiene una idea clara de acción. Enumera todo lo que le pasa por la cabeza, todos los procedimientos que permitirían reducir la presión demográfica. Vivan el sida, la mortalidad infantil y las guerras... El cólera figura ya entre los azotes, pero en ese estadio no le concede un valor especial. La enfermedad es utilizada como una simple metáfora. Una metáfora interesante. El cólera es la enfermedad de los pobres. Ahora bien, para Harrow la peor proliferación humana es la de los pobres. A diferencia de la mayor parte de los ecologistas radicales, no es tanto la actividad industrial del ser humano lo que teme. Su mayor miedo es la proliferación de los miserables. No ha llegado a esa posición como fruto de un razonamiento, sino más bien de una experiencia. Eso es lo que su madre me ha permitido comprender. El pequeño Ted conoció la pobreza en sus carnes. Se le pegaba a la piel, pero consiguió escapar de ella. Odia a los pobres con toda la fuerza con la que uno llega a odiarse a sí mismo.

Paul ya no intentaba disimular su interés por el tema. Hablaba más deprisa y más alto. Kerry, por su parte, seguía el razonamiento con atención. Habían rebasado la etapa de la rivalidad para alcanzar otra que les reservaba alegrías mayores: la del pensamiento compartido, la complicidad intelectual y la acción común.

—De acuerdo —continuó ella—. Estamos de acuerdo: en ese primer estadio, Harrow todavía no tiene un proyecto real. Quiere sobre todo influir en la línea de One Earth, y tal vez incluso hacerse con el poder. Los dirigentes de la asociación no se inquietan demasiado. Y luego, de pronto, como se refleja en las actas, ocurre algo.

—En primer lugar —dijo Paul—, recibe dinero. La gente de One Earth se dio cuenta y su madre me lo ha confirmado. Harrow, que nunca había tenido un centavo, empieza a llevar relojes de marca, a alquilar oficinas, a viajar. Al mismo tiempo, los comunicados de su grupo se hacen más académicos, más complejos, como si hubiera recibido un apoyo intelectual, además de financiero.

—No había advertido esa relación —concedió Kerry—. Pero puede encajar.

—Lo he verificado cronológicamente: los textos sofisticados son los que se publican durante el mes y medio que precede a la desaparición del grupo.

—Es decir, exactamente en el momento en el que empiezan a aparecer signos de un apoyo financiero externo.

—Ahora, examinemos la transformación ideológica que se opera —propuso Paul—. El discurso de los Nuevos Depredadores se depura. Sus declaraciones intempestivas sobre la mortalidad infantil en el tercer mundo desaparecen, por ejemplo. Lo mismo ocurre con la mención del sida como un factor útil de regulación demográfica. Pero hay una constante, un tema que no desaparece y que incluso pasa a ocupar el lugar principal en los últimos comunicados, los que nos fueron transmitidos por los ingleses.

—El cólera —dijo Kerry, entre dientes.

—¡Justo! El cólera. Pero de una época a la otra, puede advertirse que ya no cumple en la mentalidad de Harrow la misma función. El cólera, en sus primeros textos, era una simple ilustración de sus delirios teóricos a la moda india. Pero ahora cuenta con socios poderosos; está en condiciones de actuar. Si sigue hablando del cólera y sólo de eso, no es ya simplemente como una metáfora gratuita. Piensa que es un arma concreta, una amenaza o una esperanza, todo depende del punto de vista en el que uno se sitúe. En cualquier caso, un recurso que nuestro amigo Harrow se propone sencillamente utilizar. —Paul invitó a Kerry a sentarse sobre el tronco de un árbol. Ante ellos, los alerces que rodeaban el lago se reflejaban en sus aguas inmóviles—. Todo esto nos lleva a una primera conclusión. Si el cólera ha seguido siendo el principal elemento de la retórica de Harrow después de su encuentro con sus nuevos socios, eso significa que comparten una misma hipótesis fundamental.

»Para ellos, como para él, el enemigo, o en todo caso el peligro, son los pobres. Así pues, sin duda no se trata de terroristas ordinarios: sus objetivos habituales son más bien los países desarrollados, sus infraestructuras industriales y sus poblaciones vulnerables al terror. En el caso de los socios de Harrow, se trata de gentes interesadas en propagar una enfermedad de pobres en los países pobres.

—¿Quién podría estar interesado en una cosa así? De Harrow, en último extremo, puede entenderse: es un idealista y un chiflado —apuntó Kerry—. Pero ¿qué potencia financiera e intelectual, como tú dices, podría tener la intención de exterminar a los pobres?

—Hay realidades que no por el hecho de ser monstruosas dejan de existir. No puedo responder a tu objeción. Pero no contradice mis hipótesis.

—De todos modos hay un problema —insistió Kerry, decidida a avanzar en otro frente—. Tú fuiste el primero en decir que el cólera es un agente muy malo de guerra biológica, que crea resistencias y se convierte en endémico en todas las partes del mundo.

—El cólera es un mal agente biológico, en efecto. En su forma actual —afirmó Paul.

—¿Existen otras?

—El laboratorio de Wroclaw trabaja en la transformación del vibrión.

—¿Quieres decir que Rogulski está poniendo a punto un cólera más eficaz, que provocaría menos resistencias?

—Para responder, te concedo que hemos de entrar en el terreno de las hipótesis —concedió Paul—. Habrá que verificarlas con el profesor Champel, en el Instituto Pasteur. Pero, según la documentación que él me pasó, creo que es perfectamente posible manipular un vibrión nuevo. Provocaría una enfermedad más grave, sería más difícil de destruir cuando se pasea por la naturaleza, y tendría una mayor resistencia a los tratamientos antibióticos masivos.

—De modo que el doctor polaco es cómplice... —dedujo Kerry.

—Poco a poco. Todo lo que puede decirse es que, como regalo de boda de sus nuevos socios, Harrow ha recibido tal vez la seguridad de que podría disponer de un cólera transformado. Conservaría sus características de enfermedad de pobres, pero sería considerablemente más peligroso. Un asunto muy distinto es saber si Rogulski juega un papel activo en el asunto o si él mismo ha sido manipulado. Creo que de momento no podemos saberlo con certeza.

—¿Y Cabo Verde?

—Lo que pensábamos, un ensayo general. En un medio cerrado, con un vibrión clásico, para comparar diferentes medios de contaminación.

Kerry se levantó y siguió el sendero de vuelta hacia la cabaña. Paul la siguió en silencio. Los dos se veían arrastrados hacia pensamientos caóticos, hechos de duda, de convicción, de voluntad de actuar y de sentimientos de impotencia y de asco.

—Si estamos en lo cierto —murmuró Kerry—, comprendo el pánico de la gente de One Earth cuando Harrow fue a proponerles un proyecto así. Eso explica por qué ni siquiera pudieron hacer una mención explícita en sus actas.

Habían vuelto paso a paso hasta el césped que se extendía delante de su isba. El sol asomaba ahora por encima de las copas de los árboles y hacía relucir el verde tierno de la hierba húmeda.

—Es un proyecto monstruoso, inaudito —dijo Paul—, la mayor operación de exterminio jamás concebida, una catástrofe planetaria. —Luego esbozó una sonrisa pálida y añadió, con un hilo de voz—: Nadie ha tenido nunca que afrontar un desafío como ése...

Kerry se estremeció ante la certeza apasionada de Paul. Lo miró largamente. Sus cabellos negros estaban en desorden, y había trenzado sus patillas a fuerza de triturarlas mientras hablaba. Era así exactamente como lo amaba: con el pensamiento alerta, convencido de haber identificado al enemigo, dispuesto a entablar todos los combates. Se acercó a él. Por un instante quedaron el uno frente al otro, sintieron mezclarse sus alientos. Luego ella apoyó la cabeza en el pecho de él y posó las dos manos abiertas sobre su espalda. Él le acariciaba con suavidad los cabellos. Toda la tensión de los últimos días había desaparecido. Sólo quedaba la ternura que sentían el uno por el otro.

—¿Sabes? —murmuró ella—, me siento tan feliz por haberte encontrado otra vez.

Estaban así abrazados cuando apareció en el claro un viejo sirviente ruso que llevaba un blusón de cuello redondo abotonado a un lado. En cuanto los vio, se eclipsó sacudiendo con severidad su gran cabeza arrugada, enmarcada por una larga barba blanca.

Mucho tiempo antes, Paul y Kerry habían sido amantes.

Su pasión empezó, como suele suceder, por lo contrario. En su promoción en la escuela de formación, Kerry vio llegar con fastidio a un joven militar demasiado disciplinado que presumía de haber sido llamado a los servicios especiales por su valor y su sentido de la obediencia. Y él se había sentido humillado por las observaciones irónicas de aquella muchacha de cabellos de fuego siempre desafiante y que no dejaba pasar ninguna observación machista sin responder.

En aquella época, Paul tenía sobre las mujeres unas ideas bastante simples e inconcretas, basadas en la observación de su madre, austera y rigorista, y de la frecuentación distraída de algunos burdeles en Asia. A sus ojos, el personaje libre e insolente de Kerry no encajaba ni con el respeto que se debía a una mujer seria ni con el deseo que puede provocar una chica en venta. La mayor parte de los hombres de la promoción, que eran todavía una aplastante mayoría, pensaban lo mismo y la mantenían al margen de sus discusiones y de sus salidas. Kerry fingía indiferencia. Pero durante un fin de semana en el que como de costumbre ella se había quedado sola en el cuartel, Paul la sorprendió llorando en su cama. Se retiró sin que ella le viera, y nunca le habló de aquello.

Ella no tuvo la misma delicadeza. Una noche, ella entró en el *mess* de los alumnos y lo encontró desierto, porque todos se habían ido a una fiesta organizada por otra unidad. Sólo estaba Paul, encargado de asegurar la permanencia. A falta de algo que hacer, y sin duda también por efecto de una nostalgia dolorosa que le hacía pensar en su madre, se había sentado al piano. Él, que detestaba el instrumento, no lo tocaba jamás ni había mencionado a nadie que supiera tocarlo, se había puesto a acariciar las teclas. Llevado por su memoria, por el contacto del teclado y por sus recuerdos de infancia, se puso a tocar nocturnos de Chopin y piezas de Bach adaptadas para el piano. Se creía solo. Cuando Kerry aplaudió al terminar un fragmento, Paul cerró de golpe la tapa del teclado y se levantó, rojo, tembloroso, como pillado en falta. Ella le pidió que siguiera, pero él se negó con rabia y salió de la sala dando un portazo.

Pasaron tres meses sin que se dirigieran la palabra salvo por cuestiones del servicio. Luego llegó el momento de los destinos. Por azares del escalafón de salida, se volvieron a encontrar juntos en Fort Bragg, en la misma unidad operacional dependiente de la 18ª División Aerotransportada. La primera misión para la que fueron designados tenía Bosnia como escenario. Se trataba de infiltrar a un grupo de agentes en la zona serbia y efectuar localizaciones para preparar los bombardeos de la OTAN. La cobertura elegida por el mando consistía en utilizar a un grupo de agentes bajo el pretexto de una acción humanitaria. Se decidió, para aumentar la credibilidad de aquel camuflaje, preparar un equipo mixto compuesto por dos hombres y una mujer. Paul fue designado para esa misión junto a otro agente llamado Tibor, de origen húngaro, cuyos padres pertenecían a la minoría de Vojvodina que hablaba serbocroata. Kerry tenía exactamente la edad y el físico... sobre todo si se dejaba los cabellos sueltos... para representar a una voluntaria humanitaria joven, idealista y algo turbulenta. Con falsas identidades, y con pasaportes australianos y finlandeses, tenían que entrar en una zona serbia acompañando a un convoy de camiones cargado de víveres. Una vez pasado el monte Igmam, tenían orden de abandonar el convoy de noche y dirigirse a la zona en la que habían de efectuar las localizaciones. Su equipaje, camuflado en mochilas de deporte, contenía el material necesario para vivaquear durante varios días, equipo de observación nocturna y un radiotransmisor codificado. Aplicaron técnicas de camuflaje que conocían a la perfección y se instalaron en un bosque próximo a Pale, la capital provisional de la República Serbia de Bosnia. Desde allí, estaba previsto que trabajaran en dos direcciones. Tibor, gracias a sus aptitudes lingüísticas, podría circular libremente vestido de miliciano. Su papel consistía en localizar el domicilio y los escondites nocturnos de varios jefes del ejército serbio-bosnio. Kerry y Paul, por su parte, deberían seguir camuflados e intentar observar los movimientos nocturnos de blindados y de artillería en una colina en la que la inteligencia norteamericana sospechaba de la existencia de un arsenal subterráneo.

El primer incidente ocurrió al día siguiente de su llegada. Tibor no volvió. Gracias al contacto por radio supieron que tuvo apenas tiempo de accionar su baliza de alarma para señalar que había sido capturado.

Según el plan inicial de la operación, la exfiltración del grupo había de tener lugar tres días más tarde, por helicóptero, en un punto convenido de antemano. Se había previsto un procedimiento de socorro, pero comportaba muchos riesgos. Además, los serbios habían instalado un dispositivo de vigilancia reforzado después de la captura de Tibor, y sin duda sería imposible llegar al claro bastante lejano en el que debía posarse el helicóptero.

Empezó entonces un período de una intensidad que Paul no había conocido, ni siquiera en los momentos más duros de su formación militar. Hasta entonces, fuera cual fuese el esfuerzo que se exigía de él, hasta el límite de su resistencia en ocasiones, siempre había actuado dentro de un marco. Obedecía órdenes, tranquilizado, a pesar del agotamiento, el miedo o el dolor, por la presencia de una jerarquía, aunque la soportara mal. Esta vez, estaban solos. Intensa, totalmente solos. Y a diferencia de Tibor, que había sido capturado vestido de civil y sin duda sería tratado como espía, es decir como rehén político, ellos corrían el riesgo de ser considerados combatientes y abatidos sin contemplaciones si eran descubiertos.

Fue en aquellas circunstancias cuando Kerry se reveló. Sin esfuerzo, con una naturalidad sorprendente, asumió la situación y decidió un plan de acción que pusieron en práctica aquella noche misma. No sólo se planteaba la perspectiva de resistir, con bastante serenidad, hasta la fecha normal para la exfiltración, sino que estaba decidida, durante ese tiempo, a reunir las informaciones previstas. La dificultad parecía electrizarla. Conservaba una calma impresionante. La ausencia de toda cobertura le proporcionaba un placer evidente. Así fue como organizaron, bajo la dirección de ella, su vida de náufragos en tierra.

Acondicionaron un refugio subterráneo cuidadosamente camuflado, colocaron sensores de alarma en los alrededores, y se relevaron para una vigilancia constante, tanto de día como de noche, con su visor de infrarrojos. Desde el día siguiente de la captura de Tibor, se dedicaron a explorar las proximidades del bosque en el que se escondían. Las constataciones que hicieron resultaron bastante tranquilizadoras. Los serbios no parecían tener conocimiento de que hubiera otro equipo en el lugar. La vida en la zona seguía siendo la de un área rural ordinaria, con el paso de tractores cargados de heno, de peatones, de automóviles desvencijados, de viejos autobuses. Por la noche, advirtieron el movimiento de un convoy de tropas y de un transporte de carros de combate. Los blindados serbios no parecían estar en condiciones de moverse por sí mismos. La mayor parte era utilizada como piezas de artillería fijas y transportada en camiones. Volvieron a su escondite a la hora en que la luna ascendía. Se sentían menos perseguidos, casi libres. La determinación de Kerry había contagiado a Paul. De una manera casi mecánica y según un proceso que habían de ver operarse muchas veces, la audacia y el coraje de uno de ellos estimulaba al otro. Sin ser una verdadera competencia, porque no estaba declarada ni sujeta a reglas, entre ellos se había instalado una fuerte emulación que decuplicaba sus energías. Era una emulación secreta, de la que tenían buen cuidado de no hablar. Era a la vez implícita y permanente, magnífica y calculada. Cada punto marcado era saludado por el otro con *fair play*, y ese juego les aproximaba más de lo que podía haberlo hecho cualquier confidencia, cualquier declaración. A partir del segundo día, se inició abiertamente la competición. Kerry había decidido que uno de los dos debía guardar el refugio y los instrumentos de comunicación mientras el otro se acercaba a tres kilómetros de allí para intentar localizar el arsenal subterráneo que había sido el motivo de la misión. Paul anunció con tanta rapidez que iría él, que se sintió feliz por haber cogido a Kerry por sorpresa. Pero más tarde se preguntó si la sorpresa de aquella diablesa no era fingida, y si no le había puesto simplemente aquel cebo para desafiarlo.

Volvió de su expedición con dos horas de retraso y constató con placer que ella estaba inquieta y aliviada al verlo llegar. Había podido hacer fotografías muy precisas de los accesos del arsenal y había descubierto varios sistemas de ventilación camuflados. Incluso había conseguido tomar clichés de un convoy de camiones militares en el momento en el que cruzaba uno de los accesos.

Al día siguiente, fue Kerry quien asumió la responsabilidad de una nueva patrulla de observación. Había decidido ampliar la zona de observación dando un largo rodeo hacia el norte, con el fin de poder disponer de una vista de la otra vertiente del arsenal subterráneo. Paul, solo en el campamento, tuvo todo el tiempo del mundo para reflexionar y analizar sus sentimientos. Lo que sintió mientras esperaba el regreso de Kerry fue más que la inquietud normal y simplemente fraternal que suscita la ausencia de un camarada implicado en una misión peligrosa. Había en su interior una angustia dolorosa, el temor no solamente de un incidente, sino de una pérdida que lo habría afectado profundamente. Esa impresión de ausencia se acentuó a lo largo de la jornada, y más aún después de la caída de la noche. Pasaron nueve horas. La luna se alzó, casi llena. Se veía casi tan bien como en pleno día. Sabía que, para llegar a la colina en la que se habían camuflado, Kerry se vería obligada a cruzar una carretera y bordear varias granjas. En esas condiciones, si no había pasado ya, esa porción del camino de vuelta podía resultar extremadamente peligrosa. Y en efecto, hacia las once oyó a lo lejos ladridos, gritos y, un poco más tarde, el chasquido seco de disparos realizados probablemente con armas de caza. Instintivamente, empezó a recoger el equipo y a meterlo en las mochilas, por si se veían obligados a escapar a toda prisa del lugar. No había terminado aún cuando Kerry surgió de la oscuridad. Estaba empapada de sudor, la cara arañada por el ramaje, jadeante. Pero no mostraba ningún signo de miedo ni de pérdida de autocontrol. Con mucha calma, le informó de que la habían visto, de que los campesinos habían dado la alarma y de que un grupo de milicianos le seguía el rastro. Paul acabó en un instante de cerrar las mochilas. Se las pusieron a la espalda y se adentraron en el bosque.

La persecución duró toda la noche, pero consiguieron escapar a sus cazadores. Ascendieron por una torrentera húmeda sucia de zarzas y matojos, y llegaron a una pequeña terraza herbosa invisible desde abajo. Durante toda la huida, los dos rivalizaron en sangre fría y resistencia. Pero tan pronto estuvieron tendidos sobre la hierba salvaje de su escondite, se lanzaron el uno sobre el otro. Toda su angustia, sus dolores, su fatiga se fundieron en un largo beso ávido. Después hicieron el amor desvistiéndose apenas, con la brutalidad de animales y la familiaridad física de dos seres que se conocían desde siempre.

Así empezó la historia de su pasión, sobre un repliegue de un barranco, en un territorio hostil del que no estaban seguros de salir con vida.

La noche del día siguiente, después de largas horas de carrera jadeante por los bosques, llegaron al punto de exfiltración. El helicóptero se posó a la hora prevista y los transportó hasta Split. Un C-130 los condujo después hasta la base de Aviano. Dos días más tarde, estaban de vuelta en Fort Bragg.

Las circunstancias de aquel primer encuentro amoroso habrían podido ser anecdóticas, fortuitas y sin consecuencias. Pero el hecho es que marcaron para siempre sus relaciones. Cada vez que volvían a verse en condiciones «normales», en la rutina de su vida de cuartel al margen de las misiones, su unión física era menos completa, y la rivalidad se imponía a la complicidad. Muy pronto empezaban a discutir, casi a detestarse. Por el contrario, cada vez que los reunían la urgencia y el peligro, cosa que sucedió en varias ocasiones en el curso de otras operaciones peligrosas a las que se presentaron voluntarios los dos juntos, recuperaron la felicidad absoluta de su primer encuentro. Eran como adictos que, después de haber probado sustancias altamente tóxicas, no sólo no encuentran el menor placer, sino incluso una intolerable frustración, si utilizan productos más inofensivos.

La idea de abandonar el ejército se les ocurrió al mismo tiempo, pero por razones diferentes. Paul no veía futuro en la repetición de aquellas misiones excitantes pero que le dejaban, al terminar, una impresión de vacío. Aquella vida le parecía una agitación ridícula y estéril, una diversión en el sentido pascaliano, que lo alejaba de lo esencial. Leía mucho en aquella época y aprovechaba los largos períodos de inactividad en que le dejaba el mando entre dos operaciones. Tenía la ocasión de analizar con mayor atención las razones que lo habían impulsado a entrar en el ejército. La fidelidad al compromiso y al sacrificio de su padre era indiscutiblemente el primer, si no el único, motivo que lo había llevado a alistarse. Pero lo que durante mucho tiempo había considerado una audacia, ahora le parecía cada vez más una cobardía y una fuga ante opciones más personales. A los dieciocho años, la idea de estudiar medicina, de construir con los demás una relación más humana, más duradera y profunda, lo había obsesionado durante meses. Impulsivamente, puso fin a sus dudas refugiándose en la facilidad del ejército. Se sintió lo bastante maduro para retomar aquella reflexión en el punto en que la había dejado. Todavía estaba a tiempo de volver sobre sus pasos y seguir el camino de la medicina, que le atraía profundamente.

Kerry compartía las mismas dudas, por razones distintas. Había elegido la acción secreta por provocación y a falta de algo mejor, tal vez para estar a la altura de la reputación de originalidad y de insumisión que se había granjeado entre sus hermanas. Pero, en el fondo, había actuado bajo la presión del pequeño grupo que constituía su familia, en el seno del cual le había sido asignado, a su pesar, el papel del varón ausente. Sentía deseos de volver a los estudios, y su atracción por la psicología le parecía merecer algo más que la lectura desordenada de artículos divulgativos o de obras para el gran público. Sobre todo, en el mundo de hombres en el que la había sumergido su alistamiento, empezó a mirar de otra manera su condición de mujer. Cuando estaba entre sus hermanas coquetas y fútiles, se había sentido empujada a rechazar su feminidad, a no utilizarla sino como un instrumento entre otros, tales como la inteligencia, la condición deportiva o el sentido del humor. Hoy, veía en ella algo más esencial y más grande. Deseaba llevar una vida de mujer, tener una relación de pareja. Quería una familia.

Paul y ella discutieron mucho aquella decisión común y los caminos que les habían llevado a ella. La tentación de seguir juntos en su nueva vida era muy fuerte. Pero una última misión los disuadió. Fue en el Cáucaso, junto a las facciones chechenas a las que Estados Unidos intentaba llevar una ayuda secreta. No pasó nada extraordinario durante aquella operación relativamente sencilla, aunque agotadora desde el punto de vista físico. Pero en aquellas montañas sublimes, en medio de aquel pueblo sacrificado, increíblemente rudo, vivieron momentos de tal intensidad amorosa que la idea misma de canjearlos por una vida en común pacífica y banal les resultó intolerable. A veinte kilómetros de Grozny bombardeada, en una casamata construida con troncos, bajo la nieve que empezaba a hacer desaparecer el paisaje, decidieron juntos poner fin a su relación, detenerse en aquella cima y conservar así de ella un recuerdo puro. Se devolvieron su libertad como viajeros que, después de una etapa, deciden que en adelante marcharán cada uno por su lado.

Pero se habían hecho dos juramentos: el primero era que se guardarían siempre un afecto imborrable. La sexualidad ya no intervendría, pero ese afecto conservaría la fuerza del deseo, la belleza de sus recuerdos, la intensidad de la admiración que sentían el uno por el otro. En cuanto al segundo juramento, era una promesa: volverían a verse si, un día, la vida les reservaba la ocasión de compartir juntos momentos intensos como los que les habían reunido. Era poco probable que aquello ocurriera nunca. Pero al menos se habían jurado responderse «presente» el uno al otro si, por algún azar extraordinario, de nuevo «se daban las condiciones».

En Odessa, ahora estaban seguros de que sí se daban.

Nacida en la urgencia del servicio y en la clandestinidad de la acción, la relación de Paul y de Kerry tenía exigencias de fuego. Su afecto se nutría de peligro, de movimientos, de decisiones. Se habría asfixiado por sí mismo si les obligaran a renunciar a todo ello. Tan pronto como hubo pasado aquel momento de ternura, sobre el césped de la Maison Ipatieff, siguieron trabajando.

Así, en la misma tarde habían ya traducido sus conclusiones en objetivos operacionales. El primero era encontrar a toda costa la pista de las cepas de cólera robadas en Polonia. Para eso, no disponían más que de una pista: Jonathan Cluses y sus eventuales cómplices. El segundo era intentar identificar el origen de los apoyos financieros de los que se había beneficiado Harrow. Eso suponía poner a Providence detrás de la pista. Redactaron un mensaje para pedir que verificaran el alquiler de oficinas en Kansas e intentaran identificar el origen de los fondos que permitieron hacer los pagos correspondientes. Por otra parte, pidieron a Tycen que profundizara en la investigación sobre Rogulski. Ya fuera cómplice o inocente, era probable que hubiera estado, de cerca o de lejos, en contacto con el misterioso grupo que aportaba financiación a Harrow.

Eran las nueve de la noche cuando terminaron. Habían ido a pie al edificio principal para tomar una cena servida entre encajes de Crimea y copas de cristal traídas por el Transiberiano hasta el estrecho de Behring. Luego habían vuelto a la cabaña.

En pie desde el amanecer, practicaron *jogging* en el parque iluminado apenas por la luz blanca del alba. Gracias a la diferencia horaria, pudieron comunicarse con todas las secciones de Providence que trabajaban para ellos. A las diez hicieron un último resumen, antes de emprender de nuevo la marcha. El servicio de Tara había avanzado mucho en lo relativo a la lista de miembros del grupo de Harrow. Se confirmaba que todos los que habían conseguido identificar estaban en paradero desconocido desde hacía dos años. Respecto de algunos, incluso estaban seguros de que se habían volatilizado antes incluso de recibir la notificación de su expulsión de One Earth. Las investigaciones para encontrarlos exigirían tiempo. Sólo cuatro habían sido localizados. Dos de ellos, un hombre y una mujer, trabajaban como profesores en una escuela superior de Baltimore. Habían tomado un vuelo sólo de ida para Sudáfrica, país del que él era originario. No se conocía su dirección en aquel país.

A un muchacho de unos veinte años, que se había sumado recientemente al grupo de Harrow, se le describía como poseedor de «competencias autodidactas en la construcción». Antes de afiliarse a One Earth, al parecer había trabajado en el Gran Norte canadiense. Providence consiguió localizarlo después de su marcha de la asociación. Había entrado como miembro logístico en Médicos sin Fronteras y había marchado en una misión a África, en la región de los Grandes Lagos.

En cuanto a Jonathan, Providence había encontrado una dirección en la región Ródano-Alpes, pero sin la garantía de que siguiera residiendo allí. Dean había conseguido una cita con un inspector de la policía francesa especializado en el seguimiento de grupos de extrema izquierda.

La ciudad más cercana a Odessa era Spokane, y de allí salía un vuelo de American para Nueva York a primera hora de la tarde. Un enlace cómodo les dejaría en París al día siguiente por la tarde. Prepararon las maletas y consultaron sus relojes.

A las quince horas, despegaron de Spokane.

París, Francia

—Paul Matisse, ¿es francés ese nombre?

El inspector Lebel, al que sus padres bautizaron irreflexivamente con el nombre de Philippe, era un hombrecillo de aspecto enfermizo con una gran nariz. Tenía ese tono de piel particular de los auténticos parisinos, que hace juego con el color de los adoquines y puede variar, en función de las emociones que sienten, desde el blanco de las fachadas de piedra hasta el gris plomizo de los tejados de cinc.

Paul y Kerry se apretaban frente a él en la banqueta de moleskin rojo. En el café ruidoso de la calle Des Saussaies, frente a la sede de la DST, incluso el patrón, con su poblado bigote, tenía aspecto de disimular secretos de Estado.

—Es un nombre de origen francés, sí —dijo Paul—. Pero lejano. De cuando Napoleón nos vendió la Luisiana, ¿comprende?

—¿Si comprendo? ¡Mil ochocientos cuatro! ¡Valiente estupidez! No estaríamos hoy como estamos. En fin, mutis... Y usted, querida señora, ¿puedo saber cuál es su nombre?

Para dirigirse a las mujeres, Lebel adoptaba ese aire irónico que las norteamericanas, en función de su edad y de su experiencia de la vida, consideraban o bien encantador o bien insoportablemente lúbrico. Kerry, a quien no se le había pasado por la cabeza la idea de que aquel hombrecillo de dedos amarillos por la nicotina intentara seducirla, se sintió más bien tentada a encontrarlo gracioso y, a su manera, simpático. De todas maneras, se sentía feliz al poder practicar su francés. Lo hablaba menos a menudo que Paul, pero era una lengua que siempre le había interesado debido a su sonoridad.

—Me llamo Kerry. Pero desconfíe —añadió entre risas—, soy el peligro encarnado: la auténtica hembra norteamericana. La... lianta. Pronunció la última palabra con un fuerte acento. Lebel se echó a reír. Pero sus ojos, cuando recuperó su aire grave, indicaban que había captado el mensaje y guardaría las distancias.

—¿Cómo sigue sir Archibald Morton? —preguntó con una voz llena de unción.

—Archie está muy bien —dijo Paul—. Está terminando una larga gira por Extremo Oriente. Piensa volver esta semana, y nos veremos con él en Italia.

Se habían comunicado con él en una red de Providence, y Archie, sin dar detalles, insistió en verlos con urgencia antes de regresar a Estados Unidos.

—Preséntenle mis respetos, se lo ruego —dijo el inspector—. Siento una gran admiración por ese hombre.

Era visible que Lebel tendía más bien a la maledicencia. Un cumplido así tenía por tanto el valor de una distinción rara, un poco como si le hubiera otorgado personalmente la Legión de Honor. No dijo más. Kerry y Paul supusieron que Archie había hecho algún favor a Lebel en un momento u otro de su carrera, asegurándose de ese modo su gratitud.

—De modo —continuó el inspector— que se interesan ustedes por el joven Jonathan. —Al ver que sus interlocutores lanzaban ojeadas hacia los lados, añadió—: Aquí se puede hablar, no se inquieten.

—Sí —dijo Kerry—, trabajamos sobre un grupo de ecologistas radicales estadounidenses, al cual perteneció...

—Es cierto que en su país los ecologistas pueden ser peligrosos —dijo Lebel, pensativo—. Aquí son más bien buenas personas que sueñan sólo con ser ministros. No sé qué es peor, por otra parte. —Iban a tener que acostumbrarse al humor filosófico del francés, digno representante de su nación—. ¿Tomarán alguna otra cosa? —preguntó de repente. Luego dijo al patrón—: Una jarra, Raymond, por favor.

—Ese muchacho volvió a Francia hará aproximadamente dos años —intervino Kerry—, y nos gustaría saber qué ha sido de él desde entonces.

—Es lo que me han dejado entender sus servicios. De hecho, ¿el señor Archibald se ha instalado por su cuenta, ahora?

—Ha montado una agencia privada. En Providence.

—¡Providence! —dijo Lebel, juntando las manos como si se dispusiera a rezar—. No hay como los estadounidenses para encontrar nombres así... —Al ver que sus interlocutores no se reían, tosió ruidosamente y siguió—: He echado un vistazo a la ficha de su cliente justo antes de venir.

Paul sacó de su bolsillo un pequeño bloc y un lápiz.

—¿Le molesta si tomo notas?

—¿Todavía utilizan esos chismes, en Estados Unidos? —dijo Lebel, chistoso—. Les creía a todos enganchados al ordenador de bolsillo...

Paul se forzó a reír, para dar satisfacción al inspector.

—No, no todos...

—Hace mucho tiempo que andamos detrás de ese tipo suyo —dijo Lebel.

—¿Por su militancia?

—No, sobre todo a causa de su padrastro. —Paul y Kerry se miraron. Nadie había oído nada aún sobre ese tema—. Su madre se divorció hace unos quince años y su padre murió poco después de un cáncer. He dicho un cáncer. No vayan a buscarle tres pies al gato. —Sus interlocutores le miraron perplejos y él tradujo la expresión a un inglés elemental—. Quiero decir que no vean delitos donde no los hay. El tipo murió de muerte natural. Después, la madre de su Jonathan volvió a casarse con un tal Hervé de Bionnay, un brillante enarca... ¿conocen ustedes la ENA, la Escuela Nacional de la Administración? Es una especialidad nacional, menos sabrosa que los caracoles de Borgoña y bastante más tóxica. Él abandonó la función pública para convertirse en capitán de industria.

—¿Qué clase de industria?

—Justamente. Es director general de Bêta-Technology, número uno en Europa en la fabricación de misiles militares.

—Un mercader de armas —dijo Paul.

—Si prefiere llamarlo así. Lo menos que podíamos hacer es vigilar un poco su entorno. No tiene hijos propios. Su mujer no tiene historia. El único que planteaba algún problema era el joven Jonathan.

—¿Problemas de qué naturaleza?

—No gran cosa, la verdad. Crisis de adolescencia, rechazo del padrastro, esa clase de chorradas.

—¿Cómo se manifestaban? —preguntó Kerry.

—A decir verdad, lo interesante de ese muchacho es que flirtea con el peligro, pero nunca hace ninguna barbaridad por sí mismo. Nunca ha trabajado en la escuela, pero finalmente, a base de clases privadas, han conseguido que sacara el título de bachillerato. Ha estado con músicos, creo que él mismo toca la guitarra, tipos drogados hasta el tuétano, pero él personalmente nunca ha pasado del estadio del canuto.

—¿Tampoco ha traficado?

—Sí, precisamente —dijo Lebel—. Fue atrapado en una ocasión por Aduanas, por una historia de tráfico de cocaína con Colombia.

—¿Cuándo ocurrió?

—Hace cuatro años.

—¿Fue juzgado?

—No, avisaron con discreción al padre, en fin, al padrastro. Hizo intervenir al ministro de Interior. Cuando se produjo la redada, el chaval había desaparecido. Por supuesto, los otros pensaron que fue él quien dio el chivatazo. Pero no era grave porque todos fueron a parar a chirona, aquí y en Colombia.

—Y después, sus padres le enviaron a Estados Unidos para un *stage* —recordó Paul.

—Exacto.

—Entonces, ¿tiene un *dossier* sobre él?

—Que podría mandarlo a la trena por una buena temporada —adujo Lebel—. Pero no lo hemos aireado, lo guardamos debajo del brazo por si acaso.

—¿Saben lo que hizo en Estados Unidos? —inquirió Kerry.

—Todo lo que hemos sabido es que el FBI le seguía la pista. Se mezcló con un grupo ecologista radical y, cuando volvió a Francia, sus colegas de allá nos aconsejaron que no lo perdiéramos de vista. Se instaló en la región de Ródano-Alpes. Encargamos a nuestro equipo regional que llevara a cabo controles de vez en cuando. ¿Les molesta si fumo uno?

Lebel había sacado un paquete de Marlboro y miraba con afecto el rectángulo con la leyenda: «Fumar mata.»

—Sí —dijo Kerry, y ante el gesto de despecho de Lebel, añadió—: Le había prevenido de que soy una lianta.

—Soy el esclavo de los deseos de la señora —replicó él con una amplia sonrisa que descubrió sus dientes amarillos.

Volvió a guardar los cigarrillos en el bolsillo.

—¿Así pues, en Ródano-Alpes? —insistió Paul.

—Su hijo de papá se inscribió en una asociación ecologista. Al parecer le cogió el gusto al tema en Norteamérica. Eligió la organización más activista que tenemos aquí, lo que no es decir mucho: manifestaciones antinucleares sobre todo.

—Al padrastro no debió de hacerle gracia... —dijo Paul.

—Sí y no. Porque, salvo en esa cuestión, el chaval es muy dócil. Sigue viviendo en el regazo de mamá y de su medio papá. Creo que ellos no se toman las cosas a lo trágico. Se dicen que está echando los dientes. Por lo demás, es más bien un diletante, un *playboy*. Todas esas pseudo revoluciones le dan sobre todo ocasión de tirarse a unas cuantas chiquillas. Dicho sea con el perdón de la señora —añadió, con una inclinación.

Kerry se encogió de hombros y sonrió.

—¿Sigue militando con los ecologistas? —preguntó.

—No. Lo dejó, hace poco más de un año.

—¿Se sabe por qué razón?

—Sin razón. Puede que sea sólo una coincidencia, pero una chica con la que salía tuvo problemas bastante serios con la asociación en aquel momento.

Lebel miró con tristeza el fondo de su jarra de cerveza. Visiblemente, no se atrevía a pedir una tercera.

—¿Quiere beber algo más? —preguntó Paul para ayudarlo.

—Vaya, por qué no. Digamos... otra jarra, por ejemplo.

—Y dos cafés —gritó Paul, haciendo una seña al patrón.

—Sí —continuó Lebel con un entusiasmo renovado—, en el curso de una manifestación la chica fue empujada por la policía. No fue apenas nada, pero dio mucho que hablar. La asociación se echó las manos a la cabeza: represión ciega, brutalidad policial, las chorradas habituales... La chica fue entrevistada por todos los medios. Por desgracia para ellos, empezó a declarar cosas un poco embarazosas para la asociación.

—¿Críticas?

—No, en absoluto. El incidente le trastornó un poco la cabeza. Llamaba al levantamiento general, a la acción violenta, muerte a los polis. En pocas palabras, deliraba por un tubo, y los verdes estaban muy molestos con ella.

—¿Una pasionaria? —preguntó Paul.

—No en realidad. Parece que ocurrió así, de pronto. Antes, era una chiquilla sin historia. Tímida incluso, muy reservada. Sus padres son gente mayor e importante de Pas-de-Calais... Finalmente, las cosas llegaron a tal punto que hubo que internarla durante algunas semanas en un hospital psiquiátrico.

—¿Cómo se llama?

—Juliette Levasseur.

—¿Y Jonathan fue detrás de ella?

—No. Se quedó en Lyon —explicó Lebel—. Ella, al salir del hospital, ocupó un puesto docente en un colegio del Jura.

—¿Cuál es la relación con la salida de Jonathan de la asociación, entonces?

—La relación es puramente cronológica. Dejó la asociación en el momento del incidente. Punto redondo. Puede que no haya ninguna relación. A pesar de todo, fue a visitarla a la clínica cuando todos los miembros de la asociación decidieron prudentemente marcar distancias.

Paul acabó de tomar notas. Lebel seguía en silencio y esperaba más preguntas.

—¿Alguien le ha hablado de Wroclaw? —preguntó Paul.

—Sucintamente. Me han dicho que les interesan a ustedes unas fechas del pasado marzo debido a un asalto a un laboratorio en el extranjero, ¿es así?

—¿Ha podido verificar el empleo del tiempo de Jonathan en ese período?

—No es un pez lo bastante gordo para que le sigamos la pista todos los días. Nuestros equipos se conforman con comprobaciones a intervalos regulares. Dicho lo cual, han tenido suerte. No sé si es casualidad, por otra parte; en nuestro oficio, no creemos en las casualidades, ¿no es así? En cualquier caso, el día en que ocurrió esa historia de Polonia, Jonathan se saltó un disco en rojo con su moto delante de las narices de dos guardias de tráfico. Le quitaron tres puntos del carné de conducir y hubo de pagar una multa.

—¿Dónde ocurrió? —inquirió Kerry.

—En el barrio de Bellecour, en pleno centro de Lyon.

Kerry y Paul intercambiaron miradas: una pista acababa de desvanecerse.

Lebel dejó que se prolongara el silencio. Dio unos golpecitos en el bolsillo, volvió a sacar su paquete de cigarrillos y extrajo uno.

—No lo enciendo. Pero me calma el manipularlo.

—Fume si le apetece —dijo Kerry, a la que el desánimo volvía permisiva.

—Gracias.

Lebel encendió su cigarrillo e inspiró una enorme bocanada. Paul lo observaba fascinado, a la espera de la nube que había de salir. Pero sus pulmones debían de echarlo tanto de menos que retuvieron todo el humo. Con la nicotina, los colores volvieron al rostro del inspector. Un tono rosado de jamón cocido tiñó ligeramente sus mejillas.

Sonrió al ver el desánimo de sus interlocutores. Estaba claro que no le disgustaba vengar el honor siempre comprometido de la policía francesa. Jugó su última carta:

—Hace tan sólo un día que su agencia contactó con nosotros —empezó—. No hemos podido investigar a fondo. Sin embargo...

—Se dio aires de modestia, e hizo una pausa para realzar el efecto de lo que iba a decir—: Pese a todo, me he ocupado de verificar también el empleo del tiempo de la llamada Juliette en las fechas que les interesan.

Paul se mordió el labio: era evidente que ése había de ser el paso siguiente. El *jet lag* le estaba provocando una empanada tal que había perdido todos sus reflejos profesionales.

—¿Y bien?

—Se ausentó de su colegio cuatro días en el momento del asunto de Polonia: desde la antevíspera hasta el día siguiente. Motivo: enfermedad. No aportó certificado médico.

Paul sintió una viva emoción en ese momento. De modo que su intuición estaba justificada, cuando se había resignado a verla desmentida. El autor del asalto era en efecto una mujer, y acababa de saber su nombre.

—Juliette... —murmuró.

—¿Tiene su dirección? —se apresuró a preguntar Kerry—. ¿Es posible interrogarla?

—Su dirección habitual, sí —dijo Lebel, dándoselas de astuto—. Pero la actual, no. Y por un buen motivo.

—¿Cuál?

—La bella Juliette ha desaparecido sin dar razón desde hace tres semanas.

Kerry y Paul no perdieron tiempo en pasar por su hotel, en el barrio de Saint-Germain-des-Prés. Fueron directamente en taxi al Instituto Pasteur.

El taxista camboyano les miraba sin parar por su gran retrovisor interior y se empeñó en hacerles visitar París. Pasaron todo el trayecto discutiendo con él y no tuvieron posibilidad de comentar las revelaciones de Lebel.

Paul había pedido, la víspera, por teléfono una cita con el profesor Champel. Éste no había puesto la menor dificultad para recibirlo al día siguiente. Para no limitar las preguntas en función de su cobertura, Paul decidió que en esta ocasión iba a anunciar su verdadera función. Corría el riesgo de que Champel se ofendiera y se negara a colaborar en una investigación secreta. Pero si aceptaba, eso le permitiría ir mucho más deprisa y sobre todo mucho más lejos.

Lo cierto es que el anuncio un poco avergonzado de Paul no provocó ninguna reacción en el viejo profesor. Parecía tenerle por completo sin cuidado saber si se dirigía a un agente secreto en lugar de a un conferenciante público. Sobre todo pareció encantado por la presencia de Kerry. Gracias a ella, el número de oídos complacientes que le oirían discursear sobre su tema favorito se iba a doblar. Era todo lo que le importaba.

—Es absolutamente necesario que entremos más en detalle en lo que me dijo usted en la última ocasión —empezó Paul.

—Con mucho gusto. ¿Sobre qué punto en particular?

—Hablábamos de la estabilidad genética del vibrión colérico.

—Es notable, en efecto.

—¿Es absoluta? ¿Nunca se ha observado la aparición de cepas radicalmente nuevas?

—Me parecía habérselo comentado —objetó el profesor, frunciendo el entrecejo como si corrigiera a un estudiante—. Desde 1992, existe un nuevo vibrión. A diferencia de los que le han precedido durante siglos, no es reconocido por las vacunas O1 habituales. Se le ha dado el nombre de O139.

—¿Dónde apareció?

—En Bangladesh. Empezamos a sospechar porque la epidemia que empezó allí en 1992 afectaba a los adultos. Ahora bien, en los países en los que el cólera es endémico, en general los adultos están inmunizados. Al estudiar el nuevo microbio, nos dimos cuenta de que los anticuerpos contra el cólera O1, el vibrión habitual, no protegían contra esta nueva cepa. Por tanto, hizo estragos.

—¿Y de dónde provenía ese nuevo vibrión, en su opinión? —preguntó Paul.

—Se formó por incorporación al microbio habitual de un fragmento de material genético prestado de numerosas cepas de vibrión no patógeno. Ese préstamo lo hizo más sólido: está rodeado de una cápsula, lo que le permite resistir mejor a las condiciones exteriores y transmitirse con más facilidad por contacto. Eso también le da la posibilidad de pasar a la sangre. Así, se observó un caso de septicemia en un paciente debilitado, cuando no existe jamás con el cólera habitual.

—Profesor —intervino Kerry, mirando fijamente al viejo sabio—, ¿puede usted afirmar que esa mutación ha sido... espontánea?

—Comprendo su perplejidad, señorita. Es cierto que puede parecer asombroso que un microbio permanezca estable durante cientos de años y de pronto cambie. Para ser enteramente sincero, no puedo excluir ninguna hipótesis. Es posible que esa mutación haya sido natural. Es posible también que haya sido... preparada.

—Y en el caso de que lo hubiera sido —prosiguió Paul—, ¿es posible imaginar que se trate tan sólo de una etapa?

El profesor se retrepó en su silla y pareció asombrado.

—Precise lo que quiere decir.

—Pongamos que deja usted volar la imaginación. ¿Sería posible provocar otras transformaciones para volver ese vibrión más... peligroso aún?

—Son ciertamente posibles otros cruzamientos genéticos con las cepas de vibrión no patógeno —afirmó el profesor—. Hoy conocemos más de ciento cincuenta. Cada uno tiene su perfil propio, yo diría casi que sus cualidades. Algunos son muy contagiosos, otros pasan con facilidad a la sangre y provocan septicemias. Es un poco como la cría de perros o de caballos, se pueden seleccionar determinados caracteres para modificar una raza.

—Con todo eso, ¿podría intentarse crear un supercólera?

—Un microbio que tenga propiedades distintas, tal vez. Más resistente, más patógeno, es ciertamente posible. Pero no se lo puede cambiar de arriba abajo. Incluso transformado, el cólera seguiría siendo siempre una enfermedad de pobres.

—¿Por qué?

—Porque, de todas maneras, el contagio seguiría ligado a la falta de higiene, como ocurre con todos los vibriones. Y también porque la enfermedad colérica no puede afectar sino a sujetos mal alimentados, en mala condición física.

Paul estaba sentado en el borde de su silla. Era visible que el movimiento de ideas en su cabeza, la excitación de descubrir una pista, lo atraía hacia las palabras del profesor.

—Así pues —dijo—, ¿es posible imaginar que esa misma enfermedad de pobres se vuelva más contagiosa a través de un vibrión inmunológicamente nuevo, que sea más fulminante, más letal, por ejemplo al asociar una septicemia al síndrome digestivo, y finalmente que sea más resistente a la acción de los desinfectantes y los antisépticos?

—¿Una especie de efecto Bangladesh elevado a la décima potencia? —insistió Kerry.

—Sí —convino el profesor—, es perfectamente posible. Sin embargo, no veo quién podría estar interesado en esa...

—¿Cuántas víctimas han causado las grandes pandemias del cólera tradicional? —preguntó Kerry.

—La última, la sexta, mató a varios centenares de millones de personas a lo largo de treinta años.

—¡Un vibrión modificado podría con toda seguridad llegar a la misma cifra en un plazo mucho más corto! ¿Varios meses? ¿Tal vez tan sólo algunas semanas? —Paul había puesto tanto entusiasmo en sus palabras que una duda pasó por la mente del viejo profesor. Miró a sus interlocutores alternativamente con un aire suspicaz, y se instaló en la estancia un silencio embarazoso—. Hum —dijo Paul, que se había dado cuenta de su error—, decididamente nos ha transmitido usted su pasión por esa enfermedad.

—Me alegro —dijo Champel, al tiempo que limpiaba sus gafas con el extremo de la corbata. Volvió a ponérselas y dijo en tono severo—: Espero tan sólo que esa pasión esté al servicio de una buena causa.

Era la primera vez que parecía preocupado por las intenciones de sus interlocutores.

Paul consideró que sería útil una aclaración inmediata.

—Escuche, profesor —dijo—, tenemos razones para pensar que ciertos grupos, llamémoslos terroristas, podrían haber encontrado interés en un organismo como el cólera, precisamente a causa del objetivo particular que se proponen atacar.

—La única ventaja del Once de Septiembre —suspiró el profesor—, es haber convertido en verosímiles las locuras más inconcebibles.

Sacudió la cabeza como para desaprobar la elección matrimonial de un primo lejano.

—¿Tiene conocimiento de investigaciones llevadas a cabo en algún lugar sobre el cólera, aunque sea de manera marginal o incierta, con fines de bioterrorismo?

—No. En tiempos de la guerra fría hubo rumores, y desde luego las amenazas siempre eran contra los ricos: se acusaba a los rusos de investigar toda clase de marranadas. A veces se citó el cólera. Pero mucho menos que la viruela, la peste o la tularemia. Y sin la menor prueba formal.

—¿Y hoy? —dijo Paul—. ¿No estamos asistiendo a una privatización del arma biológica? Se dice que cualquiera, con una simple olla a presión...

—Es muy justo, pero esas manipulaciones reproducibles por aficionados son operaciones relativamente sencillas, con microorganismos muy conocidos, como el ántrax y el botulismo —aclaró el profesor—. Usted está hablando del cólera, de la transformación genética del vibrión por recombinación con otras especies, un proceso complejo que sólo podrían llevar a cabo equipos muy competentes en laboratorios especializados.

—Le hablé en la última ocasión de un laboratorio en Wroclaw..., —dijo Paul.

—Sí —lo interrumpió Champel—, y me intrigó. Fui a ver las cosas más de cerca, figúrese, y consulté la literatura científica. No conocía ese centro. Sus trabajos, como le dije, se sitúan en el terreno de lo básico, mientras que yo me dedico a la investigación aplicada. Sin embargo, he de admitir que tienen un buen nivel.

—¿A qué se dedican exactamente?

—Han analizado las particularidades genéticas del O139. Han mostrado en particular qué secuencia de genes permite a esa cepa poseer una cápsula y en qué otros vibriones se vuelve a encontrar la misma secuencia.

—En resumen, todo lo necesario para seguir «mejorando» el cólera —dedujo Paul.

—¿Piensa usted que...? —exclamó el profesor—. Pero si se trata de investigaciones básicas... y publicadas en grandes revistas internacionales.

Se sentía en su voz que el desmentido era sincero pero que, sin embargo, la duda se había instalado en él.

Paul y Kerry le recomendaron la mayor discreción en aquella fase de la investigación, y el profesor la garantizó. Prometieron tenerlo al corriente de los progresos futuros de sus averiguaciones.

—Una última cosa —pidió Paul cuando ya se despedían—. En la región africana de los Grandes Lagos, el cólera es endémico, ¿no es así?

—En efecto.

—Pero hace año y medio, después de algunos disturbios políticos, ¿no tuvo lugar un rebrote epidémico? Me parece haberlo leído en alguna parte.

—En efecto. Yo mismo fui allí en viaje de estudios.

—¿Podría decirnos quién tenía a su cargo a los enfermos de cólera?

—Prácticamente no hay ninguna estructura sanitaria estable en la región. El Estado ha desaparecido de allí. Sin las ONG, nadie habría hecho nada por esos infelices.

—¿Qué ONG?

—Los más activos en la zona cuando yo la visité eran los equipos de Médicos sin Fronteras.

La organización en la que trabajaba uno de los miembros del grupo de Harrow... Paul y Kerry se miraron. Ahora sabían de dónde provenía la cepa «ordinaria» ensayada en Cabo Verde. Y habían visto confirmadas sus hipótesis relativas a las investigaciones desarrolladas en Wroclaw. Era más de lo que podían esperar. Era hora de volver a su hotel.

Y de albergar esperanzas de que Jonathan tuviera la gentileza de esperar pacientemente a que se recuperaran del *jet lag*.

6

Lyon, Francia

Las callejuelas del viejo Lyon son rincones típicos, como todo el mundo sabe. El ayuntamiento ha tomado buena nota y las ha hecho restaurar, adoquín por adoquín. Todo sigue añejo, pero impecable. La multitud de curiosos circula por esas arteriolas como las sustancias tóxicas por tubos inoxidables.

Desde la ventana de su habitación, Jonathan dominaba una callejuela en pendiente, con su desagüe central ahora inútil y sus tenderetes medievales transformados en puestos de anticuarios y cibercafés. Más lejos, el campanario de Saint-Paul sobresalía de entre los techos de tejas romanas. Por lo general le tranquilizaba apostarse allí y observar la calle. Cuando había fumado un poco demasiado, se pasaba películas él solo. Imaginaba que pelotones de polis se escurrían por los tejados y rodeaban su casa. Desde su palomar, él les disparaba como a conejos, uno tras otro, burlón. Pero hoy aquellos pequeños juegos de rol quedaban muy lejos.

La calle estaba casi desierta. Algunas parejas que salían de las tabernas daban un último paseo para enternecerse antes del amor y sobre todo para bajar la digestión del salchichón al ajo. Nada sospechoso. Ni la menor sombra de alguien al acecho bajo las puertas cocheras, y sin embargo, en plena tarde de domingo, había recibido aquel telefonazo...

La norteamericana le había dicho por teléfono que se llamaba Ruth. Pretendía haberse encontrado con él en One Earth. Ya casi a punto de concluir un viaje por Europa, estaba de paso en Lyon por un par de días. Le fastidiaba tener que pedirle una cosa así, pero en fin, «ya sabes, estoy sin blanca. Si pudieras alojarme por una noche o dos...». La voz temblaba un poco, adorable. Había añadido que podía dormir en un sillón, y Jonathan había soltado una carcajada por teléfono. Algo, sin embargo, le decía que desconfiara. No recordaba a ninguna Ruth, pero eso no probaba nada. En una ocasión había intentado hacer una lista de todas las chicas con las que se había acostado, y francamente, era del todo imposible. Entonces, ¿por qué privarse de una oportunidad como ésa? Tenía una voz realmente bonita, y si el resto hacía juego con la voz... Le había propuesto una cita en un café de la avenida de la República. Ella prefería ir directamente a su casa, era más sencillo, ¿no? Iba bastante cargada. Jonathan tembló. Aquello era extraño, decididamente anormal. Ella conocía su dirección, y sin embargo él la daba a muy pocas personas, y estaba absolutamente seguro de no haberla pasado a One Earth. Le preguntó cómo la había conseguido. Ella contestó que por una serie de casualidades. Se lo contaría cuando se viesen...

Jonathan sentía un violento deseo: la voz de la desconocida lo excitaba. La semana anterior se había enredado en una serie de mentiras que le permitían llevar adelante tres historias con tres chicas distintas. Las tres le habían dado el portazo al mismo tiempo. Vacas flacas; estaba con el mono.

—¿Cuánto tardarás en venir aquí?

—Una hora, ¿te va bien?

Él echó una ojeada a sus dos habitaciones: vajilla sucia, calcetines y latas de Buck por el suelo. Necesitaría media hora como mucho para ordenarlo todo.

—De acuerdo. ¿Has cenado?

Eran ya las siete y media.

—No te preocupes por mí.

Parecía feliz. Aquello lo tranquilizó un poco. Se puso a la tarea enseguida. En veinte minutos, su apartamento de dos habitaciones estaba más o menos presentable. Subsistía tan sólo el desorden justo que cuadraba con su personalidad de marginal y de artista rebelde.

Y ahora estaba allí, a la espera, mirando cómo las farolas derramaban sobre las fachadas su luz anaranjada. De nuevo inquieto. Un viejo subía por la calle tirando de la correa de su perro. El pobre animal olisqueaba por todas partes. Ahora que la limpieza municipal regaba las aceras dos veces por día, no debía de encontrar gran cosa de interés.

De pronto, Jonathan se inmovilizó. La había visto. Ella había doblado la esquina de la Rue de la Ferronnerie mirando a derecha e izquierda, despistada como lo están siempre los turistas. Luego había empezado animosamente a subir la cuesta, a pesar del enorme saco que llevaba a la espalda y de dos alforjas de tela colocadas en bandolera. Desde donde estaba, Jonathan no podía distinguir su rostro, que además iba tocado con una gorra de tela. A pesar del pantalón ancho y las zapatillas de excursionista, la silueta le gustó: esbelta, deportiva, prometedora. Fue a colocarse en el rincón de la habitación más alejado de la puerta de entrada. Cuando ella llamase, cruzaría a paso lento la habitación para no dejar ver ninguna impaciencia. Su encanto zen lo exigía.

Podía tomarse su tiempo, porque ella debía de estar subiendo aún los cinco pisos de la escalera. Era un caracol de piedra encerrado en una espléndida torre del siglo XVI, clasificada como monumento histórico. El hecho de que el apartamento ocupara un quinto piso sin ascensor permitía hacer olvidar un poco que estaba situado en uno de los barrios más caros de la ciudad. Cuando sus padres lo habían comprado para él, Jonathan había elegido cuidadosamente aquel lugar. La apariencia burguesa del barrio quedaba felizmente compensada por el esfuerzo necesario para subir hasta allí. Los pósters del Che Guevara, los grandes anuncios traídos de la cumbre altermundista de Durban y todos los atributos de la contracultura ecologista resultaban menos incongruentes en aquel palomar bajo los tejados. Y sin embargo, el precio por metro cuadrado seguía siendo sensiblemente el mismo a aquella altitud que en las plantas llamadas nobles.

Por fin, llamaron a la puerta. Jonathan, como lo había previsto, se tomó su tiempo para abrir. La muchacha un poco sofocada que apareció en el umbral le hizo contener la respiración. Se había quitado la gorra y liberado una enorme cabellera rizada, extremadamente sensual. Al contrario de lo que había pensado al oír su voz al teléfono, había entrado ya en la treintena y emanaba una impresión de madurez y plenitud. Siempre había adorado a las mujeres de más edad. Le gustaba seducirlas, tomarlas, pero sobre todo abandonarlas. Según su experiencia, la ruptura con esas mujeres maduras las arrastraba a extremos inauditos de humillación y de súplica. Nada le daba con tanta intensidad el sentimiento de su propio poder. Hizo un gran esfuerzo para controlarse, y conservar ese aire cansino y un poco aburrido que, según decían ellas, hacía irresistible su rostro. Ruth lo besó en las mejillas. Olía a almendras dulces y no estaba maquillada, algo corriente en las chicas que frecuentaban One Earth.

Ella dejó su saco al lado de la puerta y entró. La habitación principal era un poco abuhardillada. La amueblaban dos canapés formados por futones plegados, dispuestos en forma de L en torno a un *kilim* de colores otoñales.

Jonathan tenía ahora la certeza de que no se trataba de una antigua amiga. No se le habría olvidado una muchacha así. Pero puede que se hubiera cruzado con ella en One Earth. Pasaba por allí tanta gente. En cualquier caso, ella se había acordado de él, y eso lo halagaba.

—¿Te preparo un café?

—Mejor un té, gracias.

Él desapareció en su cocinita sin ventanas y empezó a revolver en los armarios en busca de los saquitos de Lipton.

Mientras tanto, la chica hacía una rápida inspección de la habitación.

—¿Puedo mirar un poco? —preguntó—. Este sitio es fantástico, de verdad.

Mientras hablaba, había ya localizado el teléfono fijo y discretamente, con un gesto rápido, cortado el cable.

—Haz como si estuvieras en tu casa —gritó Jonathan, para hacerse oír por encima del ruido de la hervidora de agua.

Ella pasó al dormitorio para comprobar si había otro aparato. No lo había. Volvió a la habitación principal, donde Jonathan estaba ya colocando una bandeja china de bambú trenzado, con dos tazas de gres y una tetera roja.

—Siéntate, Ruth —dijo, haciéndole un sitio a su lado en el mismo canapé—. Te llamas Ruth, ¿verdad?

—Exactamente —contestó ella con una sonrisa. Pero siguió de pie—. Perdona, tengo que tomar un medicamento.

Volvió al pequeño vestíbulo en el que había dejado su equipaje, y todo sucedió muy deprisa. En lugar de agacharse sobre su saco, quitó rápidamente el cerrojo de la puerta de entrada, y la abrió. Paul estaba en el rellano. Entró y se colocó frente a los canapés. Kerry volvió a cerrar la puerta y sacó un *flashball*.

Jonathan estaba sirviendo el té en el momento en que Paul entró. Lo vio en el último momento, cuando el otro lo dominaba ya desde su considerable estatura.

—Ponte en pie despacio —ordenó Paul.

El pánico vació a Jonathan de sangre y le hizo temblar hasta tal punto que soltó la taza. Miró estúpidamente derramarse el té ardiente entre los nudos del *kilim*. Todos los músculos de sus hombros y su espalda estaban agarrotados por el miedo, de modo que le costó ponerse en pie. Paul lo cacheó con las dos manos.

La palpación médica busca las anomalías en las profundidades del cuerpo; el cacheo de seguridad se interesa más bien por la superficie. Pero aparte de esa diferencia, son dos actividades próximas, y Paul se sonrió interiormente al pensar en el parentesco inesperado entre sus dos oficios.

Se apoderó del teléfono portátil que encontró en el bolsillo de Jonathan, le quitó la batería y lo tiró a un rincón. Cuando le hizo señas de que volviera a sentarse, Jonathan se derrumbó de golpe sobre el canapé, como un epiléptico abatido por una crisis.

—¿Qué es lo que quiere? —consiguió articular.

—Hablarte.

—¿De qué?

Paul sonrió, fue a buscar tranquilamente un taburete octogonal de mimbre, apartó los objetos esparcidos sobre su superficie, lo colocó frente a Jonathan y se sentó.

—Tranquilízate. No hemos venido a hacerte daño.

Era más o menos lo que les decía a sus pacientes. Después de la palpación, el interrogatorio. Decididamente, la consulta continuaba.

—¿A qué vienen esos métodos? —gruñó Jonathan. La calma de su interlocutor le había hecho recuperar algo de confianza. Se irguió en el canapé y dirigió a Kerry miradas asesinas—. Para empezar, ¿están seguros de que tienen derecho a entrar de ese modo en casa de la gente? ¿Son polis o qué? ¿Tienen placas? ¿Una tarjeta?

—Digamos más bien que somos médicos y hemos venido a ver qué es lo que no anda bien contigo.

Jonathan se encogió de hombros. Sin embargo, el tono de Paul y la firmeza tranquila con la que lo examinaba le impedían tomar su afirmación a la ligera.

—Siga...

—Militaste en One Earth cuando estuviste en Estados Unidos —empezó Paul.

—¿Y qué, es un crimen?

—¿Por qué volviste a Francia?

—Porque mi *stage* se acabó. ¿Son del FBI?

Jonathan observaba a sus interlocutores, intentaba distinguir en las entonaciones norteamericanas de Paul de qué región procedía. Tenía un deseo desesperado de descubrir de quién se trataba. No tanto para tranquilizarse, como para encontrar el modo de caerle simpático o eventualmente, gracias a las relaciones de su familia, de intimidarlo.

—Nos gustaría que nos hablases de Ted Harrow —dijo Paul.

—No lo conozco.

—¿Los Nuevos Depredadores?

—Tampoco.

Cuando trabajaba para la CIA, Paul no habría conducido el interrogatorio de ese modo. De inmediato habría «cuadrado al sujeto». Libre de operar bajo la amenaza, habría mostrado a Jonathan lo serio de su situación administrándole algunos golpes bien dados. Pero desde entonces había estudiado medicina, y sus métodos de examen habían cambiado. Sabía que, para palpar un abdomen, hay que comenzar por las regiones menos dolorosas y, en caso de reacción, no insistir, buscar en otro punto, volver poco a poco.

—¿Has conservado relaciones en Seattle?

—Ninguna.

—¿Por qué te afiliaste a Greenworld al volver a Francia?

—Para seguir militando —dijo Jonathan—. ¿Le sorprende, verdad, que alguien pueda creer en algo?

Ahora se había erguido del todo. Incluso echaba atrás los hombros para estar más derecho. Un rizo rubio sobresalía en lo alto de su frente como la cresta de un gallo. Había en su actitud la arrogancia y la vergüenza de quien se ha visto obligado a revelar por un instante su debilidad íntima.

—¿Dónde está Juliette? —preguntó Paul.

Visiblemente, Jonathan no esperaba una pregunta tan directa. Parpadeó.

—¿Juliette qué?

Kerry, que seguía recostada contra la puerta de entrada, cambió el peso del cuerpo de un pie al otro, y movió su arma. Jonathan se volvió rápidamente hacia ella. Sea porque interpretó mal su gesto, sea porque se dio cuenta de pronto de la inutilidad de sus negativas, volvió a poner cara de temor y se encogió un poco sobre sí mismo.

—No sé dónde está —dijo—. ¿Han ido a mirar a su villorrio?

Era una defensa estúpida, y él lo sentía así. No tanto para intimidarlo, como para darle un pretexto honorable para hablar, Paul, con un suspiro, decidió utilizar el arma que tenía en reserva, gracias a los chismes que les había proporcionado Lebel.

—¿Has vuelto a ver a Pepe Guzmán?

Esta vez, Jonathan se quedó con la boca abierta, y un temblor lo agitó. Tiró con la mano izquierda del anillo de plata que llevaba en el dedo anular y murmuró algo, como un penitente pronuncia una fórmula ritual.

—¿Sabes que lo liberan este año?

Paul dejó a Jonathan perderse en deducciones, cada una más temible que la anterior. Luego le echó rápidamente un cable, para evitar que se ahogara. Dijo:

—No te inquietes. No venimos de su parte.

—Entonces, ¿por qué me habla de él?

—Para que sepas lo que arriesgas. Si nosotros te hemos encontrado, tu antiguo socio colombiano también podrá hacerlo. Sobre todo si alguien le indica el camino.

Se cruzaron una larga mirada silenciosa. Paul tuvo buen cuidado de que sus ojos expresaran toda la bondad consternada del médico que propone, a su pesar, un tratamiento doloroso pero eficaz. Propuso:

—Vamos, será mejor que hables.

—¿Qué es lo que quiere saber? —concedió Jonathan dejando caer los hombros.

Sobre Harrow, no podía decir gran cosa. Había formado parte de su grupo de fieles, pero a bastante distancia, a su manera: discreto, entusiasta, prudente.

—¿Qué es lo que te gustaba de Harrow? ¿Por qué lo seguiste?

Jonathan se detuvo un instante a contemplar su anillo. Seguía dándole vueltas, como una coquetería esta vez, y miraba la serpiente enroscada grabada en él. El principio del interrogatorio le desagradaba, pero, ahora que sus defensas habían sido derribadas, le complacía hacerse el interesante.

—A los ecologistas —dijo por fin— los traté un poco por casualidad. Y siempre me parecieron una banda de gilipollas. Harrow es otra cosa. Dice quién es. Y lo mantiene con todas sus consecuencias.

Hablaba de él como si se tratara de un gran deportista.

—¿Conocías su proyecto? —preguntó Paul.

—Conocía sus ideas en general.

—¿Y en detalle?

—¿En detalle, qué? No veo qué es lo que pretende hacerme decir —dijo Jonathan.

Miró de reojo a Paul, para verificar si le creía.

—Cuando volviste a Francia, ¿Harrow no te encargó nada?

—Me pidió que fuera a verle antes de marcharme.

—¿A One Earth?

—No, él ya no ponía los pies allí.

—¿Fuiste a su casa?

—Nadie fue nunca a casa de Harrow —advirtió Jonathan—. No, me citó en la sala trasera de un café Starbucks, en Seattle. Había un ruido espantoso porque estábamos sentados al lado de las puertas batientes que daban a las cocinas. Como él tiene una voz muy grave, no entendí la mitad de lo que me dijo. —Paul levantó una ceja y Jonathan agregó—: De verdad, se lo juro. Entendí lo esencial, pero no todo.

—¿Qué era lo esencial?

—Quería que yo fuera una antena, aquí.

—¿Para quién? —preguntó Paul.

—Para él, para su grupo.

—Para su proyecto.

—Quería contactos, eso es todo.

—Una organización puente.

—No le gustan las organizaciones. La mayor parte son rebaños de impotentes que se asustan de todo.

Jonathan se había erguido al decir aquello, sin duda para que no le confundieran con los cobardes. Paul le dijo:

—Sin embargo, te afiliaste a Greenworld al volver.

—No me hice ninguna ilusión sobre la asociación en sí. Pero si quieres encontrar gente un poco motivada, has de buscarla en alguna parte.

—En el fondo, tu trabajo consistía en encontrar a personas desencantadas del ecologismo clásico.

—Algo así.

—¿Fue en Greenworld donde encontraste a Juliette, Jonathan?

—Sí.

—¿Qué es lo que le hiciste hacer? —Nueva mirada de reojo inquieta de Jonathan, y Paul continuó—: No te estoy preguntando por vuestras relaciones. Quiero saber lo que le hiciste hacer... para Harrow.

—Nada.

Paul suspiró, colocó las dos manos sobre el reborde del taburete y saltó para hacerlo avanzar un poco.

—¿Hablamos de Wroclaw?

—¿De qué?

Desde el comienzo del interrogatorio, Paul no había dejado de pensar en Juliette. Al ver al muchacho al que ella había conocido, tal vez amado, al observar la habitación en la que sin duda ella había dormido con él, la imagen que se hacía de ella iba completándose, como un puzle en el que se encajan varias piezas. Pero con esa satisfacción se mezclaban unos extraños celos respecto de Jonathan. Sin tener aún una idea precisa de quién podía ser ella, Paul tenía la convicción de que Juliette valía más que aquel hijo de papá, cobarde y abúlico.

—Escúchame —dijo, inclinándose un poco hacia delante—. Hay muchas cosas por visitar en Lyon un fin de semana. Mi amiga y yo tenemos ganas de acabar ya con esta faena, y tú también. Así pues, voy a hacerte un resumen de los capítulos precedentes y pasaremos a la actualidad. Tu amiguita Juliette estuvo haciendo destrozos en un centro de investigación en Wroclaw, Polonia. ¿Verdadero o falso?

—Verdadero.

—¿Fuiste tú quien la envió allí?

Jonathan bajó la cabeza. Cosa extraña, el hecho de saber que Paul no era un poli facilitaba su confesión. No corría el riesgo de una acusación por complicidad, y lo único que podía temer era su cólera.

—Sí —gruñó Jonathan—. Yo la envié allí.

—¿No has ido nunca tú mismo?

—¡No!

—¿Ni en esa ocasión ni antes?

—Nunca.

—Entonces es que alguien te pasó los planos del lugar. Te indicaron el itinerario a seguir y tú se lo pasaste a Juliette —afirmó Paul.

—Sí.

—¿Quién? ¿Harrow?

—Le he dicho que no he vuelto a verlo desde que regresé —afirmó Jonathan.

—Pero seguiste en contacto.

—No con él.

Jonathan se había crispado de nuevo. Rozar la zona dolorida. Volver más tarde a ella. Paul siguió en una dirección distinta.

—¿Qué tenía que hacer exactamente Juliette en Wroclaw?

—Liberar a animales torturados. Pobres gatos con la cabeza llena de electrodos. Ratones transformados en monstruos. Monos...

—Ahórrame eso, si te parece. Queremos saber lo que tenía que hacer ella... además.

Siguiendo su costumbre, Jonathan miró de reojo a Paul para evaluar furtivamente su grado de interés y de *bluff*. Pero Paul era prudente, y Jonathan no podía saber si se quedaba voluntariamente más acá de lo que sabía. Intentó soslayar el obstáculo.

—¿Además? No veo...

La bofetada le llegó sin que se diera cuenta. Se encontró acostado sobre el lado izquierdo, con el labio ensangrentado. Paul no parecía haberse movido. El miedo físico anulaba por completo a Jonathan. El dolor, por lo visto, no tenía nada que ver con ello. Era más bien un pánico antiguo, venido de las profundidades de su ser, nacido en instantes ya olvidados de su infancia y que semejaba más bien una fobia incontrolable.

—Un frasco —articuló, acariciándose la mandíbula.

—¿Un frasco que tenía que llevarse de dónde?

—De un armario refrigerado.

—¿Y que contenía...?

—No lo sé.

Jonathan había dado una voz fuerte, el labio caído, los ojos desorbitados, los dedos sobre la comisura ensangrentada de sus labios. Era el grito del aeronauta que ha tirado ya su último saco de arena, no tiene más peso que arrojar que el de su propio cuerpo, y ve que su globo va a estrellarse a pesar de todo contra el suelo. Paul le creyó y le concedió la gracia de proporcionarle un poco más de lastre para tirarlo por la borda.

—¿Dónde se ha ido Juliette?

—A Estados Unidos.

Jonathan, en su suplicio, había perdido el hilo de sus mentiras. Empezó a sollozar en silencio. No tenía valor para inventar nuevas mentiras.

—¿Tienes su dirección allí? —El muchacho sacudió la cabeza, entre lágrimas. En aquel grado de desmoronamiento, Paul sintió que había llegado a una zona estable de sinceridad—. ¿Quién es tu contacto con el grupo de Harrow?

Sin cambiar de actitud, Paul se había relajado. Jonathan, con su sensibilidad extrema y la intuición que le permitía siempre escapar de la fuerza sin dejarse acorralar nunca, lo advirtió. Tuvo la convicción de que lo peor había pasado, que el interrogatorio llegaba a su fin y que podría escurrirse fuera de la trampa en la que había caído. Bastaba con una última palabra. Pero sus consecuencias eran inmensas. Empezó a reflexionar intensamente, sin dejar de resoplar y de gemir. Se irguió, intentó ganar tiempo. Por fin, señaló un pequeño archivador metálico.

—Mire ahí dentro. —Paul abrió el archivador. Había unos *dossiers* colocados verticalmente entre separadores de cartón—. El primero desde la izquierda. —Paul extrajo una delgada carpeta azul y la tendió a Jonathan—. No sé la dirección de memoria, está escrita ahí.

Sacó del *dossier* dos hojas grapadas y las tendió a Paul. En la primera página estaba escrito «Reglas del juego del béisbol», y en la esquina superior había garabateados un nombre, una dirección y una clave de correo electrónico.

Paul dobló la hoja y se la metió en el bolsillo.

—Lamento haberte molestado.

Se puso en pie y se reunió con Kerry en el vestíbulo. En un instante, estuvieron fuera.

Jonathan se quedó largo tiempo inmóvil en la penumbra, con la cabeza entre las manos. Luego volvió a colocar la batería de su móvil y lentamente tecleó el número que se había aprendido de memoria.

7

Turín, Italia

Mijaíl Gorbachov, el general Jaruzelski, Benazir Bhutto, Giulio Andreotti y John Major estaban sentados tranquilamente, juntos. Uno podría creerse en una variante italiana del museo Grévin de figuras de cera, salvo por un detalle: se movían. De vez en cuando, uno de ellos parpadeaba como un lagarto o se inclinaba con discreción para decir unas palabras al oído de su vecino. La larga mesa pulida de conferencias estaba salpicada de *dossiers*, todos idénticos, que llevaban el logotipo de la Fundación por la Paz.

«Nadie mejor que los jubilados del poder para hablar de paz —pensó Paul—. Lástima que no se dedicaran antes...» Estaba sentado en la segunda fila de la larga sala, frente a los conferenciantes. La reunión se celebraba en Turín, es decir, en la geografía más bien rudimentaria de Archie, «al lado de Lyon». Se habían reunido con él allí después de marcharse de casa de Jonathan. Archie había olvidado tan sólo que el enlace ferroviario directo estaba en construcción. Habían necesitado seis horas para llegar.

Archie lo había organizado todo para que Kerry y Paul fueran admitidos en el cenáculo de los espectadores de aquel *show* exclusivo. Habría muy bien podido esperar a la noche para charlar con tranquilidad en un restaurante de la ciudad. Pero no se había resistido al placer de contar entre la asistencia a dos personas que lo verían sentado a la misma mesa que todos aquellos antiguos figurones de la política mundial y darían testimonio de su gloria a su vuelta a Providence.

Archie estaba sentado al lado de un parlamentario británico que habría podido ser representante tanto de una línea de moda masculina como de una marca de whisky. El diputado había armonizado cuidadosamente el color de su pañuelo de bolsillo con su nariz estriada por venillas azuladas. Sus ojos fatigados indicaban una larga práctica en el confort, los caballos y la traición. Señaló su aprobación con graves inclinaciones de cabeza cuando le llegó a Archie el turno de iluminar a la asistencia sobre el tema de «Las instituciones privadas y su contribución a la paz».

Estimulado por la elegante presencia de su vecino, Archie acentuó sus entonaciones británicas con gruñidos onomatopéyicos, como *hum*, *well* e *indeed*, que transformaron su discurso en un césped inmaculadamente aplanado y recortado. Todos se dedicaron jubilosamente a pisotearlo, cuchicheando sin reparo y sin prestarle la menor atención.

Gorbachov ni siquiera se tomó la molestia de volver la cabeza y, cuando Archie hubo terminado, aplaudió maquinalmente mientras seguía hablando con su vecino.

Inmediatamente después, el programa preveía una pausa. Kerry y Paul dejaron que el orador recibiera sus parabienes y bajaron a esperarlo al *hall* del hotel en el que tenía lugar la conferencia.

Era un inmenso cubo ultramoderno de vidrio, sostenido por una estructura en forma de patas de araña de acero brillante. Plantas tropicales amueblaban el espacio y empañaban los cristales más altos con su aliento húmedo. Por todo el *hall* revoloteaban preciosas mujeres jóvenes en trajes sastre, y bellos muchachos con gafas que estrechaban *dossiers* en sus brazos. Eran las habituales *starlettes* de la política, asistentes de todo género, que gravitan inevitablemente alrededor de los poderosos, incluso de los caídos. En medio de todos ellos, apostados en lugares estratégicos próximos a las puertas y a los ascensores, los guardaespaldas se mantenían atentos, a la escucha de voces celestiales que les llegaban a través de pequeños auriculares. Como estaban en Italia, sus gafas oscuras iban firmadas por grandes diseñadores, y el corte de sus trajes azul marino era impecable.

Al cabo de una media hora, Archie consiguió liberarse de una pequeña multitud de personas que no hacían nada por retenerlo. Se reunió con sus dos invitados, e hizo el gesto de ordenarse el peinado con la palma de la mano. Se sentó al lado de Kerry y frente a Paul en un canapé rojo de diseño depurado.

—¡Qué gentío! —comentó, después de toser discretamente.

Kerry nunca había apreciado a Archie. No le divertía, y sus maneras con las mujeres la ofendían. Sin embargo, a Paul le asombró su tono agresivo cuando preguntó:

—¿Qué es en realidad esta conferencia?

—La más hermosa operación de blanqueo que he visto jamás. Una fundación internacional con *la crème de la crème.* La mafia corre con todos los gastos. La Iglesia católica avanza sus peones. Ya sabéis que están intentando convertir a Gorbachov. Desde la muerte de su mujer, se ha vuelto un beato.

—¿Y a quién beneficia un acontecimiento de este tipo? —insistió Kerry.

—No tengo ni idea, pero carece de importancia —admitió Archie—. Todo el mundo está contento. Durante dos días, nos han alojado como a príncipes. Luego nos vamos. El año que viene será en Venecia, creo. —Delante del hotel, una larga fila de Alfa Romeos negros depositaba a unas personalidades y embarcaba a otras—. Aquí estaban las antiguas fábricas de la FIAT, ¿lo sabíais? Las han transformado en área de negocios y centro de conferencias. Mucha clase, estos italianos.

En la jerarquía personal de Archie, después de los grandes premios reservados a los ingleses y sus derivados, quedaban algunos accésits para los pueblos latinos, en las disciplinas menores que eran la cocina, la decoración o el amor.

—Sin ánimo de ser indiscreto, Archie —intervino Paul—, ¿qué es lo que estás haciendo aquí? ¿Desde cuándo eres un especialista en la paz?

Archie tomó una actitud ofendida.

—¿Cómo? ¿No sabéis que soy presidente de honor de una gran ONG humanitaria?

—¡Tú!

—Sí, yo. ¿Qué tiene de extraño? Hermanos de la Humanidad es una organización espléndida. Apadrina asociaciones de viudas en Liberia, proyectos para huérfanos en Perú..., o puede que sea en Ecuador. ¡Qué más da! Yo no me ocupo de los detalles. —Ante la sonrisa irónica de sus interlocutores, prefirió cambiar de tema—. De todas maneras, lo esencial son sobre todo los contactos que es posible cultivar entre bastidores. Es pan bendito para Providence, un sitio así... Bien, volvamos a nuestros asuntos.

—¿Aquí?

El *hall* era un gran espacio abierto. Grupos de conferenciantes o de invitados estaban sentados en otros canapés, a pocos metros de ellos.

—No hay el menor riesgo —dijo Archie—. A nadie se le ocurriría venir aquí a escuchar nada. Lo que tengo que deciros es extremadamente urgente. Tenía que veros lo antes posible. Tengo una decisión muy importante que anunciaros.

—¿Que afecta a nuestra investigación? —preguntó Paul.

—En efecto.

—Entonces —intervino Kerry—, quizá será necesario que te hagamos antes un resumen de los resultados provisionales que hemos conseguido.

—¡Es inútil! Providence me ha tenido al corriente con toda regularidad hasta de vuestros menores gestos, durante mi viaje. No hay necesidad de que volvamos sobre el tema.

—Hubo nuevos acontecimientos, ayer —insistió Kerry—. No puedes estar informado porque ni siquiera hemos tenido tiempo de dar parte a la agencia.

—El estudiante francés —insistió Paul—. Lo encontramos. En su casa, en Lyon. Es el eslabón que nos faltaba entre el grupo norteamericano y el asunto polaco. La muchacha a la que teleguió para ir a Wroclaw se ha marchado a Estados Unidos.

—Y ha confirmado que el objetivo de los destrozos era apoderarse de una muestra de laboratorio, y no liberar a perros y gatos —añadió Kerry.

Archie dispersó aquellos argumentos con un amplio gesto de la mano.

—Magnífico, magnífico. Todo eso viene a confirmar lo que ya habíais encontrado. Personalmente, no tenía la menor duda. Ha sido un excelente trabajo. Excelente de verdad, os felicito. Un *capuccino*, sí. —El camarero albanés apuntó el pedido con aire fatigado y arrastró los pies hasta otro grupo—. En menos de tres semanas, habéis cerrado el caso. Es admirable.

Kerry reaccionó la primera, tal vez porque recelaba y se había mantenido en guardia.

—¿Cómo que hemos cerrado el caso?

—Habéis confirmado las intuiciones de los británicos —prosiguió Archie—. Fue un grupo estadounidense el responsable de ese robo. Se trata de fanáticos que, por razones tan abstractas como ridículas, han decidido atacar a sus semejantes. —Tomó la taza que le tendía el camarero y la colocó frente a sí; un poco de espuma salpicada de cacao se vertió en el plato—. Nuestro deber —concluyó— es poner de inmediato ese *dossier* en manos de las autoridades federales estadounidenses.

Kerry y Paul se miraron. Compartían la misma sorpresa y la misma indignación.

—¡Entregar el *dossier*! Pero si nuestra investigación no está terminada.

Paul comprendió por qué se había sentado Archie al lado de Kerry: eso le permitía no mirarla. Le costaba sostener la presión de sus ojos verdes, en los que brillaba una cólera violenta.

—Son las nuevas reglas del juego —suspiró mientras se frotaba las manos, en su más depurado tono de predicador filosófico—. Las agencias privadas como la nuestra pueden investigar en temas de seguridad, pero sólo hasta determinado límite. Toda la sutileza de nuestro nuevo oficio esta ahí: advertir la presencia de ese límite y no rebasarlo.

—¡Tonterías! —gritó Kerry, en un tono más alto porque quería forzar a Archie a mirarla de frente, y él seguía evitándola—. El problema no es ése. Estamos sobre la pista de algo extremadamente grave. Esos tipos son locos peligrosos. Se disponen a llevar a cabo su proyecto, y no sabemos dónde se proponen golpear. Cada día que pasa cuenta. No vamos a pasarle la patata caliente a una administración federal que probablemente no hará nada y lo clasificará como prioridad número treinta.

Las arrugas del rostro de Archie se acentuaron como si le incomodara un barullo pasajero. Luego siguió hablando, con voz todavía más suave:

—Si intento resumir el tema, gracias a los elementos que habéis descubierto, diré que en definitiva el asunto es bastante sencillo: se trata de una alerta bacteriológica más en el territorio de Estados Unidos.

—¿Cómo? —intervino Paul—. ¿Por qué dices eso?

—Me atengo a los hechos. Una sustancia biológica peligrosa se pasea por Norteamérica, en manos de un grupo decidido a utilizarla con fines terroristas. ¿Me equivoco? Poco importa que se trate de ecologistas, neonazis o islamistas: todo eso son florituras, retórica.

—Estamos convencidos de que el plan de Harrow es mundial, y de que sus objetivos no estarán en Estados Unidos —objetó Paul.

—¿Por qué?

Paul se removió, inquieto: aquellas preguntas sencillas y directas eran las peores.

—Bueno... su visión del mundo lo lleva a querer suprimir a los pobres.

Archie soltó una risita burlona.

—¿Es que no hay pobres en Estados Unidos? Me pareció sin embargo que en Nueva Orleans, en el momento de las inundaciones...

En ese instante cruzó el *hall* un hombre de baja estatura, muy moreno, seguido a distancia por un cortejo de ayudantes apresurados. Archie se levantó para saludarlo.

—Es ese costarricense, ya sabéis, el premio Nobel de la Paz —dijo Archie después de sentarse de nuevo—. He olvidado su nombre. Un tipo fantástico.

Luego volvió a la conversación con el aire cansado de un hombre de negocios que vuelve de un asunto importante para seguir tomándose las medidas de un pantalón.

—No sé qué es lo que piensan esos ecologistas. En cambio, lo que sí veo es que de momento todo converge hacia Estados Unidos. Esa chica se ha ido allí, con lo que se llevó de Polonia. El grupo terrorista, mientras no se me demuestre lo contrario, sigue en el mismo sitio, y también el contacto de vuestro estudiante francés. En consecuencia, el asunto es claro. Se trata de una prioridad de seguridad para Estados Unidos, y nosotros no podemos seguir actuando por nuestra cuenta y riesgo. —Como se dio cuenta de que Kerry se disponía a plantear una nueva objeción, se apresuró a añadir—: De todas maneras, la CIA quiere que paremos todo.

—¿Cómo?

Archie agachó la cabeza, hizo el gesto de quitar una mota de su corbata y continuó, en tono más bajo.

—Recibí una llamada telefónica de Langley, hace dos días. Una intervención que procedía, hum, del nivel más alto de la Compañía. Quieren recuperar el *dossier* y nos prohíben formalmente continuar. En mi opinión, fue la pequeña operación de Seattle lo que desató la tormenta. —Kerry se estremeció, y Archie prosiguió—: No te reprocho nada. Había que hacerlo, y saliste airosa del paso. Pero sin duda el asunto ha llegado a oídos del FBI, y seguramente ha habido una explicación seria entre los dos organismos. El caso es que la CIA me llamó a Singapur para pedirme que lo detuviera todo y que le enviara vuestras conclusiones.

—¿Has aceptado? —preguntó Kerry.

—Tranquilízate, van a abonar íntegra la suma especificada en el contrato —dijo Archie, como si fuera ése el tema que la preocupaba—. Y estoy seguro de que están muy satisfechos con nuestro trabajo. A estas alturas, ya deben de tener en sus manos la nota de síntesis que les transmití vía Providence.

Paul se dio cuenta de que no había nada que hacer. Sólo quería evitar que Kerry se implicara en una batalla de retaguardia inútil, por despecho, por amargura. Sabía que ella soportaba peor que él esos llamamientos a la disciplina. A decir verdad, tendría que estar acostumbrada a ellos. Nunca habían conocido otra cosa en el oficio, y era ésa la razón por la que lo habían dejado. Todo empieza en medio de un gran entusiasmo; después de un arranque entre el redoble de los tambores, aparecen los primeros resultados. Pero cuando llega el momento de ingresar los dividendos de esos esfuerzos, llega el golpe de tralla: ¡todos quietos!

Miró con intensidad a Kerry. Por un instante, creyó que iba a abalanzarse encima de Archie, abofetearlo, armar un escándalo. Sin embargo, para su estupefacción, ella no hizo nada y se calmó. Incluso encontró los ánimos suficientes para volverse hacia el viejo y sonreírle.

—Mis hijos estarán contentos —dijo, con una voz extrañamente plácida—. Volverán a verme antes de lo previsto.

Archie forzó una risita mientras daba vueltas con la cucharilla en la taza para disimular su nerviosismo. Aún no estaba del todo seguro de que ella fuera sincera y de que no fuera a saltar encima de él.

Kerry se puso en pie, se llevó el móvil al oído y se alejó por el *hall*.

—A propósito, voy a llamarles enseguida. Deben de estar levantándose a estas horas.

—Una mujer extraordinaria —dijo Archie, sacudiendo la cabeza. Le habría gustado llevar el comentario un poco más lejos e interrogar a Paul sobre la naturaleza exacta de su relación. Pero el momento era poco propicio. Prefirió mantener un perfil bajo—. Con dos amigos senadores —dijo—, hemos contratado un vuelo especial para Washington esta noche. Podemos llevaros, si os parece bien.

Paul se sentía aturdido por aquel final brutal y prematuro. Todavía no se daba cuenta cabal de lo que aquello significaba. Se sentía como un alpinista al que se interrumpe bruscamente durante una ascensión para volverlo a colocar al pie de la pared.

Mientras tanto, Kerry había vuelto a cerrar su móvil y se dirigió hacia ellos sacudiendo la cabeza.

—Lo había olvidado —dijo—. Los chicos están de vacaciones y su padre se los ha llevado con su familia a Sacramento, por una semana.

Paul la escuchó sin prestarle atención, y de pronto se sobresaltó y le dirigió una mirada intensa. ¡Rob! ¿En Sacramento? Por lo que él sabía, el marido de Kerry era originario de Toronto y de Saskatchewan. Además, ella le había dicho que los llevaría a Canadá.

—Le estaba proponiendo a Paul reembarcaros esta noche en mi avión —dijo Archie.

—Es una buena idea. Id los dos. Yo, como no tengo prisa, me acercaré a Milán para hacer unas compras.

Archie se puso en pie, satisfecho por encontrarse ante una mujer de su gusto, caprichosa y amable, cuando había temido tener que enfrentarse a una terca histérica. Tomó la mano de Kerry y se la llevó con galantería a los labios.

Ella rio de una manera encantadora, aunque un poco boba para el gusto de Archie.

—Vuelvo al hotel —le dijo ella a Paul—. ¿Pasarás a recoger tu equipaje?

—Ahora mismo —dijo él, aún aturdido—. Te acompaño.

—Muy bien, muy bien —les animó Archie—. Yo no saldré para el aeropuerto hasta las seis. Tómate el tiempo que quieras, querido Paul. Te estaré esperando aquí, en este *hall*.

En las cercanías del amplio pasillo que llevaba a las salas de conferencias, Archie había percibido ya la melena plateada de lord Landby, al que quería saludar sin falta. Una vez solucionado el asunto con sus agentes, giró sobre los talones y se alejó con presteza, adoptando el aire distinguido conveniente para abordar a personas bien educadas.

8

Desierto del Colorado, Estados Unidos

Durante la semana siguiente a su cabalgada por el desierto con Harrow, Juliette vio prolongarse la transformación mental que se había operado en ella. Había vuelto de aquel viaje apaciguada, más tranquila, menos sujeta a variaciones de humor y crisis de angustia. La euforia seguía allí, así como una tendencia a la hiperactividad que, en la calma de la casa rupestre, se convertía a menudo en impaciencia. Pero, en conjunto, se sentía mucho mejor.

Por contraste, ahora se daba cuenta de hasta qué punto había pasado todas las semanas que siguieron a Wroclaw sumida en un estado inquietante. Al principio, aún había tomado algunas medicinas. Pero rápidamente la exaltación tuvo un efecto cegador. Cuanto peor se encontraba, mejor se sentía y menos se le ocurría la idea de cuidarse.

Ahora que podía evaluar mejor lo que había sucedido, sentía miedo. Era lo bastante lúcida para darse cuenta de que seguía siendo frágil. Temía la idea de una recaída. Pero era necesario, a toda costa, que pudiesen contar con ella. Quería mostrarse a los ojos de Ted digna de su misión.

Él seguía sin decirle lo que esperaba exactamente de ella. Eran las reglas del juego, y Juliette las aceptaba. Pero de golpe, se encontró imaginando pruebas sobrehumanas. Tal vez iba a tener que afrontar condiciones hostiles: incomodidades, falta de sueño, miedo, tal vez iba a ser torturada... Su fragilidad, su inestabilidad, ¿le permitirían resistir? Mucho se temía que no.

Aquello la llevó a volver a tomar medicamentos. Había llevado consigo algunas cajas de neurolépticos. Era lo que quedaba del tratamiento que le fuera prescrito después de su hospitalización. Conocía el efecto de aquellas drogas. Le daban la impresión de ser un navío que reduce la marcha y se sumerge poco a poco en el agua. Al final del proceso, existía el riesgo contrario: el viraje hacia la depresión, el pesimismo, el rechazo de sí misma y del mundo.

Entre los dos males, Juliette decidió que era preferible afrontar este último. Junto a Harrow, ya no temía verse invadida por la melancolía dolorosa que la había abrumado tan a menudo durante sus años de estudiante o en la soledad de Chaulmes.

Se daba cuenta de que había puesto en Ted esperanzas enormes y tal vez desproporcionadas. ¿Lo veía tal como era o se hacía de él una imagen ideal, peligrosamente falsa? ¿Estaba enamorada de él?

Se ausentaba con frecuencia, y ella pasaba las horas en la casa rupestre tumbada boca arriba en su habitación, pensando en todas esas cosas. Había llegado a la conclusión de que sus sentimientos respecto de Harrow no eran amor, en todo caso no un amor de la clase que había conocido hasta entonces. No sentía el menor deseo de acortar la distancia que había entre ellos. Su admiración, su confianza, nacían de esa distancia. Harrow y todo lo que representaba se derrumbarían si en su relación se introdujera una componente carnal. Puede que fuera distinto si la iniciativa viniera de él. Sin duda, ella no habría tenido fuerzas para resistirse. Pero Ted seguía tan distante y taciturno como al principio. Iba y venía, pasaba horas delante del ordenador o al teléfono. Acudía a citas que lo obligaban a ausentarse durante días enteros. Se marchaba con uno de los indios y probablemente para sus desplazamientos tenía un automóvil en algún lugar. Un día dejó el ordenador encendido, y con la bandeja de entrada del correo electrónico en pantalla. Juliette no abrió aquellos mensajes. Sentía demasiado respeto para cometer un acto tan despreciable. Y aunque se hubiera visto tentada a hacer algo así, la presencia silenciosa de Raúl en la casa, acurrucado en la sombra donde menos se le esperaba, la habría disuadido. Sin embargo, sin acercarse, Juliette miró la pantalla. Los mensajes venían del mundo entero: de China, de África, de Europa. Se preguntó si Harrow no había dejado a propósito esa página abierta en la pantalla. Era muy propio de su actitud eficaz y discreta. Tal vez había querido hacerle saber por ese medio que la organización de la que en adelante formaría parte tenía una dimensión mundial.

Aquello dejaba también suponer que la operación que planeaban era de gran envergadura, compleja, y que exigía paciencia.

En los raros momentos que pasaban juntos y en los que él no estaba ocupado, Harrow preguntaba a Juliette sobre lo que había leído. Le hacía observar las estrellas con el telescopio montado permanentemente sobre un trípode en un rincón de la terraza. No hablaba de la operación en curso, y ella convirtió en una norma el no hacerle preguntas. Únicamente, un día, ella le preguntó si no temía que descubrieran su escondite. Había idas y venidas que podían resultar sospechosas en aquel rincón salvaje. Y todo el material que había reunido allí, en pleno desierto... ¿Y esas comunicaciones con el mundo entero?

No era la expresión de una curiosidad, sino más bien el efecto de una preocupación sincera por el bien de Ted, con el telón de fondo del temor de que su plan fracasara y todas sus esperanzas de entrar en acción se vinieran abajo.

Harrow escuchó la pregunta con expresión impasible, y su respuesta se convirtió en pasto para la meditación de Juliette durante todo el día siguiente.

—No se vigila lo que no se teme —dijo. Y, después de un largo parpadeo de sus ojos azules, como tenía por costumbre cuando quería disimular sus sentimientos, añadió—: No se teme lo que no se puede imaginar.

Era, como siempre, una frase suelta. No respondía a la pregunta de Juliette. Después de todo, la vigilancia de que podían ser objeto no tenía que estar necesariamente relacionada con su proyecto. La policía podía pensar que eran malhechores o bien un grupúsculo terrorista extranjero.

Pero Harrow había entendido que la pregunta de Juliette era una forma solapada de preguntarle por la operación en curso. Y había querido darle un indicio que no comprometía el secreto, pero estimulaba su entusiasmo y su impaciencia. La operación que iban a llevar a cabo no era nada conocido ni ya experimentado. Era un proyecto enteramente nuevo y que rebasaba lo imaginable.

Aquello produjo el efecto esperado. Durante dos días, Juliette le dio vueltas a la idea en la cabeza. No hizo ninguna otra pregunta.

Aquella rutina tranquila, tensa por la espera y propicia a los ensueños, una mañana acabó de manera brutal. Al levantarse, Juliette encontró a Harrow sentado en la terraza, con aire sombrío. Se sentó a la mesa frente a él y, contrariamente a su costumbre, él la interrogó de inmediato:

—¿Hablaste con alguien antes de marcharte?

—¿Antes de marcharme de dónde?

—De Francia.

Ella lo observó detenidamente.

—¡No vas a volver a empezar el interrogatorio! Tengo la impresión de estar aún en Sudáfrica. ¿Qué ha pasado?

—Unas personas te buscan —dijo Harrow.

—¿Quiénes?

—No lo sé.

Ella se encogió de hombros y empuñó la tetera para llenar su cuenco.

—Personas muy bien informadas, al parecer —agregó él—. Conocían a Jonathan y sabían que lo de Wroclaw fue cosa tuya.

—¿Polis?

—Es poco probable.

—¿Franceses?

—Estadounidenses.

—Seguro que es el FBI. Seguro que te vigilan, ¿no? —exclamó Juliette.

—De eso por lo menos estamos seguros: no es el FBI. Tenemos algunos amigos allí dentro, que nos informan. Nos dejan tranquilos desde que nos marchamos de One Earth.

—¿Crees que esos tipos podrán seguir el rastro hasta encontrarnos?

—Puede. Pero todavía quedan algunos filtros. —Harrow hablaba con voz suave, sin el menor tono de hostilidad. Sin embargo, Juliette se dio cuenta de que consideraba aquel asunto extraordinariamente grave—. Tendremos que lanzar la operación antes de lo previsto.

—¿Cuándo?

—Mañana por la mañana. Y te tocará a ti mover pieza. Irás a buscar el frasco al sitio donde lo guardaste.

Turín, Italia

Kerry y Paul, al dejar a Archie, tomaron un taxi que circulaba por la calle. Era un Giulietta Ti de los años setenta y su conductor se aferraba a él como a la vida. Tenía aproximadamente ochenta años, gafas negras, y llevaba puestos guantes de *boxcalf* para conducir, derrapando en las curvas. Ese tipo de espectáculo encantaba a Paul, por lo general. Pero esta vez estaba hundido en su asiento de cuero y contemplaba con tristeza las fachadas rojas de Turín, relucientes tras una cortina de lluvia.

—¿Qué te pasa? —acabó por preguntar Kerry, que estaba en cambio sonriente y relajada.

Paul se encogió de hombros.

—¿Crees que debería alegrarme del desastroso final de esta historia?

—¿Qué final? —Volvió la mirada a Kerry por un instante para ver si se estaba burlando de él, pero parecía perfectamente dueña de sí misma—. ¿Qué quieres decir?

Kerry se volvió hacia Paul. Para disfrutar de la primavera piamontesa, había elegido un vestido ligero muy escotado, y por la mañana se había hecho un peinado complicado que rodeaba su cabeza con moños trenzados. Allí estaba Kerry entera, en esa posibilidad de captar las influencias del lugar y del medio, de convertirse en más italiana que las italianas y un instante más tarde, si era preciso, saltar en paracaídas vestida con uniforme militar. Ninguno de esos mil rostros comprometía la sólida unidad de su persona. No era una búsqueda dolorosa de identidad, sino únicamente un juego, un gozo, el signo de un apetito generoso por todos los placeres y todos los aspectos de la vida.

—Nuestro contrato ha terminado. Somos libres. ¿No es eso lo que nos ha dicho Archibald el puerco? —dijo Kerry, y Paul calló, a la espera de la continuación—. Esa libertad que ha querido devolvernos —prosiguió— no la habíamos perdido nunca, que yo sepa. No somos sus empleados, nunca lo hemos sido. Aceptamos libremente ayudarlo en una investigación difícil. Si nos despide, es su problema. Pero sólo a nosotros nos corresponde decidir qué es lo que queremos hacer.

Cuando desembocaron entre trepidaciones del motor en una plaza octogonal rodeada de columnas, un rayo de sol desgarró la cortina de nubes. Los adoquines desprendían vapor y manchas azules empezaban a extenderse por el cielo.

—¿Quieres decir que continuamos a pesar de todo? —apuntó Paul.

—¿Has decidido abandonar, tú?

—No.

—Tanto mejor. Yo tampoco.

Se miraron y rompieron a reír.

Habían llegado delante del hotel. El taxista detuvo el vehículo después de un último derrapaje. No miró primero el contador sino el reloj, para comprobar su tiempo. A pesar del sol, cuya luz teñía el fondo de la plaza, la lluvia libraba una escaramuza de retaguardia, lanzando largas ráfagas tibias. Paul desplegó su impermeable y le hizo un sitio a Kerry. Corrieron hasta el hotel y subieron a sus habitaciones. Cada cual tomó una ducha y se cambió. Kerry, vestida con un pantalón blanco y un blusón elegante, sabiamente anudado en torno a la cintura, fue a reunirse con Paul en la habitación de éste. Tomó asiento en un sillón mientras él, cómodamente envuelto en un albornoz blanco de tejido esponjoso espeso y suave, del hotel, la escuchaba tendido en la cama, con los brazos sosteniendo la cabeza.

—La prioridad —empezó Kerry— es encontrar a esa chica. Tendremos que ir a la dirección que nos dio Jonathan en Nueva York. No nos dio tiempo de informar a Providence de esa pista, y ahora es demasiado tarde. Tendremos que hacer todo el trabajo nosotros mismos.

—Me pregunto a qué corresponde esa dirección: ¿un particular o una asociación ecologista? —reflexionó Paul.

—Cuidado, puede ser una trampa —dijo ella—. Tendremos que trabajarnos una pequeña cobertura para abordarles. Y será preferible que me quede aparte, porque ahora me conocen en esos medios.

—En One Earth.

—Puede que en otros sitios también. Las noticias circulan deprisa en esos grupos.

Mientras hablaba, Kerry jugaba negligentemente con los faldones de su blusón. Paul, a su pesar, pensaba en aquella Juliette cuya misteriosa presencia sentía flotar alrededor de ellos, más y más próxima, poseedora de las claves del caso. A menos que también ella fuera un juguete en manos de otros.

—Esta noche sir Archibald te lleva a Nueva York —siguió diciendo Kerry—. En cuanto te suelte, en lugar de tomar tu enlace a Atlanta, coges un taxi y te plantas en Manhattan.

—¿Y tú? —preguntó Paul.

—Yo no deseo más que una cosa, y es acompañarte. Pero de todas formas tendré que dar un pequeño rodeo por Europa antes de reunirme contigo.

—Para lamer vitrinas en Milán...

—No exactamente, Paul. Qué más quisiera, por otra parte. No, escucha, esta noche, mientras tú dormías, me he desvelado y me he puesto a leer los mensajes que nos ha mandado Tycen los últimos días. Había una historia muy interesante sobre el profesor polaco de Wroclaw.

Paul se dio cuenta de pronto de que, una vez más, Kerry le había sacado un cuerpo de ventaja, pero esta vez le dio igual.

—Dime...

—Figúrate que ese Rogulski no sólo ha trabajado en el Este. En 1966, obtuvo una beca para estudiar durante dos años en una universidad austríaca.

—¿Y qué? —gruñó él.

—Adivina lo que estudió: filosofía. Siguió un seminario con un tal Conrad Fritsch. ¿Te dice algo ese nombre?

—Nada —dijo Paul.

—A mí tampoco. Creo que no nos dedicamos lo suficiente a la filosofía. —Comentó Kerry, y Paul estaba dispuesto a reconocerlo, pero no tenía el menor deseo de poner remedio a aquella insuficiencia—. Busqué en la red, y ¿qué crees que encontré? Ese profesor Fritsch es uno de los papas de la filosofía del *environnement*. Se le deben varios libros fundamentales sobre lo que él llama ecología profunda. Ha ejercido una influencia intelectual importante en los círculos universitarios del mundo entero.

—¿Conclusión, Kerry?

—Hay que intentar saber algo más acerca de la gente con la que ha tenido trato Rogulski, e ir a ver al buen profesor Fritsch... tiene ochenta y ocho años. Puede que sea el lazo de unión que nos faltaba entre el sabio polaco y los ecologistas norteamericanos. Si existe ese lazo de unión, claro está.

El razonamiento era impecable. Kerry tenía toda la razón.

—Entonces, ¿vas a Austria? —le preguntó Paul.

—Me quedaré el menor tiempo posible. En mi opinión, dentro de tres días como mucho nos veremos en Nueva York.

Filadelfia, Pennsylvania

Ser policía en Filadelfia no es, en general, un destino envidiable. Es una ciudad falsamente tranquila: todo el mundo cree que es una balsa de aceite, pero hay tanto trabajo, si no más, como en Miami o en Chicago. Por fortuna, un veterano puede aún encontrar algunos chollos. Y Burton Hopkins, a sus sesenta y dos años, había conseguido hacerse con la más codiciada de esas gangas: la vigilancia del Memorial.

Eso significaba dedicarse a deambular tranquilamente por una placita arbolada donde la violencia se reducía a las pequeñas discusiones en las que podían enzarzarse las ancianas que sacaban a pasear a sus perros. Burton salía con frecuencia en las fotos de los turistas, delante del monumento, hasta el punto que a veces tenía la impresión de formar, él mismo, parte del patrimonio nacional. Con su aire bonachón, una barriga que sobresalía por encima del cinturón y un enorme bigote que daba miedo a los niños, pertenecía a una época ya desaparecida: aquella en la que los policías eran respetados, conocidos y a veces amados.

Además, no vivía lejos y se trasladaba al Memorial a pie, aspirando el aire de la calle, el perfume de las estaciones. La primavera era su preferida. En Pennsylvania llega tarde pero de repente, como un amigo que desembarca sin avisar cuando ya no lo esperábamos.

A su edad, Burton ya no necesitaba vigilar las infracciones. Mantenía la nariz alzada, para observar el cielo pálido entre los rascacielos de cristal. Por eso no prestó la menor atención a un Chevrolet estacionado delante de la entrada de un garaje. Cuando Burton hubo pasado delante del coche, la portezuela se abrió y salió una mujer. Morena, muy delgada, envuelta en un abrigo tal vez largo en exceso, se acercó con pasos rápidos, y en menos de una manzana alcanzó al viejo policía.

—Burt —llamó en voz baja.

Él se volvió, fruncido el entrecejo, con la expresión severa, indignada y bonachona que en él representaba la máscara de la autoridad.

—¡Juliette!

La aferró por los hombros y la besó en las dos mejillas. Inmediatamente después, escudriñó inquieto los alrededores para comprobar que no hubiese testigos de aquella mengua de la autoridad de su función.

—¿Qué estás haciendo en Filadelfia?

—Te escribí que vendría. ¿Recibiste mi carta?

—¡Y tu paquete! —exclamó el policía—. Lo guardo con todo cuidado en casa. ¿Cuánto tiempo vas a quedarte?

—Vuelvo a marcharme esta noche —dijo Juliette.

—¡Ay! Y Louise que está de visita en casa de su tía en Baltimore esta semana. Tenías que habernos avisado.

—No estaba segura del día en que llegaría —tartamudeó Juliette bajando la mirada.

—Ah, no has cambiado nada —dijo Burton, con la voz temblorosa por la nostalgia.

Cuando Juliette llegó por primera vez a Filadelfia, tenía apenas dieciocho años. Había batallado hasta el último momento con sus padres para que la dejaran ir. Tuvo que contentarse con las últimas plazas que proponía la asociación que organizaba las estancias *au pair*. La previnieron de que el puesto no era muy apetecible. Iría a la casa de un policía sin graduación. Su mujer estaba inválida y él había quedado al cuidado de Louise, su nieta, después del divorcio violento de los padres. Eso es lo que Juliette había ocultado celosamente a los interrogadores sudafricanos: la relación americana con un viejo poli que la consideraba como hija suya.

Porque la estancia de Juliette en Filadelfia había sido su primera experiencia del cariño. Louise era una niña de diez años muy alegre a pesar de los dramas que había vivido. Y Burton moderaba el rigor cuáquero heredado de su madre con la sangre irlandesa del lado paterno. Le había dado un verdadero calor humano y un gusto compartido por el whisky, pero sólo después de la puesta de sol.

—Acompáñame hasta el Memorial. Me contarás cómo te va la vida, a pesar de todo.

—No, Burt, lo siento mucho. Volveré a pasar seguramente el mes próximo para quedarme tres o cuatro días, pero ahora tengo que volver a tomar un avión enseguida. Estamos en primavera, y el amigo jardinero del que te he hablado ha de sembrar sin perder tiempo. Sólo he venido a recuperar mis semillas. Nos veremos más tarde.

Burton frunció el entrecejo.

—Si te interesa mi opinión, ese asunto de las semillas no se tiene en pie —dijo Burt.

Juliette se estremeció. Iba a hablar cuando el viejo policía se acercó y la señaló con el dedo.

—Hay una historia de amor ahí detrás. ¿No es cierto?

Ella puso una expresión de alivio, que él tomó por vergüenza.

—Yo...

—Te lo tenías muy callado, ¿eh? A mí no se me puede mentir, en esos asuntos. No he pasado treinta años en la policía sin haber aprendido a desenmascarar a los culpables. —Juliette parpadeó como si se sintiera confusa, y luego bajó la mirada—. Vamos, estás arrestada. Ven conmigo hasta el Memorial. Por el camino, te lo haré confesar todo. ¿Cómo se llama él?

Burton pasó su brazo por el hombro de Juliette y empezó a caminar un poco de lado, como para bailar una *quadrille*.

—Pues... Simon.

—¿Y dónde vive?

—En... Wyoming.

—En ese caso, entiendo: la temporada de los cultivos es corta allí. El frío dura muchos meses. Date prisa en llevarle sus semillas. —De pronto, Burt se detuvo y la miró con aire severo—. Cuando pienso que me has hecho violar la legislación federal...

—Lo siento mucho. Pero con todas esas historias de gripe aviar y de vacas locas...

—... y de fiebre aftosa, sí, lo sé, se han vuelto locos con la importación de productos biológicos.

Luego se rehízo:

—Pero es por el bien de todos. Y además, la ley es la ley —concluyó Burt. Reemprendió la marcha refunfuñando—. Ethel ya no está en casa, ¿sabes? Tuve que internarla en un establecimiento médico. Por supuesto, voy a verla todas las tardes. Está a una hora de autobús. —Suspiró—. Pero en casa encontrarás a la señora Brown, la mujer de faenas. La llamaré para avisarle de que vas a pasar. Ella te devolverá tu paquete.

Juliette saltó a su cuello y le besó.

—Gracias, Burt. Eres un amor.

El viejo policía se ajustó la gorra y se contuvo, esta vez, para no mirar alrededor. Después de todo, no era un crimen frotarse los morros con una chica tan bonita.

—Tienes suerte de que se trate de lúpulo —gruñó.

—Pero no cualquier lúpulo, Burt, ya te lo expliqué. Una especie rara que da una malta de Flandes de primera calidad. Simon fabricará con eso la mejor cerveza de Estados Unidos. Y yo te traeré un tonel.

Burton se encogió de hombros.

—En cualquier caso, créeme —gruñó—, no te habría sido tan fácil convencerme por unos bulbos de tulipán.

CUARTA PARTE

1

Hochfilzen, Austria

La nieve perduraba en los valles del Tirol. La primavera no conseguía expulsarla. En las vertientes nororientales, hasta el borde de la carretera subsistían placas heladas, sucias, rodeadas de una hierba ya verde.

Kerry había alquilado un coche en Salzburgo, lo que le valió una tarde de pesadilla mozartiana. Wolfgang Amadeus estaba en todas partes, en las tiendas, los bombones, las vallas publicitarias. Ella emprendió la fuga en su Ford Fiesta, pero Mozart la persiguió: el llavero que colgaba del contacto representaba también, de perfil sobre fondo rojo, al niño prodigio.

El pueblo en el que vivía el profesor Fritsch estaba situado en la montaña, a una veintena de kilómetros de curvas de la salida más próxima de la autopista. Kerry atravesó varias aldeas casi desiertas, con sus iglesias barrocas inútilmente vastas. Austria es un país con un pasado que le cae demasiado grande.

El día había empezado entre nubarrones. A medida que Kerry se acercaba a su destino, el horizonte se había ido despejando. Al mirar hacia las alturas distinguió, en tonos blancos de distintos matices, un bordado de encaje de glaciares y nubes.

Finalmente, a su llegada, brillaba el sol, y las cumbres de los Kaisergebirge relucían a lo lejos.

La casa del profesor Fritsch estaba un poco apartada del pueblo. Abarcaba todo el panorama de las altas montañas vecinas, hasta Kitzbühel y Sankt Johann in Tirol, al fondo de sus valles brumosos. Vacas de color castaño zigzagueaban entre las lenguas de nieve para rumiar la hierba tierna. En los balcones de la casa habían sido plantados recientemente los geranios reglamentarios, como en toda la región, y exhibían una hilera de pompones de un rojo intenso.

Kerry aparcó el automóvil en un terraplén limpio de nieve situado junto a la casa. Ascendió por la avenida de grava hasta una entrada en saledizo sobre el jardín. Una ligera brisa traía de lejos ecos de clarines. Los grandes bosques de pinos que ennegrecían las pendientes, por encima de los terrenos de pastos, perfumaban el aire de resina. Kerry se dijo que al volver a su país tenía sin falta que llevar a sus hijos a pasar unos días a las Rocosas.

No tuvo que pulsar el timbre de la entrada. La puerta se abrió cuando ella llegaba al último escalón. Una mujer gruesa, vestida con una bata de trabajo malva con estampado de flores, la recibió con una amplia sonrisa. Su espesa cabellera de un tono rubio claro aparecía cuidadosamente dispuesta en torno a la cabeza, tan tiesa por la laca que se diría un casco de acero pulido.

—¿Usted periodista, venir ver profesor?

El inglés de la mujer parecía una cabaña alpina: un amontonamiento de troncos apenas desbastados, sin clavos ni tornillos.

Kerry, asintió y la mujer la hizo pasar. La casa olía a cera para madera y a detergente. Si alguna mota de polvo había acariciado alguna vez el propósito de instalarse en las montañas, jamás se le dio la oportunidad de detenerse en este lugar. Kerry siguió a la mujer hasta un salón donde todo era a la vez oscuro y brillante. La madera barnizada, los cobres, los cuadros que representaban manantiales silvestres y gacelas, captaban la escasa luz filtrada por los vidrios de las pequeñas ventanas y la devolvían en forma de reflejos amarillos. La mujer hizo sentar a Kerry en un canapé abarrotado de cojines bordados.

—Profesor venir seguido. ¿Yo qué puedo servir de beber usted?

Kerry estaba perpleja en cuanto a la identidad de aquella mujer hombruna, de mandíbulas grandes y cuadradas. ¿Era la esposa de Fritsch o su ama de llaves? El hecho de que lo llamara «profesor» no significaba nada en estas civilizaciones germánicas en que los maridos son a veces capaces de llamar a su mujer «mamá». Kerry no tuvo mucho tiempo para interrogarse sobre el asunto. El profesor hizo su entrada casi enseguida.

Fritsch era lo que suele llamarse un anciano bien conservado. Era imposible adivinar a primera vista que se acercaba a los noventa años. No había de qué asombrarse, si había pasado toda su vida en estos lugares. De la misma manera que, según dicen, el salchichón corso se perfuma con todas las hierbas aromáticas que los cerdos han comido

en su isla, así también no era posible pasar cerca de un siglo en estos valles sin acabar por incorporar sus virtudes e incluso los elementos de
sus paisajes. La abundante cabellera rizada de Fritsch era blanca como la
nieve; su nariz poseía los relieves angulosos de la roca, y lo mismo podía decirse de las arcadas ciliares y el mentón. Sus grandes ojos abiertos,
directos e ingenuos, tenían el mismo tono azul pálido que adquiere el
hielo de los ventisqueros, y que le da, paradójicamente, un aspecto
cálido, casi sedoso.

En otra persona distinta de Kerry, la impresión habría sido favorable. Fritsch era la encarnación de la bondad y de la sabiduría, el pa-
triarca que todos querríamos tener por abuelo. Pero ella había heredado de su madre una desconfianza instintiva hacia los eclesiásticos en
general y hacia los pastores luteranos en particular. Esa desconfianza
tenía sin duda sus raíces en las remotas querellas religiosas en la Europa central de la que ella era originaria. Frente a Fritsch, Kerry se puso
de inmediato en guardia.

—Viene usted de Nueva York, señora. Le doy la bienvenida. Y me
siento muy honrado de que haya recorrido un camino tan largo para
verme.

Según su biografía en Internet, Fritsch había sido durante tres años
visiting professor en la Universidad de Charleston. De ahí procedía su
forma de alargar las vocales en inglés. La dicción germánica hacía su
discurso monótono y lento, como es frecuente en los pastores refor-
mados siempre que no hablan del pecado.

—Si le parece bien, estaremos más cómodos en mi despacho para
la entrevista. Hilda, ¿lo has oído? Vamos a mi despacho. No le he presentado a mi ángel de la guarda. Hilda vela por mí desde hace dos años
con una gran abnegación. Ella tiene la bondad de impedir que yo haga
demasiadas tonterías.

El gabinete de trabajo de Fritsch estaba en el mismo piso. Daba a los
prados a través de grandes ventanales acristalados, que proporcionaban
mucha luz. Al dejar la oscuridad del salón, se tenía la impresión, al entrar en él, de salir al aire libre. Las paredes del despacho no acristaladas
estaban tapizadas de libros. En una gran mesa, en el centro, estaban colocados numerosos *dossiers*, cuidadosamente ordenados en pilas.

—Ya no escribo apenas, pero procuro leer y clasificar lo que leo
—confió Fritsch, como si quisiera excusarse por un acto reprensi-
ble—. La escucho, señora. ¿Sobre qué desea que hablemos?

Kerry tomó asiento en un sillón tapizado de terciopelo azul, y
Fritsch se situó detrás de su escritorio.

Kerry evitaba mirarlo a los ojos. Era un truco que le había enseñado su madre: evitar esas miradas de santo para no dejarse engañar por su pretendida pureza.

—De usted, profesor. Estoy preparando un informe sobre los grandes pensadores del *environnement* y, naturalmente, era del todo obligatorio visitarlo... Soy periodista independiente y propondré el tema a *Time Magazine.* —Tendió una tarjeta de visita. Fritsch tomó una gran lupa que tenía por mango un cuerno de gamo y examinó la tarjeta—. Deborah Carnegie. Encantada.

Él dejó la tarjeta sobre la mesa y colocó encima la lupa.

—No creía interesar a mucha gente en Estados Unidos. Al principio, mi obra tuvo en cierto modo un carácter pionero, posiblemente. Pero ahora Norteamérica ha tomado el relevo.

—Su influencia filosófica ha marcado a la mayor parte de los grandes ecologistas de hoy. Y usted ha formado a muchos de ellos.

—¡Es cierto! —dijo Fritsch.

Tenía una manera ingenua y encantadora de acoger las frases de su interlocutora. Sus relaciones con el mundo, a pesar de su larga experiencia, parecían marcadas por un asombro benévolo, una curiosidad respetuosa, una perpetua sorpresa ante las innumerables formas de la vida. Pero aquello no era bastante para seducir a Kerry.

—Con el tiempo, ¿sabe que es lo que más me llena de orgullo? Los seminarios que he dirigido, todos esos jóvenes que durante años han venido de muy lejos para trabajar conmigo y escuchar lo que tenía que decirles.

—Eso es exactamente lo que me interesa —confirmó Kerry—. Respecto de su obra, tengo sus publicaciones como referencia. Pero me gustaría recoger algunos recuerdos sobre su magisterio y comprender cómo se ha ido transformando a medida que su pensamiento evolucionaba.

—¡Oh, nada podría darme mayor placer!

Se habría dicho que Kerry acababa de ofrecerle un regalo de Navidad. Su pureza de gran anciano encajaba a la perfección con sus expresiones ingenuas de niño pequeño.

—¿Cuándo empezó usted esos seminarios? —preguntó Kerry.

—En el momento en que abandoné la Universidad de Viena, en el cincuenta y nueve.

—¿La abandonó... por voluntad propia?

—Sí y no —dijo Fritsch—. El ambiente era sofocante. Hay que recordar que Austria estuvo ocupada hasta mediados de los años cincuenta por los ejércitos aliados. La universidad estaba sometida a una estrecha vigilancia. Había muchos temas que no se podían tratar. Yo quería hablar de la naturaleza. Y la naturaleza, para esa gente, era un tema nazi. Me arrojaban sin cesar a la cara *Tierschutzgesetz* de Hitler...

—Y sin embargo, usted era más bien un hombre de izquierda...

—Pero eso no arregló las cosas, porque otros, por el contrario, empezaron a sospechar que yo sentía simpatía por los comunistas... No, ya le digo, más vale no hablar de aquella época. Para un espíritu libre, fue el infierno. —Fritsch meneó su hermosa cabeza como para sacudirse las últimas partículas de aquel barro. Luego retomó su sonrisa pura—. Finalmente, me dije: «no conservemos más que a quienes saben escuchar.» Y abrí un seminario aquí mismo.

—¿En esta casa?

—No, en la anterior. Estaba más cerca de Salzburgo y era un poco más grande —recordó Fritsch—. Tenía una sala construida para los banquetes de cazadores. Era allí donde nos reuníamos. —Se levantó con agilidad y tomó una foto de su antigua casa, que colgaba de la pared—. Fue aquí. —Miraba la imagen con ternura—. Desde que mi madre me regaló mi primera cámara, una Kodak, en 1925, nunca he dejado de hacer fotografías. A mi edad, eso sustituye a la memoria.

—¿Sobre qué temas trataban sus seminarios?

—Al principio, yo venía de la filosofía de la ciencia, y toda mi reflexión parte de ahí. Me llamó la atención un descubrimiento de los paleontólogos. En aquella época, habían conseguido diferenciar en la historia del mundo cinco períodos en los que hubo una regresión de las especies vivas. Es lo que llaman las cinco extinciones. La más celebre es el período en el que se extinguieron los dinosaurios. Luego, esos mismos científicos empezaron a comprender que en ese momento... le estoy hablando de mediados de los años cincuenta... habíamos entrado en la sexta extinción: la que, en nuestros días, ve la desaparición de numerosas especies animales y vegetales. La gran diferencia es que las cinco primeras extinciones fueron de origen natural, mientras que la última, la que vivimos hoy, es de origen humano. Una especie, la nuestra, destruye a todas las demás. Ése fue el tema de mi primer seminario: las seis extinciones. ¡Sonaba como un programa del presidente Mao!

Fritsch hablaba con claridad, dando tiempo a asimilar cada frase, cada idea, como alguien que ha pasado la vida entera dedicado a la enseñanza.

Kerry conocía bien esa manera tozuda, pesada, terriblemente eficaz, de avanzar paso a paso con los conceptos. Es muy difícil oponerse a ese tipo de progresión lógica, incluso cuando se tiene la convicción de que conduce a conclusiones erróneas. Para huir de la filosofía alemana y de la pesada retórica marxista, la familia de Kerry había optado por la agilidad irónica de un Diderot o un Voltaire. Ella misma había vuelto a tomar contacto con esos pensadores en el ámbito intelectualmente libre de los campus norteamericanos. El humor, la rapidez, la intuición se habían convertido para ella en armas, frente a la brutalidad paquidérmica del mundo comunista, es decir, de sus orígenes.

—Hoy esas ideas se han hecho bastante banales —continuó el profesor—, pero en aquella época yo iba a contracorriente. Interrogarse sobre la sexta extinción conducía de inmediato a una crítica del individualismo y de la libertad que se da al hombre para destruir su entorno, el *environnement*. En mi primer libro, formulé la siguiente ecuación, un tanto embarazosa: «Cierto que la declaración de los derechos del hombre de 1789 libera a los seres humanos de la arbitrariedad y del poder absoluto. Pero, al mismo tiempo, les otorga un poder absoluto y arbitrario sobre todos los demás seres, y más en general sobre la naturaleza entera.»

—Fue en ese momento cuando rehabilitó a Spinoza frente a Descartes... —dijo Kerry.

—¡Descartes, ese innoble apóstol de la razón! Ve en el animal una simple máquina, y no reconoce límites a las obras de la mente humana... ¡Fue él el gran culpable, y diré incluso, el gran criminal! —Fritsch podía utilizar mímicas muy expresivas. Cuando decía Descartes, su rostro gritaba: «¡Satán!» Alzaba el tono y su discurso se aceleraba—. Spinoza, por el contrario, es la armonía del Todo, la idea de un dios difuso, presente en cada ser, en cada cosa, en toda la naturaleza. Es la necesidad de que el hombre permanezca en su lugar.

—¿Tenía usted muchos alumnos al principio?

—Muy pocos. Sólo algunos fieles que me siguieron desde la universidad. Pero después publiqué el contenido de mis seminarios. No en Austria, claro está. Curiosamente, en Estados Unidos se mostraron mucho más abiertos, aunque mis trabajos fueran muy críticos con el capitalismo. Estuve allí tres años. En Carolina del Sur, un estado atractivo, martirizado por la guerra de Secesión y muy resistente frente a las ideas productivistas introducidas por los yanquis. Cuando volví a Austria, mis ideas despertaban una verdadera pasión. Recibía hasta cincuenta solicitudes de inscripción cada año. Pero nunca acepté a más de veinte estudiantes por sesión.

—He encontrado el nombre de algunos de ellos en mi investigación —dijo Kerry, mientras buscaba entre sus papeles—. Iré a verlos para recoger también su testimonio. —Simuló haber encontrado la hoja que buscaba—. Es un trabajo enorme. Los hay del mundo entero. Por ejemplo, ya ve, la semana que viene tengo que ir a Polonia. Aprovecho, ahora que estoy en Europa central.

—¿Polonia? No tuve muchos discípulos de ese país.

—Ro-gul-ski —leyó ella laboriosamente—. ¿Le dice algo ese nombre?

—Pavel Rogulski —recordó Fritsch—, claro que sí. Un muchacho notable y valeroso. Era uno de los raros que venían de un país comunista. En el sesenta y siete, eso tenía mérito. ¿Sabe qué ha sido de él?

—Es un gran profesor de biología, en la actualidad.

—¿Ah, sí? No me extraña. Era poco comunicativo, pero tenía una mente brillante. Por lo demás todo el grupo, aquel año, era excepcional.

Fritsch se puso en pie y se dirigió al mueble con columnitas que ocupaba el fondo del despacho. Abrió uno de los paneles con relieves esculpidos: unas divisiones verticales permitían clasificar los *dossiers*. Extrajo de uno de ellos una gran fotografía en blanco y negro y entrecerró los ojos para leer una fecha trazada con tinta en la parte inferior del documento.

—Año 1967, ésta es. Ya ve que el orden tiene algo de bueno. —Tendió a Kerry una fotografía rectangular de formato 21 x 29,7 y se quedó de pie a su lado mientras la miraba—. Ahí está Rogulski, con un cigarrillo en la mano. Como siempre.

La foto había sido tomada delante de una gran casa de piedra adornada por los inevitables geranios, pero en esta ocasión hacia el final de la estación, con muchos pétalos marchitos. Una veintena de jóvenes se alineaban en dos filas; los del primer plano habían puesto rodilla en tierra. Fritsch había debido de accionar un temporizador para tomar la foto. Había llegado a su sitio un poco tarde. Estaba de perfil y una de sus manos aparecía borrosa.

—Era muy cosmopolita, por lo que veo —observó Kerry.

Entre los alumnos había un asiático y dos estudiantes de tez muy oscura, de rasgos hindúes. Entre los blancos, se encontraban todos los matices que evocan inconscientemente los estereotipos del español, el inglés, el francés y el estadounidense.

—¿De dónde venían, todos éstos?

—No tanto —dijo Fritsch, que aún estaba pensando en la observación anterior—. Hubo años en los que el alumnado fue todavía más internacional.

Cuando devolvió la fotografía, Kerry se dio cuenta de que había nombres escritos al dorso. Pero ya el profesor se dirigía al mueble para guardarla.

—¿No podría..., prestármela, para que haga una fotocopia? Sería ideal para ilustrar mi artículo.

El anciano hizo como si no hubiera oído. Colocó de nuevo la fotografía en su *dossier*, cerró el mueble y volvió a ocupar su lugar frente al escritorio.

—Señora, siempre he respetado un principio, gracias al cual hoy conservo completa mi colección. Nunca presto mis fotos. No hay fotocopiadora en esta casa. Tendría usted que llevársela y devolvérmela por correo. Eso, perdóneme, nunca lo he permitido. —Los materiales con los que estaba fabricado Fritsch, recios como las montañas, eran suficientemente expresivos del sentido que tenían para él las palabras «siempre» y «nunca». Kerry no insistió, pero dejó ver su contrariedad—. No se inquiete —la consoló Fritsch, dándole unas palmaditas en la mano—. Tendré mucho gusto en sacar una copia para usted. Tengo un pequeño laboratorio en el garaje. No me llevará mucho tiempo. Se la enviaré la semana próxima. ¿Por dónde estábamos en nuestra conversación?

—El programa de sus seminarios. Había marchado usted a Norteamérica.

—¡Eso es! Volví en el sesenta y seis, y reanudé mi seminario al año siguiente. Por esa razón me acuerdo tan bien. Precisamente ese año, el sesenta y siete, renové el programa de mis cursos. Abrí caminos desconocidos; era exaltante, y los estudiantes se dieron cuenta. Tenían en cierto modo la impresión de descubrirlo todo al mismo tiempo que yo. Y en el fondo, tal vez era así. Sin ellos, no habría tenido el mismo estímulo, la misma audacia.

Hilda, siempre con su casco de cabellos rubios, entró en la estancia con refrescos que Kerry no recordaba haber pedido.

—Oh... gracias.

—En Estados Unidos, conocí al gran filósofo Herbert Marcuse, y eso me influyó mucho. A priori, estábamos en las antípodas: él predicaba una liberación completa del ser humano, mientras que yo no paraba de denunciar los desastres del individualismo. Sólo había una idea común a los dos: el rechazo de la sociedad industrial, productivista y capitalista. Pero lo que me impresionó de él con más fuerza, fue el eco que suscitaba su pensamiento en la juventud. Poco importaba lo que dijera, lo esencial, a mi modo de ver, era que pensaba... para la acción. Su crítica filosófica desembocaba en un programa, incluso si éste quedaba sin formular de forma expresa. Cuando regresé, decidí ir también yo más allá de la simple constatación y empezar a pensar en soluciones.

Kerry tomaba notas, pero estaba ya demasiado atareada en la observación del lugar y en la reflexión sobre toda la operación para apuntar en detalle todo lo que le decía Fritsch. Contaba para eso con su grabadora miniatura, y esperaba que funcionase bien. Fritsch continuó:

—El tema de mi seminario, aquel año, fue la demografía. Me había dado cuenta de que era el núcleo de la cuestión de la relación hombre/naturaleza. El hombre no plantea un problema ecológico en sí mismo; después de todo, las sociedades primitivas vivían en equilibrio con la naturaleza, y la naturaleza les prodigaba todo lo que necesitaban en abundancia. Pero la clave de esa armonía era el número. Para que vivieran en la abundancia, era preciso que los miembros de esas tribus mantuvieran un número limitado y estable. De ahí los ritos para suprimir los excedentes: exposición de los recién nacidos, sacrificios humanos, castración de los enemigos, antropofagia ritual, celibato forzado para una parte de la población. A partir del momento en que ese equilibrio se rompió, el hombre proliferó y se convirtió en el asesino de la naturaleza. No cesó de exigirle más de lo que ella podía darle. Perdió la abundancia y descubrió la escasez. Para superarla, inventó la agricultura, la industria. Dividió y cuadriculó la tierra. Resumo, desde luego, pero usted sabe tan bien como yo a qué me refiero.

Kerry había adoptado un aire de escolar. Se acordó de que era periodista y no estudiante. Tenía que empujar a Fritsch un poco más allá.

—Lo que me está diciendo, profesor, no es más que una constatación. Hace un momento me hablaba de acción...

—Precisamente. Todo el seminario estaba orientado hacia una cuestión pragmática y programática. ¿Cómo limitar la presión que los seres humanos imponen a la naturaleza? —Fritsch engulló un largo trago de un líquido demasiado rojo para ser otra cosa que un sirope de fresa o de granadina. Sacó un pañuelo de su bolsillo y se secó metódicamente la boca—. Los estudiantes se apasionaron por ese problema. Se estableció entre nosotros un diálogo intelectual extraordinario. Se creería que nos encontrábamos en una escuela filosófica de la Antigüedad... Sin duda fue eso lo que hizo que llegáramos tan lejos en nuestras conclusiones. Eran verdaderamente revolucionarias.

Al evocarlo, el gran hombre ahogó con discreción un sollozo

como los que sobrevienen a los ancianos cuando se emocionan en exceso.

—¿En cuál de sus obras quedaron recogidas?

—¡No! —exclamó Fritsch—. Esos trabajos nunca fueron publicados. ¡Por fortuna! Hay que situarse en el contexto de aquellos últimos años sesenta. El pensamiento ecológico estaba todavía en pleno proceso de estructuración. Si yo hubiese defendido unas tesis tan extremas, me habría convertido en un marginal.

—Pero ¿por qué eran tan revolucionarios sus trabajos de aquel año? —inquirió Kerry.

Un cucú, en algún lugar de la habitación, salió de su escondite para anunciar la hora, cantando diez veces con una voz cascada.

—¡Pero si ni siquiera le he hecho visitar la casa! —exclamó Fritsch.

—No vale la pena, de verdad. Estamos muy bien aquí.

—Sí, sí, venga, podemos continuar hablando mientras caminamos.

Apenas lo había dicho, y ya estaba en pie.

Hilda, en el umbral, tenía en las manos un sombrero de fieltro y un abrigo, que el profesor se puso. Kerry se dio cuenta de que no era una cuestión de cortesía, sino sobre todo el deseo de no cambiar sus hábitos lo que motivaba aquel paseo.

Todas las mañanas, a las diez, tenía que dar una vuelta, y nada habría podido impedírselo. Así, bajo la superficie en calma de su amabilidad, afloraban los arrecifes de un egoísmo destructor para cualquiera que se le aproximase demasiado.

—Es la casa de mis padres. Yo nací aquí, el cuarto de seis hijos —explicó Fritsch mientras cruzaban el salón para salir a una terraza que daba a un pequeño jardín—. Con la edad, adquirimos la costumbre de echar cuentas. Yo he advertido que, aparte de mis años americanos y de una o dos estancias cortas en el extranjero, he pasado aquí toda mi vida, entre esta casa y la otra de la que le he hablado.

«Toda una vida lejos del mundo, ritmada por el cucú y amenizada por las vacas —pensó Kerry—. Y sin embargo, eso no le impide proponer su propia visión del mundo. Pero quizá, después de todo, eso es lo que hacen todos los filósofos, en todo caso la mayoría. Tampoco Kant dejó nunca su ciudad natal...»

Fritsch la llevó a visitar su invernadero, en el que se sentía orgulloso de cultivar fresias y limoneros. Después le enseñó sus conejos, sus pavos y las ocas domesticadas, a las que parecía querer apasionadamente. Tal y como temía Kerry, había perdido el hilo de la conversación. A ella le costó mucho hacerlo volver al tema.

—Todavía no me ha dicho qué ideas descubrió en el 67. Ya sabe, las que le habrían convertido en un marginal.

Estaban en el corral. Fritsch, en pie, con las manos extendidas, ofrecía sus dedos a los picos de dos ocas. Tomó un aire extático, con los ojos de un tono más pálido que nunca.

—Sí, fue exactamente aquí —dijo—. Había venido a ver a mis padres. Fue durante esa visita cuando me vino la idea. Yo estaba habitado por mi tema, ¿me comprende?

—¿Qué tema? ¿La demografía?

—Sí, esa catástrofe que nosotros, los humanos, representamos para la naturaleza que nos ha engendrado. Pensé en mi propia madre. Pienso siempre en mi madre cuando evoco la naturaleza. Es normal, ellas nos traen, ellas nos alimentan. ¡Madre naturaleza!

Las ocas rodeaban a Kerry esperando que también ella les ofreciera sus manos. Pero aquellos animales la horrorizaban, y tenía que contenerse para no apartarlos a puntapiés en su gordo trasero. Por fortuna, Fritsch, concentrado en su visión, no se dio cuenta de nada.

—Pensaba usted en su madre...

—Me vino una imagen: la de dos hijos ingratos que despojan a su pobre madre, que la arruinan con sus caprichos. Es un poco lo que hacemos con nuestra madre naturaleza, ¿no es así? Pero imaginé que uno de los dos utilizaba lo que quitaba a su madre para hacerse autónomo, para llegar a ser independiente y rico. El otro seguía siendo holgazán, parásito y miserable. Pues bien, ¿cuál de los dos perjudica menos a su madre, según usted? El rico. Por lo menos, él se marcha un día y está en condiciones de devolver a su madre la ayuda que ha recibido. El pobre será siempre una carga.

Kerry no sabía qué era lo que la irritaba más: pisar aquellas cagadas de oca sembradas por el suelo o bien oír aquellas parábolas ecológicas.

—Perdóneme, profesor, pero tengo un poco de frío. ¿Tal vez podríamos entrar? Y eso le permitiría explicarme mejor el sentido de su metáfora. El hijo pobre y el hijo rico, no acabo de ver...

—¡Cómo! ¿No lo entiende? —dijo el profesor, mientras cerraba a regañadientes la verja del corral—. El hijo rico es el mundo desarrollado, la civilización industrial. El hijo pobre es el tercer mundo.

Llegaron a una pequeña puerta acristalada, en la parte trasera de la casa, y se limpiaron los zapatos en un felpudo grueso en forma de erizo. Luego atravesaron distintas habitaciones hasta volver a tomar asiento en el despacho, con la respiración algo entrecortada aún por el paseo.

—Hablaba usted del hijo pobre...

—Al volver a entrar ese día, hice esto exactamente: me apresuré a venir a mi despacho y anoté todas mis ideas. Lo llamé la aporía del desarrollo.

—¿Aporía?

—Es un término filosófico que designa un problema sin solución, una contradicción insoluble. La aporía del desarrollo es ésta: la civilización técnica e industrial es destructora de la naturaleza, por supuesto. Pero al mismo tiempo, aporta soluciones a los problemas que plantea. Por ejemplo, todas las sociedades desarrolladas tienen un crecimiento demográfico débil, incluso negativo. Por el contrario, los países subdesarrollados, el hijo pobre, no cesan de crecer en número. Y esa proliferación sin ninguna evolución técnica tiene consecuencias dramáticas: deforestación masiva, desertización, progresión de las megalópolis anárquicas. Y cuando esa proliferación humana alcanza determinados niveles, ya no existe ninguna solución. Conducir a esos países hacia el desarrollo industrial sería un desastre. Observe el caos que provoca China desde que se adentró por ese camino. Imagine lo que sería de nuestra madre naturaleza si todos los chinos, todos los indios, todos los africanos consumieran lo mismo, o aunque fuera sólo la mitad, de lo que consume un norteamericano.

—¿Qué conclusiones sacó usted?

—Fue justamente eso lo que provocó una ebullición extraordinaria y debates apasionados en mi seminario. Si se lleva esa lógica hasta el final, la ecología no debería tomar como objeto de sus ataques al hijo rico, sino al hijo pobre.

Kerry veía cómo iban colocándose en su lugar las piezas del puzle. Era exactamente la tesis de los Nuevos Depredadores en su forma última. Como si alguien hubiera venido a insuflar en el tosco pensamiento de Harrow la sutileza filosófica de Fritsch...

—¿Qué entiende por «tomar como objeto de sus ataques al hijo pobre»?

—Sencillamente, que la prioridad de la ecología no es luchar contra la sociedad industrial productivista, aunque ésta sea condenable. Por mala que sea, no afecta sino a una parte reducida de la población del globo, y no ocupa más que una proporción escasa de las tierras emergidas. Progresa de forma constante en su control de los residuos, de la contaminación, del reciclaje. La mayor parte de la producción se sitúa hoy en las industrias de la realidad virtual, que no conllevan ningún daño ecológico, o casi ninguno. En el fondo, a condición de que no se extienda a otras civilizaciones, nuestro modelo industrial es un mal menor.

»Por el contrario, el peligro mortal son los países pobres. Tanto si utilizan las energías tradicionales como tecnologías rudimentarias, su contribución a la emisión de gases tóxicos es preponderante. Con sus poblaciones inmensas y unos medios de cultivo rudimentarios, desbrozan los últimos rincones preservados del globo. Matan la fauna salvaje, asfixian los ríos, trafican con las especies protegidas, talan maderas preciosas, manchan cientos de miles de kilómetros de costas. Sus viejos motores diésel emiten cada año a la atmósfera el equivalente de su peso en polvo de carbono.

Hilda asomó con discreción su silueta de granadero en el marco de la puerta, y Fritsch le hizo una pequeña señal.

—¿Se quedará a almorzar? Es miércoles, habrá *canederli* al queso. Es una especialidad del Tirol meridional.

—No quiero molestarlo —balbució Kerry.

Pero al profesor nada podía molestarle más que no comer a sus horas. Hizo un gesto aprobador con la cabeza en dirección a Hilda.

—Y ése —prosiguió, con una sonrisa indulgente— era el ambiente aquel año, con aquellos diablos de estudiantes. Llegamos a la conclusión de que lo urgente era sobre todo impedir la explosión mundial del modelo industrial. Lo nuevo que poníamos en cuestión es la ambición del desarrollo a la totalidad. Hacer seguir a los países del tercer mundo la misma vía de los países desarrollados está tal vez humanamente justificado, pero, desde el punto de vista del *environnement*, del entorno, es un suicidio. —Un gato gris, en el que Kerry no se había fijado aún, fue a frotarse entre las piernas del anciano. El silencio en la casa era tal que podía oírse el frote sedoso de su pelaje contra el tejido áspero del pantalón—. La verdadera prioridad, decíamos, es controlar la proliferación humana de los países pobres.

—Controlar... pero ¿cómo?

—Ah, en ese punto hubo debates apasionados, créame. Algunos de entre nosotros eran muy audaces al respecto, muy radicales. Partían de la idea de que es preciso mantener a toda costa las estructuras sociales tradicionales del tercer mundo, los jefes tribales, las costumbres ancestrales, los métodos de cultivo de bajo rendimiento, etcétera. Les parecía criminal lanzar programas médicos porque reducen la mortalidad sin afectar a la fecundidad y multiplican el crecimiento demográfico. Del mismo modo, no hay que tratar de intervenir en las innumerables guerras locales, ni oponerse al papel regulador de las pandemias, no contrariar las crisis malthusianas relacionadas, aquí o allá, con un exceso de población respecto de los recursos alimentarios. En breve, conseguir que, en esas regiones del mundo en las que la razón aún no lo ha echado todo a perder, la especie humana sea un poco menos humana y un poco más especie, con sus equilibrios, sus fragilidades, sus depredadores. En los años sesenta, todavía era posible ese planteamiento. El tercer mundo estaba aún bastante cerca del estado primitivo en el que era posible imaginar mantenerlo.

—Era, con todo, una idea audaz —afirmó Kerry—. En pleno período de las independencias, tomar posición en contra del desarrollo...

—Sí, por esa razón hube de calmarlos un poco. En cuanto concluyó el seminario, les dije que todo aquello era muy especulativo, muy apasionante, pero un tanto prematuro. Había que seguir reflexionando. La opinión pública internacional no estaba aún madura para entender aquello. Soy un pensador conocido, y se me perdonan mis salidas de tono, pero a condición de que no quiebren un cierto consenso.

—¿Qué dijeron ellos?

—En el fondo, creo que lo sabían. De todas maneras, sentían respeto por mí. No se habrían permitido oponerse a mis decisiones.

—¿Ha vuelto a ver a los estudiantes de aquella promoción del senta y siete?

—Ay, no —dijo el anciano—. Algunos me escribieron. Creo que mantienen relación entre ellos. La experiencia de aquel año fue muy fuerte. El hecho de que nuestros trabajos nunca fueran publicados les dio tal vez la impresión de que estaban protegiendo una especie de secreto.

El cucú, con su voz desafinada de vieja cantante, avisó de que era mediodía. El reloj interior del profesor ya debía de haberle advertido. Se puso en pie antes de la primera nota. Pasaron al salón. Un ángulo había sido acondicionado como comedor, con banquetas de madera a lo largo de las paredes. Sobre el mantel blanco les esperaba toda una liturgia de platos de porcelana y cubiertos de plata que Fritsch empuñó con soltura.

—¿Tomará vino blanco? Es de aquí. Uno de mis primos lo fabrica en el valle vecino, y tiene mérito, con este clima.

Comieron en silencio.

—¿Y los años siguientes? —preguntó Kerry cuando hubo tragado laboriosamente los últimos bocados de queso.

—Di unos contenidos más clásicos a mi seminario. Siempre buscando los aspectos prácticos, pero en términos más realistas. Trabajamos sobre todo en torno a los peligros de la civilización industrial. Lo habíamos olvidado un poco hablando del tercer mundo, pero las sociedades que se llaman desarrolladas no son tan benévolas con el entorno: están el tema nuclear, el efecto invernadero, los residuos tóxicos... En los años setenta, el movimiento ecológico acabó de estructurarse. Ya estaba claro que su objetivo principal iba a ser la sociedad industrial y sus desastres. Hans Jonas le dio una base filosófica mundialmente célebre, con su *Principio de responsabilidad*. El sentido común condujo al miedo al progreso técnico. Fue así cómo la cuestión de los riesgos relacionados con el subdesarrollo y la proliferación de los pobres pasó a un segundo plano. Un tabú moral muy fuerte impide lanzar la menor acusación contra el tercer mundo.

»El seminario del 67 queda muy lejos. Puede uno lamentarlo, pero es así. Yo me adapté y me sumé, intentando profundizar en él, al pensamiento ecológico tal como se estaba elaborando.

Fritsch se extendió bastante rato sobre esa fase de sus trabajos. Pero Kerry apenas lo escuchaba.

—Perdone si vuelvo un poco atrás. En la época de Rogulski, ¿no tuvo usted como alumno a un tal Ted Harrow?

—¿Un inglés?

—Norteamericano, más bien. De origen indio, por su madre.

—Ted Harrow. No, no lo recuerdo. Me habría gustado, sin embargo, tener a alguien que pudiera hablarnos de los indios de América. Es uno de los grandes modelos que he utilizado siempre en mis trabajo para ilustrar el tema de la responsabilidad ecológica. —Reflexionó aún, moviendo los labios como si repitiera para sí el nombre de Harrow—. Tendría que enseñarme una fotografía. Los nombres no me dicen nada. Son los rostros lo que me queda en la memoria.

Poco más tarde, Kerry volvió a la carga desde otro flanco.

—Tal vez mi pregunta le parezca extravagante, pero... ¿ha desempeñado el cólera un papel especial en su reflexión?

—¿El cólera? —dijo Fritsch con una mueca de repugnancia—. ¿Por qué diablos quiere usted que me interese en horrores semejantes?

Decididamente el profesor, a pesar de las afinidades de su pensamiento con el de los Nuevos Depredadores, parecía ignorarlo todo sobre ellos y sobre lo que constituía el núcleo de sus propuestas de acción. Era difícil poner en duda su sinceridad en ese punto, porque sus respuestas no dejaban el menor lugar al disimulo o a la mentira. La conclusión forzosa era que alguien había difundido sus ideas sin él saberlo. Pero ¿quién?

Después del almuerzo, Kerry se dio cuenta de que el programa del profesor debía de incluir una siesta. Se mostraba un tanto nervioso e impaciente por terminar. Ordenó sus notas y le dio las gracias.

El viejo profesor la acompañó hasta la puerta de su casa. El sol lucía sobre las cumbres y arrancaba destellos del verde de los prados. Entrecerró los ojos para contemplar aquel panorama.

—A veces, ahora que ya todo casi ha terminado, me digo que me he equivocado. Me faltó audacia en aquellos años.

Kerry tardó un poco en comprender que se refería al famoso seminario del 67.

—¿Audacia...?

—Eran ellos quienes tenían razón. Mis estudiantes. Ahora estoy seguro. —De pronto se volvió hacia Kerry—. ¿Conoce al comandante Cousteau?

—Sé quién es.

—Un hombre extraordinario. Lo conocí el año ochenta y cinco, en un coloquio. Nos conmovió a todos hablando del sufrimiento de los océanos. Pues bien, Cousteau me dijo, y creo que ha tenido el valor de dejarlo escrito, que la tierra no debería cargar con más de doscientos millones de seres humanos. He leído otras evaluaciones que preconizan cien millones, otras quinientos. En todo caso, una proporción de ese orden parece razonable. ¡Pero somos seis mil millones! ¿Cómo controlar la proliferación humana? Lo que no nos atrevíamos a decir en 1967 se ha convertido hoy en la cuestión principal para la supervivencia del planeta.

—Un detalle, profesor: ¿cómo se pasa de seis mil a quinientos millones?

Kerry se arrepintió de haber hecho la pregunta. Los rasgos de Fritsch se aflojaban, tenía los ojos enrojecidos. La hora de la siesta ya había quedado un poco atrás, sin duda, y perdió toda su afabilidad.

—Yo no me pronuncio más que sobre los principios filosóficos —dijo en tono rencoroso—. No cuente conmigo para resolver cuestiones de detalle.

Saludó con tanta cortesía como pudo y entró. Kerry vio que Hilda, en el vestíbulo, le tendía un batín.

2

Nueva York, Estados Unidos

Al teléfono, la voz era amable, sensual, pero un discreto temblor dejaba adivinar aprensión, tal vez incluso miedo. Paul, con todo, no tuvo la impresión de que fuera a él a quien temiera su interlocutora. De vez en cuando ella se callaba en mitad de una frase, como si vigilara algún ruido exterior.

Paul se había presentado como un antiguo amigo de Juliette, del tiempo en el que vivía en Estados Unidos. Acababa de volver de un viaje a Francia, y había intentado sin éxito contactar con ella en Chaulmes. Un vecino le había entregado un paquete de cartas para ella que habían llegado a aquella dirección, así como ese contacto en Nueva York para encontrarla.

Era una cobertura bastante miserable que, a decir verdad, hacía agua por todas partes. Sin el apoyo de Providence, Paul no podía esperar nada mejor. Por mucho que recitó su papel con convicción, a medida que hablaba sentía que pisaba arenas movedizas. Pero, para su gran alivio y su gran sorpresa, la interlocutora desconocida cuyo número le había proporcionado Jonathan mordió el anzuelo. En efecto, le dijo, había visto a Juliette. No, por desgracia ya no estaba en Nueva York. (Eso era muy preferible para la cobertura de Paul.) ¿Podía entonces darle noticias de ella, indicarle dónde encontrarla? Con mucho gusto, pero era preferible verse para hablar, ¿no es así? Ella dijo llamarse Natacha. Todo iba saliendo mejor de lo que había temido Paul.

Natacha dudó antes de elegir el lugar de su cita. Vivía con sus padres en Long Island, pero eran personas de edad y no les gustaban demasiado las visitas, sobre todo los chicos. No serviría de nada explicarles... Desde luego podían encontrarse en un café, pero ella sufría de agorafobia y no soportaba esa clase de sitios llenos de gente. Lo mejor sería que Paul pasara por la oficina a verla. Era química y trabajaba como experta para una organización ecologista.

—¿Conoces a Juliette desde hace mucho tiempo?

—La conocí hace algunos años en Lyon, cuando ella estaba todavía en Greenworld. Yo estaba haciendo entonces un *stage* allí. Con el enemigo.

—¿El enemigo?

—¡Pechiney! —dijo ella, con una carcajada.

—¿Y ahora? —preguntó Paul.

—Ahora curro para una venerable anciana: la Sociedad Americana para la Conservación de la Naturaleza. ¿La conoces?

Paul había leído algo al respecto en los *dossiers* de Providence: la SACN era uno de los florones del ecologismo reformista. Fundada a finales del siglo XIX, constituía uno de los principales grupos de *lobbying* ante diferentes ministerios. Los poderes públicos la consideraban como un interlocutor casi oficial, al mismo nivel de la Cruz Roja o la Associación Americana del Rifle.

—¿A qué hora te viene bien que pase?

—Bueno... En mi despacho somos cuatro, y a los otros no les gustan demasiado las conversaciones personales.

Sin duda era ésa la razón de que pareciera tan incómoda al teléfono.

—Sería preferible que vinieras a última hora de la tarde, cuando mis colegas ya se hayan ido —dijo la chica. Quedaron a las ocho—. ¡Cuidado! No estoy en la sede de la sociedad, en la Cuarta Avenida. El servicio científico para el que trabajo está situado en un pequeño edificio en la orilla oeste del Hudson. ¿Vendrás en coche?

—En taxi.

—En ese caso, llámame a mi móvil cuando llegues. —Natacha le dictó el número—. La puerta principal estará cerrada a esa hora. Te abriré la del garaje.

Paul pasó el día tumbado en la cama de la habitación de su hotel. Leyó los mensajes de Providence que se habían ido acumulando a lo largo de los días. Abrió todos los documentos adjuntos, cosa que habría tenido que hacer mucho antes, para mantener la competencia con Kerry. Pero desde su última entrevista con Archie, los mensajes se habían interrumpido, y cuando Paul intentó hablar con Tycen, éste se salió por la tangente.

No había nada nuevo en los mensajes, salvo una lista complementaria que daba información sobre los miembros del grupo de Harrow.

Además de los cuatro primeros que él ya conocía, Providence había conseguido seguir el rastro de otros seis. Dos eran periodistas de grandes cadenas de televisión, otro trabajaba en la exportación de prendas deportivas Nike en Pekín, dos tenían empleos de oficina en la Costa Este. Y había una empleada en la SACN...

No se llamaba Natacha sino Clara, y no era química sino agrónoma. Sin embargo, Paul tuvo la convicción de que se trataba de la misma persona que acababa de citarlo. Se sintió más impaciente aún por escuchar lo que tenía ella que decirle. Era la primera persona del grupo de Harrow con la que podría hablar directamente.

Al separarse en Turín, Kerry y él habían comprado dos teléfonos móviles con identidades falsas. Sólo ellos conocían los números, y habían guardado uno cada uno. Sacó la tarjeta SIM de su cartera, la adaptó a su móvil y llamó a Kerry. Pero habían previsto el contacto a las diez de la noche, hora de Nueva York, y era demasiado pronto. Se encontró con un buzón de voz, y anunció que volvería a llamar después de su cita. Añadió que todo iba bien.

Encontró un taxi con dificultad. Llovía un poco, y los neoyorquinos los tomaban por asalto. El que paró iba conducido por un haitiano apasionado por el fútbol. Tan pronto como entablaron conversación, el chófer no apartó los ojos del retrovisor, salvo algunas rápidas ojeadas por el parabrisas, por seguridad. Paul hubo de interrumpirlo en mitad de un largo discurso sobre Ronaldinho para llamar a Natacha. Estaba ya cerca del edificio, y la avisó para que bajara a abrirle. Aprovechó la ocasión para desintoxicar sus oídos del parloteo que había tenido que soportar durante todo el trayecto.

El edificio de la SACN aún estaba muy iluminado a pesar de la hora. Paul dudó durante un instante. ¿Por qué le había dicho ella que la entrada principal estaría cerrada, si tantas personas estaban trabajando tan tarde? Incluso le pareció ver salir a alguien por la gran puerta acristalada que daba a la calle. Luego se dijo que Natacha debía de tener sus razones para ser discreta. No tuvo tiempo para hacerse más preguntas, porque enseguida oyó el ruido metálico de la puerta del garaje al ascender, y una lucecita amarilla empezó a parpadear. En la parte inferior de la rampa de acceso, una silueta femenina se destacaba sobre el fondo oscuro del aparcamiento. Ella le hizo una señal. Paul se dirigió hacia la entrada sin luz, pendiente del suelo para no resbalar en las manchas de aceite de la rampa. Estaba a medio camino cuando advirtió una sombra más oscura a un lado, un habitáculo para las basuras sin duda. Luchaba, desde que entró, con la sensación irracional de que estaba cometiendo un error, de que no había tomado las precauciones más elementales dictadas por la prudencia. Y sin embargo, siguió avanzando.

Lo que pasó después en un instante, en lugar de aterrorizarlo, le trajo el alivio paradójico de haber tenido razón. Pero demasiado tarde. Dos siluetas enmascaradas habían saltado sobre él. Sintió el cañón de un arma en su nuca. Por el lado izquierdo, alguien le dobló el brazo sobre la espalda y lo obligó a avanzar. La muchacha del sótano había desaparecido. Las luces del garaje se habían apagado. Marchó, obligado por sus dos asaltantes, iluminado sólo por la luz verde de las salidas de emergencia. Lo empujaron hasta un todoterreno aparcado en dirección a la salida. El maletero estaba abierto. Lo amordazaron y lo empujaron al interior. Se encogió para no ser aplastado por el capó. Luego oyó el golpe de las portezuelas al cerrarse. El coche arrancó, un tubo golpeó el suelo al abordar el ángulo de la rampa. Paul vio por un instante guiñar la luz amarilla de la entrada. Distinguió también las luces de neón, y luego los halos anaranjados de las farolas y los chispazos de las luces de otros coches. El automóvil circulaba por una vía rápida.

Tirol, Austria

Al salir de la casa de Fritsch, Kerry optó por llegar a Innsbruck cruzando los valles del Tirol. Tuvo que seguir infinitas curvas en las que los neumáticos chirriaban en el asfalto húmedo de la carretera. Grandes claros soleados por encima de las cumbres alternaban con chubascos repentinos. La hierba de los prados tenía el tono verde de la absenta, y era casi tan embriagadora.

Los gestos automáticos y repetitivos de la conducción liberaban su mente. Pensó en sus hijos, en Robin, en su vida burguesa, en las amigas con las que se cruzaba a la salida de la escuela, y que serían incapaces de imaginar lo que estaba viviendo ahora. Después volvía a la excitación de aquella persecución, a la satisfacción de haber descubierto lo que pensaba que era el epicentro de todo, la raíz oculta del caso: aquel Fritsch, con su aspecto bondadoso y sus ideas de exterminador. Luego pensó en Paul, en su reencuentro en Odessa, en toda la operación, en Providence. Esta otra realidad de su vida, como una tralla, hacía saltar su conciencia adormecida, transformaba la rutina en excepción, el bienestar en felicidad, los seres próximos en entidades lejanas que deseaba apasionadamente ver de nuevo y a las que amaría más aún a su regreso, aunque al marchar no lo hubiera creído posible.

En Innsbruck, decidió alojarse en un antiguo hotel muy caro y muy elegante del centro de la ciudad. Se dijo que una estadounidense sola atraería menos la atención en aquel universo de lujo que en una pensión modesta poblada por familias de fin de semana. La verdad era que tenía ganas de darse el gusto de tomar un largo baño, de tenderse en una cama mullida, entre sábanas cuidadosamente planchadas. Hizo exactamente lo que había previsto, y se adormeció.

El hambre la despertó hacia las nueve de la noche. Se hizo llevar a la habitación una tortilla con ensalada. Ese plato sencillo, con sus accesorios, platos, saleros, pan, mantequilla, cubiertos, condimentos, servilleta, etcétera, ocupaba todo un carrito. Una camarera gordinflona lo empujó hasta el centro del dormitorio. Después, palmeó con vigor el edredón y las almohadas, corrió las cortinas, dejó sobre la cama un bombón envuelto en papel dorado, y desapareció sin haber dicho una palabra.

Kerry miró algunas cadenas de televisión, se detuvo un instante en los titulares de la CNN: Irak, un tiroteo en una escuela de Newark, otro estado que autorizaba las bodas de homosexuales. En una palabra, lo de siempre. Apagó.

Dada la diferencia horaria, podía recibir de un momento a otro la llamada de Paul. Se puso a reflexionar sobre las decisiones que habían de tomar. Esperaría primero a saber lo que él había descubierto por su lado. Tal vez Paul conseguiría encontrar a aquella Juliette, y ella se reuniría con él para seguirla. Era la mejor hipótesis, la que les llevaría más rápidamente a encontrarse juntos en la acción. O tal vez el contacto les llevaría a un callejón sin salida, y entonces tendrían que dar prioridad a la pista entreabierta por su encuentro con Fritsch.

Por ese lado había aún muchos puntos oscuros. Era seguro que el grupo de Harrow estaba relacionado, desde el punto de vista intelectual y quizá también de forma directa, con las ideas de Fritsch y aquel famoso seminario del 67. El contacto forzosamente hubo de tener lugar a través de un antiguo estudiante, puesto que aquellas ideas nunca fueron publicadas. El más sospechoso era, desde luego, Rogulski. Kerry empezaba a decirse que Paul tenía toda la razón al ver en los destrozos de Wroclaw una operación de despiste. Si Rogulski estaba implicado en el asunto, el robo de su laboratorio era un medio para alejar de él cualquier apariencia de sospecha y transformar al culpable en víctima.

Sin embargo, por sí solo Rogulski no podía ser la clave de todo el asunto. Puede que su apoyo fuera decisivo en términos intelectuales para Harrow y su grupo. También había podido proporcionar el agente infeccioso que necesitaban para su proyecto. Pero su semblanza mostraba que disponía de medios económicos modestos. En cierto momento, después del hundimiento del régimen comunista, incluso había quedado en la indigencia. No podía ejercer la función de mecenas de los Nuevos Depredadores. Así pues, en el puzle todavía faltaban piezas.

Seguir la pista de Rogulski sería delicado. No contaban con ningún cargo directo en su contra. Volver a Polonia podía ser una pérdida de tiempo y un riesgo inútil. Más valía, a fin de cuentas, concentrarse en la operación en curso. Si Harrow estaba en efecto en posesión de aquellas cepas peligrosas de vibrión, la prioridad era impedir que las utilizara. Las preguntas esenciales eran sencillas: ¿dónde y cuándo? ¿Cómo actuaría? Era imposible decirlo, a menos que Paul consiguiera encontrar a la muchacha. ¿Dónde preparaban la diseminación de su agente letal? Kerry estaba convencida de que la respuesta se encontraba en la casa de Fritsch. Recordaba al chino, los dos rostros de rasgos hindúes o paquistaníes, y el pequeño grupo latinoamericano en la foto del seminario del 67. Una clave esencial del enigma estaba allí. Se sentía disgustada consigo misma por no haber dado la vuelta a la foto y leído los nombres. Estaba entrenada para retener nombres entrevistos en unos escasos segundos. Un solo nombre le habría permitido tal vez averiguar los demás. Pero no lo había hecho. Ahora tendría que esperar a recibir el cliché. Fritsch le había prometido enviarlo por DHL en tres o cuatro días, a la dirección que ella le había dado (la de su amiga Tracy, que trabajaba en la clínica con Paul). Decididamente, sólo quedaba una cosa por hacer. Por desgracia, era lo que más detestaba: esperar.

Sin darse cuenta, mientras seguía sentada en el sillón frente al plato de su cena, Kerry había vuelto a adormecerse. El timbre del teléfono la devolvió brutalmente a la conciencia. Había guardado a su lado el móvil al que Paul tenía que llamarla esta noche. Pero el que sonaba era el otro: el de Providence. Desde que la operación terminó de forma oficial, teóricamente ya no había razón para utilizarlo. Le había extrañado que sonara dos veces, a lo largo de la tarde, sin que nadie respondiera al otro lado de la línea.

Miró el número que llamaba: como el de la tarde, estaba oculto. Pulsó el botón para responder, pero no habló, esperando que una vez más sólo habría silencio del otro lado. Pero en esta ocasión fue distinto.

—Levántate y ve a la ventana.

Era la voz de Archie, su voz de Brooklyn, sin la menor huella de afabilidad británica. Debía de estar rabioso.

—Pero...

—Hazlo, maldita sea. ¿Estás ya? ¿Ves la calle?

Kerry se levantó y apartó las pesadas cortinas dobles. Por la ventana, veía los muelles del Inn. Los adoquines mojados relucían bajo las farolas amarillas. Un parapeto metálico bordeaba la orilla y se recortaba contra los reflejos del agua.

—¿Estás en la ventana, sí o no? —dijo Archie.

—Sí.

—Hay un tipo con sombrero en el borde del muelle, ¿lo ves?

A aquellas horas de la noche, el lugar estaba casi desierto. Una pareja pasaba, cogida de las manos. Un hombrecillo paseaba a su perro.

—No —dijo Kerry.

—Mira con más atención...

Inclinándose un poco a la izquierda, Kerry distinguió a un hombre alto con gabardina y sombrero de fieltro, directamente salido de *El tercer hombre.*

—Ya lo veo —dijo Kerry.

—Va a hacerte una señal.

Le pareció oír un bip al otro lado de la línea. Sin duda el hombre estaba también a la escucha con un móvil. Le vio levantar la cabeza, alzar el borde de su sombrero y agitar la mano mientras miraba hacia la ventana.

—¿Lo has visto?

—Sí.

—Ahora, siéntate y escúchame. —Kerry volvió despacio a su cama y se apoyó en el borde. Comprendía mejor las llamadas de la tarde; la habían localizado por el móvil. A la primera llamada, estaba aún en la carretera. Habían vuelto a llamar en el momento en que entraba en Innsbruck—. Tengo a otros hombres míos en el *hall* y en la parte trasera del hotel. Te aconsejo que no intentes largarte sin avisar. ¿A quién has ido a ver a Austria?

Kerry se preguntó si Tycen habría hablado a Archie de su mensaje a propósito de Rogulski y de Fritsch. En la situación en que se encontraba, en cualquier caso, no perdería nada haciéndose la tonta.

—¿A quién qué...?

—Responde. ¿A quién has visto en Austria?

—A Mozart.

Al otro lado de la línea, sintió que la ira, después de haber privado a Archie de su inglés de Oxford, estaba a punto de dejarlo también sin su jerga neoyorquina. Sólo emitía un jadeo ronco. Poco a poco, las palabras volvieron.

—A partir de ahora no hagas nada. ¿Entendido? Nada en absoluto. Los tipos de abajo tienen órdenes de impedírtelo. No intentes ser más lista que ellos. Me los ha prestado una compañía local de seguridad y están entrenados para golpear primero y discutir después. No será tu carita de ángel lo que los detenga.

—Gracias por el cumplido. Estoy en un hotel muy cómodo y no tengo intención de moverme.

—¡Pamplinas! —rugió Archie—. Después de lo que ha hecho tu amiguito, me extrañará mucho que hayáis tirado la toalla.

Al oír mencionar a Paul, Kerry se estremeció.

—¿Qué es lo que ha hecho?

—¿Te cachondeas de mí? «¿Qué es lo que ha hecho?» —Archie había repetido las palabras imitando la entonación de Kerry, y eso tuvo el don de hacerla perder los estribos.

—¡Basta ya, viejo cerdo! ¿Me vas a decir o no lo que le ha ocurrido a Paul?

A pesar del insulto, o tal vez debido a él, Archie volvió a sus cabales, y de inmediato su lenguaje se tiñó de acentos británicos.

—Hum, pues bien, de hecho, después de despedirse de mí en el aeropuerto, no volvió a Atlanta. Fue a meter las narices en la casa de los ecologistas de Nueva York. Y no en un grupo cualquiera, figúrate: en la más venerable, la más respetable, la más influyente de las sociedades norteamericanas de protección del entorno. Cuando me había prometido, como tú por otra parte, que abandonaría el caso. Me prometió...

—¿Qué ha pasado exactamente? —dijo Kerry.

—Creo recordar que incluso lo juró, que me dio su palabra...

Archie volvía a desvariar, y Kerry lo interrumpió con el chasquido seco de una pregunta en sus oídos.

—¿Vas a soltar de una vez qué es lo que le ha pasado?

—Se ha dejado atrapar. ¡Encima!, se ha dejado atrapar.

Se notaba que estaba levantando los ojos, para tomar al cielo por testigo.

—¿Por quién?

—Por el servicio de seguridad de la Sociedad Norteamericana para la Conservación de la Naturaleza, en cuya sede había entrado clandestinamente y que estaba registrando. ¿Te das cuenta? Le hago prometer que parará la investigación sobre los ecologistas extremistas, y ¿qué es lo que hace? La emprende con los moderados, ¡con gente que no haría daño a una mosca y que cada año vende los billetes de su tómbola a la flor y la nata de la América más distinguida!

—¡Es imposible!

—¿Cómo, imposible? ¿Pretendes negar los hechos? —dijo Archie.

—Paul tenía una cita con una persona. Una cita totalmente oficial.

—Vaya, te ha vuelto la memoria.

—Una chica que nos indicó el estudiante de Lyon —expuso Kerry.

—Paul habrá cambiado de idea después de verla. O antes. Y habrá aprovechado su cita para husmear. Ve a saber lo que habrá pasado por su cabeza. Nunca debí de confiar en él. ¡Ese tipo es incontrolable, y tú también! —dijo Archie y Kerry guardó silencio durante un buen rato—. ¿Estás aún ahí?

—Sí. ¿Quién te anunció su captura?

—La CIA, figúrate. ¡Para rematar el pastel! ¿Y sabes cómo? Porque tienen una fuente en la empresa privada que se ocupa de la seguridad de la SACN. Un antiguo agente de la Compañía, que se siente feliz pasando todavía informaciones.

—¿Y la policía? ¿Y el FBI? —interrogó Kerry.

—Hasta el momento, por lo que sabemos, todavía no ha sido entregado a la policía.

—Entonces, sigue detenido por la seguridad privada de la asociación... ¿No lo encuentras raro?

—Puedes estar segura de que el servicio de comunicación de la SACN está preparando una bonita campaña de prensa para acompañar su entrega a la policía: clamarán por el atentado contra las libertades y se presentarán como víctimas de horribles persecuciones. Harán desfilar a cantantes y estrellas de cine por la tele para que les defiendan —expuso Archie.

—Pero ¿contra quién?

—Probablemente es lo que están intentando saber. Los tipos de la seguridad que le echaron mano deben de estar interrogándolo. Si él no dice nada, acusarán a las autoridades federales, que me odiarán a muerte. Y si llegan hasta nosotros, habrá un proceso paralelo mediático contra el espionaje privado y otras gilipolleces, no hace falta que te cuente... En los dos casos, significa la muerte de Providence.

—Entonces, en este momento. ¿Paul sigue detenido por la seguridad privada de la asociación? —quiso saber Kerry.

—Al parecer, sí.

—¿No puedes contactar con ellos, discretamente?

Archie soltó una risita despectiva.

—Me he informado, ¿qué te pensabas? Resulta que el patrón de ese chiringuito de seguridad privada es uno de mis antiguos colaboradores. Hace mucho tiempo de eso, pero estoy seguro de que no ha olvidado...

—¡Magnífico!

—De que no ha olvidado que lo puse de patitas en la calle por apropiación indebida de fondos de la empresa —aclaró Archie.

—Entonces, ¿qué vas a hacer?

—Esperar, diantre. Tu querido Paul fue capturado ayer noche, no hará aún diez horas. Mañana por la mañana, lo entregarán a la policía. A no ser que esperen a la tarde para salir en los titulares de las noticias televisadas de la noche. En el ambiente preelectoral en el que nos encontramos, no hay que olvidar que los ecologistas se cuentan entre los principales apoyos del candidato demócrata. Si manejan bien el asunto, pueden dar un bonito golpe de mano político, una especie de Watergate verde. —Sólo un rasgo de ingenio podía detener el furor de Archie. Se concentró un largo instante en el placer que le había deparado su fórmula—. Sí —concluyó, para tener el placer de repetirla—, un Watergate verde. —Luego, la rabia volvió a invadirlo—. ¡Todo porque no quiso obedecer mis órdenes!

Kerry no decía nada. Archie debía de tener ganas de encontrar otras víctimas, más frescas y más próximas, para desahogar en ellas su cólera, porque concluyó:

—Quédate donde estás. Te tendremos al corriente de lo que suceda.

Y colgó.

3

Innsbruck, Austria

Kerry iba de la cama al sofá de su habitación, pasaba al cuarto de baño, se miraba en el espejo, y luego se asomaba a la ventana, apartaba la cortina y constataba que el hombre del sombrero de fieltro seguía allí.

Con el tiempo, había idealizado en el recuerdo la acción secreta. Sólo había conservado en la memoria los momentos exaltantes, la excitación que nace del miedo y de la acción. Lo que le sucedía ahora la devolvía a la realidad. La mayor parte de las veces, los obstáculos que han de sortear los agentes secretos no han sido colocados por enemigos ni por razones nobles: son sobre todo minúsculas trabas administrativas, peleas entre redes, piques entre jefes que compiten los unos con los otros. Casi en todas las ocasiones en que Kerry había participado en operaciones, todo había terminado así, con contraórdenes frustrantes, con retiradas incomprensibles. En otra época, la rivalidad Este-Oeste suministraba explicaciones cómodas. Era necesario apaciguar las susceptibilidades políticas, dejar paso al compromiso, a la negociación, evitar una escalada militar. Pero ahora la Guerra Fría estaba lejos, y Kerry comprendía que aquellas prácticas no tenían nada que ver con ella. Eran tan sólo los detestables hábitos de una profesión en la que los mediocres y los fracasados mandan a personas valerosas. Sólo los maestros en diplomacia y en cobardía sobreviven en ese medio, y Archie constituía su quintaesencia.

Hacia las dos de la tarde, llamó a sus hijos a casa. La pequeña Julia tenía una nueva amiga, y su hermano Dick empezaba a jugar al béisbol. Rob estaba en San Francisco por un par de días, y ella discutió con Sue, la *baby-sitter*.

Después de colgar, Kerry estuvo mucho rato tendida en la cama, perdida en ensueños mientras miraba los estucos en relieve del techo. Pensaba en Paul, estaba inquieta por él, buscaba cualquier medio para ayudarlo. Al mismo tiempo, aquella ternura se derramaba sobre todas las personas a las que amaba. La ternura había estado presente al hablar con sus hijos; y también le hacía desear oír la voz de Rob. Kerry pensó que había en ella un planeta del sentimiento, del mismo modo que había otro del miedo, del desprecio y del odio. Y en ese planeta amado se distinguían diferentes continentes, el de Paul, el de Rob, el de Julia y Dick, los de sus amigos, sus padres, cada uno de ellos con sus relieves, sus costas, sus golfos y los istmos que los unían a otros. Pero el destino de aquel planeta era uno e indivisible. Si uno de los continentes sufría, todos los demás se veían agitados por las convulsiones.

Debió de dormirse, porque le costó bastante tiempo comprender que la campanilla que oía era el timbre de un teléfono. Archie, sin duda. Se tomó su tiempo. Luego, de pronto, advirtió que el que sonaba era el móvil que había comprado con Paul. Sólo él conocía su número. El aparato estaba en el bolsillo de sus vaqueros, colgados de una silla. Lo sacó y lo miró parpadear mientras sonaba. ¿Era Paul o eran sus carceleros?

En un instante, cruzaron por su cabeza hipótesis contradictorias. Pulsó el botón y esperó.

—¿Kerry? —Era la voz de Paul. No por eso aflojó Kerry la vigilancia. ¿Podía hablar? ¿La estaba llamando él bajo el control de quienes le tenían prisionero?—. Kerry, ¿me oyes?

—Sí.

—Escucha —dijo Paul—, no tengo tiempo de contártelo todo, pero he tenido un pequeño problema.

—¿Cuál?

Ella se mantenía aún en guardia.

—Llamé al contacto del estudiante francés. Era una chica, que me dio una cita. Cuando acudí, me cayó encima un grupo de gorilas que me secuestraron.

Kerry sonrió ante aquel equívoco: Paul no le anunciaba que estaba libre porque ignoraba que ella estaba al corriente de su captura.

—¿Estás libre? —le interrumpió ella.

Le oyó reír, en el otro extremo de la línea.

—No eran muy profesionales. Como querían interrogarme antes de entregarme a la policía, aproveché para dejarlos con un palmo de narices.

Era estúpido, pero a Kerry le entraron ganas de llorar. Todo el continente de su corazón acababa de iluminarse después de una larga tormenta.

—¿Dónde te habían llevado?

—A un agujero en pleno Bronx. Cuando conseguí salir, tuve que caminar durante dos horas evitando a las patrullas de policía. Me habría visto en un brete para explicarles lo que estaba haciendo allí en plena noche.

—¿Te dejaron tu móvil? —preguntó Kerry, repentinamente suspicaz.

—No, no lo llevaba —afirmó Paul—. Volví a mi hotel y lo recuperé, con mi tarjeta de crédito y mis camisas.

—¿Dónde estás ahora?

—En un aparcamiento, dentro de un coche que he alquilado, a la salida de Nueva York, del lado de Nueva Jersey.

Paul tenía el humor exaltado de los hombres en fuga, aguijoneados por el peligro y la persecución, dueños aún de sus movimientos, pero que no saben durante cuánto tiempo aún lo serán, y que experimentan esa libertad como un vértigo. Siguió explicando:

—Estamos en el buen camino, Kerry. El contacto que nos había dado Jonathan era en efecto una persona del grupo de Harrow.

—¿Cómo lo sabes?

Él le habló de la chica que contestó al teléfono, de la cita en la SACN, de las coincidencias con el mensaje de Providence.

—Nunca hemos estado tan cerca de la meta, Kerry. Ellos lo saben y tienen miedo. Los molestamos. Si no, no habrían organizado ese montaje para librarse de mí.

Kerry imaginaba el amanecer en Nueva Jersey, la copa de los sauces iluminada y el tronco aún en la oscuridad. Veía a Paul inclinado sobre el volante, más luchador que nunca, la cabeza un poco baja, con la sonrisa de desafío que mostraba cuando tenía que pelear. Guardó silencio y siguió escuchándolo:

—Su plan era entregarme al FBI, bajo la acusación de que había entrado a registrar los locales de la SACN. No era mala idea, ¿no te parece? Pero antes, querían interrogarme. Por sus preguntas, comprendí que lo saben prácticamente todo de nuestra investigación; mi entrevista con Rogulski, mi visita a la madre de Harrow, la expedición a casa de Jonathan. Incluso parecen saber que hemos averiguado el asunto del cólera. La verdad es que están muy bien informados. Pienso que saben exactamente quiénes somos y para quién trabajamos.

—Entonces, ¿por qué querían interrogarte?

—Tengo la impresión de que querían saber algo más sobre Providence. Intentaban hacerme decir quién nos había convencido para que continuáramos la investigación, a pesar de la orden de la CIA de pararlo todo. No me hablaron de Archie, pero me pregunto si no era sobre él, sobre quien querían más información.

—¿Cómo has conseguido escapar, Paul?

—He ganado tiempo. Estaba claro que no disponían más que de algunas horas. Para que su plan funcionara, tenían que llevarme otra vez a la SACN antes de la apertura de los despachos y alertar a la policía. Yo lo sabía, y aguanté bien durante el interrogatorio. Hacia las cuatro de la madrugada, dejaron de preguntar y me prepararon para reembarcarme. Me quedé solo durante una media hora, y aproveché para liberarme. Y desaparecí en la noche.

—Paul...

Kerry quería alertar a Paul acerca de su propia situación desde el inicio de la conversación, pero él hablaba con tanta volubilidad que no le daba ocasión.

—Ahora que me he escapado, seguramente acelerarán sus planes. Estoy convencido de que van a poner en marcha su operación lo antes posible. Hay que redoblar esfuerzos en la investigación. Yo intentaré encontrar el rastro de Juliette por otros medios. ¿Cómo te va a ti por tu lado? ¿Te has enterado de algo en casa de Fritsch?

—Estoy segura de que ahí se encuentra una clave del asunto. Muchos indicios apuntan a un pequeño grupo de personas que estudiaron hace años con Fritsch. Pero...

—Genial. ¿Tienes los nombres?

—Sé dónde encontrarlos. Pero, por favor...

—Ve allí. Pisa el acelerador. Si tienes una pista, síguela —dijo Paul.

—¡Paul! Cálmate un instante y déjame hablar.

—Te escucho.

—Estoy bloqueada en Innsbruck. Prisionera, si lo prefieres, aunque sea en mi hotel. Hay guardianes armados abajo en la calle. Vigilan todas las salidas.

—¿Quién es el que...?

—Archie. Me telefoneó ayer por la noche. Sabía que ibas a ser entregado al FBI —relató Kerry.

—¿Quién se lo dijo?

—Él dice que fue la CIA.

—Pero ¿cómo podía saberlo la CIA? —preguntó Paul.

—Tienen a alguien en el servicio de seguridad de la SACN.

—¿Eso te dijo? ¿Archie te aseguró que tenía infiltrados entre los vigilantes del SACN?

—Sí —dijo Kerry.

Paul calló. La línea era bastante deficiente, pero Kerry le oyó respirar ruidosamente, como un toro a punto de embestir.

—¿Qué es lo que va mal, Paul?

—Lo que va mal es sencillamente que las personas que me secuestraron no eran miembros del servicio de seguridad de la SACN.

—¿Estás seguro?

—A esa hora no hay una guardia de vigilancia en la SACN. Sólo van allí si los llaman o si suena la alarma. El plan era hacerme entrar en las oficinas por la puerta del garaje. Natacha, el contacto de Jonathan, la abrió con su tarjeta de identificación. Los tipos que la acompañaban, por lo que pude entender, no trabajan en ese lugar. Ella debió de hacerles entrar antes y esconderlos. Se marcharon de inmediato en un coche, conmigo en el maletero. Creo saber que su intención era devolverme a la SACN hacia las seis y media de la mañana. Natacha habría llamado entonces al servicio de seguridad, con la historia de que había ido pronto a trabajar, acompañada por un amigo, y que me habían encontrado registrando las oficinas. Poco importa. Lo esencial, es que los vigilantes no tenían ningún medio de saber lo que ocurría durante mi interrogatorio, porque aún no les habían avisado.

—¿Quieres decir que, si la CIA se ha enterado de tu captura, es porque ha infiltrado... el grupo de Harrow? —preguntó Kerry.

—Es una explicación, en efecto.

—¿Será entonces ésa la razón por la que pidieron a Archie que detuviera la investigación? Están persiguiendo ya a Harrow, y no tienen ganas de que nadie venga a pisotearles el sembrado.

Paul reflexionó largo rato.

—Esa hipótesis es la mejor —admitió.

—¿Se te ocurre otra?

—La otra —dijo Paul, pensativo— sería... que alguien en la CIA intenta proteger a Harrow.

La enormidad de aquella afirmación les mantuvo en silencio mientras calculaban las implicaciones. Toda huella de abatimiento había desaparecido ahora en Kerry. La energía de Paul se le había contagiado. Paseaba desnuda por la habitación, con el teléfono pegado a la oreja.

—No tenemos opción —se extendió Paul—. Es absolutamente

necesario continuar. No podemos confiar en nadie salvo en nosotros mismos para impedir lo que se prepara.

—Dame tiempo hasta mañana por la noche. Averiguaré más cosas sobre ese grupo de alumnos de Frisch del que te he hablado. Es nuestra mejor baza —advirtió Kerry.

—Creía que estabas bloqueada en tu hotel.

—Olvidas que hemos seguido la misma formación. Y que, en las técnicas de supervivencia en un medio hostil, yo tuve mejores notas que tú.

—OK —dijo Paul—. Volveré a llamarte mañana por la noche.

—Y tú, ¿qué vas a hacer? ¿Buscar a la chica?

—Sí, pero a corto plazo tengo la impresión de que lo más urgente es intentar saber qué está pasando en Providence.

—El primero que encuentre algo llama al otro para que se reúna con él. Tengo ganas de estar contigo, Paul. Muchas ganas.

El ballet de los preliminares había terminado hacía tiempo, y aquella separación estaba de más. Uno y otro no tenían más que un deseo: estar juntos, compartirlo todo. Y ese deseo les daba una inmensa energía.

Cuando Paul cortó la comunicación, era ya de día. Arrancó con un chirrido de neumáticos y dio media vuelta en dirección al sur, hacia las costas de Rhode Island.

Rhode Island, Estados Unidos

Barney se había casado tarde. Pasaba ya de los cuarenta cuando contrajo matrimonio con Salehwork, una etíope quince años más joven que él. La conoció durante un seminario del Banco Mundial. Durante cinco años, después de dejar la CIA, había trabajado en Washington en el servicio de seguridad de la institución financiera internacional. Allí fue a reclutarlo Archie, en el momento en el que se lanzó a la aventura de Providence.

Salehwork era una joven economista del Banco Mundial, especializada en cuestiones de ajuste estructural. Había llegado a Estados Unidos con sus padres, que huían del terror rojo en Etiopía después de la revolución de 1974. Barney no habría sabido decir por qué, pero se sentía más seguro desde que se había casado con ella. Era como si su unión hubiera puesto fin a un sufrimiento, a un malestar relacionado con el problema identitario de los africanos en Estados Unidos. Gracias a ella, ya no flotaba entre dos orígenes contradictorios: había echado raíces en un África que no tenía nada que ver con la trata de esclavos ni con la colonización, un África virgen, imperial y orgullosa, anclada en la eternidad.

La propia Salehwork simbolizaba en toda su persona la altiva independencia de su Abisinia natal. A Barney le gustaba verla vestida con la toga blanca tradicional. Ella se la ponía cada vez que asistía a una ceremonia copta.

Aquella mañana, él la había llevado a Rhode Island con sus dos hijas, de diez y ocho años de edad respectivamente. Las niñas llevaban la misma túnica de lino blanco con finos bordados de oro. Barney las había visto alejarse enternecido. Las tres se habían vuelto y habían agitado sus manos mientras subían los escalones de la iglesia copta, mezcladas con los demás fieles. Por respeto, y tal vez también a causa de una culpabilidad secreta que le llevaba a temer contaminarlas con el peligroso virus de la duda y del malestar, Barney no se había convertido. No participaba en aquellas ceremonias y se contentaba con acompañarlas hasta la iglesia.

Como cada vez en semejantes circunstancias, se sentía aún conmovido al volver a su automóvil. Había aparcado bastante lejos de la iglesia, porque ésta estaba situada en el centro de una zona peatonal. Un vigilante, agazapado en una garita, vigilaba más o menos la salida del aparcamiento. Miraba una película de kung-fu en un pequeño lector de DVD portátil y no respondió al saludo de Barney. Éste tuvo que dar dos vueltas completas a los coches estacionados antes de encontrar su Ford, que había aparcado con prisas al llegar. Subió a bordo, accionó la llave de contacto y hubo de repetir tres veces el gesto para que el viejo motor arrancara. Salió del aparcamiento y se dirigió hacia el oeste. Aunque fuera domingo, tenía la intención de pasar por su despacho. Los nuevos contratos que Archie se había traído de su gira por Extremo Oriente empezaban a producir efectos. El departamento de operaciones estaba sobrecargado de trabajo.

Barney buscó una emisora musical en la radio. Abrió la ventanilla porque el aire acondicionado no era muy eficaz, y silbó satisfecho una tonada mientras veía desfilar el paisaje campestre. Había recorrido unos treinta kilómetros desde que salió de Rhode Island cuando advirtió una presencia en el asiento trasero.

—Hola, Barney. —En el retrovisor apareció el rostro tranquilo y sonriente de Paul—. Me siento obligado a decirte que estoy armado —siguió diciendo—. Y como es mejor despachar ese tema cuanto antes, me gustaría que sacaras tu siete sesenta y cinco y lo dejaras sobre el asiento del pasajero.

Archie insistía en que los agentes de Providence no llevaran armas, salvo en las misiones. Sin embargo, el director de operaciones era la excepción a esa regla, debido a los riesgos que comportaba su función.

Barney hizo lo que le pedían, y Paul recogió la pistola.

—¿A qué estás jugando, Paul?

—Puede que tú consigas tranquilizarme, pero por el momento, excúsame, no confío en nadie —dijo Paul.

—¿Dónde quieres ir?

—Sal de la autopista. Pararemos en el primer café que encontremos. Es preciso que nos sentemos y discutamos en serio.

Barney siguió conduciendo, pero más despacio. Subió el cristal de la ventanilla para atenuar el ruido y poder hablar con normalidad.

—Tienes aire cansado —dijo, después de un par de ojeadas al retrovisor.

—Reventado. No he dormido en toda la noche.

—¿Cómo va la clínica?

—Hace una semana que no los he llamado. Esta mierda de misión me tiene absorbido.

—¿Has tenido noticias de Kerry? —preguntó Barney.

Paul se encogió de hombros.

—Debes de saber tan bien como yo dónde se encuentra.

—Te equivocas, Paul. Archie nos desembarcó de la operación la semana pasada, y desde entonces se ha hecho un silencio completo.

—Precisamente de eso es de lo que quiero hablarte —respondió Paul.

Habían salido de la carretera principal y rodaban ahora por una campiña punteada por casas blancas rodeadas por céspedes recortados. El primer pueblo que atravesaron estaba desierto. Todos los parroquianos debían de estar encerrados en el templo, asistiendo a los oficios. A la salida de la población, en una pequeña área de aparcamiento, encontraron un vendedor de hamburguesas. Su tienda consistía en un antiguo contenedor colocado sobre ladrillos y recortado con soplete por un lado. Tres o cuatro mesas resguardadas por parasoles esperaban a los clientes.

Barney aparcó el coche y los dos se instalaron en la mesa más alejada del contenedor y de sus olores de fritanga. Un latino jovial vino a atenderlos. Pareció un poco decepcionado cuando desdeñaron sus *hot-dogs* y sólo pidieron Cocas.

El hecho de que ahora se encontraran cara a cara incomodó a Paul. Se avergonzaba de haber mostrado tanta desconfianza hacia Barney y haberlo abordado con tanta brutalidad.

—No me guardes rencor, viejo. Por el momento, soy un hombre perseguido.

—Eso no me impide decirte que soy tu amigo —dijo Barney—. No sé si me creerás, pero esperaba tu visita de un momento a otro.

—¿Qué te hacía pensar que vendría?

—La manera como se desarrollaron los acontecimientos en Providence. ¿Sabes?, fuimos varios los que no entendimos la decisión de Archie. De un día para otro, sin explicaciones, parón a la investigación. «Kerry y Paul ya no forman parte de la agencia. Hay que cortar todo contacto con ellos.» —Barney se pasó la manaza por los cabellos rapados, como si acabara de recibir un golpe en la cabeza—. Sin embargo, al principio había bastantes escépticos respecto de ese asunto, yo el primero. Pero desde el momento en que vosotros empezasteis a trabajar, el equipo se lanzó a fondo detrás de vosotros. Nos movilizamos, reconstruimos la historia del grupo de Harrow y estamos absolutamente seguros de que prepara un golpe enorme, un desafío planetario.

Paul reconoció los efectos de la capacidad de persuasión de Kerry, que había conseguido unir al equipo a su alrededor, durante su estancia en Providence. Sintió la ligera mordedura de los celos. Él solo no habría conseguido, sin duda, convencerlos de aquella manera.

—Yo hice del caso una cuestión personal o poco menos —siguió diciendo Barney—. Estoy seguro, como tú, de que esos tipos van a atacar a los países del tercer mundo, a los más pobres, con África a la cabeza. Son el nuevo nazismo, esos tipos. Ya no quieren suprimir poblaciones por su raza ni por sus opiniones ni creencias... Quieren suprimirles sencillamente porque «están de más». Me esperaba esa ideología. La temía desde hace años para mi pueblo, los africanos, tanto los que están allí como los de aquí. A fuerza de sufrir, uno acaba por resultar detestable, un estorbo para el progreso, una mancha en la sociedad de los ricos. Y un día llegan unas personas y declaran que sobras, que no eres digno de vivir.

Los camiones que pasaban por la carretera hacían casi inaudibles algunos pasajes de aquella confidencia. Pero Paul había comprendido lo esencial. Barney estaba visceralmente de su lado. Había llamado a la puerta adecuada al dirigirse a él.

—Escucha —le dijo—, tenemos que saber lo que pasa con Archie. ¿Por qué cambió bruscamente de idea a propósito de esta investigación? ¿Qué fue lo que le decidió a despedirnos? ¿Fue verdaderamente la CIA la que se lo pidió? Y si fue así, ¿quién, en la Compañía, tomó esa responsabilidad?

Barney reflexionó mientras bebía un largo trago de Coca. Su rostro estaba más serio que nunca, y contrastaba con su vaso, alto y estrecho, decorado con un gran Mickey sonriente.

—Verifiqué algunas cosas, después de la decisión de Archie —dijo—. Con discreción, gracias a los contactos que mantengo en la Compañía, me informé de si era cierto que habían tomado el relevo en nuestro asunto.

—¿Fue así? —preguntó Paul.

—Por lo que yo sé, nadie en Langley ha sido encargado de investigar sobre Harrow.

—Quieres decir que nos han despedido y no han puesto a nadie en nuestro lugar.

—A nadie. Un verdadero entierro. Caso archivado.

Se miraban con intensidad, y cada cual podía ver cómo el otro reflexionaba a toda velocidad.

—Eso confirma mi idea —dijo Paul—. Alguien de dentro de la CIA está protegiendo a Harrow.

Contó a Barney el episodio de la SACN y el papel ambiguo que había desempeñado en aquella ocasión con Archie un informador de la Compañía. Y preguntó:

—¿Sabes con quién exactamente tiene relación Archie allí?

—No —dijo Barney—. Es muy hermético con sus contactos. El viejo hábito de la compartimentación. Desde el punto de vista de la jerarquía, Archie debe estar conectado muy arriba, en los niveles de dirección.

—Seguramente no será con el director general. Cambia continuamente. Además, es un político, y nunca tomaría por sí solo iniciativas operacionales.

—Archie me ha hablado muchas veces de Marcus Brown, el director adjunto... Por desgracia, parece un tipo misterioso. Nadie ha tratado directamente con él.

—Yo he oído lo mismo —dijo Barney—. Si quieres, puedo intentar verificarlo. También investigaré sobre los demás hombres fuertes de la dirección.

—¿Tú vas a hacer eso?

—Desde luego que sí.

Era el punto esencial que preocupaba a Paul: Barney aceptaba ayudarlo. Por el momento, poco importaban los resultados. Ya no estaban solos. Paul alargó la mano por encima de la mesita y le estrechó el brazo.

—¡Gracias!

Barney agachó la cabeza sin sonreír. Tenía la expresión decidida del hombre que actúa en función de sus propias convicciones y no busca el agradecimiento de nadie. Paul le preguntó:

—¿Cómo van las cosas en tu equipo? ¿Crees que algunos de tus muchachos aceptarían también ayudarnos?

—Todos. Tycen, Tara, Kevin, incluso Alexander, todos están con vosotros. Respondo por ellos. Cuando tengas peticiones que hacerles, pásalas a través de mí. Lo único que hace falta es que seas discreto.

—¿Por Archie?

—Por Lawrence, sobre todo. Cuando Archie os despidió, Lawrence exultaba. Era un punto marcado contra mí. Hay que oírlo ironizar sobre nuestra persecución de ratones de laboratorio, etcétera. Gracias a esa historia, ha conseguido algunos nuevos aliados, los oscuros, los celosos, los que nunca han soportado que Archie confiara en mí. Por fortuna, no son muchos.

El patrón del bar rondaba a su alrededor desde hacía un rato. No había renunciado a venderles sus hamburguesas. Era hora de marcharse. Barney concluyó:

—Estoy seguro de que Archie ha encargado a Lawrence que te encuentre a toda costa. Probablemente son sus hombres los que retienen inmovilizada a Kerry en Austria.

—Necesitaré tu ayuda dentro de poco para una cuestión muy precisa. Es probable que Kerry me pase pronto una lista de personas sobre las que habría que investigar y trazar su perfil. Nombres que está a punto de conseguir en Austria. No será un trabajo tan sencillo, creo: las informaciones de que ella puede disponer se remontan a los años sesenta.

—Envíalas de todos modos —dijo Barney—. Te daré un contacto discreto. Podrás enviarme lo que quieras, sin que se enteren los esbirros de Lawrence.

Escribió en un trocito de papel un número de teléfono móvil y un código de correo electrónico.

—Una última cosa —dijo Paul—. ¿Recuerdas a esa francesa posiblemente implicada en el asalto de Wroclaw? ¿La chica que nos había indicado el inspector de la DST?

—Muy bien.

—Me cogieron en Nueva York cuando la buscaba.

—Es curioso, cuando me dijiste que el estudiante os había dado un contacto, inmediatamente pensé en una trampa.

—Yo también. Pero no tenía elección —convino Paul—. Hay que echar el guante a esa chica, a cualquier precio. ¿Podrías recuperar elementos referentes a ella en Francia, verificar las listas de pasajeros de las compañías aéreas, localizar los números a los que llamó desde su móvil y rastrear sus desplazamientos? Cualquier cosa, para que yo pueda volver a empezar la persecución.

—Veré lo que puedo hacer.

Estaban de pie, en medio de aquel sórdido decorado al borde de la carretera, y se estrecharon calurosamente la mano bajo la mirada enternecida del camarero mexicano. Se habría quedado asombrado de haber sabido que, al llegar, el uno tenía al otro amenazado con su revólver.

—Gracias, Barney.

—¿Te llevo de vuelta?

—De momento, ¿sabes?, mi casa es mi coche. Lo he dejado en la salida oeste de Newport.

—Te llevo allí. Ponte gafas oscuras y una gorra. Es mejor que nadie nos vea juntos por estos parajes.

4

Innsbruck, Austria

El Hotel del Inn es un establecimiento frecuentado esencialmente por turistas, pero de un género particular. La mayor parte de la clientela internacional se vuelca sobre Viena y Salzburgo. Ir hasta Innsbruck, sobre todo en verano, supone un interés más profundo por Austria. De ahí que los visitantes pertenezcan sobre todo a la categoría germánica. Exploran a sus vecinos más próximos, aprecian las variaciones sobre un mismo tema, que además les resulta familiar: iglesias barrocas, casas con el armazón de vigas de madera a la vista, inscripciones en letras góticas en las muestras de los establecimientos. La mayoría de los viajeros la componen parejas en edad madura, a las que se añaden algunas viudas; en cuanto a los raros hombres solos, por lo general se mantienen aparte y se dedican a la bebida.

La presencia en ese medio respetable de una norteamericana sola, insultantemente hermosa y de una libertad de costumbres que rozaba la indecencia, desencadenó en el hotel una ola de chismorreos tanto más providencial por la razón de que el tiempo volvía a ser lluvioso. Era casi inútil apostar a hombres armados para vigilar a Kerry: todos sus actos y sus gestos eran espiados, comentados, anotados tal vez, por los otros clientes del hotel.

Después de recibir la llamada de Paul, ella modificó discretamente su conducta y empezó a observar a los demás a su vez. Bajó a tomar el desayuno a la hora en que se abría el comedor. Situada bajo una lámpara fabricada con la cornamenta de un ciervo, Kerry observó a los clientes que desfilaban delante de las tapaderas de los platos calientes del *buffet*. Los más madrugadores eran claramente ejecutivos desplazados para alguna gestión o viajantes de comercio. Después aparecieron especímenes de una tercera edad activa. A las ocho de la mañana ya estaban vestidos de pies a cabeza, con un gusto ecléctico que combinaba el *loden* tradicional con el Gore-Tex de última moda.

Kerry se trasladó después al *hall* con la intención de observar la partida de los paseantes. Unos marchaban a pie, sin duda con la intención de cubrir un itinerario urbano. Otros, provistos de mochilas, tenían visiblemente la intención de alcanzar puntos más lejanos de las montañas, y contaban con ganar tiempo saliendo de la ciudad en automóvil. El aparcamiento del hotel, situado en uno de los patios, era visible desde la galería abierta que prolongaba los salones. Kerry se fijó en una pareja que subía a su automóvil y salía por una calle paralela al muelle. Dos hombres de Archie estaban apostados en esa calle, a uno y otro lado de la puerta cochera.

Pasó el día en idas y venidas, en su habitación y en la planta baja. Compró vestidos austríacos en la pequeña galería de *boutiques* que daba a la entrada, y luego escribió postales a sus hijos. Las echó a un inmenso buzón de correos de cobre, con las armas de los Habsburgo grabadas. A partir de las cinco, se colocó de nuevo en el *hall* en tareas de vigilancia. La pareja de paseantes que había salido del hotel en coche apareció poco después. El hombre estaba muy rojo, y llevaba su pequeño sombrero tirolés echado hacia atrás, como signo de victoria.

Había un gran mapa de la región colgado junto a los ascensores, y Kerry había cuidado de colocarse en sus proximidades. Nada más entrar, los dos paseantes se plantaron delante del mapa, y otros clientes del hotel los rodearon llenos de curiosidad. Hablaban en alemán, pero no era difícil comprender que estaban presumiendo delante de los otros, y señalaban una cumbre situada a pocos kilómetros de la ciudad. Kerry se levantó y se unió al grupo. El hombre que estaba contando su hazaña fue el primero en verla y sacó pecho mientras señalaba en el mapa el itinerario que había seguido. Kerry preguntó cortésmente si la pareja de paseantes hablaba inglés. Lo entendían bastante bien. Kerry les preguntó por su programa para el día siguiente. La pareja anunció con orgullo que a las ocho y media saldrían en coche hacia un objetivo considerable: un glaciar situado a treinta kilómetros.

Kerry les deseó con amabilidad buena suerte y se alejó. El resto de la velada fue, como de costumbre, aburrido y silencioso. Los paseantes fueron a acostarse inmediatamente después de la cena, y los jugadores de canasta se enredaron en minúsculas apuestas, a un céntimo de euro el punto.

Al día siguiente por la mañana, los dos conquistadores de la cumbre de la víspera bajaron a desayunar a las siete y media. Una hora más tarde, dejaban su mochila en el asiento trasero de su Passat y salían del Hotel del Inn en dirección al Hochgleitcher, adonde se proponían llegar antes de las diez de la mañana. Tuvieron buen cuidado de dejar el coche aparcado a la sombra, en el fondo del aparcamiento del que salía el sendero. Se colocaron sus pequeñas mochilas de cuero a la espalda, empuñaron sus Alpenstocks y emprendieron la marcha canturreando.

Diez minutos más tarde, después de tener la precaución de escuchar atentamente los ruidos del entorno, Kerry salió del maletero del Passat. Había tenido tiempo de estudiar el mapa la noche anterior. Desde el aparcamiento, sólo tenía que caminar un kilómetro para llegar a la carretera que unía Innsbruck con Múnich. Después, todo sería cuestión de suerte. Pero en Austria, como en otros lugares, una chica bonita no tiene que esperar mucho tiempo haciendo autoestop para que la recoja algún automovilista.

Desde Filadelfia, Juliette había vuelto a Salt Lake City a bordo de un vuelo de United Airlines. Había colocado el frasco rojo en su pequeña maleta y la había facturado para evitar los controles.

Durante el vuelo, tragó dos comprimidos de neuroléptico con una Coca *light*. Como temía, el estrés derivado del comienzo de la operación había hecho aumentar su excitación. Se sentía de nuevo eufórica, invulnerable, llena de curiosidad hacia todo, en el límite del nerviosismo declarado. Pero se había impuesto como regla tomar los medicamentos ocurriera lo que ocurriera, incluso si se sentía bien. Sobre todo, si se sentía bien.

Harrow la esperaba en el aparcamiento del aeropuerto, al volante de un Nissan Patrol de color *beige* matriculado en Utah.

Juliette se emocionó mucho al verlo, aunque sólo se habían separado la antevíspera. Se sentía orgullosa por haber cumplido su misión. Sentía una satisfacción casi militar en obedecer las órdenes. La conmovía la idea de que Ted sería, en adelante, toda la familia que tenía.

Lo observó mientras él conducía sin decir una palabra. En la casa del Colorado, ella era sincera al decirse que no sentía hacia él ninguna atracción física. Ahora, en la intimidad que nace de un secreto compartido, un deseo inesperado la invadía. Sintió un ligero despecho al verlo concentrado en la conducción, con tan poco interés por ella. Luego enterró esos pensamientos en el fondo de su mente. Se dijo que esa ligera frustración le daría más energía aún para realizar lo que iban a exigir de ella.

Harrow la condujo hasta un edificio corriente de la periferia de Salt Lake City. Subieron por una escalera metálica exterior hasta el segundo piso. Allí, se adentraron por un pasillo oscuro de paredes llenas de desconchones hasta una puerta anónima, a la que Harrow llamó tres veces. El apartamento estaba casi vacío, a excepción de dos camas de hierro y una mesa. Un tipo alto y rubio, que les había abierto la puerta, anunció que su marcha estaba prevista para las doce y media de la noche. Les enseñó dos mochilas de lona colocadas en el suelo y les dijo que en el interior estaba dispuesto todo lo necesario. En la mesa, habían preparado para ellos unos sándwiches y botellas de soda. Harrow le dio las gracias, y el hombre salió después de citarlos a las once a la entrada del edificio.

Se tendieron cada uno en una cama y durmieron la siesta en previsión de una noche en blanco. Juliette se revolvía y hacía rechinar el somier de hierro.

—Ted...

—Sí.

—¿No duermes?

—Aún no.

—Quería preguntarte... —Él esperaba inmóvil. Las camas estaban orientadas en sentido contrario, de modo que ella veía las suelas puntiagudas de sus botas mexicanas—. ¿Qué es lo que hay en ese frasco?

Las botas se apartaron, y apareció el rostro furioso de Harrow.

—Conténtate con tu misión y no hagas preguntas.

Había respondido en un tono agresivo, que no permitía la menor réplica. Juliette se calló. Su decepción no venía de la brutalidad con que le hablaba Harrow. Después de todo, ella había elegido este compromiso con pleno conocimiento de causa, y no esperaba ser tratada de otra manera. Si se preocupaba por saber lo que contenía el frasco, era con la intención de sentirse aún más motivada para actuar. Su pregunta no era la señal de una falta de fe, sino más bien un medio para reforzar más su devoción a la causa.

Reflexionó largo rato sobre lo que había de ser la obediencia. Finalmente llegó a la conclusión de que Harrow tenía razón. La fe no tiene nada que ver con la razón. Cuando aparece un san Agustín, es porque ya el fuego sagrado de los primeros cristianos se ha enfriado. Las grandes cosas no se hacen sino por medio de la sumisión ciega, una vez pasada la primera iluminación de la conversión.

Se sorprendió a sí misma por aquellos pensamientos tan religiosos, y acabó por decirse que la ciudad de los mormones debía de ejercer una influencia silenciosa sobre su espíritu. Luego se durmió.

A las once, como estaba previsto, un coche vino a buscarlos a la puerta de la casa. Lo conducía un hombre silencioso, tal vez mudo. No les dirigió la palabra durante las dos horas que duró el trayecto. El lugar donde los dejó no se distinguía por nada en particular. Era una simple curva de la carretera, muy cerca del lago Salado. Desde aquel lugar, se podía poner el pie en la superficie lisa del lago cruzando simplemente un talud de piedras. El coche volvió a marcharse de inmediato.

Era una noche sin luna y sin nubes, constelada de estrellas que proyectaban su luz fría sobre el espejo plateado del lago. En el horizonte, la línea sinuosa de las cumbres no se distinguía del cielo sino por la ausencia de estrellas y por una oscuridad aún más profunda. Un ligero viento del este llevaba hasta ellos el frescor que venía de los ventisqueros helados de las Rocosas. Sentados sobre sus mochilas, Juliette y Harrow esperaron durante casi una hora. De pronto, a unos centenares de metros de ellos y sin que nada hubiera permitido preverlo, se encendieron dos hileras de luces blancas. Parecían guirnaldas de Navidad colocadas en el suelo. Juliette miró con atención y distinguió unas sombras que se afanaban alrededor de las luces, y escuchó el ruido intermitente y sordo de un pequeño generador.

Apenas habían pasado cinco minutos cuando aparecieron en el horizonte los faros de un avión. Cuando estuvo cerca, Juliette reconoció un bimotor ligero, provisto de tres ventanillas a los lados. Era el mismo tipo de avión que la había transportado en Sudáfrica hacia un destino desconocido. Cuando estaba a punto de aterrizar entre la doble línea de luces colocadas en el suelo, pudo leer las letras inscritas en las alas. Eran distintas de la matrícula del vuelo sudafricano, que había memorizado a su pesar.

Antes incluso de que el avión se detuviera, Harrow agarró su mochila y se la echó al hombro. Hizo una seña a Juliette y los dos corrieron hacia la pista improvisada.

Las siluetas que habían preparado el aterrizaje se mantenían a distancia, y no era posible reconocerlas. El viento de las hélices obligó a Harrow y a Juliette a avanzar agachados y a abordar el avión por la parte trasera. Contra toda precaución de seguridad, los motores siguieron funcionando mientras se abría la puerta lateral. Harrow lanzó dentro primero las dos mochilas, y ayudó a Juliette antes de subir él a bordo. El aparato despegó de inmediato.

Estaba vacío, a excepción de los dos pilotos. Juliette se preguntó por un instante si la drogarían de nuevo. Pero Harrow no le propuso ninguna bebida sospechosa.

Tendido sobre los asientos de escay, parecía aliviado, feliz. Por primera vez desde el inicio de la operación, Juliette lo vio sonreír. Era una sonrisa sin destinatario, no iba dirigida propiamente a ella. Sin embargo, se atribuyó una parte, como expresión de la felicidad que colma a alguien a quien se ama.

Volaron mucho tiempo en la noche, y ella se adormeció. Cuando el alba tiñó de rosa el horizonte por el lado derecho, concluyó que estaban volando hacia el sur. Hicieron dos escalas. Durante la primera, a campo raso, se quedaron dentro del avión y vieron a dos desconocidos llenar el depósito con grandes barriles de queroseno. La segunda escala tuvo lugar en un pequeño aeródromo civil. No figuraba en él ningún nombre de lugar. Bajaron mientras volvían a llenar el depósito y cruzaron la pista hasta un edificio blanco techado con tejas. Tres hombres estaban sentados en la minúscula sala. Tenían aspecto de mexicanos y hablaban español. El calor era intenso. Juliette se preguntó si habían dejado ya el territorio de Estados Unidos, pero no hizo ninguna pregunta. Todo el mundo, incluido Harrow, parecía hacer como si ella no existiera. Se había convertido en una experta en silencios, y éste le pareció que no procedía del desprecio ni de la desconfianza, sino más bien de una ansiedad compartida por todos. Sólo ella seguía ignorante de lo que estaba sucediendo, y de aquella situación emanaba una calma completa. Los medicamentos habían provocado que sus pensamientos fueran algo más lentos, de modo que se sentía un poco mareada y se esforzaba en mantener una expresión distanciada y en componer en su rostro una sonrisa suave, como una Madona que dispensa a su alrededor su misericordia benevolente, universal y gratuita.

Volvieron a subir al avión, que la parada a pleno sol había convertido en un horno. Después del despegue, el paisaje se hizo uniformemente árido. Hasta entonces, unas nubes bajas habían ocultado el suelo. Ahora volaban a través de un aire seco que revelaba colinas abarrancadas y carreteras rectilíneas. La última escala tuvo lugar a la caída de la tarde, en un pequeño aeropuerto algo apartado de una población grande. Juliette comprendió que habían llegado a México, porque por primera vez los pilotos se volvieron sonrientes hacia sus pasajeros. El propio Harrow, a pesar de su impasibilidad, mostraba alivio. Un coche de matrícula mexicana los esperaba. Les habían reservado dos habitaciones en un motel de paredes encaladas. Cenaron un plato de pasta en una salita pintada de color ocre, detrás de la recepción. A las cuatro de la madrugada, el mismo coche vino a buscarlos y les llevó por carreteras de montaña hasta un aeropuerto un poco mayor, consistente en una pista asfaltada en cuyo extremo esperaba un pequeño reactor. La nueva tripulación resultó más locuaz que la anterior. El capitán era un pelirrojo corpulento con acento británico que mostraba su gusto por la vida en la forma de un enorme bigote cuidadosamente atusado y de puntas erguidas. Se volvía sin cesar para comentar el vuelo. Explicó que iban a cruzar la península del Yucatán, y a sobrevolar varias islas del Caribe. Después, pondrían rumbo a la costa sudamericana.

A la superficie azul del mar sucedió, sin más transición que la línea de una playa, la extensión verde de la selva amazónica. Nada distinguía la Guyana del Brasil, y el capitán se encogió de hombros al señalarles con el dedo la ridícula frontera que pretendía separar el inextricable continuo de las copas de los árboles.

Llenaron el depósito hacia el mediodía en el aeropuerto de Santarém. Era evidente que la clandestinidad de la partida ya no era necesaria. Incluso un policía de uniforme se acercó a saludar a los pilotos y a discutir amistosamente con ellos. Después de una última etapa en la que sobrevolaron aún un rato la Amazonia y después las áreas montañosas de Minas Gerais, aterrizaron a media tarde en Río de Janeiro.

Juliette, mareada por el viaje, sintió que se fundía en aquel calor húmedo y respiró con incredulidad el perfume de mar y de azúcar que da al aire brasileño su calidad inimitable.

Sin pensar, entregó su pasaporte al hombre que había venido a recibirlos. Él les hizo cruzar las cabinas de la policía por un paso especial. Cuando le devolvió su pasaporte, ella se acordó de que le haría falta un visado para residir en Brasil, y se lo dijo a Harrow.

—¿Un visado? —intervino el guía—. ¡Pero si lo tiene!

Y le enseñó la página en la que el oficial de policía acababa de pegarlo.

Juliette no tuvo tiempo de inquietarse acerca de lo que podía significar ese salvoconducto. Le evitaba complicaciones administrativas y le permitiría irse a dormir un poco antes. Nada le parecía más deseable.

5

Hochfilzen, Austria

Todos los ladrones se han hecho, un día u otro, la pregunta: ¿es preferible operar en una zona muy poblada, el centro de una ciudad con su hormigueo de gentes, o bien se está más seguro en un lugar desierto? En el primer caso, se corre el riesgo de tropezar con vecinos indiscretos y testigos molestos. En el segundo, lo peligroso es el silencio. El menor ruido es inhabitual y delata la presencia de un intruso.

Kerry, en pantalones elásticos y polar negros, enguantada y encapuchada, experimentaba ese peligro al aproximarse a la casa de Fritsch. Había aparcado su automóvil de alquiler a un kilómetro, en el bosque: más allá, la extensión de prados no ofrecía ya ninguna posibilidad de camuflaje. La noche era clara y el aire frío hacía resonar el menor ruido con una nitidez estremecedora. Temía alertar a los perros al pasar. Ninguna luz se filtraba a través de las ventanas de los chalés, pero la oscuridad, en lugar de tranquilizarla, la inquietaba. Le parecía que seres insomnes se escondían en la sombra de aquellas ventanas, ocupados en espiar la noche.

La casa de Fritsch, como las demás de la minúscula aldea, estaba a oscuras. Parecía mucho más pequeña que durante el día, porque la montaña en sombra adquiría en la noche una amplitud gigantesca. Después de su evasión del Hotel del Inn, Kerry se había tomado algún tiempo para recordar aquel lugar. En una pequeña *weinstube* situada frente al comercio de alquiler de coches, había garabateado un plano de la casa en la servilleta de papel.

El despacho del profesor estaba en la planta baja, a la misma distancia de la puerta principal que de la trasera. Era posible llegar hasta allí entrando por delante y cruzando el salón. Sin embargo, prefirió la opción de la puerta trasera, por el jardín. Tal vez lo hizo de manera inconsciente para evitar encontrarse en descubierto, expuesta a la observación de eventuales vecinos, mientras forzaba la puerta principal. El tipo de cerradura de aguja podía exigir algún tiempo. Kerry no disponía de un material completo para ese tipo de trabajo. Había comprado los instrumentos básicos en un supermercado, pero evidentemente no había podido encontrar allí artículos especializados, como microexplosivos.

Se deslizó hacia la fachada trasera de la casa. Por fortuna, la construcción no disponía de esos equipos de radar, corrientes hoy en día, que encienden luces halógenas en el exterior tan pronto como detectan un movimiento en su campo.

La cerradura de la puerta era de una robusta calidad germánica. En otras circunstancias, Kerry tal vez habría sentido placer al enfrentarse a un problema así. En la escuela de instrucción, era uno de los ejercicios en los que mejor se desempeñaba. Pero en aquellos prados silenciosos y negros, el asunto no tenía nada de estimulante desde el punto de vista intelectual. No sentía el menor miedo consciente. Sin embargo, los espasmos de su estómago indicaban que su cuerpo sí experimentaba un terror instintivo.

Detrás de ella, en la oscuridad del corral, oía agitarse a los animales. Patas palmeadas golpeaban el suelo y un susurro de alas inquietas indicaba que las ocas estaban alerta. ¡Las ocas! Kerry las había olvidado. Mejores guardianes que los perros, habían salvado Roma en una ocasión.

De todas formas, no podía hacer nada. Se concentró en la cerradura, presionó con todas sus fuerzas el taladro que había introducido en el cañón. Con un golpe seco de la herramienta de mano, hizo volar en fragmentos las pequeñas agujas de la combinación. El camino estaba libre.

Se detuvo para escuchar. Su breve operación parecía haber producido un estruendo enorme, pero de inmediato volvió el silencio. Ningún ruido en el piso indicaba que alguien se hubiera despertado. Entró.

Decuplicado por la oscuridad, volvió a encontrar el olor particular a madera encerada, detergente y col hervida que le había llamado la atención en su primera visita. Guiándose por la luz de su linterna de bolsillo, subió dos escalones hasta un rellano, luego siguió el pasillo y llegó al despacho de Fritsch. La puerta estaba cerrada, y al bajar muy despacio el picaporte, Kerry constató que lo habían cerrado con llave.

No era, hablando con propiedad, una medida de seguridad. La cerradura era de ese modelo sencillo que equipa todas las puertas interiores. Probablemente se trataba tan sólo de un gesto de orden, una disciplina como la que mantenía cada objeto y cada papel en su lugar en el universo doméstico del sabio. Kerry pensó de pronto que era a la vez ridículo y aterrador que una de las empresas más mortíferas contra la humanidad tuviera su origen en el cerebro de un ser tan dulce, tan sumiso, tan inofensivo en apariencia.

Forzó la pequeña cerradura sin más dificultad que la derivada de la necesidad de evitar el menor ruido metálico. Cuando abrió la puerta, descubrió el despacho arreglado en un orden geométrico, las sillas colocadas en ángulo recto respecto de la mesa, y las plumas, el secante y el pequeño reloj dispuestos según un orden riguroso y probablemente inmutable.

Kerry observó durante unos instantes los ángulos del techo, para ver si había colocados haces de rayos láser, pero no encontró ninguno. Avanzó entonces hacia el mueble de columnitas en el que estaban guardados los archivos de Fritsch. También estaba cerrado, pero la llave estaba puesta en la puerta, decorada por una pequeña bellota de pasamanería. Kerry abrió el mueble. Los cajones llevaban la mención de los años del seminario. Decididamente, el profesor le facilitaba el trabajo. Fue hasta el año 67 y abrió el cajón. Unas placas de plástico colocadas sobre las separaciones verticales indicaban el tipo de documentos guardados. Sintió deseos de cogerlo todo. Una división llevaba el título: «Curso.» Contenía notas sobre la enseñanza dispensada por Fritsch aquel año. Otra llevaba la mención «Ejercicios», otra «Bibliografía». El conjunto era bastante voluminoso. Kerry prefirió no cargar con todos aquellos papeles. Fue a la sección «Notas» y eligió un folio que recapitulaba todos los resultados del año. Sólo se mencionaban los nombres de pila de los participantes. Justo al lado, otra sección indicaba «Foto de clase». Kerry la abrió, y quedó estupefacta: el *dossier* estaba vacío.

Le pareció que el silencio, de golpe, se poblaba de ruidos sospechosos. Se estremeció. Los obstáculos precedentes eran previsibles y ella los había anticipado. Pero no había imaginado esto. Permaneció un momento barriendo la habitación con el haz de su linterna sin que su mente vislumbrara la menor pista. No había ningún papel ni en el escritorio ni en las dos mesitas que sostenían sendas lámparas.

De pronto recordó que el profesor le había prometido sacar una copia fotográfica del documento. Sin duda lo había llevado al laboratorio del garaje, cuya existencia había mencionado. ¿Cómo llegar hasta allí? Volvió al pasillo. Todo estaba de nuevo en silencio, pero había en el aire algo espeso, inmóvil, que no tenía nada de tranquilizador. Ante ella se abrían el salón y la terraza de ventanales con cristales amarillos y blancos que servía de comedor: inútil buscar por ese lado. Giró a la derecha y volvió al pequeño rellano por el que había entrado. Bajando tres peldaños, una puerta maciza debía de abrirse a una dependencia o una bodega. Tenía un cerrojo, pero curiosamente por el lado de dentro. Había buenas posibilidades de que se tratara de la madriguera en la que se encerraba el profesor para sus trabajos fotográficos. Kerry empujó suavemente la puerta; daba a una escalera de cemento. El aire exhalaba una humedad tibia y se oía el runrún de una caldera. Bajó y se encontró en un amplio garaje ocupado por un viejo Audi metalizado. De las paredes colgaban palas para la nieve, dos trineos, una escalera de aluminio. Kerry dio la vuelta al garaje, abrió varias puertas pequeñas que daban a diversas dependencias y acabó por encontrar el laboratorio fotográfico. Había en el aire un olor picante de revelador. Unos estantes estaban ocupados por cajas Agfa de cartón. Una mesa alta de melamina estaba ocupada por una ampliadora Zeiss. Con gran alivio, Kerry descubrió la foto de clase del seminario del 67 sobre la mesa. Dos copias colgadas de pinzas metálicas se secaban sobre un hilo tendido por encima de las cubetas de revelado, de plástico rojo. Buscó el original, al dorso del cual figuraban los nombres de los alumnos. Se encontraba en un cajón colocado bajo el aparato. Iba a cogerlo cuando se encendió la luz del garaje.

Se volvió con rapidez y salió del local. Alguien bajaba la escalera a paso lento. Kerry volvió un instante al laboratorio, se apoderó de la foto de clase, la dobló para deslizarla en el bolsillo trasero de su polar, volvió a salir y se acurrucó detrás del automóvil. Allí agachada vio, por las ventanillas traseras, una silueta inmóvil en el último peldaño de la escalera. No distinguió más que un brazo hasta el hombro. La extremidad de un tubo negro parecía explorar la estancia con un largo movimiento circular. Finalmente, la persona avanzó. Vestida con un camisón rojo, y con su casco de cabellos brillantes en la cabeza, Hilda avanzaba paso a paso en dirección al laboratorio.

Kerry se había preparado para la fuga, pero no para la lucha. Su única arma era una pinza multiuso que entre otras cosas disponía de una hoja de cuchillo. Cuando la estaba sacando del bolsillo, una enorme detonación resonó en el garaje. Hilda había disparado en dirección al laboratorio fotográfico. La ampliadora quedó pulverizada, y todas las cajas con los negativos cayeron de sus estantes, prolongando el estruendo.

La gobernanta miraba ahora hacia el fondo del garaje. Kerry, aún escondida, captó por un instante su rostro. La sangre fría que mostraba, la familiaridad con la que sostenía el arma y la recargaba, colocándola vertical a un lado, indicaban que la pretendida matrona era en realidad una agente perfectamente entrenada. Kerry se preguntó quién la habría colocado junto al profesor. ¿Estaba allí para protegerlo o para vigilarlo? Una segunda detonación hizo añicos los cristales del automóvil. Kerry sintió que un fragmento le rozaba la mejilla. Se aplastó contra el suelo.

Un doble clic indicó que Hilda había recargado el fusil. Una vaina cayó a sus pies con un ligero ruido metálico. No había ninguna duda: disparaba con intención de matar, consciente de que la legítima defensa la protegía. Kerry pensó que el ruido debía de oírse en los chalés vecinos y que no tardaría en atraer a otros cazadores al garaje. Tenía que escapar a toda prisa de allí.

Pegada al suelo, vio los pasos de la gobernanta, que se dirigía hacia el morro del coche. De inmediato, Kerry se arrastró hasta la parte trasera y se acurrucó a lo largo del parachoques. Alargó la mano, encontró el botón de abertura del maletero, lo apretó y sintió ceder la resistencia del muelle. La capota, con un leve susurro hidráulico, se alzó lentamente. Hilda se alarmó y buscó de dónde venía aquel ruido. Cuando vio alzarse la capota por encima del techo, disparó. Una lluvia de cristales cayó en el maletero.

Kerry aprovechó para saltar hacia la pared, descolgar la pala para la nieve y golpear con ella a la gobernanta en el momento en que ésta levantaba su fusil para recargarlo. Tropezó y dio un par de pasos atrás, pero sin soltar su arma. Kerry dio la vuelta a la pala y le hundió el mango en el vientre. En el momento en que Hilda se golpeó con la pared, su casco de cabellos rubios saltó y dejó aparecer un cráneo calvo. La pretendida Hilda era un hombre.

Estaba ahora sentado en el suelo, en medio de un desorden de rollos de alambre y toldos de plástico. Kerry habría tenido que huir en ese momento, pero el individuo seguía con el fusil en las manos. Temió que la alcanzara antes de poder llegar a la escalera. Le propinó varias patadas practicadas durante su formación en boxeo francés. Golpeándolo en las manos, consiguió que soltara el fusil. Se apoderó de él, saltó hacia la escalera, y apartó de un empujón a Fritsch, que estaba, tembloroso de miedo, en el rellano superior. Las ocas graznaban a más y mejor.

—¡Demasiado tarde, preciosas! —les gritó Kerry.

Bajó a la carrera por el camino. En la primera hondonada que distinguió en la oscuridad, arrojó el arma. Hacía un fresco delicioso. Se sentía ágil y ligera.

En el piso alto de un chalé se encendieron las luces. Sin embargo, aún no había salido nadie. Llegó al coche sin ningún mal encuentro y no tuvo la impresión de ser perseguida. Fritsch debía de estar trabando conocimiento con el tipo al que durante tanto tiempo había tomado por una honrada cocinera. A menos que estuviera al corriente desde el principio de su verdadera identidad.

No importaba gran cosa. Kerry palpó en su bolsillo la superficie de cartón de la foto: lo esencial estaba allí. Arrancó y condujo, haciendo chirriar los neumáticos en los virajes de la montaña, hasta el paso del Brenner. Pasó la frontera poco antes del amanecer e inició el descenso hacia el lago de Garda. Antes de mediodía, llegaría a Venecia.

6

Río de Janeiro, Brasil

En el barrio de Laranjeiras, repleto de mangos, de flamboyanes y de buganvillas, la pequeña *pousada* en la que se habían instalado Juliette y Harrow dominaba un bosque de techos y terrazas que bajaba hasta el mar. Les habían dado dos habitaciones contiguas que daban a la misma terraza con columnas metálicas. Habían tomado el desayuno en el minúsculo jardín del hotel, repleto de plantas en macetas y flores multicolores, y refrescado por una pequeña fuente de rocalla.

Juliette se había registrado con su nombre, mientras que Harrow lo había hecho bajo el de Patrick Hull, nacido en Aberdeen, Escocia. Ella no vio en aquello más que una consecuencia del pasado turbio de su compañero de viaje. Desde luego, no podía cruzar las fronteras con su verdadera identidad.

En la planta baja de la antigua villa, varias piezas cubiertas de azulejos hasta media altura de las paredes servían de salones. Habían reservado uno de ellos, y establecieron en él un verdadero cuartel general, requisando la mesa camilla para colocar en ella un ordenador portátil, y retirando los mantelitos de puntillas que cubrían la cómoda para apilar allí los *dossiers*. Y en los sillones de patas en forma de garras de león, tapizados de terciopelo rojo, dieron audiencia a los visitantes que acudieron uno tras otro a verles.

El primero fue un brasileño de unos cuarenta años, delgado y jovial, vestido con un traje gris con el que pretendía tener un aire anodino. Pero el tono oscuro de su piel, cierto relieve en los pómulos y unos ojos negros brillantes hacían relucir sus brasas bajo la ceniza del traje y recordaban la misteriosa presencia de la herencia india bajo la apariencia europea. Dijo llamarse Ubiraci. Su papel consistía en hacerse cargo del frasco de Wroclaw. Dio a entender con medias palabras que se encargaría con su equipo de la preparación del producto final a partir de aquella materia prima. Aseguró a Harrow que se necesitaría menos de una semana para la operación. A una pregunta del norteamericano, respondió que la entrega definitiva se haría en bidones de diez litros, y que serían cuatro en total.

Juliette se sentía feliz de participar en aquellas conversaciones. Aquello probaba que ahora formaba parte integrante del equipo. Sin embargo, notó que Ubiraci dirigía de vez en cuando ojeadas inquietas en su dirección. Era seguro que su presencia le impedía abordar otros temas. Utilizaba algunas palabras en clave para que ella no comprendiera su sentido.

Más tarde recibieron a otro visitante, también brasileño, pero de un tipo muy distinto. Corpulento por naturaleza, mostraba unas redondeces viriles hechas de la combinación de músculo y grasa. Su enorme barriga le servía, cuando estaba sentado, para dejar descansar sobre ella sus brazos cruzados, como sobre la superficie de una mesa. Sudaba mucho y se secaba continuamente con un pañuelo blanco. Las iniciales bordadas en una esquina no correspondían al nombre con el que se había presentado. El supuesto Zé-Paulo Albuquerque llevaba ropa blanca marcada con las iniciales R. B. Muy probablemente, utilizaba una cobertura.

Zé-Paulo había venido con un plano de Río que desplegó sobre la mesa camilla. Se distinguía la bahía de Guanabara en el centro, con la entrada debajo del pan de azúcar, los barrios históricos de Flamengo, Botafogo, Graças, y luego el corredor residencial a lo largo del Atlántico con Copacabana, Ipanema, Leblon, São Cristovão, y finalmente la zona industrial del otro lado de la bahía, unida por el puente de Niteroi. Todas estas zonas estaban delimitadas por trazos azules.

Alrededor de ellas, un archipiélago de zonas coloreadas de rojo ascendía a lo largo del relieve de las colinas y se extendía hacia la periferia, en particular por el norte.

—En rojo están las favelas —dijo Zé-Paulo paseando sobre el plano un grueso dedo con la uña cuidadosamente manicurada—. Las más antiguas están aquí, alrededor de los barrios históricos. Las más recientes se extienden de día en día, sobre todo en la gran llanura que se llama la Baixada Fluminense.

Harrow, inclinado sobre el mapa, parecía extremadamente concentrado.

—¿Cuánta gente representan, aproximadamente? —preguntó.

—En toda la aglomeración de Río, hay censados aproximadamente ocho millones de habitantes. En lo que se refiere a los barrios edificados la cifra es exacta porque se dispone de estadísticas fiables que es posible contrastar con el pago de impuestos, etcétera. Hay dos millones de personas registradas regularmente. El resto no se sabe con exactitud cuántos son.

—¿El resto...? —preguntó Juliette.

Zé-Paulo le dirigió una mirada inquieta, pero se esforzó por responder a su pregunta.

—Los que ocupan viviendas sin título de propiedad, las favelas si usted quiere. Las más antiguas, las del centro de la ciudad, han acabado por construirse en ladrillo. Hay calles, aceras, casas más o menos dignas de ese nombre. A pesar de que, en cada estación de lluvias, barrios enteros siguen siendo arrastrados por el barro. Pero en la periferia, la creación de nuevas barracas es un fenómeno continuo. Cada año son invadidos varios centenares de hectáreas. En las zonas de invasión más recientes, se construyen chozas con planchas de metal, con madera y cartón de cajas de embalaje, con ramas incluso, a veces. La gente se amontona dentro sin ningún control, y desde luego sin que se conozca su número. La llevaré allí mañana para que vea el espectáculo.

Harrow seguía examinando el plano, como un aviador que reconoce el terreno que debe sobrevolar. Preguntó:

—¿Y estas flechas negras, en medio de las áreas de rojo...?

Zé-Paulo dirigió una nueva mirada inquieta hacia Juliette, y pensó un poco antes de responder.

—Son... los depósitos de agua de las áreas en cuestión. Como usted puede ver, hay tres.

—¿De agua residual o de agua potable? —preguntó Juliette.

—Justamente, no puede hacerse esa distinción —afirmó Zé-Paulo—. En las zonas de urbanización salvaje, hay que entender que todo es robado: la tierra lo primero, pero también la electricidad y el agua. No hay ningún equipamiento colectivo, o apenas ninguno. El agua sucia de las cloacas y de los desagües va a parar a canales que otras personas utilizan como agua para lavar, para cocinar e incluso para beber. Son o bien canales antiguos construidos para evacuar las aguas usadas de los barrios residenciales, o bien cursos de agua naturales. Por supuesto, hoy unos y otros no son otra cosa que cloacas.

—¿Cuántas son las personas afectadas por estos tres ejes? —preguntó Harrow.

—Se lo repito, señor Hull, no se sabe con precisión. Sólo es posible hacer una estimación: yo diría que entre tres y cuatro millones.

De todas las hipótesis que se había formado a propósito de la acción que iban a emprender, la más verosímil en el criterio de Juliette era que planeaban una amplia operación de esterilización. En varias ocasiones, Harrow había insistido en el engranaje diabólico que se había puesto en marcha en el mundo al querer hacer bajar en todas partes la mortalidad sin tocar la fecundidad. Sus argumentos parecían bastante convincentes. Sabía presentarlos de una manera casi humanitaria. Describía con una auténtica fuerza de persuasión la extrema miseria a la que se condenaba a los niños que nacían en condiciones en las que su más elemental subsistencia no estaba asegurada. Resultaba claro, al oír las explicaciones de Zé-Paulo, que el grupo de Harrow había decidido tomar cartas en el asunto, gracias al producto que ella había robado en Wroclaw.

Sin embargo, Juliette se sentía especialmente nerviosa. Su ansiedad era de una naturaleza bastante distinta de la que acompañaba a sus períodos de excitación. Sentía algo así como la tensión de un dilema inconsciente al que no podía ni quería dar nombre. De manera confusa, tenía la sensación de que su malestar estaba relacionado con lo que se disponían a llevar a cabo. Sentía que necesitaba hacer más preguntas, intentar conocer al detalle lo que se estaba gestando. Estaba preparada para el combate, e incluso para el sacrificio, y sin embargo, algo le hacía suponer que no se trataba de eso.

Nada de lo que los rodeaba constituía un adversario propiamente dicho, es decir, alguien capaz de responder a los golpes. Entonces, ¿a quién iban a golpear? Podía sin duda saberlo, tal vez incluso adivinarlo. Pero tenía miedo de lo que podía descubrir. No aceptaba la idea de un divorcio con la acción y sus consecuencias. Hacía grandes esfuerzos por convencerse de que todo aquello era útil, necesario para la naturaleza y caritativo con seres humanos desprovistos de esperanza.

Cuando la asaltaba una duda, hacía un vacío en su interior e intentaba recordar la noche en que vivaquearon en las sabanas del Colorado, la percepción casi animal de la tierra y de su sufrimiento.

Aunque los medicamentos no parecían tener efecto sobre su estado, dobló la dosis. Por lo menos, la boca seca, la impresión de rigidez y de somnolencia que provocaban le hacían distraerse de su malestar.

Zé-Paulo había seguido su larga exposición señalando a Harrow varios puntos, en distintos lugares del plano, sin precisar a qué correspondían. En parte debido al malestar que sentía, y en parte por una cortesía instintiva, Juliette se había ausentado mentalmente, e incluso salió de la habitación durante unos minutos. La única indicación clara que retuvo fue la advertencia de Zé-Paulo a propósito del clima. Había insistido especialmente en la necesidad absoluta de esperar a la estación de las lluvias. «Para dar toda su amplitud al proyecto», había dicho.

Harrow pedía una fecha precisa, pero Zé-Paulo no quería darla. Explicaba que el clima no era previsible de una forma exacta. Las lluvias, según los años, podían empezar al cabo de dos o de cuatro semanas. En algunas ocasiones, eran aún más tardías. La única esperanza que dejó a Harrow fue que también podían ser más precoces.

—Tal vez tengan suerte, y dentro de ocho días veamos llegar las primeras tormentas.

Sin comprender por qué, Juliette, por primera vez, se sintió invadida por una terrible náusea.

QUINTA PARTE

1

Newport, Rhode Island

Situada al oeste de Newport, al borde de un brazo de mar provisto de un muelle abarrotado de veleros, la tienda de Somerset Brown se ha impuesto con el paso de los años como el mejor *shipchandler* de la costa. El almacén no busca atraer al cliente cubriendo las paredes con maquetas de barcos o nudos de marinero enmarcados. Si los *winchs* y otras brújulas recubiertas de cobre son hermosos, tanto mejor, pero si Somerset los coloca en sus estantes es porque son robustos y precisos. El extremo del almacén, en forma de rectángulo muy alargado, se abre al muelle por una vitrina estrecha, casi enteramente cubierta de cartas marinas. En la parte de atrás, una puerta de servicio da a un callejón con olores de marea. Varios restaurantes del muelle tienen allí sus cocinas, y unos grandes cubos de basura de plástico rellenos de espinas y de conchas esperan en ese lugar la recogida mañanera.

Barney había entrado sin ocultarse, por la vitrina y el muelle. Después de todo, iba a ver a su primo y a nadie podía parecerle extraño. Somerset era hijo de la tía de Barney, una haitiana de piel clara, y de un marino de Nantucket, hijo de inmigrantes suecos. Era tan pálido y rubio como Barney era de piel oscura, y los dos primos no se parecían en nada. Sin embargo, siempre se habían entendido bien. Barney pensó enseguida en Somerset cuando fue cuestión de organizar una cita clandestina con Paul.

El *shipchandler* vivía en el primer piso de su tienda. Su apartamento, largo y estrecho como el almacén, estaba tan desprovisto de objetos como éste abarrotado. Sobre las paredes blancas había colgados objetos que le venían de su padre, todos ellos relacionados con la caza de la ballena. Un cuadro de grandes dimensiones representaba a un arponero en una barca de remos, observando la espuma roja mientras un cachalote se alejaba, con el arma clavada en el lomo. El conjunto era a la vez violento, romántico y sobre todo equilibrado: el casco de planchas de madera de la barca tenía el color, la forma y la curvatura de la misma ballena, y el cable del arpón unía las dos masas sin que se supiera cuál iba a tener un destino más trágico, el cazador o su monstruosa presa. Una larga mesa de caoba rodeada de taburetes constituía todo el mobiliario de ese salón. Barney tomó asiento allí, solo, a las once y veinticinco. Somerset servía a los clientes de la tienda y los demás no habían llegado aún.

A las once treinta, Martha se deslizó por la puerta de atrás, cuyo cerrojo había sido dejado abierto. Se reunió con Barney en el piso.

—¿Ningún problema? —preguntó él.

—Mi oficio son los seguimientos —contestó ella con una carcajada—. ¡Ya puede el ceporro de Lawrence aplicarse, si quiere seguir mi rastro!

Dos minutos más tarde, oyeron tintinear en el piso de abajo la campanilla china del almacén. Unos pasos resonaron en la escalera y vieron llegar a Paul vestido con un impermeable, tocado con un gorro de lana a rayas. Una barba de tres meses le comía las mejillas, y disimulaba los ojos detrás de unas gafas de sol cuadradas: un cliente típico de Somerset, que a nadie podía llamar la atención.

Al cabo de un cuarto de hora llegó Tara. Había entrado en unos grandes almacenes de Newport y salido discretamente por una puerta diferente, para despistar a eventuales perseguidores. Finalmente, para gran sorpresa de Paul, con una decena de minutos de retraso que hicieron que un pesado silencio se extendiera sobre el grupo, apareció Alexander. Diplomático y analista, no había recibido una formación seria en la acción secreta. Era el eslabón débil de la cadena, el más susceptible de ser detectado por el servicio de seguridad de Lawrence. Pero Martha lo había tomado por su cuenta desde la noche anterior. La pequeña escenografía que montó para él (una visita a su madre enferma, una salida en automóvil de madrugada, varios cambios de dirección y controles de un eventual seguimiento en carreteras desiertas, un cambio de vestimenta en un aparcamiento y finalmente su llegada como turista a los muelles de Newport) había funcionado a la perfección. Nadie le había seguido.

Cuando estuvieron al completo, Barney anunció que Tycen se uniría a ellos por teléfono. En su condición de *junior*, disponía de menos libertad de movimientos que los demás. Como todos los agentes noveles, se lo obligaba a una presencia estricta en su puesto de trabajo, en Providence. Llamaría desde un móvil hacia mediodía y ellos lo escucharían a través de un altavoz.

Todas las personas presentes habían sido informadas por Barney de su conversación con Paul. Todas eran conscientes de la peligrosidad del grupo de Harrow y de la inminencia de una acción mortífera de gran envergadura por su parte. Y todas, a pesar de su lealtad, estaban convencidas de que Archie había cometido un grave error al aceptar poner fin a aquella investigación.

—Kerry me ha telefoneado —añadió Paul—. Tomó el vuelo de Swissair que ha llegado a Nueva York a las seis y media. Debería reunirse aquí con nosotros en una o dos horas.

—No necesitamos esperarla —intervino Barney—. Nos enseñará el original de la foto, pero no creo que cambie gran cosa respecto de la copia digital que nos ha enviado. —Barney tendió a Paul una fotocopia del cliché. Todos los demás habían sacado su propio ejemplar y miraban con atención los rostros inmovilizados del seminario del 67—. Estoy convencido de que Kerry tiene razón —continuó Barney—. La clave del asunto se encuentra en esta foto. Aquí están los hombres que forman el grupo de apoyo que está detrás de Harrow. Su identificación nos permitirá descubrir quién financia la operación, y sobre todo en qué país va a desarrollarse. Propongo que pasemos de inmediato al estudio del resultado de vuestras investigaciones. Martha, ¿quieres empezar tú?

—¿Por qué no?

Dejó sobre la mesa el *palm* que estaba consultando y se irguió en su asiento.

—Quiero recordar primero, sobre todo para Paul, que nos hemos repartido el trabajo de identificación. Cada uno de los aquí presentes ha coordinado la investigación sobre uno o varios de los personajes presentes en la foto del seminario del 67. Las células de análisis de Alexander nos han prestado una gran ayuda, pero no todo estaba en los archivos. También ha habido que rebuscar un poco en otros lugares.

Paul hizo una seña con la cabeza para indicar que había tomado nota de aquella precisión metodológica.

—Yo —siguió diciendo Martha— me quedé con los dos asiáticos de la primera fila. Para la identificación disponíamos, además de la foto, de una lista de nombres que figura al dorso y de unas notas que Kerry encontró en el mismo *dossier*. Juntando esos datos, esto es lo que se obtiene.

Maquinalmente, todos levantaron la vista hacia la pared, pero en esta ocasión se veían privados de las comodidades de Providence. No había Power-Point, ni pantalla, tan sólo la caza de la ballena y el ojo enloquecido del cetáceo que nadaba en el agua enrojecida por su sangre.

—El primero de los dos rostros «chinos» corresponde a un surcoreano llamado Kim Rae. Hoy es empresario de la construcción en Seúl. No hay ningún elemento comprometedor sobre él, excepto que es una persona próxima a la secta Moon. Por lo menos, ha hecho varias obras para ella.

Martha no había puesto demasiada convicción en su descripción. Los presentes emitieron algunos murmullos, señal de que todo el mundo esperaba algo mejor.

—¿Y el otro?

—El otro corresponde efectivamente a un chino. Se llama Teng Lui Cheng. Edad: setenta años. Miembro del Partido desde 1960. Originario de China del Norte, de ascendencia mongola por parte de su madre.

—¿Qué estaba haciendo en Austria en los años sesenta? —preguntó Barney.

—Es lingüista. Habla alemán y ruso. En aquella época estaba en Europa como estudiante, probablemente una cobertura para espiar a los rusos. Al parecer aterrizó en el grupo de Fritsch debido a un error. Las universidades se habían negado a matricularlo y, como tenía una necesidad desesperada de inscribirse en alguna parte, se dirigió a Fritsch. —La mayor parte de los asistentes torcieron el gesto para mostrar su escepticismo. Pero Martha se reservaba un golpe de efecto: los sobresaltó subiendo bruscamente el tono—. Llegó a la casa de Fritsch por azar, pero a fin de cuentas se unió al juego. A su vuelta a China, destacó como uno de los artífices del programa de reducción de la población. No más de un hijo por familia, ya sabéis... Defendió incansablemente esas ideas hasta el más alto nivel del Estado, puesto que ahora es miembro del Comité central del PCCh. Y sus dos hijos...

—¡Dos! —exclamó Tara—. Merecería estar en la cárcel por eso, ¿no?

—Los había tenido antes de la campaña «Un hijo por familia». De todas maneras, nunca se incluyó en ella a los altos dirigentes.

—¡Vaya caradura! —dijo Tara.

Martha prefirió ignorar esa observación y las risas que la acompañaban, para llegar a lo esencial:

—Decía que sus dos hijos han seguido caminos que me parecen

particularmente interesantes para nuestro tema. El mayor es director del aeropuerto de Shanghai, lo que lo sitúa en buena posición para hacer entrar cualquier cosa legal o ilegalmente en China.

Era evidente que los presentes no estaban aún convencidos del interés de aquella pista, de modo que Martha hizo una pausa calculada antes de hundir el último clavo.

—En cuanto al más joven, es biólogo, especializado en la fauna salvaje. Ha hecho un *stage* de dos años... en Seattle. Tenemos pruebas de que frecuentó los círculos ecologistas radicales, y en particular la organización One Earth.

—No figura en la lista de los miembros del grupo de Harrow —objetó Barney.

—No, pero se había marchado de Estados Unidos seis meses antes de que Harrow fuera expulsado de One Earth, de modo que era inútil excluirlo a él también.

Todo el mundo reflexionaba con intensidad. Alexander se rascaba la oreja, Paul mordía su lápiz.

—Una excelente pista, en efecto, Martha —resumió Barney.

Excelente y temible, porque todos sabían las dificultades que acarrearía una investigación de ese género en China...

—¿Alguien tiene algo mejor que proponer? ¿Sí, Tara? —Barney la invitó a hablar.

—Yo he investigado a cuatro personas —resumió Tara—. No sé quién de vosotros repartió el trabajo, pero está claro que clasificó a nuestros objetivos por el color de la piel: a mí me tocaron todos los morenos.

—Era una manera como otra de haceros trabajar sobre orígenes comunes: asiáticos, etcétera. —Barney había contestado con una vivacidad un poco excesiva. Se lo notaba incómodo en ese tema.

—En lo que a mí respecta —siguió diciendo Tara—, la elección no fue muy acertada. Mis clientes eran un albanés, un libio, un indio y un canaco de Nueva Caledonia...

—En efecto —dijo Barney con una breve tos, e intentó sonreír.

—Pasaré rápidamente por el albanés, muerto sin descendencia hace cuatro años, y por el canaco, que se convirtió en un pacífico oceanógrafo de Nouméa, jubilado hoy en día y definitivamente fuera de la cuestión que nos ocupa.

—¿Y el libio? —preguntó Alexander, influido a su pesar por la geopolítica de la administración Bush, en la que Libia era uno de los pilares del «Eje del Mal».

—Siento decepcionarte —dijo Tara—, pero el libio no parece ser sospechoso. Sé muy bien que, cuando se comete un crimen, tenemos tendencia a volver la mirada hacia ese país. Como compensación, sabemos bastantes cosas acerca de lo que ocurre allí, en los treinta años que llevamos ya vigilándolo. El libio en cuestión fue profesor en la Universidad de Benghazi hasta su jubilación, el año pasado. Se ha destacado, si puedo hablar así, por un conformismo científico penoso. Y, en lo que se refiere a nuestro tema, os recuerdo que sospechamos que Harrow quiere atacar a poblaciones pobres y superabundantes. Por el contrario, Libia está poblada por personas ricas y poco numerosas...

—¿El indio? —inquirió Barney.

—A él voy. En su país, Rajiv Singh es un hombre discreto pero muy influyente en temas de población. También él ha quedado marcado por las ideas de Fritsch. Ha ocupado funciones políticas en el seno del Partido del Congreso. Profesionalmente, consta como biólogo y se adorna con un título de profesor. En realidad, procede de una gran familia del Rajastán. Después de la muerte de su padre, en 1974, heredó las propiedades familiares y no ha trabajado nunca. Sin embargo, es autor de varios artículos y de contribuciones a coloquios sobre el tema de la población india. En general se le califica de malthusiano ortodoxo.

—¿Qué significa eso? —preguntó Barney.

—En su opinión, no puede alcanzarse el desarrollo económico a menos que la población se estabilice con ese fin; y para conseguirlo, no se deben falsear los mecanismos naturales de regulación. Eso quiere decir dar una prioridad absoluta a las inversiones productivas, favorecer a los ricos y reducir al máximo los gastos de carácter social destinados a los más pobres. Exactamente las ideas del seminario del 67.

El sol había avanzado. Ahora entraba por las ventanas que daban al puerto e iluminaba directamente el cuadro del ballenero. El gesto del arponero parecía ahora casi gracioso. Sus rasgos se iluminaban con una alegría inesperada, mientras que el cetáceo, en su baño rosado, dirigía un guiño malicioso al espectador. Tara se dirigió a todos:

—Espero convenceros de la seriedad de esta pista diciéndoos que ese tipo ha estado casado durante dos decenios con una norteamericana que regresó a Estados Unidos después de divorciarse, hace cinco años. Pues bien, ella figura en la lista del grupo de Harrow. Y eso no es todo. Después de ser expulsada de One Earth, regresó... a Delhi. Espero la confirmación de alguna persona de nuestra embajada, pero al parecer ha sido vista con frecuencia en compañía de su ex marido. Cabe incluso preguntarse si se separaron en realidad. Por tanto, el señor Singh está relacionado con los dos polos de nuestro asunto, Fritsch y Harrow.

—Dices que es muy rico —aventuró Paul—. En tu opinión, ¿podría ser el misterioso financiero de la operación?

—No es «muy» rico. Es simplemente una persona próspera y de buena familia. No creo que disponga de medios suficientes para financiar una operación de esa envergadura.

Estimulada por aquellos descubrimientos, reinaba en la sala una alegre agitación. Iba a entablarse una discusión cuando llegó Kerry, lo que aumentó aún más el buen humor general. Bien porque no hubiera tenido tiempo para cambiarse, o bien porque quisiera recordar a todos sus hazañas austríacas, llevaba aún el polar negro que había utilizado para entrar en la casa de Fritsch. Empalidecía su rostro y le daba el aspecto de un mimo. Su gruesa trenza estaba más prieta que nunca. Sus ojos fatigados brillaban de fiebre y de deseos de acción.

Barney resumió los informes anteriores. Antes de dejar que se entablara una discusión, insistió en oír a los restantes investigadores.

Tycen, al teléfono, tomó la palabra desde un altavoz colocado en el centro de la mesa.

Él había seguido la pista de dos hombres de rasgos amerindios situados en la segunda fila de la foto del seminario del 67. El primero era un colombiano que había muerto asesinado poco después de regresar a su país, probablemente de resultas de un ajuste de cuentas entre mafiosos. El segundo era un brasileño.

—No he tenido que buscar mucho —dijo Tycen—. Su nombre es conocido por todo el mundo, en su país. Oswaldo Leite es un político de centro derecha, bastante corrupto, pero que siempre ha sabido guardarse las espaldas en los momentos difíciles. Corren rumores de que es el brazo político del poderoso *lobby* de la caña de azúcar.

—¿Los antiguos esclavistas? —preguntó Martha.

—Los *fazendeiros* más conservadores, en todo caso. El ala radical de los círculos de negocios y de las grandes familias de latifundistas —explicó Tycen.

—¿A eso lo llamas centro derecha? —intervino Paul.

—En Brasil, las etiquetas no significan gran cosa —replicó en tono doctoral Alexander—. Es una política clientelar, más bien.

Unos ruidos en el altavoz indicaron que Tycen quería decir algo más. Barney hizo callar a todo el mundo.

—¿Sí, Tycen?

—Quería sólo añadir un detalle: hoy, el tipo en cuestión es ministro de Interior... Controla la policía, en particular, y tiene grandes relaciones en todas las esferas políticas y de negocios. Puede decirse que, sin aparecer en un primer plano, es uno de los hombres fuertes del país en este momento.

Los presentes se sumieron en un silencio lleno de concentración. Kerry lo rompió con autoridad.

—¿Sabes, Tycen, lo que hacía un tipo como ése al lado de Fritsch en 1967?

—Buena pregunta, aunque no sé quién me la ha hecho...

—Kerry.

—Bravo, Kerry. Ésa es la cuestión. En Brasil, los inicios de los años sesenta se caracterizan por una gran ebullición política. Las fuerzas de izquierda son las que predominan. Se construye Brasilia, la gran utopía de los nuevos tiempos. Los medios más conservadores se inquietan por el ascenso del populacho al poder. Oswaldo Leite tiene dieciocho años. Es hijo de una familia de plantadores arruinados. Su madre es maníaco depresiva, su padre se ha marchado a São Paulo a la busca de un pequeño empleo. Es su abuela quien lo cría en Recife. Es un niño soñador, lo he leído en su biografía, que se interesa por los peces y las plantas. Estudia biología. Lee mucho. Un día, se tropieza con un artículo de Fritsch. Es el flechazo.

»La abuela rompe la alcancía para que él pueda asistir al seminario. Y allí descubre la política. Las ideas de Fritsch sobre los pobres, el peligro demográfico, el respeto por la naturaleza, todo eso se mezcla en su cabeza. Tanto en el medio natural como en el social, para preservar lo que ama comprende que necesita comprometerse.

—En 1967, en Brasil se había implantado ya la dictadura militar —intervino Alexander.

—En efecto. El golpe de Estado incentivado por nosotros se dirige a imponer el orden en el país. Oswaldo está en el extranjero. A pesar de la simpatía que su familia siente por la junta, él permanece prudentemente en Europa. Es listo. Comprende que los militares se encargan del trabajo sucio: eliminar a las fuerzas de la izquierda y preservar los privilegios de los ricos. Los deja hacer. Adopta una postura de oposición. Cuando el país vuelve a la vida civil, regresa y sigue defendiendo los mismos valores, pero con traje y corbata.

—Pareces haberte apasionado por ese individuo —ironizó Martha.

—Con razón —la cortó Kerry, con las mejillas enrojecidas por la excitación y el calor—. Es una pista enormemente seria. Si ese tipo ha permanecido fiel a las ideas de Fritsch, tiene medios para llevarlas a la práctica en su propio país...

—Cuidado —intervino Paul—, no hay ningún indicio que nos permita pensar que ha estado en contacto con Harrow...

Barney alzó las dos manos para imponer el silencio.

—¡Esperad, por favor! Antes de entablar una discusión, es muy importante que oigamos a todo el mundo. ¿Alexander?

—Yo me quedé con los europeos de la foto. Los que tienen aspecto europeo, quiero decir.

—Los blancos, en una palabra —dijo Barney, con aire cansado.

—Eso es, los blancos. Rogulski en primer lugar. Todos lo conocéis, porque está en los orígenes del asunto. Sin embargo, he descubierto algunos datos nuevos, gracias a los contactos que he conservado en los medios de la difunta sovietología. En los años sesenta, permaneció durante tres años en Rusia. Quizá no le habíamos dedicado suficiente atención. Nos parecía lógico que un polaco hiciera viajes de ida y vuelta para visitar al gran hermano soviético. Mirando las cosas más de cerca, he descubierto un detalle interesante. Durante esos tres años, Rogulski estuvo en las orillas del mar de Aral. En ese lugar, el Ejército rojo contaba con un centro de investigación de armas no convencionales, esencialmente químicas y biológicas.

—Vaya, vaya... —fue el comentario de Paul.

—Sí, Paul, eso viene sin la menor duda en apoyo de tu tesis. Rogulski estaba bien situado para saber cómo hacer evolucionar un agente patógeno y transformarlo en un arma. Es de temer que el vibrión del que dispone hoy Harrow sea en efecto una forma temiblemente mejorada.

—Eso no nos hace avanzar mucho en la cuestión que nos ocupa —objetó Kerry—. Queremos saber sobre todo dónde va a tener lugar el ataque.

—Lamento desilusionarte —replicó Alexander, en tono picajoso.

—Continúa, viejo, todo es útil en este estado de cosas —dijo Barney, que no quería tener que soportar una nueva crisis de amor propio de Alexander.

—Gracias, Barney. Me queda aún un último sujeto por tratar. A decir verdad, he guardado para el final al personaje que me parece más digno de interés.

Colocó el cliché del seminario delante de él y señaló con el dedo a un hombre joven, de pie en el extremo izquierdo del grupo. Sonreía vagamente, con una expresión dulce, ausente, pero inquietante porque parecía pertenecer enteramente a un mundo de sueños y de quimeras.

—Allistair McLeod —anunció Alexander—. Un destino excepcional. En sus inicios, sin embargo, es un joven escocés sin nada de particular. Nace en una familia obrera de Glasgow. El padre es pastor episcopaliano. Allistair es el octavo de doce hijos. Excelente estudiante, se beneficia de una beca real y va a estudiar agronomía a Manchester, y después a Oxford. Siempre a base de becas, viaja a Alemania para hacer varios *stages*. No se sabe muy bien cómo se encuentra con Fritsch. McLeod es tan pobre que nuestro generoso profesor lo acepta sin gastos de inscripción. En la lista de las notas, su nombre figura aparte, como si se tratara de una especie de oyente libre.

La dicción monótona de Alexander había hecho decaer el entusiasmo. El día había cambiado, y una gran nube llenaba la sala de penumbra. La exposición tenía el ritmo cansino de un epitafio para una acción difunta.

—¡Por favor, Alexander, suéltalo ya! —le urgió Kerry, que quería salvar la empresa.

—Escuchadme con paciencia hasta el final. Veréis que vale la pena. Al salir de su año con Fritsch, McLeod, contra toda expectativa, no vuelve al Reino Unido. Parte para Sudáfrica y desaparece durante cerca de diez años. Su biografía oficial afirma que hizo fortuna con el comercio de piensos. Es cierto, pero muchos tienen la convicción de que tuvo que empezar con un golpe delictivo. Se habla de un hombre que le hacía la competencia y al que hizo envenenar... Lo único seguro es que, desde su *stage* en Austria, ya no era el mismo. El pequeño Allistair soñador, el hijo del pastor educado en una moral rígida, había dejado su lugar a un hombre sediento de éxito, decidido a no volver a ser nunca más pobre. La continuación corresponde a la leyenda de una de las mayores fortunas del mundo, clasificada por Forbes según los años entre los puestos décimo y décimo cuarto.

Tal vez fue por las palabras empleadas, «no volver a ser nunca más pobre», que Paul empezó a escuchar con interés.

—¿Piensas que podría ser la fuente de la reciente prosperidad de Harrow? —preguntó Barney.

—Yo no pienso nada. Os dejo pensar a vosotros, si vosotros me dejáis terminar —indicó Alexander.

—Adelante.

—El despliegue de las actividades de McLeod se efectúa según un orden bastante lógico. Primero los piensos. Luego, los transportes: compra una empresa de camiones para entregar sus piensos.

—¿También en Sudáfrica? —preguntó Barney.

—Al principio, sí. En 1973 pasa al transporte aéreo con una pequeña compañía de aviación que sigue siendo aún su fetiche: Groose Airlines. Es la época de las revoluciones marxistas en Angola y Mozambique. Parece que Groose Airlines participó en un buen número de operaciones secretas y golpes de mano de los servicios especiales sudafricanos. En cuatro años, McLeod ganó tanto dinero que pudo comprar una compañía privada en Estados Unidos. Luego amplió sus actividades al Caribe y América Latina. En los años ochenta lanzó una compañía de chárters, y luego la primera de bajo coste: Fun Jet.

—¡Ah, es ése! —exclamó Tara—. No lo había asociado con el McLeod de la revolución de las tarifas aéreas. Vi un programa de televisión en el que se hablaba de él. Es increíblemente rico, por lo que parece.

—Es ése, en efecto. Siempre ha sabido navegar a favor del viento. Su cualidad más notable es el sentido de la diversificación. No se contentó con ganar dinero en la aviación. Inmediatamente adquirió participaciones en otros sectores: el energético, con un abastecedor aéreo; el inmobiliario, con complejos enormes en las costas caribeñas, en Rodas y en Mozambique después del final de la guerra civil...

—OK, Alexander —lo cortó Barney—. Creo que lo hemos entendido. Llegó a ser multimillonario. Ahora, dinos cuál es su relación con nuestro asunto, aparte del hecho de que estudió con Fritsch.

—He trabajado con Tycen en el *dossier* de la chica que asaltó el laboratorio de Rogulski.

—¿Juliette?

—Sí —afirmó Alexander—. Pedí a Tycen que hiciera ciertas verificaciones. Ella se fue de Francia el 23 de marzo. Pero, según los documentos de la inmigración estadounidense, no llegó a Estados Unidos hasta el seis de abril. Para saber dónde podía haber ido en ese tiempo, repasamos las listas de pasajeros de las líneas aéreas. Descubrimos que no aterrizó en Nueva York procedente de Europa sino de Sudáfrica, de Johannesburgo para ser exactos.

Una sonrisa apareció en todos los labios. Para aquellos agentes de campo, Alexander siempre había sido un burócrata, un tipo útil sólo para clasificar papeles. Y he aquí que ahora revelaba un verdadero talento para la investigación.

—Bien, Alexander, pues Sudáfrica...

—En Sudáfrica, era difícil averiguar rápidamente dónde había podido ir. Las posibilidades eran innumerables. Entonces hicimos servir la intuición y buscamos entre las compañías privadas que operan a partir de Johannesburgo. Era una apuesta. La ganamos: el 24 de marzo por la mañana Juliette aparece registrada en un vuelo de Groose Airlines con destino Chimoyo, en Mozambique. Con vuelta el cinco de abril por la mañana. Ningún otro pasajero en ambos vuelos.

Cuando Alexander terminó de hablar, fue premiado con una ovación.

—¡Hay que ir a interrogar a ese McLeod! —exclamó Kerry—. ¿Dónde vive en la actualidad?

Alexander había hecho un gran esfuerzo para contener su expresión de satisfacción. Para disimular su emoción y ocultar la humedad que empañaba sus ojos, se quitó las gafas y las limpió en su corbata.

—Esperad —pronunció, con un cierto nudo en la garganta—. No os he dicho todo. —Volvió a ponerse las gafas y rebuscó entre sus papeles—. Desde hace tres años aproximadamente, McLeod se ha retirado de los negocios. Ha confiado la gestión de su fortuna a colaboradores de su confianza. Tiene una hija única, Carlotta, a la que adora. Nació de un matrimonio con una condesa italiana que sólo duró un par de años. Ella vive a todo tren, entre Houston, París y San Petersburgo. Él la mantiene cuidadosamente alejada de sus negocios, pero le paga una generosa pensión y le consiente todos los caprichos. Ella muestra bastante ingratitud hacia él, y ni siquiera quiere llevar su nombre. Se hace llamar baronesa de Castelfranco, nombre de una propiedad de su madre. Pero McLeod sigue dedicándole una pasión conmovedora.

—Y él, ¿dónde vive? —repitió Kerry.

—Al lado de Ginebra, recluido en una villa. No mantiene ningún contacto con el mundo exterior.

—¿Desde hace cuánto tiempo? —preguntó Paul.

—A finales de 2003, pasó por una especie de depresión. Empezó a malvender varios negocios. Aparecieron artículos alarmistas en la prensa económica. Luego se recuperó, tomó disposiciones para que todo marchara sin él, y fue en ese momento cuando se retiró a Suiza.

—¡Entonces hace más o menos dos años que está fuera del circuito! —insistió Paul.

—Más o menos, sí.

—El momento en que Harrow se marchó de One Earth para poner en práctica su plan —dijo Paul.

—He dejado que tú mismo llegaras a esa conclusión —concedió Alexander con aire modesto.

—Y desde entonces, ¿ninguna persona tiene acceso a él?

—No está para nadie, no admite ninguna cita ni recibe estrictamente ninguna visita. Los únicos que están en contacto con él son sus guardianes.

—¿Ha dado alguna razón para ese apartamiento del mundo? —preguntó Barney.

—Ninguna. Lo único que se sabe es que padece una enfermedad crónica. Se habla de una forma de cáncer de huesos, de evolución lenta. Se ha estabilizado gracias a un tratamiento de quimioterapia que lo debilita mucho. Pero todo eso no son más que rumores —admitió Alexander.

Las revelaciones habían producido en la asistencia una especie de levitación. Todos reflexionaban con intensidad. Mientras que al principio todos querían intervenir con algún comentario, cuando Barney abrió la discusión, nadie pidió la palabra.

—Ese McLeod —resumió Barney—, es sin duda el mecenas de la operación, pero nadie puede acercarse a él. Y en la respuesta a la pregunta: ¿dónde?, no hemos avanzado gran cosa. Tenemos por lo menos tres pistas sólidas: India, China y Brasil. Es demasiado.

—A menos que hayan decidido golpear en los tres lugares a la vez —aventuró Martha.

—Si dispusiéramos de los medios de la CIA, podríamos poner a todos esos tipos bajo vigilancia —dijo Tara, que dio expresión así a la angustia de todos—. Pero está muy lejos de ser el caso...

—No es el caso, en efecto —cortó Barney, con irritación—. Y además, no sabemos a qué juega en realidad la Compañía en este asunto. Por tanto, tendremos que arreglárnoslas nosotros solos.

Volvió a hacerse el silencio en la sala. Todos pensaban en lo precario de la situación. Miraban las paredes del pequeño salón y sintieron de súbito un gran desánimo. No sólo ya no pertenecían a una gran institución gubernamental, sino que estaban actuando al margen de la organización privada que habían contribuido a crear. Estaban convencidos de que se batían por una causa justa, pero solos contra todos. Habían llegado a los límites extremos de lo que era posible hacer en esas condiciones.

Finalmente, Paul rompió el silencio.

—La clave está en McLeod —dijo. Estaba más recogido en sí mismo que nunca, con la cabeza metida entre los hombros, y los antebrazos doblados como un boxeador en guardia—. Es a él a quien tenemos que interrogar, cueste lo que cueste. Interrogarlo de verdad, quiero decir, de manera que no pueda evitar respondernos. Si ha financiado la operación y proporcionado la logística, sabe dónde está Harrow.

—Repito que es totalmente imposible acercarse a McLeod —precisó Alexander, en tono picado—. Y cualquier intento de emplear la fuerza podría tener resultados desastrosos. Ese tipo tiene relaciones al más alto nivel, tanto en Estados Unidos como en otros países. Se dice que está muy próximo a los neoconservadores y que ha financiado algunas de sus campañas.

De pronto, frente a la determinación de Paul, Alexander había vuelto a ser el chupatintas timorato del que por un momento se había sentido liberado. Nadie habría apostado un centavo por lo que decía.

—Lo hemos entendido —gruñó Paul—. Seguro que es difícil, pero estoy convencido de que no es imposible. —Y concluyó en un tono sordo, increíblemente voluntarista—: Dejadme hacer a mí.

Sus palabras y el aire despechado de Alexander provocaron sonrisas en todo el auditorio.

Paul hizo una pausa al percibir la aprobación muda del grupo, y luego añadió:

—Lástima, Kerry, has dado un rodeo. Para ir de Austria a Suiza, no era necesario pasar por Rhode Island. —Sus miradas brillantes se cruzaron—. Tycen —dijo en dirección al altavoz—. ¿sigues a la escucha? Resérvanos dos billetes para Ginebra tan pronto como sea posible, ¿de acuerdo?

2

Río de Janeiro, Brasil

El automóvil de Zé-Paulo rodaba a poca velocidad después de salir de la autopista. El paisaje había cambiado de golpe, hasta el punto de que parecía pertenecer a otro país. El Brasil de las playas, de los grandes hoteles, de las vías rápidas, había cedido su lugar a una extensión gris, uniformemente chata, cubierta hasta donde alcanzaba la vista de barracas que se arrastraban a ras de suelo.

La Baixada Fluminense no conserva ningún recuerdo de su antigua vocación agrícola. El sol no hace crecer otra cosa que el polvo que asciende de las paredes de tierra. Los niños juegan fuera, con los pies desnudos. No están demasiado mal alimentados. Cabe pensar que la mayoría de ellos no son huérfanos. Son tan sólo pobres, pobres hasta un punto que nadie puede imaginar, porque su miseria no es fruto de un cataclismo, de una caída, sino su condición profunda y probablemente eterna. Han nacido pobres como otros seres nacen zorros o caballos. La miseria no es su estado, sino de su especie. A su manera, se adaptan. En torno a una pelota de trapo, en el calor soleado de la inmensa favela, se los ve sonreír, reír, y uno no sabe qué pensar de esa inconsciencia. ¿Es la forma última de la desesperación, o una manera paradójica de felicidad?

Juliette, en el asiento trasero del Ford, aplastaba la nariz contra el cristal. Por mucho que aspirara con todas sus fuerzas, sólo olía el perfume a bosque del aire acondicionado. Y aquella miseria sin olor le parecía aún más turbadora. Al paso del coche, los rostros se volvían hacia ella. Algunos chiquillos se precipitaban, golpeaban los cristales y hacían horribles muecas desdentadas. Delante, Harrow se mantenía erguido, crispado, y miraba a lo lejos como alguien que pasa junto a una serpiente temiendo despertarla y provocar su ataque. Zé-Paulo hacía lo posible para alejar a los pequeños mendigos que corrían al lado del coche, pero sus grandes gestos sólo provocaban la risa de los chiquillos.

—Son infelices —explicaba, mientras maniobraba con el coche a través de los baches del camino—. Infelices y monstruosos. Porque aquí, las cosas son así: se pasa directamente de la inocencia a la criminalidad. La inocencia dura hasta los cinco años. Después empiezan a fumar, a esnifar, a traficar. Y a matar.

Con sus camisetas en harapos, sus carotas curtidas por el sol, sus cabezas rapadas tiñosas, los niños seguían corriendo. La mirada de Juliette se cruzaba con las de ellos, y leía todo lo que decía Zé-Paulo: la inocencia quemada, una dureza que hacía daño a la vista, estallidos de odio casi animal y, al instante siguiente, una risa enternecedora.

—Las de aquí son las barracas más antiguas de la favela —explicó Zé-Paulo—. Ya ven que, con un poco de imaginación, se diría que parecen casas. Por supuesto, están infestadas de toda clase de bichos. Todos los años, se encuentra a bebés desfigurados en su cuna por mordeduras de ratas. Pero por lo menos hay puertas y ventanas. Cuando un borracho pega a su mujer, por lo menos puede hacerlo sin que los vecinos lo vean. —El automóvil seguía una especie de avenida ancha, en el centro de la Baixada—. Cuanto más bajamos, más rudimentarias son las barracas —siguió diciendo Zé-Paulo al tiempo que señalaba el horizonte polvoriento, entre las carretillas e incomprensibles grupos de gente ociosa—. Hacia el final, hay gente incluso que se resguarda con trozos de ramas, sacos viejos, plásticos. Es el rincón de los recién llegados.

—¿Vienen muchos aún?

El brasileño volvió el cuello para responder a Juliette.

—Miles cada mes. Decenas de miles tal vez. Afluyen del interior, sobre todo del Nordeste. —Dio un rodeo con el coche para evitar un cuerpo tendido de través en el camino. Era imposible decir si se trataba de un cadáver o tan sólo de un borracho que estaba durmiendo allí—. Nuestras ciudades se han convertido en monstruos. La gente viene de muy lejos, porque creen que aquí se vive mejor. Lo cierto es que no encuentran nada de lo que esperaban. Sobreviven en la miseria y el crimen.

—Tal vez en el lugar del que vienen no habrían sobrevivido.

Zé-Paulo dirigió a Juliette una mirada extraña por encima del hombro.

—En efecto, allí no habrían sobrevivido. En el campo existe un equilibrio entre el número de seres humanos y los recursos de la tierra. Cuando se llega al límite de los recursos, el número de hombres se estanca o disminuye. Es la ley de Malthus. Pero aquí no hay ley. El gobierno no puede permitirse que sus ciudades estén hambrientas. Así pues, las alimenta. Y nada detiene la proliferación de los pobres. Su tasa de fecundidad es altísima.

Habían dado la vuelta en cierto momento en la avenida y ahora subían siguiendo una calle más estrecha, también de tierra. A la sombra, delante de las barracas, unas mujeres lavaban ropa en cubetas de plástico de colores.

—Contamos con ustedes para invertir esa tendencia —dijo Zé-Paulo mirando hacia el lado de Harrow—. Es todo lo que esperamos de su misión: invertir la corriente. Romper esa atracción mortal hacia las ciudades. Devolver a la gente al equilibrio de sus campos.

Un silencio embarazoso se instaló en el coche. Juliette tuvo la sensación de que ella era la causa involuntaria. Le pareció que esperaban una reacción de su parte. Y en efecto, la pregunta que le daba vueltas en la cabeza desde hacía varios días estaba a punto de brotar de sus labios: «¿Cómo? ¿Cómo vamos a hacer para invertir la corriente? ¿Qué vamos a quitar o a añadir a esa miseria para cambiar su curso?»

Pero cada vez que le venía a los labios esa pregunta, Juliette sentía una migraña, una náusea que la obligaba a callar. Había forzado un poco la dosis de los medicamentos esos días. Se sentía rígida, blindada, protegida como por un dique contra las embestidas de la inquietud. Y mantenía de forma rigurosa su actitud de sumisión. Fuera lo que fuera lo que se esperaba de ella, obedecería, so pena de hundirse de nuevo en la mediocridad de los días sin un ideal.

—El canal está ahí delante —anunció Zé-Paulo, rompiendo felizmente el silencio y la incomodidad.

El coche saltaba en los baches, y su suspensión blanda acentuaba las sacudidas. Por las puertas abiertas de las chozas, se entreveían siluetas de hombres enflaquecidos y torpes, que despertaban de una noche de alcohol. Zé-Paulo avanzó un poco más, y luego detuvo el vehículo en medio de una pequeña plaza rodeada por un gran talud de tierra.

—Daremos sólo unos pasos, para que vean bien la red del agua.

Salieron del coche y de pronto el calor les golpeó en el rostro. Era una humedad espesa y pesada, repleta de olores coloreados como tintes polvorientos, olor a tierra sucia, a deyecciones, a vísceras.

Harrow estaba rígido, con los puños cerrados. Juliette, a su espalda, sintió ganas de abrazarlo. Una gran piedad, una ternura inesperada, la invadieron en aquel instante. Volvió a verlo en el desierto del Colorado e imaginó lo que podía sentir en un lugar como aquel en el que se encontraban ahora, un lugar en el que la naturaleza había desaparecido y sólo subsistía la humanidad en su forma más sórdida. El ser humano, aquí, era la destrucción y la muerte. Acarició la mano de Harrow. Él se sobresaltó e hizo un gesto de rechazo, y la piedad de Juliette creció aún más.

Caminaron hacia el talud. El suelo estaba cubierto de objetos diversos: fragmentos de sacos de plástico, pedazos de hierro, huesos rotos de pollo o de cordero. Todo se había ido quedando incrustado en el barro durante la estación de las lluvias. Al secarse, la tierra dejaba aflorar esos vestigios como si vinieran de ella y la erosión los hubiera dejado al descubierto.

Pequeños senderos de tierra más apisonada surcaban el talud, y les permitieron subir a él rápidamente. Las mujeres iban y venían arriba y abajo cargadas con bidones de agua. Al llegar a lo alto, ellos vieron que de hecho estaban en la orilla de un canal que atravesaba toda la Baixada. Zé-Paulo apartó sin miramientos a un grupo de chiquillos que se había acercado a ellos. Se había puesto un panamá y se secaba la frente con su pañuelo, mientras gesticulaba en dirección al horizonte.

—Este canal viene del río y va a dar a la bahía. Es a la vez un conductor y un colector de agua.

En el fondo del canal, depositado sobre su lecho de cemento, el limo tenía un color marrón verdoso. Se veía a mujeres agachadas en la orilla, unas lavando y otras acarreando agua.

—¡Beben eso! —dijo Juliette.

—No tienen otra opción. Cuando pueden, hacen hervir el agua. Eso no es ningún remedio para el entorno, por otra parte, porque por supuesto la única energía que utilizan es la leña. —Como dominaban desde una altura de varios metros la Baixada, podían ver el humo oscuro que se elevaba de los hogares amontonados en una especie de nube parda que flotaba por encima de la llanura—. En la estación de las lluvias, el agua llena el canal. A veces incluso hay críos que se ahogan. Como la pendiente es prácticamente nula, sirve sobre todo de depósito.

—¿No hay corriente? —preguntó Harrow.

—Sí, muy ligera.

—Habría que intentar evaluarla. Es importante para nuestros cálculos. En la simulación que hicimos en Cabo Verde, medimos la relación entre la dosis y la difusión en función del flujo. Tenemos que ser precisos, si queremos que funcione.

En el terreno de la técnica, Harrow parecía sentirse más a gusto. Zé-Paulo sacó un cuadernillo, tomó algunas notas y dijo:

—Le encontraré la inclinación media del canal. Con eso, usted podrá hacer sus cálculos.

Mientras caminaban por la parte alta del talud, entablaron una discusión sobre diferentes cuestiones técnicas, y en particular sobre la oportunidad de uno o varios puntos de difusión. Juliette no los escuchaba. Sentía de nuevo el vértigo que atribuía al calor y los medicamentos. Avisó que les esperaría en el coche. Debajo del talud, detrás del vehículo, se había juntado una pequeña multitud de hombres, mujeres y niños. Sin duda debido a la presencia de los adultos, los niños no armaban ruido. Había en las miradas una luz violenta, una expresión amenazadora, como la exigencia de una explicación, un reproche mudo.

Juliette empezó a observar el grupo en busca de un rostro más abierto, una sonrisa que devolver, una posible simpatía. Pero todos los rasgos seguían encerrados en la misma expresión hostil.

—No se inquiete —gritó Zé-Paulo desde lo alto del talud—. No se moverán.

Juliette se dio cuenta entonces, siguiendo la dirección de algunas miradas, de que a un centenar de metros a la izquierda estaba estacionado un coche patrulla de la policía. Había cinco hombres armados sentados en las banquetas, y dos más de pie, reclinados en el capó.

Ella se volvió hacia los habitantes de la favela. Harrow y Zé-Paulo habían bajado del talud y se acercaban. Fue entonces, un poco apartada de los demás, cuando su mirada se cruzó con la de una niña. Iba vestida con una especie de saco de tela roja desgarrado. Tenía la cara sucia y de la nariz le colgaba un hilillo de moco en el que tenía puesto un dedo. Sin embargo, en aquel rostro manchado brillaban como piedras preciosas dos ojos de color azul zafiro. Mostraban el milagro de la inteligencia, la necesidad de cariño, la fuerza del sueño.

Juliette le sonrió. La cara de la niña se iluminó un instante, luego huyó a la carrera.

Mientras, Zé-Paulo, confiado en la guardia policial que se mantenía a distancia, dio la vuelta al coche y obligó, con empujones incluso, al grupo de faveleros a retroceder para dejarle paso. Harrow volvió a ocupar su lugar en el coche, y Juliette los siguió.

Durante el trayecto de vuelta, dejaron hablar al brasileño mientras él les conducía, sin bajar del coche ahora, por los alrededores de las principales favelas de la ciudad.

A las cinco, las sombras acentuaban ya los contrastes en los mangos de Laranjeiras. Juliette y Harrow subieron a sus habitaciones para darse una ducha. Cuando volvieron a bajar al salón, ya era de noche. De un café abierto en una calle vecina llegaba el rasgueo de una guitarra. Los dos guardaban silencio, sentados a una mesa en el jardín, delante de un plato de gambas y una botella de cerveza.

De una forma extraña, la visita a la Baixada había cambiado en Juliette la forma de ver a Harrow. Había descubierto durante un instante su debilidad. Era como si hubiera penetrado hasta el lugar secreto del que emanaban todas sus acciones, un lugar en el que estaba depositado un tesoro frágil: el sentido de la armonía del mundo, el sufrimiento nacido del sufrimiento, una concepción exigente de lo humano que no podía resignarse a la degradación.

Por lo menos, eso era lo que ella creía haber encontrado. Porque, en realidad, nada había cambiado. Él seguía igual de taciturno y reservado.

En cuanto a ella, sus pensamientos no la iluminaban apenas. La cerveza, añadida a sus medicamentos, le hacía temblar ligeramente. Seguía estando silenciosa, rígida, inquieta.

No llegaron a intercambiar tres palabras, sólo hubo un acuerdo implícito. Subieron la pequeña escalera exterior sujetándose a la barandilla de hierro forjado, y luego, en el momento de llegar a sus habitaciones, entraron juntos en la primera, que era la de Juliette. La ventana estaba abierta y lo daba todo: la tibieza de la noche, la luz de la luna y algunas notas de samba. Hicieron el amor en silencio.

En la oscuridad, mirando a Ted a los ojos, Juliette creyó reconocer su color: era el mismo de la niña de la favela. Se durmió sumergida en aquel azul puro, y al despertarse lo encontró en el cielo.

3

Ginebra, Suiza

Cuando veinte años antes eligió residir en el muelle del Ródano, el doctor Charles Jaegli no había cedido sólo al esnobismo. Desde luego, era el barrio más caro de la ciudad, y vivir allí constituía en sí mismo un signo de éxito social. Jaegli no era insensible a aquello, pero sus colegas y sus amigos se habrían asombrado de saber que en primer término había elegido el lugar por motivos poéticos. Amaba por encima de todo el espectáculo del lago en primavera, cuando el Ródano da a sus aguas una pureza glacial. Nada podía reemplazar para el viejo médico los desayunos en su comedor, solo a la mesa y colocado de modo que veía balancearse los mástiles de las embarcaciones del puerto de recreo. El sol irisaba los techos de los invernaderos, enfrente, en la otra orilla. Y aquella pintura viva, compuesta en exclusiva con una paleta de azules, se enmarcaba en el ventanal acristalado de cinco metros de altura del comedor. El vidrio era tan robusto, tan grueso, que no dejaba pasar ninguno de los ruidos del muelle y daba al lago Léman la paz que convenía a sus líneas suaves.

Sin esa paz, tal vez el doctor Jaegli no habría resistido a los asaltos de la muerte. Tal vez habría perdido pie, cinco años antes, cuando desapareció su mujer, fallecida a causa de una trombosis cerebral. Tal vez no se habría consolado de la pérdida de su hija única, a los diecinueve años, víctima de una hepatitis fulminante al regreso de un viaje a Sicilia. Tal vez, sobre todo, no habría encontrado la fuerza para tratar diariamente la muerte de sus pacientes. Muerte real, porque muchos de ellos sucumbían a los golpes de su enfermedad; muerte imaginaria, porque todos pensaban sin cesar en ella, desde que la palabra cáncer había sido pronunciada en relación con ellos.

Pero el cáncer era, con el lago, la otra pasión del doctor Jaegli. Desde que vio morir a su madre, a los treinta y cinco años, de un tumor en el pecho, se había consagrado a la enfermedad. Lo había hecho al más alto nivel, en centros de investigación prestigiosos de Suiza y de Estados Unidos. Era profesor en la Universidad de Ginebra, actualmente jubilado, para su gran satisfacción. El profesorado había llegado a ser, a sus ojos, una tarea de dolorosa mediocridad. Ahora se dedicaba sólo a su consulta. Tenía su despacho en la Grande Rue, en la ciudad vieja, y se trasladaba allí a pie. Su renombre internacional le proporcionaba una clientela de pacientes ricos y célebres. Con raras excepciones no visitaba a domicilio, y menos aún en el caso de desconocidos. Entonces, ¿por qué había cedido, la noche anterior?

Un joven colega estadounidense desconocido había pasado por su consulta al terminar la jornada y lo había acompañado a pie hasta su puerta, en el muelle del Ródano, sin parar de hablar. El viejo profesor se había sentido conquistado por el entusiasmo de aquel muchacho, sobre todo cuando le habló de sus maestros, en Estados Unidos. Un buen número de ellos, le había contado, tenían a orgullo presentarse como «discípulos del doctor Jaegli». Los grandes nombres de la oncología seguían considerándole a él, el humilde médico suizo (así le gustaba definirse a sí mismo), como una referencia mundial en la especialidad. Le había resultado muy agradable saberlo.

Para decirlo de una vez, aquel diablo de joven colega, con su aire enérgico de pequeño bulldog, su nariz torcida y sus cabellos negros revueltos, le había parecido muy simpático. Los hombres que no tienen hijos son proclives a ese tipo de seducción. Jaegli se sintió incapaz de rehusar cualquier cosa a aquel doctor John Serrano. Lo que éste quería no era, por lo demás, nada exorbitante. Insistía sencillamente en que el viejo maestro examinara a su mujer y se pronunciara acerca del mejor esquema terapéutico aplicable.

—Que pase mañana por la mañana por mi consulta —había concedido Jaegli, cuya agenda de pacientes estaba sin embargo repleta para los tres próximos meses.

—Perdóneme, profesor —había respondido Serrano—, sé que abuso. Pero mi esposa no conoce la naturaleza de su enfermedad. En la puerta de su consulta, la palabra oncología está escrita en letras mayúsculas. Si pudiera usted venir a verla a nuestro hotel...

Jaegli había protestado. Salvo en fase terminal o por razones muy específicas, sobre todo de seguridad, con ciertos pacientes implicados en asuntos delicados, tenía como regla no desplazarse nunca.

—Haré una excepción —se oyó responder a sí mismo, sin embargo—. Pasaré por su hotel mañana por la mañana a las siete, antes de mi consulta.

¿Qué mirada implorante no le habría lanzado aquel muchacho, para que aceptara con tanta facilidad?

En todo caso, había llegado la hora. El doctor Jaegli dejó su servilleta blanca almidonada al lado de la huevera de plata. Bebió un último sorbo de café en una taza de porcelana tan fina que la simple presión de los labios la habría quebrado. Luego se levantó, se puso el abrigo y salió para ir a examinar a aquella señora Serrano.

En tres días, habían tenido que hacer milagros. Paul se felicitaba por poder contar de nuevo con el apoyo de Providence, aunque ese apoyo fuera clandestino y pasara por canales un poco más enrevesados que de ordinario. Sin la movilización de todo un equipo, nunca habría sido posible montar tan deprisa una operación de tanta complejidad.

Como había dicho Alexander, llegar hasta McLeod era humanamente imposible. Su casa en Morges era una verdadera fortaleza. El jardín abarcaba alrededor de dos hectáreas y bajaba en pendiente hasta el lago. A primera vista, respetaba la estética discreta de la región. Los muros eran de una altura normal y los dispositivos de seguridad no resultaban demasiado visibles. Sin embargo, cuando se observaba el lugar con unos prismáticos, se advertía con claridad un sistema de redes eléctricas que doblaba la altura de los muros y una red de videovigilancia muy sofisticada. La orilla del lago era recorrida de forma permanente por guardianes con perros. Un poco más atrás, una franja de tierra desnuda estaba rodeada por señalizadores fluorescentes, lo que indicaba la presencia de trampas y posiblemente de minas.

Para hacer esas observaciones, Paul y Kerry habían alquilado un velero y echado el ancla a media milla aproximadamente delante de la casa. Su simple presencia bastó para poner en marcha una alerta, prueba de que los guardianes de McLeod vigilaban también el lago. Una motora de la policía suiza, informada sin duda por el servicio de seguridad privado del hombre de negocios, abordó el velero. El suboficial que subió a bordo se dejó convencer sin dificultad de que se trataba de unos pacíficos enamorados, pero les rogó que fondearan en otro punto de la orilla.

El paso en automóvil por la calle que bordeaba la propiedad había bastado para convencerles de la imposibilidad de entrar con los métodos tradicionales. Dos vehículos de vigilancia estaban día y noche presentes delante del portal.

Pero estudiando el mapa del estado mayor suizo, Paul y Kerry localizaron una torre de distribución de aguas situada al noroeste de la casa de McLeod. Podía ser un punto de observación de la entrada. La misma noche, se equiparon para penetrar allí. Se pusieron trajes de camuflaje y tomaron algunas herramientas y una pequeña mochila cargada con bebidas y vituallas. La torre de las aguas era una construcción antigua en forma de champiñón. Entraron por una puerta metálica cuya cerradura era fácil de forzar. Una estrecha escalera de caracol les permitió acceder al techo. El ruido del agua fluyendo resonaba en la pared hueca de cemento y les daba la sensación de estar explorando una gruta vertical. Una vez arriba, se instalaron tendidos boca abajo sobre el techo plano de ladrillos gruesos de vidrio. Los prismáticos de infrarrojos les permitieron constatar que la vista de la propiedad era excelente desde aquel lugar. Veían perfectamente la calle que conducía a ella, veían el porche elevado de la casa y observaban directamente la fachada oeste, a la que daban las cocinas y una entrada de servicio.

Una vez hechas estas observaciones, les quedaba aún toda la noche por delante. Con sus pantalones elásticos negros y sus capuchas, parecían dos extraterrestres al descubrimiento de un nuevo planeta. El barrio en el que se encontraban estaba en una calma absoluta. Sentían la presencia inmóvil e inquietante del lago, con sus rosarios de luces a lo largo de los golfos. Los «gluglús» de la torre de las aguas resonaban en sus vientres. A pesar de todo lo que habían tenido tiempo de hacer, sólo habían llegado la mañana anterior. La fatiga del viaje, el *jet lag,* la tensión de la espera y del riesgo vaciaban sus conciencias y retraían sus mentes hacia las capas arcaicas del cerebro, en las que tienen su asiento los impulsos animales tales como el miedo, el hambre y la sed. Sobre su terraza tibia, refrescada por la brisa del lago, pasaron toda la noche dormitando y comiendo los sándwiches que habían llevado en la mochila.

Al amanecer, reanudaron sus observaciones. Nada se movía en la casa propiamente dicha. Su fachada austera, sus ventanas con las cortinas corridas, no permitían adivinar la disposición de las habitaciones ni su destino. Las únicas idas y venidas eran las de los guardianes. Iban vestidos de civil y parecían numerosos, una veintena o incluso más.

Una entrada para los proveedores daba a un pequeño patio situado a un lado del edificio principal. Hacia las ocho, entró una camioneta. Dos mujeres salieron de la cocina y ayudaron a descargar cajas de legumbres y de frutas; luego todo volvió a quedar en calma.

Un poco antes de las diez, Kerry, que tenía el turno de los prismáticos, advirtió cierta agitación en torno a la puerta principal. A las diez en punto, un Volvo gris antracita apareció en la calle y, a marcha lenta, rodó hasta el domicilio de McLeod. Dos guardianes, que se habían colocado detrás del portal, lo abrieron de inmediato. El coche no tuvo que frenar antes de entrar en el patio. Se detuvo delante del porche. Salió de él un hombre tieso. Se quitó los guantes que llevaba para conducir y los arrojó sobre el asiento de cuero. Después, abrió la portezuela trasera, sacó un maletín de médico de un modelo tradicional pero retocado y estilizado, de una marroquinería de gran lujo, y subió ceremoniosamente los peldaños del porche.

—Es él —murmuró Kerry.

Paul empuñó también sus prismáticos. Desde donde estaban, la placa de la matrícula era muy visible. Paul la anotó en su móvil y envió de inmediato un SMS a Barney. Gracias a las conexiones de Providence, recibieron la respuesta mientras el médico estaba aún en la casa.

A las once y media, cuando salió de nuevo, el hombre ya no era anónimo para ellos. Noventa minutos antes había entrado un desconocido, pero quien salía ahora era el profesor Charles Jaegli, muelle del Ródano, 37, tercer piso, y su currículum figuraba en un archivo adjunto en la pantalla de Paul. Ya sólo quedaba hacer entrar en escena al doctor John Serrano.

Cuando se hizo anunciar en la recepción del hotel Astrid, Rue de Lausanne, Jaegli tuvo un instante de indecisión. Una señal inconsciente le ordenaba huir. Pero hacía mucho tiempo que no obedecía a ese tipo de intuiciones, y se felicitaba de ello. La última vez que cedió, fue treinta años antes: rompió el billete de tren que había de llevarlo a París, y se marchó a Neuchâtel a pedir la mano de su futura esposa. No lo lamentaba. Pero, con la perspectiva de los años, se decía que también podía haberse casado con ella de vuelta de París.

Serrano lo apartó de sus pensamientos. Saltó sobre él con su sonrisa abierta y lo arrastró hacia los ascensores. El hotel Astrid es una enorme construcción moderna que despliega sus fachadas sin encanto a lo largo de un parque.

En el séptimo piso, el corredor era impresionante, flanqueado por puertas de habitaciones, todas idénticas, ante las cuales había colocados, a veces, una bandeja de desayuno, un carrito de la señora de la limpieza o unos zapatos.

Entraron en la número 739. La habitación contaba con un pequeño distribuidor que daba al cuarto de baño, los aseos y un vestidor. Serrano cerró la puerta del distribuidor en cuanto Jaegli hubo entrado en
la habitación propiamente dicha. Una hermosa mujer joven con una
espesa cabellera rizada acogió al profesor con una amabilidad que no
lo engañó: rebosaba salud. Todo el asunto era una trampa, y cuando
dio media vuelta, vio al supuesto doctor Serrano apoyado de espaldas
contra la puerta del distribuidor y apuntándole con una pistola.

Jaegli ya había sufrido un robo con violencia y un asalto a mano armada diez años antes, en su consulta. Sabía cómo comportarse en casos
así: darlo todo, no hacer ningún gesto brusco, no desafiar a sus agresores. En esta ocasión, sin embargo, sintió que la situación era distinta. Al
parecer no querían ni su dinero ni a su persona. ¿Qué, entonces?

—Perdónenos este método un poco brutal, profesor —dijo Kerry—. Pero no teníamos alternativa. Si hace el favor de sentarse, se lo
explicaremos todo.

Señaló un sillón mullido forrado de un tejido provenzal en tonos
amarillos. Jaegli se dejó caer en él, agradecido.

—Ya ve —siguió diciendo Paul, ya sin las inflexiones de voz un
poco bobas del personaje Serrano— que no tenemos intención de hacerle daño. Sólo nos interesa una cosa: usted es el médico personal de
Allistair McLeod.

Las dudas de Jaegli se aclararon. Miró a sus asaltantes con aire de
estar al cabo de la calle y cierto desprecio. Entonces era eso: un montaje gansteril para robar a un millonario. El caso era bastante común
en las orillas del Léman. En general, aquellos intentos desembocaban en fracasos. Suiza está mejor organizada para defenderse de lo
que se cree. Y los magnates casi nunca guardan en su casa algo más de
lo que necesitan para pagar al peluquero. Jaegli esperó con serenidad la
continuación.

—¿Sabe usted quién es McLeod? —preguntó Kerry.

—Un paciente, señora.

—Esa neutralidad le honra. Es muy del gusto de su país. Por lo que
a nosotros respecta, no tenemos esa delicadeza. Llamamos a las cosas
por su nombre: McLeod es basura.

Jaegli se sintió bastante desconcertado por aquella forma de entrar
en materia. Los ladrones ordinarios son como los médicos o los banqueros: para ellos, el cliente es sagrado. Se tomarán todas las molestias
del mundo para robarle, pero no perderán el tiempo en dedicarle jui-
cios morales. ¿Adónde querían ir a parar?

—No le estamos hablando de los orígenes de su fortuna —continuó Paul—. Poco importa cómo la consiguió. Lo que nos interesa es lo que hace hoy y lo que tiene programado para mañana.

—Me parece —aventuró el profesor, al que la discusión había devuelto un poco de aplomo— que el pobre hombre no está en situación de hacer muchas cosas malas.

—Lo suficiente, en todo caso, para organizar la muerte de millones de personas.

Jaegli soltó una carcajada, echándose un poco hacia atrás, más tieso que nunca, y emitiendo una serie de sonidos agudos separados por un tono.

—¡Ja! ¡Ja! ¡McLeod! Pero si no sale de su casa, y apenas de su habitación...

—Ha anudado hilos suficientes para que le baste tirar de uno solo —le cortó Kerry, picada por aquella suficiencia—. Y todo explotará.

El viejo profesor sacudía la cabeza para mostrar hasta qué punto juzgaba absurdo aquello. Pero como le gustaban los procedimientos bien reglamentados, decidió aplicar otro, extraído de su cultura psiquiátrica: no contradecir al paciente, por delirantes que fuesen sus manifestaciones.

—¡De acuerdo, señora! Dígame tan sólo quién es usted y en qué puedo serle útil.

—Estamos llevando a cabo una investigación sobre los manejos de McLeod —dijo Kerry.

—¿Por cuenta de la CIA, sin duda? —sugirió el doctor.

Los temas de espionaje son frecuentes en los delirios parafrénicos. Jaegli no se sintió sorprendido en absoluto al oír a Kerry responder con total seriedad:

—Para una agencia privada contratada por la CIA.

Ya no tenía dudas sobre el diagnóstico: se trataba de locos. Se preguntó tan sólo si aquello sería una buena o una mala noticia para él.

—¿Y qué papel me han destinado a mí en este asunto?

—Se trasladó usted a casa de McLeod ayer por la mañana, ¿no es así? —preguntó Paul.

—En efecto, para sus curas.

—¿Cuándo tiene que volver?

—Voy tres veces por semana, siempre a las diez, como seguramente sabe usted si ha observado mis costumbres.

—Entonces, ¿la próxima visita será mañana? —dijo Kerry.

—Exactamente.

Paul había abandonado su posición inicial, contra la puerta del distribuidor. Fue a sentarse en el borde de la cama. Sus rodillas casi tocaban las de Jaegli.

—Queremos saberlo todo sobre la enfermedad de McLeod, su tratamiento, los procedimientos que sigue usted, gesto por gesto. Queremos que le prevenga personalmente de su ausencia y que salga fiador de la persona que lo va a sustituir mañana.

—¿Y quién, si puedo saberlo, me va a sustituir mañana?

—Yo —dijo Paul.

El profesor adoptó en su rostro la mueca ofendida del camello al que se ha molestado durante su siesta. Era evidente que sólo sentía desprecio por aquellas elucubraciones. Sin embargo, fiel a la línea de conducta que se había fijado, decidió seguir el juego y entrar en la lógica aberrante de sus agresores.

—Es imposible —contestó—. Usted no es médico.

—No se equivoque, lo soy. Tengo a su disposición, para que pueda usted hacerlos pasar a McLeod, mis diplomas, así como certificados acerca de mis servicios.

—Oh, papeles... Ya sabemos lo que valen.

—Profesor —dijo en tono suave Paul, al tiempo que colocaba la mano sobre la rodilla del anciano—, yo soy médico, con o sin papeles. Hábleme como lo haría a un colega: verá rápidamente que lo que le digo es cierto.

—¿Y... si me niego?

—No puedo creer que haga usted eso —dijo Paul, sacudiendo la cabeza con tristeza.

Kerry, en el mismo instante, extrajo el largo cañón del silenciador, lo colocó en su palma, y con la otra mano, con un ruido lúgubre de hueso roto, montó su pistola.

La compañía de seguridad que protegía a McLeod había hecho bien su trabajo. Una llamada a la clínica universitaria Nancy Reagan de Buffalo verificó las referencias del doctor John Serrano. El número que figuraba en su currículum correspondía a Providence, y el servicio de Tara había dado el pego a la perfección. El móvil de la supuesta mujer que le daba alojamiento en Ginebra lo tenía Kerry en su habitación del hotel. Habida cuenta de que McLeod necesitaba su cura al día siguiente por la mañana, sus guardianes no pudieron llevar más lejos las verificaciones. De todas maneras, la llamada personal del profesor Jaegli produjo el efecto esperado. Al anunciar que pondría su propio automóvil a disposición de su colaborador para que se trasladara a la casa de McLeod, el viejo oncólogo había dado una prueba decisiva de su confianza.

Sin embargo, a las diez menos tres minutos, cuando Paul entró en la calle que lindaba con la propiedad al volante del Volvo gris de Jaegli, fue recibido por un dispositivo absolutamente extraordinario.

Los guardianes, esta vez, se habían colocado en el exterior de la tapia del recinto e iban ostensiblemente armados con metralletas Uzi. Una barrera de caballetes inmovilizó el coche. Detrás, un guardián desplegó una valla móvil para impedir que diera marcha atrás. Paul salió del coche y se prestó con aire sumiso al registro minucioso del vehículo, de su persona y de sus efectos personales. Se había vestido con un chaquetón de *tweed* con coderas de piel. Sus bolsillos estaban llenos de folletos publicitarios relativos a medicamentos. Había números de teléfono garabateados encima. Al vaciar sus bolsillos, habían descubierto todo un pequeño arsenal profesional: una lámpara maglite, una regla con ECG, dos estilográficas, una jeringuilla sin aguja, un imperdible. «Para comprobar el reflejo de Babinski...», explicó a los guardianes.

Después de pasar aquella primera barrera, se permitió a Paul entrar, a pie, en la casa. El porche daba a un vestíbulo de techo alto en el que desembocaban dos tramos simétricos de escalera. El enlosado de mármol con cabujones negros daba al lugar un aire ceremonial, aunque allí jamás se recibiera a nadie.

Paul llevaba consigo el maletín del instrumental y los medicamentos que le había confiado Jaegli. Había sido ya registrado en el exterior. Un detector de rayos X parecido a los de los aeropuertos estaba instalado en el vestíbulo. Un guardián hizo pasar por él el maletín, así como la cartera de Paul, su teléfono móvil y sus zapatos. Una vez pasado el control, subió al primer piso por la escalera de la derecha. El rellano superior estaba tan desnudo y triste como el vestíbulo. Un guardián estaba apostado bajo un cuadro de Klimt que tenía todo el aspecto de ser auténtico. Paul esperó de pie durante un buen cuarto de hora. Se calmó con el repaso mental de las diferentes etapas del plan que habían elaborado. Recitó mentalmente los datos más recientes del *dossier* McLeod, que les había enviado Barney la noche anterior.

Finalmente apareció un mayordomo indio y le hizo señas para que lo siguiera. Era un hombre de edad, de aire aburrido y casi dormido. Su acento tenía entonaciones africanas. «Podría ser un indio de Madagascar —pensó Paul—. McLeod debe de tenerlo a su servicio desde sus primeros éxitos en Sudáfrica.»

Siguiendo al mayordomo, Paul recorrió varios pasillos estrechos de suelo cubierto de moqueta verde. Llegaron a una pequeña antecámara, donde estaba apostado otro guardián. Paul depositó su maletín sobre una mesa y, respondiendo a una invitación del guardián, sacó de él todo lo necesario para el tratamiento del día. Conforme a las indicaciones de Jaegli, seleccionó un frasco de suero glucosado al 5%, dos ampollas de NaCl y de KCl para equilibrar la solución, un largo tubo de plástico para el gota a gota, dos ampollas de antimicóticos, una jeringuilla, un tensiómetro, un estetoscopio y un par de guantes de látex. Finalmente, pese a la reticencia del mayordomo, insistió en añadir una ampolla de tranquilizante.

—El cambio de médico puede inquietar al paciente —explicó—. Tengo que poder hacer frente a una crisis de angustia durante el gota a gota.

El indio descolgó un teléfono de pared y habló con un interlocutor desconocido, cubriendo el auricular con la mano. Cuando colgó, dijo a Paul que podía pasar con el tranquilizante.

Todos los productos habían sido depositados sobre una bandeja blanca esmaltada. El mayordomo la tomó con las dos manos y la llevó, con un aire digno y un tanto ausente, como si se tratara de un servicio de té. El guardián abrió una puerta de doble batiente. El mayordomo pasó delante y Paul lo siguió.

En la habitación amplia y bien iluminada en la que entraron, había un hombre sentado en una mecedora de madera barnizada, dándoles la espalda. Se volvió despacio. Paul se estremeció porque le costó reconocerlo. Sin embargo, no había duda posible. Era McLeod.

4

Morges, Suiza

El adolescente esbelto y rubio, el alumno soñador de Fritsch, se había convertido en primer lugar en un hombre maduro lleno de aplomo. En las revistas, aparecía retratado con frecuencia junto a actrices, políticos y banqueros. Tenía la tez dorada por el sol, una calvicie combatida con implantes carísimos, una dentadura de carnívoro limpiada todos los meses de sarro con ultrasonidos.

Paul había visto muchas fotografías de McLeod en su período de gloria. Pero no disponía de ninguna reciente. Todo llevaba a creer que el millonario enfermo y encerrado no se parecería apenas a quien había sido en el pasado.

De modo que Paul se había esforzado, con un cuidadoso estudio de las imágenes que les había enviado el equipo de Alexander, en captar la quintaesencia del personaje McLeod: una forma de mandíbula un poco cuadrada; una curva de la nariz que no dependía ni de la mímica ni de la iluminación; un brillo inquietante en la mirada; una manera de inclinar ligeramente la cabeza, de manera que el limbo inferior del iris se solapaba en el párpado, como un disco solar que roza el suelo en el inicio del crepúsculo.

Todo ello seguía presente sin discusión en el anciano que Paul descubría en su mecedora. Pero el resto era irreconocible. Los cabellos habían caído a excepción de una media corona gris y quebradiza que rodeaba su cráneo en el lugar en que los emperadores romanos se ceñían los laureles. Había engordado, con una hinchazón enfermiza en la que se reconocían los efectos de la cortisona: cuello de búfalo y adiposidad en el tronco, mientras que brazos y piernas, por el contrario, habían enflaquecido. Curiosamente, la hinchazón del rostro volvía a darle un aspecto liso, lunar, que venía a recordar la expresión del joven idealista fotografiado durante el seminario del 67.

El mayordomo dejó sobre una mesa de servicio la bandeja esmaltada en la que estaban dispuestos los instrumentos necesarios para el tratamiento del día. Tal como lo había descrito Jaegli, McLeod le hizo señas de que saliese. Siempre recibía a su médico solo. Era uno de los puntos clave de la operación, y Paul se sintió aliviado.

—Buenos días, doctor, siéntese, se lo ruego. —Había una silla colocada frente a la mecedora y junto a la mesita—. Así, ¿es usted un discípulo del profesor Jaegli? Es un gran privilegio, supongo.

McLeod hablaba con una voz un poco ronca, en un tono muy bajo. No había rastro de autoridad en su dicción. Paul se preguntó si había sido siempre así o si era un efecto de la enfermedad.

—El renombre del profesor Jaegli es mundial, en efecto —confirmó después de carraspear para aclararse la garganta—. Ni siquiera en Estados Unidos tenemos médicos con una experiencia como la suya.

—Le ha informado de mi enfermedad, ¿no es así? ¿Ha consultado usted mi *dossier*?

Paul sabía que McLeod sufría desde hacía cuatro años de la enfermedad de Kahler, también llamada mieloma múltiple, con importantes localizaciones vertebrales. Después de algunos tanteos, el tratamiento quimioterapéutico había acabado por estabilizar la evolución. El pronóstico de esas formas es bastante incierto. A menos de producirse complicaciones súbitas y con una vigilancia regular, podía aún contar con varios años de vida.

Hablaron un poco de la enfermedad y Paul se esforzó por no mostrar ninguna impaciencia, a pesar de que la sangre le latía dolorosamente en las sienes. Estaba sorprendido por el tono casi amistoso que tomaba la conversación. Esa circunstancia, en lugar de tranquilizarlo, le provocó nuevas inquietudes. ¿Cómo iba a poder realizar el brusco cambio de registro que habían planeado? Al cabo de un momento, se calmó. Después de todo, era necesario que él se acomodara a la situación. Incluso resultaba más agradable que todo se desarrollara así, en el ambiente reposado de una partida de ajedrez.

Paul empezó a preparar el material del gota a gota, mientras continuaba respondiendo a preguntas sobre la investigación científica norteamericana. McLeod mostraba una fe inquebrantable en el progreso. Según él, no había ningún problema técnico que la ciencia no estuviera en condiciones de resolver, a más o menos largo plazo.

Con gestos precisos, Paul pinchó la vena radial y fijó el tubo del gotero en el antebrazo con ayuda de un esparadrapo. En la habitación había un soporte. Lo acercó al sillón y colgó de él el frasco del suero. McLeod observaba cada uno de sus gestos. El momento delicado había llegado. Paul, con tranquilidad, ensayó un golpe de diversión.

—Lo más aterrador de los progresos de la ciencia —dijo— es pensar que algún día puedan aplicarse a toda la humanidad. ¿Se imagina a seis mil millones de hombres viviendo hasta los cien años?

McLeod mordió el anzuelo.

—Su observación es muy pertinente, doctor. No sé si calibra usted todas las consecuencias.

—Sin duda, no —concedió Paul.

Había tomado la jeringuilla y la llenaba con el contenido de una de las ampollas, mientras se esforzaba en mantener la mirada lo más fija posible en la de McLeod.

—Lo que acaba de decir sobre los límites de la ciencia implica, sencillamente, una pequeña revolución en la historia de la especie humana.

Paul asintió y, al mismo tiempo, hizo desaparecer en la palma de la mano la ampolla de antimicótico cuyo contenido se suponía que había trasvasado a la jeringuilla.

—Sí —continuó McLeod con animación—, eso quiere decir, ni más ni menos, que en adelante el progreso ya no puede ser aplicado a todos. Hay una parte de la humanidad que no podrá montarse en el barco, a riesgo de hacerlo naufragar.

—Es aterrador —dijo Paul—. Eso significa que miles de millones de hombres están condenados al sufrimiento y a la miseria.

Había acercado la jeringuilla a un pequeño codo de caucho situado en el tubo, y que permitía poner inyecciones. Al terminar la frase, pinchó el caucho. McLeod pareció darse cuenta de pronto de que algo ocurría. Miró el tubo, la jeringuilla, y luego su mirada se alzó hasta encontrar la de Paul. El ambiente seguía siendo tranquilo, confortable, y la tensión se expresaba mediante signos imperceptibles en las miradas.

—¿Eso no es...? —dijo McLeod.

—No, en efecto.

Paul abrió la mano izquierda: en su palma rodaba la ampolla de antimicótico. Estaba llena. Los ojos del millonario volvieron a la jeringuilla, levantó las cejas en señal de interrogación.

—Potasio —dijo Paul—. Si lo inyecto en el tubo, su corazón entrará de inmediato en fibrilación, y usted morirá.

McLeod no dijo nada. Sus ojos iban de la jeringuilla a Paul. Seguía estando muy tranquilo.

—¿Es usted verdaderamente médico?

—Sí.

—¿Y no le da vergüenza utilizar esos métodos? Abusa de la debilidad de sus pacientes. Eso es contrario al juramento de Hipócrates, me parece.

—Tiene usted toda la razón. Pero hay casos en los que es preciso transgredir las reglas. Cuando al hacerlo es posible salvar un gran número de vidas, por ejemplo. Usted no nos ha dejado otra opción. —Uno y otro hablaban en voz baja, como si siguieran enfrentados en un juego cada uno de cuyos golpes había de ser calculado con precisión—. No tengo intención de matarlo —dijo Paul—, a menos que me obligue a hacerlo. Sólo quiero que podamos hablar tranquilamente durante el tiempo que dura su gota a gota.

Estaba calculado que el proceso había de durar alrededor de una hora, según las instrucciones de Jaegli.

—Hablar tranquilamente...

—Considere esta jeringuilla sencillamente como un revólver que le está apuntando.

McLeod se había inclinado ligeramente hacia delante en su mecedora. De pronto se relajó, se apoyó en el respaldo y echó la cabeza hacia atrás.

—Lo escucho —pronunció.

—La agencia para la que trabajo lo está investigando desde hace algún tiempo. Tenemos la seguridad de que está usted en el centro de un amplio programa de exterminación de una parte de la humanidad. —McLeod sonrió ampliamente, quiso decir algo pero se contuvo, a la espera de la continuación—. Pensamos que la orden para desencadenar ese cataclismo vendrá de usted, de forma directa o indirecta. Esperamos que nos proporcione los detalles. Queremos que nos diga dónde y cuándo va a empezar la operación.

—Lo que usted afirma es muy grave —murmuró McLeod sin dejar de sonreír—. Espero que disponga de pruebas suficientes para respaldar sus acusaciones.

—Tal vez no ante el FBI, sobre todo teniendo en cuenta las relaciones de que usted dispone.

McLeod cerró despacio los párpados, con el aire desolado de un viejo sabio chino.

—Es una lástima.

—Sin embargo, creo que sabemos lo bastante para convencer a la baronesa de Castelfranco.

Era el argumento que Alexander y Barney le habían aconsejado utilizar para obligar a McLeod a hablar. Pero esa opción se basaba en una hipótesis frágil: que la hija de McLeod ignorara por completo los proyectos de su padre y que él estuviera absolutamente decidido a mantenerla al margen del asunto. A Paul no le gustaba mucho utilizar ese medio. De manera general, le desagradaban las amenazas, sobre todo si se trataba de un chantaje afectivo. Barney, en quien confiaba, lo había convencido finalmente de que no había otra solución. Pero al pronunciar la frase, Paul tuvo la impresión, no sólo de que era innoble, sino además de que caía en el vacío.

McLeod estuvo largo rato en silencio. Recorrió la habitación con la mirada, y se detuvo en particular en un gran cuadro que le representaba en la época de su gloria industrial, en pie, apoyado con negligencia en un busto de Sócrates, con un pañuelo de seda azul sobresaliendo del bolsillo de su americana de *tweed*.

—Su aparición —declaró, al fin—, es bastante inesperada. Aunque, en esta clase de negocios, todo es posible hasta el último momento... Comprendo que haya tomado sus precauciones —señaló la jeringuilla con un movimiento del mentón—. Pero sus amenazas son inútiles. Como usted mismo ha reconocido, no dispone de pruebas suficientes para acusarme ante una justicia digna de ese nombre, y me consta que sus relaciones con las agencias federales norteamericanas son bastante... digamos... precarias. En cuanto a mi hija, no tengo por qué temer su juicio. Ella conoce mis opiniones, y creo poder decir que las comparte.

Paul había dado vueltas en la cabeza a esas cuestiones durante parte de la noche. Sabía que, en caso de una negativa firme de McLeod, no disponía de muchos medios para convencerle de que hablara. Había llegado a la conclusión de que, si se negaba a colaborar, la única utilidad de su intrusión en casa del millonario sería la de inutilizarlo para dar la orden de poner en marcha la operación. Pero eso suponía el asesinato a sangre fría de un hombre sobre el que sólo pesaban sospechas, y Paul sabía que no se decidiría a hacerlo.

McLeod debió de adivinar en parte esos pensamientos, porque tomó la iniciativa en la cuestión de la puesta en marcha de la operación confiada a Harrow.

—Ha hecho un buen trabajo para llegar hasta aquí —dijo, sacudiendo la cabeza—. Por desgracia, llega demasiado tarde. La operación ya está lanzada. Sus fases se encadenarán ahora sin necesidad de que yo intervenga. Tanto si muero como si sigo con vida, lo que ha de suceder sucederá.

No había nada más que esperar. Paul se sintió tan fuera de lugar con su jeringuilla en la mano como si hubiera asaltado un banco desierto, cerrado por obras. Pero paradójicamente, aquella invulnerabilidad y la serenidad ante el plan que había concebido fueron sin duda las que decidieron a McLeod a hablar.

—Si las cosas dependieran aún de mí, no podría decirle nada. Pero en el estadio en que nos encontramos, me siento feliz al poder hablar por fin de forma confidencial con alguien. Entiéndame bien. No es la sociedad lo que echo de menos. Ya no hay gran cosa que me interese en el mundo. No, lo que me hace sufrir es no poder hablar del gran proyecto que ocupa hoy mi vida entera. Puedo confiárselo a usted con tanta mayor razón por el hecho de que casi lo ha reconstituido todo por sí mismo. Nadie mejor que usted sabrá apreciar la historia en su conjunto, ¿no es así?

Paul se preguntó por un instante por qué McLeod se mostraba tan seguro de que no iba a poder hacer uso de la información que se disponía a darle. Se preguntó si el anciano no intentaba sencillamente ganar tiempo inventándose una historia falsa. Sin embargo, sin saber bien por qué, Paul tuvo la convicción de que las palabras de McLeod eran sinceras. En cualquier caso, sin confesárselo, se sintió fascinado por la fuerza de aquel personaje moribundo, amenazado, pero capaz todavía de encontrar recursos para luchar por un proyecto más grande que él mismo.

—Jugó bien sus bazas, en casa de Fritsch —dijo McLeod con un hilo de voz—. El hombre que habíamos colocado allí para que cuidara de nuestro viejo maestro no pudo hacer nada.

Seguían colocados frente a frente, pero McLeod tenía ahora el cuello echado muy atrás, sobre el reposacabezas de su mecedora. Su mirada estaba perdida. Paul comprendió que iba a empezar su relato por el seminario del 67, y que no debía interrumpirlo.

—Cuando llegué al seminario de Fritsch, yo era pobre, ¿sabe? Muy pobre. Algunas mañanas, metía la mano en el bolsillo y, palpando las escasas monedas que había en el fondo, calculaba si podía comprarme medio panecillo o sólo un cuarto. Fritsch no me obligó a pagar, pero tampoco me alimentaba. Por las tardes, me iba en autoestop hasta una aldea situada a veinte kilómetros de distancia, y trabajaba hasta bien entrada la noche. Empleos ocasionales en restaurantes y bares, o como vigilante nocturno; hice de todo. Cuando llegaba a la casa de Fritsch por la mañana tenía la impresión de entrar en un mundo distinto: el de las personas bien alimentadas y despreocupadas que pueden reservar sus energías para las ideas.

»Le sorprenderé sin duda si le digo que, entonces, no entendí nada de las cuestiones sobre las que trataba el seminario. Desde luego, sentí que estaba ocurriendo algo importante. Fritsch era aún joven, increíblemente inteligente y cultivado. Los otros reaccionaban ante sus ideas, lo presionaban, debatían entre ellos. De todo aquello, por el momento, no retuve más que una sola cosa: el odio a la pobreza. Era un malentendido, desde luego. Los demás estudiantes hablaban de la pobreza a una escala planetaria, de los grandes equilibrios de la población, de la Naturaleza. A mí lo único que me preocupaba era mi propia miseria. La pobreza era para ellos un tema abstracto. Para mí, era mi propia condición.

»Cuando salí de aquel seminario, había ganado el diploma que fui a buscar, pero sobre todo me había librado del espejismo de los estudios. No tenía más que una meta: salir de la pobreza y alejarme lo más posible de ella.

»Marché a Sudáfrica porque había demanda de inmigrantes blancos y el viaje era gratuito. Me colocaron en la región de Transvaal, junto a un griego que se dedicaba al comercio de piensos. En aquella época los productos agrícolas tenían una demanda enorme. Vi de inmediato lo que se podía hacer con una empresa como aquélla. Pero el viejo Costa se burlaba. No tenía la menor ambición, y se pasaba los días bebiendo *ouzo*. Muy pronto fui yo quien empezó a tomar los pedidos de la empresa. Después se produjo aquel incidente penoso... Había que pasar por eso. Ya sé lo que piensa usted. Pues bien, no, yo no lo maté. Pero también es cierto que no hice nada tampoco para salvarlo. Los médicos le habían prohibido la bebida. Yo se la proporcionaba a diario, y así contribuí a su felicidad y a su pérdida. ¿Hice su voluntad, o la mía? Las dos, sin duda. En cualquier caso, le hice firmar un acta de donación y murió. Son recuerdos lejanos y prefiero olvidarlos.

»Después, todo fue deprisa y bien. Yo tenía lo que siempre me había faltado: un estribo, un trampolín para auparme más arriba. Eso me bastaba. Para conocer las etapas de mi éxito comercial, basta con leer mi biografía, algo que sin duda ya ha hecho usted. Carece de interés.

»Una cosa, tan sólo: no se es hijo de un pastor impunemente. Cuanto más alto se sube, más cerca se está de Aquel que gobierna todas las cosas. Más se siente su Mirada, más se teme su Juicio. Yo ya no era pobre. Incluso me había colocado al resguardo de toda necesidad. Tenía casas, bosques, automóviles, un yate. Me había convertido en ciudadano estadounidense y me pregunté cómo servir a mi país. Evidentemente, yo era un ardiente defensor de la libre empresa, creía en el capitalismo. Para mí, Estados Unidos era su templo y su motor. Entonces, me situé en los círculos políticos republicanos. Financié las campañas electorales, participé en *think-tanks*. Corría el período de la renovación conservadora, con gente apasionante como Norman Podhoretz, Richard Perle, Alan Bloom. Con ellos, yo empecé a reflexionar sin tabúes sobre todo lo que amenaza el progreso y la libertad.

»El tema que más me interesó fue el del *environnement*, el entorno. Es curioso, pero también ahí percibo la influencia de mi padre pastor. Hay en la Biblia una inmensa nostalgia por un tiempo pretérito en el que el hombre y la naturaleza estaban en armonía. El paraíso perdido es uno de los motores más potentes del cristianismo. Los creyentes intentan alcanzarlo en el más allá, a través de la salvación individual. Pero para quienes, como yo, han perdido la fe, el paraíso terrestre sigue siendo un ideal colectivo y concreto, el medio de restaurar la armonía perdida.

»Recordé una frase que mi padre citaba a menudo. La sé de memoria desde que era niño. El comienzo no tiene importancia, pero de todos modos se la cito completa, por gusto:

"El hombre humilde va hacia las fieras salvajes. En cuanto lo ven, su fiereza desaparece. Porque sienten que de él emana el perfume que exhalaba Adán antes de la caída, cuando se le acercaron y él les dio nombre, en el Paraíso."

»Era eso, exactamente: cómo volver a dar a Adán, en las palabras de ese asceta oriental, "el perfume que emanaba de él antes de su caída" y que atraía, pacíficamente, a todos los animales, incluidos los más feroces. ¿Cómo reconciliar al hombre con la naturaleza?

»Cuando les propuse ocuparme de las cuestiones ecológicas, la gente de la revista *Commentary* y todo el grupo de los neoconservadores saltaron de alegría. Era en los años noventa, un poco antes del protocolo de Kyoto. Estados Unidos recibía acusaciones de todas partes y mis amigos estaban convencidos, yo también, por cierto, de que los países del tercer mundo nos estaban haciendo un chantaje odioso en relación con las cuestiones del entorno.

»Esos países en bancarrota son los principales responsables de la ruina del planeta. No toman ninguna medida contra la proliferación demográfica incontrolada que transforma sus megalópolis en monstruos y sus campos en desiertos. Destruyen sus bosques, ensucian sus ríos y sus costas. Sin embargo nos exigen a nosotros, los países eficientes y trabajadores, que reduzcamos nuestras actividades industriales. Mediante un esfuerzo investigador sin precedentes en la historia humana, hemos inventado soluciones para todos los problemas, incluidos los que nosotros mismos hemos creado. No hemos cesado de reducir la contaminación generada por nuestros automóviles y nuestras fábricas. Hemos perfeccionado sucedáneos para todas las materias naturales. Hemos descubierto remedios a todas las grandes epidemias. Hemos inventado el motor, que ha permitido librar al mundo de la esclavitud. Hemos construido armas tan sofisticadas que han hecho desaparecer la guerra durante más de medio siglo. Hemos creado el Estado-providencia y reducido las diferencias en las condiciones de vida como nunca había sido posible en el pasado. Y sin embargo, siempre somos nosotros quienes estamos en el banquillo de los acusados. Y durante todo este tiempo, ¿quién se ha aprovechado de nuestros avances? China, India, Brasil, los países que se desarrollan a golpe de tecnologías sucias, que mantienen desigualdades monstruosas en su interior, que viven del trabajo de los niños y de la esclavitud de hecho de dos terceras partes de sus poblaciones. Países que ahora quieren hacer entrar a miles de millones de hombres en los hábitos del consumo de masas y amenazan con hacer que todo explote...

»Es curioso, recuerdo con toda precisión el día en que, para mí, todo se puso patas arriba. Fue en octubre, en el momento del veranillo indio de Nueva Inglaterra. Yo participaba en una reunión con economistas de esos grupos que ahora llaman *neo-cons*. Acababa de escuchar una exposición brillante, aunque bastante tediosa, sobre el tema: "¿Conviene estimular el desarrollo del tercer mundo?" Es una cuestión delicada, para los partidarios del capitalismo. Contestar que no sería reconocer el fracaso de la mundialización en la que creemos. Al mismo tiempo, resulta evidente que es técnicamente imposible asegurar a seis mil millones de personas un nivel de vida similar al nuestro. Y para nosotros es inaceptable poner trabas al progreso en nuestros países con el argumento de que esas conquistas no podrían generalizarse al resto del mundo.

»El orador soslayaba un poco la cuestión y se contentaba con enunciar una serie de ventajas y de inconvenientes de cada una de las opciones.

»Fue en ese momento cuando intervine yo. No había preparado

mi pregunta, me salió de manera espontánea. Dije: "¿No cree que el problema central es el de la demografía? Los países pobres no podrán acceder al desarrollo sino después de haber reducido masivamente su población."

»Inútil decirle que el ambiente se enfrió. A los economistas no les gusta demasiado que les recuerden la dimensión humana de sus opciones. Como era yo quien había costeado toda la sesión, no me hicieron ningún reproche. Pero me di cuenta de que era preferible no insistir demasiado en el tema. Más aún, habida cuenta de que allí dentro había un buen número de cristianos integristas, que entendieron mi pregunta como una lanza rota en favor del aborto y la contracepción.

»No dije nada más. Miré por la ventana los árboles rojos y amarillos del parque. Pensé en Austria, en Fritsch, y lo recordé todo. De forma inconsciente, los debates del seminario del 67 habían quedado grabados en mi memoria. Entonces yo no había comprendido nada. Treinta años después, me di cuenta de que habían dejado una huella profunda en mi interior. La pregunta que planteé ese día venía sin la menor duda de aquellas influencias olvidadas.

»De vuelta en mi casa, busqué por todas partes un viejo archivador en el que había guardado mis apuntes. Aunque soy bastante ordenado, casi me pasé la noche entera revolviéndolo todo, antes de encontrarlo. Se lo puede imaginar: a cuatro patas en una sala de archivos, inclinado sobre una antigua foto de clase, la que ustedes robaron de la casa de Fritsch. Pasé el día siguiente buscando nombres y direcciones. La persona de la que estuve más cerca durante el seminario fue Rogulski. Normal: los dos estábamos sin blanca. Después lo perdí por completo de vista, porque mi carrera no me ha convertido precisamente en un especialista en los países del Este... Pero estábamos en el noventa y nueve. El muro de Berlín había caído. Puse detrás de su pista a un colaborador. No le fue muy difícil encontrar al viejo Rog. Lo hice venir a Nueva York, donde vivía yo en aquella época. El pobre parecía un verdadero vagabundo. Había pasado varios años en la URSS y, al volver a su país, lo habían colocado en un laboratorio de segunda categoría, cerca de Gdansk. Su única perspectiva era una jubilación mísera, tres años más tarde. Le propuse que se quedara en Norteamérica. Se negó. ¡Figúrese que ese imbécil ama Polonia! No quiere vivir en otro lugar. Entonces, me las arreglé para hacer una donación anónima a una fundación sobre genética de la que soy administrador. Y creamos un centro de investigación ultramoderno en Wroclaw, del que lo nombramos director. ¿No sabía eso, verdad?

»Durante su estancia en Nueva York, Rogulski me ayudó a encontrar a otros estudiantes del seminario del 67. Fue entonces cuando nos enteramos de que algunos de ellos se habían seguido viendo, e incluso habían celebrado pequeñas reuniones de "antiguos". Algunos habían muerto en los años anteriores. Con la foto, seguro que usted ha podido rehacer la lista, de modo que le ahorraré los detalles. Sabe que muchos han llegado a ser personas importantes en su país. Ninguno, sin embargo, puedo asegurárselo, ha olvidado su pasión de juventud ni ha renegado del año pasado con Fritsch. Algunos incluso habían intentado poner en práctica sus ideas desde los cargos que ocupaban y con los medios de que disponían.

»Celebramos una reunión cerca de Ulan Bator, en Mongolia. Cada cual utilizó una excusa para asistir. Algunos viajaron como turistas, otros como hombres de negocios o como vecinos, como fue el caso de los chinos. Habíamos discutido si invitar al propio Fritsch. Pero llegamos a la conclusión de que no teníamos ganas de encontrarnos frente al personaje consagrado en que se ha convertido. Queríamos conservar intacto el recuerdo del joven profesor audaz e innovador de otro tiempo.

»Cuando los participantes acabaron de llegar a Ulan Bator, yo aterricé con un avión privado y embarqué a todo el mundo en dirección a un lugar más discreto. Tuvimos un seminario a nuestra manera, bajo una yurta, en Bayan-Olgi, en el noroeste del país. Fue bastante divertido verlos a todos, con aquellas caras arrugadas, sentados en el suelo sobre alfombras turcomanas. Hacía falta mucha imaginación para reconocer en ellos a los jóvenes lobos del 67. Pero desde el momento en que empezamos a hablar, todos nos reconocimos de inmediato.

»No sabría decir con exactitud quién tomó la iniciativa. En cualquier caso, fue entonces cuando nació el proyecto. Alguien... no fui yo... dijo: "¿Y si pusiéramos en práctica nuestras ideas de juventud?" Otro, creo que fue el chino, insistió: "¿Para qué habrán servido nuestras vidas, y el éxito excepcional de algunos de nosotros, sino para dar cuerpo a lo que soñamos al entrar en el mundo?"

»No se imagina la fuerza que puede tener para unos ancianos el deseo de recuperar los ideales juveniles. A nosotros se nos ofrecía una ocasión concreta... La idea de realizar juntos lo que cada uno había intentado poner en práctica de forma aislada nos entusiasmó. Discutimos acerca de los medios de conseguirlo y nos dimos cuenta de que, por amplio que fuera, el proyecto estaba a nuestro alcance.

»Sin embargo, era necesario resolver una dificultad. Ya no estamos en la época de Fritsch. Hoy, todos tenemos algo que perder. Por tanto, era esencial que nuestra iniciativa fuera absolutamente secreta. A ningún precio podíamos permitirnos que uno de nosotros pudiera ser acusado.

»Por unanimidad, se me encargó definir los detalles del proyecto, y esa confianza me emocionó. Nos pusimos de acuerdo acerca de los canales discretos a través de los cuales podríamos comunicarnos. El encuentro concluyó entre abrazos.

»Fue más o menos en aquel momento cuando caí enfermo, y vi en ello una señal del destino. Abandoné todos mis negocios y me refugié aquí, para trabajar a tiempo completo en nuestro proyecto.

»Con Rogulski, nos pusimos a la tarea. Teníamos la intuición de que, si queríamos permanecer en la sombra, necesitábamos disponer de relevos. Buscábamos personas abiertamente fanáticas y violentas a las que proporcionar los medios para que actuaran en nuestro lugar. No hace falta decirle que no los encontramos con facilidad. Empezamos a leer en Internet la prosa de los movimientos extremistas y aquello nos llevó a la desesperación.

»Evidentemente, nos concentramos en primer lugar en los ecologistas radicales. Pero comprobamos muy pronto que era imposible establecer una alianza con ellos. Desde el momento en que aparecía un progreso, se oponían. Están contra la energía nuclear, contra los OGM, contra las nanotecnologías. Es imposible para nosotros compartir nada con semejante gente. Se equivocan radicalmente de lucha. Toman como objetivo de sus ataques a la sociedad industrial, la energía nuclear, el petróleo, la investigación farmacéutica. Pero ninguno parece preocuparse de la catástrofe demográfica en el tercer mundo salvo en términos vagos que conducen inevitablemente a una condena ritual de Occidente.

»Después, miramos del lado de los grupos activistas de cualquier naturaleza, la extrema izquierda, los anarquistas, los regionalistas, los tercermundistas. Estábamos abiertos a todo, con tal de descubrir a personas dispuestas a una acción radical tal como nosotros la concebíamos. Por desgracia, no habíamos calculado hasta qué punto todos esos grupos se diferencian de nosotros en un punto esencial: todos se dirigen contra las elites, y no contra las masas. Se equivocan de objetivo. Combaten la solución, y no el problema. En suma, todo el mundo sigue cometiendo el mismo error que en los años sesenta, cuando Fritsch perdió la batalla de la ecología oficial. Empezábamos a desanimarnos.

»Y de pronto, un día ¡milagro! nos tropezamos con las teorías de un grupo disidente de One Earth, un foro muy marginal, casi confidencial. Sus animadores se hacían llamar los Nuevos Depredadores. Su preocupación, expresada con toda claridad, era el efecto destructor de las masas pobres, la puesta en cuestión de la proliferación humana, la conciencia de la realidad demográfica. Se encontraba en sus declaraciones como un eco del seminario del 67. Sin embargo, según las informaciones que obtuvimos, no tenían ninguna relación con Fritsch ni con ninguno de sus discípulos.

»Entré en contacto con el tipo que firmaba los artículos en la Red. Utilicé un seudónimo y le coloqué una historia de una fundación para la investigación, que probablemente no lo engañó. Fuera como fuese, aceptó verse conmigo con discreción. Nos reunimos en el lago Erie. Fue mi último viaje antes de encerrarme aquí. En aquella época, yo poseía un velero anclado en un puerto de recreo cerca de Chicago. Era bastante grande, pero de una concepción ultramoderna que me permitía navegar solo. Partí con motor hacia el norte, y luego recorrí la costa a vela, para no ir demasiado aprisa. Era primavera, y en esos lugares siempre hay bancos de niebla. Por fortuna, en el lugar convenido vi una motora con un individuo dentro. Le eché un cabo y subió a bordo. Era Ted Harrow. No hace falta presentárselo.

»Le pedí que me explicara su proyecto. Me repitió lo que escribía en su *blog*. Pero al oírlo hablar, comprendí de dónde venían sus ideas. Había llegado a las mismas conclusiones que nosotros por una vía enteramente distinta: la de la mística india. O más bien, la de una neocultura india revisada y corregida en la Norteamérica de hoy por grupos deseosos de reencontrar las raíces perdidas. El tipo pretendía ser indio, pero tenía unos ojos azules que debían de venirle de Escocia. Sus ideas no rebasaban el estadio de la intuición. Las formulaba a la manera de los profetas o de los poetas, con fulguraciones y visiones. Pero no me dio la impresión de que tuviera un plan de acción.

»Había una clara desproporción entre la amplitud de su perspectiva y el carácter muy limitado de sus ambiciones prácticas. La única cosa un poco concreta era esa historia del cólera. Cuando quise que la precisara, me di cuenta de que también aquel punto era bastante débil en las ideas de Harrow. Según él, el cólera era un predador de pobres, y como tal tenía un efecto benéfico. Pero no sabía mucho más. No había estudiado la posibilidad de utilizar en concreto ese microbio. Para él era tan sólo una de las metáforas mediante las cuales pensaba sobre todo en enderezar la línea de One Earth.

»Entonces, intuí que una alianza era posible. Llegamos a un acuerdo allí, en medio del lago, sentados en mi viejo Penguin Wing. En primer lugar, yo me comprometí a aportar a Harrow toda la ayuda financiera que necesitaba. Le dije que se buscara oficinas y que hiciera los viajes necesarios para la localización de la operación. Lo animé a que estructurara un verdadero equipo. Me aseguró que, si One Earth no le seguía, podía disponer de un grupo de una quincena de fieles. Hicimos un rápido cálculo para saber cuánto dinero necesitaría para retribuir a esa gente.

»Después, le dije que era posible dar a su acción una dimensión realmente planetaria gracias a que yo poseía una red de amigos bien situados que compartían nuestro modo de pensar. Me guardé mucho, por supuesto, de revelarle la identidad del grupo de Fritsch. Gracias a esa red, propuse a Harrow que desarrollara mejor su discurso. Las intuiciones indias eran fecundas, desde luego, pero era indispensable darles una base científica y filosófica que las hiciera más creíbles. Finalmente, me comprometí a estudiar la cuestión del cólera, con el fin de ver si era realmente posible utilizar ese agente infeccioso.

»En ese punto, yo sabía ya más de lo que le dije, gracias a Rogulski. No me había ocultado que el cólera no es, en sí, una buena arma bacteriológica. Pero había trabajado en Rusia sobre ese tema y estaba convencido de que era posible mejorarlo. Bastaba, en su opinión, modificarlo de dos maneras: por una parte, crear un vibrión patógeno inmunológicamente diferente de las cepas habituales, para que nadie quedase protegido en las zonas de endemia; por otra parte, aumentar la resistencia del microbio para que el contagio fuera más fácil. Fue un cólera de ese tipo lo que creó en su laboratorio y fue robado en las condiciones que usted conoce. Una vez rehidratada y calentada, la nueva cepa será a la vez extremadamente contagiosa y muy virulenta, y nadie hasta hoy habrá desarrollado una inmunidad contra ella. Por lo demás, es un cólera ordinario que conserva la característica fundamental de ese microbio: ser una enfermedad de pobres, ligada a la ausencia de higiene y a la promiscuidad.

»Basta con hacer que la epidemia empiece en un lugar en el que encuentre condiciones favorables para desarrollarse. Después, con los transportes aéreos, se dispersará por el mundo entero. En los lugares en los que los antiguos alumnos del seminario del 67 estén en situación de ayudar a su propagación, hará su trabajo: todos los participantes del encuentro de Ulan Bator están dispuestos a desempeñar su papel. Y las personas con las que contamos en los medios de comunicación se encargarán de difundir nuestros análisis sobre el papel de la pobreza en la catástrofe. El problema de la superpoblación ya no podrá ser eludido. La opinión mundial se abrirá a una nueva conciencia. Será la primera acción concreta emprendida para llevar a la práctica las ideas de Fritsch.

»Rogulski piensa que la pandemia creada, la séptima pandemia en la historia del cólera, llegará a afectar a dos mil millones de personas y suprimirá al cincuenta por ciento de los afectados. Si su cálculo se cumple, le hago observar que no habremos hecho sino recuperar el retraso acumulado, porque esos mil millones de personas han aparecido sobre la tierra en los últimos treinta años, es decir que no existían en 1967...

El frasco de suero glucosado había quedado casi vacío. McLeod parecía muy cansado, después de hablar tanto rato seguido. Inclinó ligeramente la cabeza hacia delante y esbozó una sonrisa llena de serenidad.

—Ya está, querido amigo, lo sabe usted todo. O casi. Podría seguir hablándole durante horas. De nuestras esperanzas, nuestros temores, nuestros resultados. En toda mi vida, nunca había vivido momentos tan intensos. Y después, hubo su investigación, y he de confesar que añadió picante al asunto. Nos obligó a redoblar esfuerzos. En cierta manera, le debemos mucho.

—¿Dónde va a empezar la epidemia? —preguntó Paul brutalmente, porque sentía que el tiempo se acababa y que McLeod le había llevado lejos de lo esencial.

—¡Ah! Es una cuestión que discutimos largamente. Al principio, consideramos necesario que la pandemia se desarrollara de la forma más natural posible. Pensábamos borrar todas las huellas y simular que el nuevo vibrión era fruto de una mutación natural. Después, temimos que a pesar de todo fuera posible seguir la pista del nuevo microbio hasta el laboratorio de Rogulski. Decidimos que era preferible representar aquella pequeña comedia para apartar de Rogulski las sospechas, si alguna vez se dirigían hacia él. Harrow se valió de un contacto que tenía en Europa, un joven estudiante, según creo, y reclutaron a una chica para robar la cepa.

—¿No estaba previsto que ella participara en la operación? —preguntó Paul.

—No. Su papel había de limitarse a la primera fase. Ella nos forzó la mano porque quería continuar. Habríamos podido solucionar el problema... de una manera radical. Pero cuando supimos que estaban metiendo las narices en nuestros asuntos, nos dijimos que la chica podía a fin de cuentas sernos útil si seguía hasta el final.

—¿Cómo?

—Eso no tiene importancia —afirmó McLeod.

—¿Dónde está?

—Puede ser imprudente por mi parte, pero de todos modos se lo voy a decir. Mejor aún, voy a darle un indicio para ponerle en el buen camino. ¿Qué camino?, me dirá usted. Es una buena pregunta. El camino de su propio destino, en todo caso. —McLeod sonreía. A Paul le sorprendió que la fatiga, y una exaltación en el límite de la locura que podía leerse en sus ojos, le dieran la misma expresión ausente e inquietante que en la foto del seminario del 67—. Harrow y ella están en Brasil, amigo mío. Ya sé que Brasil es muy grande. Pero usted conoce la divisa de Scotland Yard: cuando se busca, se encuentra.

Paul experimentó una brutal sensación de urgencia. El tiempo del gota a gota ya había pasado de sobra. Tal vez fuera aquél el cálculo de McLeod. Si el mayordomo, detrás de la puerta, estaba controlando el tiempo de la operación, no tardaría en irrumpir en la habitación. Bajó los ojos hacia la jeringuilla que había seguido en su mano durante toda la conversación. McLeod la miró también y vio asombrado avanzar el pistón, y cómo entraba el líquido en el tubo. Cruzó una última mirada, medio incrédula y medio divertida, con Paul, y éste, con un gesto firme, acabó de inyectar todo el contenido de la jeringuilla.

McLeod vaciló, sus ojos se cerraron y su cabeza cayó sobre el respaldo del asiento. Paul desmontó el gotero y ordenó todo el material en la bandeja salvo la jeringuilla, que guardó en el bolsillo después de haber vuelto a colocar el capuchón de la aguja.

Luego fue hasta la puerta y la abrió. Dos guardianes esperaban en la antecámara.

—Reposa —les dijo—. Esto siempre le fatiga mucho.

Los guardianes miraron a su patrón, que respiraba con suavidad en la mecedora.

El tranquilizante, que Paul había puesto en la jeringuilla en lugar del potasio anunciado, estaba haciendo su efecto en el paciente y lo tendría dormido durante una hora por lo menos.

Salió de la casa escoltado por los agentes de seguridad, subió al coche y arrancó.

Mientras se dirigía a Ginebra para reunirse con Kerry y liberar a Jaegli, daba vueltas en su cabeza a varias cuestiones. Había algo que no encajaba en las declaraciones de McLeod. ¿Cómo estaba al corriente de la investigación de Providence? ¿Y por qué estaba seguro de que no sería posible detener la operación? ¿Era Brasil una trampa? Casi con toda seguridad. Paul recordó la expresión irónica y perversa de McLeod en el momento de hacer aquella confesión.

Sin embargo, en el punto en el que se encontraban, no les quedaba más opción que seguir aquella pista.

5

Río de Janeiro, Brasil

Las primeras tormentas llegaban a las colinas. El pan de azúcar estaba cubierto de nieblas. No llovía aún, pero el tiempo ya no era bueno. En Copacabana, desierta y fría, el mar tenía un color metálico bajo un cielo ribeteado de negro.

En el hotel de Laranjeiras, Juliette permanecía largas horas tendida boca abajo en la cama, mirando las nubes a través de la ventana cerrada. Nada hay tan gélido como un país cálido cuando el sol desaparece y la humedad penetra en las casas desprovistas de calefacción.

Juliette se sentía como un gladiador que ha de desempeñar el papel principal en el espectáculo, pero que no toma parte en los preparativos. Veía atarearse a Harrow. Recibía continuamente llamadas telefónicas y salía de la habitación para contestarlas. Los visitantes se sucedían abajo, en los salones en los que el propietario había encendido un fuego con leña de eucalipto. Zé-Paulo era el más asiduo a esas reuniones. Se llevaba con frecuencia a Harrow en su automóvil y le traía de regreso a horas avanzadas de la noche. Juliette comía sola. El hotel no tenía restaurante, pero sí un comedor. Una vieja traía las comidas de una *churrascaria* vecina.

Cuando volvía Harrow, Juliette se acurrucaba contra él. Él parecía aceptarlo a regañadientes. Después de la primera vez que hicieron el amor, no había vuelto a mostrarse afectuoso. Habían vuelto a hacerlo, pero por iniciativa de ella. Le había parecido más mecánico, más frío que la primera vez. Tal vez era sólo que sus expectativas se habían modificado.

Después de la sorpresa del descubrimiento, del vértigo de lo desconocido, del *ballet* vertiginoso de gestos y de sensaciones, ella esperaba palabras tiernas, atenciones, una complicidad. Harrow no parecía dispuesto a dar nada de todo eso.

Juliette achacó su frialdad a la tensión nerviosa. Sus sueños se habían desplazado: pensaba menos en lo que iban a hacer y más en su nuevo amante.

Las primeras lluvias llegaron durante la noche. Juliette no dormía. Salió al balcón para disfrutar del espectáculo de la espesa catarata de agua cayendo sobre las palmeras y formando espirales en torno al tronco de las jacarandás.

Oyó los torrentes de la lluvia bajar a borbotones por la callejuela vecina. Toda la atmósfera estaba bañada en un agua tibia y dulce, pero que traía los olores del mar. Se acostó cuando el alba empezaba a teñir el cielo de gris y se durmió escuchando el tamborileo de las gotas de agua en el tejadillo del balcón.

La llegada de las lluvias aceleró los preparativos. El móvil de Harrow sonaba sin descanso. Juliette no intentaba escuchar, pero no podía impedir oír retazos de conversación. Se hablaba de contenedores que llegaban de la Amazonia, de cubas de almacenamiento, de cálculos de densidad. Algo se había desconectado en ella: aquellas palabras ya no tenían sentido. No intentaba comprender lo que iba a ocurrir ni adivinar el papel que le correspondería a ella. Flotaba en un estado particular, una pesadez mental, equidistante de la exaltación y de la melancolía, como un saltador que, después de haberse lanzado al aire desde el trampolín, nota que el impulso se agota y que pronto va a verse atraído hacia abajo.

Soñaba con Harrow, con la forma de sus labios, con la rudeza de sus manos. Se preguntaba si lo amaba, se respondía que no, luego detallaba minuciosamente las razones que se lo impedían, para concluir finalmente que ninguna de ellas era en realidad sólida ni definitiva.

El segundo día de reclusión y de lluvia, Harrow encontró por fin un momento para hablarle. La llevó al salón, junto al fuego. Era una manera de provocar un cara a cara sin intimidad, porque las idas y venidas eran continuas en el hotel.

—Llegamos a la fase final —dijo él, y ella le sonrió—. El producto del que te hemos hablado se presentará en forma de pequeños contenedores a presión. Cada uno tendrá el tamaño aproximado de una olla de cocinar. Habrá cuatro.

Juliette buscaba los ojos de Harrow, pero éstos la rehuían. Sin embargo, no buscaba en ellos la verdad o la mentira. Lo que quería era sumergirse en su azul, beber en su fuente. Harrow siguió hablando:

—Irás en taxi a la Baixada. Al lugar que visitamos con Zé-Paulo. ¿Te acuerdas?

—El canal.

Ella había hablado mecánicamente, militarmente, como para tranquilizar a Harrow sobre su sumisión y forzarlo a mirarla.

—El chófer te llevará directamente. Esperará a que hayas vaciado los contenedores y te traerá de nuevo. Será a las ocho treinta, ya oscuro. De todas maneras, habrá cuatro coches patrulla de la policía en la esquina. No hay ningún riesgo.

Juliette tendió la mano hacia las llamas para sentir el calor que él no le daba.

—¿Y dónde estarás tú? —preguntó, buscando el rayo azul de la mirada de Harrow.

—Por razones de seguridad, no debo ir contigo. —Por un instante, Juliette se quedó muda. Miraba a Harrow como alguien que acaba de ser golpeado en un miembro, pero que todavía no siente el dolor—. Una vez terminada la operación —siguió diciendo Harrow mientras apartaba la mirada—, el chófer te traerá aquí. Pasarás la noche y al día siguiente...

—¿Tú no vas a acompañarme? —insistió ella.

—Déjame acabar: al día siguiente, tomarás un vuelo de la Varig con destino Denver.

Juliette seguía mirándolo con los ojos abiertos de par en par. El suelo, en su interior, acababa de derrumbarse. Le pareció que se precipitaba en un vacío vertiginoso.

—No vas a acompañarme.

Harrow, con aire de mal humor, empezó un largo discurso sobre la seguridad, la unidad de acción, la necesidad de desdoblar las funciones: operacionales por un lado, de organización y de apoyo por otro. Su mirada la rehuía y, contrariamente a su costumbre, gesticulaba con las manos.

Juliette se sentía a años luz de él. Tenía la impresión de verlo todo con claridad. Volvía a pasar en su interior la película de las últimas semanas y percibía por fin lo que estaba oculto detrás de las apariencias. Le parecía captar el verdadero perfil de los personajes y de la historia. No había para ella ni amor, ni amistad, ni una lucha compartida, ni un ideal común. Harrow y los demás no habían hecho más que lo estrictamente necesario para dejarle creer lo que ella tenía deseos de creer.

La única razón por la que Harrow y su grupo habían parecido ceder a su chantaje y aceptado dejarla participar en la acción era para utilizarla de un modo cínico. En el fondo ella no era más que una desequilibrada, tratada en una clínica psiquiátrica, excluida de Greenworld por sus posiciones extravagantes, la asaltante del laboratorio de Wroclaw. La culpable ideal. La que cargaría con todas las responsabilidades delante de todo el mundo. Y resultaría aún menos molesta porque sin duda no le darían la posibilidad de defenderse.

Harrow seguía disertando sobre la seguridad. Juliette había dejado de escucharlo. Se había acurrucado en sí misma como en la época de su infancia, cuando llegaban las órdenes y las bofetadas. Sentía la mordedura de una soledad profunda, irremisible. El amor, la fraternidad, el ideal, la abandonaban a un mismo tiempo. Le quedaba un regusto agrio, una revuelta muda que la inmovilizaba a su pesar.

Esa inmovilidad engañó a Harrow. La confundió con la expresión de una sumisión, de un asentimiento. Creyó que sus argumentos habían acabado por funcionar y, tranquilizado, salió de la sala para responder a una llamada telefónica.

Juliette subió a su habitación, se tendió en la cama. Oía los ruidos del hotel y se sentía como en un barco que cruje tratando de librarse de sus amarras. El reflejo de una lámpara hacía brillar el parqué de madera roja de la habitación. La lluvia, que había parado durante la tarde, caía ahora en una cortina que hinchaba los canalones de desagüe y hacía cantar, en la esquina de la casa vecina, una gárgola de cinc. Juliette no sentía nada en su interior, tan sólo un vacío apenas doloroso. La lluvia la atrajo. Necesitaba sentir su caricia cálida. Se levantó y, sin tomarse el trabajo de ponerse un impermeable, salió de su habitación, bajó en silencio la escalera, cruzó el suelo embaldosado del vestíbulo y salió al jardín.

Avanzó bajo el tejadillo, a lo largo del cual la lluvia formaba una cortina temblorosa, y se quedó allí, en el límite de la sombra y el agua, como si dudara en franquear esa frontera entre los elementos. Gruesas gotas resbalaban sobre el follaje reluciente de las plantas tropicales. Un sapo, escondido en alguna parte, croaba a intervalos.

De pronto, Juliette se sobresaltó. Algo la había rozado. Se apartó. En el rayo de luz que proyectaba el farol colgado sobre la puerta del hotel, se dibujaba una forma humana. Reconoció a Joaquim, el portero. Era un hombre mayor, minusválido, que vivía encogido en una silla de ruedas construida para contener la forma absurda de su cuerpo. Su gruesa cabeza le colgaba a pesar de que una abrazadera metálica le sujetaba la nuca. Acostumbrado a causar temor y asco, se había agenciado una enorme sonrisa que hacía relucir su dentadura, la única parte propiamente humana e incluso admirable de su persona. Pero aquella sonrisa dirigida a todos y a nadie no quería decir nada. No era más que un pasaporte que mostraba a los desconocidos para ser reconocido como hombre. Detrás de aquel rictus de circunstancias, Joaquim disimulaba una gama completa de mímicas que le permitían expresar los sentimientos contradictorios y violentos que le inspiraban las personas con las que se tropezaba. Sentía odio hacia toda una parte del género humano, y adoración hacia la otra. Amaba a los seres sencillos y puros, los niños, los animales. Inmóvil en su sillón, recibía la visita de los pájaros que iban a posarse sobre sus hombros. Pero un sexto sentido infalible le hacía advertir la presencia del mal. Ninguna hipocresía podía engañarlo.

Juliette nunca había hablado realmente con él, pero en varias ocasiones, desde que residía en el hotel, él le había dado un ramillete de flores cuando pasaba a su lado. De modo que en esa noche lluviosa, acogió como un favor del destino el encontrar en su camino a Joaquim.

—No duerme usted, señorita Juliette —dijo él. Ella sintió de pronto un contacto rugoso en su mano. Era Joaquim, que la tenía entre las suyas como si hubiera recogido a un pájaro enfermo—. Él le ha hecho daño, ¿verdad?

—¿De quién hablas, Joaquim?

Él la miraba desde abajo, y sus ojos vueltos hacia el cielo le daban un aire de santo en el suplicio.

—Su amigo —susurró él.

En sus ojos había una lumbre hostil. Estaba claro que Harrow pertenecía para él al otro hemisferio del mundo, el del mal y el peligro.

Juliette sonrió y le acarició la frente. Luego tomó asiento con delicadeza en el brazo de la silla del inválido.

—¿Qué es lo que sabes, Joaquim?

—Nada —dijo él, y bajó los párpados—. Pero les oigo hablar de usted. No está bien, lo sé, escuchar las conversaciones de otros. Pero ya ve, delante de mí nadie se inhibe. Soy como un mueble, como una planta. Me olvidan.

—¿Y qué dicen?

La lluvia disminuía. Las gotas más gruesas que caían sobre el suelo eran las que resbalaban de las hojas de las plantas.

—Señorita Juliette —respondió Joaquim con una voz más sorda—, hablan de usted como una enemiga.

—¿Quién?

—Su amigo y todos los que vienen a verlo. Ese Zé-Paulo, por

ejemplo. —Era otra de las bestias negras de Joaquim, que hacía silbar su nombre como si fuera una serpiente—. No puedo decirle nada preciso. Tendría que escuchar mejor. Si quiere, lo haré. Todo lo que sé es que desconfían de usted. Se dan mutuamente consignas para limitar las informaciones que le van a dar. «Sobre todo, que ella no se entere de esto.» «Esto es lo que tienes que decirle a propósito de lo otro.» Y luego, hay frases que no entiendo pero que me dan miedo.

—¿Cuáles, Joaquim?

Una pareja de loritos revolotearon en la magnolia, y cayeron al suelo algunas plumas mezcladas con gotas de agua.

—No me acuerdo de todas las palabras. Pero hablan de usted como si su papel fuera a terminar muy pronto. Como si en breve ya no fuera a significar ningún peligro.

—¿Ningún peligro...?

Abrió de par en par sus ojos redondos, ocultos normalmente detrás de los pliegues y repliegues de unos párpados demasiado pesados.

—Como si fuera a morir.

Juliette se puso en pie y se alejó un poco, con la mirada vuelta hacia las luces de la ciudad, que brillaban abajo, en la oscuridad. Todo lo que Joaquim acababa de decirle venía a reforzar la impresión de haber sido traicionada y de verse amenazada que había sentido junto a Harrow. Lo que, gracias al minusválido, había desaparecido, era la aplastante sensación de soledad. Se volvió, se sentó en un macetero de piedra que contenía una gran mata de hortensias azules, y miró a Joaquim directamente a los ojos.

—¿Crees que puedo escaparme de aquí? —preguntó.

Joaquim suspiró de un modo que hizo que se levantara de través su pequeña caja torácica.

—En el hotel nadie la vigila, aparte de Harrow, supongo. Pero en la calle, abajo, hay una patrulla de policías. Son dos y se relevan día y noche. Controlan los coches que bajan, pero no los que suben. Estoy seguro de que tienen órdenes de no dejarla pasar a usted.

—¿Y hacia arriba?

—No hay salida. La calle termina tres casas más allá. No es posible escapar en coche.

—¿Y a pie?

—A pie, hay un camino. Es el que siguen las chicas del servicio para venir a trabajar por la mañana.

—¿Está vigilado? —preguntó Juliette.

—No. Por desgracia. Porque ahí, por el contrario, no serían inútiles algunos tipos armados. El camino cruza una antigua favela muy peligrosa. Hay bandas de chiquillos armados hasta los dientes que acabarán con usted de un bocado.

Quedaron en silencio. Joaquim tiró de sus rodillas, primero una y luego la otra, para doblarlas y se retorció en su silla. Juliette comprendió que quería erguirse en su asiento y le pasó una mano bajo la axila mientras él se agarraba a su otro brazo.

—Gracias —dijo él.

El silencio se instaló de nuevo, roto únicamente por los ladridos de perros vagabundos.

De pronto, una ventana se iluminó en el piso alto. Era la de Harrow. Los ojos de Joaquim rodaron en sus órbitas. La urgencia precipitaba sus pensamientos. Retuvo el brazo de Juliette y, como ella estaba aún inclinada hacia él, le susurró:

—¿Cuándo quiere marcharse?

—Esta noche.

—A las cuatro y media, sube un camión a entregar la carne al restaurante de enfrente. El conductor es primo mío —afirmó Joaquim. Le pareció oír pasos en la escalera que llevaba a la planta baja—. Esté en este mismo lugar a las cuatro y cuarto.

Juliette se puso en pie, dio algunos pasos por la terraza y se apoyó en un pilar metálico. Cuando Harrow cruzó la puerta-ventana que daba al jardín, la encontró perdida en la contemplación de las luces de Río.

—¿No duermes?

—Es hermoso —dijo ella—. ¿No te parece?

Él levantó la mirada hacia la bahía, y una vez más ella notó aquella luz de desprecio, de disgusto, que se advertía en su mirada cuando contemplaba el mundo. Se acordó de él en la Baixada, de cuando caminaban juntos por las calles llenas de gente del centro de la ciudad. El menor roce le hacía estremecerse. Todo parecía agredirle.

«No ama la naturaleza —pensó ella—, odia a los seres humanos, yo incluida.»

Hay comprensiones que tranquilizan, incluso cuando nos hacen descubrir el horror que nos rodea. Ver a Harrow tal como era, dio a Juliette energía para tomar su decisión. A las cuatro y cuarto, estaría en la terraza. Mientras tanto, tomó dócilmente la mano que Harrow le tendía y lo siguió hasta su habitación.

6

Newport, Rhode Island

Después de la defección de Paul y de Kerry, Archie había dado
carta blanca al departamento de seguridad y protección para encontrarlos. Lawrence se ocupaba día y noche de ese trabajo, dormía en su
despacho, no veía a su mujer ni a sus hijos.

Cuanto más pensaba en ello, más convencido estaba de que Barney y su banda seguían en contacto con los tránsfugas. Dos personas
en fuga no pueden continuar llevando solas una investigación. Necesitan apoyo.

En la pared situada encima de su escritorio, había reconstituido un
organigrama del grupo que, en su opinión, debía de servir de apoyo
discreto a Paul y a Kerry. El núcleo duro estaba formado por los próximos a Barney, ese impostor. Lawrence les había puesto bajo vigilancia. Pero la mayor parte de los agentes eran altamente competentes en materia de escuchas y seguimientos. Sabían cómo escapar a una
atención indiscreta y, hasta el momento, no se había observado nada
anormal.

En la periferia gravitaban personajes sobre los que Lawrence abri-
gaba dudas, y que eran más vulnerables. Entre ellos, uno de los más
difíciles de calificar era Alexander. A primera vista se trataba de un espíritu abstracto, de un intelectual sin la más mínima formación para la
acción secreta. Lawrence no tenía, por tanto, razones para desconfiar
de él. Sin embargo, algunos informes de sus colaboradores le habían
llevado a revisar ese juicio. Al parecer, en efecto, Alexander había cambiado recientemente de costumbres y de maneras. Se sobresaltaba
cuando alguien entraba en su despacho. Él, que por lo general lo dejaba todo desordenado, ahora guardaba todos sus papeles, hasta el últi-

mo, antes de marcharse por la tarde, y metía varios *dossiers* en una cartera que se llevaba.

Sus colegas atribuían este cambio a problemas personales. Uno de ellos, un día que Alexander se había marchado más pronto que de costumbre, le oyó murmurar algo sobre Matteo, su hijo mayor, de seis años de edad. Se había fracturado un hueso al saltar desde lo alto de un tobogán.

Lawrence decidió verificarlo. Llamó a Cathy, la ex esposa de Alexander, que vivía en Nueva Jersey. Después de una conversación banal como las que tenía con ella una o dos veces al año en su calidad de viejo amigo de la pareja, Lawrence llegó a la convicción de que ninguno de los dos hijos de Alexander había saltado nunca de un tobogán ni se había roto lo que fuese. Desde ese día, hizo vigilar al director del departamento de análisis día y noche. Los pretextos de Alexander no resistieron mucho tiempo a un seguimiento llevado a cabo por profesionales.

Tres hombres se habían relevado para seguirle la noche en que cruzó la puerta de un restaurante afgano situado en el barrio norte de Newport, para asistir a una de las reuniones secretas organizadas por Barney. El establecimiento estaba dividido en pequeños espacios por medio de biombos y tapices colgados. Al fondo, cuatro peldaños daban a una sala rodeada de banquetas bajas cubiertas por tapices y almohadones.

—Repito —dijo Barney después de saludar al recién llegado—. Kerry y Paul llegarán a Río mañana por la mañana. Tenemos que estar listos para apoyarles en esta fase final. Ésa es la razón por la que he querido que nos reunamos esta noche.

Nadie se sobresaltó cuando el tapiz se alzó de nuevo. Estaban acostumbrados a las idas y venidas de los sirvientes. Fue preciso que Lawrence se quedase un buen rato apoyado en la pared, con las manos detrás de la espalda, para que Tara se diera cuenta de su presencia y lanzara un grito.

—Tenéis buen gusto —dijo Lawrence, rompiendo un silencio total—. Por afganos que sean, cuentan con una de las mejores bodegas de todo el estado... —Todos lo miraban, espantados. Barney cerró los ojos—. Vais a decirme que estáis celebrando el cumpleaños de Martha —siguió diciendo—. Podría colar. Después de todo estamos en marzo y tú naciste el doce de junio, ¿no es así? En ese caso, habríais debido invitarme. A menos que se digan aquí cosas que yo no debería oír.

Martha bajó la cabeza, furiosa.

Imposible contar con que Lawrence fuera modesto en su momento triunfal. Todos esperaban un largo monólogo en que les humillara a fondo y se tomara una pesada revancha sobre el desprecio que le demostraban.

De modo que se sintieron agradablemente sorprendidos cuando vieron aparecer a Archie. Sin embargo, estaba fuera de sí. Al levantar el tapiz, se enredó los pies en él y juró de una forma abominable. Ahora estaba en pie dominando a los comensales, y buscaba para apostrofarles una palabra más fuerte que la que había dedicado al inocente cortinaje.

Barney aprovechó la pausa para levantarse.

—Archie —dijo con firmeza—, ¿puedo hablar contigo a solas?

No era tanto una pregunta como el enunciado de una evidencia, y Archie se sorprendió a sí mismo al no encontrar ningún argumento para oponerse.

Salieron de la sala, dejando a los demás con un Lawrence desamparado. Todos se apresuraron a abandonar el lugar a su vez.

—¿Has venido en coche? —preguntó Barney.

—Está delante de la puerta —dijo Archie.

—Seguramente será ahí donde mejor estaremos.

—Seguramente.

Salieron del restaurante. El Jaguar de Archie estaba estacionado junto a la acera. El chófer dormitaba al volante. Barney llamó a la ventanilla y le hizo señas de que bajara:

—Lawrence te llevará de vuelta —dijo. Y volviéndose a Archie, añadió—: Yo conduciré.

Subieron, y el automóvil se puso en marcha.

Archie siempre se había sentido un poco impresionado por Barney. Por lo general, éste se plegaba a sus caprichos y aceptaba su autoridad, incluidas sus esporádicas broncas. Pero uno y otro sabían que esa sumisión era estrictamente voluntaria. Si Barney hubiera querido resistirse, Archie habría sido incapaz de imponerle lo que fuera. Era exactamente lo que estaba ocurriendo. Archie había venido con la intención de hacer una escena, y he aquí que se encontraba dócilmente sentado al lado de Barney, a la espera de lo que éste quisiera decirle.

—Todo este asunto es un montaje, Archie. —Intercambiaron una mirada—. Un montaje en el que nos hemos dejado manipular a fondo.

Archie emitió una tosecilla, tapándose la boca con la mano. Le habría gustado lanzar una exclamación indignada, o una carcajada sarcástica. Pero con Barney sabía que era preferible tomarse las cosas en serio.

—¡Un montaje! Explícate.

—Hablemos un poco de Marcus Brown.

Esa interpelación era en sí misma un pequeño desafío. Los contactos con los clientes de Providence eran competencia exclusiva de Archie. En último término, le habría gustado que nadie conociera siquiera su nombre. En el caso de Marcus Brown, eso era evidentemente imposible porque la mayor parte de los agentes reclutados por Archie procedían de la CIA.

—¿Qué pasa con Marcus Brown?

—Un tipo simpático, ¿no? Un poco misterioso, tal vez. Pero en esta profesión, más vale serlo, ¿no es así? —Barney conducía bajando ligeramente la cabeza y conservaba la mano apoyada en la empuñadura de brezo barnizado del cambio de marchas—. Yo lo conocí en el ochenta y nueve en el Líbano —continuó—. Era el jefe de la misión. La guerra había terminado. Estábamos de brazos cruzados. Yo era mucho más joven que él. Me contaba todo lo que quería.

—¿Y qué?

—Pues que creía conocerlo bien. Tantas tardes bebiendo los dos juntos.

Archie dio un respingo. Estaba a punto de dejarse engatusar. Lo sentía.

—Escucha, Barney, no intentes dármela con queso. Habéis hecho una estupidez y...

—Déjame terminar, Archie. —Cuando su rostro reflejaba aquella gravedad, Barney irradiaba una autoridad que mantenía a raya a todos sus interlocutores, incluido Archie—. He hecho repasar el currículum profesional de Marcus Brown a mis equipos.

—¿«Tus» equipos?

—Los nuestros, si lo prefieres. De todas maneras, lo que está en juego es Providence.

—¿Resultado?

—Un agujero. Poca cosa, y nada secreto por lo demás. Sólo hay un período de tres años del que nunca me habló a mí, ni al parecer a ninguna otra persona. —Un semáforo en rojo incongruente, en pleno campo, detuvo al Jaguar. Luego arrancaron de nuevo—. Sudáfrica. Del setenta y cinco al setenta y ocho. El momento en que Mozambique se hace comunista y empieza a hostigar al vecino sudafricano. Hay que montar la resistencia. Los servicios secretos rhodesianos reclutan a antiguos colonos portugueses y a una banda de opositores mozambiqueños decepcionados por la revolución. Crean la Renamo, un movimiento no muy recomendable. Incapaces, sobre todo. Hay que enseñarles todo. Estados Unidos no está en contra, pero tiene que mostrarse discreto. Hay que encontrar un apoyo privado, alguien que pueda servir de enlace con la guerrilla, pero sin comprometer a nadie.

Las tortuosas maniobras políticas occidentales en África provocaban en Barney un malestar casi físico. Su rostro se contraía al hablar del tema.

—¿Qué me cuentas...?

—Fue así como descubrieron a McLeod —continuó Barney—. Todavía no era más que un pequeño empresario del transporte, pero con una ambición tan grande como su falta de prejuicios. Se empieza a hablar de él. Marcus Brown va a verlo. La diferencia de edad entre los dos es bastante grande, Brown es diez años más joven. Pero se entienden. La CIA necesita un transportista. McLeod tiene una flota de camiones y como diversión ha comprado una pequeña compañía aérea. Con los contratos de la Compañía, va a hacer fortuna.

Archie observaba el perfil grave de Barney, concentrado en la carretera.

—¿Cómo sabes todo eso?

—Te lo he dicho: no hay nada secreto. No se comenta, simplemente. Si se sabe buscar, se encuentra todo.

—¿Y después? —inquirió Archie.

—Después, McLeod hace carrera en el *business* y Marcus en la información. Conservan relaciones amistosas. McLeod ya no trabaja para la Compañía, pero los dos amigos se siguen viendo y mantienen el hábito de la discreción. Siempre se entrevistan los dos solos. En ocasiones se encuentran en reuniones políticas. Ya sabes que Brown debe su carrera a los republicanos. McLeod está próximo a los neoconservadores. Las mismas ideas, las mismas relaciones, las mismas redes.

—¿Qué es lo que deduces de eso?

—Nada, por supuesto —dijo Barney—. Nadie puede decir qué tipo de relaciones mantienen los dos hombres. Después de todo, bien puede tratarse de una simple amistad.

Barney tenía la costumbre, que molestaba a Archie, de defender primero los argumentos que se disponía a refutar.

—¿Tú no lo crees así?

La carretera era sinuosa, y Barney conducía con los brazos extendidos, como un piloto de carreras.

—Desde hace dos años, Marcus Brown se ha tomado más vacaciones que en los veinte años anteriores. Hemos procedido a verificar una decena de viajes que ha hecho en ese tiempo. McLeod estaba en las proximidades en todas las ocasiones.

—Desde hace dos años... —repitió Archie, sacudiendo la cabeza.

—Ahora escúchame bien y no me pidas más pruebas. Lo que voy a decirte es pura deducción, una construcción intelectual que nadie te puede obligar a aceptar.

—Adelante.

—Todo el plan del cólera fue ideado por McLeod en connivencia con Harrow. Paul ha tenido tiempo de confirmármelo por teléfono, después de hablar con él.

Archie soltó un gruñido al recordar aquella traición.

—Sigue...

—Cuando monta su proyecto de exterminación —prosiguió Barney—, McLeod tiene necesidad de asesoramiento para su seguridad y la de los demás miembros del seminario del 67, Rogulski en primer lugar. Lo pide a Marcus Brown. McLeod sabe que puede confiar en Brown. Después de todo, comparten las mismas ideas. Es posible también que lo tenga cogido. Estoy convencido de que Brown se quedó un pequeño porcentaje de los contratos que pasó a McLeod.

—¡Oh! Insinuar una cosa así es vergonzoso.

—Deja de imitar a una vieja dama inglesa, Archie. Sabes mejor que yo cómo funciona el mundo de los negocios. En cualquier caso, poco importa. El hecho es que Brown asesora a McLeod. Puedes apostar lo que quieras a que la idea del asalto a Wroclaw fue suya.

Archie hizo una mueca, como si asintiera a regañadientes y no del todo convencido.

—Ya...

—Por desgracia, Harrow pone su granito de arena. No puede dejar pasar una ocasión tan buena de poner la zancadilla a sus rivales de la liberación animal. De ahí la reivindicación del FLA pintada en las paredes del laboratorio. A priori, es una cuestión sin importancia, y sin embargo ese detalle hace que todo descarrile. A los polacos les intrigan esas pintadas. Hablan de ellas a los ingleses. Tu amigo lord Bentham ve ahí la ocasión de darte gusto. Y el MI Cinco, por casualidad, nos pone detrás de una pista norteamericana... —Barney esbozó una sonrisa y echó una mirada de reojo a Archie, derrumbado en su asiento—. Y tú —continuó—, vas con el lirio en la mano a llevarle el asunto a Marcus Brown.

—Ese «con el lirio en la mano» sobra. Yo diría incluso que es impertinente.

—En todo caso, es lo que haces. ¿Qué hace Marcus Brown al oír tus revelaciones? Compra. Si no le hubiera dado el contrato a Providence, tú habrías ido a proponer el asunto a otro servicio. Quién sabe, quizá te habrías decidido a seguir la investigación con fondos propios.

—Eso es conocerme muy mal —adujo Archie.

Cayeron unas gotas de lluvia sobre el parabrisas, aunque brillaba el sol, y Barney se inclinó para ver dónde estaba la nube. Y dijo:

—En todo caso, Brown compra. Nos da un contrato para trabajar sobre el asunto. Al obrar así, él tiene acceso al *dossier*. Sabe lo que sabemos nosotros. Nos deja el trabajo de encontrar los puntos débiles de su propia operación... Por desgracia para él, Paul y Kerry se desenvuelven bien, demasiado bien incluso, y destapan el pastel. Harrow, el estudiante francés, el papel de Rogulski, el plan del cólera: descubren demasiadas cosas. Brown saca la tarjeta roja. ¡Paradlo todo! Tú te reúnes con Paul y Kerry en Italia y les das la orden de volver a casita.

—¡A casita! —repitió Archie con un encogimiento de hombros.

Era evidente, sin embargo, que se veía arrastrado por el poder de convicción de Barney.

—El problema es que no obedecen. Brown te llama al orden. Al mismo tiempo, da un golpe de mano para neutralizarlos. Son contactos suyos los que proporcionaron en Austria los hombres que tuvieron secuestrada a Kerry, ¿me equivoco?

—No.

—Y en Nueva York, presta una ayudita al grupo de Harrow para tender una trampa a Paul y capturarlo en los sótanos de la SACN. Eso explica que Brown sea el primer informado de su secuestro —reveló Barney.

Las mejillas de Archie se hinchaban y se deshinchaban como si estuviera tocando una corneta de pistones. Era su manera de guardar la compostura. Hacía tanto tiempo que ejercía funciones de mando, que había perdido un poco la costumbre de que le echaran broncas. Buscaba visiblemente en los diferentes registros de su personalidad la reacción apropiada: una sarta de juramentos al estilo de Brooklyn o un rasgo mordaz de ironía británica. Finalmente, optó por el *fair play*.

—Te has anotado un buen punto, Barney. Admito que todo lo que me acabas de decir es plausible. Pero si suponemos que tienes razón, ¿cuál es la conclusión que tenemos que sacar? ¿Qué es lo que hacemos en la práctica?

—Dejar de cazar para otros. Hay que apoyar a Kerry y a Paul. Eso es exactamente lo que tenía previsto ir a decirte mañana por la mañana. La reunión de esta noche tenía que permitirme discutir la última información para poder convencerte.

Barney esperaba vagamente alguna resistencia, argumentos en contra. Imaginaba incluso la posibilidad de un chantaje afectivo del tipo «después de todo lo que he hecho por ti», o «pretendes marginarme». Pero se preguntó hasta qué punto Archie no había sentido sus propias dudas en los últimos tiempos, cuando aceptó su derrota con facilidad.

—¿Han llegado ya a Río, entonces? —preguntó.

Barney tuvo un sobresalto y casi perdió el control del coche. Felizmente, no venía nadie de frente.

—¿Quién te ha dicho que iban a Río?

—Brown —dijo Archie.

—¿Y cómo podía él saberlo?

—Pensé que la información venía de sus servicios. Después de todo, ha puesto a muchos agentes tras la pista de Kerry y de Paul.

—¿Cuándo te lo ha dicho? —interrogó Barney.

—Esta mañana.

—Esta mañana, todavía no habían tomado el avión, y de todas maneras viajan con identidades falsas. Nadie podía saber esta mañana que iban al Brasil. Nadie salvo McLeod.

—¿McLeod?

—Fue él quien les aconsejó ir allí. ¿Qué te ha dicho Brown exactamente, Archie?

—Que intente descubrir qué apoyos mantienen todavía en Providence.

—¿No te ha pedido que los persigas en Brasil?

—No.

—Porque tiene la seguridad de que podrá encargarse él mismo —dedujo Barney—. Comprendo la razón: de todos los países comprometidos en el plan del cólera, es el único en el que un antiguo miembro del seminario del 67 controla la policía.

Con un volantazo, Barney hizo dar al Jaguar media vuelta en un área de aparcamiento y partieron en la misma dirección por la que venían. No sin agregar:

—Y allí la policía no discute. Mata.

Río de Janeiro, Brasil

A las cuatro de la madrugada, la noche brasileña se sacude el agua caída y se decanta. El azul oscuro del cielo no palidece aún, pero por las ventanas abiertas se insinúa una brisa suave, y el bochorno deja su lugar a un frescor inesperado que recuerda de pronto la existencia, en otros lugares, de climas distintos.

La idea de hacer beber una última copa a Harrow cuando había venido a buscarla daba más seguridad a Juliette. Los neurolépticos que había podido echar en su Coca con ron le daban una amplitud de respiración, con la boca abierta, que hacía presagiar un sueño profundo y prolongado. Ella, en cambio, se sentía enormemente excitada.

En la planta baja encontró a Joaquim, que había desplazado su silla de ruedas hasta la entrada de servicio, al fondo del jardín. Él le indicó cómo abrir la puerta. La calle en pendiente estaba aún desierta. Un halo anaranjado rodeaba la luz de las farolas. El contenido de un cubo de basura volcado se mezclaba con el agua que lamían unos perros flacos y empapados. La lluvia caía de nuevo en gotas finas.

—Quédese a mi lado —dijo Joaquim—. No conviene que se deje ver. De todas formas, él no tardará.

Sostuvo su mano, que temblaba. No habían pasado aún cinco minutos cuando un viejo camión con la rejilla del radiador redondeada empezó a jadear en la cuesta. Sus faros amarillos, muy redondos, iluminaban lateralmente las fachadas. El conductor hubo de cambiar varias veces de marcha y llegó al hotel haciendo gemir la primera. Se detuvo delante de la puerta de servicio y bajó por la portezuela derecha. Era un hombre sin edad cuyo parecido con Joaquim era tanto más extraño por el hecho de que era tan robusto y atlético como su primo deforme y enfermizo. Tal vez su vestimenta creaba una relación simbólica entre los dos. Carlos, el primo, llevaba un blusón blanco de carnicero lleno de manchas de sangre y de grasa en la delantera y los hombros. Así, los dos hombres parecían pertenecer al mundo de la enfermedad, del cuerpo, de sus humores, de sus padecimientos: el uno por la monstruosidad de su deformación, y el otro por su atuendo, que evocaba vagamente a un médico, pero un médico que no se quedaba en los límites del cuerpo y no vacilaba en explorar sus horrores.

Joaquim retuvo a su primo por una de las mangas manchadas de su blusa y le dijo rápidamente unas palabras en portugués. Lo miraba desde abajo, la cabeza vuelta a un lado y los ojos hacia el cielo, como retorcido por una convulsión. El suministrador de carne asentía con gravedad. Brasil es uno de los países en los que se cree firmemente que los dioses se expresan de preferencia por la boca de los ciegos y los inválidos. Joaquim, en su debilidad, estaba dotado de una fuerza sin comparación posible con su cuerpo deforme, que se basaba en la familiaridad que le suponían con las fuerzas ocultas. Los ojos del carnicero iban de su primo deforme a Juliette. De vez en cuando, respondía a una pregunta con monosílabos. Finalmente, Joaquim resumió:

—Está bien, señorita Juliette. No registran el camión a la entrada de la calle. Se esconderá dentro, con las piezas de carne. No será muy agradable, pero apenas durará diez minutos. Después, la dejará en un taxi.

Mientras él daba esas explicaciones, el primo había vuelto al camión y, por la puerta trasera, había sacado una mitad de puerco que llevaba al hombro, como un leño blando.

—A propósito, ¿tiene usted dinero?

Juliette no había tenido en su posesión dinero brasileño desde su llegada al país. Era uno de los medios por los que Harrow la mantenía encerrada en el hotel. Joaquim se llevó la mano al bolsillo cosido en su camisa sobre el corazón. Sacó algunos billetes y un bolígrafo. En el margen de uno de los billetes, escribió un número de teléfono.

—Para contactar conmigo —dijo.

Luego, con un débil movimiento del brazo, la empujó al exterior. Los adoquines estaban resbaladizos por la lluvia y ella estuvo a punto de resbalar en el borde de la acera.

El carnicero la sostuvo y la ayudó a subir al camión. El interior estaba iluminado por una bombilla mortecina en el techo. En la penumbra, se distinguían las formas alargadas de las carcasas colgadas de ganchos de hierro, lívidas, estriadas de huesos y sangre. Un olor dulzón de carne fría flotaba en el aire viciado. El carnicero hizo señas a Juliette de que fuera hacia el fondo. Allí, ella encontró un rincón vacío y se acurrucó. La luz se apagó: ella oyó cerrarse la puerta trasera. El camión arrancó y ella sintió, por el balanceo de las piezas colgadas, que bajaba por la cuesta empinada. Las ruedas vibraban en la superficie adoquinada. Al llegar abajo, aflojó la marcha, se detuvo y Juliette oyó voces: el carnicero saludaba a los soldados del puesto de control. Luego el camión volvió a arrancar.

Encogida en la oscuridad con aquellos cadáveres, Juliette se dijo que tendría que sentirse abrumada por la idea de la muerte. Pero, muy al contrario, lo que dominaba en ella era la alegría, una alegría impaciente, burbujeante, sin límites. Pasaba por aquella prueba mortuoria con la conciencia de preparar un renacimiento. Tenía ganas de reír, de gritar. Pensó en Harrow, en que se alejaba de él. Era él y no ella quien habría merecido ser arrojado en medio de aquella carne, porque era un ser de muerte. Todas sus declaraciones sobre la vida, la naturaleza, la pureza original, no eran más que los oropeles con los que cubría su odio.

«No quiere nada, a nadie. Ni a mí ni a ninguna otra persona en el mundo. Si quiere salvar el mundo no es porque haya seis mil millones de seres humanos. Incluso aunque no hubiese más que otra persona sobre la tierra con él, encontraría el modo de aborrecerla y eliminarla.»

Y se sentía feliz al pensarlo. La proximidad física de la muerte con su olor descorazonador y dulce le señalaba con claridad de qué lado deseaba estar ella. Cuando abrieran el camión, sería liberada y, tal vez por primera vez, sabría de verdad lo que tenía que hacer.

Hubo de esperar todavía un buen rato hasta que el conductor se detuvo, abrió las puertas y la liberó. Reconoció la avenida que bordea Copacabana y los edificios de la primera línea de mar. Volvía a llover de nuevo. La avenida estaba desierta y parecía interminable. Juliette se dio cuenta de que el primo de Joaquim había dado muchas vueltas hasta encontrar un taxi. Un pequeño vehículo amarillo estaba parado delante del camión y el conductor esperaba mientras marcaba un ritmo de samba golpeando con el brazo en la portezuela.

Juliette se acercó. Iba vestida con un pantalón ligero y una camiseta blanca. No se había llevado nada más porque sus vestidos estaban en un armario cuya puerta chirriaba, y tuvo miedo de despertar a Harrow. Cuando la vio caminar hacia el taxi, el carnicero corrió detrás de ella y, con gestos torpes, volvió a llevársela al camión. Sacó de la cabina una gran toalla-esponja que humedeció con agua de una botella antes de tendérsela. Ella se dio cuenta en ese momento de que estaba llena de manchas de sangre. Hizo lo que pudo para hacerlas desaparecer, y devolvió la toalla a Carlos. De paso, le agarró la muñeca para ver la hora en su reloj. Eran las cuatro cincuenta y cinco.

El taxista abrió la portezuela, y ella tomó asiento en el gran Ford antiguo con los asientos forrados de plástico rojo brillante. El carnicero, de pie en la acera, hizo un gesto tímido de adiós, y ella le envió un beso con la mano. Luego se relajó y se reclinó en el respaldo. Pero el taxista, con los ojos clavados en el retrovisor, esperaba que ella le diera una dirección.

¿Dónde ir? La cantidad que le había dado Joaquim bastaría apenas para pagar una carrera. No conocía a nadie en la ciudad, y aunque pudiera convencer a un hotelero de que le diese crédito, no tardaría en ser encontrada por Harrow, gracias a sus contactos con la policía.

De pronto se le ocurrió una idea. No midió sus consecuencias, pero por lo menos le permitió salir de su indecisión.

—A la Baixada Fluminense —dijo al taxista.

El hombre le dirigió una ojeada inquieta a través del retrovisor y examinó durante un instante a aquella joven extranjera sin equipaje, de aire muy triste. Anunció un precio, para saber si ella llevaba dinero. Sin mirarlo, Juliette rebuscó en el bolsillo de su pantalón, sacó los dos billetes que le había dado Joaquim y se los tendió. Él arrancó.

Río, de noche y bajo la lluvia, se parece a una ciudad del Norte arruinada, con sus túneles vetustos y sus calles mal iluminadas, sus aceras hundidas y sus farolas rotas. Desaparece toda la gracia con que el sol oculta la miseria. Sólo quedan las llagas abiertas de una urbe herida, de una capital frustrada, de un esplendor decadente. Después de salir de los barrios ricos, el taxi penetró en zonas mal iluminadas, de casas bajas. Juliette entreabrió la ventanilla y reconoció, traído por el aire húmedo, el olor a podredumbre y tierra de la Baixada.

El conductor le preguntó dónde quería que la dejara. Hablaba mal el inglés, y ella hizo el esfuerzo de utilizar sólo palabras sencillas. Le indicó el canal. Subieron despacio por la calle principal, con sus cunetas resbaladizas. En un lugar mejor iluminado, ella dijo «aquí», y bajó.

La lluvia había amainado. Una luz blanca de luna dibujaba el perfil escarpado de un apelotonamiento de nubes con el que se mezclaba tal vez el relieve más oscuro de una verdadera montaña. En la extensión llana de la Baixada, algunas bombillas blancas colgadas de unos postes arrancaban reflejos de los charcos de agua y hacían relucir el barro húmedo de las cunetas. El taxi desapareció, y la calle quedó desierta: ni un peatón, ni un animal, nada. Las chozas de madera y cartón habían absorbido a todos los seres vivos, como una inmensa arca de Noé zarandeada por las olas negras de la tormenta.

Juliette caminó al azar por la calle. Era una noche tan silenciosa como la del Colorado, y el cielo la cubría con la misma impasibilidad. Sin embargo, no parecía que se tratara de la misma tierra. La naturaleza, aquí, había desaparecido por completo. No había árboles, ni vida salvaje, ni relieve. No había ni siquiera esa especie de síntesis entre el ser humano y la naturaleza que representan los campos cultivados, los animales domésticos, las casas rodeadas de jardines. Sólo subsistía la masa humana, amorfa, indistinta, esparcida sobre la tierra a través de los residuos de todas las destrucciones.

Y sin embargo, las dos noches no eran tan diferentes. La naturaleza humana quizá no era más hostil que la naturaleza salvaje. Una y otra ejercían una atracción común sobre Juliette, y, al adentrarse en la Baixada, sentía el mismo extraño placer que cuando cabalgaba por los cañones del Oeste americano. Tal vez se sentía más confiada y más fascinada aún en esta favela, porque la forma de vida salvaje que podía descubrir en ella era humana. Incluso la muerte, si había de encontrarla, se le parecería.

Las nubes eran arrastradas a gran velocidad por un viento en altitud, y de tanto en tanto desvelaban una luna casi llena que iluminaba las barracas. Desde la sombra, unos ojos debían de escrutar la oscuridad de la calle, porque en cierto momento Juliette oyó que alguien la llamaba.

Se detuvo, no distinguió nada, pero oyó con más claridad murmullos y silbidos ahogados. De pronto, un chiquillo de pies descalzos surgió de entre las sombras y corrió, levantando salpicaduras de los charcos. Se plantó delante de ella con las manos en las caderas. Era un niño de unos diez años tal vez, muy negro de piel, con el pelo corto y rizado sembrado de placas de tiña. Le faltaban dos dientes y no parecía que fuesen a crecerle de nuevo algún día. Tenía en los brazos cicatrices de quemaduras y de cortes. En el dorso de las manos, se veían arañazos y surcos de sarna. Le dijo una frase en portugués que ella no entendió. En sus ojos, ella leía algo violento, pero no sabía si era agresividad o miedo. De pronto, la agarró de la mano y tiró de ella hacia un lado, a la sombra de las barracas. Se entreabrió una puerta, Juliette vio una luz, pero tan débil que apenas aclaraba algo la oscuridad.

Entró en la choza detrás del niño.

Reinaba en el interior un fuerte olor a sudor y a tierra. La lumbre venía de una mecha que se consumía en una lata de conserva llena de aceite. Juliette distinguió sombras a su alrededor, los reflejos brillantes de varios pares de ojos. No podía distinguir ningún rostro, pero no tuvo miedo. Al contrario, le pareció que la habían puesto a cubierto, y como para confirmar esa intuición, un trueno crepitó en el exterior. Gruesas gotas de lluvia empezaron a caer de nuevo.

La irrupción del agua provocó en la pequeña cabaña una agitación de movimientos y gritos ahogados. Sus ojos se habían acostumbrado a la oscuridad, y Juliette empezaba a distinguir los contornos de lo que la rodeaba. La barraca estaba formada por una sola habitación y ocupada casi en la mitad de su superficie por mamparas superpuestas. La agitación venía del escalón superior, el situado bajo el techo. Grandes goteras dejaban que el agua de la lluvia cayese a chorros sobre los catres, y un *ballet* de cubos de plástico y de ollas permitía evacuar la mayor parte de aquella catarata. Los que habían desalojado la mampara inundada ocupaban las siguientes, más abajo. Una decena de cabezas de niño asomaban fuera de las camas. Unos miraban hacia arriba para vigilar las goteras. Otros seguían mirando a Juliette, que continuaba de pie en medio de la habitación.

Frente a ella, una mujer negra vestida con ropas oscuras se mantenía quieta en la oscuridad, como para marcar mejor, con esa contención, su autoridad sobre aquellos pequeños. Hizo señas a Juliette de que se sentara. Un niño, a una orden suya, colocó un taburete hecho con madera de cajas. Juliette tomó asiento y la mujer se sentó también, frente a ella.

No podía hablarse de silencio, porque el *ballet* de cubos y las idas y venidas de los niños llenaban de ruidos apagados el limitado volumen de la barraca. Sin embargo, para Juliette se abrió un largo momento de inmovilidad, de mutismo y de malestar. La mujer la observaba con intensidad. Tenía una mirada a la vez oscura y brillante, como la andesita. Su rostro, a medida que iba perfilándose a la débil luz, estaba uniformemente marchito. Conservaba, no obstante, un frescor juvenil. Juliette atribuyó, con asombro, una cualidad virginal a aquella mujer gastada que probablemente había parido a todos los seres que pululaban a su alrededor.

Llegó un momento, tal vez porque el taladro de su mirada había alcanzado ya la profundidad suficiente, en que la mujer se echó atrás y sonrió. Tomó las manos de Juliette entre las suyas, rugosas y heladas. En un ángulo de la habitación humeaba un pequeño brasero sobre el que una niña arrodillada hacía hervir agua. A una palabra de la mujer, les trajo dos vasos de plástico repletos de un líquido ardiente y turbio que sin duda era té. Juliette se calentó las manos en el vaso. La mujer levantó el suyo como para brindar y pronunció su nombre con una voz ronca: Carmen. Juliette anunció el suyo, y las dos rieron. Luego, después de explicaciones dadas en portugués en un tono perentorio, de las que Juliette no comprendió una palabra, Carmen hizo que cada uno de los niños se presentara. Lo hicieron entre risas. Saltaban al suelo, saludaban a Juliette y volvían a subir a acostarse. Apenas iban vestidos, y los pedazos de tela que les cubrían estaban horrorosamente sucios. Sin embargo, emanaban de ellos una frescura y una alegría que en nada evocaban la miseria.

Juliette no había imaginado que fueran tan numerosos, hasta el punto de que llegó a dudar incluso si alguno no se ponía dos veces a la cola para volver a presentarse. Una observación más atenta le permitió reconocer que no era así. La casa contenía por lo menos una docena de niños. Era evidente que no todos eran hermanos, quizá tan sólo primos, o amigos, o huérfanos. Juliette no comprendía nada de las explicaciones que le daban.

Se asombró al descubrir que había además adolescentes e incluso adultos. Salían de la oscuridad de las mamparas para venir a saludarla. Palpó incluso la mano huesuda de un anciano enfermo que no podía salir de su lecho.

Era la familia de Carmen. Hechas las presentaciones, la mujer se retrepó con aire satisfecho y pasó una mirada llena de orgullo sobre su pequeño mundo.

Volvió a hacerse el silencio. Era más espeso porque la lluvia había cesado, y con ella las goteras del techo. Parte de los niños se habían dormido. Los cuchicheos disminuían. El té había sido bebido. Carmen miraba al vacío. Juliette volvió poco a poco sobre sí misma, y se puso a pensar de nuevo en su situación, en Harrow, que debía de estar buscándola frenéticamente. De golpe sonaron unas notas ahogadas de guitarra. Era Chico, al que Carmen había estrechado entre sus brazos cuando se presentó, Chico, el hijo querido, con sus veinte años, sus hombros musculosos, su nariz de indio. Estaba inclinado sobre una guitarra, un instrumento venerable que había debido de sufrir tanto como Carmen, sin dejar de cantar. Y apenas rozó las cuerdas, para hacer brotar de ellas una melodía de una delicadeza inesperada, un pequeño minué de Europa, infiltrado por ritmos africanos, que avanzaba a tropezones por la gama coja de un instrumento indio de cuatro cuerdas.

Juliette se irguió. Los pensamientos que se habían agolpado en su mente se desvanecieron. Sintió tan sólo en su interior algo como la delgada mordedura de una hoja de afeitar. La melodía había atravesado barreras lentamente construidas y reforzadas, y había liberado la pulpa de su ser, la parte más frágil, más tierna, más prohibida. Se sintió infinitamente triste, como si de pronto hubiera tomado conciencia de toda la injusticia y toda la soledad que habían tocado en suerte a la niña que había sido ella. Pero, al mismo tiempo que ese mal, tenía a su alcance un remedio cuyo efecto benéfico nunca había sentido aún. En la humedad apestosa de aquella barraca, entre los dedos ligeros de Chico y la paciencia inmensa de Carmen, Juliette se sintió pertenecer a una familia, ésta, y más allá de ella, a la familia humana.

Cayó sollozando en brazos de Carmen.

El vuelo a Río, que Paul y Kerry habían tomado en Ginebra, pasaba por Lisboa y llegaba a Brasil mediada la tarde. En el avión no durmieron, y, perdidos en sus pensamientos, apenas se hablaron.

Paul conocía bien esta fase de sus misiones. Cuando todo se convertía a la vez en extremadamente peligroso y próximo al desenlace, la pasión, curiosamente, languidecía. Reaccionaban como un caballo que siente venir la muerte y deja de responder a la fusta. La excitación ya no les aguijoneaba. La idea de que todo iba a terminar muy pronto hacía olvidar lo demás.

Paul sorprendió a Kerry cuando miraba fotos de sus hijos, mientras simulaba ordenar su billetero. Y él había pensado en la clínica, en todo lo que haría después de esta ausencia. La vida normal se insinuaba prematuramente, como una estación que se presenta antes de tiempo.

Sin embargo, nada había terminado aún. Cuando se forzaban a pensar en ello, tenían incluso que confesarse que aquella última fase, en Río, podía ser la de las ocasiones perdidas. Estaban muy cerca de su objetivo, pero franquear la corta distancia que los separaba de los protagonistas de la acción podía resultar muy largo, demasiado largo en todo caso en relación con la urgencia de la cuenta atrás. A decir verdad, era la única explicación que veían a la confesión de McLeod. Preferían pensar que los había enviado allí para gozar de una especie de placer perverso: sabía que la puesta en marcha de la operación era inminente y se regocijaba con la idea de que ellos estarían sentados en primera fila, testigos impotentes de un desastre que habían sido incapaces de evitar. La otra hipótesis resultaba demasiado descorazonadora: puede que McLeod hubiera querido sencillamente engañarlos dándoles una pista falsa... ¿O tal vez todo aquello era una emboscada?

El avión llegó a las cuatro de la tarde. No tenían más que equipaje de mano y se encontraron fuera en menos de media hora. Un tipo de uniforme rugía para atribuir taxis a los pasajeros que hacían cola. Fueron a meterse en un Monza amarillo cuyo interior olía a polvo y aceite frío. El taxista no se volvió, y Paul dio instrucciones a la Virgen con el Niño de plástico que colgaba del retrovisor. Le pidió que los llevara a un hotel sencillo pero confortable, situado en un lugar relativamente próximo al centro. El taxi los llevó a Copacabana y los dejó delante del hotel Oceania.

Era un establecimiento construido en los años treinta, que había debido de estar de moda en la época en que Copacabana era el barrio elegante de Río. Con el tiempo, las instalaciones habían envejecido. El viento silbaba en las junturas de las ventanas con montantes de acero. El mobiliario parecía salido de una tómbola de caridad. Sólo el océano llevaba bien sus años. Olas enormes venían de muy lejos, rompían entre picachos de espuma y acababan como un fino encaje de agua sobre la arena.

Grandes nubarrones negros montaban guardia en el cielo, con lanzas de luz enhiestas a sus pies, y esperaban refuerzos para lanzar un asalto de lluvias, durante la noche sin duda.

Uno y otro habían tenido tiempo para pensar en los eventuales contactos a que podrían recurrir en Brasil para ayudarles en su investigación. La lista no era larga. Kerry se había acordado de Deborah, una becaria brasileña a la que conoció cuando redactaba su tesina de psicología en Pasadena, en una clínica para niños autistas. Sabía que residía en Río, pero no había vuelto a verla desde entonces y no conocía su dirección. Paul, por su parte, había seguido en contacto con un antiguo oficial que dejó el ejército y se metió en los negocios. Era consultor de varias empresas relacionadas con la defensa y trabajaba mucho con Brasil. Ahora vivía en Houston. Intentó llamarlo desde el teléfono del hotel, pero fallaba la comunicación con Estados Unidos. En cuanto a los móviles de tarjeta comprados en Europa, no funcionaban en la red brasileña.

Pasaron un buen rato discutiendo con el servicio local de información. Kerry consiguió localizar a una psicóloga clínica con el nombre de su amiga, pero sólo pudo obtener el número de su consulta y fue a dar en un contestador. Tendrían que seguir la búsqueda al día siguiente por la mañana.

A las seis la noche cae sobre Río, con regularidad, en todas las estaciones. Unos minutos más tarde, la oscuridad es total. Paul abrió la ventana. El aire seguía siendo tibio, perfumado de melaza por los motores de alcohol. Se sintió desanimado, tenía hambre. Propuso a Kerry que saliesen a cenar y se acostaran pronto. Bajaron a la recepción apretando los grandes botones rojos de un viejo ascensor. El conserje les indicó con aire despectivo la dirección de un restaurante de pescado muy cercano, al que podían llegar a pie. Salieron a la avenida y tomaron la dirección que les habían indicado.

Al cruzar el vestíbulo, no se fijaron en dos hombres, sentados en sillones de falso cuero verde, que se pusieron en pie nada más salir ellos. El más alto abrió un teléfono móvil y tecleó un número.

—Han salido a cenar —dijo, con un fuerte acento tejano—. Sí, Mauro va a seguirles. —Luego hizo una mueca de contrariedad y cerró—. Hay momentos en los que me pregunto para qué servimos —gruñó en dirección al otro personaje.

—Ya estaban al corriente, ¿verdad?

—Claro, los tienen en directo en su GPS. En este momento, están viendo el punto exacto de la avenida en el que se encuentran.

El segundo hombre se encogió de hombros.

—¿Qué hacemos ahora?

—Esperar que vuelvan e informar.

—No sirve de nada, ya lo saben...

—OK, pero órdenes son órdenes.

El otro se inclinó para vaciar su copa de caipirinha.

—Y eso no es lo peor: nunca tendremos nada que hacer. Nunca. Las consignas de Marcus son claras, nosotros vigilamos pero el trabajo lo harán los brasileños solitos.

—Entendido.

—No pongas esa cara. Piensa que podría ser peor. En este momento, podríamos estar en Bagdad haciéndonos encular por los majaras de Al-Qaeda...

8

Río de Janeiro, Brasil

El viejo tranvía de Santa Teresa tiene ruedas fijas que hacen chirriar los raíles en los virajes y despiden a ras de suelo pequeñas chispas azules. Siempre hay empujones en las paradas, sobre todo en la última, plaza de la Sé, donde la línea dibuja un bucle y vuelve a salir en sentido contrario. A las ocho de la mañana, sacar del tranvía una silla de ruedas, en el momento en que una multitud intenta tomarlo por asalto, tiene visos de proeza. Por fortuna, todo el mundo conoce a Joaquim. Su reputación de protegido de los dioses le rodea de respeto. Mientras dos hombres levantan su silla, los viajeros se apartan en silencio. Unas mujeres se santiguan, otras inclinan la cabeza. Y Joaquim, en su trono abollado, parpadea con majestad y alza de vez en cuando un dedo en señal de bendición, como si fuera un papa. Siguiendo el ritual, los porteadores lo depositan a la entrada de una calleja que desciende hacia el oeste y dos adolescentes toman el relevo para transportar la silla hasta la favela, abajo.

Finalmente Joaquim llega a su casa agotado de tanto agarrarse a los brazos de la silla, con el rostro crispado de dolor por haber sido zarandeado de ese modo en su asiento de hierro. Por esa razón vuelve a su casa sólo una vez por semana. Por lo común va los jueves, pero en esta ocasión ha adelantado un día su vuelta. Juliette se había marchado del hotel la noche anterior, y acordaron una cita. Por nada en el mundo habría faltado.

La casita de Joaquim no tenía más que dos habitaciones y muy pocos muebles, para no estorbar las evoluciones de su silla de ruedas. Una vecina hacía la limpieza en su ausencia y cocinaba para Joaquim cuando estaba allí. Él le dio órdenes febriles de que preparara refrescos, una silla con un cojín, y que corriera a la tienda a comprar galletas de vainilla. Cuando todo estuvo preparado, esperó.

Juliette llegó hacia el mediodía, guiada por uno de los jóvenes que habían cargado con la silla del inválido. Joaquim la hizo sentarse y llamó con su vocecita a la vecina, para que sirviera los refrescos y las galletas.

—¿Dónde has dormido?

Juliette le contó su visita a la Baixada. Joaquim sacudió la cabeza con aire enigmático. Estaba contento de que Juliette hubiera encontrado una solución para escapar de la policía y de la banda de Harrow. Pero le reconcomían los celos al saber que otros, más pobres que él, habían tenido el honor de albergarla. Acostumbrado a no esperar nada de la vida, lo pedía todo en sus sueños. Sentía por Juliette una pasión sin esperanza, pero por esa misma razón, podía imaginarla toda suya.

—¿Cómo van las cosas por el hotel? —preguntó Juliette.

Joaquim parpadeó. Esperaba ese momento para entrar en escena. En sueños, se veía a sí mismo como un tenor. Se adelantaba hacia las candilejas, abría los brazos y su voz potente hacía vibrar el vientre de las mujeres, desde el foso de la orquesta hasta los últimos palcos.

—¡Una bomba! —susurró. Hizo una mueca al oír el sonido ronco y casi inaudible de su voz auténtica—. Han corrido por todas partes. Zé-Paulo ha aparecido bañado en sudor, acompañado por tres policías. Han dado órdenes por teléfono para registrar todos los hoteles de la ciudad, las pensiones. Harrow en persona ha telefoneado al consulado de Francia haciéndose pasar por un turista americano casado con una francesa. No ha dado su verdadero nombre, por supuesto. Ha sido una verdadera suerte que hayas ido a dormir a casa de unos particulares.

El término elegido indicaba con claridad que, en cuanto a particulares, ella habría podido elegir a individuos más presentables que los mendigos de la Baixada.

—¿Lanzarán la operación sin mí?

—No. Lo han aplazado todo. Al parecer, confían en que vas a reaparecer o que te van a encontrar. —Con un ligero temblor, Joaquim se llevó a los labios su vaso de naranjada. Era una manera de alargar el silencio, de colocar la pelota en el campo de Juliette, pero también, y quizá sobre todo, de graduar el efecto de sus propias palabras—. ¿Qué piensas hacer? —insistió, mientras se secaba la boca con el dorso de la mano.

Juliette no lo había pensado. Las emociones de su noche en la Baixada eran aún demasiado fuertes y, sin darse cuenta, escuchaba a Joaquim como si fuera un oráculo.

—No lo sé. Quizá debería volver allá abajo.

—¡Al hotel! Pero ¿qué harás allí?

—Seguirles el juego, ya que me necesitan. Y tirarlo todo por la borda en el último momento.

—¿Cómo?

—Qué sé yo... por ejemplo me negaré a verter en el canal sus famosos contenedores y avisaré a la policía.

Joaquim se encogió de hombros, con lo que quedaban pegados a sus orejas, como si fuese a recibir un golpe en la cabeza.

—La policía está de acuerdo con ellos —dijo—. Enteramente con ellos.

—De todas formas, no pueden obligarme a hacer una cosa si me resisto.

Juliette hablaba con un hilo de voz, acorde con la del inválido pero sobre todo proporcionada a la escasa energía que aún conservaba.

—Creo que no lo has entendido bien —dijo Joaquim—. El papel que te han destinado no es el de actor.

—¿De qué, entonces? —preguntó Juliette.

—De culpable. —Ella alzó los ojos y los clavó en los de Joaquim, que parpadeaba sin coquetería, de pura emoción—. No te necesitan para volcar su porquería en el canal. Pero necesitan distraer la atención de la gente hacia alguien, proteger su organización. Ese alguien eres tú, Juliette.

Unos perros se peleaban en la calle, bajo la ventana sin cristales, y Joaquim hubo de interrumpirse para que el ruido no ahogase sus palabras. Prosiguió:

—Los policías que están de guardia junto al canal tienen orden de matarte en cuanto la operación haya terminado. Y ya está preparado el comunicado de prensa: «Una desequilibrada, expulsada del movimiento ecologista, roba un laboratorio en Europa e intenta envenenar la mayor favela de América Latina.»

—¿Cómo sabes todo eso?

—Ese Ubiraci es un inútil —susurró Joaquim con desprecio—. Si fuera un empleado mío, hace tiempo que lo habría despedido. No sólo habla demasiado, sino que se deja por ahí su ordenador. Ayer noche, lo dejó en la mesa del salón mientras salían a cenar.

Joaquim se sintió bastante satisfecho de su pequeño golpe de efecto. Desde la víspera, no había pensado más que en aquel breve momento de triunfo. El asombro de Juliette lo recompensó, pero más aún la sonrisa que llegó inmediatamente después.

—Buena jugada, Joaquim.

Él inclinó la cabeza, más tenor que nunca. Después de todo, no necesitaba ningún teatro. La emoción de una sola mujer le bastaba.

Pero aún no había pasado del preludio. El aria de bravura estaba por llegar. Dejó que ella pusiera cara de preocupación, que reflexionara largo rato. Luego llegó la pregunta que estaba esperando.

—Entonces, ¿qué debo hacer?

Hubo un acceso de tos, que él prolongó señalando a la vecina que era inútil que sirviera más bebida. Con un gesto discreto de la mano, le hizo señas de que saliera de la habitación.

—Tal vez... —empezó a decir Joaquim, y se interrumpió.

Quería ver a alzarse los grandes ojos de Juliette y sumergirse en los suyos. La curiosidad que la había invadido podía casi pasar por deseo, y en cualquier caso aquello le bastaba.

—¿Tal vez?

Él cruzó las manos.

—Sí, hay tal vez una solución. Delicada, lo concedo. Pero ¿tienes otra alternativa? —Sintió que Juliette se impacientaba. Hacerla esperar era una cosa, pero hacerla sufrir era muy distinto, y él no lo quería a ningún precio—. Dos investigadores estadounidenses llegaron ayer a Río. Por lo que he podido entender, hace mucho tiempo que siguen tu rastro. Encontraron en Francia a un amigo tuyo, un estudiante.

Juliette había olvidado a Jonathan durante todas aquellas semanas. Verlo reaparecer en la boca de Joaquim era más que improbable: surrealista.

—¿Cómo han llegado hasta aquí?

—No lo sé —confesó Joaquim, un poco molesto al tener que confesar su ignorancia en ese punto—. Lo que es seguro es que Harrow y su banda tienen intención de suprimirlos. El asunto no tiene nada que ver contigo, por lo que he podido comprender. Es una orden que han recibido. Están montando una operación para ellos, con otras unidades de la policía.

Joaquim se cuidaba de hablar despacio, a fin de que Juliette, por desamparada que se sintiese, pudiera registrar bien sus palabras y calcular las consecuencias. Por su mirada, vio que ella había llegado a la misma conclusión que él, y la miró con la ternura de un maestro hacia una alumna inteligente.

—Y... ¿dónde están?

—En el hotel Oceania, en Copacabana.

Después de un silencio, los dos se echaron a reír, y Juliette dio un beso a Joaquim en la frente.

«Hay instantes de felicidad tan preciosos que es legítimo que en una vida sean raros, únicos tal vez», pensó él.

Paul observaba las idas y venidas de la camarera. En la habitación del hotel transformada en despacho, las maletas estaban abiertas en el suelo, los papeles esparcidos sobre las camas, y alrededor del teléfono, sobre la mesita de noche, Kerry había volcado el contenido de su bolso. Al no poder localizar a su antigua amiga, había decidido ir a su consulta, para intentar descubrir dónde podría encontrarla. Cuando se marchó, Paul le había aconsejado que llevara el mínimo de objetos de adorno, ni reloj ni joyas. Mientras telefoneaba para intentar contactar con su amigo en Houston, jugueteaba con una cadena de oro que ella solía llevar colgada al cuello. Pero la línea con Estados Unidos seguía fallando.

La camarera evolucionaba en medio de aquel desorden con aire dubitativo. Ahuecaba las almohadas como podía, trajinaba en el cuarto de baño. Paul había preferido dejarla entrar porque no sabía cuánto tiempo seguiría aún en la habitación. Por lo menos, que la pobre muchacha pudiera completar su servicio de mañana.

Sin embargo, se olvidó completamente de ella cuando consiguió, al quinto intento, contactar con la secretaria de su amigo en Houston. ¡Ay! En ese momento él estaba en un avión que se dirigía a Japón, y no podría hablar con él hasta la mañana del día siguiente. Cuando colgó, Paul se sujetó por unos momentos la cabeza entre las manos. El tiempo pasaba. Estaba convencido de que no lo conseguiría. La operación asesina de Harrow había empezado ya, en alguna parte de la ciudad, muy cerca. La sensación de fracaso, cuando estaba tan próximo a su objetivo, pesaba sobre Paul como un cansancio doloroso.

De pronto, le inquietó el silencio. En una fracción de segundo, un pequeño conjunto de hechos encendieron una alarma en su interior. La puerta de la habitación estaba cerrada. No es la costumbre de las camareras, que por lo general dejan su carrito de servicio en el pasillo y entran y salen por la puerta abierta de par en par. Seguía con la espalda vuelta a la habitación, pero sintió con claridad una presencia. Y esa presencia estaba inmóvil. Se volvió.

La muchacha, al pie de la cama, plantada sobre sus piernas algo separadas, lo miraba fijamente. Tenía algo en la mano derecha. Él vio el objeto, pero su sorpresa le impidió darse cuenta de inmediato de su naturaleza. Se fijó sobre todo en que ella se había quitado el gorro de plástico que le cubría la cabeza cuando entró. Sus cabellos, negros y largos, caían en libertad hasta la blusa azul del uniforme que se había puesto para trabajar.

Un ligero temblor en las manos de la muchacha atrajo la mirada de Paul. Fue sólo entonces cuando tomó conciencia de que lo estaba apuntando con un revólver.

—Póngase en pie y acérquese —dijo ella en un inglés perfecto, según el estándar norteamericano, pero con un ligero acento que no era brasileño.

Él se levantó. Iba vestido con una camiseta bastante ceñida al cuerpo y un pantalón azul que bajaba hasta medio muslo. Ella le hizo dar una vuelta sobre sí mismo. Paul tuvo la impresión de que quería cachearlo para comprobar que no tenía oculta un arma. Pero se contuvo, tal vez por miedo a que él hiciera algún gesto para desarmarla. Pareció satisfecha al ver que él no podía esconder nada debajo de aquella ropa, y le hizo señas de que tomase asiento en el sillón. Estaba forrado de escai, y debía de datar de la construcción del hotel. Era bajo, y cuando Paul se sentó, ella lo dominaba desde su estatura. Retrocedió y se apoyó contra la pared del cuarto de baño, sin duda para calmar los temblores que la agitaban.

Lo miró detenidamente. Era una mirada ávida, intensa, que recordó a Paul a algunos pacientes a los que había tratado durante un *stage* de residente que había hecho en psiquiatría. Una mirada a la vez perdida y extrañamente incisiva, como si comunicara el inconsciente del observador y, a mayor profundidad aún, el de la persona observada. Se sintió desnudado, enteramente expuesto. Se entregó sin pestañear a aquella observación con la impresión de que le era imposible hacer trampas, que todo disimulo sería detectado al instante y podría condenarlo. Al cabo de algún tiempo, la muchacha que lo apuntaba con el arma pareció relajarse, como si el resultado de su examen la hubiera calmado.

—¿Es usted policía? —dijo por fin.

—No exactamente —aclaró Paul.

—¿FBI?

El hecho de que no supiera quién era él tranquilizó a Paul. Si aquella mujer fuera un agente de Harrow o un ejecutor a sueldo de McLeod, no le habría interrogado sobre su identidad. Pero entonces, ¿quién era?

—Trabajo para una agencia privada —dijo—. Y lo cierto es que, por el momento, sólo me represento a mí mismo.

—¿Busca a Harrow?

Paul se estremeció. Ella no había pronunciado ese nombre a la americana, sino sin aspirar la «H». Harrow se convertía así en arrow, como si hablase de una flecha. De pronto, comprendió. Esa manera de arrastrar las eses, la entonación de las vocales: era francesa. Y supo con total certeza quién era.

—¡Juliette!

Ella parpadeó, bajó un instante el revólver como si la palabra hubiera significado para ella un alivio.

Aunque siguió apuntándolo con su arma, Paul ya no sentía el menor miedo. Sólo una inmensa curiosidad. La había imaginado tan a menudo, y ahora la estaba viendo. La veía cargada con todo lo que sabía de ella, aumentada por su historia increíble, enigmática y desesperada, y al mismo tiempo, simplemente revelada por la supresión de la distancia, entregada de forma inmediata a su percepción por lo súbito, lo imprevisto de su aparición. Estaba enflaquecida, con los ojos cargados de cansancio, la piel lívida, marcada por la falta de sueño y de cuidados. Sin embargo, en el fondo de sí mismo la reconoció y se sintió de alguna manera tranquilizado. Porque su mirada directa, la ausencia de la sombra que proyectan sobre los rostros la crueldad o el egoísmo, una evidente fragilidad, la expresión desamparada y sublime de una total sinceridad, confirmaban la idea que, sin conocerla, se había hecho de ella. Y a pesar del arma que lo apuntaba, de su vulnerabilidad total a lo que ella decidiera hacer con él, se sintió confiado y aliviado.

—¿Por qué nos busca? —preguntó ella con una brusquedad ausente en el tono de su voz.

Era inútil negar, tratar de engañarla. Paul comprendió que para ella la cuestión no era saber, porque lo sabía todo, sino comprender, y que el objeto de aquella conversación, y también su resultado, dependía de otra cosa, más profunda y más sincera.

—Para impediros cometer un acto monstruoso —dijo.

—Por sentimientos humanitarios... ¿Es eso?

Paul bajó los ojos. Desde el principio de la investigación, había actuado de una manera mecánica, arrastrado a la persecución de la liebre que Archie le había pedido que siguiera. Pero, a medida que se le habían ido revelando las verdaderas apuestas de aquel asunto, se había interrogado interiormente a sí mismo sobre sus motivaciones profundas sin expresarlas a nadie. Juliette, en tan sólo unos instantes, se había instalado en el centro de sus dudas. Se sintió a la vez inquieto y aliviado al verse obligado a clarificar para ella sus propias ideas.

—Soy médico —dijo.

—¿Médico o agente secreto?

—Las dos cosas. Me encargaron esta investigación porque todo empezó en un laboratorio.

Juliette parpadeó. La visión fugaz de Wroclaw había vuelto por un instante a su memoria. Todo aquello parecía estar ya muy lejos.

—Y claro, los médicos protegen la vida —dijo—. ¿Es eso lo que quiere decir?

—Sí.

—Y usted piensa que todo el mundo merece vivir.

—En todo caso, no nos corresponde a nosotros decidir —opinó Paul.

—¿Qué les dice a los que quieren suicidarse? —indagó Juliette.

—Que están equivocados —respondió Paul.

—Entonces, es usted quien decide.

Paul recordó su primer *stage* en psiquiatría. Había entrado en la habitación de un maníaco-depresivo en fase melancólica y sostuvo una larga discusión durante la cual el hombre le había demostrado con frialdad, racionalmente, de manera si no convincente al menos imparable, que debía morir. La misma tarde, el paciente empezó su tratamiento antidepresivo, y quince días más tarde daba las gracias a los médicos por haberlo salvado.

Cuando hubo contado esa historia, Juliette guardó silencio durante un momento. Tanto él como ella habían olvidado las circunstancias, el revólver, el ruido del tráfico en Copacabana. Estaban sumergidos en el corazón de sus certidumbres y de sus dudas, el único lugar de donde podía venir la salvación.

—¿Y si el paciente no puede curarse? —contraatacó ella—. Si vuelve usted a hundirlo en la miseria, la desesperación, la pobreza, la violencia, las ratas. Si su enfermedad no es vivir, sino no tener vida.

—Ningún motivo justifica matar. Paul había hablado demasiado aprisa. Al oír sus propias palabras, él mismo vio su absurdidad.

Ella apartó un instante la mirada, como para evitarle una humillación, y luego, en voz más baja, dio la réplica que él mismo podía haber pronunciado:

—¿No habría matado usted a los nazis? ¿No mataría para defender lo que le es más querido?

—No mataría por las ideas, por cosas abstractas.

—¿Son cosas abstractas la tierra devastada —dijo Juliette—, las barracas, los bosques talados, las guerras de miserables que provocan el hambre de los niños? ¿Qué cree usted que puede esperar esa gente que no sea una muerte horrible y lenta, sufrimientos inmensos, y con ellos la destrucción de lo que aún está vivo en esta tierra?

—Me parece —dijo Paul— que no son ésas las ideas de Harrow y de quienes se esconden detrás de él.

—¿Qué quiere decir?

—Ven al hombre como un animal más entre otros. Más peligroso, más mortífero. Y piensan que la solución consiste en pelear en ese terreno, convertirse en depredadores, eliminar hombres como el sobrante de una especie nociva.

—¿Es eso falso? —preguntó Juliette.

—Sí. Yo creo que no es la parte animal del hombre lo que lo salvará. Es su parte humana. La conciencia que posee de sí mismo y de su entorno, la solidaridad, la justicia, el amor. —Por la expresión de sorpresa de Juliette, vio que había dado en la diana—. Tú estás preocupada por el sufrimiento humano —insistió—, y Harrow no ve más que el interés abstracto del planeta. En cuanto a los que le permiten actuar, protegen sobre todo el interés muy concreto de su prosperidad.

—¿De quién está hablando?

En ese momento, todo quedó claro para Paul. Juliette ignoraba la verdadera mecánica de la operación. No era la cómplice de Harrow, sino su instrumento. Y en el fondo de ella misma, lo sabía.

Entonces le explicó los detalles exactos del proyecto: el seminario del 67, McLeod y Rogulski, el encuentro con Harrow y, para terminar, el cólera.

Cuando calló, vio que Juliette temblaba con todo el cuerpo. Dos lágrimas resbalaban sobre su rostro impasible.

Lentamente, Paul se inclinó hacia delante y se puso en pie. Sin dejar de mirarla, se acercó a ella y tomó el revólver, que ella dejó en su mano como un testigo que se pasa al compañero de equipo que va a continuar la carrera. Él lo tiró sobre la cama. En ese instante, estaba muy cerca de ella y notó que inclinaba la cabeza hacia él. La recibió en el hueco de su hombro mientras las lágrimas silenciosas se convertían en un lloriqueo doloroso, jadeante, expresión a la vez de sufrimiento y de alivio. Paul le acarició los cabellos como lo haría con un niño, para calmar su pena y tranquilizarla. Entonces, ella se aferró a él como un ahogado que cree aún estar hundiéndose cuando está siendo rescatado. No subió en él ningún deseo, tan sólo una inmensa ternura por aquel ser que se confiaba a él con toda la energía de la decepción, de la desgracia y de la esperanza recuperada.

Apretada contra él, la sentía enflaquecida y temblorosa, jadeante por lo que podía ser una expresión de felicidad o el relajamiento súbito de una tensión insoportable. Esperó a que Juliette se serenara, y cuando tuvo la certeza de que la emoción disminuía, de que ella se había calmado un poco, liberada del peso que había venido a entregarle como un fardo que le era imposible llevar más lejos, la hizo sentarse en el borde de la cama y se colocó a su lado sin soltarle la mano.

De pronto, Juliette tuvo un sobresalto, se plasmó en su cara la expresión del durmiente que se despierta en mitad de una pesadilla, y apretó muy fuerte la mano de Paul.

—¡Deprisa! —gritó, como si en ese momento tuviera conciencia de un peligro inminente—. Tiene que impedirlo. Van a actuar muy pronto. Hoy mismo. Tal vez.

Al decir la última palabra se desmadejó, a la manera de un gimnasta agotado que no puede mantener la posición acrobática en la que se había colocado con excesiva audacia. Volvió a quedar silenciosa y pensativa.

—¿Hablas de Harrow? —dijo en tono suave Paul.

Ella lo miró, como asombrada de que conociera su existencia.

—¿Harrow? Sí, Harrow.

—¿Dónde está? —preguntó Paul.

—En el hotel Laranjeiras, en las alturas de Botafogo.

Paul se sintió invadido por una gran excitación. De golpe, cuando desistía de descubrir nada, se veía providencialmente en la pista de la persona que buscaba pensando que nunca llegaría a tiempo de encontrarla.

—Pues bien, vamos allá —exclamó, y se apoderó del revólver tirado sobre la cama.

Ella soltó su mano e hizo un gesto vago, como para señalar a una multitud.

—¡Es imposible! Están por todas partes. Son muchos. Tiene de su parte a la policía, los militares, toda esa gente que pasa por el hotel. Todos los que le mandan correos electrónicos desde el mundo entero. —Dio un paso atrás y miró a Paul. Sólo en ese momento pareció descubrir con quién estaba hablando—. Usted no puede salir de aquí. Hay gente abajo vigilándolo. Escuchan su teléfono. Han decidido eliminarlo.

—¿Cómo has entrado aquí?

—Por Joaquim —dijo ella con una sonrisa vaga, al recordar al inválido. —Luego, al darse cuenta de que Paul no conocía su existencia, le explicó quién era—. Se conocen todos, en los hoteles. Habló a una de las camareras, y ella aceptó que yo ocupara su lugar esta mañana.

Mientras reflexionaba, Paul examinó el arma que tenía en la mano. Era un Taurus de un modelo antiguo, engrasado como una vieja locomotora. Abrió el tambor, lo hizo girar. No estaba cargado.

—Fue Joaquim quien me lo dio en su favela —aclaró Juliette.

—¿Por qué no puso las balas?

—Las había. Fui yo quien las quitó.

Juliette dirigió una rápida mirada a Paul, y, por primera vez, él la vio sonreír.

—¿Qué has hecho con ellas?

Ella metió la mano debajo de los faldones de su blusón, y del bolsillo del vaquero sacó un puñado de pequeñas ojivas de cobre que tendió a Paul. Él le sonrió a su vez, colocó las balas en sus alveolos y cerró el tambor con un golpe seco. El gesto de Juliette había creado una complicidad que sellaba entre ellos una forma de alianza. En adelante, quedaba claro que estaban en el mismo bando e iban a correr los mismos riesgos. Más aún, aquello les daba la impresión de no verse enteramente desprovistos de recursos frente a sus enemigos comunes. Pero paradójicamente, al mismo tiempo que el desánimo retrocedía, la perplejidad de Paul aumentaba. Tenía la posibilidad de actuar, pero, ¿cómo hacerlo y por dónde empezar? Mientras reflexionaba, una idea se abrió paso en la mente de Paul, que se volvió sobresaltado hacia Juliette.

—¿Has dicho que escuchan nuestras conversaciones telefónicas?

—Es lo que me dijo Joaquim.

Paul pensó en Kerry. Había llamado a su amiga desde el teléfono del hotel.

Se levantó, fue hasta la ventana. Varios taxis esperaban delante del vestíbulo del hotel. A alguna distancia, en otra fila, estaba estacionado un vehículo aislado. El conductor estaba de pie, junto a la portezuela. Tenía en la mano un *walkie-talkie*. A Paul le pareció reconocer el automóvil: era el que les había traído del aeropuerto. Se preguntó si sería también el que había llevado a Kerry. Ella había anotado en algún lugar la dirección y el teléfono de su amiga; Paul buscó con la mirada si el *post-it* estaba todavía sobre el escritorio o la mesilla de noche, pero no lo vio. Debía de habérselo llevado con ella.

Por su parte, Juliette perseguía otra idea. Volvió a Harrow y a su proyecto, y recordó a Paul que no tenían un solo problema que resolver sino dos, de la misma urgencia y parecida dificultad.

—No sé si Harrow lanzará la operación sin mí. Me están buscando por todas partes. Pero si no me encuentran, buscarán otra solución. Sus preparativos están demasiado avanzados para que puedan esperar aún mucho tiempo.

Dividido entre la angustia de dejar que Kerry corriera un grave peligro y la responsabilidad de impedir a Harrow provocar una catástrofe, Paul sintió una especie de vértigo que lo impulsaba con tanta fuerza a actuar que se encontró como paralizado. Juliette, que seguía con sus reflexiones, lo llevó finalmente hacia su propia prioridad.

—Ahora que ya no estoy sola —dijo—, tal vez pueda detener la operación...

—¿Cómo? —preguntó Paul.

Juliette cerró los ojos, como si se esforzara en leer en su interior una idea que sin duda ya se le había ocurrido un poco antes, pero que hasta entonces no había llegado a formular.

—Volviendo —pronunció.

—¿Volviendo adónde?

—Con Harrow —dijo ella.

Se puso en pie y dio algunos pasos por la habitación, con los brazos colgando; luego se echó atrás los cabellos sobre los hombros, y, con un brillo en la mirada y una sonrisa, expuso su plan.

—Ellos me ven volver, y yo les explico que he tenido una crisis existencial, que me he paseado por la ciudad, que la miseria me ha asqueado, que estoy de acuerdo con sus ideas. En resumen, les digo lo que quieren oír. Reactivan la operación conmigo. De ese modo, sé dónde y cuándo quieren actuar. Y le prevengo.

—¿Cómo?

—Por medio de Joaquim —dijo ella, apartando la objeción con un gesto de impaciencia—. Eso le dará tiempo para organizar algo con su agencia.

—¡Mi agencia! —gimió Paul.

Por supuesto, no le había explicado que las relaciones con Providence estaban oficialmente rotas, y sólo obtenía un apoyo clandestino gracias a Barney. Por otra parte pensó que, desde su llegada a Río, había olvidado enviarle un mensaje para indicar en qué hotel se habían instalado. En el momento en el que iba a dar esas deprimentes informaciones a Juliette, la miró, y la expresión de ella lo hizo callar. Leyó en su rostro tanta determinación, tanto valor, que le avergonzó su propio desánimo. Después de todo, ahora tenía todas las cartas en la mano. McLeod, al enviarlo a la muerte en Brasil, no había imaginado que aquel granito de arena entorpecería el mecanismo perfecto de su operación. Disponía de munición suficiente para luchar y para convencer. Tal vez incluso conseguiría que Archie rectificara su decisión.

—OK —dijo—. No tenemos muchas más soluciones.

La duda que a pesar de todo se había deslizado en su tono significaba claramente que Juliette no podía esperar de su parte un éxito garantizado al cien por cien. Quería decir que ella iba a asumir un riesgo enorme y que podía pagarlo con su vida. Ella lo comprendió perfectamente, y sin embargo en su rostro se dibujó una sonrisa, la primera que Paul le veía. Era una sonrisa de los labios, pero que, al distender sus rasgos, hacía aparecer una expresión distinta, como esos decorados de teatro que, con una ligera modificación de los primeros planos, descubren perspectivas más lejanas, de una profundidad inesperada. Si Paul hubiera tenido tiempo para analizarla interiormente, habría dicho que era la expresión de una humildad total. La misma palabra humilde, que viene de *humus,* une en lo que designa la proximidad a la tierra y la simpatía por quienes viven en contacto con ella. Y esa palabra, que él no había formulado de modo expreso, hizo volver a la memoria de Paul una frase que la contenía y que McLeod había pronunciado delante de él.

«El hombre humilde va hacia las fieras salvajes.» Era la primera parte de la frase que había citado el viejo multimillonario. Paul recordó la continuación, que hablaba del perfume de Adán. Pero no conseguía acordarse de las palabras que había en medio. «El hombre humilde va hacia las fieras salvajes», se repitió mirando a Juliette. Ella iba, por propia voluntad, hacia Harrow y sus esbirros. Y la admiró.

—De acuerdo —dijo.

Juliette tomó las manos de Paul entre las suyas. Él se puso en pie, la abrazó y la estrechó contra su cuerpo. Sintió el pecho de ella apretado contra su camiseta. El deseo violento que sintió por ella en ese instante no podía disimularse, pero no le impidió prolongar su abrazo. Parecía llenarse de aquella fuerza viril tendida hacia ella, aprovisionarse de ella para armar su propio coraje. Luego, se separó de él y caminó hacia la puerta.

—Para salir del hotel —dijo Juliette—, tendrá que pasar por los pasillos de servicio. Le he dibujado un pequeño plano hasta la salida. Cuando esté fuera, cómprese un móvil brasileño y llame a Joaquim para decirle dónde está. Su número está escrito en el plano. —Tendió a

Paul un papel plegado en cuatro, que él deslizó en el bolsillo de sus pantalones cortos—. Alguien le avisará en cuanto yo sepa el momento en que va a empezar la acción.

Le sonrió una última vez, pero de manera más maquinal, como si su mente estuviera ya ocupada por lo que había de hacer. Luego desapareció en el pasillo.

Paul se quedó un momento inmóvil, emocionado, pensativo, turbado por aquella aparición, y ahora por aquella ausencia.

9

Río de Janeiro, Brasil

Nadie es más fácil de engañar que un policía. Juliette conocía los caminos ocultos de las favelas lo suficiente para llegar al hotel Laranjeiras sin ser localizada. Pero, para hacer más creíble su regreso, prefirió dejarse capturar. Así pues, entró en una pensión de Botafogo, pidió una habitación y dio su verdadera identidad. Por la mirada del recepcionista, comprendió que había recibido, como todos los hoteleros, un aviso de búsqueda relativo a ella. Lo vio desaparecer, sin duda para telefonear con discreción. Un cuarto de hora más tarde, cuando estaba tendida sobre la cama chirriante de la habitación número 6, la puerta saltó de una patada. Una escuadra de policías dirigidos por un hombrecillo gordinflón de cabellos negros casi rizados a pesar de estar cortados al dos, irrumpió en la habitación, enarbolando sus armas. Juliette se dejó llevar sin resistencia, pero fingiendo un aire temeroso y sorprendido. La hicieron montar en la trasera de un furgón con ventanillas enrejadas que olía a sudor y grasa. A golpe de sirena la condujeron a través de la ciudad hasta una construcción austera situada cerca de la bahía. Atravesó pasillos en los que esperaban, esposados, muchachos jóvenes de aire ausente y algunas prostitutas. Después de subir por una escalera corta y de seguir por más pasillos, llegaron a una puerta en la que estaba escrito «Divisão criminal». El hombrecillo que la había detenido llamó a la puerta, que se abrió de inmediato. En un amplio despacho de paredes desnudas, amueblado con una mesa abarrotada de *dossiers* y algunas sillas metálicas dispersas sin orden, Juliette vio a tres hombres: uno de ellos, al que no conocía, iba vestido de uniforme de oficial de la policía. Los otros dos eran Harrow y Zé-Paulo.

La interrogaron a lo largo de más de una hora. Harrow no hizo ninguna pregunta. Se contentaba con mirarla fijamente con sus ojos azules, en los que era imposible leer otra cosa que el odio.

Ella se atuvo estrictamente a la versión que había preparado. Sólo el miedo la había impulsado a huir. Se había ido al azar, en línea recta, poseída por un pánico inexplicable. Tal vez era la proximidad del gran día, el desgaste de la espera, las decepciones amorosas. (Miró de reojo a Harrow, sin decir más.) Los policías de guardia que estaban en la parte baja de la calle charlaban entre ellos, no la habían visto pasar. Había dormido esa noche bajo un porche, acostada en el suelo, y los pocos paseantes la debieron de tomar por una mendiga. No, no había hablado con nadie. No tenía ningún proyecto. ¿Por qué eligió el hotel de Botafogo donde la habían encontrado? Por casualidad, por agotamiento. Sí, estaba contenta de que la hubieran encontrado. Esperaba que siguieran confiando en ella. Tenía más ganas que nunca de actuar. Sólo necesitaba que las cosas fueran deprisa, porque ya no soportaba más la espera, la incertidumbre.

Al cabo de una hora, el oficial hizo entrar a dos policías que esperaban delante de la puerta, en el pasillo. Se la entregó mientras se retiraba a una habitación vecina, seguido por Zé-Paulo, que afectaba la dignidad un poco ridícula de fiscal pidiendo la condena a muerte, y de Harrow, siempre impenetrable.

Unos minutos más tarde, volvieron. Zé-Paulo tenía un aire inquieto y contrariado. Sin duda no había llevado la mejor parte en la discusión. Fue Harrow, esta vez, quien habló. Colocó una silla junto a la de Juliette, le tomó la mano con suavidad y bajó la cabeza.

—Está bien —dijo—. Vamos a volver al hotel. No tendrás que esperar más. Lanzaremos la operación esta misma tarde, a la caída de la noche.

Cuando Juliette se fue, Paul pasó media hora señalando su presencia a los guardianes encargados de vigilarlo. Llamó al servicio de habitaciones para que le subieran una Coca-Cola, se asomó largo rato a la ventana, muy visible para los pretendidos taxistas que le observaban desde abajo escondiendo sus *walkie-talkies* de modo ineficaz. Hizo varias llamadas desde la línea fija, a un dentista, un notario y una cartomántica. En cada ocasión explicó laboriosamente a interlocutores, que apenas hablaban el inglés, que acababa de llegar a Río, que hoy iba a descansar, y concertaba una cita para los días siguientes. Esas informaciones debían de seguir los canales a la vez reactivos y laboriosos que constituyen la mecánica habitual de los seguimientos policiales. Sus ángeles custodios tendrían trabajo por algún tiempo. Ya podía actuar.

Juliette le había informado de que nadie lo vigilaba en el piso. Salió, pues, de la habitación con mucha naturalidad, siguió el pasillo y, en lugar de detenerse delante de los ascensores, continuó hasta una puerta en la que estaba escrito «Servicio». Llevaba, como ella le había recomendado, un gran ramo de flores. Juliette le había indicado que siempre había uno sobre una mesa, en el extremo del pasillo, que cambiaban regularmente. Le había explicado que para circular por los pasillos de servicio de un establecimiento como el Oceania, era preferible tener un aire atareado. Oculto detrás del gran ramo, resultaba perfectamente creíble. Una fauna invisible de camareras, proveedores y botones se cruzó con él en los corredores interiores mal iluminados y en las escaleras leprosas donde el terciopelo raído de los pasillos reservados a la clientela cedía su lugar a una decoración sumaria, constituida por extintores, carritos de limpieza y botes de pintura.

Paul siguió las indicaciones que le había dado Juliette. Nadie le hizo preguntas, y salió por una puerta de doble batiente que daba a los cubos de basura del hotel. La callejuela que siguió desembocaba en la avenida comercial que bordea Copacabana, en la parte trasera de los edificios de la primera línea de mar. Paró un taxi que lo condujo al centro de la ciudad. En la avenida Rio Branco, compró un teléfono móvil con una tarjeta válida para el mundo entero. Sentado en un banco, llamó a Barney a Providence.

Se puso al aparato Tycen, que dio un grito al oírlo.

—¡Te están buscando por todas partes! ¿Por qué no has contactado con nosotros al llegar a Brasil?

Paul le resumió rápidamente la situación.

—Barney sospechaba que era una trampa —dijo Tycen—. Y Archie también.

—¡Archie! ¿Sabe que estamos aquí?

Tycen se dio cuenta de que Paul ignoraba los últimos acontecimientos de Providence. Le contó la intervención de Lawrence, la conversación de Barney con Archie, y la rectificación de éste.

—¿Dónde están en este momento? —preguntó Paul.

—Volando a Río.

—¿Los dos?

—Sí.

—¿A qué hora llegan?

Tycen tecleó en su ordenador y dijo:

—Once horas treinta, hora local, en el aeropuerto Galião.

Una ojeada a su reloj de pulsera indicó a Paul que eran las once menos diez.

—Voy a buscarlos —dijo.

Cerró su móvil y saltó a un taxi.

Kerry había atravesado Río en taxi a la peor hora: esos momentos de la mañana en los que aún hace fresco y los habitantes de los barrios periféricos se amontonan en las vías rápidas para llegar a su trabajo. El gabinete de su amiga Deborah estaba situado al otro lado del puente de Niteroi, en una zona de pabellones. Unos árboles demasiado nutridos de lluvia y de sol reventaban las aceras. Detrás de las verjas de hierro, se distinguían jardines plantados de mangos y limoneros. Después de diez timbrazos, una empleada negra, vestida con una blusa de algodón que evocaba vagamente un uniforme médico, acudió a abrirle, pero no la dejó entrar. «El doctor» no tenía consulta los jueves. Era inútil esperarla. No tenía su número de móvil. La mujer le dio esa información de forma lacónica, mientras miraba a Kerry con una desconfianza teñida de desprecio. Era evidente que consideraba que la locura profunda de las personas que desfilaban por aquel centro no residía en los desórdenes de los que venían a quejarse, sino en el hecho de que aceptaban pagar fortunas para que alguien se contentara con escucharles. Después de agotar todos los argumentos, Kerry acabó por encontrar una idea que le pareció a la empleada lo bastante razonable para que se dignara responderla. Le preguntó si Deborah («el doctor») tenía también consulta en algún hospital. Esa información no era comprometedora, y parecía ir en la dirección de acrecentar el respeto que su patrona merecía a la vieja enfermera. Ésta respondió que, en efecto, «el doctor» visitaba en el hospital de las hermanas de la Inmaculada Concepción, en Graças. No sabía ni cuándo ni en qué departamento, pero Kerry, por lo menos, tenía una pista.

El taxi estaba estacionado un poco más lejos. Volvió hasta él y preguntó al conductor si conocía el hospital en cuestión. Él respondió que no, pero que si iban al barrio de Graças encontraría con facilidad a alguien que le informase.

Tardaron aún una buena hora, con los embotellamientos, en llegar al otro lado de la bahía. El tiempo pasaba a la vez con demasiada lentitud y demasiado aprisa. Con lentitud, porque Kerry estaba impaciente por seguir aquella pista. Era consciente de que habían emprendido una carrera contra reloj y que en cualquier momento podía producirse la catástrofe. Aprisa porque aquellos instantes finales de la misión, la impaciencia, el estrés, la angustia, la tenían en un estado de ansiedad que no había experimentado desde hacía mucho tiempo, y que tal vez nunca volvería a vivir. Se sentía como alguien que vive sus últimas horas en un país, se impregna del lugar, se siente enteramente a gusto, pero sabe que al día siguiente estará lejos. En Graças, el conductor detuvo el taxi en una plaza, delante de un bar en el que estaban sentadas parejas de enamorados, estudiantes y personas ociosas. Entró para intentar encontrar a alguien que pudiera encaminarlos al hospital de la Inmaculada Concepción. Kerry apoyó la cabeza en el asiento y cerró los ojos, vencida por una somnolencia producto sin duda de los continuos desfases horarios de los últimos días, de sus noches sin sueño, de su angustia.

La fatiga la había vuelto a la vez más impaciente, más sensible al paisaje y a los colores, y menos vigilante. Ni ella ni Paul se habían dado cuenta de que el taxi que había tomado a la salida del hotel estaba estacionado aparte de la fila de taxis. Y no se inquietó por la prolongada ausencia del conductor. No imaginó que, oculto detrás de la esquina de una calle, se comunicaba por *walkie-talkie* con quienes, en la sombra, le habían confiado la misión de vigilarla.

Cuando volvió, explicó que había conseguido encontrar la dirección del hospital, y Kerry pensó que se había limitado a hacer lo que ella le había pedido.

Tardaron bastante en llegar al establecimiento, pero, como no conocía la ciudad, ella sólo vio un efecto de la complejidad de aquellas callejuelas tortuosas por las que los automóviles circulaban al paso. Por fin, se detuvieron delante de un edificio de ladrillo rojo en el que no había nada que indicara su función. Sólo la presencia de una larga cola de gente pobre delante de una puerta permitía deducir que allí se prestaba atención gratuita. Kerry pasó delante de la fila y habló con un portero que la dejó entrar sin dificultad. El interior del edificio estaba casi desierto y silencioso. Más parecía un monasterio que un hospital, a pesar de un olor a éter que parecía emanar de las paredes. Kerry tardó algún tiempo en encontrar a alguien a quien dirigirse y que entendiese el inglés. Ese alguien tomó la forma de una monja impresionante, vestida de blanco, tocada con un velo plisado, insignia de su orden o atributo de sus funciones de enfermera, que la miró de arriba abajo con aire reprobador, con una insistencia particular en sus cabellos revueltos.

Le indicó que el departamento de psicología estaba situado en la tercera planta. Kerry subió por una escalera recubierta de linóleo que daba a un rellano desierto. Un largo pasillo, al que se abrían puertas idénticas sin ninguna indicación, recorría todo el edificio hasta una ventana oculta a medias por un macetero con una enorme palmera. Tenía que elegir entre esperar a que alguien saliera, o bien abrir una de las puertas, con el riesgo de interrumpir una consulta. Miró su reloj: eran ya las dos y media. No había tiempo que perder. Abrió la primera puerta y entró en un cuarto pequeño, vacío, amueblado con una mesa y dos sillas. Abrió una segunda, una tercera y, por fin, a la siguiente, se topó con un médico que escuchaba a un hombre muy anciano. El paciente siguió hablando sin darse cuenta de que alguien había entrado. El médico no pareció molesto por tener que interrumpir su trabajo. Se puso en pie, fue hacia Kerry y salió al pasillo con ella.

—Perdóneme, busco a una de sus colegas. Es por un asunto urgente.

El hombre preguntó el nombre de la que Kerry buscaba, y reflexionó un instante.

—No es médico —precisó, con una pizca de burla—. Deborah es sólo una psicóloga. Viene aquí los miércoles por la mañana, si no me equivoco.

Era jueves.

—¿Tiene idea de dónde la puedo encontrar? —preguntó Kerry.

—Espere un minuto.

Entró de nuevo en el gabinete de consulta, tomó un anuario fotocopiado colocado debajo del teléfono, y volvió hojeándolo.

—Aquí está —dijo, orgulloso.

Leyó una dirección y tendió la página a Kerry para que descifrara ella misma la ortografía. Era la calle del gabinete privado donde había estado aquella mañana, y el número de teléfono era el mismo al que había estado llamando sin éxito.

—¿No tiene su dirección particular?

—Lo siento, no la conozco personalmente. Es todo lo que puedo hacer por usted —dijo el médico.

—¿Alguna otra persona de aquí...? —dijo ella, con un gesto hacia las otras puertas.

—Me temo que nadie sepa decirle más. Somos autónomos y tenemos poca relación entre nosotros.

Kerry le dio las gracias y bajó. Otra pista que desembocaba en nada. Sintió que la invadía el desánimo.

En la planta baja, la hermana enfermera había desaparecido. Pero un hombre daba vueltas por el vestíbulo, con un móvil pegado a la oreja. Era un brasileño de tez morena, vestido con elegancia, con un traje blanco y una camisa de buen corte con el cuello desabrochado.

—¿Busca a alguien, señorita? —dijo mientras cerraba su teléfono.

Kerry no entendió la frase, porque había hablado en portugués. Por su tono de galantería un poco ridícula, adivinó el sentido, tanto el explícito como el sobreentendido. Pero, después de todo, no estaba en condiciones de despreciar ninguna ayuda.

—Busco a una psicóloga que trabaja aquí los miércoles —dijo en inglés.

—¿Cómo se llama?

Había debido de aprender el inglés en Florida o en Texas, y las entonaciones americanas se mezclaban con el acento silbante de los cariocas.

—¡Deborah! —exclamó cuando ella le hubo dicho a quién buscaba—. Pero si es una excelente amiga mía. —Al advertir la sorpresa de Kerry y tal vez cierta desconfianza en su expresión, se apresuró a añadir que también él pasaba consulta en el dispensario, aunque en otra especialidad—. Soy neurólogo. Deborah y yo hemos trabajado varios años juntos en la universidad. Permítame presentarme. Me llamo Mauro Mota.

—¿Conoce... su dirección particular?

—Pues claro que sí. Cenamos juntos la semana pasada —dijo Mota.

Era un encuentro providencial y Kerry, por mucha aprensión que sintiera, no podía permitirse el lujo de mostrarse desconfiada, de pedir garantías y pruebas.

—¿Podría dármela? Necesito verla con muchísima urgencia.

—Por supuesto. Pero vamos primero a llamarla. No estoy seguro de que esté en su casa a esta hora. —Tecleó un número en su móvil. Alguien respondió, y él hizo varias preguntas en portugués. Luego cortó la comunicación—. Estará en su casa hacia las cinco.

—¿Dónde vive?

—¿Tiene usted coche?

—Un taxi. Me espera fuera.

El médico hizo una mueca.

—Un taxi no la encontrará nunca. Vive en una villa en lo alto del Corcovado, un lugar precioso por otra parte. No tiene una dirección concreta. Hay que conocerlo. —Consultó su reloj—. Son casi las tres. Yo no vivo lejos de ella. Como ya he terminado mi consulta, puedo dejarla allí, si le parece bien.

Después de todo, ¿qué tenía Kerry que perder? El tipo era un donjuán, pero ella había conocido a muchos así, y éste no le pareció especialmente peligroso.

—Es usted muy amable. Acepto encantada, si de verdad no le supone ninguna molestia.

Salieron del dispensario, y ella se acercó al taxi. Mauro Mota se le adelantó, tendió un billete al taxista y lo despidió con frialdad.

—Mi coche está un poco más abajo.

La llevó a un garaje de un solo piso situado entre dos edificios. El guardián, al verlo, corrió a buscar un Lexus negro y lo colocó, con el motor en marcha, delante de su propietario.

—Tenemos una hora por delante, antes de que Deborah vuelva a su casa. ¿Puedo ofrecerle una copa?

Kerry no se extrañó de que aquel *playboy* le propusiera un intermedio de esa naturaleza. Entraba en la lógica del personaje, y no vio razón para rehusar. Él la condujo hasta el lago por encima del cual se eleva, en lo alto de un pico, el Cristo Redentor. Entraron en un café de moda, con una decoración minimalista, más o menos importada de Nueva York, y jóvenes camareros con camisas negras.

—Perdóneme —dijo Kerry después de instalarse—. Mi amigo se ha quedado en el hotel. Voy a llamarlo para saber si quiere reunirse con nosotros.

Se había regocijado de antemano al pensar en la reacción del galán. Él estuvo perfecto, no dejó traslucir el menor despecho e incluso le ofreció su móvil para llamar. Ella tecleó el número del hotel y pidió por la habitación de Paul, pero no tuvo respuesta.

—No está —dijo después de apagar—. Tanto peor, iré sin él.

Curiosamente, el médico pareció más contrariado por esta información de lo que había estado al enterarse de la existencia de Paul. Pero disimuló su sorpresa y no tardó en reanudar la conversación con naturalidad. Pidieron cócteles, intercambiaron frases banales. Kerry explicó que estaba haciendo turismo en Brasil, y se esforzó en interesarse por informaciones insignificantes acerca de Río, sus monumentos, sus espectáculos y su carnaval.

Al cabo de un cuarto de hora más o menos, Mauro Mota se excusó y fue hacia el fondo del café. Ella lo esperó, mientras pensaba lo que le pediría a Deborah. Encontrarla había sido su única preocupación. Ahora que ya casi lo había conseguido, se daba cuenta de que faltaba por hacer lo más esencial. ¿Cómo se las arreglaría, con su ayuda, para seguir la pista hasta Harrow? Su intención era abordar a Oswaldo Leite, que parecía ser el hombre clave de la operación en Brasil. Deborah pertenecía a una familia importante que contaba entre sus miembros con varias personalidades políticas y grandes financieros. Pero suponiendo que Kerry pudiera, con su ayuda, llegar hasta ese hombre, ¿cómo podría intimidarlo o, por lo menos, influir en él?

Mientras ella estaba sumida en esas reflexiones, Mota, oculto por un biombo en el fondo de la sala, telefoneaba.

—¿Sabíais que él se ha marchado?

—Acabamos de enterarnos —respondió su interlocutor—. No ha salido por la puerta principal y los chicos no han visto nada. Pero nos estamos ocupando. Todo el mundo está alerta. No puede ir muy lejos.

—Entonces, ¿qué hago yo?

Hubo un silencio al otro lado de la línea.

—Ya montaremos algo para él cuando lo encontremos. Mientras tanto, tú continúa la operación como estaba previsto, aunque sea sólo para ella.

10

Río de Janeiro, Brasil

—¿Cómo se siente?

Zé-Paulo tenía el aliento mentolado. Sin duda alguien le había hecho alguna observación, y había creído eficaz añadir el olor mareante de aquellos bombones al hedor que emanaba naturalmente. Juliette apartó la cabeza.

—Me siento bien.

Era cierto. Nunca había experimentado una sensación parecida. Se daba cuenta de su fragilidad. Sin duda sería efímera. En cualquier caso, se sentía bien y tenía que aprovecharlo.

El coche había pasado a buscarla a las cinco al hotel Laranjeiras. Juliette subió a él acompañada por Harrow y Zé-Paulo. Se dio cuenta de que le tenían miedo. La habían preparado cuidadosamente como a un kamikaze. Y, como un kamikaze, percibía cierto malestar en las personas que se le acercaban. Pertenecía ya a la especie aterradora de los muertos.

Al salir del hotel, Juliette sonrió a Joaquim, que parecía dormitar junto a la entrada, sentado de través en su silla metálica de ruedas. Él le había respondido con un parpadeo imperceptible.

Harrow estaba silencioso y serio, como siempre, tal vez un poco más. Juliette incluso creyó observar que temblaba ligeramente, y eso la hizo sonreír. Desde su vuelta, la trataba con mucho más miramiento. No había intentado tocarla, y ella no lo había provocado. Sólo se aseguró, a través de repetidas preguntas, de que ella no había cambiado de opinión y de que estaba decidida a pasar a la acción, tal y como habían convenido. Cuando comprendió que era así, pareció aliviado.

En el coche, Juliette iba sentada detrás, al lado de Harrow. Delante, Zé-Paulo daba instrucciones al chófer, un hombrecillo de rostro cuadrado que acariciaba el volante con sus dedos gordezuelos.

Dios sabe por qué, a ella le recordaba a una de sus antiguas vecinas, que su madre la llevaba a visitar cuando era pequeña. Era una mujer obesa que se movía con dificultad. Un día, la habían encontrado transformada. Flotaba dentro de sus vestidos, trotaba y anunciaba feliz que había perdido veinticinco kilos gracias a una nueva dieta. Apenas tuvo tiempo de reformar todos sus vestidos: tres meses después, murió. Aparte de la nueva dieta, lo que tenía sobre todo era un cáncer de hígado, que al mismo tiempo que la hacía feliz le quitaba la vida.

El coche bajó primero hasta Botafogo, bordeó la bahía y entró en el gran túnel. No era el camino más corto para la Baixada. Juliette estaba indiferente, ausente, y al mismo tiempo su mente registraba todo con una lucidez que la sorprendía a ella misma. Giraron después a la derecha, hacia Lagoa. Por una calle en cuesta, llegaron a una verja monumental que se abrió cuando se aproximaron. Sin duda eso se debió al breve telefonazo que Zé-Paulo había hecho mientras viajaban. El portal daba a un patio enlosado, rodeado por maceteros con plantas. Al fondo se abría una villa moderna, en cuyo sótano podían aparcar tres automóviles. Dos plazas estaban libres, entraron. El patio estaba desierto, pero en el coche aparcado, un viejo Volkswagen Escarabajo, esperaba un conductor. La pintura gris del VW había perdido brillo, y los bajos de la carrocería estaban picados. Zé-Paulo salió el primero. Abrió la portezuela del Escarabajo e hizo señas a Juliette para que entrara. Iba a cerrar cuando ella lo impidió:

—Ted viene conmigo.

El brasileño miró a Harrow, y éste se adelantó hasta el coche.

—Sí —confirmó—. Yo la acompaño. Lo he prometido. —Zé-Paulo parecía incrédulo y, en todo caso, contrariado. Pero Harrow le puso la mano en el brazo con una expresión tranquilizadora—. Eso no cambia nada —dijo con voz sorda.

—Pero no hay sitio —discutió Zé-Paulo.

—Dile al chófer que baje. Conduciré yo.

Hubo un momento de indecisión. Finalmente, el chófer salió del coche, y Harrow ocupó su lugar.

Juliette había puesto aquella condición la tarde después de su vuelta. Harrow la aceptó sin rechistar, porque era una solución que le permitía vigilarla hasta el final, cosa que lo tranquilizaba mucho. Después de todo, no tenía nada que temer. Conocían las posiciones que ocupaba la policía en aquella zona. Ningún curioso se atrevería a ir a denunciarle, y aunque fuera así, su testimonio iría a parar sencillamente a la papelera. La investigación establecería que Juliette había llegado sola al volante del Escarabajo, y no habría nada que contradijera esa versión de los hechos. Por el contrario, lo esencial era que todo se desarrollara según el plan previsto hasta el final. Harrow cuidaría mejor de ello colocado al lado de Juliette, para prevenir cualquier cambio, cualquier duda, cualquier intento de traición.

Se pusieron en marcha casi de inmediato. Zé-Paulo había abierto el capó delantero del coche y se había asegurado de que los cuatro contenedores estaban allí. Era ya de noche cuando salieron a la calle y volvieron a tomar la avenida que rodea el lago. El Cristo Redentor estaba iluminado y extendía sus brazos en cruz en el cielo negro para acoger a todos los pecadores. Esta vez, Harrow sí tomó la dirección norte, hacia la Baixada.

Juliette lo veía de perfil, y su rostro sombrío resaltaba contra las luces que bajaban de las colinas. «Las favelas —pensó ella—, se reconocen en la noche porque sus lámparas están desperdigadas sin orden, mientras que en los barrios ricos los edificios disponen sus luces en líneas y columnas regulares.»

—¿Te acuerdas de lo que tienes que hacer?

—Lo he repetido durante una hora, esta tarde, Ted.

Con un contenedor vacío, idéntico a los que estaban colocados en el maletero, Juliette había repetido una y otra vez los gestos que tendría que llevar a cabo en el canal: abrir la cerradura de seguridad, sumergir el contenedor en el agua, volcarlo hacia un lado y vaciar todo su contenido en la corriente, cerrarlo y colocarlo en un saco de basura, etcétera.

Las noches anteriores había llovido. Las nubes tenían un aire amenazador y hacían prever nuevos chaparrones en las horas siguientes. El aire húmedo hacía imposible saber si el bochorno venía del suelo empapado o del cielo tormentoso. Con su ruido de ametralladora, el Escarabajo afrontó valerosamente las primeras cuestas que señalaban la entrada de la Baixada.

La hora había sido cuidadosamente elegida. La operación tenía que desarrollarse en el momento en que se extendía la oscuridad. La vigilancia de los habitantes es menor en ese lapso. Además, en las primeras horas de la noche, muchas personas iban al canal a lavarse sin ser vistas, y a sacar agua para la cena. La contaminación sería inmediata. Y la noche haría más fácil y más discreta la eliminación de Juliette.

El sol tocaba ya el horizonte abarrotado de hilos eléctricos y postes de madera, enrojecía el barro y arrancaba algunos reflejos metálicos de los techos de las favelas. Harrow estaba rígido, como cada vez que entraba en aquel lugar detestado. Juliette, por el contrario, tuvo la impresión de que llegaba a su casa.

Kerry y su galán se entretuvieron en el café algo más de lo previsto. Mota llamó varias veces a la casa de Deborah. No había vuelto aún, y en cada ocasión él propuso que esperaran un poco más antes de ponerse en camino. Kerry se impacientaba, pero no tenía ningún medio a su alcance para acelerar los acontecimientos. Mota la irritaba con su charla de seductor, y sus alusiones y bromas caían en el vacío. Finalmente, ella resolvió hacerle hablar de política. Le preguntó por Oswaldo Leite, del que había oído hablar en Estados Unidos, le dijo, como un posible candidato a la presidencia, en las próximas elecciones.

Mota habló de él con admiración y entusiasmo, pero sin decir nada que Kerry no supiera. Por fin, hacia las cinco, hizo una nueva llamada. Anunció triunfalmente que Deborah había telefoneado a su casa para decir que salía de la peluquería y enseguida llegaría. Sin prisas, pidió la cuenta, pagó, y pasó todavía un buen rato al teléfono «en relación con un paciente difícil». A las cinco y cuarto, salieron por fin del bar y cruzaron la avenida hasta el lugar en que esperaban dos guardacoches. Uno de ellos trajo el automóvil de Mota, y se pusieron en camino.

La circulación era densa. Era la hora de la salida de las oficinas. Kerry se preguntó si había elegido mal el momento de sus desplazamientos o si Río era una ciudad constantemente embotellada. Había pasado casi todo el día en medio de coches que rodaban al paso. Mota puso un CD de música brasileña y volvió a empezar a disertar sobre los instrumentos del Nordeste, la región de la que era originaria su familia. Kerry tenía menos ganas que nunca de interesarse por las sonoridades comparadas del *cavaquinho* y el violín del *sertão*.

Veía teñirse de rojo el lago, alrededor del cual se encendían ya las farolas. Las colinas adquirían un color verde oscuro, y en sus cimas las pendientes de basalto brillaban a la luz casi horizontal del crepúsculo.

Mota continuaba con su verborrea. Pero en el extremo del lago tomaron el camino que asciende entre revueltas por el flanco del Corcovado. La cinta de asfalto por la que avanzaban era estrecha y oscura, rodeada casi continuamente por tapias altas que protegían las propiedades privadas. La vegetación tropical que asomaba por la parte superior estaba iluminada desde dentro por proyectores. Kerry ya no veía más que el perfil del conductor, dibujado fugazmente al paso por aquellas luces indirectas. Al prescindir de sus mímicas galantes, el rostro de Mota había adquirido un aspecto inesperado, inquietante y duro.

De vez en cuando, al salir de una revuelta, la carretera dejaba ver más abajo espacios iluminados por las bombillas desnudas y los neones blancos que señalan la presencia de las favelas.

Fue ella, esta vez, quien habló. Preguntó si estaban aún lejos, quién vivía en estos barrios, si Deborah no tenía miedo a seguir este camino sola por la noche. Mota respondía ahora con frases cortas. Parecía haber cambiado de gestos, y reemplazado sus muecas corteses por una sonrisa enigmática y amenazadora.

A medida que ascendía, las viviendas se hacían menos frecuentes y atravesaban largas zonas de oscuridad que debían de corresponder a bosques.

—No —gruñó Mota, sin mirarla—, el barrio no es muy seguro. —Kerry no lo vio, pero tuvo la impresión de que se reía—. ¿Ha oído hablar de aquel periodista norteamericano que investigaba el tráfico de cocaína...?

—Tal vez. ¿Qué le ocurrió?

—Lo encontraron cortado a pedazos. Pedazos muy pequeños. En una caja.

—¿Y qué?

—Fue ahí, en esa favela de abajo.

Kerry sintió un nudo en la boca del estómago. No era miedo. Sólo la impresión de que debía mantenerse alerta y prepararse para una prueba desconocida, un combate.

—En esa favela...

—Y en esta carretera —siguió diciendo Mota—, hay con frecuencia ataques, emboscadas... —Ella miró, a la luz de los faros, la carretera desierta por la que avanzaban cada vez más despacio—. En principio, los ladrones sólo quieren el dinero.

Las sombras a ambos lados ya no se veían interrumpidas por ninguna luz.

—Sin embargo —añadió, ahora con una risotada franca, pero desagradable—, la gente no siempre sobrevive para contarlo.

De pronto, a lo lejos, Kerry distinguió la luz de unos faros en sentido inverso.

—Sobre todo la gente demasiado curiosa...

Antes incluso de que Mota soltara esa última observación, ella comprendió. Los faros que había visto no avanzaban, y su luz cruzaba oblicuamente el camino. Pertenecían a un vehículo colocado de través en la carretera, y lo rodeaban varias siluetas, en pie. Intentó abrir la portezuela, pero estaba bloqueada. Cuando se volvió hacia Mota, vio que conducía con una mano, y con la otra se preparaba para golpearla.

—Quédese quieta —ordenó—. ¿Cómo dicen ustedes en inglés? Ah, sí, «se ha metido en la boca del lobo».

Lejos de atemorizarla, aquellas palabras hicieron que Kerry perdiera toda clase de inhibición. Lo vio todo: la emboscada, la duplicidad de Mota, el desenlace ineluctable y fatal. La Kerry de Fort Bragg sustituyó de inmediato a la Kerry prudente y algo ingenua que se había dejado arrastrar a aquella trampa.

La barrera estaba aún a un centenar de metros y los sicarios no podían correr el riesgo de disparar sobre el coche antes de que se detuviera, puesto que el conductor era uno de los suyos. Con una rapidez y precisión que cogieron a Mota enteramente desprevenido, lo golpeó y se arrojó sobre el volante. El Lexus patinó en la estrecha carretera. Saltó sobre un talud estrecho y se precipitó en el vacío. En aquel lugar, la pendiente era muy fuerte y no había grandes árboles en una veintena de metros. El coche arrancó arbustos y, algo más abajo, rebotó entre dos árboles como la bola de un Flipper. Luego chocó con un tercero, de frente, y quedó inmóvil, casi vertical. Kerry, que se había hecho una bola durante la caída, estaba indemne. Mota no se había atado el cinturón. Su cabeza había chocado con el parabrisas y yacía inconsciente, volcado sobre el volante. Las puertas seguían bloqueadas. Kerry se inclinó sobre Mota y descubrió un revólver debajo de su axila. Con la culata, golpeó el vidrio de su portezuela, hasta hacerlo estallar. Pudo salir por entre las astillas y notó los arañazos en su brazo izquierdo.

Más arriba, varias linternas se agitaban en la carretera. Oyó el ruido de pasos sobre el asfalto, y gritos. El suelo del bosque había retenido el agua de las lluvias. Era viscoso y resbaladizo. Agarrándose a un tronco y otro, a pesar del dolor que sentía, empezó a descender por la pendiente en la oscuridad.

11

Río de Janeiro, Brasil

El Escarabajo cargado de muerte subía despacio la larga avenida central de la Baixada. Harrow y Juliette guardaban silencio, atentos al menor signo de anormalidad. Pero no había ninguno. Una calma completa reinaba en las calles, las puertas de las barracas estaban cerradas, no había ningún viejo sentado en los bancos colocados a lo largo de las fachadas de chapa. Atribuyeron aquel vacío a la humedad que persistía después de la lluvia. Los brasileños están siempre dispuestos a quejarse del frío al menor retroceso del calor que los abruma de ordinario.

Pero, a medida que el automóvil ascendía por la avenida desastrada, la calma tomó un carácter distinto. Era demasiado profunda para deberse sencillamente a la casualidad o al humor de sus habitantes. En las calles no había literalmente nadie. Incluso las casas, en cuyas ventanas siempre se ve asomar cabezas de niños, parecían vacías. Aún no habían llegado al extremo de la avenida cuando Juliette y Harrow tomaron conciencia de una evidencia inquietante: la favela estaba vacía.

Era demasiado tarde para retroceder, y de todas maneras la interpretación de ese hecho no era unívoca. Podía celebrarse una fiesta en alguna parte, a menos que un ajuste de cuentas sangriento la noche anterior hubiera incitado a la gente a ponerse a salvo.

El automóvil, en su lento avance, acabó por llegar al borde del canal. Harrow disminuyó todavía más la velocidad, y miró a su alrededor. No había nadie en las callejuelas que daban a la plaza. Estaba reflexionando sobre aquel estado de cosas cuando otra evidencia llamó su atención. El camión de la policía tampoco estaba en su lugar habitual, y no había ningún otro a la vista.

Harrow frenó brutalmente y el coche quedó inmóvil en medio de la encrucijada. Se volvió hacia Juliette, con el rostro convulso por la ira y el miedo.

No tuvo tiempo de darse cuenta de que ella sonreía, con una sonrisa extraña, casi extática, como si se abandonara a una fuerza desconocida, la del destino que iba a cumplirse. Un grupo de soldados salió de las barracas situadas delante del coche, mientras otros, arma en ristre, tomaban posiciones a los lados. Se oyó el ruido de un helicóptero que se aproximaba, y muy pronto el enorme aparato del ejército se colocó en vuelo estacionario sobre el automóvil.

Todo ocurrió muy deprisa, pero, como siempre en los momentos de intensidad extrema, cada actor del drama, y en primer lugar Harrow, vivió esos instantes con una claridad que les confirió una duración mucho mayor. Empezó por dudar si sacar el arma que llevaba. La había cogido sobre todo en previsión de un gesto de resistencia de Juliette o de un suceso externo, por ejemplo la interposición de habitantes de la favela. Pero, frente al despliegue de fuerza que rodeaba el automóvil, el uso de un arma corta era ridículo.

Después, miró por el retrovisor si era aún posible una retirada. Pero una cortina de soldados, a una cincuentena de metros, cortaba el camino por el que habían venido. Entonces, Harrow simuló rendirse. Bajó las manos y pareció quedarse quieto. Al mismo tiempo, muy despacio para no llamar la atención, colocó la primera velocidad y, con un pisotón al acelerador, hizo dar al coche un salto adelante. Sonaron algunos disparos. Las balas rebotaron en el suelo a pocos centímetros del coche y algunas hicieron blanco en las ruedas e hicieron estallar dos neumáticos. Juliette no se movía. Seguía sonriendo. La tapia de chapa metálica de una barraca de la favela saltó en pedazos cuando el coche chocó contra ella. Casi inmediatamente, el Escarabajo derribó una pared de tierra apisonada. El capó se aplastó contra aquel frágil tabique, y el coche quedó inmóvil, atravesado en un caos de astillas de madera y grumos de tierra seca. Harrow saltó fuera, rodeó la casa derribada y desapareció.

Sobrevino entonces un gran silencio. La portezuela del conductor había quedado abierta. Juliette estaba caída sobre el salpicadero, inconsciente, con la parte derecha del rostro tumefacta por el choque. No vio ni a los primeros soldados que se acercaron prudentemente al vehículo accidentado, ni al grupo de intervención recubierto con monos de caucho ideados para la guerra bacteriológica, que rodeó la zona en cuanto fue evidente que Harrow había desaparecido. No asistió a la apertura del capó ni a la extracción lenta y prudente de los contenedores tóxicos, que por fortuna no habían resultado dañados por el choque. Apenas tuvo conciencia de que los socorristas la llevaban en una ambulancia, de que las luces centelleaban a su alrededor. El único recuerdo que conservó, antes de que las puertas de la ambulancia se cerraran, fue el de un anciano bajito vestido con un traje de *tweed*, que la observaba.

—Es realmente una muchacha muy bonita —dijo, con una entonación inglesa un poco forzada—. Por suerte, ha podido escapar.

Hablaba a un negro alto de aire cansado, situado un poco más atrás.

—Apártate, Archie —dijo Barney—. Déjales cerrar las puertas. Hay que llevarla lo más aprisa posible al hospital.

El bosque no aparece en Río más que en los lugares en que es realmente imposible construir. Cubre las pendientes abruptas, los barrancos, el pie de las colinas. Kerry, durante su huida a tientas en la oscuridad, comprobó físicamente los inconvenientes de esa realidad. Unas veces estaba a cubierto, pero en un suelo peligrosamente inclinado, resbaladizo, lleno de arbustos y lianas; otras, el terreno era menos escarpado, pero entonces reaparecían las huellas humanas: vallas de alambre, empalizadas, gallineros, vertederos salvajes. Se sentía atrapada en una trampa. La oscuridad era total en el sotobosque. Por entre los troncos de los árboles distinguía tan sólo, más abajo, las luces de la ciudad que señalaban el contorno redondeado de la bahía de Guanabara; y más arriba, los haces de luz de las linternas con las que sus perseguidores intentaban localizarla.

Nunca se había sentido Kerry amenazada hasta ese punto. A decir verdad, su situación era tan desesperada que podía preverse el desenlace sin la menor duda. Cuando se aproxima a pasos lentos, o en el silencio de una caída, o en la conmoción instantánea de un accidente, la muerte provoca con frecuencia una especie de convulsión de la memoria que hace desfilar toda la vida ante los ojos, convoca la imagen de los seres queridos, momentos de amor, lugares amados. Pero en la situación en la que se encontraba, Kerry no sentía nada de todo eso. Su espíritu se había vaciado de toda clase de recuerdos, de humanidad. Conservaba sólo el instinto de supervivencia, el grito animal del ser que reúne sus últimas fuerzas, el deseo arcaico de medirse con la muerte y vencerla. Ese estado presenta un inquietante parentesco con el goce sexual. Es un sobresalto del cuerpo más que del espíritu, o más bien una fusión de los dos, pero en la vertiente más primaria del ser.

Al correr entre los árboles, golpeándose con sus ramas y clavándose sus espinas, se había arañado el rostro y los brazos. Un líquido viscoso resbalaba sobre su piel, y en la oscuridad, sin tener la certeza visual, imaginó que era sangre. Sin embargo, no sentía ningún dolor. En cierto momento, cayó en un hoyo relleno de hojas muertas y barro tibio. Tal vez fuera posible esconderse allí. Excavó el fondo, intentó cubrirse con el humus pútrido que tapizaba los bordes. Las linternas estaban aún bastante lejos. Sus perseguidores se llamaban unos a otros con gritos sonoros, cuyo eco apagado indicaba que estaban aún a cierta distancia.

Queriendo camuflarse, Kerry sólo consiguió mancharse de barro, pero el agujero no era lo bastante profundo para constituir un verdadero escondite, y sería descubierta de inmediato. Salió de allí y siguió bajando por la pendiente. Unos metros más abajo, distinguió la carretera. Pero otras linternas le indicaron que habían apostado a más hombres en intervalos de una cincuentena de metros. Por tanto, no era posible escapar por allí. Siguió recorriendo el flanco de la colina, con la esperanza de descubrir alguna salida por el lado de la favela cuyas luces había visto. Corría casi, torciéndose los pies y agarrándose a las ramas para conservar el equilibrio. De pronto, sintió una especie de diente que se le clavaba en la frente. Con las dos manos, intentó localizar el obstáculo. Era una alambrada de espino. Una triple valla de alambre impedía el paso.

Kerry se detuvo, jadeante, con un ojo cegado por la sangre que brotaba de su frente. Maquinalmente miró hacia atrás, del lado de las linternas, para evaluar la distancia que la separaba aún de la jauría humana.

Y entonces, de pronto, tomó conciencia de la oscuridad y el silencio. Las linternas eran invisibles; los gritos habían cesado. No había más que la noche del sotobosque y los ruidos lejanos que venían de la ciudad.

Se inmovilizó y esperó. Aquella calma inesperada podía significar que sus perseguidores la habían localizado, que estaban muy cerca y que tal vez se disponían a saltar sobre ella de un momento a otro, o sencillamente a dispararle. Pero cuanto más se prolongaba el silencio, menos plausible le parecía esa hipótesis. ¿Habían renunciado a perseguirla? ¿Le tendían otra trampa, en la dirección hacia la que se dirigía?

Daba vueltas a esas ideas en la cabeza cuando de pronto nuevos sonidos, más lejanos, venidos de lo alto, le hicieron aguzar el oído. Le pareció oír el chasquido sordo de portezuelas que se cerraban. Luego sonó un silbato, seguido de gritos. Kerry siguió sin moverse. Sin poder convencerse del todo, acabó por tener la esperanza de haber escapado definitivamente de quienes querían eliminarla.

Pasaron tres largos minutos, durante los cuales esa esperanza fue creciendo en ella. El goce del peligro fue reemplazado poco a poco por el de la liberación.

La decepción fue tanto más dura cuando, de pronto, distinguió de nuevo luces que se movían encima de ella, por entre los troncos. Todo aquel interludio no había significado tal vez más que la llegada de refuerzos, el relevo de los primeros asaltantes por un nuevo grupo mejor equipado. Si sus perseguidores contaban con visores infrarrojos, la situación sería realmente crítica. Sin embargo, si ése era el caso, ¿cuál podía ser la razón de que siguieran utilizando linternas?

Kerry decidió interrumpir esos razonamientos vacíos y empezó a seguir la valla de alambre de espino para intentar descubrir un punto débil, una salida. Pero no había ninguna.

A muy poca distancia ahora, podía oír el crujido de ramas rotas por el avance de sus perseguidores. Oyó incluso, aguzando el oído, el murmullo de las hojas aplastadas a su paso.

Y de pronto, próxima, con una nitidez terrible, resonó una voz de hombre. Kerry se agachó instintivamente, en una última y lamentable tentativa de permanecer invisible. Tardó algún tiempo en reconocer la voz del que llamaba. Cuando lo consiguió, el sentido le pareció tan improbable, tan ridículo incluso, que se creyó víctima de una alucinación.

—¡Kerry!

¿Era posible que soñara? La voz gritaba su nombre. Después de tres llamadas, acabó por convencerse de que no soñaba. Y a medida que la voz se acercaba, distinguía las entonaciones y reconocía su origen.

—¡Paul! —gritó ella.

La luz de una linterna barrió la valla de espino y acabó por iluminar su rostro. Ella se puso en pie despacio.

La sangre, el barro, las lágrimas que empezaban a brotar de sus ojos debían de haberla dejado irreconocible, porque hubo un momento de silencio y de indecisión.

Por fin, sintió que Paul se acercaba y la tomaba en sus brazos, y lloró largo rato contra su pecho.

El automóvil cruzaba Río a golpe de sirena. Lo rodeaban camionetas militares en las que había soldados de pie en los estribos con el arma en la cadera y aire amenazador.

Kerry se había dejado caer en el asiento trasero, sin preocuparse por las manchas que dejaba en el cuero claro. Paul, a su lado, la sostenía aún por el hombro, pero ella ya no se estrechaba contra él. Después de la emoción del salvamento, había tiritado mucho rato, como si el miedo fluyera de ella en forma de un sudor helado. Ahora se sentía completamente bien, con una lucidez absoluta. No tenía más que una idea: comprender lo que había ocurrido, saber en qué punto se encontraba la investigación, si aún era de temer que se produjera el drama.

—¿Cómo me has encontrado? —preguntó a Paul.

—He reseguido todo el camino que hiciste desde que te marchaste del hotel: el gabinete de Deborah, la clínica de la Concepción...

—Pero el café de Lagoa, ¿quién ha podido indicártelo? —dijo Kerry.

—Lo hemos descubierto muy tarde. El taxi que te había llevado volvió al hotel Oceania, cuando lo despediste. Lo he encontrado allí al volver, cuando ya desistía de descubrir el menor indicio. Con una pistola en la nuca, el taxista ha resultado bastante hablador. Me ha hablado de Mota y del café. Naturalmente, no sabía nada más.

—¿No te ha dicho adónde fui desde allí?

—No, hemos necesitado otra casualidad. ¿Te acuerdas de los guardacoches de delante del café?

—Vagamente.

—Eran dos. Un rubio alto y un gordito de pelo negro rizado —dijo Paul.

—Puede ser.

—Pues bien, el rubio alto es un escocés que prepara una tesis de antropología en Brasil. Trabaja a media jornada para ganar algo de dinero. Mientras esperabais que el otro os trajera el coche, el escocés te oyó conversar con Mota. Él miraba hacia el Corcovado y te señaló con el dedo dónde se encontraba más o menos la casa de Deborah. Era la única pista. La seguí, y ya sabes el resto.

Kerry se volvió a Paul y, con la punta de los labios, para no mancharlo con la sangre que aún le corría por la cara, le dio un beso en la mejilla.

—Gracias —dijo.

Él le apretó el hombro, y permanecieron un rato en silencio.

—De nada, Kerry.

Pero, al mirar al frente, Kerry vio la escolta militar y los soldados en alerta. Aquella presencia, a la que hasta entonces no había prestado atención, dio origen a nuevas preguntas.

—Y todos ésos, ¿de dónde salen?

—En esa cuestión, es a Archie a quien tienes que dar las gracias.

—¡Archie!

En ese instante, la caravana llegó delante de un gran muro sin aberturas. Un portal metálico guardado por dos soldados con casco se abrió cuando se aproximaban. Los vehículos entraron arrojando sobre las paredes de la entrada la luz anaranjada y movediza de sus girofaros. Atravesaron después un gran patio abarrotado de todoterrenos y camiones militares, y se detuvieron delante de un edificio enteramente iluminado. Una multitud de oficiales de uniforme, militares de todas las graduaciones y civiles apresurados, corría en todas direcciones. Kerry y Paul salieron del vehículo y subieron los tres escalones de un porche. Arriba los esperaba Barney. Tomó las dos manos de Kerry y las apretó con emoción. Luego les condujo al interior.

En el primer piso, habían instalado un auténtico cuartel general. Barney les hizo sentar en una esquina delante de una mesa de reuniones cubierta de ordenadores portátiles, teléfonos móviles y *walkietalkies*.

—Archie acaba de llamarme —anunció—. Sigue reunido con el ministro de Defensa.

—¿Y en la Baixada? —preguntó Paul.

—Siguen las operaciones de descontaminación. Todo habrá acabado dentro de una hora.

—¿Harrow?

—Aún no ha aparecido —dijo Barney.

—Pero ¿cómo ha podido escapárseles? —exclamó Paul.

—Ha sido culpa nuestra —confesó Barney, dejándose caer sobre su silla con el aire cansado habitual en él—. Habíamos dado consignas estrictas a los soldados de que no empezaran a disparar en todas direcciones, como tienen por costumbre.

Paul recordó que, en el momento de la elaboración del plan, había insistido mucho en que Juliette no recibiera el menor daño, ocurriera lo que ocurriera.

—Ya, entiendo...

—Se dejaron sorprender. Harrow empotró el coche en una barraca. Había ladrillos y planchas por todas partes; era de noche. Consiguió escapar.

—¿No os es molestia contármelo todo? —se impacientó Kerry—. Tengo la impresión de haberme perdido un montón de capítulos del serial... Me he quedado en la época, no tan lejana, en que Archie nos hacía la guerra para que lo paráramos todo.

—Sí, por supuesto —dijo Barney, pasándose la mano por los ojos.

Lentamente, con su voz de barítono fatigado, resumió la intervención de Lawrence, y la discusión que él mismo había tenido con Archie, durante la cual había conseguido convencerlo.

—Entonces, ¿ya no se opone a la misión? —preguntó Kerry.

—Archie no hace las cosas a medias. A partir del momento en que lo convertí a nuestra causa, se ha movido todo lo que ha podido. Y tengo que decir que ha sido de lo más eficaz.

—¿Qué es lo que ha hecho?

—Valdría más que te lo explicara él mismo. Supongo que le encantará hacerlo, y te dará toda clase de detalles...

—En resumen.

—En resumen, ha hecho funcionar su libreta de direcciones. A fuerza de castigarnos los oídos, ha conseguido que acabemos por olvidar que... de verdad... conoce a mucha gente.

—¿También en Brasil? ¿Para abortar un complot dirigido por el ministro de Interior en persona?

—No. No creo que conozca a mucha gente en Brasil. Su terreno de caza favorito es Washington D.C.

Sonaban teléfonos un poco por todas partes de la sala. Todo un batallón de secretarios y de ayudantes respondía bramando órdenes en portugués. Uno de ellos vino a colocar respetuosamente un papel delante de Barney.

—La descontaminación ha concluido —anunció éste, después de leerlo.

—¿Y Juliette? —preguntó Paul.

—La han llevado al hospital.

—¿Está herida?

Paul había revelado su angustia en esa pregunta. Kerry se volvió hacia él y le preguntó:

—¿La has conocido?

—Sí. Ya te explicaré. Acabemos primero con Archie.

Barney continuó su explicación.

—Llamó al móvil particular de uno de los consejeros más próximos del presidente, a la Casa Blanca. Es uno de sus antiguos socios en los negocios, creo. A menos que lo haya conocido jugando al golf.

—Poco importa.

—En efecto. Lo esencial es que lo convenció de la urgencia de la situación. Le habló del papel de la CIA, y en particular de Marcus Brown. La posibilidad de que se imputara alguna responsabilidad en el asunto a la administración estadounidense fue el argumento decisivo... El presidente estaba en Camp David. Fue puesto al corriente en menos de una hora, y de inmediato dio orden al director de la CIA de que detuviera toda la operación.

—Pero la CIA nunca ha actuado directamente. Eran los brasileños los que tenían...

—Exacto. Y cuando el presidente lo comprendió así, llamó personalmente a su homólogo brasileño para ponerlo al corriente de las fechorías de su ministro de Interior.

—¿Y el otro le creyó?

—Con todo entusiasmo, sobre todo porque Oswaldo Leite era para él un rival político, en la perspectiva de las próximas elecciones.

—La política nunca pierde sus derechos —señaló Paul.

—En esta ocasión, nos ha favorecido. El presidente brasileño convocó a Leite de inmediato y lo suspendió en sus funciones —aclaró Barney—. Pero como sabe que la policía le es fiel, encargó al ministro de Defensa y al ejército que cooperaran con nosotros para hacer fracasar la operación.

—Yo fui a esperar a Barney y a Archie a la llegada de su avión —intervino Paul—. Fue impresionante. Como para creer que estábamos en guerra.

—Con Archie como comandante en jefe —añadió Barney con una sonrisa cansada.

—¿Y cómo supiste tú que llegaban? —preguntó Kerry—. El hotel estaba vigilado, si lo he entendido bien, y las líneas internacionales no funcionaban.

—Alguien me previno. Y me ayudó.

—¿Alguien?

—Juliette.

—Pero ¿cómo la encontraste?

—Ella corrió el riesgo de venir a encontrarnos —dijo Paul.

—¿Al hotel?

—Sí, tú acababas de marcharte.

—¿Por qué hizo eso? —preguntó Kerry.

Paul bajó la cabeza. Volvió a ver la frágil silueta de la joven en el momento en que salía de la habitación para ir en busca de Harrow. Dijo:

—Porque es una buena chica.

La emoción que puso en estas palabras suscitó un momento de silencio. Pero no duró porque se oyó un tumulto ensordecedor en la planta baja, seguido por una cabalgata en la escalera. De inmediato, vieron aparecer a Archie a la cabeza de sus tropas. Llevaba la camisa desabotonada hasta la mitad de su pecho cubierto de pelos grisáceos. Estaba bañado en sudor, sofocado, pero el brillo de sus ojos delataba su euforia.

—¡Éxito completo! —gritó—. ¡Bravo! —A pesar de la mirada circular que paseó por la sala, era fácil comprender que sus alabanzas se dirigían ante todo a sí mismo. Se dejó caer con tanta fuerza sobre un sillón de despacho, que éste rodó hacia atrás hasta chocar con estrépito contra la pared—. Han encontrado a Harrow —vociferó.

Miró en torno para ver el efecto de sus palabras.

—¿Dónde está? —preguntó Barney.

—Dónde están, querrás decir —dijo Archie.

—¿Eran varios?

Archie frunció el labio superior para reír irónicamente a la inglesa, pero estaba demasiado excitado para dejarlo así y soltó su vieja risa estruendosa de Brooklyn, de la que se había privado durante tanto tiempo.

—Varios, sí. Varios trozos. —Y como todo el mundo lo miraba con estupefacción, añadió sin dejar de reír—: Esos imbéciles de soldados eran incapaces de encontrarlo. Entonces, fueron los habitantes de la favela los que se encargaron. Se lanzaron en su persecución y le ajustaron las cuentas... a su manera. Nos han traído los restos. No era bonito de ver. ¡Catorce pedazos de carne de espetar, cortados con una sierra mecánica! —Se secó los ojos e intentó recuperar la calma—. Y figuraos que ha sido una mujer la que nos los ha entregado. Una tal Carmen. ¡Carmen! Pobre mujer. Los militares querían detenerla. Yo les he dicho que la soltaran y la dejaran ocuparse de sus ocho hijos. Merece una condecoración, y no la cárcel.

Luego miró a derecha e izquierda para dirigirse a los oficiales brasileños que lo rodeaban, y preguntó:

—¿Cómo se llama la Legión de Honor, aquí? Ah, sí, la Cruz del Sur. Eso es: señora Carmen, en nombre de la humanidad agradecida, le nombro Gran Oficial de la Cruz del Sur.

Agarró una botella de cerveza que alguien había dejado sobre la mesa, brindó y bebió un largo trago.

Epílogo

Atlanta, Georgia

Los ritmos médicos son bastante lentos, a pesar de las apariencias. Fuera de la fase aguda de las enfermedades, los pacientes no ven a su médico más que de mes en mes, y a veces aún menos.

De modo que la mayor parte de los enfermos de Paul Matisse no llegaron a enterarse de que había faltado durante cinco semanas. Algunos lo encontraron más delgado, y se lo dijeron con afecto. Otros vieron huellas de fatiga en su cara. La mayoría no se dio cuenta de nada en absoluto.

Estaba muy bien así. Permitió a Paul ser consciente de que la impronta del mundo secreto, a pesar de su brutalidad, no era tan profunda como él había temido. Al contrario, sintió un auténtico placer al volver a ponerse su bata blanca. El *affaire* Harrow había acabado un sábado. El lunes por la mañana, él se presentó en su consulta de Atlanta bien afeitado, fatigado como después de una competición deportiva, pero feliz.

Al subir la escalera, vio que la planta deseada estaba libre y que los trabajos de renovación habían empezado. Los fondos de Hobson and Ridge habían permitido a la clínica ampliarse con aquella adquisición. Era el efecto tangible de su misión, y prefirió guardar ese recuerdo.

Aquella primera mañana lo esperaban quince pacientes, cada uno con sus exigencias, su dolor, su angustia. Nada como eso para verse absorbido por el trabajo, sin oportunidad para pensar en ninguna otra cosa.

Por la noche, Paul se acostó agotado y durmió casi doce horas. Los días siguientes, vio a algunos amigos a la hora del almuerzo. Entre sus amigas, hubo por lo menos dos fieles que no le hicieron reproches por su prolongado silencio. Al cabo de una semana, casi había olvidado su breve recaída en Providence.

Sin embargo, es inevitable que un asunto así traiga algún recuerdo de vez en cuando. Paul llevaba ya dos semanas de vuelta en el trabajo cuando recibió la llamada de Archie.

No podía negarse a verlo porque todavía quedaban cuestiones por resolver entre los dos, en particular algunas otras promesas de mecenazgo relativas a la clínica.

Paul esperaba que la entrevista fuera la última en bastante tiempo. Mientras iba en taxi a reunirse con Archie —por desgracia, su hotel estaba en esta ocasión demasiado lejos para utilizar la bicicleta—, Paul ensayó sin demasiada dificultad una expresión hostil. Calentó su mal humor como si fuera un plato de la víspera, que hubiese ganado en amargura.

Archie, por supuesto, no hizo el menor caso. El éxito le había devuelto el pleno uso de sus modales más británicos. En su dicción no quedaba el menor rastro de su acento de Brooklyn.

—La investigación sobre McLeod, Harrow y su banda casi ha concluido, ¿sabes? —ronroneó—. Casi. Un asunto de esta amplitud tiene consecuencias mundiales. Subterráneas, por supuesto.

Rio con coquetería y recuperó la seriedad llevándose la taza de té a los labios. Paul esperaba que la entrevista sería corta. Al mismo tiempo, la curiosidad le impedía interrumpir a Archie. El viejo, desde luego, se había dado cuenta.

—Reaccionar delante de un asunto como éste ha exigido mucho tacto diplomático por parte del presidente. Yo le he asesorado lo mejor que he podido.

La misma observación, acompañada por una mímica marcada por una orgullosa modestia, debía de haberla repetido Archie miles de veces en las semanas anteriores. Pero no se cansaba de evocar sus conversaciones íntimas con el presidente de Estados Unidos.

—Con los chinos, se ha arreglado todo como era de prever: con la discreción más absoluta. El fallecimiento del camarada Teng Lui Cheng ha sido anunciado en el diario del Partido con expresiones de dolor casi sinceras. Había que leer con mucha atención entre líneas para comprender que había sido ejecutado. El indio ha sido encarcelado por un tema de fraude fiscal que su gobierno tenía en reserva por si acaso. Ésa es la prueba de que esa gente es decididamente muy inteligente.

»En Brasil, las cosas han sido un poco más delicadas. Después de todo, el ministro de Interior no había hecho nada malo. No era cuestión de sacar a relucir la historia del cólera: sin la sombra de una prueba, su divulgación habría provocado risas y se habría vuelto en contra de quienes intentaran utilizarla.

—Estaba el testimonio de Juliette, de todos modos... —dijo Paul.

—¿Una maníaco-depresiva tratada en una clínica psiquiátrica? —Archie hizo su mueca distinguida para expresar regocijo, y Paul sintió más ganas que nunca de abofetearlo—. No, han utilizado el linchamiento de Harrow. Han publicado que su cuerpo había sido encontrado en un canal de la Baixada Fluminense cuando llevaba a cabo un trabajo sobre la contaminación de las aguas urbanas. Estaba cortado en trozos. Estados Unidos ha protestado por el asesinato de ese valeroso militante, y las asociaciones ecologistas han puesto el grito en el cielo, todas a coro. El ministro de Interior ha sido cesado por su incapacidad para garantizar su seguridad. Hábil, ¿no te parece?

—¿Y los cómplices de Harrow?

—*De minimis non curat praetor.*

Con el éxito, el latín había vuelto a aparecer en la conversación de Archie. Paul se preguntó si podría conservar la calma hasta el final. Apretó su botella de cerveza hasta aplastarse las falanges.

—¿Traducción?

—Eso es morralla. Del lado brasileño, las cosas se han solucionado sin mucho ruido. Un tal Zé-Paulo ha sido abatido en los suburbios de Río al desobedecer el alto en un control de carretera. ¿Quién va a verificarlo? Otro individuo llamado Ubiraci ha sido encarcelado en una prisión para narcotraficantes peligrosos, lo que equivale a decir que ha sido arrojado vivo a un estanque lleno de cocodrilos. La ejecución antes que el juicio. Astuto. Deberíamos imitarlo.

—¿Y el grupo de Harrow en Estados Unidos? —Paul quería conocer detalles.

—Sin su gurú, ¿qué quieres que hagan? Ninguno de ellos ha tenido nunca acceso a la totalidad del proyecto. El FBI va a vigilarlos estrechamente, pero estoy dispuesto a apostar que se mantendrán tranquilos. Lo esencial era decapitar el movimiento. ¿Sabes lo que ha pasado con McLeod?

Paul recordó la casa en las alturas de Morges y de golpe revivió la sensación física de su noche en el depósito de agua con Kerry. Por momentos como aquéllos, habían asumido tantos riesgos.

—No.

—Convocó a su médico, el verdadero, no tú. Cuando el honorable doctor Jaegli llegó a su búnker, McLeod lo dejó instalar su gota a gota mientras charlaba como de costumbre. Después, hizo una señal a sus guardias de corps. Dos tipos desenfundaron sus armas y apuntaron a Jaegli.

—¡Pero si él no tuvo nada que ver con mi entrada en la casa de Mc-Leod! —exclamó Paul.

—¡Oh, no era de eso de lo que se trataba! El viejo zorro sabía perfectamente que Jaegli había sido engañado.

—Entonces, ¿qué es lo que esperaba de él?

—Que lo matara, sencillamente. —Después de esta réplica, Archie se puso a mordisquear un cacahuete salado con aire absorto, para hacer durar el suspense—. Te alegrará saber que le diste algunas ideas, a McLeod. Pidió a Jaegli que inyectara de golpe una gran ampolla de potasio en su gotero... El pobre multimillonario le había perdido el gusto a la vida, figúrate. Su plan grandioso estaba arruinado. Se adelantó a la llamada de la muerte utilizando el método que tú le sugeriste. Gran clase. En cualquier caso, más elegante que ese patán de Rogulski.

—¿Qué es lo que ha hecho?

Archie se tragó el cacahuete.

—Se ha colgado en medio de su laboratorio —dijo sacudiendo la cabeza para señalar su reprobación ante un gesto tan poco distinguido. Luego, de pronto, dio una palmada y se incorporó con aire alegre—. Por lo demás, me han encargado que te transmita las felicitaciones de todo el equipo. Providence nunca se había portado tan bien. El ambiente es extraordinario. Nos llueven los contratos. Yo tenía algo de miedo a la desaparición de Marcus Brown... ya sabes que lo han jubilado a la fuerza. Pero el apoyo del presidente es aún más ventajoso para nosotros. Si se confirman las previsiones, creo que el año próximo nuestro presupuesto se triplicará.

Paul se estremeció. Presentía lo que iba a venir, y reaccionó anticipadamente. Archie apartó el platillo en el que aún quedaban algunos cacahuetes y plantó los codos sobre la mesa. Agregó:

—La operación que has llevado a cabo tan brillantemente con Kerry ha confirmado todas mis intuiciones. Necesitamos un departamento médico en Providence.

»Bioterrorismo, salud de los jefes de Estado, protección de las patentes farmacéuticas, manipulaciones de las organizaciones humanitarias... La información y la medicina tienen hoy un amplio terreno que compartir. Con toda seguridad tendré más asuntos para ti en el año en curso.

Paul sacudió la cabeza. Era exactamente lo que temía. Se echó atrás.

—No insistas, Archie. Ya conoces mi respuesta.

—Paul, tienes la ocasión de escribir la Historia, ¡y eso significa algo!

—He dicho «no insistas». Por esta vez, he hecho una excepción, pero se ha acabado. Mi vida está aquí. No tengo la intención de cambiarla.

Archie, entre otros modales elegantes, había recuperado la costumbre del *fair play*. Inclinó la cabeza hacia Paul como si éste acabara de marcar un punto, y se ofreció a sí mismo el lujo de felicitarlo.

—¡Bravo! Tienes razón, y te comprendo muy bien. Pero era necesario dejar las cosas bien sentadas, ¿no es cierto?

Para gran sorpresa de Paul, no insistió en el tema. Pasaron a discutir cuestiones financieras prácticas, para cerrar las cuentas de la misión Harrow. Y Archie se despidió con una punta de emoción.

—¿Sabes? A mi edad uno ya no está seguro de que volverá a ver a quienes dice «hasta la vista»... —Ya hacía algún tiempo que el viejo utilizaba ese género de frasecitas, de modo que habían perdido algo de frescura. Sin embargo, a fuerza de repetirlas... Paul se sorprendió estrechándole la mano durante más tiempo del habitual y se sintió realmente conmovido—. Te debo excusas —dijo Archie, con una mirada húmeda—. Habéis hecho un trabajo extraordinario, Kerry y tú. En cambio yo hubo un momento en que dudé de vosotros.

—Nadie te guarda rencor, créeme...

Parecían los dos a punto de echarse a llorar. Paul se rehízo, soltó la mano de Archie y lo acompañó hasta los ascensores y el vestíbulo, antes de darse a la fuga.

La entrevista, a pesar de todo, lo desestabilizó. Desde su regreso, la rutina de la clínica, el placer de redescubrir su casa, lo habían apartado de pensar en otras cosas. Y ahora Archie le había vuelto a inocular ideas turbadoras.

Ese día, Paul se sintió incapaz de trabajar. Se fue a su casa. La tarde era soleada, en Atlanta. Sacó su trompeta, se sentó en un canapé delante del ventanal y se dedicó a limpiarla. Mientras realizaba aquellos gestos automáticos, su mente divagaba. Revivió sus últimos momentos con Kerry.

La víspera de su marcha, ella había pasado mucho tiempo al teléfono hablando con sus hijos, con Robin, con amigos. Había organizado todos los detalles de su vuelta a Manhattan.

Un avión de United Airlines despegaba de Río a las 18 horas. Estaba completo, pero Kerry insistió en viajar en él, a pesar de todo. Llamó a un piloto de la compañía amigo suyo, y acabó por conseguir el primer lugar en la lista de espera, es decir, la casi seguridad de embarcar.

Paul hizo todo lo posible para no estorbar aquellos agitados preparativos. Sin embargo, a media tarde, mientras estaban los dos en el hotel y la miraba hacer su maleta, se acercó a Kerry. No tenía ninguna intención precisa, tan sólo ganas de charlar un poco. Pero ella se encogió como si la hubiera rozado un animal venenoso, y Paul la dejó tranquila.

También para Paul el encanto se había roto. En el lugar de los momentos intensos que habían vivido, reinaba ahora la desconfianza, la impaciencia, casi el disgusto. Si su estancia tuviera que prolongarse, llegaría, como en cada ocasión anterior, el tiempo de los reproches y los desgarramientos. En el fondo de sí mismo, Paul reconoció que Kerry tenía razón al marcharse lo antes posible.

Sólo hablaron de temas banales hasta el momento de ir al aeropuerto. Paul insistió en acompañarla, a pesar de que él no se iba hasta el día siguiente. Kerry aceptó como si se tratara de una decisión sin importancia. El vestíbulo del aeropuerto estaba lleno de una multitud ruidosa, risueña, agitada. Ella consiguió plaza en el avión y facturó su equipaje. Fueron después hasta las puertas del control de seguridad, que llevaban a las salas de embarque. Paul se sentía cada vez más torpe, a medida que se acercaba el momento de la despedida, y ciertamente lo temía. Pero todo se desarrolló con una naturalidad que él no esperaba. Kerry lo abrazó como si estuvieran solos, y lo tuvo largo rato apretado contra ella en medio de la multitud.

—Ha estado bien —dijo, por fin—. Muchas gracias. —La sencillez de las palabras no reflejaba en absoluto la emoción y la ternura de que estaban cargadas. Paul sumergió su mirada en los ojos verdes de Kerry, demasiado conmovido para poder hablar. Ella agarró entonces la parte de las patillas que le cubría las orejas, tiró de ellas afectuosamente y dijo, entre risas—: ¡Hasta la próxima vez! Si se dan las condiciones...

De inmediato desapareció entre el gentío que se apresuraba en dirección a las salas de embarque.

Paul reflexionó sobre todo aquello mientras limpiaba su trompeta. El instrumento estaba ahora reluciente, listo para el soplo que había de darle vida. Paul emitió algunas notas, recorrió toda la escala, de subida y de bajada.

Era martes. Pensó en Maggie, con la que estaba citado aquella tarde. Una chica amable, alegre, enérgica, y a la que sin embargo no se le ocurría nada que decirle. Desde luego, pasarían juntos una velada agradable.

Se puso de pie, se arrimó a la ventana. Mirando de reojo el paisaje geométrico de la ciudad, tocó con sordina una frase de Miles Davis. Luego su mirada tropezó con el correo, que la mujer de la limpieza había dejado sobre una mesita baja, y que aún no había abierto. Un sobre le llamó la atención. Era más grande que los de las cartas ordinarias y de un papel basto, manchado de círculos azulados. Su nombre estaba escrito con grandes letras de imprenta, y la dirección era la de Providence. Alguien se la había remitido desde allí.

Lo abrió y vio que contenía cinco cuartillas escritas sin tachaduras por una cara, con una letra redonda, regular, un poco temblorosa en algunos pasajes.

Río de Janeiro, 12 de agosto

Querido señor,

No nos hemos vuelto a ver desde nuestro breve encuentro en el hotel Oceania. Quiero darle las gracias por lo que hizo. Algo en el fondo de mí me decía que podía confiar en usted. Pero dudaba en abandonarme a lo que, sobre todo, me parecía mi última oportunidad. Encontré en usted algo más que un apoyo: una humanidad que me había faltado durante mucho tiempo. Y sin embargo, usted tenía toda clase de motivos para odiarme. Yo me había convertido en cómplice de unos proyectos que hoy me parecen todavía más monstruosos de lo que llegué a temer.

Después de su intervención en la favela, los militares me llevaron a un hospital en el que pasé quince días bajo una atenta vigilancia. Los médicos fueron amables y, según creo, eficaces. Me ayudaron a tomar conciencia de lo que llaman desarreglos cíclicos del humor, un término que les tranquiliza y les evita indagar sobre las causas profundas de mis actos. Pero después de todo, no es problema suyo. Me estabilizaron con una medicación que tomo religiosamente todos los días. Como es habitual, al parecer, en esta clase de enfermedad, la curación produce una curiosa impresión de vacío. Ya no siento las profundas crisis de angustia y de tristeza que me impulsaban en otro tiempo a querer acabar con mi vida. Pero también he perdido la exaltación que, en otros momentos, proyectaba sobre la realidad un velo brillante y hacía que experimentara las sensaciones con una intensidad imposible de describir. Esa alegría sin motivo, que subía desde lo más profundo de mí, se extendía a mi alrededor hasta tal punto que conseguía que se desvanecieran las asperezas del mundo, de modo que éste era liso, ligero, maravilloso. Hoy veo todas las cosas, las buenas y las malas, con una claridad que me asusta un poco. Noto que son agudas, cortantes; advierto su relieve, su peso. Es algo bastante desagradable, casi doloroso, pero por lo menos me impide cometer actos peligrosos o lanzarme a iniciativas catastróficas. En resumen, me he convertido en una persona razonable. Eso me deja asombrada, y unas veces me tranquiliza, y otras me hace sentir una ligera nostalgia.

Pienso mucho en el pasado, en lo que he vivido en los últimos meses. La finalidad de mis actos era trágica, y su incoherencia, manifiesta. Sin embargo, no me arrepiento. He vivido intensamente, me he lanzado a la vida con una audacia para la que, en mi estado «normal», me habría faltado valor. Y finalmente llegué aquí, a Brasil, adonde sin duda nada me habría hecho viajar jamás, sin esas circunstancias excepcionales.

Después del final de mi tratamiento, he sufrido numerosos interrogatorios por parte de la policía local, pero también de agentes estadounidenses y franceses. Todos han insistido en que este asunto tiene que quedar en secreto. La prensa ha dado cuenta de lo ocurrido bajo una perspectiva bastante tranquilizadora. Los periodistas no han sabido nada del auténtico proyecto. De lo único que se han enterado es de un tiroteo en la favela. Han convertido a Harrow en un desgraciado militante ecologista asesinado, y a mí en su compañera. Me ha sido fácil comprometerme a no contar nada respecto de las verdaderas dimensiones de la operación, tanto más porque sigo ignorando muchos detalles. Y por lo demás, tampoco deseo conocerlos.

Las autoridades francesas lo organizaron todo para una repatriación discreta. Pero en la víspera de mi embarque para París tomé la decisión de no marcharme.

Durante los interrogatorios y el tratamiento en el hospital, yo había pensado sobre todo en el pasado, y la verdad es que no había tenido tiempo de mirar a mi alrededor. Y de repente, en el momento de marcharme de Brasil, empecé a verlo, a sentirlo. Puede pensar usted que es otra de mis ideas raras, pero yo estoy hecha así. La realidad no se me presenta, muchas veces, más que a través del rodeo de un sueño.

Soñé con Joaquim, con mi noche en la Baixada e incluso, más sencillamente, con la terraza del hotel Laranjeiras en la que yo veía caer la lluvia cálida, y así tomé conciencia, de golpe, de que todo aquello estaba todavía aquí, a mi alrededor, y de que no tenía ganas de marcharme de este país.

Los diplomáticos se molestaron, por supuesto. Pero son personas acostumbradas a acomodarse a la voluntad de gente a la que no entienden. Aceptaron anular mi repatriación e incluso consiguieron para mí un visado de estancia en Brasil antes de devolverme mi pasaporte. Por un favor especial, incluso he podido disponer de algunos fondos discrecionales con los que cuentan para ayudar a los turistas que han sido víctimas de un robo. Y así es como me encuentro aquí. Fui a ver a Joaquim y él me encontró un apartamento pequeño en una casa muy cerca de donde vive él. Usted no lo conoce, pero creo que le hablé de él. Es un inválido que trabaja como portero en el hotel Laranjeiras. Tiene ideas muy firmes sobre lo que corresponde y lo que no a la dignidad de lo que él llama una dama, y además extranjera.

Tenía intención de encontrar un empleo enseguida, pero desde que me vi más o menos instalada, sentí la necesidad de darme un respiro. Di largos paseos por la ciudad; mejoré mi portugués (había empezado a aprenderlo en el hospital). Mi trayecto favorito era el que me llevaba, por callejuelas en cuesta, hasta las proximidades del aeropuerto Santos Dumont. Se ve la bahía de Río desde una perspectiva particular, que me gusta mucho. En ese lugar no hay playa y nada recuerda artificialmente las vacaciones. Es un terreno de aluvión y de barbechos industriales. Está al mismo tiempo manchado e intacto porque la disposición de las colinas, la armonía de la costa, dan la extraña impresión de que uno penetra en ese mundo por primera vez, como hubieron de hacerlo los descubridores portugueses.

Estuve dando vueltas por ahí durante días enteros, en las proximidades del antiguo fuerte holandés convertido hoy en escuela de la marina. Me sentaba en las rocas y veía cambiar el agua de color a medida que pasaban las horas. Nadie me hacía preguntas, salvo yo misma. Por fin me era posible sopesar cada idea, cada deseo, y evaluar con tranquilidad su pertinencia, su valor para mí. Quizá le sorprenderé al decir que he reflexionado mucho sobre mis conversaciones con Harrow y que sus palabras, sus imágenes, han adquirido un nuevo valor para mí. Hoy más que antes, creo ver con la suficiente claridad al personaje. Percibo sin la menor duda el odio que había en él, y en ciertos aspectos su recuerdo me llena de asco. Aunque no la deseaba, su muerte me ha supuesto, de todos modos, un alivio.

Eso no impide que conserve otros recuerdos de él. No he olvidado una noche que pasamos solos en el desierto del Colorado. Nadie me había hecho pensar con tanta claridad en la tierra, en su fragilidad, en la muerte que la amenaza. Desde mis rocas, al contemplar, casi a ras de agua, la bahía y las gaviotas que la sobrevuelan, he vuelto a sentir la misma impresión, con la misma fuerza, profundidad, indignación. De eso, no reniego.

Y sin embargo, Harrow estaba equivocado. La solución que se proponía llevar a la práctica era monstruosa. Su razonamiento, en la forma en que lo formulaba, era convincente: el hombre mata la tierra; hay que protegerla de él. ¿Dónde estaba, entonces, el error?

Yo no soy una intelectual. Las ideas me resultan indiferentes si no están sostenidas por la emoción, por el sentimiento, por el amor. De modo que le pido indulgencia por lo que voy a decirle. Estoy expresando intuiciones más que un razonamiento bien ordenado, y cualquiera podría seguramente rebatir mis argumentos con facilidad. Voy a resumirlos en pocas palabras, con el desorden que es la característica de mi mente.

En la noche del Colorado, y muchas veces después, Harrow me habló de esa creencia de los indios según la cual la tierra está de alguna manera viva. Para ellos, es inconcebible apropiársela, cortarla en pedazos. Los blancos no han cometido a sus ojos un sacrilegio mayor que el de plantar estacas y vallar sus praderas con alambre de espino. Puede parecer un razonamiento primitivo, pero creo que es de verdad lo esencial, el pecado original de nuestra civilización: crear barreras. Cuando observaba la bahía de Río desde mi pequeño promontorio de rocas, me parecía, en ciertos días, verlo todo acelerado. Imaginaba los primeros barcos que aparecieron delante de las junglas pobladas por antropófagos. Luego veía a los colonos desembarcar en la costa, construir ciudades, talar bosques, extenderse más y más hacia el interior. De generación en generación, sobre las rocas de Santos Dumont se siente muy bien, los recién llegados desplegaron una intensa actividad. Las casas se hicieron más altas, hasta convertirse en rascacielos; el automóvil sustituyó al caballo. Llegó el avión, más y más grande. Todo eso nos parece natural. Es nuestro mundo, el que nos lleva en su seno. Lo vemos desde el interior, tal como a él le gusta presentarse: una gigantesca máquina para producir cada vez más riqueza, más bienestar, más intercambios, más confort. Y olvidamos lo que decían los indios: esta civilización también impone barreras. Al otro lado de esas barreras está lo que ella rechaza, lo que explota, lo que mancha. Porque es también, y tal vez en primer lugar, una gigantesca máquina para producir pobreza, desgracias, destrucción.

Desde mi observatorio al borde de la bahía, veía en el cielo los bellos aviones, los buques mercantes que pasan despacio, el hilo tenso de los automóviles en el puente de Niteroi, y, al mismo tiempo, la grasa que chapotea entre las rocas, los chiquillos harapientos que hurgan en el gran vertedero escondido en un ángulo del viejo fuerte, la orilla torturada hasta la isla del Gobernador, cubierta de barriles de hidrocarburos y de grúas oxidadas. Yo me encontraba en cierta forma en el límite entre el dentro y el fuera. Lo estoy todavía más cuando me paseo por las proximidades del gran centro comercial de Ipanema. Por un lado se ven los carritos llenos, los automóviles lujosos, y por el otro los niños flacos, con los mocos colgando, cubiertos de tiña; entre unos y otros, una verja de ocho metros de altura...

En Río, cuando miras a los pobres, comprendes de dónde vienen. Esos rostros de indios son los de las sociedades primitivas destruidas, esas pieles negras pertenecen a los esclavos traídos de África para trabajar en las plantaciones. Hay a veces entre ellos extrañas resurgencias de rostros claros, de ojos azules, que dan testimonio de la decadencia de los blancos pobres, de mestizajes vergonzantes entre amos y criados. En Brasil, se comprende que los pobres no son una especie aparte, una monstruosidad venida de no se sabe dónde: son el producto de nuestra sociedad. Ella los ha fabricado, los ha expulsado fuera de sus cercados. La etapa última consiste en acusarlos de su propia necesidad y, en nombre de la Tierra, ese espacio común que hemos convertido en propiedad nuestra, destruirlos. Ése era el proyecto de Harrow.

Se creía un enemigo de la civilización industrial y no paraba de repetirlo. En realidad, era su más perfecto servidor. La guerra a los pobres, estoy segura, es la última etapa de esa aventura magnífica del hombre moderno que ha producido tanta destrucción como riqueza, y que, después de haber creado la miseria y haber abominado de ella, se prepara ahora a hacerle la guerra.

No sé si Harrow era sincero. Ignoro si su lucha hacía el juego de los poderosos sin que él se diera cuenta, o si era cómplice de otras fuerzas, a las que se había aliado con plena conciencia. A decir verdad, me trae sin cuidado. Lo que cuenta, para mí, es comprender lo que he hecho yo, y lo que debo hacer en adelante.

La única solución, tal como yo lo veo, es romper las barreras, y eso es lo que tengo intención de hacer. Tranquilícese, no soy Harrow y no proyecto ninguna gran operación terrorista. Mis opciones tienen las dimensiones de mi vida: son minúsculas. Tan sólo he decidido emplear mi tiempo y mis fuerzas en pasar de un mundo al otro. Muy modestamente. He asumido un pequeño cargo de educadora en una asociación que trabaja en las favelas. Me ocupo sobre todo de los niños. Les enseño a escribir, rudimentos de cálculo. Y les enseño la historia, para que sepan un poco más sobre el mundo de lo que ven desde el otro lado de las alambradas. No busco formar militantes, sino sólo personas que, a su vez, intenten algún día traspasar los límites.

He vuelto a pensar a menudo en lo que me dijo usted durante nuestro breve encuentro en el hotel Oceania: «Salvar al hombre reforzando su parte humana.» En aquel momento, le confieso que no entendí lo que me quería decir. Aun hoy, es posible que no haya captado del todo el sentido que esas palabras tenían para usted. Pero adquirieron para mí un sentido concreto, que ilumina cada día de mi vida y me hace sentirme feliz.

Le doy de nuevo las gracias y le deseo toda la felicidad posible. Sinceramente suya, querido señor, etcétera.»

Paul permaneció mucho tiempo en silencio después de esa lectura. Miraba a lo lejos la línea del cielo, que se coloreaba de tonos anaranjados en el crepúsculo.

Luego, de pronto, embocó su trompeta y con todas sus fuerzas repitió la melodía que acababa de tocar, acelerando el tempo. El sonido vibraba en sus oídos. Era como una llamada lanzada en la jungla, que se transmitía de colina en colina.

Hasta llegar a ella, tal vez.

Postfacio

A propósito de las fuentes

Los acontecimientos que constituyen la trama de esta novela, aunque no son reales, tampoco me parecen, ¡ay!, inverosímiles. En todo caso, alertan de un riesgo muy real, que resurge en cada gran conferencia internacional dedicada al futuro del planeta: la acusación a los pobres, ya no considerados como un reto de justicia y de solidaridad, sino como una amenaza. De la lucha contra la pobreza, estamos a punto de pasar a la guerra contra los pobres.

No se puede trabajar durante veinte años en organizaciones humanitarias, como yo lo he hecho, sin oír un tipo de comentario fatalista e inquietante. «¿África se ve azotada por las epidemias, las hambrunas y las guerras? ¿Qué quieres? Es normal: ellos son demasiado numerosos. ¿Estás seguro, por otra parte, de que les haces un servicio al intentar salvarlos a cualquier precio?» Incluso el genocidio ruandés dio lugar a ese género de interpretaciones, escuchadas con cierta frecuencia aunque nunca publicadas: es un país superpoblado, fatalmente una parte de la población intenta eliminar a la otra. Los ejemplos podrían multiplicarse.

La mirada que Occidente extiende sobre el tercer mundo está llena de compasión, desde luego, pero ese sentimiento humanitario crece sobre las ruinas de la esperanza. El fracaso de los modelos de desarrollo, el ascenso del tema de la seguridad hacen resurgir un planteamiento más radical y más trágico: ¿qué es posible hacer en realidad por esas inmensas masas de pobres? ¿No alienta detrás de ellas la fatalidad del drama? ¿No serán las catástrofes la única respuesta a un fenómeno raras veces mencionado, pero cuyo espectro recorre las mentes: la superpoblación del planeta, y en particular de sus regiones más desheredadas?

No ha muerto el Malthus que veía en las plagas y las epidemias el mecanismo «natural» que regula la población y, al reducirla, la adapta a las «subsistencias», es decir a los recursos disponibles.

La influencia de ese pensamiento no se limita al terreno humanitario. Impregna también otras ideologías contemporáneas y, en primerísimo lugar, a determinadas corrientes ecologistas. Las citas de este libro son todas exactas, incluidas las más terribles, como la de William Aiken: «Una mortalidad humana masiva sería una buena cosa. Es nuestro deber provocarla. Es el deber de nuestra especie, respecto de nuestro medio, eliminar el noventa por ciento de nuestros efectivos.» *(Earthbound: Essays in Environmental Ethics)*.

Para los lectores franceses o españoles, ese tipo de declaración sólo puede ser hecha por extremistas minoritarios e irresponsables. La ecología, en nuestros países, despierta la simpatía de muchas personas sinceras que no comparten en absoluto tales ideas. Entre nosotros, la ecología «corriente» tiene el rostro tranquilizador de movimientos políticos muy de base, divididos por querellas un tanto ingenuas y preocupados, en cuanto tienen una chispa de poder, por mejorar la circulación de las bicicletas o el reciclaje de los residuos. Incluso las acciones espectaculares de Greenpeace o de los segadores de OGM resultan una especie de representaciones teatrales inofensivas. Suele olvidarse el rostro que puede tener la ecología en otros países, en Estados Unidos o en Inglaterra por ejemplo. El terrorismo ecológico es tomado muy en serio por los servicios de seguridad de esos Estados. El FBI ha llegado a considerar el ecoterrorismo como la segunda amenaza para Estados Unidos, después del fundamentalismo islámico.[1] Es una opinión muy discutida. Algunos han visto en ella una manipulación, y la discusión sigue abierta. Lo cierto es que la existencia de un ecologismo violento es indiscutible.

Sus fundamentos descansan en una reflexión teórica casi enteramente ignorada en Francia. La obra de Luc Ferry *Le Nouvel Ordre écologique* ha sido la primera en llamar la atención sobre la amplitud de los trabajos dedicados a lo que se llama ecología profunda *(deep ecology)*. Esta crítica radical del hombre es otro de los aspectos de la renovación del pensamiento malthusiano contemporáneo. Para la ecología profunda: «El hombre no se sitúa en la cima de la jerarquía de los

---

1. Recientemente ha habido inculpaciones bajo la rúbrica expresa de ecoterrorismo en Estados Unidos, en relación con una quincena de militantes de la causa animal y de la defensa del entorno. Véase *Libération*, 30-1-2006.

seres vivos sino que, al contrario, se inscribe en la ecosfera como la parte se inscribe en el todo.»[2] Las consecuencias prácticas de ese enfoque se suman a las preocupaciones «humanitarias» relativas a la población. Entre las famosas «Ocho tesis sobre la ecología profunda», del filósofo noruego Arne Naess, figura ésta: «El florecimiento de las culturas y de la vida humana es compatible con una disminución sustancial de la población humana.»

En Francia, sólo hemos percibido el eco lejano y amortiguado de esos postulados. Pensadores que han alcanzado popularidad entre el «gran público», desde Michel Serres[3] hasta Albert Jacquard,[4] divulgan ideas emparentadas con esa corriente de pensamiento. Pero, al prestarles su voz ronca y su rostro bondadoso, hacen aún más difícil comprender cómo esos conceptos han podido, en otras latitudes, generar una violencia extrema y actos terroristas.

Me ha parecido que la ficción novelesca era el mejor medio de desvelar de manera sencilla la complejidad de la cuestión y la importancia capital de lo que está en juego, en relación con ella. Varios novelistas norteamericanos han publicado recientemente obras sobre el tema.[5] El proyecto de este libro difiere en varios puntos. Al seguir el recorrido de una joven francesa arrastrada al universo de la ecología radical, he querido dar al lector la posibilidad de descubrir esos movimientos y su ideología sin necesidad de ningún conocimiento previo de los mismos. Se trata de un libro de aventuras, y no de un curso magistral.

Por otra parte, fiel en ese punto a los temas de mis anteriores novelas, para mí la cuestión principal no era tanto describir al detalle el pensamiento ecologista como reflexionar sobre la mirada que dirigimos hacia el tercer mundo y la pobreza. Nos encontramos, al respecto, en una verdadera encrucijada.

Un conjunto de ideas sin relación unas con otras están contribuyendo a cambiar profundamente la imagen que nos hacemos de los

---

2. Véase *dossier* de Radio Canada sobre la cumbre de Johannesburgo.

3. Véase en particular: *Le Contrat naturel*, François Bourin editor.

4. *Cinq Milliards d'hommes dans un vaisseau.*

5. Brian Brett, *Coyote*; David Homel, *Get On Top*; T. Coraghessan Boyle, *A Friend of the Earth*; Nicholas Evans, *The Divide*. Estas novelas, de estilo y ambición diferentes, tienen en común el hecho de dirigirse prioritariamente a un público norteamericano ya advertido de las realidades, los combates y las derivas de la ecología radical. Puede mencionarse también el libro de Michael Crichton, *State of Fear*, aunque por su finalidad militante (desacreditar a los defensores de la tesis del cambio climático) se sitúa más en el campo de la polémica, por no decir de la propaganda.

países pobres y a dictar una nueva actitud en relación con ellos. Esas ideas van desde la ecología profunda hasta los trabajos de los neoconservadores estadounidenses, desde el abandono de los ideales del desarrollo hasta el triunfo espectacular y sin embargo deleznable de la atención humanitaria de urgencia. La competencia salvaje a la que se entregan hoy en el tercer mundo los grandes intereses económicos no hace sino agravar más aún la tendencia. La entrada en liza en esa competencia de nuevos actores poco escrupulosos en materia de justicia social y derechos humanos, como China, hace que la batalla sea más cruenta y que desaparezca toda consideración ética en las relaciones que el mundo rico mantiene con los países subdesarrollados y más aún con las poblaciones vulnerables, cuando no masacradas, de esos países.

Para desarrollar este relato, he recurrido a una amplia documentación que es imposible reproducir aquí exhaustivamente. Me contentaré con remitir a algunas obras de referencia, a partir de las cuales es posible emprender una investigación más profunda, consultando en particular los numerosos sitios de Internet dedicados a estos temas.

Sobre la liberación animal, las obras fundamentales siguen siendo, evidentemente, el libro de Peter Singer, *Animal Liberation,* y el de Tom Regan, más jurídico, *The Case for Animal Rights.*

Sobre la ecología profunda, es útil remitirse a los clásicos que constituyen el libro de Rachel Carson, *Silent Spring,*[6] así como el relato, famoso y muy bello, de Aldo Leopold, *A Sand County Almanac.*[7]

La formulación teórica de la *deep ecology* es más tardía. Corresponde a pensadores como Arne Naess,[8] así como a sus colaboradores y epígonos George Sessions y Bill Devall.[9] La crítica de la tecnología moderna y de sus efectos devastadores fue realizada por Hans Jonas en su célebre obra *Principio de responsabilidad.* Sobre la dimensión anti-

6. Desde una perspectiva más «conservacionista» (es decir, menos radical, y tendente a preconizar medidas de protección de la naturaleza, más que a una puesta en cuestión completa de la actividad humana), también se puede citar el libro *The Quiet Crisis,* de Stewart Udall, que ejerció responsabilidades políticas en las administraciones Kennedy y Johnson.

7. Publicado a título póstumo en 1949.

8. Una selección de sus obras completas fue editada por Kluwer Academie en 2005. George Sessions ofreció un resumen bajo el título *Deep Ecology for the 21st Century.*

9. Bill Devall, actualmente *consultant* en la Fundación para la *deep ecology* en San Francisco, es autor, entre otras obras, de *Deep Ecology: Living as if Nature Mattered.*

humanista de esta corriente de pensamiento, cabe remitirse a David Ehrenfeld, *The Arrogance of Humanism*. John Lovelock ha sintetizado esas ideas con un gran éxito popular en su libro: *Gaia: A New Look at Life on Earth*. La literatura francesa original sobre el tema es más escasa, a pesar de la importancia (y la abundancia) de las producciones de un autor como Serge Latouche.[10]

Desde una perspectiva más jurídica, Roderick Nash ha publicado *The Rights of Nature: a History of Environmental Ethics,* y Stan Rowe ha elaborado el concepto de «crimen contra la ecosfera».

Ese deslizamiento desde la elaboración filosófica hasta una especie de acta de inculpación de la humanidad es esencial para comprender el origen de la violencia ecologista. En efecto, la acción directa y radical está justificada desde el momento en que se trata de alzarse contra crímenes más terribles aún: aquellos de que se ha hecho culpable la especie humana contra las restantes especies, e incluso contra la Naturaleza globalmente considerada. Por lo demás, es corriente leer, en los diferentes sitios de Internet dedicados a estos temas, que el ecoterrorismo del que son acusados ciertos militantes radicales no es sino la respuesta al «verdadero» terrorismo que cometen cotidianamente y a gran escala la civilización industrial y, más en general, el género humano.

Uno de los inspiradores de ese paso al acto radical es Edward Abbey. Aunque no suscriba sus ideas, para un novelista resulta bastante estimulante constatar que una obra de ficción, su novela *The Monkey Wrench Gang*, ha conseguido ejercer una influencia considerable sobre la realidad. La epopeya bastante guiñolesca de una banda de saboteadores de obras públicas, que Abbey describe en un lenguaje inimitable, ha servido de breviario a toda una generación de activistas que han seguido su programa casi al pie de la letra.

Dave Foreman, creador de la asociación Earth First!, se reivindica explícitamente como seguidor de Edward Abbey, como lo confirma el título de su libro: *Ecodefense: A Field Guide to Monkeywrenching*. Los fundadores de la otra corriente de activismo, la que se ha centrado sobre todo en los temas nucleares y el mar, tampoco se han mostrado avaros en confidencias sobre su vida. Uno de los libros más interesantes sobre el tema es el de Robert Hunter, que describe los inicios

---

10. Cabe citar, entre sus obras, *Survivre au développement; de la décolonisation de l'imaginaire économique à la construction d'une societé alternative*. S. Latouche es el creador del concepto de de-crecimiento *(dé-croissance),* que propone una inversión de los objetivos macroeconómicos en las sociedades desarrolladas.

de Greenpeace bajo el título *Warriors of the Rainbow*. En cuanto a Paul Watson, abandonó Greenpeace convencido de que era necesario pasar a formas de acción más ofensivas, y se hizo célebre al hundir un ballenero portugués. Su libro *Ocean Warrior, My Battle to End the Illegal Slaughter on the High Seas*, hace también referencia a esa noción de guerra y de batalla que caracteriza la retórica de las organizaciones nacidas a inicios de los años ochenta. Los Nuevos Depredadores, que hemos imaginado en este libro, no hacen sino llevar al extremo esa tendencia. A partir del momento en que la especie humana es señalada como culpable y se convierte en objetivo de una acción, todo es posible, y lo único que cambia es la escala a la que se concibe esa acción.

Al utilizar el cólera como soporte de la amenaza, me he situado en las antípodas de la novela tecnológica: el pobre vibrión colérico es un azote pasado de moda. No obstante, quienes aún le dedican sus vidas siguen hablando de él con pasión. Quiero rendir homenaje aquí al profesor Dodin, y dar muy particularmente las gracias por su ayuda al profesor Jean-Michel Fournier, jefe del Servicio del Cólera y de los Vibriones en el Instituto Pasteur de París. Gracias a él, he podido penetrar en el sanctasanctórum de la investigación sobre el cólera y adecuar mis descripciones de laboratorios a una realidad precisa.

Finalmente, como este libro adopta la forma de una novela de espionaje, quiero dar las gracias a todos los que, a lo largo de mis diferentes compromisos, me iniciaron en ese mundo secreto, en constante evolución. Entre ellos, quiero testimoniar más en particular mi agradecimiento a mi amigo sir Ronald G., antiguo jefe de las SAS británicas, personalidad fuera de lo común, infinitamente más rica, más generosa y más compleja que la de Archibald en este libro, aunque le haya prestado algunos de sus rasgos externos. Muchos agentes que conocí cuando estaba encargado de operaciones de mantenimiento de la paz en el Ministerio de Defensa hoy han abandonado el servicio público. Tanto en Francia como en otros países, hoy la tendencia es la privatización de los servicios de información. Quise señalar esa evolución con la creación, a mi vez, de una organización privada: la muy imaginaria y muy verosímil agencia de Providence.

Las disciplinas médicas y biológicas ocupan hoy un lugar destacado en ese nuevo universo. No es necesariamente un hecho tranquilizador para el futuro.

OTROS TÍTULOS
DE LA COLECCIÓN

EL ARTE DE MATAR

Jonathan Santlofer

Las obras maestras de los expresionistas abstractos de Nueva York están siendo objeto de actos vandálicos: pinturas de Rothko, Kooning y Pollock han sufrido daños irreparables. Un lunático ha emprendido una demencial tarea de destrucción.

Tras la trágica muerte de su marido, la historiadora de arte Kate McKinnon ha dejado la policía para dedicarse a escribir. En concreto, prepara un libro sobre el arte y los artistas del período expresionista. Justamente por esta razón, los investigadores la necesitan más que nunca: nadie más podrá intuir las motivaciones del destructor ni descifrar con tanta precisión las pistas que éste va dejando. Muy pronto la situación empeora: el demente comienza a asesinar a los propietarios y admiradores de las obras.

El arte de matar es la más escalofriante historia de Jonathan Santlofer hasta la fecha: además de ofrecer un relato apasionante, el autor ha creado una novela que invita a los lectores a descifrar las pistas dejadas por el asesino, mientras lee lo que le acontece a Kate McKinnon. Aunque nadie logrará predecir el final.

LOS COLECCIONISTAS

David Baldacci

Un nuevo caso del Camel Club.

El asesinato del presidente de la Cámara de los Representantes sacude Estados Unidos. Y el Camel Club —un cuarteto de ciudadanos que se resiste a creer la versión oficial de los hechos— encuentra una sorprendente conexión con otra muerte: la del director del departamento de Libros Raros y Especiales de la Biblioteca del Congreso. Los miembros del club —a quienes se une Annabelle Conroy, una estafadora profesional que planea dar «el gran golpe»— se precipitarán en un mundo de espionaje, códigos cifrados y coleccionistas.

EL INOCENTE

Michael Connelly

«Ningún cliente asusta más que un hombre inocente.»
El abogado defensor Michael Haller siempre ha creído
que podría identificar la inocencia en los ojos de un cliente.
Hasta que asume la defensa de Louis Roulet, un rico here-
dero detenido por el intento de asesinato de una prostituta.
Por una parte, supone defender a alguien presuntamente
inocente; por otra, implica unos ingresos desacostumbra-
dos. Poco a poco, con la ayuda del investigador Raul Levin
y siguiendo su propia intuición, Haller descubre cabos
sueltos en el caso Roulet… Puntos oscuros que le llevarán
a creer que la culpabilidad tiene múltiples caras.

En *El inocente*, Michael Connelly, padre de Harry
Bosh y referente en la novela negra de calidad, da vida a
Michael Haller, un nuevo personaje que dejará huella en el
género del thriller.